A Jornada de Leônidas:
O COMEÇO DO FIM

CIP-BRASIL. CATALOGAÇÃO NA PUBLICAÇÃO
SINDICATO NACIONAL DOS EDITORES DE LIVROS, RJ

C413j   Cervo, Leonel Silveira
            A jornada de Leônidas : o começo do fim, livro 1 / Leonel Silveira Cervo. – 1. ed. – Porto Alegre [RS] : AGE, 2023.
            341 p. ; 16x23 cm.

            ISBN 978-65-5863-212-2
            ISBN E-BOOK 978-65-5863-211-5

            1. Romance brasileiro. I. Título.

         23-84743   CDD: 869.3
                                     CDU: 82-31(81)

Gabriela Faray Ferreira Lopes – Bibliotecária – CRB-7/6643

Leonel Silveira Cervo

A Jornada de Leônidas:
O COMEÇO DO FIM

LIVRO 1

Editora
AGE

PORTO ALEGRE, 2023

© Leonel Silveira Cervo, 2023

Capa:
Marco Cena

Diagramação:
Júlia Seixas
Nathalia Real

Supervisão editorial:
Paulo Flávio Ledur

Editoração eletrônica:
Ledur Serviços Editoriais Ltda.

Reservados todos os direitos de publicação à
LEDUR SERVIÇOS EDITORIAIS LTDA.
editoraage@editoraage.com.br
Rua Valparaíso, 285 – Bairro Jardim Botânico
90690-300 – Porto Alegre, RS, Brasil
Fone: (51) 3223-9385 | Whats: (51) 99151-0311
vendas@editoraage.com.br
www.editoraage.com.br

Impresso no Brasil / Printed in Brazil

Dedicatória

Este livro não teria sido escrito sem o apoio das seguintes pessoas: meus pais, Malia Silveira e Leonel Cervo, que me apoiaram desde quando esta obra era uma simples ideia; meus familiares: Lauren Silveira, Ivete Silveira, Iracema Markus, Arlete Rechia, Jorge Rechia, Andréa Rechia, Pio Cervo, Felipe Cervo e Suzana Cervo; meus amigos mais próximos: Laura Scott e família, Amanda Oliveira, Miguel Dutra, Valderez Dutra, Arlindo Jacuniak e família, Lília Pulvirenti, Karina Moreira, Izadora Ferreira, Nicole Maier, Sara Malta, Eliete Borba, Marcos Salomão, Tânia Centeno e Cláudia Inajara; minhas professoras: Suzana Gauer, Virgínia Vaz, Letícia Gross e Elisa Ustárroz. Agradeço a todos por terem, de alguma forma, me encorajado a seguir adiante.

Agradeço à equipe editorial da AGE, Paulo Ledur, Max Ledur, Nathalia Real e Júlia Seixas pela competência e por todos os trabalhos que fizeram para que este sonho se concretizasse; Marco Cena pela excelente arte da capa; e agradeço também ao meu tio João Cervo que me indicou esta casa editorial.

Agradeço a todos os que leram a versão beta dos primeiros capítulos e me fizeram acreditar que o meu trabalho valeu a pena e aos que simplesmente apoiaram a minha ideia, me passando boas vibrações. Todos têm minha consideração e gratidão.

Sem o apoio de todas estas pessoas, eu não teria chegado até aqui.

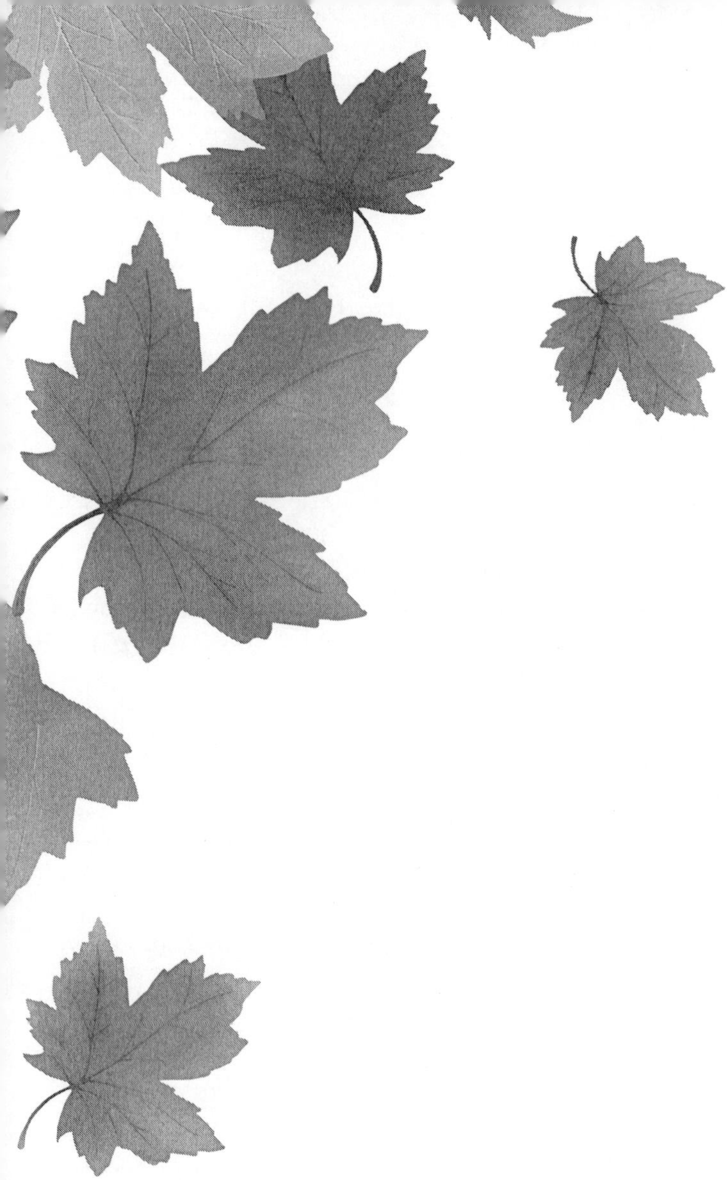

Quem comete uma injustiça é sempre mais infeliz que o injustiçado.

– Platão

Sumário

Capítulo I: A Escola 11

Capítulo II: A Primeira Aliada 20

Capítulo III: O Patinho Feio 34

Capítulo IV: O Começo da Articulação 53

Capítulo V: Branca de Neve do Inferno 67

Capítulo VI: O Nascimento de um Grupo 85

Capítulo VII: Final de Semana na Casa de Campo 105

Capítulo VIII: O Favorito 113

Capítulo IX: Reino dos Inteligentes 130

Capítulo X: A Inveja Toma Conta 145

Capítulo XI: O Acampamento 171

Capítulo XII: Noite Estrelada 183

Capítulo XIII: Um Inimigo é Coroado e outro é Expulso 195

Capítulo XIV: Reino dos Populares 229

Capítulo XV: A Conferência dos Monarcas 252

Capítulo XVI: Diplomacia Fracassada 267

Capítulo XVII: Declaração de Guerra 286

Capítulo XVIII: Formação de Alianças 300

Capítulo XIX: O Manicômio 316

CAPÍTULO I

A Escola

Porto Alegre, dia 3 março de 2008, segunda-feira, manhã ensolarada, com temperatura em torno dos 20°C. Hoje é o primeiro dia de aula na Escola Romanorum e, para mim, particularmente, é o primeiro dia no Ensino Médio. Acabo de chegar à Escola, desço do carro e vejo um mar de estudantes que, assim como eu, têm de encarar o fato de que é chegado o momento de dizer adeus às férias de verão, voltar à realidade e começar a estudar novamente. Meu nome é Leônidas von Weiss Lecchini e tenho 14 anos.

No meio da multidão, vejo muitas pessoas, todas usando o tradicional uniforme da escola: os meninos com camisa branca, gravata azul e calça social preta; as meninas com camisa branca, gravata vermelha armada em forma de laço e minissaia colegial preta. Dentre essas pessoas, vejo diversos rostos conhecidos, dos quais eu prefiro, pelo menos por enquanto, manter distância. Felizmente vim de óculos escuros, o que dificulta um pouco que essas pessoas me reconheçam logo de cara, o que é ótimo, pois assim terei um tempinho a mais para me acostumar com a ideia de estar de volta a esse lugar depois de quatro anos. Porém, de nada adianta, porque assim que notarem que sou eu, a minha paz irá para o espaço.

Realmente, o meu objetivo para este ano é diferente dos demais alunos, porque, enquanto os outros planejam apenas levar mais um ano normal, ou pelo menos o mais normal possível para os padrões deste lugar, eu planejo virar a Escola do avesso. É claro que para muitos o meu objetivo pode parecer absurdo, ou até mesmo coisa de marginal, mas há uma razão muito forte para isso, pois esta Escola é bem diferente das demais e, para ser possível entender o porquê de eu ter voltado para cá, e o que vim fazer aqui, é necessário entender primeiro a estrutura da Escola e como ela funciona.

O nome oficial da instituição é Escola Romanorum, fundada em 1956. Aqui, os alunos se dividem em oito grupos, sendo que cada um deles têm uma identidade própria e a ideia é que os alunos se estabeleçam no grupo que faça mais o seu estilo. Essa divisão não segrega os estudantes, ou seja, eles podem se relacionar e fazer amizades com pessoas de outros grupos, e podem também, sem maiores problemas, trocar de grupo se assim desejarem, porém isso raramente acontece. A existência desses grupos foi surgindo natural e gradualmente, e depois de inúmeros grandes conflitos entre eles, finalmente foi possível fazer valer a utopia de que os grupos somente se aproximariam de quem tivesse estilos, gostos e ideias parecidos, para que assim se evitassem brigas, grandes desentendimentos e, talvez, até mesmo *bullying*.

Os grupos são praticamente países dentro da Escola; cada um, além de ter sua identidade, tem também uma bandeira, um território, uma sede e um governante, sendo que os governantes são monarcas absolutistas. Cada monarca tem uma corte à sua volta, formada por príncipes e princesas, e para que um título de nobreza seja concedido a um aluno, há uma série de requisitos a serem cumpridos. Inicialmente, o aluno deve ter as características necessárias para que seja considerado merecedor do título e, pelo menos antigamente, essas características variavam de um grupo para outro, mas o requisito que era comum, em todos os grupos, era o de que o aluno deveria saber respeitar os outros, saber que ao se tornar um nobre estaria representando os interesses de todos os que faziam parte de seu grupo e que representaria, também, a imagem que as pessoas daquele grupo, em geral, gostariam de ter.

Atualmente, tudo está deturpado, porque agora os escolhidos são aqueles considerados mais "bonitinhos" e que já tenham sido escolhidos como "favoritos" por aqueles que são responsáveis por essa seleção, ou também aqueles que já tenham feito algum determinado favor a esses mesmos selecionadores. O que nunca mudou foram os selecionadores e o processo de seleção. Os selecionadores são os membros da Direção da Escola, responsáveis pelos grupos, e o próprio monarca do grupo de que o aluno escolheu fazer parte. O processo de seleção funciona da seguinte forma: o monarca escolhe o seu favorito; a Direção avalia se aquela pessoa é adequada e dá o aval final, positivo ou negativo. Vale lembrar que os alunos só começam a fazer parte dos grupos quando chegam à 5.ª série, mas é ao final da 4.ª série que eles escolhem o grupo com o qual se identificam melhor, o que significa que os que são selecionados como nobres também são consagrados como tal nesse mesmo momento e passam a possuir um título antes mesmo de entrar no grupo.

Apesar de a Escola já ser dividida em grupos, há outro tipo de divisão dentro dos próprios grupos, a qual se dá entre nobres e plebeus. Agora, sobre este tipo de divisão, a coisa mais bizarra é que, tirando homicídio, que é mais difícil de encobrir, os nobres podem fazer o que bem entenderem com os plebeus, pois eles têm todo o apoio da Direção para tal. A Direção acoberta todo tipo de atrocidade, e ainda proíbe que aqueles que forem injustiçados falem para os seus pais sobre o que passaram ou sobre as coisas que acontecem aqui, sob ameaças de serem expulsos e de serem acusados de terem sido eles os praticantes de tais ações.

No passado, alguns dos meus colegas, que hoje fazem parte da nobreza de seus respectivos grupos, armaram para mim e, por causa das inúmeras acusações caluniosas que sofri e das falsas provas implantadas contra mim, as integrantes da Direção, dentre as quais incluía-se a minha então professora, aconselharam os meus pais de que o melhor a fazer era me tirar da Escola, porque ninguém mais me respeitaria aqui e, por terem acreditado nelas, os meus pais assim o fizeram. Hoje eles sabem que sou inocente e, somente por isso, estão me apoiando nesta jornada em busca de respostas e de justiça. Para que eu pudesse estar aqui novamente, os meus pais tiveram de dar um jeito de me matricular novamente na Escola Romanorum, para que eu possa fazer tudo o que estiver ao meu alcance para, enfim, poder descobrir por que fizeram o que fizeram comigo e fazer com que todos aqueles que me prejudicaram tenham o que merecem.

É claro que não será fácil conseguir o que quero, pois tudo o que envolve os grupos está envolto numa rede de segredos sórdidos e de muita corrupção. Por que tornaram a minha vida num verdadeiro inferno durante o último ano que estive aqui? E por que pediram aos meus pais que me retirassem da Escola, ao invés de terem simplesmente me expulsado sob alguma acusação absurda, assim como fazem com todos os outros incômodos? As respostas para essas perguntas, e para muitas outras, são informações altamente sigilosas, trancadas a sete chaves, e para ter acesso a elas vou precisar desmontar todo o sistema dos grupos, mesmo que para isso eu precise dar um fim na própria Escola também.

Então, logo depois de dar uma olhada em todas aquelas pessoas, eu viro para os meus pais, que estão dentro do carro, faço um simples aceno de despedida e fecho a porta. Ao ver o carro saindo do estacionamento da Escola, começo a caminhar rumo ao Ginásio, onde acontecerá a cerimônia de boas-vindas, na qual todos os professores, funcionários e os monarcas irão se apresentar. Ao lado direito do Ginásio fica o Campão da Escola, que, como o próprio nome diz, é um campo grande, com um lindo gramado verdejante, onde ocorrem os jogos. À frente do Campão, há uma esplanada de onze mastros, o do meio com a Bandeira do Brasil, à esquerda deste, a bandeira do Rio Grande do Sul, e à direita, a bandeira de Porto Alegre. No lado direito desses três mastros, estão as bandeiras de quatro dos oito grupos e, no lado esquerdo, há mais quatro.

No caminho eu tento ser o mais discreto possível, mas é difícil, principalmente quando escuto algumas princesas falando uma série de absurdos.

– Tomara que neste ano os plebeus não deem muito trabalho pra gente! Argh, não quero cansar a minha beleza à toa! – diz uma das princesas.

– Ah, ratos e baratas sempre aparecem pra nos incomodar, né, miga! Ai, seria tão bom se eles simplesmente abaixassem a cabeça pra nós e se colocassem no lugar deles... Que é no lixo, é claro! – responde outra princesa, e todas riem.

– Ai, amiga, isso é complicado, né! Esses nojentos acham até que são gente! Aí fica difícil, né! – completa a terceira princesa, e eu só saio de perto para não me irritar.

Quando chego à porta do Ginásio, vejo um dos alunos que armaram pra mim e que, hoje, tem título de Príncipe. O nome dele é Jonas, e ele está conversando com dois outros meninos. Um deles é Príncipe também, dá para saber pois ele, assim como Jonas, as outras três princesas e todos os outros nobres, tem um broche preso no lado esquerdo do peito, o qual contém o brasão do grupo dele. Já o outro menino é plebeu, mas com certeza deve ser um membro de confiança de algum dos nobres, caso contrário ele não estaria sendo tão bem tratado pelos príncipes. Tento passar por eles o mais rápido possível e, mesmo que eu consiga evitar que o Jonas me note, eu acabo ouvindo parte da conversa, a qual não é nada sutil.

– Bah meu, até que as plebeias estão bem gostosinhas este ano, hein! Só tem um problema com elas... Humpf! São tudo plebeia! – diz Jonas, um dos meus falsos amigos do passado. Foi ele quem colocou drogas na minha mochila, para que eu fosse flagrado e todos passassem a me odiar por conta disso.

– Ah, eu tô nem aí! Eu vou é pegar todo mundo que eu quiser! Podem ser plebeias, mas... Humpf! São gostosas! E nem vem, Jonas, eu sei que tu ainda curte a Luna, que é outra plebeia imunda! – responde o outro príncipe.

– Bah, ô Guilherme, nem me fala daquela vadia! Ainda bem que a Escola entendeu bem a situação, que ela me seduziu e me enganou... Com aquele papinho de que nunca tinha ficado com ninguém, quando na verdade... Humpf! Ela já tinha saído com um monte de caras! Né, Caio?! – diz Jonas.

– Ahã, verdade! – responde Caio, o plebeu. Depois disso me afasto.

É claro que por ouvir aquelas conversas, eu acabo ficando ainda pior do que eu já estava. Fora que a pessoa a qual Jonas mencionou, Luna não enganou ninguém, a verdade é que foi Jonas quem a seduziu e a fez ficar malfalada. Até mesmo eu fui enganado pelo papo de bom moço dele, porque durante todo o tempo ele se fez de meu amigo e, no final, me apunhalou pelas costas. A parte boa de tudo isso é que quanto mais o meu nojo aumenta, mais determinado eu me sinto para dar a lição que todos eles merecem. Então, depois de tudo, eu procuro um lugar para me sentar na arquibancada do Ginásio, que seja, preferencialmente, no meio de desconhecidos, para evitar reencontros que, no momento, são desnecessários.

Logo que eu me sento, a sirene que anuncia o começo e o fim das aulas soa, e eu fico esperando até que a cerimônia comece. Não muito depois, a diretora pedagógica da Escola começa a se preparar para falar.

– Bom dia a todos! Meu nome é Hortência Romanorum Piras. Eu sou a Diretora Pedagógica da Escola Romanorum. E nós estamos hoje, neste dia 3 de março, dando início ao ano letivo de 2008. Este é um momento de se começar uma nova etapa na vida de todos aqui presentes, seja para nós, membros da Direção... Para os alunos... Para os professores... Ou os demais funcionários da Escola. E é por isso que todas essas pessoas estão aqui comigo e é claro... Conosco estão também os reis e rainhas dos oito grupos, acompanhados de suas cortes. Estes monarcas, como todos sabem, são os representantes máximos dos alunos em geral e... Ai... O grande orgulho da nossa Escola. – quando ela diz a palavra "orgulho", eu sinto uma vontade louca de pegar qualquer coisa e jogar nela, mas logo me acalmo, pois eu não posso ter motivo para ser expulso logo no primeiro dia, e também sei que ela não é culpada pelas atrocidades, já que não é ela a responsável pelos grupos. A verdade é que a Dona Hortência é mantida numa espécie de bolha, pois quase nada chega aos seus ouvidos, e o que chega normalmente é mentira. Logo ela segue com o discurso: – E seguindo com as apresentações, eu chamo a minha querida irmã, para que também se possa apresentar. Então, sejam todos muito bem-vindos! Sei que este ano será de muitas alegrias, realizações e muito aprendizado para todos nós! Obrigada! – e a multidão a aplaude.

– Oi, gente, bom dia! Meu nome é Helena Romanorum Piras! Eu sou a Diretora Administrativa da Escola Romanorum e estou muito feliz por darmos início a mais um ano letivo. Obrigada! – diz Dona Helena, que logo é aplaudida. O engraçado é que, apesar de que as duas, Hortência e Helena, sejam irmãs, elas não são nem um pouco parecidas; enquanto Hortência é morena e tem problema grave de obesidade, Helena é loura e magra. Bom, o fato é que as duas são pessoas maravilhosas que, infelizmente, não detêm quase nenhum controle dentro da própria Escola, e isso acontece porque elas, principalmente a Dona Hortência, confiam demais nas funcionárias que trabalham na Direção, junto com elas. A verdade é que agora, a Dona Helena só está mais a par das coisas, porque para eu poder voltar à Escola, meus pais e eu tivemos de convencê-la a me deixar voltar, e para isso foi necessário apresentar algumas provas que eu já consegui obter. Felizmente, Dona Helena não só acreditou que eu fui injustiçado, como também determinou que somente a Diretora Administrativa, no caso ela mesma, deterá o poder para me expulsar daqui.

Então, seguindo com a cerimônia, Dona Helena passa o microfone à primeira professora.

— Bom dia a todos! Eu sou a Professora Victória Paes Vieira, sou professora de História, Geografia e Sociologia... E vou dar aula para os alunos do Ensino Médio! Obrigada! — apresenta-se a Professora Victória, sendo ela uma pessoa muito bem-vestida, com cabelos curtos e grisalhos. Após os aplausos, ela passa o microfone adiante.

— Oi, tudo bom?! Eu sou a Beatriz Zielinski Ferrara... A Prof. Bia, como sou carinhosamente chamada. Eu vou dar aula pra 4.ª série, tá... E também, há seis anos, eu sou uma das responsáveis pelos oito majestosos grupos! Sejam muito bem-vindos, porque... Ai... Este ano vai ser ma-ra-vilhoso! — diz a Professora Bia, uma mulher com cabelos médios, oxigenados e alisados, e com um rosto repugnante. Ela é uma das responsáveis pelos horrores que acontecem neste lugar e, também, é responsável pelas coisas que eu passei quando estava na 4.ª série e, ainda, por eu ter tido que sair daqui há quatro anos. Sim, eu era aluno dela e, realmente, é penoso vê-la novamente.

Depois que a Bia se apresenta com sua voz esganiçada e insuportável, as demais responsáveis pelos grupos também nos presenteiam com suas asneiras, como a Professora Luana e a Dona Griselda, que é coordenadora de disciplina. Em seguida, se apresentam as professoras do Ensino Fundamental I, incluindo as que me deram aula nos velhos tempos. Depois, é a vez dos professores do Ensino Fundamental II e do Ensino Médio. Por último, se apresentam os monarcas.

— Bom dia a todos! Sou Anna Sophia Mendes da Gamma, mais conhecida como Rainha Anna IV da Modernidade! É com muito orgulho que eu abro as apresentações dos grupos nesta tão tradicional cerimônia de abertura do ano letivo, ainda mais neste ano, em que o meu Grupo completa vinte anos de hegemonia na Escola! — diz a Rainha do Grupo mais forte da Escola, que logo é aplaudida. Em seguida, ela acrescenta — Sim, gente... Esta é a vigésima vez que o meu Reino abre esta cerimônia... E é também a minha terceira vez representando o meu Grupo aqui. Terceira e última, né, porque como todos sabem... Eu me formo este ano e, portanto, passarei a minha coroa adiante em dezembro.

— Graças aos deuses! — diz uma menina meio gordinha e com os cabelos ruivos, que está sentada à minha frente.

— Pois é, né, pessoal... Tudo o que é bom dura pouco, mas... Enfim! É a vida! — diz a Rainha Anna Sophia, que, após dar de ombros e fazer uma pequena pausa, prossegue — E é por saber que eu não vou estar na Escola no próximo ano que eu vou fazer com que este meu último ano de reinado seja inesquecível. Podem esperar que vem muita coisa boa em breve. E agora... Eu passo o bastão pra Rainha

Rock! Obrigada! – então ela é aplaudida novamente e, em seguida, a Rainha do Grupo do qual eu faço parte pega o microfone e se posiciona.

– E aê, meu povo?! Tudo de boa?! – diz a segunda monarca, que logo prossegue – Vocês já me conhecem, eu sou Ketlyn dos Santos Bernardes, Keyty I, sou Rainha do Rock... E estou superanimada pra começar mais um ano e... – e ela segue falando mais um pouco, até passar o microfone para o Rei Matheus III da Fênix, que faz um discurso mais sucinto, assim como todos os outros monarcas que se apresentam depois dele.

A ordem segue do grupo mais forte até o mais fraco, sendo que depois do Rei Matheus vem a Rainha Carlota III da Moda, a Rainha Giovanna II da Natureza, a Rainha Wanda II das Amazonas, a Rainha Aurora II dos Valentes e, por último, o Rei Fafá I dos Melhores, que até tenta fazer um discurso mais longo, porém logo é cortado, já que seu Grupo é o mais irrelevante de todos. Agora, o que mais me chama a atenção é a reação das pessoas quando a Rainha Aurora II dos Valentes termina de falar, pois para os outros sete monarcas, os aplausos dos nobres são espontâneos e os dos plebeus são forçados, mas no caso da Rainha dos Valentes é totalmente diferente, porque, enquanto alguns plebeus a aplaudam só por obrigação, outros chegam a levantar-se para aplaudi-la; já os nobres, uns fazem cara feia e outros contribuem com vaias. Realmente, essa rainha merece uma atenção especial.

Interessante ver também que os nobres são os únicos que estão utilizando o *blazer* do uniforme, que se deve ao fato de que, mesmo que ainda seja verão, eles têm de estar arrumados de um modo um pouco mais formal. Quanto às vestes adicionais dos nobres, pode-se citar que os monarcas, além de utilizarem o *blazer*, usam também um manto longo, uma coroa e, na mão, carregam um cedro, sendo que os adornos são diferentes em cada grupo. Quanto aos príncipes, que estão acompanhando os monarcas, utilizam o *blazer* com o broche do Grupo fixado a este e um manto menor por cima. Já as princesas, além de estarem com *blazer*, manto e broche, também têm uma tiara pontiaguda na cabeça, com o brasão de seus respectivos grupos, tal como é típico das princesas de contos de fadas.

E finalmente, depois dessa cerimônia de boas-vindas, longa e chata, é chegada a hora de a Diretora Hortência chamar as turmas da manhã. Essa parte da cerimônia é ainda mais demorada, porque, além de anunciar todas as turmas, ela também anuncia todos os alunos que fazem parte delas. Depois de terem sido chamados todos os da Educação Infantil e do Ensino Fundamental, chega a hora do Ensino Médio ser chamado e, felizmente, a minha turma é a primeira.

– Agora, os alunos da turma 101... Pela ordem alfabética, a primeira a ser chamada é Alice Corrêa Assumpção, a Princesa Alice da Moda! – pronuncia

Dona Hortência. Como a Princesa já estava junto dos demais nobres, ela, sob aplausos, apenas vai para o centro da quadra, que é o local onde todos os que são chamados ficam até que a turma toda esteja reunida. Em seguida, após a Princesa acenar para toda a multidão, a Diretora chama a próxima aluna – Ávalon Machado Ferraro, do Rock! – e a plebeia que estava nas arquibancadas vai até a quadra, mas sem receber aplausos, já que para muitos ela é irrelevante. Quando Ávalon está a alguns metros da Princesa, que faz expressão de nojo ao encará-la, a Diretora continua – Bianca Castro Olympia, Dama de Confiança da Princesa Alice da Moda. – e esta já é um pouco melhor recepcionada pela multidão, porque, mesmo sendo plebeia, ela tem um cargo importante.

– Essa princesinha babaca não faz cara feia pra dama de confiança dela, né! – comenta um rapaz de cabelos longos que está à minha direita.

– É, não! Dá até abraço nela, olha só! – acrescenta outro rapaz, enquanto a Princesa abraça a amiga, o que deixa Dona Hortência muito feliz, pois assim se mantém na ilusão de que nada de errado acontece na Escola.

– E enquanto isso a Ávalon fica só olhando! Ela deve ser nova na Escola, né! – comenta o rapaz de cabelos longos.

– Deve ser, sim! Eu nunca vi ela por aqui! E olha que parece que ela vai ser do nosso Grupo, hein! – responde o outro rapaz. E eles seguem conversando, enquanto a Diretora segue chamando os outros alunos, até chegar a minha vez.

– E agora... Erm... Le... Leônidas von Weiss Lecchini... Erm... Do Rock! – pronuncia Dona Hortência, que se espanta ao ver o meu nome na lista. Então, sem ter outra opção, eu me levanto, desço as escadas da arquibancada e vou até a quadra, onde todos os meus colegas me encaram com expressões de espanto misturado com ódio. É claro que eu já esperava por tais reações, mas não posso negar o quão mal eu me sinto no meio de tanta negatividade. Mesmo assim, me esforço para fazer de conta que estou indiferente com tudo.

– Peraí! Esse daí não é o... – diz o Príncipe Guilherme, que é interrompido pela Princesa Bella, que apenas faz "Shhhh!".

– Erm... Bom... Seguindo... A próxima é... Luna de Oliveira Giardini, da Natureza! – pronuncia Dona Hortência e, enquanto a minha antiga conhecida vem até a quadra, a multidão a presenteia com uma enorme vaia. O motivo disso é que ela também foi vítima de falsos boatos, mas, diferente de mim, Luna não teve de se retirar da Escola.

E o resto da turma vai sendo chamado, até quando todos enfim ficam agrupados na quadra. Então, o Professor Wenceslau, que é o responsável pela nossa turma neste primeiro período do ano, vem até nós para nos conduzir até a nossa sala de aula. Quando já estamos a caminho do prédio, eu não deixo de notar o que aqueles que agora voltaram a ser meus colegas comentam a meu respeito.

– É não ter vergonha na cara mesmo, né! Certas pessoas não têm noção! – diz a Princesa Juliana para as princesas Bella e Alice, que apenas balançaram a cabeça em concordância com ela, enquanto os plebeus apenas cochicham coisas nada agradáveis a meu respeito.

– Como ele se atreveu a voltar aqui?! – questiona Jonas para os amigos Caio e o Príncipe Guilherme, que apenas ficam me encarando.

– Olha, Walter... O nosso amiguinho voltou! Temos que fazer algo a respeito! – diz o Príncipe Hugo ao Príncipe Walter, que me encara com expressão de nojo. Vale mencionar que, a respeito desses dois, eu um dia já os considerei como os meus melhores amigos.

Ainda caminhando para o prédio, eu avisto as senhoras da limpeza, Dona Eva e Dona Lourdes, carregando os seus equipamentos de trabalho. É claro que as duas ficaram de fora da apresentação, elas e todos os funcionários "não importantes", incluindo o Seu Joaquim, que é o nosso porteiro. Essas pessoas sequer são mencionadas, o que é realmente estarrecedor, pois, não fosse o trabalho delas, este lugar jamais seria tão limpo ou seguro. Eu fico ainda mais triste com isso, porque ao final do último ano em que estive aqui, quando ninguém mais queria olhar na minha cara, essas duas senhoras, enquanto ajudavam a Dona Griselda a cuidar dos recreios, me deixavam ficar perto delas, para que assim pudessem me proteger das maldades dos meus "ex-amigos". Eva e Lourdes ficavam do meu lado porque jamais acreditaram que eu pudesse ser realmente culpado por todos os absurdos de que fui acusado, e elas sempre deixaram isso muito claro.

É claro que, saber que há duas pessoas que talvez ainda acreditem em mim é reconfortante, mas, ainda assim, não é suficiente, porque é mais do que certo que eu precisarei de mais aliados, que possam me ajudar a pôr os meus planos em prática. Porém, isso será bem difícil, já que a minha reputação aqui é péssima, e logo as histórias mentirosas e sensacionalistas a meu respeito vão começar a se espalhar mais uma vez, a ponto de fazer com que até mesmo os que ainda não me conhecem comecem a ter motivos para me odiar também. Tendo noção de tudo isso; eu só penso que esta será, sem dúvida, uma longa jornada.

CAPÍTULO II

A Primeira Aliada

O prédio onde ficam as salas de aula é enorme, tem cinco andares e dois elevadores, mas quem usa os elevadores são os professores e os nobres, enquanto os plebeus não podem nem sonhar em utilizá-los, porque até mesmo os que têm algum machucado na perna, ou coisa semelhante, são obrigados a utilizar as escadas. Então, enquanto o professor entra em um elevador e os nobres no outro, nós, os plebeus, vamos de escada até o quinto andar, que é onde ficam as salas das turmas do Ensino Médio.

Nossa sala é a de número 501; dentro dela, o aspecto é agradável, com as mesas e cadeiras estando todas separadas umas das outras. Procurei me sentar bem no fundo, para não ficar muito na vista de todos, e ao me sentar tive de tirar os óculos, pois usá-los em sala de aula é contra as regras e, claro, não é nada prudente começar já descumprindo uma regra tão simples. Depois de me sentar, fico apenas observando que há uma diferença notável no olhar de cada um; enquanto os nobres ostentam arrogância, os plebeus morrem de medo de fazer qualquer coisa que chame a atenção dos nobres, porque quando os nobres cismam com alguém, esse alguém se torna o objeto de gozação e alvo dos mais absurdos xingamentos. E para a pessoa que vira alvo dos nobres, não resta muita coisa a se fazer, além de ficar quieto e aceitar tudo o que eles fizerem, porque, simplesmente, as pessoas a quem se poderia recorrer, dão permissão aos nobres para fazerem tudo isso. Dentre os plebeus, a única exceção que vejo aqui é Ávalon, a aluna nova, que não demonstra o mesmo medo dos demais, o que é natural, pois ela ainda não faz ideia de como as coisas funcionam por aqui, mas no que depender dos nobres, ela logo fará.

Quando todos já estão sentados, o Professor começa a se apresentar, dizendo o seu nome completo, o qual ele logo escreve no quadro branco: WENCESLAU D'ÁVILA CARNEIRO – PROFESSOR DE PORTUGUÊS. Ele fala também como as coisas irão seguir nas aulas dele.

– É o seguinte, pessoal, na minha aula, eu exijo respeito da parte de vocês, porque se não, eu vou ter que bancar o professor chato que só dá aula, tema, trabalho e prova... E eu quero ser amigo de vocês, mas se não tiver ordem, não vai dar! – diz o Professor Wenceslau, que é um homem alto e gordo, com um cabelo padrão, curto, grisalho e penteado para o lado direito. Felizmente ele tem voz normal, do tipo que não é irritante, o que é muito bom. Logo ele começa a falar sobre as provas. – Eu já vou lançar as datas das provas e trabalhos do primeiro trimestre, que está começando hoje. E por favor, encarem isso como um conselho... Tentem não faltar nesses dias, porque se vocês faltarem, vocês sabem que terão problemas, então... Não faltem nesses dias! – e nessa hora, Ávalon, a aluna nova, levanta a mão, e o Professor lhe dá a palavra.

– Ô psor... Assim, tipo... Tu disse que a gente não pode faltar nos dias de provas e nos de entrega de trabalho, né! Então quer dizer que não tem problema faltar nos outros dias?! – pergunta Ávalon, que está claramente debochando do Professor. Ávalon é uma menina muito bonita, com um cabelo castanho claro, cacheado, com luzes e muito longo. O rosto dela também é encantador, com proporções delicadas.

– Não! Calma aí! Não foi isso o que eu disse! Eu disse pra vocês terem um cuidado especial com essas datas e é por isso que vou expô-las desde hoje, pra vocês já irem se organizando! – exclama o Professor, em resposta.

– Não, psor! Tu não tinha dito isso antes... Tu disse isso agora! – diz Ávalon, insistindo com o deboche.

– Antes ou agora... Tanto faz! O que importa é que tu tenhas entendido o recado. – responde o Professor, com paciência, mas Ávalon continua com as perguntas bestas.

– Tá, mas... E se num dia de prova, eu estiver numa delegacia, por ter dado um tiro em alguém... Ou morrendo num hospital... E não puder vir?! Como é que fica, daí?! – pergunta Ávalon, e o Professor respira fundo.

– Num caso extremo desses, sempre é aberta uma exceção. Tu só precisas pedir um atestado pro médico, pra provar que tu estiveste ausente por problemas de saúde. Aí nós selecionamos outra data pra tu fazeres a tua prova ou para entregares o teu trabalho. Entendeste!? – explica o Professor.

– Mas e se o médico for do tipo "sou contra dar atestado", como que fica!? – insiste Ávalon, e o Professor a encara, já se sentindo incomodado.

– Se for assim a gente vê como resolve na hora. Agora eu vou te pedir, gentilmente, pra parar com essa gozação, porque o ambiente aqui é sério e há pessoas que querem levar isso a sério. – diz o Professor, e, enquanto ele fala isso, as princesas apenas ficam se olhando e cochichando coisas a respeito da aluna nova. Já Ávalon, sem se dar conta de que já está no alvo dos nobres da sala, continua com a palhaçada.

– Mas eu não estou brincando, ô psor! É sério! Eu preciso saber dessas coisas! É o meu futuro que está em jogo. – diz Ávalon, de forma dramática e debochada.

– Todos os dias são importantes, inclusive hoje, mas nesses dias que eu falei, é necessário ter um cuidado a mais, pra não dar complicação. É claro que dá para faltar, mas o ideal seria a senhorita fazer isso só quando necessário e, se faltares por algum problema de saúde, é bom trazer sempre um atestado, para que a tua falta possa ser abonada. E é uma obrigação de qualquer médico te conceder um atestado; caso ele não queira dar, fala com os superiores dele, até que tu tenhas o atestado em mãos. Okay?! Respondido?! Posso seguir adiante com as demais explicações, por favor?! – pergunta o Professor.

– Pode, claro que sim, como não?! Por favor, psor, prossiga! – diz Ávalon, que depois disso, fica quieta. Então, o Professor fala por mais alguns minutos, até que a sirene soa, indicando a hora do recreio.

O professor libera a turma, e todos vão rumo à porta da sala para irem ao pátio. Todos se levantam, menos Ávalon, que fica mexendo na bolsa dela, procurando por algo, enquanto as princesas, que ficam de olho nela, já aparentam estar planejando "colocar a aluna nova em seu lugar". Ao ver isso, coloco de volta os óculos escuros, me levanto, caminho na direção da Ávalon e, quando as princesas me veem, elas mudam de ideia e resolvem sair da sala, pois elas preferem não vir me enfrentar logo tão cedo. Isso se deve ao fato de que, como essas princesas não sabiam que eu estaria de volta, elas ainda não sabem o que fazer comigo e, como que eu sou "aquele que jamais deveria ter voltado", elas querem saber primeiro o que eu estou fazendo aqui e como foi que eu consegui voltar. Quanto a mim, que estou precisando de aliados e já percebi que a Ávalon é uma pessoa que não tem medo de se meter em confusão, eu a considero uma opção perfeita. Por coincidência, o batom dela cai no chão e rola na minha direção, então eu me abaixo para juntá-lo e entregá-lo na mão dela.

– Bah, valeu cara, valeu mesmo! – diz Ávalon, que me olha quando pega o batom.

– De nada! – respondo, forçando um sorriso e, claro, aproveito a situação para começar uma conveniente "amizade" com ela, ao perguntar – Tu é a Ávalon, certo?!

– Ahã! E tu é o...? – pergunta Ávalon.

– Leônidas! – respondo.

– Ah, prazer! – diz Ávalon, que estica a mão para me cumprimentar.

– O prazer é meu! – digo, ainda forçando o sorriso e logo aperto a mão dela.

– Hum, olha só... Não sei se tu pode me ajudar, mas... É que quando eu estava me matriculando aqui... Eles me perguntaram de qual dos grupos eu queria fazer parte, aí eu entrei pro Rock, né! Até me disseram que cada grupo tem uma área, uma sede e tal... Só que eu não sei onde é a área do Rock, e queria saber se tu, por acaso, não saberia! – diz Ávalon.

– Bom, eu também sou do Rock... E sei onde os Roqueiros ficam! Mas primeiro, eu gostaria de te convidar pra conhecer a Escola! Aí, no final, eu te levo até a área do Reino do Rock! O que tu acha?! – pergunto, e Ávalon fica pensando um pouco.

– Hmmm... Tá bom, pode ser! – responde Ávalon, que pega o seu lanche, o qual é um pacote de bolachinhas recheadas. Então, assim que se levanta, ela sai da sala comigo e me pergunta: – Se tu sabe de todos os lugares daqui... Então quer dizer que tu já é daqui, né?! Há quanto tempo tu já está aqui?!

Vendo agora ela de pé, e perto de mim, vejo que Ávalon é um pouco mais baixa do que eu, magra e com curvas.

– Bom, digamos que eu estudei aqui um tempo, saí, fiquei um tempinho fora e estou voltando agora! – respondo, enquanto começamos a descer as escadas.

– Se tu voltou é porque esta Escola deve ser boa, então! – presume Ávalon. Então eu apenas olho pra ela, dou uma risada breve e fico sério de novo.

– Na verdade, não! Este lugar é um inferno! – respondo e ela me olha espantada. Então eu continuo: – Tem dois tipos de divisão aqui! O primeiro, que tu já conhece, é o sistema dos grupos, que divide a Escola em oito! O segundo tipo divide a Escola em duas, entre nobres e plebeus! Tu, por ser novata do Ensino Médio, jamais poderia ser nobre, porque os nobres são escolhidos quando estão na quarta série e, ainda, precisa estar na Escola desde a primeira série, então... Sinto te informar, mas... Tu é plebeia, assim como eu! – digo, e Ávalon dá de ombros.

– Ah, mas isso não é uma coisa que me incomoda! Eu não faço muita questão de ser uma daquelas princesas frescas que estavam lá no meio do Ginásio hoje cedo! – diz Ávalon, e eu apenas olho para ela.

– Bem, se vê que tu não sabe mesmo como as coisas funcionam por aqui, mas tudo bem, eu te explico! É assim... – digo e, após respirar fundo, eu prossigo: – Os nobres têm permissão da Direção da Escola pra fazer tudo o que bem entenderem, inclusive pra mandar nos plebeus. Aí, se algum plebeu não obedecer eles... Eles pedem pra Direção expulsar esse plebeu da Escola, com um monte de acusações falsas e absurdas!

– Mas por que fazer isso?! Tipo... Criar essas mentiras... Expulsar já não é um castigo ruim o bastante?! – pergunta Ávalon, que está começando a ficar incomodada.

– Oras... É pra colocar mais medo nos plebeus, é claro! Pra essa gente nunca é o bastante quando se trata de infernizar a nossa vida. Eles fazem assim, também, porque isso complica a vida da pessoa quando ela já está fora daqui, porque afinal... Humpf! Quem vai querer admitir um aluno acusado de vandalismo, de traficar drogas na escola, por ter tentado matar ou estuprar alguém?! E ainda, se a pessoa é acusada de tudo isso, ela acaba se complicando com a lei também... E isso sem falar nos pais dessa pessoa, que vão ter de responder! – respondo e, assim que chegamos ao térreo, Ávalon para, meio desconsertada por ouvir tudo isso. Então eu pergunto: – E aí?! Será que isso te incomoda agora?!

– Ah, óbvio, né! Mas meu... Eu vou falar com o meu pai, pra ele me tirar daqui enquanto é tempo. Imagina quando eu contar tudo isso pra ele! – diz Ávalon, com determinação.

– Acho melhor tu não fazer isso! Tu não está lidando com pessoas burras e despreparadas, Ávalon! E se o teu pai vier aqui pra reclamar, dizendo que tu contou essa história absurda pra ele, além de elas negarem tudo o que tu disse, vão fazer o possível pra colocar na cabeça do teu pai que tu é que é uma guria problemática! E, claro, vão inventar alguma coisa... Tipo alguma coisa muito errada, supostamente praticada por ti, pra embasar a história delas! Até falsas testemunhas elas arranjam! – digo, e os olhos cor de mel de Ávalon se arregalam.

– Muita gente já foi vítima disso?! – pergunta Ávalon.

– Ah, muitos já serviram de exemplo, mas até agora nada se compara ao que aconteceu em novembro de 2006. Foi o mês que mais teve expulsões arbitrárias na história da Escola. – digo.

– Tu sabe muito sobre isso... É por que tu foi uma das vítimas dessas expulsões?! – pergunta Ávalon.

– Não! Eu não cheguei a ser expulso! – respondo e logo prossigo: – Se eu tivesse sido, eu jamais poderia ter voltado pra cá. A verdade é que eu saí daqui, em dezembro de 2003, quando eu já estava aprovado na quarta série e, só por isso, que eu felizmente não perdi o ano. E sobre eu não ter sido expulso... Bom... Acontece que as desgraçadas, responsáveis pelos grupos, inventaram um monte de absurdos pros meus pais... E pra Escola TODA... Dizendo que eu era problemático, que ninguém mais ia me respeitar e que era melhor que eu não continuasse na Escola, porque isso pouparia a mim e aos outros alunos! E o que os meus pais fizeram?! Caíram feito patos e me tiraram daqui.

– Que horror! E que fundamentos essas pessoas tinham pra dizer que tu era problemático?! Tipo... – exclama Ávalon.

– Bom... Alguém colocou drogas na minha mochila, bem no dia da Festa de Natal! Aí, depois de terem interrompido a festa, só pra me acusar de traficar drogas na Escola, foram revistar as minhas coisas na frente de todo mundo, como se aquilo fosse parte do espetáculo! Aí, quando o burro aqui, que não só permitiu, mas fez questão de que revistassem tudo... Bom... O resto eu nem preciso te contar, né! – digo.

– Quando vê, aquilo era mesmo parte do espetáculo, né! Quem queria te prejudicar já tinha planejado tudo! – constata Ávalon.

— Ah, não tenho dúvida quanto a isso! Agora... Pensa bem... Se eu realmente estivesse escondendo drogas na mochila... Tu acha que eu teria deixado que revistassem algo? E ainda mais assim, de bom grado?! – pergunto.

— Claro que não, né! – responde Ávalon.

— Pois é! Só que ninguém pensou dessa forma naquele dia! E o fato é que isso tudo acabou com a minha vida, porque pra quem estava querendo acabar comigo, não bastava que simplesmente tivessem me infernizado durante todo aquele ano, né! – digo.

— Tá, mas... Que motivos essas pessoas teriam pra fazer tudo isso contigo, tipo... O que foi que tu fez pra essas pessoas?! – indaga Ávalon.

— Pois é! Eu não fiz nada contra essa gentalha toda! E os motivos que levaram esses nojentos a fazer o que fizeram contra mim, é exatamente o que eu estou tentando descobrir! Mas enfim... Até eu conseguir descobrir algo, é um longo caminho. Por hora, vamos aproveitar o tempo do recreio pra eu te mostrar a Escola! Eu disse que ia fazer isso, não é?! – digo. Nessa hora, Ávalon, por ter ficado pasma com tudo, só me olha. Então eu lhe falo: – Olha, eu sei que são muitos absurdos pra digerir, mas, sabe, conhecer o território onde o inimigo tem domínio é um bom jeito de começar a lidar com ele! – coloco a mão no ombro dela e pergunto: – Vamos?! – ela balança a cabeça em concordância e logo começa a caminhar comigo, enquanto eu começo com a apresentação, dizendo: – Três dos oito grupos têm sede aqui no térreo deste prédio, sendo eles: Moda, Natureza e Valentes. A sede, como tu bem deve saber, é onde os reis administram os grupos, e as áreas dos reinos ficam ao lado de sua sede.

Afastamo-nos das escadas e seguimos caminhando pelo longo corredor do térreo, onde é possível ver os mastros, com as bandeiras dos três reinos que têm sede aqui. Cada uma das sedes fica longe uma da outra, e no lado de fora do prédio, bem ao lado dessas salas, fica a área comum desses grupos. Vale citar também que essas salas têm duas portas, uma fica no lado do corredor e a outra lado de fora, que leva diretamente à área comum, onde os plebeus ficam. Dentro das sedes é onde eles guardam todos os pertences dos grupos, como os adornos utilizados em eventos especiais, tais como a cerimônia de boas-vindas. Também guardam lá documentos e todo tipo de tralha, seja do grupo, ou coisas pessoais dos nobres. Ainda, na parte mais icônica da sede, fica a sala do trono, que, além de ter o Trono do Grupo, tem também os retratos dos monarcas antecessores. Porém, é claro que eu não posso entrar nas sedes, para mostrar isso a Ávalon.

A primeira das sedes que vemos é a do Reino da Moda. A bandeira, no mastro pregado ao lado da porta, tem um fundo lilás, e, no centro dela, um manequim de loja, com roupas elegantes que estavam na moda de Paris na década de 1980, época em que o grupo foi fundado. Essa foi a maneira que as fundadoras arranjaram de representar a "Moda", coisa que é de suma importância para as pessoas desse Grupo. No canto superior esquerdo está a Coroa da Moda, representada em amarelo. Sobre a porta, há uma placa de madeira, com a seguinte inscrição:

1984
Reino da Moda

A porta seguinte é a do Reino da Natureza, e, tanto a porta, quanto o mastro e a inscrição seguem os mesmos moldes dos do Reino da Moda. Quanto à bandeira desse Reino, o fundo é verde folha e, no centro, há um broto com cinco folhas de plátano, que representam os fundadores do Grupo. Acima do broto, está a Coroa da Natureza, em amarelo. Quanto à inscrição:

1986
Reino da Natureza

A última porta do corredor é a do Reino dos Valentes, que também segue o padrão das outras. A bandeira, com o fundo carmim, tem em seu centro um "V" de "Valentes" em amarelo, desenhado como se fosse um braço musculoso curvado, com o punho cerrado, que representa a força bruta dos valentões que fundaram o Grupo. A coroa, em cores reais, fica sobre o "V". Quanto à inscrição sobre a porta:

1983
Reino dos Valentes

À frente de cada uma das portas, há dois seguranças, que ficam sempre a postos, enquanto os nobres estão dentro das sedes e, claro, nas portas do lado de fora do prédio, há mais dois seguranças. Mas quem seriam esses seguranças? Funcionários da Escola? Não, os seguranças de todos os grupos são alunos plebeus. O que acontece é que os nobres, quando assistem aos campeonatos de esportes que acontecem entre os grupos, selecionam os quatro plebeus de seu Grupo com o melhor desempenho, pois concluem que eles são os mais fortes e, por isso, são os mais adequados para cuidar da sua segurança. Então os obrigam a ficar em todos os seus recreios nesse serviço, de graça, porque, caso não concordem, o seu destino é a expulsão. É claro que, quando estão competindo, os plebeus não fazem ideia de que poderão ser selecionados para tal fim, porque caso algum deles soubesse, ninguém mais praticaria esportes na Escola. Eu, particularmente, só sei disso devido às pesquisas secretas que fiz sobre a Escola.

Logo que Ávalon e eu saímos do prédio, caminhamos pelo pátio e por outras partes do imenso terreno da Escola e vemos a porta de outro Reino, que fica localizado numa parte um pouco mais afastada, cuja sede fica ao lado de um depósito. Esse Grupo em questão é o Reino das Amazonas e, apesar de estar mais afastado, esse Reino, que só abriga meninas, segue o mesmo padrão dos demais, com duas seguranças na porta principal e na dos fundos, o mastro com uma bandeira pregado ao lado da porta e, acima da porta, uma inscrição. A bandeira desse Reino tem um fundo cor de rosa claro e, no centro, em um tom de cor de rosa mais escuro, tem o Espelho de Afrodite, representando que o Grupo é somente das meninas. Quanto à inscrição:

1983
Reino das Amazonas

Voltamos à área central da Escola, nos aproximamos da Cantina e, no mesmo prédio desta, há uma sala, que é a sede do Reino dos Melhores. No mastro há uma bandeira amarela, com uma grande coroa dourada, com contornos em preto. Sobreposto à coroa, há um "M" de "Melhores", em vermelho. Quanto à inscrição:

1987
REINO DOS MELHORES

Perto dali, entre a Biblioteca e o Laboratório de Informática, está a sede do mais forte dos grupos, o Reino da Modernidade. No mastro há uma bandeira com o fundo bordô, e no centro, uma esfera armilar dourada, semelhante à da atual bandeira de Portugal e à da antiga bandeira do Império do Brasil. Em volta da esfera há um anel azul, representando a globalização da era atual, e a própria "Modernidade". Sobre a esfera, está a Coroa da Modernidade em cores reais. Quanto à inscrição sobre a porta:

1985
Reino da Modernidade

Entre a Secretaria e o Laboratório de Ciências, vemos a porta dos fundos da sede do Reino da Fênix. No mastro, uma bandeira com um fundo vermelho, com uma grande Fênix em laranja e amarelo, que ocupa quase toda a bandeira. A Fênix tem a Coroa na cabeça, sendo esta representada em dourado. Quanto à inscrição:

1986
Reino da Fênix

Por fim, chegamos à nossa área, que fica ao lado da Secretaria. No mastro ao lado da porta, uma bandeira com o fundo branco, com os contornos de uma guitarra em preto, que ocupam quase toda a bandeira. Acima da guitarra, também em contornos pretos, está a Coroa do Rock. Quanto à inscrição:

1985
REINO DO ROCK

– Que legal esse grupo! Todo mundo daqui parece ser tão... Legal! – diz Ávalon, maravilhada ao ver um lugar na Escola cheio de pessoas com um estilo semelhante ao dela, as quais utilizam bandanas e outros vários adornos das bandas de *rock* mais conhecidas do mundo. Ainda, não dá para deixar de notar que há vários meninos com cabelos longos e meninas com cortes de cabelo e maquiagem condizentes com o mundo do *rock*.

— Pena que a nobreza desse Grupo não representa nada disso! — digo, e ela me olha com uma expressão de decepção. Então a sirene soa, anunciando o fim do recreio, fazendo com que todos, inclusive nós, comecemos a seguir de volta ao prédio principal. Enquanto caminhamos, alguém cutuca o meu ombro.

— E aí, Leo! Quanto tempo! — a pessoa que me cutuca e diz isso é Nina, alguém que, nos velhos tempos, se dizia minha amiga, mas acabou me virando as costas no meu pior momento. Por esse motivo, eu não tenho a menor vontade de cumprimentá-la, mas, mesmo assim, tento ser o mais educado possível.

— Oi! — digo, em um tom áspero e sem forçar nenhum sorriso, pois com a Nina eu não preciso e não quero ser falso. Quando Nina se prepara para dizer mais alguma coisa, nós percebemos que algo está acontecendo na Praça Central, e logo corremos para lá.

— Ai, acho que já começou! Será que nem no primeiro dia eles deixam a gente em paz?! — diz Nina, enquanto corremos, já tendo uma perfeita noção do se trata. Quando chegamos à praça, flagramos uma cena que é normal para quem já é de casa.

— O que está rolando?! — pergunta Ávalon.

— Ah, o de sempre! Os nobres tratando as pessoas que são como nós, feito lixo! Tu, que é nova aqui, não deve saber direito, mas fazer parte da plebe daqui é um inferno! — responde Nina, enquanto ouvimos a Rainha Wanda das Amazonas humilhando uma de suas súditas.

— Olha aqui sua inútil... Eu sou tolerante até demais com vocês, mas isso que tu fez hoje não pode ser perdoado! — diz a Rainha, que, ao se virar para o público, pronuncia: — Sim, gente, é isso mesmo! Essa anta desengonçada é uma verdadeira criminosa! Ela derrubou o meu frasco de perfume, caríssimo, no chão! Sendo que eu só tinha mandado ela me alcançá-lo. Argh! Será possível que alcançar um perfume é uma coisa tão difícil assim?! — então ela olha para a menina, que está ajoelhada e aos prantos, para dizer: — Sinto muito, meu amor... Mas eu vou ter que te expulsar.

— NÃO! — grita a menina, que, por saber o quão terrível uma expulsão pode ser, implora: — Por favor, Majestade, eu te compro um frasco novo! Por favor... Pelo amor de Deus, não me expulsa! Por favor!

— Oin! Sinto muito, mas... Não vai dar! — diz Wanda, com um olhar de desprezo. A Rainha Wanda tem uma voz fina e insuportável, e, ainda, tem uma aparência completamente artificial, com os cabelos oxigenados, arrumados para trás com uma tiara, sendo até possível ver o cabelo escuro nascendo, na raiz. Para piorar, ela exagera com a maquiagem, o que a faz parecer uma boneca de cera.

— Querida, não precisa expulsar esse estrupício! Deixa que eu cuido disso! — diz a Princesa Juliana, que chega, olha para a plebeia e fala: — Uma simples bronca minha já vai fazer ela se arrepender disso até a morte! – e a menina fica pálida, pois, ao que tudo indica, todos morrem de medo da Princesa Juliana.

– Humm... Tá, pode ser! Se tu fizer essa coisa aprender a lição, eu deixo ela ficar! – diz Wanda, que olha para a plebeia e complementa: – E ó... Eu quero o meu perfume de volta... AMANHÃ! Tá! Se não... Pode já ir procurando uma outra escola, que aceite palhaças criminosas! – ela ri, se vira para Juliana para lhe agradecer, e num jeito típico de patricinhas falarem, ela diz: – Ai... 'Briguiada, Ju! – querendo dizer "obrigada", mas a palavra acaba saindo assim. Então as duas se abraçam e, em seguida, Juliana encara a multidão.

– O que que vocês estão olhando, seus plebeus desocupados?! Não têm o que fazer?! ANDEM LOGO! JÁ PRA AULA, SEUS INÚTEIS! OU SERÁ QUE ALGUÉM VAI QUERER FAZER COMPANHIA A ESTA ANTA AQUI, PRA LEVAR BRONCA JÁ NO PRIMEIRO DIA DE AULA?! HEIN?! – grita Juliana, fazendo com que os plebeus, que morrem de medo dela, lhe obedeçam. Enquanto isso, ela leva aquela menina de volta à sede do Reino das Amazonas. Como não resta alternativa, Nina, Ávalon e eu também obedecemos à ordem dela e, enquanto Nina vai na frente, eu aproveito para dizer mais uma coisa à Ávalon.

– Agora tu viu um exemplo das coisas que acontecem por aqui! – digo e, enquanto Ávalon apenas me olha, eu completo: – É por isso que, daqui pra frente, é melhor tu não fazer mais aquilo que tu fez com o Professor Wenceslau, porque é nesse tipo de atitude que os nobres se baseiam pra escolher os "bodes expiatórios" deles. E eu percebi que eles já estão de olho em ti. Então, Ávalon... Sério mesmo... Te segura, na hora de fazer brincadeiras com os professores. Ah, e claro, nem pensa em mexer com os nobres a troco de nada!

– Cara... Eu não vou aguentar ficar quietinha! Eu não sou assim! Ainda mais vendo esse *show* de horrores todo santo dia! Eu não vou conseguir ficar sem fazer nada! – diz Ávalon.

– Eu não disse pra tu ficar quietinha! Eu disse pra tu te segurar! A hora de agir vai chegar! Nós vamos fazer algo sim, mas não podemos fazer nada sem um plano, entendeu?! – digo, e Ávalon dá um sorriso macabro, aparentando estar gostando de ouvir isso. Então eu completo: – E também não é o Wenceslau que a gente tem que infernizar! Ele até parece ser um Professor legal! Vamos guardar isso pra algum professor que nos dê motivo pra não gostar dele... Ou dela... Sei lá! E claro... Não pode ser desse jeito todo sem noção que tu fez hoje!

– É! Pior que tu tem razão! – responde Ávalon, e, quando eu percebo que ninguém está prestando a atenção em nós, nem mesmo Nina, eu finalmente resolvo ir ao que interessa.

– Bom, Ávalon... É o seguinte... Eu, mais do que tudo, quero acabar com essa gentalha! Só que pra isso nós vamos ter que trabalhar juntos e, nunca... Jamais... Podemos nos dar ao luxo de agir por impulso. E aí?! Tu quer me ajudar a virar este lugar de cabeça pra baixo?!

– Óbvio que eu ajudo! Ajudo no que for preciso pra acabar com esses escrotos! É que sabe... Eu meio que gostei de ti! Dá pra perceber que se é pra acabar com essa gentalha louca toda... Tu deve ser do bem! – diz Ávalon.

– Fico feliz em ouvir isso, mas agora é melhor a gente ir, antes que a Princesa Juliana nos veja e venha ordenar que voltemos à sala de aula, aos berros! – digo em tom de deboche, e Ávalon ri, demonstrando concordância. Então voltamos a caminhar e, quando estamos entrando no prédio, alguém chega para falar com Ávalon.

– E aí sua louca! Está fazendo o que aqui?! – pergunta um rapaz.

– Sid! Quanto tempo! Eu já tinha te visto, mas ainda não tive tempo de ir falar contigo! – diz Ávalon, que dá um abraço no rapaz e logo se vira pra mim, para começar as apresentações: – Leônidas, esse é o Sid! Ele foi meu colega na terceira e na quarta séries! – ao ver aquele cara gordinho e meio engraçado, eu apenas penso que ele, por ser amigo da Ávalon, poderia ser útil para me ajudar e, como eu não estou podendo dispensar nenhum tipo de simpatia com quem ainda não me conhece, eu forço um sorriso. Enquanto isso, Ávalon prossegue: Sid, esse é o Leônidas! Ele tem me ajudado a conhecer a Escola neste primeiro dia! – então Sid estende a mão pra mim.

– E aí, meu! – diz Sid, e eu aperto a mão dele e digo de volta:

– E aí! – respondo, ainda forçando um sorriso.

– Nunca tinha te visto por aqui; como que tu conhece a Escola?! – me pergunta Sid.

– Ah... Eu já estudei aqui há alguns anos! – respondo.

– Mas me fala Sid, em qual Grupo tu está?! – pergunta Ávalon.

– Eu sou dos Valentes! – responde Sid.

– A gente está no do Rock! Não quer mudar pro nosso?! – pergunta Ávalon.

– Ah, é que eu gosto do meu Grupo! E fora que eu não tenho do que reclamar da minha Rainha! E sério... Eu não ia gostar de ser do Rock! – responde Sid que, em tom mais baixo, comenta: – Ainda mais do jeito que o Rock está atualmente, com aquela escrota daquela Rainha funkeira dos infernos! Como é que aquilo lá virou Rainha do Rock?!

Ávalon se cala, considerando que Sid tem razão na decisão dele. Eu também, além de concordar com ele, considero interessante o que ele falou sobre não ter o que reclamar da Rainha do Grupo dele, pois essa Rainha é a mesma que foi vaiada pelos outros nobres. Porém, apesar de eu querer questioná-lo mais sobre isso, eu vejo a hora no meu relógio, e percebo que já estamos atrasados.

— Olha, o papo está ótimo aqui, mas... É melhor a gente voltar pra sala agora! — digo.

— É melhor mesmo! — diz Sid, que, concordando comigo, logo completa: — Se não esses nobres fia da mãe vêm incomodar, achando que têm alguma moral.

Então subimos as escadas e, quando chegamos à sala de aula, vemos Luna, uma pessoa que já foi minha colega nos velhos tempos e que, também, sofre maus bocados por causa das mentiras que o Príncipe Jonas espalha a respeito dela.

— Oi, Leo! — diz Luna, e eu respondo acenando com a mão. Fico sério ao fazer isso, pois para Luna, uma pessoa que nunca me dedurou e que, acho eu, nunca quis me fazer mal, eu também não faço sorriso falso.

Quando vemos que a Professora já está na sala, nós vamos para os nossos lugares. Logo que eu tiro os óculos, a Professora Dilma Damares Collor, de Biologia, se levanta para dar início ao ritual de apresentações do primeiro dia de aula. Ela escreve o nome no quadro, anuncia as datas das provas e trabalhos, dá alguns avisos, que são os mesmos que o Professor Wenceslau havia dado antes, e começa a introduzir a matéria.

— O que é biologia, Professora?! — pergunta a Princesa Alice.

— Bom... "Bio" é vida, e "logia" vem de "logus", que é estudo! Então "biologia" é o estudo da vida! — responde a Professora, em alto tom, tentando ser paciente por ter de responder uma pergunta dessas.

— Aaaah... Entendi... É que eu não falo francês! — diz Alice.

— Na verdade, isso é latim! — diz a professora, que, novamente, fala bem alto. Então ela começa a falar sobre o que abordaremos com ela ao longo do trimestre.

Enquanto aquela professora, baixinha e gordinha, com um cabelo chanel castanho, continua falando, alto e sem parar, dá para ouvir os príncipes Hugo e Walter cochichando.

— Como a Alice é burra! Chega a ser até frustrante saber que ela tem o mesmo *status* que o nosso! — diz Hugo.

— Desde quando que uma Princesa como ela estuda?! Porque diferente da gente... A Alice usa os privilégios de Princesa pra não precisar estudar! Ela manda os plebeus nojentos fazerem os trabalhos dela e faz os professores darem aquela manipuladinha nas notas, pra ela poder passar de ano, né! — diz Walter.

— Tu quis dizer que ela é diferente de mim, né! Porque eu sei que já faz um bom tempo que tu também usa os teus privilégios pra fugir dos estudos. Humpf! — diz Hugo, fazendo com que Walter apenas se cale, visto que ele mesmo sabe que a afirmação do amigo é verdadeira. Agora, se tem uma coisa em que Walter tem razão, foi sobre o que ele afirmou a respeito dos privilégios da Princesa Alice, porque, sim, essas coisas também acontecem nesta Escola.

Despois disso, a Professora fala um pouco das principais teorias sobre o surgimento da vida, como a geração espontânea, a evolução e até um pouco sobre o criacionismo, que era o que os antigos acreditavam. Ela fica apenas nisso e, por hoje, não se aprofunda em mais nada. Quando encerra sua aula, ela faz a chamada e deixa a turma livre nos últimos minutos. Nesse momento é que é possível ver a verdadeira segregação que existe na Escola, entre os nobres e os plebeus, que ficam separados nesse momento. O único tipo de exceção, quanto aos plebeus, são os membros de confiança, que ficam perto dos nobres.

Não demora muito até eu perceber que o Príncipe Jonas fica me olhando lá do outro lado da sala. Com certeza, ele, um dos principais responsáveis pela minha desgraça, deve estar pensando em um jeito de me tirar daqui de novo. Vejo também os príncipes Hugo e Walter cochichando enquanto me observam. Sim, a minha presença atrai a atenção de todos eles, incluindo as princesas Bella, Alice e Karin, que, mesmo sem me conhecerem, por eu ter sido de uma turma da manhã e elas da tarde, resolvem dar ouvidos às coisas que a Princesa Juliana, provavelmente, já deve ter dito a meu respeito, as quais, com certeza, não foram nada boas.

Quando a sirene soa, eu apenas coloco os óculos novamente, pego a minha mochila, me levanto e tento sair da sala o mais rápido possível, mas, antes de sair, vejo Ávalon me acenando, querendo me dar tchau. Então, eu apenas aceno de volta, forçando um sorriso e, em seguida, vou embora da sala.

Há dias na semana em que o pessoal do Ensino Fundamental II e do Ensino Médio tem de ficar na Escola durante o turno da tarde também, mas isso nunca acontece na primeira semana de aula, quando sequer há uma grade de horários definida. Por isso, hoje nós podemos ir embora ao meio-dia.

É claro que o dia seguinte será bem pior, porque hoje os nobres não fizeram nada devido ao choque que tiveram ao me ver, e por isso estão sendo cautelosos. Porém, amanhã eles já vão ter descoberto como que eu fiz para voltar à Escola e, com toda a certeza, virão me enfrentar. Por isso, eu vou ter de saber como lhes responder à altura, sem que eu acabe colocando tudo a perder.

Saindo do prédio, me dirijo ao estacionamento, onde o meu pai me espera dentro do carro. Ainda a caminho, vejo a Dona Eva varrendo algumas folhas, e ela, assim que me vê também, para com o que está fazendo, coloca um sorriso no rosto e abana para mim. Eu faço o mesmo, pois é realmente um alívio saber que nem todas as pessoas daqui me odeiam e que, pelo menos nestes últimos anos, a Dona Eva não mudou de opinião a meu respeito. Em seguida, eu enfim entro no carro e respiro aliviado, porque, afinal, o primeiro dia já foi produtivo, sendo que eu até já consegui arranjar a minha primeira aliada.

CAPÍTULO III

O Patinho Feio

A manhã do primeiro dia de aula, que era agradável, se transformou numa tarde ensolarada e quente, com temperatura de 31°C. Já em casa, depois do almoço, fico analisando as informações que adquiri no último ano e a experiência que foi estar de volta à Escola Romanorum. Revejo melhor os meus principais alvos, que são os nobres Hugo, Jonas, Walter, Janaína e Juliana, as Professoras Bia e Luana, e as funcionárias Griselda e Jezebel. Para derrubar cada uma dessas pessoas, eu preciso juntar mais aliados o quanto antes e, felizmente, já estou no caminho certo, porque Ávalon está do meu lado e ainda fez com que Sid simpatizasse comigo, o que é excelente. Uma pena que esse simpatizante tenha adoração pelos nobres do Grupo dele, mas isso é algo que pode ser consertado. Enquanto estou vendo fotos e algumas outras coisas da Escola, alguém está com ciúmes, e esse alguém é Thor, meu lindo e levado cachorro Pastor Alemão, que quer a minha atenção só para ele. Por um momento, deixo as coisas de lado, vou brincar com ele e só depois eu retomo.

No dia seguinte, 4 de março, terça-feira, a manhã é ensolarada e a temperatura é de 21°C. Logo que chego à Escola, subo as escadas, entro na sala e reparo numa pessoa que não estava na turma ontem. Neste momento, Ávalon também chega.

— E aê, Leônidas! Tudo certo?! – diz Ávalon, que já vem me cumprimentar.

— Bom dia, Ávalon! Tudo certo, e contigo?! – pergunto, e cumprimento de volta.

— Tudo bem também! Ah, olha só, tu quer se sentar comigo ali na frente hoje?! Já que ainda não tem espelho de classe, não vai ter problema se tu mudar de lugar, né! – sugere Ávalon.

— Hum... Sabe Ávalon... Eu acho que eu devo ter te contado que a maioria das pessoas daqui não vai muito com a minha cara e... Na minha situação, não é bom ficar na frente. Vai que alguém tente alguma gracinha! É melhor ficar lá atrás, porque lá eu posso ter uma visão da sala inteira. Então... Não quer tu ir se sentar lá comigo?! – convido; então ela coloca o dedo indicador na frente da boca e depois o aponta pra mim.

— Sabe que eu nem tinha pensado nisso?! Pior que tu disse também, né, que esse povo nobre, aí, da sala, já está de olho em mim e tal... – diz Ávalon e eu faço que sim com a cabeça. Então ela responde a minha pergunta – Hum... Tá bom! É melhor eu me sentar lá contigo mesmo. – e ela pega a sua mochila, vai até a fileira do fundo, se senta num lugar ao lado do meu e comenta: – Bah, tu tem razão mesmo, é bem melhor aqui!

– Eu não disse?! – digo, só para não ficar calado.

– Já volto, vou só encher a minha garrafinha d'água! – diz Ávalon.

– Vai lá! – respondo.

Quando Ávalon sai da sala, três pessoas começam a se aproximar de mim. Nina vem pela minha frente e os nobres Juliana e Jonas vêm pela minha transversal esquerda. Nina chega antes, mas quando ela está prestes a falar comigo, Juliana apenas a encara.

– Nina... – diz Juliana, que faz um gesto com a cabeça, acompanhado com um som com a boca – Shuit! – querendo que ela chispe logo dali. Nina vai, pois tem noção do perigo, mas enquanto ela se vai, Juliana ainda fica fazendo gestos com a mão e falando pausadamente – Vai! Vai! Vai! Vai! Vai! – como se Nina fosse um cachorro. Essa é, com certeza, uma cena muito incômoda de se ver, pois é como se a amizade que as duas tinham no passado nunca tivesse existido.

– E então, hein, Leo... Deu um jeitinho de voltar pra cá! A gente já está sabendo de tudo. – diz o Príncipe Jonas, com um sorrisinho maléfico. Jonas é um cara bronzeado, com olhos de cor verde-água, cabelo preto, curto e que está sempre arrepiado. Quanto à altura dele, é semelhante à minha.

– Humpf! Tu foi chorar pra Dona Helena te deixar voltar pra Escola, né! E ainda pediu a proteção dela, pra que nós, "seres do mal", não possamos fazer nada contigo. – diz a Princesa Juliana, uma menina linda, magra, com curvas, mestiça, com a pele parda, cabelo liso, castanho-claro, comprido e armado num coque. Então, ela aponta o dedo na minha cara e continua: – Se tu pensa que tu vai ter vida boa aqui, pode esquecer. Porque a gente vai continuar o trabalho de manter a ordem na Escola, goste tu, ou não. E se a gente precisar te dar uma lição, a gente vai te dar! – e eleva o tom – ENTENDEU?!

– RESPONDE, PLEBEU! Não viu que uma Princesa falou contigo?! – grita Jonas, com tom de superioridade, simplesmente irritante, e eu apenas respiro fundo.

– Falei com a Dona Helena, sim! Por quê?! Isso seria alguma preocupação para Vossas Altezas?! – indago, em tom formal, porém debochado. Em seguida, eu mesmo respondo a minha própria pergunta, quando falo: – Hum, acho que sim, né! Porque vocês não podem me expulsar sem conversar com ela primeiro. E ela vai fazer o que vocês querem só se vocês derem um motivo muito forte, como prova. Só que como a Dona Helena não é tão ingênua quanto a irmã, ela não vai acreditar em qualquer coisa que vocês falarem, então... Eu acho que vocês vão ter que me aturar... Por um bom tempo.

— A gente pode até não ter o poder pra te expulsar, mas a gente pode fazer o que a gente quiser contigo aqui dentro, sabe?! Tipo transformar a tua vida num inferno! – diz Juliana, me ameaçando e fazendo uma expressão de nojo. Então ela logo prossegue – Humpf! Não faço ideia do que te fez voltar, mas eu mesma vou me encarregar de fazer tu te arrepender dessa afronta para com todos nós. Porque ninguém te quer aqui.

— Se eu fosse tu, eu voltava praquele buraco que tu chama de casa, naquele bairro horroroso onde tu mora, e nunca mais saia de lá, porque sabe... O lixo tem que ficar no lixo mesmo, não na escola. – diz Jonas, achando que me afeta. Então logo aparece a dupla dinâmica, Hugo e Walter.

— Oin, olha shó! O bebê achou que não aguentava o tlanco, e foi falhá com a tia Helena pá pidí potechão! – diz Hugo, de um jeito infantil, também tentando me afetar. Hugo é um cara alto, com cabelo preto, armado para cima e, diferentemente do Jonas, ele não deixa arrepiado nem usa gel, pois o cabelo dele já é assim.

— É! Seu vagabundo, sem noção! Com certeza veio aqui pra causar confusão, igual à última vez! Humpf! Que nojo que eu tenho disso! – concorda Walter, o cão fiel do Hugo, sendo ele um rapaz obeso, com bochechas enormes, mestiço de pele parda, assim como a Juliana, e o seu cabelo é crespo, preto e bem curto.

Realmente, ver aquelas quatro figuras não é fácil, e eu tenho de controlar o meu linguajar. É uma situação difícil, mas, para minha sorte, a sirene soa, indicando o início da aula.

— É! É mais ou menos por aí! Mas sabem, é hora da aula agora! E se Vossas Altezas são realmente defensores da ordem na Escola... Vossas Altezas deveriam ser os primeiros a ir para seus lugares. Ou será que eu estou errado?! – digo, ainda em tom de deboche. Enquanto falo, Ávalon volta para a sala, e logo atrás dela vem vindo a Professora Isabel. Então eu prossigo – Ah, olha só, a professora acabou de chegar! – e por fim, Jonas e Hugo se afastam, bufando, mas Juliana e Walter ainda ficam.

— Isso ainda não acabou! Tu não perde por esperar! – ameaça Juliana.

— É! – concorda Walter. Por fim, esses dois também se afastam e Ávalon chega.

— O que que esses trombadinhas vieram fazer aqui? – pergunta Ávalon.

— Ah, nobres, né! Vieram tentar me meter medo! Tu já deve saber que eles me odeiam! – respondo. Em seguida, tiro os óculos escuros, e Ávalon fica me olhando.

— Só agora que eu notei que os teus olhos são verdes, e ainda nesse tom de esmeralda... Ah, também né, é a primeira vez que eu te vejo sem esses óculos escuros. Combinam com o teu cabelo louro-escuro. – diz Ávalon.

– Bom, dizem que o verde é a cor da esperança! Então... Deve ser por isso que eu tenho muita. Principalmente... Quando se trata de acabar com esse povinho! – falo sério, mas em tom de brincadeira e, sem querer, acabo fazendo Ávalon rir. Depois disso, não falamos mais nada. Logo a Professora Isabel dá início às apresentações dela e da disciplina, seguindo o mesmo ritual que os professores Wenceslau e Dilma seguiram.

A professora de Inglês é uma mulher magra, baixinha, com cabelos naturalmente louros-claros e encaracolados, e com olhos azuis. Obviamente, o que ela escreve no quadro está em inglês, e a fala dela é híbrida, ora fala inglês, ora fala português. No quadro está escrito: MARCH 4TH, 2008; ISABEL MONTENEGRO PEÇANHA; ENGLISH TEACHER. Traduzindo: *4 de março de 2008; Isabel Montenegro Peçanha; Professora de Inglês.*

A Professora Bel, assim chamada por todos na Escola, tenta fazer a apresentação seguir o mais rápido possível e, já em seguida, ela passa alguns exercícios no quadro, os quais não poderiam ser mais fáceis. Basicamente, devemos converter frases afirmativas para as formas negativa e interrogativa, sem deixar de cuidar o tempo verbal e o verbo auxiliar.

– Então tu é boa no inglês! – comento quando vejo que Ávalon resolve os exercícios com facilidade.

– Pois é! – responde Ávalon, que sorri, olha para mim e prossegue: – Talvez seja a única matéria que eu mando bem. Talvez artes também, mas é só isso.

– Qualquer coisa, é só me pedir ajuda... Nas outras matérias! – digo, com o intuito de conquistar a gratidão dela.

– Valeu! – diz Ávalon, enquanto escreve no caderno.

Continuo fazendo os exercícios e conversando com Ávalon, enquanto dou uma olhada na panorâmica da sala, na qual vejo que os plebeus, que não têm qualquer tipo de privilégio e, portanto, precisam estudar de verdade para passar de ano, fazem os exercícios enquanto conversam um pouco com quem está ao lado. O único menino nobre a fazer a atividade é Hugo, enquanto Walter apenas copia todas as suas respostas. Os outros meninos nobres e seus estafetas passam o tempo todo falando sobre carros, motos e mulheres peladas, tanto que Guilherme até chega a tirar uma revistinha proibida da sua mochila, para folhear com os amigos. Já as meninas nobres e suas damas de confiança, pode-se perceber que elas falam sobre muitas coisas, como roupas, praia, os namoricos que tiveram durante o verão e outros assuntos que nada têm a ver com a aula, além de ficarem compartilhando entre si os leguminhos que trazem em potes de plástico, para ver se assim conseguem se manter em forma e se parecer mais com modelos esbeltas e perfeitas. Outra coisa que eu também noto é o fato de que todas elas têm sobre suas mesas uma garrafinha de água mineral, mas este hábito saudável eu não questiono.

O que é interessante mencionar é que, diferente dos meninos, que parecem fazer questão de serem vistos com revistinha de mulher pelada, as meninas comem seus leguminhos de forma discreta, a ponto de quase ninguém perceber o que elas estão fazendo. Isso se deve não ao fato de que elas não querem ser flagradas descumprindo as regras, mas talvez ao fato de que até elas têm noção do quão ridículo este hábito é. Agora, sendo bem honesto, eu realmente não tenho nada contra a prática em si desses atos, mas tudo na vida tem hora e lugar, e os nobres, com discrição ou sem discrição, agem como se nem estivessem numa escola, porque certas regras, como não comer em sala de aula e não trazer conteúdo pornográfico para o ambiente escolar, não se aplicam a eles. Afinal, se eles podem fazer tudo aquilo que desejarem, sem qualquer represália, como regras de praxe poderiam se aplicar a eles, não é mesmo? Bom, a verdade mesmo é que aquela história de que "todos os alunos são iguais" não se aplica a escola nenhuma, porque em qualquer lugar os favoritos sempre poderão mais. A grande diferença da Escola Romanorum para com as outras é que aqui tudo é muito mais explícito e absurdo, e só não vê quem não quer.

E é com a cabeça fervilhando com esses pensamentos que eu sigo fazendo os exercícios, até notar que uma fila se forma ao lado da mesa da professora e o último a entrar nessa fila é um cara alto e fortão. Como sei que os nobres jogarão sujo contra mim, eu preciso de aliados com o porte físico avantajado, pois, mesmo eu tendo praticado karatê nos últimos dois anos, de nada adianta caso vários covardes venham me enfrentar de uma só vez. Então, quando termino os exercícios, eu vou para a fila também, com o intuito de ficar ao lado daquele colega fortão. Felizmente, a situação não poderia ser mais oportuna, porque eu logo percebo que o colega demonstra estar com dificuldade enquanto revê os exercícios. E é nessa hora que eu me aproveito para puxar uma conversa com ele.

– Problemas com exercícios? – pergunto.

– Ah, um pouco! É que eu odeio inglês, não consigo entender muito essa porcaria! – diz o colega fortão em tom amigável.

– Me diz qual é a tua dificuldade, talvez eu possa ajudar. – continuo.

– É que eu nunca sei qual é qual... Tipo assim... Qual que usa verbo auxiliar, e qual não usa... E tal... – responde o colega, enrolando-se um pouco.

– Hummm, sei! Bom... Onde tem "am", "is", "are", "was" e "were" são frases com o verbo "to be"; nessas não se usa auxiliar, ou seja, essas formas verbais são auxiliares delas mesmas, sendo que na negativa tu só coloca um "not" depois do verbo e, na interrogativa, o verbo passa a ficar no início da frase. Já nos outros verbos, que precisam de auxiliar, tu vai colocar o auxiliar "do" ou "does" se for no presente, e "did", se for no passado! Sendo que na frase negativa, tu coloca "do not" ou "does not" antes do verbo... Ou "did not", caso a frase esteja no passado. Já na interrogativa, tu apenas coloca o auxiliar no início da frase! E claro, nas frases em que não se usa verbo "to be", o verbo sempre volta à sua forma nominal. Por exemplo: "She goes to school", que significa *Ela vai à escola*, na negativa fica "She does not go to school" e na interrogativa "Does she go to school?"! Agora, nas frases com o verbo "to be", como essa daqui "He is drinking water", que é *Ele está bebendo água*, na negativa fica "He is not drinking water", e na interrogativa "Is he drinking water?"! – explico. Então olho para o colega, e pergunto – Entendeu?!

– Aaaah! É! Acho que dá pra fazer esse exercício! – diz o colega, que logo completa: – Complicadinha essa língua, hein! Com esse negócio de verbo auxiliar e tal!

– Na verdade, os verbos auxiliares são o que facilitam o inglês. – digo, e o colega me olha, como se eu estivesse falando o maior dos absurdos. Então eu explico: – Imagina se a gente tivesse que aprender a conjugar cada verbo em vários tempos verbais, como fazemos no português! No inglês é necessário aprender a conjugar só no presente, no passado simples e no particípio, sendo que é a mesma regra pra praticamente todos os verbos, porque são poucas as exceções. No resto dos tempos verbais, tudo se faz com os auxiliares. Tudo o que a gente precisa aprender é como esses verbos funcionam. Porque sabendo disso, o inglês decola.

– Baaaah! Nunca tinha pensado nisso! Pior que agora que tu falou... É até melhor que o inglês seja assim mesmo, né! Hehehe! – conclui o colega, com uma risadinha.

– Se precisar de ajuda em mais alguma coisa... – digo, oferecendo a minha ajuda, com toda a paciência do mundo.

– Sim, sim, pode crer! Valeu aí! Ah... Se tu precisar também, pode contar comigo, tá! – diz o colega, sendo que isso era tudo o que eu queria ouvir. Então ele começa a se afastar e fala: – Agora eu vou lá terminar isso aqui.

– Vai lá, vai lá! – digo e, nessa hora, percebo que esqueci de perguntar o nome dele, mas tudo bem, isso é o de menos, porque terei outras oportunidades. O que importa no momento é conseguir mais aliados. Então eu continuo na fila, só para ganhar o visto da professora e, enquanto fico aqui, duas meninas também entram na fila. As duas, além de serem muito feias, ficam falando um monte de asneiras.

– Ai, é que o meu sonho, né... É virar pediatra em Nova York, porque é a coisa mais chique do mundo! – diz uma menina negra, magra, um pouco mais baixa do que eu, com um cabelo cacheado, todo desarrumado e preso num rabo de cavalo. O rosto dela é meio oval, com o nariz fino e arredondado na ponta, o queixo pontudo e os lábios muito finos. Em outras palavras, ela parece uma bruxa, faltando-lhe somente o chapéu e a vassoura.

– Ai, Paskes, eu queria ser chique assim que nem tu, mas é que eu não nasci com a mesma sorte! – diz uma outra menina, sendo ela branca, pálida, magrinha, mais baixa do que a tal da Paskes, com o cabelo crespo, que também está todo desarrumado e preso num rabo de cavalo. E, sim, esta menina é mais feia do que a amiga, mas, ainda assim, não é tão estranha.

– É que tu sabe, né, Vanette... Mesmo que eu te ensine a ser chique como eu, tu nunca vai aprender, nem ninguém vai! Porque ser como eu... É um pre-ve-lé-ge-ô ki pô-kôs têm! E como eu vou ser pediatra em Nova York... Mó-in-to em breve... Eu preciso aprender inglês! Tipo assim... Olha só... – diz Paskes, que faz uma pausa e começa a falar o inglês mais tosco do mundo – ÁI... ÉMM... CHÍ-QUÊ! Viu só!

Vanette dá um gritinho e bate palminhas para parabenizar a amiga, enquanto eu simplesmente não consigo acreditar que pode existir gente tão sem noção e que seja capaz de falar tantas tolices numa só conversa. Então, enquanto as duas antas falam aquele monte de besteiras, eu as ignoro e volto a notar na menina nova, que apesar de ser muito desajeitada, demonstra ser inteligente, pois também faz os exercícios com muita facilidade, até que ela se levanta e vem pra fila também, provavelmente por ter terminado tudo. Faltando apenas uma pessoa na minha frente, eu acabo presenciando uma cena em que os príncipes Jonas e Guilherme, acompanhados de seus capachos, Caio, Igor e Bruno, se juntam, covardemente, em volta da mesa de um colega plebeu.

– Olha só, a gente te deixou em paz ontem porque era o primeiro dia, mas hoje a gente já te avisa que é melhor tu já ir te preparando pra fazer os nossos temas... Os nossos trabalhos... Ah, e dar cobertura pra gente quando a gente mandar, né! Tu sabe como que a banda toca por aqui, né, ô meu?! – diz o Príncipe Guilherme, um cara gordo, com cabelo preto, liso e despenteado, com altura mediana e olhos azuis.

– Pois é, né, Haroldo... É sempre bom lembrar que se tu não cumprir com os teus deveres de plebeu, tu não tem serventia por aqui! E a gente vai ter que dar um jeito em ti... – diz o Príncipe Jonas, que faz um punho com a mão direita, e logo soca a outra mão, que fica aberta. Nessa hora, ele prossegue com a ameaça verbal: – Jeito esse... Que tu sabe... É a tua expulsão! Não te esquece, hein! – e antes de se afastar, cada um dos cinco passa a mão na cabeça do Haroldo, para bagunçar o cabelo dele. Por fim, os covardes se afastam, mas não sem zombar da cara dele. Enquanto eu, ao perceber o quanto ele se sentia humilhado por ser obrigado a fazer aquilo tudo para os canalhas, já o vejo como mais um possível aliado.

Quando chega a minha vez, eu entrego o caderno para a Professora corrigir.

— *Very good!* — muito bom, diz a Professora, quando vê que está tudo certo. O que é meio intrigante é que ela faz de conta que não me conhece, então eu resolvo entrar no jogo dela, como se realmente ela nunca tivesse sido minha professora.

— *Thanks*! — valeu, respondo, em pronúncia perfeita, e logo volto ao meu lugar.

— Terminei! — diz Ávalon, que se levanta e fala: — Já volto, tá! — então eu levanto o meu polegar direito, querendo dizer "ok" para ela, que vai para a fila.

Enquanto Ávalon fica na fila, eu vejo as princesas Alice, Bella e Juliana mexendo na mochila da menina nova, para tirar de lá o seu lanche e sua carteira, enquanto ela está na fila. Bella pega tudo e esconde na sua mochila, enquanto Manoela, Thaís e Bianca, as cadelas fiéis das princesas, ficam servindo de escudo humano, para fechar a visão da aluna nova. Depois disso, as seis começam a rir juntas, e eu apenas fico me perguntando sobre o que elas planejam com aquilo. Então, minutos depois, quando Ávalon retorna ao lugar e já não há mais fila, a professora começa a falar.

— Pessoal! Atenção! Olha só... — diz a Professora, e quando todos passam a prestar a atenção nela, ela prossegue: — É o seguinte, eu dei esse exercício porque eu queria saber como está o inglês de vocês. Semana que vem eu falo melhor sobre o resultado. Quem não terminou hoje, pode trazer na próxima aula, sem problemas. Então eu vou fazer a chamada agora e, quando der o sinal, vocês já podem sair pro recreio. — então, quando um aluno levanta a mão para falar, ela logo lhe dá a palavra, dizendo: — Fala, *honey*! — Traduzindo: *"honey" significa "mel", que em inglês é muito usado para se referir a uma pessoa querida.*

— Isso que a gente fez hoje... Vale nota?! — pergunta Wagner, um colega que desde sempre contribui com frases bestas, constatações óbvias e perguntas desnecessárias.

— Ó-óooooh! — expressa a maior parte da turma, ao ouvir a pergunta.

— Mangolão! — grita o Príncipe Guilherme, chamando Wagner pelo principal apelido dele. Quando o alvoroço diminui, a Professora finalmente responde a pergunta do Wagner.

— Querido, tu já deve saber que tudo aqui vale nota, né! Então sim, o exercício de hoje vale nota também. — responde a Professora, com calma e, piedosamente, evita usar mais expressões em inglês para se referir ao Wagner. Por fim, ela logo se senta e começa a fazer a chamada.

Obviamente, a chamada de hoje é normal, ou seja, a Professora chama todos somente pelo primeiro nome, diferentemente de como foi no primeiro dia de aula, no qual todos foram chamados por seus nomes completos, por seus grupos e, no caso dos nobres, pelos seus títulos. Ela chama a todos que já estavam aqui ontem, mas desta vez há um nome a mais. Por último, ela chama por Amanda, e quem levanta a mão é a aluna nova. Logo depois da chamada, todos na sala começam a conversar e, mais alguns minutos depois, chega a hora de sair para o recreio.

– E aí, vamos lá?! – diz Ávalon, convidando-me para sair, junto com a maioria.

– Vai indo que eu já vou! Te encontro lá na área do Rock. – digo, e Ávalon faz sinal de positivo com a mão. Enquanto ela sai, eu fico vendo que a Amanda não consegue achar suas coisas na mochila e, como era de se esperar, as três princesas, acompanhadas de suas servas, se aproximam dela para dar início ao seu showzinho.

– O que foi, meu amor?! – pergunta a Princesa Bella, uma menina linda, com cabelo castanho, liso e comprido, com um rosto praticamente perfeito, sendo ela magra, com seios grandes e uma cintura com curvas bem acentuadas.

– Será que a gente pode te ajudar, querida? – pergunta a Princesa Alice, antes que Amanda possa falar algo. Alice também é uma menina linda, tendo ela os olhos azuis, cabelos louros, compridos, lisos e colocados para trás com uma tiara preta. Ela também é magra e, apesar de ela não ter tanto volume em certos membros, como Bella, ela ainda é encantadora.

– É que eu não consigo achar o meu lanche... – diz Amanda sem saber ao certo o que está acontecendo. Então, ela logo percebe que mais uma coisa está faltando e pergunta: – Ué, cadê a minha carteira?!

– Não sei, queridinha! Não sei mesmo. – responde Thaís, sendo ela uma patricinha baixinha, com o cabelo preto, liso, preso num rabo de cavalo, com os olhos castanhos-claros e uma voz insuportável.

– Eu também não. – diz Manoela, uma menina de pele pálida, magra, mais ou menos da minha altura, com o cabelo castanho-claro, muito liso, comprido e repartido ao meio. Ainda, o que chama a atenção é o nariz dela, que é arrebitado na ponta.

– Nem eu! – diz Bianca, enquanto olha para o chão, já que, claramente, ela não está à vontade com tudo isso. Bianca é uma menina mestiça de pele clara, magra, sem muitas curvas, com cabelos pretos, crespos e muito bem arrumados num rabo de cavalo.

– Bom, a gente pode pagar um lanche pra ti hoje, sabe... E depois, a gente te ajuda a achar o que tu perdeu, tá! – diz Bella.

– É, linda, mas sabe... A gente pode até fazer esse favor pra ti hoje... Só que depois disso... a gente vai precisar que tu faça uns outros favorzinhos pra nós, tá! Assim, tipo... Coisa pouca, nada demais! – diz a Princesa Juliana e, nesse momento, eu percebo qual é a jogada. Simplesmente, elas estão querendo escravizar a Amanda com esse "favor" que estão prestes a fazer para ela.

Levanto-me, coloco os meus óculos e fico fingindo que estou vendo mensagens no celular, enquanto elas vão lentamente pressionando a Amanda contra a parede, para lhe mostrar os seus cartões de crédito e o seu dinheiro. Nessa hora, Amanda nem consegue falar nada, e enquanto as desgraçadas estão de costas pra mim, eu aproveito para ir, sorrateiramente, até a mochila da Bella, para recuperar as coisas da Amanda.

– Com licença! – digo, e as patricinhas fazem expressão de nojo ao me encarar.

– Não te mete! Não vê que diferente de ti, que só traz desgraça, a gente está querendo ajudar uma colega em apuros?! – grita Juliana, em tom de raiva.

– Sim, sim... Estou vendo! É que eu achei isso aqui jogado no chão... – digo e, enquanto mostro os objetos, Amanda sorri. Então eu prossigo: – E eu queria saber se é de alguma de vocês! – termino de falar e, desta vez, elas me olham com expressões de raiva, exceto Bianca, que demonstra neutralidade, o que é bem estranho.

– É meu! – diz Amanda, que logo questiona: – Como que foi parar ali, se eu nem mexi nisso hoje?!

– Ah, não sei... Devem ter sido as... Fadas! – respondo, em tom de deboche, enquanto olho para as patricinhas. Nessa hora, Amanda, que de burra não tem nada, também olha para elas.

– Entendi! Foram vocês, né?! Sumiram com as minhas coisas, incluindo a minha carteira... Pra depois ficarem o resto da vida jogando na minha cara que vocês me ajudaram hoje e que, por isso, eu devo ser eternamente grata a vocês! Até me transformarem numa escrava, né! Eu conheço o tipinho de vocês! Humpf! Bom... Sinto informar, mas... A tramoia não deu certo. – diz Amanda, que realmente, sacou tudo rapidinho, o que deixa as patricinhas furiosas.

– Tu vai te arrepender por ter entrado no nosso caminho! – grita Juliana, enquanto me encara e me aponta o dedo. Logo ela o aponta para Amanda, quando fala: – E tu... Vai te arrepender por não ter aceitado a nossa ajuda. – ela faz uma pausa para respirar e continua: – Porque sem a nossa ajuda... Tu vai ser pra sempre assim... FEIA, RIDÍCULA e ESCROTA do jeito que tu é! Sua HORROROSA... VAGABUNDA... DESGRAÇADAAAAAAA! – e sai da sala berrando: – AAAAAARGH!

– Tu não devia ter feito isso! – me diz Bella, que logo vai atrás da Juliana.

– Não devia mesmo! – completa Alice, que, antes de sair da sala, mostra a língua para a Amanda. Depois, Thaís nos encara com expressão de nojo e logo vai atrás da Alice. Manoela encara somente a mim, com expressão de puro ódio, por um motivo que eu simplesmente desconheço, e em seguida segue as outras. No caso da Bianca é diferente, porque, pela expressão dela, parece até que está do nosso lado, mas mesmo assim acaba indo junto com as outras.

– Olha... Muito obrigada por ter me ajudado! Se não fosse tu, eu teria caído feito pata no planinho daquelas desgraçadas, e elas teriam me feito bancar o fantoche delas pra sempre. – diz Amanda.

– Não foi nada. Eu simplesmente não acho certo o que aquelas piranhas fazem com as pessoas. – respondo. Nessa hora, eu percebo que dessa vez eu não fiz a boa ação com interesse em arrumar mais uma aliada, mas por realmente querer fazer o bem a alguém que estava em apuros. E o simples fato de Amanda agradecer pela minha ajuda me traz um sentimento positivo que há tempos eu não sentia. Então olho para ela e pergunto: – Tu é a Amanda, né?

– Amanda Tavares Godoy! Mas pode me chamar de Mandy. – diz Amanda sorrindo, e logo me pergunta – E qual que é o...?

– Leônidas von Weiss Lecchini! Mas pode me chamar de Leo! – respondo.

– Muito prazer! – diz Mandy, que estica a mão.

– O prazer é todo meu... Mandy. – respondo e aperto a mão dela. Então, por achar melhor alertá-la sobre a Escola, o quanto antes, eu falo: – Olha só, eu acho bom tu entender melhor como que as coisas funcionam por aqui. Eu te conto enquanto descemos, tudo bem? – então Mandy faz que sim com a cabeça e começamos a descer as escadas. Durante a nossa conversa, eu lhe conto tudo sobre a Escola e, também, sobre o que aconteceu comigo, assim como contei à Ávalon ontem. Porém, hoje não faço o *tour* pela Escola, pois eu já havia combinado de encontrar a Ávalon durante este recreio. Mostro para a Mandy apenas os três grupos que têm sede no térreo do nosso prédio.

Como já tinha notado, Mandy é uma menina estranha e desajeitada, que tem muitas espinhas no rosto e que usa um par de óculos retangulares, que faz com que os seus olhos escuros e grandes pareçam ainda maiores. Mandy tem o cabelo castanho, muito longo, ondulado e despenteado. Já no corpo dela, não dá para notar em muita coisa, porque ela, ao invés de usar a minissaia colegial, que a grande maioria das meninas usa, ela prefere usar uma calça mais larga, como a que os meninos usam e, ainda, ela deixa a barra da camisa do uniforme para fora da calça, ao invés de deixá-la para dentro. Tudo o que dá para notar é que ela é magra, alta e tem peitos com algum volume, mas, mesmo assim, pouco se pode reparar, pelo fato de que a camisa dela é muito mais larga do que devia. Nem mesmo a gravata do uniforme ela usa, e, mesmo assim, abotoa a camisa até em cima. Reparo nisso porque se ela não segue o padrão de vestimenta mais adequado às meninas, ela terá problemas por aqui, porque muitas pessoas se preocupam de mais com isso, principalmente os nobres.

Apesar de Mandy ser esse patinho feio, ela demonstra ser uma boa pessoa e, pelo visto, é muito inteligente, vide a rapidez dela para fazer os exercícios de Inglês e para perceber o plano das princesas. Realmente, é de pessoas como ela que eu preciso.

– Meu Deus... Em que raio de Escola eu vim me meter?! Alguém deveria tentar fazer alguma coisa pra fazer esses nobres entenderem que eles não podem fazer o que bem entendem com as pessoas! – diz Mandy logo que eu termino de lhe contar tudo. Sim, ela chega exatamente ao ponto que eu queria; então, mesmo que eu a tenha ajudado antes sem segundas intenções, vejo que chega o momento perfeito para eu dar a minha cartada.

– Concordo. Eu gostaria de fazer alguma coisa pra dar um fim a tudo isso, mas... sozinho, eu não posso fazer nada. – digo.

– Eu posso ajudar. Pode contar comigo! – diz Mandy, que logo prossegue: – Até mesmo porque, se eu não fizer nada, também... Essas nojentas vão querer abusar de mim, de ti e de outras pessoas, sempre.

– É verdade! – digo. Então, para que ela não comece a pensar que eu a estou usando, resolvo desviar um pouco o assunto, quando falo: – Mas, enfim, eu falei tanto sobre mim e sobre a Escola, que eu nem perguntei qual é o teu Grupo, pra poder te levar até lá.

– Ah sim... Eu entrei pro... Reino do Rock! – responde Mandy, que me faz pensar: "Bingo! No mesmo grupo que eu!".

– Maravilha! Eu também sou de lá! Vem comigo, que eu te levo até a nossa área e te apresento a uma colega nossa. – digo, e Mandy vem comigo, animada.

Quando chegamos à nossa área, vejo que Ávalon está conversando com um rapaz que não me é estranho, sendo ele magro, com cabelo preto liso e comprido. Logo que nos vê, ela abana e faz sinal para que nos aproximemos.

– E aí, Leônidas! – diz Ávalon, que logo começa a me apresentar o novo amigo dela: – Esse é o Roger! Ele está no segundo ano e é do Rock desde... A quinta série! – e começa a me apresentar ao rapaz: – Esse é o Leônidas, que eu conheci ontem. Ele tem me mostrado a Escola e me orientado sobre... Sobre como as coisas funcionam aqui. Ah, e ele já estudou aqui no passado e está voltando agora. – ao olhar melhor para o Roger, lembro que eu já o conhecia nos velhos tempos, mas nunca chegamos a nos aproximar a ponto de nos tornarmos amigos. Lembro também que era ele quem estava sentado à minha direita ontem na cerimônia de abertura do ano letivo.

– Sim, eu conheço ele, me lembro até hoje daquela noite em que encontraram as drogas nas coisas dele. – diz Roger, que, por um instante, me faz vê-lo como um inimigo. Porém, tudo muda quando ele vira para mim e fala: – E sabe, aquilo que contaram a teu respeito, eu duvido que seja verdade. Principalmente porque todos os envolvidos naquela trama toda são nobres hoje em dia. E eu... Não confio nos nobres.

– Tu é esperto! – digo.

– Sim, eu fiquei pasma quando ele contou sobre aquela noite. – diz Mandy.

– 17 de dezembro de 2003, noite da Festa de Natal daquele ano, quando todos os alunos, e seus pais, estavam na Escola. Foi a oportunidade que "certas pessoas" encontraram, não só de colocar drogas nas minhas coisas, como também pra expor umas fotos forjadas minhas, em que eu aparecia traficando drogas na Escola. Forjaram até uma gravação, em que eu dizia que tinha realmente feito tudo aquilo! Só que não era verdade. O que eles fizeram foi gravar a minha voz, enquanto eu falava várias coisas, depois juntaram o que interessava e editaram tudo de uma maneira que não parecesse montagem. Ou seja, foi um trabalho de profissional, e todos caíram nessa, inclusive os meus pais, que optaram por me tirar daqui. – digo.

– Tem algo muito grotesco por trás de tudo isso. É muito pouco provável que tenham te detonado desse jeito pelo simples prazer de te destruir. – diz Roger.

– É! E eu pretendo descobrir o que é essa coisa grotesca que está por trás de tudo. – digo.

– E pode contar comigo pra tudo. – diz Ávalon.

– Obrigado! – digo, dou uma risadinha e mudo um pouco o assunto, quando falo: – Ah, sim... Antes que eu me esqueça... Essa é a Mandy! Ela também está fazendo parte deste grupo! – apresento a Mandy para eles, e logo todos se cumprimentam.

– Muito prazer, gente! É muito bom saber que tem gente boa aqui também... Ainda mais depois que algumas patricinhas nobres tentaram dar sumiço nas minhas coisas, pra terem motivo para me "ajudar"... E depois... me escravizarem pela gratidão. – diz Mandy.

– Sério que queriam te fazer isso?! – questiona Ávalon, pasma.

– Ah, esse tipo de tática é comum por aqui. Só que normalmente as patricinhas costumam ser bem-sucedidas nisso. – diz Roger com naturalidade.

– Sim! E elas ficaram furiosas quando o Leo desmascarou elas. – diz Mandy.

– Eu imagino! – diz Roger, que logo se vira para mim e pergunta: – É interessante te ver aqui de novo! Tu, mais do que ninguém, deve ter motivos pra odiar essa gente toda. Mas... Assim... Quando tu falou que queria descobrir o que está por trás de tudo... Por acaso já tem um plano?

– É! De certa forma eu tenho, sim... A minha ideia é nós criarmos um grupo do zero, no qual nós possamos estar no controle e possamos fazer com que as pessoas tenham mais dignidade, liberdade e mais igualdade. Se a gente conseguir trazer bastante gente pra esse novo grupo, que, diga-se de passagem, vai ser muito melhor pra todos do que os antigos, o domínio dessa gentalha toda vai enfraquecer. E com isso vai ser mais fácil destruir quem precisa ser destruído, e, é claro, conseguir as respostas que tanto me interessam. – digo e, em seguida, questiono: – Bom... O plano é esse! Só que pra ser bem-sucedido, vamos precisar juntar mais pessoas. E então?! O que vocês acham?!

– Olha... Eu gostei da ideia e estou dentro! – diz Ávalon, enquanto Mandy faz que sim com a cabeça, demonstrando concordância.

– É... A ideia é tentadora, mas... – diz Roger, que é interrompido pelo soar da sirene anunciando o fim do recreio.

Então nos levantamos e, nessa hora, enfim, vemos a nossa Rainha saindo de dentro da sede, acompanhada por uma de nossas colegas de turma, a Princesa Karin. A Rainha Keyty é uma menina negra, magra, com curvas, mais ou menos da altura da Ávalon, com os cabelos oxigenados e alisados. Sim, ela é muito bonita, porém tem uma personalidade insuportável e, ainda, um estilo que não tem nada a ver com o Grupo no qual ela reina e governa. Ela sai da sede rebolando e falando bem alto.

– E aí, meu povo, quem é que é a Rainha mais linda e majestosa daqui?! Á?! Hein?! Quem é que é?! – questiona a Rainha Keyty. Já a grande massa do Grupo, sem ter outra opção, responde: "É a Rainha Keyty!", no maior desânimo. E insatisfeita, a Rainha pergunta de novo: – O quê?! Eu não ouvi direito! Quem é?! – todos respondem novamente, e ela, futilmente, diz: – É claro que sou eu! Eu é que sou a gostosa daqui! Eu que sou poderosa! E fico ainda mais poderosa com música! Som na caixa, DJ! – então um membro de confiança, que aparenta venerá-la e que ainda tem do mesmo estilo que ela, coloca um *funk*, no qual, parte da letra fala "rainha do *funk*". Quanto à reação do Grupo como um todo, eu não preciso nem dizer que isso quase mata a todos de ódio.

– Essa é a nossa Rainha?! – pergunta Mandy, frustrada.

– Infelizmente! – responde Roger, que, em baixo tom, prossegue: – Essa coisa só nos envergonha! Por isso que eu sonho com o dia em que o nosso Grupo vai ficar livre dessa realeza do *funk*! Só que eu queria ainda estar aqui pra ver o Grupo de volta aos dias de glória. Quando só os roqueiros de verdade faziam parte daqui e ainda eram representados por roqueiros de verdade também! E olha... Não que eu tenha algo contra os outros estilos, mas é que este Grupo é um lugar só nosso, entendem?! – e todos demonstramos compreendê-lo. Mesmo assim, ainda é possível notar uma expressão de pura indignação no rosto do Roger.

Depois disso, começamos a andar rumo às nossas salas. No caminho, quando já estamos na Praça Central, vemos que a nossa Rainha está tão entretida com sua música, que acaba esbarrando num outro colega nosso, Haroldo. Ao esbarrar nele, a Rainha age como se isso fosse culpa dele, e começa a tratá-lo como se ele tivesse cometido um crime hediondo.

– Olha só o que tu fez, seu plebeu... Seu lixo... Horroroso! Tu acaba de tocar em mim! Isso é imperdoável! Argh! Ele... Ele me contaminou! Ah... SE-

GURANÇAS! – grita a Rainha, que logo é atendida pelos seus seguranças, que vão segurar o rapaz. Então a Rainha acrescenta: – Agora eu vou ter que te dar uma surra e depois te expulsar.
– Não, espera... – diz Haroldo, que tenta se libertar, mas logo é contido.
– Espero nada! Tua hora chegou, seu escrotôôôôôôô! – diz Keyty.
– Não... Para... Me desculpa! – diz Haroldo, mesmo sem ter culpa, como um último apelo.
– Sinto muito, mas tu me obrigou a fazer isso! – diz Keyty, como se fosse ela quem realizasse o trabalho sujo. Quando está prestes a estalar os dedos pra que os seus capangas comecem a bater no Haroldo, ouvimos um grito.
– Parem já com isso! – grita a Rainha Anna Sophia, da Modernidade, uma menina da mesma altura que a Rainha Keyty, magra com curvas, um cabelo castanho-claro, levemente cacheado e com olhos verde-água. Então os seguranças do Rock obedecem à Rainha da Modernidade, mas ainda não largam Haroldo, que é quando ela questiona: – Não ouviram?! Se eu mandei parar, é porque eu quero que soltem ele! AGORA! Esse súdito é meu! Então, quem pode fazer qualquer coisa pra punir ele quando eu estiver presente, sou eu. – e nessa hora, as rainhas dos dois grupos mais fortes da Escola apenas se encaram.
– Humpf! Tá, pode fazer o que tu quiser com esse branquelo imundo aí! – diz Keyty, fazendo uma expressão de nojo e, por saber que não pode com a Anna Sophia, se vira para os seus seguranças e ordena: – Podem soltar ele! – com isso, os seguranças jogam Haroldo no chão, enquanto Keyty apenas vai embora, junto com sua corte. Em seguida, Anna Sophia se aproxima do Haroldo.
– Acabo de salvar a tua vida, né! Agora é chegada a hora do pagamento. E pra tu ver como eu sou boa e generosa, eu só quero que tu me traga... amanhã, e sem falta... uma caixa de chocolates finos. Se não, pode ir procurando uma outra Escola... que aceite delinquentes e degenerados, porque... Ah... Tu vai ser expulso! – diz Anna Sophia, que logo vai embora, junto com sua corte. Segundos depois, escutam-se alguns marmanjos comentando sobre a situação.
– Pois é, né, galera... É que eu adoro ver briga de mulher! Pena que essas duas loucas não se pegaram! Ia ser uma delícia! – quem diz isso é o Rei Matheus da Fênix, que é aplaudido por um couro de outros meninos, tanto nobres quanto plebeus. Dentre estes estão Jonas, Guilherme, Caio e Igor. Mesmo que Guilherme e Igor sejam da Corte da Modernidade, eles frequentemente vão ao covil do Rei Matheus para conversarem sobre "certos assuntos".
– Se bem que até foi bom que não deu em nada, porque se desse pau... eu não ia me segurar... E ia passar o rodo nessa Escola! E ai daquelas que não estejam a fim! – diz Guilherme, e todos o saúdam, gritando "Aêêêêêêêêêê! Boa!", como se tais absurdos fossem a coisa mais incrível e louvável do mundo.

Assim que Jonas repara em mim, ele se desgruda um pouco dos amigos, me encara e faz um sorriso, como quem quer dizer: "A tua vez já vai chegar!". Então eu o ignoro totalmente e, quando vejo que eles estão indo embora, eu me viro na direção do Haroldo, que ainda está no chão, provavelmente tentando digerir tudo o que aconteceu. Quando ele enfim começa a se levantar, eu estico a mão para ajudá-lo. Aquele cara magro, poucos centímetros mais alto do que eu, com um cabelo preto, liso e despenteado, com um tom de pele branco como papel e de óculos, apenas pega na minha mão, aceitando a ajuda para se levantar.

– Tudo bem contigo?! – pergunto, e ele faz que sim com a cabeça, obviamente sentindo-se humilhado com tudo o que aconteceu.

– Que gente desgraçada! – diz Ávalon, que, ao virar para Roger, continua: – É por isso que a gente precisa se unir pra dar um fim nisso... – ela para de falar quando Mandy faz *shhhh*, pois vê que uma outra menina nobre se aproxima.

A figura que se aproxima de nós é angelical, sendo ela uma pessoa magra, com curvas, da mesma altura que Ávalon, tendo olhos azuis e os cabelos louros, claros, lisos e compridos. Ela também anda muito bem-vestida, com o uniforme impecável, uma boina preta na cabeça e, colocado bem acima do brasão da Escola, na camisa dela, está o seu Broche de Rainha. Todos os nobres usam um broche, sendo que os monarcas usam um que tem uma coroa maior e bem mais detalhada; já os príncipes e as princesas usam um com uma coroa menor e sem muitos detalhes. Essa pessoa que se aproxima é a Rainha Aurora, dos Valentes, que chega e vai correndo falar com o Haroldo.

– Olha, eu vou ao *shopping* hoje! E lá, eu já aproveito pra comprar essa maldita caixa de chocolates que a Anna Sophia tanto quer. Aí, amanhã, bem cedo, tu vai até a sede do meu Grupo, pelos fundos, pra pegar a caixa e dar pra ela. – diz Aurora ao Haroldo, que logo repara o quanto todos estranhamos tanta generosidade. E por esse motivo, ela fala: – Sério! Não deixem que os outros nobres descubram o que eu estou fazendo, porque se eles descobrirem... Não vai ser bom nem pra mim, nem pra vocês. E eu não vou poder ajudar mais ninguém. – ela diz, com uma voz suave e agradável. Em seguida, ela vai embora e nós apenas ficamos nos olhando, pois não é comum haver nobres assim na Escola.

– Cara... Se eu fosse tu, eu não confiava nessa daí. Nada de bom vem desses nobres. Então, é melhor ir tu mesmo comprar o que a desgraçada quer, só por garantia. – diz Roger, e todos o apoiam. Logo depois, seguimos para as nossas salas de aula.

Já no nosso andar, Roger vai para a sala dele e nós vamos para a nossa, e, assim que lá chegamos, nós nos deparamos com o Sid, que vem nos cumprimentar. Nessa hora, eu aproveito para apresentá-lo à Mandy e ao Haroldo.

— Bom... Agora que todos nos conhecemos... Mandy... Sid... Haroldo... Erm... Vocês não gostariam de ir se sentar lá atrás com a gente?! Sabem... É bom que a gente fique unido, pra nos defendermos melhor dessa corja! — convido e eles se mostram interessados. Então dou um passo para trás, dizendo: — Não precisa ser hoje! Pode ser a partir de amanhã, pra não causar tumulto na sala. — e quando os três fazem que sim com a cabeça, eu completo: — Então tá! Ótimo!

Quando a Professora Liana Rosa Yukov chega, todos vão para seus lugares. A aula agora é de Química e a professora utiliza os dois períodos para fazer a tradicional apresentação. Ela fala muito pouco sobre a matéria em si e, mesmo assim, o que ela fala é superficial a respeito das reações químicas e sobre como a química pode estar em todos os lugares, mesmo que poucos a percebam. A Professora Liana é uma mulher baixa, magra, sem muitas curvas, com olhos castanhos e cabelos louros claros, lisos, que não passam da altura dos ombros. Ela tem uma voz de taquara rachada, o que só ajuda a fazer aqueles dois períodos passarem ainda mais devagar. Quando a sirene soa ao meio-dia, todos se levantam para ir embora. Nesta ocasião, eu me deparo com uma cena em que dois príncipes e seus cães fiéis empurram propositalmente a Luna, fazendo-a derrubar suas coisas no chão. Já à Professora, nada lhe resta, além de adotar a típica atitude de fazer vista grossa e fingir que nada aconteceu.

— Que droga, Luna! Será que tu tem sempre que se fazer moloide na minha frente?! Putz! Presta mais atenção! — diz Jonas, como se Luna fosse a culpada.

— Será que tu não vê por onde tu anda, ô vagaba?! — diz Igor.

— Essa daí não me engana! Ela está é louca pra se oferecer pro Jonas e pra metade da Escola. — diz Caio.

— É, eu sei. A metade que tem pênis. — completa Guilherme.

— Não! Não é nada disso! A culpa não foi minha e... — diz Luna, constrangida.

— Como assim "Não foi culpa minha"?! Foi culpa de quem, então?! Minha?! Tu está me acusando de ser culpado por alguma coisa?! Hein, ô vagabunda?! Ã?! — questiona Jonas, já fazendo tortura psicológica com Luna, que fica sem ação.

— Deixa pra lá, Jonas! Essa vadiazinha aí deixou cair tudo de propósito, pra gente ficar com peninha... E juntar tudo pra ela. — diz Guilherme.

— Humpf! Ela quer os machos todos à disposição dela. — diz Igor.

— Só que a gente não vai cair nesses joguinhos. — diz Bruno.

— Pelo amor de Deus! Isso é que é ser safada, hein! Tô fora! — diz Caio, que, antes de sair da sala, chuta as coisas da Luna. Em seguida, os seus amigos fazem o mesmo.

Quando os quatro vão embora, as princesas e suas serventes também saem, mas não sem darem altas gargalhadas de Luna e da situação como um todo. Enquanto os covardes se vão, Luna fica ajoelhada no chão, juntando suas coisas, até Ávalon e eu, após termos certeza de que a barra está limpa, nos olhamos e vamos até Luna, para ajudá-la a juntar o que ainda está no chão. Depois que terminamos, Luna fecha a mochila e começa a chorar. Luna é uma menina magra com algumas curvas, um pouco mais baixa do que eu, com cabelos pretos, lisos, médios e brilhantes, com uma franja que se reparte um pouco, mais para o lado direito do que para o esquerdo.

– Não liga pra esses vermes! Nada do que eles dizem é verdade... – digo, tentando confortar Luna. E antes que eu termine a frase, ela vem e me abraça.

– Eu não aguento mais todo mundo me chamando de vadia... Nesse inferno que é essa Escola! E tudo por culpa do infeliz do Jonas... E da desgraçada da Professora Bia! Tantas vezes eu já quis ir embora daqui, mas não me deixam sair! Não deixam ninguém sair daqui! – desabafa Luna, aos prantos.

– Faço ideia! É por isso que eu voltei! Eu quero dar um fim nessa corja... Pra poder desmascarar todos eles e, é claro... limpar o meu nome! Acho que se eu conseguir fazer isso... Eu consigo limpar o teu nome também! O teu, o meu e o de muita gente! É por isso que a Ávalon está do meu lado, porque ela também acha tudo isso um absurdo e quer me ajudar. – digo.

– Com certeza! – diz Ávalon.

– E tu, Luna?! Gostaria de passar pro nosso lado e ajudar na formação de um novo grupo?! – pergunto.

– Novo grupo?! Que grupo é esse?! – pergunta Luna.

– Um grupo diferente de todos os outros, no qual a gente vai poder fazer as nossas próprias regras, atrair muita gente com isso... Até enfraquecer o Jonas e as megeras desse lugar por completo! – respondo.

– Mas... Não é perigoso ir contra os nobres?! – indaga Luna.

– Mais perigoso seria se a gente deixasse tudo do jeito que está. – digo.

– Exato! Ao que tudo indica... Isso daí que o Leônidas falou... faz sentido! Pelo menos pra mim! – acrescenta Ávalon. Então Luna enxuga as lágrimas e fica pensativa.

– Olha, gente... Eu não gosto de confusão, violência ou coisa do tipo, mas se esse for o único modo de dar uma lição nesses nojentos... – diz Luna, que faz uma pausa para pensar mais um pouco, e continua: – Eu... Eu topo! – ela enxuga as lágrimas e se levanta.

– Maravilha! – digo.

– É isso aê! – diz Ávalon, que logo dá um abraço na Luna.

– Olha, Leo, eu queria te agradecer por ter me ajudado e por ter acreditado em mim. E eu queria te falar uma coisa também... – diz Luna, que se solta da Ávalon, respira fundo e prossegue: – Já tem um tempo que eu sei que aquelas histórias que inventaram de ti são mentira! Que, aliás... Todas as histórias que inventaram de ti... Junto com as drogas que colocaram nas tuas coisas... era tudo... tudo... pura mentira! – olho para ela, enquanto ela continua: – Eu ouvi uma conversa do Jonas e do Hugo uma vez. Tipo... No início eu achei estranho, porque eles nunca se deram bem... E aí eu fiquei curiosa... E me aproximei pra ouvir! E foi aí que eu acabei descobrindo! E outra pessoa que também sabe de tudo... é a Nina!

– A Nina?! – pergunto, meio incrédulo.

– Sim! Ela descobriu por acaso também, quando ouviu, sem querer, uma conversa entre o Jonas e a Janaína! – diz Luna, que, novamente, respira fundo e completa: – Eu achei que tu precisava saber disso. Porque desde que a Nina sabe disso, ela nunca mais se perdoou por ter te virado as costas, lá na quarta série. Eu sei disso porque ela veio me contar uma vez.

– Pra variar, tinha que ter esses nobres envolvidos, hein! – comenta Ávalon.

– Então devia ser isso que a Nina queria me contar nas vezes que veio tentar falar comigo. – constato.

– Com certeza! Ela me disse que estava esperando a oportunidade certa. – conta Luna.

– Pois é! E em todas as vezes, as circunstâncias impediram ela de falar! – digo, respiro fundo e prossigo: – Realmente... Ela podia ter me apoiado quando eu mais precisei. Porque apoio, mesmo que seja de uma só pessoa, faz toda a diferença nessas horas. – faço mais uma pausa e prossigo: – Enfim... Se nós quisermos fazer uma mudança geral aqui, nós precisamos juntar mais pessoas que também estejam dispostas a ajudar. E vocês duas podem ir chamando outras pessoas que também estejam na mesma situação que nós... Pessoas que também não aguentam mais... aturar tudo isso.

– Pode deixar que a gente transmite a tua mensagem! – diz Ávalon.

– E eu até já sei de algumas pessoas que talvez aceitem nos ajudar. – diz Luna.

– Maravilha! – digo. Em seguida, movido pela gratidão que sinto, eu falo: – Olha... É bom saber que pelo menos vocês já estão do meu lado. – e elas sorriem.

Depois de tudo, descemos as escadas juntos e nos despedimos. Ao se despedir, Luna liga para pedir ao seu pai que venha buscá-la, pois, devido a toda essa confusão, ela acabou perdendo sua *van*. Ávalon simplesmente vai embora, pois o pai dela já estava por aqui. Em seguida, eu chego ao estacionamento quase vazio e entro no carro do meu pai, que também já estava aqui me esperando. Indo embora da Escola, eu apenas penso no progresso que tive hoje e no que ainda será necessário fazer para, realmente, mudar a Escola e conseguir o que quero.

CAPÍTULO IV

O Começo da Articulação

Na quarta-feira, 5 de março, temos mais uma manhã ensolarada, com algumas nuvens e uma temperatura de 22°C. Assim que chego à Escola, subo as escadas do prédio e, indo para a minha sala, vejo uma menina negra, magra, mais alta do que eu, com o cabelo crespo, médio e preso num rabo de cavalo muito bem ajeitado. Essa pessoa é Nina, que está enchendo a garrafinha no bebedouro. Realmente, o tempo só lhe fez bem, estando agora muito mais bonita e com algumas curvas. Quando Nina me vê, ela para o que está fazendo e vem me cumprimentar.

– Oi, Leo, tudo bom?! – pergunta Nina, e eu faço que sim com a cabeça. Então ela fala: – Olha, eu queria conversar contigo sobre uma coisa...

– Eu sei! Tu vai me dizer que agora tu sabe que era tudo mentira aquilo que inventaram contra mim, não é?! – digo, interrompendo Nina, que fica sem palavras. Então eu continuo: – A Luna já me contou tudo. Mesmo assim, Nina... Foi patifaria da tua parte quando tu te juntou àquela gentalha toda e ainda parou de falar comigo.

– Eu sei. Eu não devia ter acreditado naquilo tudo que mostraram naquela Festa de Natal. Aquilo nem era do teu feitio e... – diz Nina, e eu a interrompo novamente.

– Não é só da Festa de Natal que eu estou falando, mas daquele ano inteiro. Porque de março a dezembro, aquela desgraçada da Bia fez o que fez, pra tornar a minha vida um inferno. E tu foi na onda, né! Ou será que eu estou errado? – questiono.

– Erm... Não! – responde Nina, sentindo-se mal com o que falo.

– Mas, enfim, não adianta chorar pelo leite derramado. O que importa agora é melhorar o que está errado no momento, pra que pelo menos no futuro as coisas possam ser melhores e... – paro de falar quando vejo que Bella e Guilherme saem da sala. Eles também vêm para encher suas garrafinhas d'água, mas, ao nos verem, eles não perdem a chance de fazer alguma provocação.

– Olha só, a plebe reunida no corredor! O que será que devem estar tratando?! Como ser mais patéticos do que já são?! – diz Bella, em tom de puro deboche.

— Não! Eles só não sabem qual que é o lugar deles. Não sabem que quando os nobres chegam, os plebeus têm que dar espaço. – diz Guilherme, que olha para Nina e para mim. Quando os dois enchem as garrafinhas e começam a voltar para a sala, Guilherme ainda acrescenta: – Por um lado é até bom que eles não façam o que a gente manda... Aí a gente pode se divertir expulsando eles! – e ri como uma hiena.

— Bobo! – diz Bella para Guilherme, e logo lhe dá um tapinha no ombro. Então, ela olha para nós, e fala: – É, mas... Como hoje eu estou de bom humor... Dessa vez eu deixo passar. – e ela vira a cara, empina o nariz e volta à sala, junto do Guilherme.

— Quem diria, hein! A Princesa é tão linda por fora... E tão podre por dentro! Já esse gordo nojento, é podre em todos os sentidos. – digo e Nina demonstra concordar comigo, fazendo um gesto com a cabeça. Então, após uma pequena pausa, eu faço um convite: – Nina, eu vi ontem que tu estava sentada perto dessas criaturas. Então... Tu não prefere sentar lá atrás, junto comigo e com a Ávalon?!

— Ficando bem longe desses nojentos... pelo menos por hoje... eu aceito ficar em qualquer lugar. – diz Nina, aceitando o meu convite.

Quando entramos na sala, vemos Ávalon acenando para mim, para mostrar que guardou lugar. Mandy, Luna, Haroldo e Sid também já estão lá; então, Nina e eu nos aproximamos deles.

— E aê, Leônidas! – diz Ávalon.

— Tudo bem, Ávalon! Bom dia, pessoal! – digo e logo começo a apresentar a Nina: – Bom... Pra quem não conhece... Essa é a Nina... E ela vai se sentar com a gente a partir de agora. Só vamos ter que arranjar um lugar pra ela. – digo.

— Pode se sentar do meu lado! – diz Luna.

Logo que nos sentamos, a sirene soa e o Professor entra. A aula é de Física, com o Professor Olavo Maia Leitão, que é um homem alto, magro, com cabelo curto e escuro e com um cavanhaque simplesmente ridículo, que lhe dá aspecto de sujeira. Ainda, ele é muito malvestido, usando uma camisa branca, toda abarrotada, com uma metade da barra para dentro da calça e a outra para fora. A calça é preta e social, porém, ao invés de ele usar um sapato, que é algo que combina muito mais com esse tipo de calça, ele prefere usar um tênis velho e furado. Ávalon é a primeira a notar tudo isso e comenta comigo sobre o quanto acha o Professor muito feio e relaxado.

Outro problema desse professor é que ele já demonstra ser arrogante e metido a inteligente, devido à formação dele em Física. É possível perceber isso enquanto ele faz aquela tradicional apresentação e, logo depois disso, já começa a falar sobre a matéria que iremos abordar no trimestre: unidades de medida, vetores e uma introdução às Leis de Newton. Quando ele fala sobre tudo isso, fica ainda mais claro o quanto ele se considera superior aos alunos. Felizmente, hoje nós não teremos os três primeiros períodos com o mesmo professor, como foi nos outros dias; então, quando faltavam alguns minutos para acabar o segundo período, ele deixa a turma ficar livre.

Ficou claro que ninguém gostou desse professor, até mesmo as princesas começaram a falar mal dele e do jeito como ele se veste. Parece que as únicas exceções visíveis no momento são Sid, que disse ter gostado dele, e ainda o Príncipe Hugo, que, ao final da aula, vai à sua mesa para conversar sobre vetores.

– Hein, tu já convidou a Nina pra nos ajudar no novo grupo?! – me pergunta Ávalon, enquanto estamos com o tempo livre.

– Ainda não, mas já ia convidar. – respondo.

– Que grupo?! – pergunta Nina.

– Nós estamos pensando em criar um novo grupo, pra tentar oferecer um pouco mais de dignidade aqui na Escola, e... quem sabe... ensinar uma lição a esses nobres. – digo, faço uma pausa, olho para os nobres que estão agrupados perto da porta e continuo: – Nesse novo grupo... ninguém mais vai ser inferiorizado por qualquer motivo, e as arbitrariedades vão acabar, porque ninguém mais vai ser expulso por motivos fúteis. – e com isso, percebo que consigo cativar Nina.

– Ai, não sei... – diz Nina, que com certeza, está louca para aderir.

– Pensa um pouco. E depois nos dá a tua resposta. – digo, e logo viro para o Haroldo e pergunto: – Mudando de assunto... Haroldo, tu foi na sede dos Valentes hoje?!

– Sim... -- diz Haroldo, que pega a caixa de chocolates e prossegue: – A Rainha dos Valentes cumpriu com o prometido. No recreio eu vou até a sede do meu Grupo pra dar isso pra vaca da Anna Sophia.

– Sim, sim, faz isso! – digo, sendo que ainda não consigo acreditar na bondade vinda de uma das rainhas dessa Escola. Então continuo: – Viram só, esse tipo de coisa que o Haroldo sofreu ontem também deve ter fim.

– Posso até dar um apoio pra vocês, mas eu não ia querer entrar no novo grupo, porque... Ah... A Rainha Aurora é de boa, ela sempre tratou todo mundo bem. – diz Sid, e logo eu vejo uma oportunidade de colocar Sid contra a realeza do Grupo dele.

– Pois é, Sid, mas... E quando a Rainha Aurora sair do Trono e passar adiante pro primeiro da linha sucessória?! Até onde eu sei, a Aurora se forma no ano que vem. Há garantia de que o novo Rei seja tão bonzinho quanto ela?! – depois do que eu falo, Sid fica com uma pulga atrás da orelha. É possível notar, devido ao fato de ele ter ficado sem palavras e por ficar olhando para o chão, recusando-se a aceitar que o que eu disse tem sentido.

— Pois é, gente... Pra fazer essa ideia, de um novo grupo, dar certo... é importante vocês ajudarem a conseguir o máximo de apoiadores possível! – diz Ávalon.

— O número de pessoas é importante, porque a Direção precisa sentir medo da gente; se não, nunca vão tornar o novo grupo oficial. E se o grupo não for oficialmente reconhecido... muitas pessoas vão sentir muito medo de fazer parte dele. Ah! E mais importante ainda é que nenhum nobre pode descobrir a nossa jogada antes de a gente fazer a solicitação à Direção, porque se descobrirem... tudo estará acabado antes mesmo de começar. – digo.

— E quem vai ser o Rei desse novo grupo?! – questiona Haroldo.

— A Ávalon! – respondo.

— Eu?! – indaga Ávalon, surpresa. Quando se recompõe, ela pergunta: – Mas... tipo... não era pra tu ser o Rei?! Já que a ideia é toda tua?!

— Até seria, se a minha reputação nesse lugar não fosse tão ruim. Agora, se tu for a Rainha, mesmo que de fachada... E a grande massa acreditar que a ideia de tudo isso é tua... ninguém vai ter nada contra. Fora que tu tem uma personalidade cativante, que é capaz de conquistar as pessoas... Quando tu não banca a desaforada, é claro. – respondo.

— Bom... O que tu disse faz sentido, mas... – diz Ávalon, indecisa.

— Pensa bem nisso! E depois tu nos dá a tua resposta. Tudo bem?! – digo e Ávalon apenas faz que sim com a cabeça. Felizmente, todos demonstram gostar da ideia de ter Ávalon como Rainha de fachada.

Porém, a nossa conversa fica para depois, pois a sirene soa e a Professora Tânia Guedes Mesquita logo entra, para nos apresentar a disciplina de Artes. Essa professora também dava aula de Educação Física nos velhos tempos, mas agora optou por ministrar somente a disciplina de Educação Artística e, também, cuidar dos eventos festivos da Escola. A Professora Tânia é uma mulher negra, baixa, nem tão gorda nem tão magra. Ela usa óculos e suas longas trancinhas são de *mega hair*.

Diferente dos demais professores, Tânia prefere ser teatral, então, enquanto faz a apresentação, ela alterna a voz, que às vezes é mais fina e às vezes mais grossa. Depois de escrever o nome no quadro e datar todas as avaliações do trimestre, ela começa a dar outro aviso, de como as coisas serão daqui para frente.

— No fundamental, vocês eram acostumados com as coisas mais fáceis e podiam até dar uma choradinha pro professor... "Ai, professor, eu não trouxe o trabalho porque o cachorro comeu", ou: "Não estudei porque a amiga da filha da avó do meu padrasto passou mal e eu tinha que ficar junto"! É, pois é! No fundamental isso podia até funcionar com algum professor que outro. Mas no Ensino Médio... Bwahahahahaha! O bicho pega! E querem saber... É no Ensino Médio que vocês acabaram de entrar! – diz a Professora, fazendo com que alguns plebeus se apavorem, enquanto os nobres apenas fazem suas expressões de nojo de sempre.

– Ai, que saco! Será que vai demorar muito pra gente poder ir pra casa?! Argh! – reclama a Princesa Juliana, fazendo a Professora ficar chateada.

– Bom, gente... – diz a Professora, que, já num tom mais sério, prossegue: – É sério agora! Na minha aula vocês vão ter que ter disciplina. Nós vamos ter que trabalhar com ordem, porque sem ela, vai ser impossível. E se não tiver ordem, vocês vão me ver virada numa bruxa, o que, com certeza, não vai ser bom. Quanto às nossas aulas, tirando a de hoje, vão ser sempre no turno da tarde, o que significa que, todas as quartas-feiras, vocês vão ficar na Escola pra almoçar e, logo depois, a gente começa. Então, é bom vocês usarem esse intervalo entre os turnos para descansar, porque na minha aula eu quero todo mundo muito bem disposto.

Depois, ela segue o resto do período falando, até que a sirene soa, anunciando o recreio, e, com isso, todos saímos da sala. Em seguida, vamos à área do Rock, junto com o pessoal que não é de lá, como Sid, Luna e Nina, onde ficamos conversando sobre os nossos planos. Enquanto isso, Haroldo vai até a sede do seu Grupo, pagar o "tributo" à Rainha Anna Sophia. Quando Roger se aproxima, ele nos apresenta a uma menina baixa, meio gordinha, com os cabelos tingidos num tom de ruivo. Logo que a vejo, relembro que era ela quem estava sentada na minha frente na cerimônia de Boas-vindas.

– Pessoal, essa é a Ophélia! Ela é daqui desse Grupo... É Roqueira... E eu já falei com ela sobre a ideia de vocês, de criar um novo grupo, do zero... E ela se mostrou bastante interessada! – diz Roger.

– Prazer, Ophélia! Eu sou a Ávalon, e esses são o Leônidas, o Sid, a Mandy, a Luna, a Nina e... Bom... O Roger tu já conhece, né! – diz Ávalon, nos apresentando.

– Pessoal, prazer... É muito bom conhecer vocês, mas olha... indo direto ao ponto... essa ideia de vocês é ótima, mas... Eu queria muito saber como que vocês pretendem convencer aquela Direção dos horrores a reconhecer esse novo grupo que vocês estão querendo criar! – diz Ophélia com uma voz simpática, porém firme ao mesmo tempo.

– Calma! Tudo em seu momento. O que é mais importante no momento é conseguir mais adeptos, porque quanto mais gente exigir que a Direção reconheça o nosso novo grupo, melhor. – digo e, logo que o Haroldo chega, eu o apresento para Ophélia, quando falo: – Ah, a propósito... Esse é o Haroldo! E

Haroldo, essa é a Ophélia, que pretende se juntar à nossa cruzada por um novo grupo. – e assim que os dois se cumprimentam, eu pergunto – E aí, Haroldo... Como foi lá com a Rainha?!

– Ah! Ela pegou a caixa e disse: "Ah bom, é o mínimo por eu ter salvado a tua vida! Agora sai! Desinfeta daqui, seu plebeu!" – responde Haroldo, tentando imitar a voz da Anna Sophia.

– Tu que comprou a tal caixa?! – pergunta Roger.

– Eu comprei uma por garantia, mas a que eu dei foi a que a Rainha Aurora comprou e me entregou hoje. Como eu não precisava dar as duas caixas pra desgraçada, eu vou ficar com a que eu comprei. – responde Haroldo.

– Claro que ela só "salvou a tua vida" pra ter um pretexto pra exigir que tu desse esse presentinho pra ela. Morro de nojo disso tudo! – diz Ophélia.

– Ué, Haroldo... Já que tu ficou com uma das caixas... tu podia dividir o chocolate com os amigos, aqui... que te apoiaram ontem, né! – diz Sid, sendo interesseiro.

– Não! – responde Haroldo, sendo curto e grosso.

– Como assim "os amigos que te apoiaram ontem"? Tu nem estava junto quando aquilo aconteceu! – diz Mandy, fazendo com que todos a apoiem. Já Sid, quando vê que passou vergonha, apenas olha para o chão e opta por ficar quieto.

– Pois é! – digo, e logo mudo o assunto: – Todos concordamos que as coisas que acontecem aqui são absurdas, mas nós não vamos mudar nada se só ficarmos aqui reclamando e choramingando. Nós precisamos arranjar mais pessoas pra nos darem esse apoio, que é indispensável. Só que quem tem que fazer o convite pras pessoas tem que ser vocês, porque... como eu já disse... a minha reputação, neste lugar, não é das melhores. – e o pessoal me olha, demonstrando entender perfeitamente as minhas razões para dizer o que eu disse. Então prossigo: – Então, quando vocês chamarem as pessoas, avisem pra elas que nenhum nobre pode sequer imaginar o que estamos fazendo e que, amanhã mesmo, no recreio, nós teremos a nossa primeira reunião.

– E onde vai ser essa reunião?! – pergunta Luna.

– Bom, tem que ser um lugar onde os nobres e os fiéis escudeiros deles jamais sonhem ir. E esse lugar pode ser... Humm... a Casa Mal Assombrada! – respondo.

– Nunca ouvi falar! Onde fica?! – pergunta Ophélia.

– Atrás do Ginásio. Escondida no meio do mato. Ah... Isso é importante... O caminho que a gente tem que seguir, pra chegar até a Casa, é pela trilha que fica a leste do Ginásio. – digo.

– A leste do Ginásio?! – pergunta Sid.

— É! Tem uma trilha, meio escondida, com acesso pelo Campão. É por ali que a gente tem que ir. – explico.

— Mas lá tem muito mato! – contesta Nina.

— Tem que ser por lá, porque, se formos pelo outro lado, vão ver pra onde estamos indo. É por isso que nós devemos ir pelo campão e pegar aquela passagem, já que lá não tem como nos verem. – respondo, e o pessoal, não muito entusiasmado, demonstra ter entendido. Então eu prossigo: – E outro aviso importante... Não deixem o pessoal do Jornal da Escola ficar sabendo disso. Eles são tão perigosos quanto os nobres. Então... Chamem apenas as pessoas que vocês saibam que, assim como nós, estejam cheias disso tudo. – e antes de liberá-los, concluo: – Então é isso, pessoal! Vamos começar com a nossa articulação. Podem começar a transmitir a mensagem.

E enquanto todos começam a ir atrás de novas pessoas, eu, devido à minha má reputação, apenas fico esperando as coisas acontecerem. Minutos depois, eu vejo no relógio que o recreio está quase acabando, então começo a voltar para a sala e, quando estou passando perto da sede do Reino da Modernidade, três rapazes altos vêm na minha direção, sendo que um deles é o colega fortão que eu ajudei ontem na aula de Inglês.

— E aí, cara! Tu tinha me ajudado ontem, naquele exercício chato de inglês... E eu nem me apresentei direito! Bom... Eu sou o Daniel. E esses aqui são o Luigi e o Osmar. – diz Daniel. Em seguida, olho para os outros dois e forço um sorriso.

— E aí! Prazer! – digo, e os dois me cumprimentam de volta.

— Tu, eu sei que é o Leônidas, né?! – pergunta Daniel.

— Podem me chamar de Leo! – respondo.

— Pois é... O nosso amigo Sid é que falou de ti pra gente. Ele falou também que tu está pensando em criar um grupo do zero, pra acabar com esses absurdos que acontecem aqui na Escola, né? – diz Daniel.

— Erm... Sim! E eu pretendo fazer com que a liberdade seja o princípio primordial. – respondo, e logo faço outra pegunta: – Por acaso vocês estão interessados?!

— Eu estou! – responde Luigi, um cara alto, magro, de cabelo preto e curto, com um vozeirão firme.

— Pode crer! Eu também topo! – diz Daniel, que é da mesma altura que o Luigi, só que mais musculoso. Ele tem um cabelo um pouco comprido, cacheado e preto.

— É! Eu também, eu também! – diz Osmar, que é um cara gordo, de pele pálida, com bochechas rosadas, mais alto do que os dois, e com um cabelo castanho-escuro e crespo. Osmar parece um legítimo *gamer* de porão estadunidense.

— Maravilha! A primeira reunião vai ser amanhã, durante o recreio, na Casa Mal Assombrada e... bom... o Sid deve ter dito mais dos detalhes pra vocês. — digo e eles fazem que sim com a cabeça.

— Ir por trás do ginásio, sem que os nobres e os capangas deles descubram. — diz Luigi, enquanto que eu faço que sim com a cabeça.

— Isso! E se puderem... ajudem a espalhar pra pessoas que estejam interessadas e, claro, não revelem o local da reunião antes que concordem em ir. — digo.

— Pode deixar! — diz Osmar. Então, depois de alguns apertos de mãos, os três se afastam de mim e, em seguida, a sirene soa,

Quando chego na sala, Ávalon, Nina e Luna vêm me dizer que já convenceram algumas pessoas. Nessa hora, Rebecca, mais uma colega dos velhos tempos, aparece acompanhada de uma outra menina, que eu ainda não conheço. Rebecca é uma menina magra, mais baixa do que a Luna, com a pele pálida, cabelos ruivos e cacheados, e algumas sardas no rosto. A menina que está com ela é da mesma altura que a sua, sendo ela magra, negra, com o cabelo muito bem arrumado num rabo de cavalo.

— Luna... A gente pensou bastante... E a gente concorda em ir pra reunião sobre esse novo grupo e... — diz Rebecca, que para de falar quando me vê. De fato, ela, por ter presenciado todos os acontecimentos e todas as mentiras em que eu estava envolvido, simplesmente me odeia e não quer me ver por perto. Então ela aponta o dedo para mim, se vira para Luna e lhe pergunta: — Esse daí vai estar lá também?!

— Hum, vai sim! Eu que convidei! É que sabe, Rebecca... ele acredita em mim. Ele sabe que eu não sou tudo aquilo que os nobres e vários outros me chamam. Entendem?! Então... — diz Luna, tentando fazer a Rebecca me ver com bons olhos.

— Ele merece uma chance, não?! — pergunta Nina à Rebecca, que a ignora completamente.

— Ai, Luna, olha... Só porque tu está pedindo, que eu vou TENTAR ir na mesma reunião em que... ele... vai estar! Tá! Mas não prometo nada. — diz Rebecca, que faz uma expressão de nojo ao olhar para mim e, quando olha para Ávalon, fala: — Bom, enfim... tu deve ser a Ávalon, né! Essa é a minha amiga Judith! — então elas se cumprimentam e, claro, a Judith vai na onda da amiga, quando não me cumprimenta e ainda faz expressão de nojo. Logo o papo acaba, pois duas princesas se aproximam.

— Olha ali! Uma doida de pedra, uma vagaba, três ridículas insignificantes e aquele cujo nome não deve ser mencionado! Já dá pra montar um circo, hein! — diz a Princesa Janaína, uma menina magra com curvas, da mesma altura que a Ávalon, com os olhos verdes e os cabelos louros e longos.

— Ai, deixa essa plebe nojenta pra lá! Quanto mais longe a gente ficar dessas aberrações, melhor! A gente tem coisa mais importante pra pensar... Tipo a festa da Bella, que já é sexta, agora. – diz a Princesa Karin, uma menina magra, com curvas, um pouco mais baixa do que a Janaína, com um cabelo muito longo, liso e escuro. Ainda, os olhos dela são puxados, visto que ela é descendente de japoneses.

— Gente... Já é nesta sexta! Como o tempo tem passado rápido, né! – diz Janaína, que se vira para nós e acrescenta: – Sexta vai ser a festa de quinze anos da Bella e... Vocês não vão! – então ela e Karin se olham, dão gargalhadas e vão para seus lugares.

— E a gente nem pode responder à altura, né! – reclama Nina.

— Por disso e muito mais, que o que a gente está fazendo não pode dar errado. – diz Ávalon.

— Mas se bem que... As princesas não fizeram nada de errado. – diz Judith.

— É, né! Elas são princesas, e podem fazer o que quiserem! Já a gente... Tem que aceitar e ficar quieto, né! Fazer o quê?! – acrescenta Rebecca.

— Pois é, né, minha filha. A ideia de se pensar em criar um novo grupo é justamente pra que a gente não tenha mais que ficar quieto quando essas provocações baratas acontecerem. – diz Nina.

— Mas enquanto não se tem esse novo grupo... as princesas podem continuar fazendo o que elas quiserem... SIM! Tá! – retruca Rebecca.

— E vocês acham que isso está certo?! – pergunto, e as duas apenas me encaram.

— Bom... Eu só não entendi uma coisa... Se vocês não se incomodam com o que essas princesas fazem... por que vocês toparam em ir à nossa reunião de amanhã?! Pra poder nos entregar pra elas?! – pergunta Ávalon.

— Claro que não! A gente nunca entregaria um esquema em que a nossa amiga Luna está envolvida. – responde Rebecca.

— É! A gente só está curiosa pra saber como que esse novo grupo vai ser... E principalmente... a gente quer saber quem que vai reinar! Pra daí, sim, decidir se a gente entra, ou não! – completa Judith.

— Olha... Me pediram pra pensar bem, até eu ter certeza se eu ia fazer parte disso, ou não... Pois então... depois dessa... eu percebi que participar é a coisa certa a fazer, então... eu estou dentro! Podem contar comigo. – diz Nina, com determinação e, também, por ter ficado enojada com as idiotices proferidas por Rebecca e Judith.

— É bom ouvir isso, Nina! – digo e ainda completo: – Então... Todos na Casa Mal Assombrada amanhã!

— Ô! Desde quando que tu manda em alguma coisa?! – me pergunta Rebecca.

— Quem manda é a Ávalon. Mas até onde eu saiba, não está escrito em nenhum lugar que é só ela que pode falar as coisas por aqui. Né! – digo e Rebecca balança a cabeça, me desprezando completamente. Então eu falo: – Enfim! É melhor irmos nos sentar! Logo o professor chega e não vai ser bom se certas pessoas ouvirem a nossa conversa. – e as duas fazem o que eu disse, mesmo que relutantemente. Em seguida, as outras meninas e eu também nos sentamos.

— Hein... Me diz uma coisa... Essa Casa Mal Assombrada... não é mal-assombrada mesmo? – me pergunta Ávalon, e eu apenas olho para ela.

— Claro que não! Assombrações, fantasmas e seres mitológicos não existem! E mesmo se existissem, os nobres conseguem ser muito piores. – respondo e, mesmo assim, é possível notar que Ávalon não gostou do nome da casa. Então, mudo de assunto ao falar: – Mas, enfim, Ávalon... Mudando de assunto... Eu acho que tu é quem vai ter que discursar amanhã!

— Bom... Eu já esparava... Já que tu quer que eu seja a Rainha desse grupo, né! Só que eu não faço a mínima ideia do que dizer nesse discurso. – diz Ávalon.

— Pode deixar que eu te ajudo com isso. Mas tu viu, né! TEM QUE SER TU! Porque tu viu a reação da Rebecca, só em me ver. Agora... Imagina se ela e todos ou outros descobrem que a ideia disso tudo é minha! Eles desistem na hora. – digo, faço uma pausa e acrescento: – Não é pra sempre, é só por um tempo! Pelo menos até que essa gente entenda que não é a mim que eles têm que odiar. E sobre o que tu vai dizer... Pode deixar que eu escrevo um discurso pra ti! Aí tu decora, ou... improvisa.

— Tá! Pode ser... – diz Ávalon, que relutantemente concorda.

— Por falar em assombração, olha lá! – digo, apontando para a Professora Victória, que entra na nossa sala usando um chapéu de bruxa.

— Bom dia a todos! – diz a Professora, que coloca sua bolsa na mesa do professor e, assim que a turma se aquieta, ela prossegue: – Como vocês já devem saber... eu sou a Professora Victória... E vocês terão três disciplinas comigo! Disciplinas essas que são História, Geografia e Sociologia! – e quando ela começa a se apresentar, alguém levanta a mão. Então ela dá a palavra a essa pessoa, dizendo: – Podes falar.

— Pra que esse chapéu?! – pergunta Wagner, o "mangolão da Escola". Logo depois de sua pergunta, o pessoal começa a gritar coisas como "Óooooh!", "Uuuuh!", "Mangolão!", e tem até quem diga: "Pra que será que serve um chapéu, ô seu retardado?!". Tanto nobres quanto plebeus fazem isso.

— Interessante tu teres notado. Pensei que ninguém falaria sobre isso. Isso é porque dizem que eu sou muito rigorosa e exigente e que, por isso, muitos alunos acabam ficando com medo da bruxa velha aqui. Então se eu chegar e me apresentar como bruxa, talvez vocês tenham uma impressão diferente no final.

Não é?! – responde a Professora, em tom de brincadeira, para tentar aliviar o lado do Wagner. Com isso, alguns riem, e ela prossegue: – Mas uma coisa eu digo... Na minha aula não vai ter baderna. Se vocês quiserem fazer qualquer reclamação, podem vir falar comigo ou com a Diretora, mas vai ter de ser de maneira ordenada e civilizada. Até mesmo porque, com exceção desta semana, nós vamos ter cinco períodos semanais. Dois períodos de História, dois de Geografia e um de Sociologia. Então é melhor que a nossa relação seja a melhor possível... Porque nós vamos conviver por bastante tempo.

Então ela começa a datar as provas e os trabalhos trimestrais das três disciplinas. Depois disso ela pega a lista de chamada e começa a ler os nomes dos alunos. Logo ela começa a associar alguns dos nossos nomes com figuras da história, reais ou fictícias.

– Então vejamos quem faz parte dessa turma... Temos a Alice, a menina que visitou o País das Maravilhas e derrotou a Rainha de Copas! O livro *Alice no País das Maravilhas*, ou *Alice in Wonderland*, foi um clássico escrito pelo britânico Lewis Carroll em 1870! Hummm, muito bom... Vejamos quem mais... Temos também a Isabella, mais conhecida como Princesa Bella! Hummm, faz jus ao apelido. Houve também uma rainha com este nome, onde atualmente fica a Espanha, a Rainha Isabela de Castela... Nós vamos falar um pouco sobre ela nos nossos estudos. Temos aqui também o Guilherme... Um dos maiores reis da Inglaterra tinha esse nome; ele era mais conhecido como Guilherme II, ou William II, o Ruivo, que reinou de 1056 a 1100.

– Hahaha! Eu sou poderoso! Até nome de rei eu tenho! Chupem essa manga, plebeus! – grita Guilherme, que, enquanto ri como uma hiena, faz com que a Professora se arrependa do que falou.

– Seguindo... – diz a Professora, que respira fundo e prossegue: – Vamos ver quem mais nós temos aqui... Luna... Não seria "luna", a forma como se diz "lua" em espanhol ou em latim?! Oh... Iluminai minhas noites, Luna! – e enquanto Luna fica meio envergonhada, mas ao mesmo tempo lisonjeada, a Professora prossegue: – Temos aqui também a Maria Judith, e quantas Marias já passaram pela Terra?! Tivemos a Virgem Maria, Maria Madalena, Maria Antonieta da Áustria... que foi a Rainha da França. Tivemos a Maria I de Portugal, a Louca, que foi Rainha do Brasil também! Ou ainda, a Maria Leopoldina da Áustria, que foi o grande cérebro por trás da Independência do Brasil e foi também a nossa Primeira Imperatriz. E agora temos a nossa Maria Judith. – ela olha novamente a chamada, e encontra mais um nome interessante: – Aqui na sala tem o Walter Octávio, sendo que Octávio, ou Octaviano, foi o Primeiro Imperador Romano. Temos aqui também... Hugo, me faz lembrar do Victor Hugo, um importante escritor francês do século XIX, que escreveu o clássico *O Corcunda de Notre*

Dame, em 1831, dentre tantos outros. Ah, temos aqui o Wagner, que me faz lembrar do maestro e compositor alemão Richard Wagner. Já o Sidney tem o mesmo nome da antiga capital da Austrália! A belíssima Cidade de Sydney, que até hoje é a maior cidade daquele enorme país! E por falar em lugares, quem diria que aqui nós temos uma Ávalon... O nome da ilha lendária onde, reza a lenda, estaria localizada a Excalibur... a famosa Espada do Rei Arthur.

– Ahã, a minha mãe me deu esse nome porque ela adora essa história! – diz Ávalon.

– Huuuum! Tens um nome muito bonito! Bonito e interessante! – diz Victória enquanto olha para Ávalon. Em seguida, logo ela vira para mim e fala: – E tu és o Leônidas, não é?! Tu tens o nome do Rei Espartano que comandou os trezentos soldados, na Batalha de Termópilas e que, com isso, atrasou o ataque do exército persa! O teu nome significa "filho de leão"! Interessante... Acho que podemos esperar grandes coisas de ti! – ela diz isso e, assim como a Luna, eu fico envergonhado e lisonjeado ao mesmo tempo. Enquanto isso, os colegas que me odeiam dão um riso abafado, achando tudo um verdadeiro absurdo. Por fim, a Professora se afasta e fala para a turma toda: – É bom ver que temos pessoas tão interessantes nesta sala. Isso mostra que é hora de passar um tema de casa.

– Aaaaaaaaaaaaaaaaaaah! – reclama a multidão.

– Mas hoje é a nossa primeira aula! – reclama Guilherme.

– É! – concorda Alice.

– Que bom! A nossa primeira aula também conta. E o tema nem é lá grande coisa. Vocês só vão ter que fazer uma retrospectiva da vida de vocês, ou seja... Vão colocar um acontecimento marcante de cada ano que vocês já viveram. Vai fazer sentido na nossa primeira aula de História. E só pra avisar... Na sexta, vocês já vão ter os horários definidos, que começam a valer na semana que vem. Então, vocês saberão em que dia devem trazer esse tema feito. E outra coisa importante: tem que trazer um caderno separado para cada uma das minhas disciplinas, porque eu corrijo os cadernos, e isso faz parte da grade de notas de vocês! É bom vocês tomarem nota de tudo isso, pra não esquecer. – diz a Professora e, em seguida, a sirene soa, indicando o término da aula. Então ela fala: – Feitos todos os avisos, vocês podem ir... ORDENADAMENTE e... Até semana que vem! – e com isso, todos se levantam para ir embora.

– Filho de Leão, hein! Eu vi que quem te conhece aqui te chama de Leo, mas acho que depois dessa... Eu acho que vou te chamar de Lion, que é "leão" em inglês. – diz Ávalon e eu, meio sem jeito, coloco os meus óculos escuros.

– Tá! Se tu quiser... – respondo, e logo nós vamos saindo da sala. Já no corredor, vemos dois dos monarcas passando em meio à multidão. São eles o

Rei Fafá dos Melhores e a Rainha Carlota da Moda, os quais ordenam que a plebe abra espaço a eles.

— Ai, saiam da frente! Eu preciso passar, e pra passar, eu preciso respirar! Meu Deus... Gente... Que ódio-oooôh! Tem que ficar mandando pra plebe obedecer! – diz o Rei Fafá, que, com certeza, é o único monarca assumidamente *gay* da história da Escola. Soube que ele sofre homofobia por parte de outros nobres e até mesmo de muitos dos plebeus, mas, mesmo sentindo na pele o que a mania de grandeza e o preconceito de uns pode causar em pessoas como ele, o Rei dos Melhores ainda se recusa a tratar bem os plebeus, pois se considera superior e quer descontar nos outros toda a raiva que sente daqueles que já o desprezaram. Esse é o tipo de pessoa que a maior parte da nobreza é, incluindo esse Rei baixinho, magricela, de olhos verde-água, com o cabelo arrepiado, castanho, cheio de luzes e que, ainda, usa um lencinho no pescoço no lugar da gravata do uniforme.

— Ah... Isso nunca vai mudar, *mon cher*! O rebanho precisa que alguém diga o que fazer! E o rebanho em questão é essa plebe imunda. Ah! Então nem adianta esquentar a cabeça. É só jogar o lixo fora quando ele não nos obedecer, e pronto! – diz a Rainha Carlota, em tom de pura futilidade. Uma mania dessa Rainha é utilizar palavras francesas no seu dia a dia, sendo que "mon cher" significa "meu querido". Apesar de fútil, Carlota é uma menina linda, mais ou menos da minha altura, magra, com curvas, cabelos naturalmente ruivos, médios, levemente ondulados e com olhos verdes, em tom de esmeralda, muito parecidos com os meus. Ela, assim como o Rei Fafá, gosta de substituir a gravata do uniforme por um lenço, o que obviamente, para ela, por ser menina, é visto como uma coisa estilosa e não como "coisa de veado", como é com o Fafá. Com certeza, ela é a única monarca que realmente representa o próprio Grupo, porque, mesmo sendo uma pessoa que não vale nada, ela realmente se liga em "Moda".

Logo que esses dois passam, vários outros nobres também aproveitam a passagem e, quando passam, nos olham com nojo e desprezo, cochichando coisas nada agradáveis a nosso respeito. Quando todos eles pegam o elevador e vão embora, nós começamos a descer as escadas para irmos também, sendo que o que mais me chama a atenção é o silêncio total durante a descida.

— Olha só, eu não sou do tipo que odeia os *gays*, mas aquele Rei que a gente viu... Sério! Que bicha mais escrota que ele é! Tipo... Nesses três dias que eu estou aqui, eu já pude ver um monte de gente falando mal dele, só por ele ser *gay*... E nem assim ele se toca de que tratar as pessoas daquele jeito, só por serem plebeias, é errado. – comenta Ávalon logo que chegamos ao estacionamento.

– Pessoas como ele é o que mais tem neste mundo! A diferença dele pra maioria é que ele tem poder nas mãos. Mas pelo menos... devido ao fato de esse idiota ter poder e nada a temer... Ele não hesita em revelar a verdadeira personalidade dele... E a gente pode ver quem, ou o que, ele realmente é. Acho que esse é o único lado bom disso tudo. – digo, e Ávalon apenas balança a cabeça, concordando com o que eu disse. Logo eu me despeço, dizendo: – Agora eu tenho que ir. Continuamos com as articulações amanhã, está bem?!

– Claro! Até amanhã... Lion! – responde Ávalon e, por incrível que pareça, eu acabo gostando de como ela me chama. Por fim, dou um sorriso, enquanto levanto a mão, querendo dizer "tchau", e vou embora.

CAPÍTULO V

Branca de Neve do Inferno

Quinta-feira, 6 de março, é um dia que, logo nas primeiras horas da manhã, já está ensolarado, quente e abafado. A temperatura já é de 24°C, o que com certeza é sinal de que uma tempestade se aproxima. Logo que chego à Escola e entro no prédio, me deparo com a edição do dia do Jornal da Escola que está exposta num cavalete, sendo que na primeira página o título da manchete é "FALTA APENAS UM DIA PARA A FESTA DE 15 ANOS DA PRINCESA BELLA DA MODA". Abaixo do título, uma foto da Princesa, com as mãos na cintura, com seus adornos e cheia de si. Quando vejo isso, apenas penso: "Tomara que a tempestade estrague a festa!". Em seguida, subo as escadas até o quinto andar. Ao chegar lá, vejo Nina e Luna conversando sobre a ideia do novo grupo. Assim que me veem, elas me cumprimentam com o típico "Bom dia".

— Ô, Leo... Olha só, ontem eu consegui mais algumas pessoas interessadas na nossa ideia de criar um novo grupo – diz Luna.

— Maravilha! Ainda dá pra conseguir mais gente até a hora do recreio e... – digo, mas tenho que parar de falar, porque a Dona Griselda, nossa coordenadora de disciplina, está por perto. Como a desgraçada é fiel aos nobres, eu, para disfarçar, entro num assunto nada a ver com a nossa conversa. Então falo. – E então, né, até o recreio nós podemos pensar melhor no tema que a Professora Victória deu ontem, e tal... O que vocês acham? – e as duas começam a concordar comigo. Porém, quando já estamos quase nos livrando da Dona Griselda, nossa colega Paskes chega.

— Ô, Nina, aquela reunião que tu disse que vai ter hoje no recreio... É chique?! – pergunta Paskes, chamando a atenção da Dona Griselda.

— Cala a boca, Paskes! – murmura Nina, porém agora já é tarde demais.

— O que é que vai ter no recreio pra ser ou não ser "chique"?! – pergunta Griselda, uma mulher alta, gorda, com o nariz fino e torto, cabelos lisos, castanhos, e com luzes. Quando ela pergunta isso, Luna fica sem ação, enquanto que Paskes apenas faz uma cara de besta, como se o que estivéssemos fazendo não fosse sério.

— É que nós vamos fazer um grupo de estudos, pra fazer o tema da Professora Victória, que é uma retrospectiva da nossa vida e tal... E nós estamos combinando de colocar lá o ano em que a nossa colega Paskes entrou nas nossas vidas, como a pessoa mais... Ámmm... Chique! Que nós já conhecemos! – inventa Nina, tomando a frente. Logo que ela termina de falar, Paskes coloca a mão no peito, sentindo-se a poderosa do momento.

– Apesar de eu ser contra uma bobagem dessas, né... Mas claro que era pra ser uma surpresa, até a hora do recreio... Só que agora... A Paskes já sabe de tudo! – completo, pois é importante estarmos em comum acordo com a história, para que possamos nos agarrar a uma chance, mesmo que pequena, de enganar uma pessoa que de boba não tem nada e que, ainda por cima, defende os nobres com unhas e dentes.

– Ai! Eu sou tão chique que já estou até ganhando homenagem! – diz Paskes, que dá um gritinho e continua: – Ai, vou contar pra Vanette, e ela vai morrer de inveja! Ai, que chiquêêêêêê! – então ela entra na sala, dando uns pulinhos.

– Vocês acham que eu vou cair nessa?! – diz Dona Griselda.

– É o que nós vamos fazer, acredite a senhora, ou não! Não é nossa culpa se a senhora vê maldade em tudo o que fazemos e... – digo com uma expressão séria. Logo a sirene soa, anunciando o início das aulas. Então eu me aproveito disso e falo: – Ah, pois é... Vamos ter que deixar a nossa conversa pra depois! É hora da nossa aula agora.

– Conveniente o sinal tocar agora, não?! Humpf! Estou de olho em vocês! – diz Dona Griselda, enquanto viramos de costas pra ela e vamos em direção à nossa sala. Antes de passarmos pela porta, o furacão Juliana chega nos empurrando e berrando.

– Saiam da minha frente, plebeus! Quem passa primeiro aqui sou eu! – berra Juliana. Então, depois que ela passa, nós também passamos e vemos que Ávalon já está no lugar dela, de onde abana para nós, mostrando que reservou lugares hoje também. Quando nos sentamos, Ávalon nos cumprimenta e comenta sobre a situação.

– E aê, gente! Parece que a Princesa já está com a macaca, hein! – debocha Ávalon.

– Essa aí tá sempre de mau humor quando se trata de lidar com os plebeus! E o pior é que a anta da Paskes quase nos entregou pra Dona Griselda, agora há pouco! – digo, e Ávalon arregala os olhos.

– A Dona Griselda é a balofa que paga pau pros nobres, né?! – pergunta Ávalon e eu respondo fazendo que sim com a cabeça. E ela faz outra pergunta: – Meu Deus! Quem foi o trouxa que chamou uma criatura dessas pra nos ajudar?!

– Eu, por quê? – responde Nina, exaltando-se um pouco.

— Por nada! Se a pessoa é desse jeito, ela vai mais atrapalhar do que ajudar, né! — responde Ávalon.

— Hein, mas... Ô, Nina... Será que tu saberia me dizer... por que que a Paskes é tão fissurada em "ser chique"?! Já que é só disso que ela fala? — pergunto a Nina, querendo mudar de assunto, para evitar uma tensão entre as duas.

— Ah, sei lá! A Valéria Paskes... Deve ser porque ela não tem nenhuma qualidade. Porque como as notas dela são uma vergonha e ela é feia como o cão e... bom... nem é difícil notar que ela não é nem inteligente nem bonita, né! Mas sabe... Eu acho que ela não quer reconhecer isso. E é por isso que ela fica nessa ilusão em que só ela e a Vanette acreditam, de que ela é chique, porque ela "vai ser pediatra em Nova York". — conta Nina. E enquanto Ávalon e eu damos um riso abafado, ela prossegue: — E o pior é que ela acha que pediatra... é quem cuida de cachorro... — e ao dizer isso, Nina também tem de segurar o riso. Já Luna, que está do lado dela, faz a mesma coisa.

Sim, todos concordamos que a Valéria Paskes tem problemas, mas enquanto nos controlamos para não soltarmos uma gargalhada, chega a Professora Cláudia Garcia do Reino, uma senhora já aposentada, baixinha, gordinha, com um cabelo curto, liso e castanho, que começa a apresentar a si mesma e a disciplina de Matemática. Depois de fazer toda a apresentação, ela já começa a falar numa linguagem um pouco mais informal.

— Tem aqui as datas das provas e dos exercícios avaliativos. Porém... Como eu considero "prova" uma forma muito antiquada e ineficiente de avaliar o que vocês aprenderam, eu aviso desde já que as provas vão seguir o mesmo estilo dos exercícios, ou seja, a dificuldade vai ser a mesma, e haverá consulta. Outra coisa; eu gosto de explicar o conteúdo fazendo brincadeiras e usando exemplos um tanto quanto toscos, porque são esses os que a cabeça das pessoas tem mais facilidade de guardar. E convenhamos... esta é a melhor disciplina em que essa metodologia deve ser utilizada. — diz a Professora, que dá uma pausa e continua: — Eu sei que a matemática é uma coisa que para muitos é complicada e que, por causa disso, muitos têm até medo. Há até quem diga que matemática é um bicho de sete cabeças, não é?!

— Matemática é um bicho de cabeças infinitas, porque os números também são infinitos. — diz Wagner, sendo que só ele acha graça da piada. E enquanto muitos o chamam de "mangolão" e de "retardado", a Professora apenas ignora o que ele disse.

— Então... É por isso que eu quero mudar um pouco essa noção. E pra isso, eu acredito que uma aula mais descontraída é a nossa melhor opção. — diz a Professora, que muda do tom de brincadeira para o de ameaça, quando fala: —

Agora... Se o desrespeito começar a vigorar por aqui... Aí sim é que a chatice e o bicho de sete cabeças vão realmente dar as caras.

– Não diz isso, Professora! – diz Caio.

– Digo, porque isso é um aviso. E quem avisa... amigo é. – responde a Professora, que logo prossegue: – Enfim, dando início às nossas atividades, vou dar uma folha de exercícios pra ver do que se lembram do ano passado, e pra eu ver como anda o nível de conhecimento de vocês. Quem não conseguir terminar aqui, pode terminar em casa, sem problemas.

Enquanto a Professora vai distribuindo as folhas, muitas pessoas reclamam de ter de fazer aqueles exercícios. Felizmente, isso não dura muito tempo, e logo o pessoal começa a fazer, ou começam a fingir que estão fazendo, que é o caso de muitos por aqui. Ávalon demonstra querer fazer parte do povo do fingimento e, para evitar que isso aconteça, eu me vejo obrigado a ajudá-la com a fórmula de Bhaskara. Tudo segue normalmente durante essa aula, até que alguém bate na porta e a Professora Cláudia atende.

Para o meu azar, quem entra é a minha odiada ex-professora da 4.ª série, Bia. Logo atrás dela, vem uma menina baixinha, muito magra, branca como papel, com cabelos pretos, médios, muito lisos e com uma franja que, assim como o resto do cabelo, parece ter sido recém-aparada. Já o uniforme dela está impecável. Tudo isso faz com que essa menina pareça uma personagem de filme de terror e por estar acompanhada da Bia, a minha impressão sobre ela só piora.

– Gente, atenção por um momento. – diz a Professora Bia, chamando a atenção de todos com sua voz insuportável. Em seguida, a turma para e ela começa a apresentar a aluna nova, dizendo: – Essa é a Stella! Ela está começando hoje, tá! E eu espero que ela seja muito bem acolhida por todos aqui. – quando ela diz esta última parte da frase, eu quase mando ela "àquele lugar", pois o cinismo dela é simplesmente escancarado.

– Bem-vinda, Stella! Eu sou a Cláudia, Professora de Matemática! – diz a Professora, sendo honestamente receptiva, enquanto que Stella faz um sorriso, que obviamente é forçado. Em seguida a Professora fala: – Pode procurar um lugar e se sentar...

– Ô, Stella, pega uma cadeira e senta aqui comigo! – grita Ávalon, interrompendo a Professora. Com isso, Stella coloca um sorriso mais sincero no rosto e começa a caminhar na nossa direção. A Professora Cláudia retorna à sua mesa, sendo realmente impossível não notar o quão chateada ela ficou devido ao tratamento nada respeitoso que acaba de receber da aluna nova.

– Oi, Jonas, querido... Como é que tu está?! – pergunta a Professora Bia ao seu queridinho.

— Erm... Tudo bem! Tudo bem! — responde Jonas, meio envergonhado.

— Já é o quarto dia de aula e tu nem foi me ver ainda, né, safado! — brinca a Professora Bia.

— É-é... Pois é, né! Eu ia ir lá te ver, mas acabei esquecendo. Assim que der, eu passo lá, tá! — mente Jonas.

— Vou ficar esperando, hein! — diz a Professora Bia, que logo se vira para o Hugo e fala: — Tu também, Hugo! Amado! Aparece na minha sala... Qualquer hora!

— Pode deixar que a qualquer hora eu passo lá! — mente Hugo.

— Ai, que bom! — diz a Professora Bia, que se dirige para a porta e, antes de sair, já de costas para todos, fala: — Então tá! Boa aula, gente! E obrigada pelo teu tempo, Cláudia! Tchau, tchau! — e enfim, ela sai, mas não sem deixar todos embasbacados com a cena. Até mesmo a Professora Cláudia demonstra ter ficado incomodada.

— Só eu que achei estranho essa mulher fazer tanta questão que o Hugo e o Jonas vão ver ela?! — pergunta Mandy.

— Não foi só tu, não! — responde Sid.

— Parece até uma pedófila... Querendo coisas com os novinhos! — diz Ávalon.

— Se ela é pedófila, eu não sei! O fato é que ela sempre protegeu esses dois... De tudo! Tudo mesmo! A história é meio longa, mas... Ela teve grande parte da culpa por tudo o que me aconteceu e... Com o que acontece com a Luna até hoje. — conto.

— Nossa... Que loucura, hein! É *punk* o bagulho! — diz Stella, que não sabe do que estamos falando, mas faz de conta que se importa.

— E então, Stella... Quando foi que tu decidiu vir pra cá?! — pergunta Ávalon.

— Na mesma hora que tu me disse que viria pra cá! Eu só não te contei que eu também estava fazendo matrícula pra esse lugar, porque eu queria fazer surpresa. — responde Stella. Quando Ávalon dá uma risadinha, Stella completa: — Como se eu fosse te deixar sair da nossa outra escola sozinha, né!

— Tu sabe que eu só não fiquei por lá porque não iam deixar que eu renovasse a minha matrícula pra esse ano, né! Ainda mais depois que eu coloquei a lata de lixo em cima da porta, pra que a sujeira caísse toda em cima da diretora quando ela fosse entrar na nossa sala. — diz Ávalon com naturalidade.

— Nossa! Não quiseram te deixar renovar matrícula só por causa disso?! Wow! — digo, em tom de sarcasmo.

— Que coisa, né! — diz Nina, entrando no meu jogo.

— Pois é! Aff! Aquela diretora era um saco! — diz Ávalon, ainda agindo como se estivesse com a razão.

— Mesmo assim... eu me recusei a ficar lá sozinha! — diz Stella, que logo muda de assunto, quando pergunta: — Então... Fala aê, Ávalon! Quem são os teus novos amigos?!

— Ah, sim! Bom... Esses são a Luna... a Nina, a Mandy, o Lion, o Haroldo, e... bom... o Sid tu já conhece! E gente, essa é a Stella, a minha melhor amiga desde... Desde sempre! — diz Ávalon, fazendo as apresentações.

— E aê, Demônio! Que faz na terra?! — pergunta Sid à Stella, em tom de brincadeira.

— Não é da tua conta, ô Satanás! — responde Stella, no mesmo tom.

— Hein ô, Stella, mudando de assunto, eu tenho que te contar uma coisa! Tu precisa saber como que esta Escola funciona antes que tu faça alguma besteira e acabe se complicando. — diz Ávalon, que começa a contar para a Stella tudo o que acontece na Escola e como tudo é organizado dentro dos grupos e da Direção. Em outras palavras, ela repete tudo que eu já havia dito a ela antes e, ainda, convida a Stella para a nossa reunião na Casa Mal Assombrada.

Quando a sirene soa, a Professora Cláudia vai embora e, por alguns minutos, a sala fica só para nós, alunos. Nessa hora, Stella não percebe, mas, enquanto ela ouve o que Ávalon conta, os nobres da sala já a ficam encarando com expressões de nojo. Não há dúvidas de que as coisas que eles falam a respeito dela não são nada agradáveis. Durante esse meio tempo, Ávalon termina de contar a história a Stella.

— Então a Escola é dividida entre nobres e plebeus... Os nobres fazem o que bem entendem com os plebeus e a Direção não faz nada pra evitar os abusos! Meu... Deus... Que história mais ridícula! — comenta Stella, e enquanto todos a encaramos, ela prossegue: — E ainda vocês vão fazer uma reunião hoje no recreio... Numa tal de Casa Mal Assombrada... Pra criar um novo grupo, pois acreditam que esse grupo "vai ser mais justo" do que os outros. E ainda querem que eu me junte a vocês?! — ela dá um riso abafado e volta a falar: — E como se tudo já não fosse absurdo o bastante... tem esse tal de Lion, aqui... Que quer que tu seja a Rainha desse novo grupo, porque ele já está todo queimado por aqui! Aff! Por favor, né, Ávalon! Será que tu ainda não notou que esse cara aí do lado tem algum problema com esses tais "nobres" e está te usando pra criar a confusão que ele quer, pra que depois, quando der tudo errado... porque vai dar... ele não tenha que se ferrar sozinho?! — quando ela termina de dizer isso, eu fico um pouco incomodado, pois ela, por mais que tenha errado sobre o meu objetivo final, acabou sacando rapidamente as minhas intenções com Ávalon, ouvindo a história só uma vez.

— Olha só, que tal tu calar a boca?! Tu não sabe como as coisas funcionam aqui, tu ainda não teve tempo de ver nada por aqui. Se tu não quer ir à Casa

Mal Assombrada hoje... bom... não vai! Só não nos atrapalha! – digo à Stella, defendendo-me.

– Olha, Stella... Eu vi essas coisas acontecendo por aqui. De verdade! Isso me incomodou muito. E é por isso que eu realmente quero ajudar a acabar com isso tudo. Agora... Sobre o Lion vir me pedir pra falar por ele, é porque ele tem um motivo pra isso. Motivos esses que eu sei que são verdadeiros, tá! – diz Ávalon, tornando evidente que ela não levou a sério o que Stella disse, mas mesmo assim devo tomar cuidado com essa nova aluna.

– Tá! Então tá! Já que a minha opinião não importa... Tudo bem! Só não vem reclamar depois! – diz Stella.

– Enfim... Ô, Lion... Sobre o nome do grupo... Tu já pensou em algum? – me pergunta Ávalon.

– Bom... Diferente dos outros que já tentaram enfrentar os nobres de frente e acabaram fracassando, por terem feito tudo de forma burra e precipitada... Nós estamos fazendo as coisas de forma mais cautelosa e... na minha opinião... isso mostra que nós somos mais inteligentes do que todos esses outros. E como eu já percebi que todos aqui são inteligentes, mesmo que de formas diferentes... não seria errado chamar o nosso grupo de "Inteligentes". – digo, e Stella solta mais um riso abafado. Então eu pergunto. – Alguma ideia melhor, Stella?

– Não! Eu não estou nem aqui! – responde Stella, em tom de deboche.

– Inteligentes?! Meu... Vão pensar que a gente é um bando de *nerd*! – diz Sid.

– Então vamos ter que fazer com que ser chamado de "inteligente"... ou de "nerd"... seja visto como um elogio aqui na Escola! E essa é missão da Ávalon quando for discursar hoje. – digo, e ela estreita os lábios, mostrando estar um pouco nervosa.

– Fazer o pessoal gostar de ser chamado de "nerd"?! É isso que tu vai ter que fazer no lugar dele? – indaga Stella a Ávalon, enquanto aponta o dedo para mim. Logo, em tom de desgosto, ela prossegue: – Humpf! Não falo mais nada! Mas, mesmo assim... Eu vou lá na... Casa Mal Assombrada. Quero ver no que isso vai dar.

Logo chega à nossa sala um homem de altura mediana, bronzeado, sarado, com um cabelo preto, curto e armado num topete. Este é o professor de Educação Física, que logo dá um "bom-dia", tentando parecer o mais descolado possível, para "falar a língua dos alunos". Assim que diz o seu nome e em que disciplina dará aula, ele escreve no quadro, com uma letra quase que ilegível: THADEU MOTTA PRADO; PROFESSOR DE EDUCAÇÃO FÍSICA. Enquanto esse quarentão metido a garotão fica se exibindo, eu já vou avisando a Ávalon que ele é capacho dos nobres e que, indiretamente, adora ofender e ridicularizar os plebeus.

— Galera, é o seguinte... As nossas aulas, tirando hoje, vão ser sempre à tarde. Vão ser duas tardes por semana e... Nós vamos ter provas práticas, uma teórica e mais um trabalho teórico, que vocês vão tirar de letra, porque se até os piores plebeus passam comigo... bom... qualquer um passa. É só se esforçar. – diz o Professor.

— Ele fala dos "piores plebeus" como se os nobres não ganhassem nota de graça! – comenta Luna, falando de forma abafada e em baixo tom, mas, sem querer, é ouvida por todos.

— Só estou dizendo isso porque os nobres sempre se dedicaram muito mais do que os plebeus na minha disciplina. E mesmo que haja plebeus que vão muito mal, eles ainda conseguem passar de ano. Só isso! – responde o Professor, que, em tom de sarcasmo, acrescenta: – Pelo menos os nobres que passam comigo são aprovados de forma honesta. Agora, pessoas do teu tipo... que têm a fama que tu tem... nem faço ideia de como conseguem chegar ao Ensino Médio. – e ainda faz um aviso: – E olha... Eu só te digo uma coisa... Na próxima vez que eu te pegar de novo fazendo acusações falsas a meu respeito e a respeito dos nobres... que são alunos de grande excelência... eu entro com um pedido de expulsão contra ti. Por calúnia, suborno e desrespeito. Porque sabe... O teu joguinho não vai funcionar comigo. Então é melhor tu ficar bem quietinha que é melhor pra ti.

Depois que fala todos aqueles absurdos à Luna, o Professor volta a falar sobre a disciplina, sobre as datas das avaliações e sobre a importância dos esportes na vida das pessoas. Enquanto ele fala, o pessoal fica comentando sobre a bronca que a Luna levou e, quando olho para as princesas, apenas as vejo fazendo gestos labiais, sendo que Alice faz "Vagabunda!" e Juliana faz "Bem-feito!". E o Professor segue falando por mais um tempo, até que eu ouso interrompê-lo.

— Então, a importância dos esportes na vida das pessoas... – diz o Professor, que, quando me vê com a mão levantada, me dá a palavra, dizendo: – Fala!

— Posso ir ao banheiro? – pergunto, e o Professor, extremamente incomodado, respira fundo e faz expressão de zangado.

— Vai! – responde o Professor de forma áspera, e logo volta a falar, mas ainda assim fica me olhando de relance enquanto eu me dirijo até a porta. Outros que também ficam me olhando, como se eu tivesse cometido um crime ao interromper o Professor, são os nobres, sendo que, quando eu passo por eles, ouço frases como: "Tinha que ser!", "Também... Plebeu, né!", "O pior entre os plebeus!", "Quer ver que depois o banheiro vai estar todo emporcalhado!" e "Humpf! Plebeus deveriam ser proibidos de usar os banheiros daqui". Por fim, saio da sala, vou ao banheiro, faço o que tenho de fazer e logo retorno. Assim que retorno à sala de aula, os nobres voltam a me encarar, mas dessa vez não dizem nada, visto que agora o papo é sobre a nova aluna.

— Gente... Será que essa coisa nunca pegou sol na vida?! – cochicha Alice.

— Essa daí já está pronta pra virar *cosplay* da Branca de Neve! – cochicha Caio.

— Branca de Neve do Inferno, só se for! Urgh! – responde Juliana, e todos os seus amiguinhos riem. Quanto a mim, que apenas ouço, fico pensando que, com relação às conversas paralelas dos seus queridinhos, o Professor não se incomoda.

— Só mais uma coisa, nas minhas aulas vocês vão ter que usar roupas mais leves. É aquela camiseta regata para todos, bermuda pros guris e *short* pras gurias! – diz o Professor, que logo prossegue: – Claro que essas peças de roupas têm que ser do uniforme escolar, ou seja, com Brasão da Escola, e não qualquer camisetinha. Se for qualquer roupinha, vão estar desuniformizados, e aí não vão poder ficar na aula e vão levar falta. Quem já é daqui sabe como funciona, mas quem é novo, como as três ali atrás... – ele olha para Mandy, Ávalon e Stella – ... que eu espero que não inventem nenhuma gracinha com o uniforme da educação física, assim como com o uniforme normal. – ele se refere ao jeito meio rebelde como Ávalon usa o uniforme.

— O jeito como eu visto o meu uniforme te incomoda, psor?! – pergunta Ávalon em tom de deboche. – Não, porque é dito que nós devemos usar uniforme, só não dizem como que a gente deve colocar o uniforme.

— Olha só, tem um padrão a ser... – responde o Professor, até que a sirene o interrompe.

— Bah, psor... É recreio agora. A gente termina na próxima. Não te preocupa que eu fico bonitinha na tua aula, tá! – diz Ávalon, já se levantando para sair, assim como todos na sala fazem. Não gostando de ser feito de bobo por Ávalon, o Professor vira a cara, faz expressão de zangado e, quando vê Luna saindo, a chama.

— Ow, ow! Psiu! Luna, onde tu pensa que está indo?! Eu acho que a Griselda vai adorar saber sobre tua tentativa de dar em cima de mim hoje. Tu vem comigo! – diz o Professor, que, provavelmente, está querendo descontar toda a sua raiva na Luna. Quando ele diz isso, Mandy quase diz o que ele merece ouvir, mas eu me coloco na frente dela, impedindo-a, para que ela não se complique também. Logo o professor nos fala: – É bom irem indo! A conversa aqui é com a biscateira, e não com vocês. Tchau!

Depois disso, nós apenas saímos da sala, indignados e frustrados por não podermos fazer mais nada para ajudar a Luna.

— Tomara que a Dona Griselda não venha atrás da gente! – comenta Nina.

— Não te preocupa, graças ao desgraçado do Thadeu, a Dona Griselda vai estar bem ocupada... Dando bronca na Luna... E chamando ela de vadia. Argh! Só fico com pena da Luna. – digo, enquanto o pessoal faz uma cara de preocupação.

— Humpf! Alguma coisa ela fez pra ter essa fama de piranha, que todo mundo comentou hoje. – diz Stella, pouco se importando se os boatos são verdadeiros, ou não.

— É, deve ser mesmo, né! E com essa tua atitude eu vejo por que o Sid te chamou de Demônio hoje cedo. Algo a mais tu deve ter feito! – respondo, e, quando Stella se prepara para uma réplica, Ávalon se coloca no nosso meio.

— Tá! Já deu! Não é hora pra ter briga aqui! Lion, tu tem que me ajudar a me preparar. – diz Ávalon.

— É! Sim! Já vou te dar umas dicas sobre o que tu deve dizer lá! – respondo.

Fico dando dicas à Ávalon, enquanto vamos caminhando. Logo que chegamos ao Campão, nós descemos a rampinha da entrada, o atravessamos e começamos a atravessar a lateral leste do Ginásio, onde há muito lixo e mato, ou seja, é um lugar onde quase ninguém pisa há muito tempo. Depois de passarmos por esse caminho, chegamos a uma área conectada à lateral norte, onde há plantas brotando pelo chão de pedras. Parte dessa área é coberta e, nessa parte coberta, há várias colunas, formando arcos que sustentam o teto, que está quase caindo aos pedaços. Nota-se que a construção é antiga, mas não há como saber o que esse lugar era exatamente. À nossa esquerda, há uma porta para entrar no Ginásio que, aparentemente, também não é usada há tempos. À nossa frente, há uma escada de pedra, por onde nós subimos, viramos à direita e chegamos à Casa Mal Assombrada, onde já há muitas pessoas nos esperando.

O pessoal até que não reclamou muito do caminho até aqui, pois, como é proibido pisar nessa parte da Escola, todos adoram quando têm oportunidade de vir até aqui, porque o proibido é sempre mais gostoso. Na casa, há uma porta principal que se encontra trancada, então todos entram por uma janela quebrada. Dentro da casa, há uma sala, grande o bastante para deixar todos mais ou menos à vontade. Logo arredamos uma mesa velha, para servir de palco a Ávalon. Assim que ela sobe na mesa, começa a falar.

— E aê, gente! Pra quem não me conhece, eu sou a Ávalon, e eu entrei na Escola agora, nesta semana e... Nesses poucos dias que eu estou aqui, eu já vi várias situações horríveis acontecendo. Aqui, pessoas são humilhadas, tratadas feito lixo e usadas do jeito que os nobres bem entendem. Hoje mesmo, a nossa colega Luna foi praticamente chamada de vagabunda por um professor que é paga pau dos nobres. Se ela não está aqui agora, é porque está levando bronca e ouvindo mais desaforos. E se a Dona Griselda não nos perseguiu até aqui, de certa forma, é graças à Luna! Então, gente... Até quando vamos permitir tudo isso?! Até quando vamos permitir que pessoas como a Luna sejam humilhadas dessa forma?! Até quando vamos deixar que colegas estudiosos sejam obrigados a entregar tudo de bandeja pra esses vadios desses nobres?! Já me contaram que o Jornal da Escola trabalha pra eles. Então... Até quando vamos permitir que eles espalhem boatos de pessoas como nós... E principalmente... Como a Luna... Pra depois, no final, ainda ficarem numa boa?! Já passou da hora de mudarmos isso! Então, os meus amigos e eu pensamos em algo que pode ser uma solução pra todos esses problemas. A ideia é a criação de um novo Grupo, em que pessoas como nós poderão ter liberdade de fazer aquilo que quiserem fazer, sem que tenhamos de nos curvar pra essas patricinhas e mauricinhos que se acham superiores a nós.

Quando Ávalon termina de falar, as reações que vêm da multidão são as mais diversas, como: "Cala a boca, isso não vai dar certo!", "É isso aí! Queremos um Grupo só nosso!"; e perguntas, como: "Tu acha que isso vai dar certo?!", "Como que vai ser este novo Grupo?!". Logo Ávalon volta a falar.

— Todos aqui reunidos são pessoas que se dedicam, estudam e fazem por merecer, mas que ainda não foram loucos o bastante pra confrontar os nobres de frente. Bom, enfim, por esses e por outros motivos, nós chegamos à conclusão de que o nosso nome vai ser "Inteligentes". – diz Ávalon, que, quando cita esse nome, a maioria das pessoas acha, assim como Sid, um nome pouco estiloso e nada descolado. Então Ávalon continua: – Pessoal, pessoal! Eu sei que não é o nome mais legal do mundo, mas e daí?! Pelo menos, esse nome diz muito sobre nós! Todos nós aqui somos inteligentes do nosso próprio jeito. E somos nós que precisamos dar a importância que esse Grupo merece, não os outros. Se nós fizermos um Grupo realmente melhor, o que vai sobrar pros outros é temor e inveja. E ainda, se a preocupação de vocês é com o nome do grupo, nós precisamos fazer com que ser chamado de "Inteligente" seja considerada a coisa mais incrível daqui, mas isso só vai ser possível se todos colaborarem. E então, quem está comigo nessa?! – e o pessoal se olha.

— Eu estou nessa! E aí gente, quem mais?! – grita Daniel, que, ao subir na mesa e ficar ao lado de Ávalon, acrescenta: – Tem gente aqui fazendo drama por causa do nome sugerido?! Ah, pelo amor de Deus! Esse é um ótimo nome! Renegar um nome como esse é praticamente se chamar de burro e ainda se orgulhar de ser burro. – as pessoas se olham e começam a concordar com ele. Então ele volta a falar: – Então, gente... Resolvido o problema do nome, será que alguém aqui topa lutar contra os desmandos desses nobres desgraçados?! Porque olha só... Eu quero estudar num lugar mais livre e mais justo. Porque mesmo que a Rainha do meu Grupo seja uma pessoa boa e justa com os súditos, ela não vai ficar no trono pra sempre, e não tem como saber se aquele Príncipe Ulysses, que é o sucessor dela, vai ser tão bom quanto ela. Vocês lembram né, a Rainha Stéphanie, que veio antes da Aurora... Era o próprio capeta... Mais malvada que a Princesa Juliana. E por causa disso todo mundo pensava que a atual Rainha dos Valentes seria pior do que a anterior, mas, felizmente, esse temor não se confirmou... Mas podia ter acontecido. Vale lembrar também que a Rainha Aurora é a única pessoa que presta dentro daquela nobreza toda, porque o resto é tudo canalha. Não dá pra gente pensar que vale a pena manter tudo isso, só porque tem UMA pessoa boa... no meio dessa podridão toda. Porque a gente não tem qualquer garantia quanto aos nossos direitos e tal! Então, gente... Vamos continuar deixando que eles façam o que bem entendem com a gente, ou vamos aproveitar esta oportunidade pra nos unirmos?! Hein?! Quem está comigo?!

Assim que Daniel fala, várias pessoas, uma por uma, começaram a dizer "Eu estou!", e logo a multidão toda começa a apoiar a ideia, com aplausos e palavras encorajadoras. Realmente, esse rapaz deu o empurrão necessário para motivar a todos. Então Ávalon continua com o plano.

— Pois é, pessoal, as coisas têm de mudar por aqui. Assim como eu vi coisas horríveis em poucos dias, esse cara, que já está aqui há mais tempo, também viu! E assim como eu, ele também não quer que as injustiças continuem. O melhor modo que temos pra melhorar a situação do maior número de pessoas possível é a criação de um novo Grupo... Que vai ser nosso e ninguém tasca! E para que esse novo Grupo possa existir, nós devemos começar a criá-lo o quanto antes. É por isso que a ideia é fazermos uma manifestação pacífica amanhã, no recreio, em frente à Direção da Escola. Para que eles vejam a nossa força de vontade. E se não concordarem em reconhecer o nosso Grupo... não importa, porque nós vamos fazê-lo existir de qualquer jeito! – a multidão aplaude – E então, gente, quem está comigo?!

A multidão grita e levanta os punhos, enquanto eu fico apenas admirando tudo e vendo como o meu plano já começa dando certo. Já Stella parece não estar gostando nada de tudo isso, e faz expressão de quem está achando tudo um grande absurdo.

— Vamos dar início a uma mudança geral nas nossas vidas. – diz Ávalon, que, com total apoio da multidão, continua com o discurso: – Vamos mostrar quem somos e do que somos capazes! E quem nós somos?!

— INTELIGENTES! – grita a multidão, em resposta e demonstrando que não há mais qualquer receio quanto ao nome. Logo a sirene soa, e Ávalon se prepara para finalizar o discurso.

— Bom, gente, o recreio acabou, mas a nossa luta só está começando. Vejo todos amanhã na frente da Direção. Valeu! – diz Ávalon, e a multidão a aplaude novamente.

Feita a convocação, começamos todos a seguir de volta para o prédio principal, pelo mesmo caminho da vinda. Desta vez, muitos reclamam de ter de passar de novo por um caminho tão imundo, principalmente as meninas, enquanto outros reforçam que isso é necessário. Quando passamos pelo Campão e chegamos onde estamos mais à vista, tentamos manter o máximo de discrição possível, pelo menos até chegarmos à Praça Central.

— Até que vocês conseguiram bastante gente pra brincadeira de vocês, hein! – comenta Stella.

— Que bom, né! – respondo, em tom áspero.

— O que é que eu vou ter que fazer pra tu entender que isso não é brincadeira? – pergunta Ávalon, em tom de indignação para com a amiga.

— Deixa, Ávalon, assim que ela ver como essa Escola realmente é, ela vai dar valor ao que estamos fazendo. – diz Nina, enquanto eu apenas fico encarando Stella. Quando ela nota o que estou fazendo, faz uma expressão de nojo e vira a cara.

Ao chegarmos à nossa sala, flagramos uma discussão entre os príncipes Hugo e Guilherme. Os dois discutem por causa da Princesa Karin.

— Ah! Que que tem?! Só passei a mão na bundinha dela! Essa japa é safadinha... Ela gosta disso! – diz Guilherme, demonstrando o completo pervertido que ele é.

— Esta Escola tem uma montoeira de vagabundas, tu pode passar a mão na bunda de qualquer uma... Mas essa tu tem que respeitar! – diz Hugo, com sangue nos olhos.

— Opa! Peraí! Como assim "Essa tu tem que respeitar!"?! Tu está dizendo que eu faço parte da "montoeira de vagabundas"?! – indaga Karin, ofendida e sem acreditar no que escuta.

— Não te mete, que eu vou dar um sopapo nesse gordo imundo! – diz Hugo, como se não estivesse falando nada de errado.

— Ui! Que medo! A Huga vai me dar tapinha, ai ai ai! Que bichona! – debocha Guilherme, afeminando Hugo.

— TU VAI VER O TAPINHA QUE EU VOU TE DAR, SEU DESGRAÇADO! – grita Hugo, enquanto avança na direção do Guilherme, e em seguida os dois começam a se socar. Enquanto a turma assiste àquela cena, a torcida que vem é "Briga! Briga! Briga!". A briga segue, até que Dona Griselda chega.

— O que vocês estão esperando pra separar esses dois?! Daniel, Wagner, alguém... – grita Dona Griselda. Então Daniel e Wagner vão separar a briga, sendo que Daniel segura Hugo e Wagner segura Guilherme. Sid, que não foi chamado, também resolve intervir, quando os dois já estão contidos, e quando ele já está se dirigindo para a briga, a Rainha Aurora o segura pelo braço.

— Não te mete nisso! Tu não foi chamado pra apartar essa briga! Então fica na tua, porque depois... Sou eu quem vai ter que livrar a tua cara! E olha que isso está ficando cada vez mais difícil! – diz a Rainha Aurora, fazendo Sid recuar.

— EU VOU ACABAR COM A RAÇA DESSE PORCÔÔÔÔ! EU VOU FAZER ELE SE ARREPENDER DE TER NASCIDÔÔÔÔ – berra Hugo, furioso e fora de si.

— Vem que eu te dou uma surra! Pode vir! Vem! – diz Guilherme, em tom de puro deboche, como se nenhum dos socos que ele levou o tivesse machucado.

— Tá! Chega vocês dois! Isso aqui não é ringue de luta! – grita Dona Griselda, que logo vira para Daniel e Wagner, para lhes ordenar: – E vocês, me ajudem a conduzir esses dois até a sala da Dona Hortência. Vamos!

— NÃO! NÃO! EU ME RECUSO! EU NÃO VOU PRA SALA DAQUELA BALEIA ENCALHADÁÁÁÁÁÁÁÁ! – berra Hugo, vermelho como um tomate.

— Vamos! Antes que piore! – diz Dona Griselda a Daniel e Wagner. Assim que vira para os que assistem à cena, ela fala: – Bom, vocês já curtiram o *show*, não é mesmo?! Agora é hora da aula. Já podem ir todos pras suas salas, até mesmo porque... A Professora da 101 até já está em sala, caso não tenham notado.

Ela diz isso e todos viram para uma mulher de altura mediana, obesa, com cabelos pretos, lisos e compridos. Quando todos a olham, ela apenas faz uma expressão de riso, considerando a situação toda como uma coisa simplesmente ridícula.

— Parece que a tua primeira impressão dessa turma foi a ótima! – diz Dona Griselda à Professora, sendo sarcástica, enquanto a Professora apenas faz que sim com a cabeça e olha para a turma. Então, antes de sair, Dona Griselda fala: – Bom, pessoal da 101... Respeitem a profe! E pros que não são da 101... Já pra suas salas! – e, enfim, ela e toda a multidão saem da nossa sala. Logo que ela fecha a porta, eu noto que a reação da maioria é de naturalidade, já que esse tipo de confusão é corriqueiro por aqui. Somente Stella se surpreende, mas pouco.

— Já vi que essa turma gosta desse tipo de espetáculo. Bom... Parece que vai ser um ano beeem difícil! Enfim, eu sou a Professora Lisandra Vespasiano Morales, vou dar aula de Literatura e de Redação pra vocês. Ao todo vamos ter três períodos semanais. Nas minhas aulas eu gosto de ordem e não vou permitir que peças como essa de hoje se repitam. – diz a Professora, que continua a apresentação ao marcar as datas das provas e dos trabalhos. Ainda, ela fala muito sobre sua história pessoal, dizendo que também fez faculdade de Direito, mas que no fim optou por fazer Letras e se tornar professora de escola.

Enquanto a Professora fala, Daniel e Wagner retornam à sala e, mais tarde, Hugo e Guilherme também regressam, na ilustre companhia da Dona Griselda. Quando a coordenadora os deixa na sala, ela garante à Professora que eles não irão mais causar problemas. Antes de sair, ela diz a Hugo e Guilherme, a frase: "Se comportem, meus amados". Quando ela finalmente sai, Ávalon olha para mim e repete a frase, demonstrando sentir nojo do favoritismo descarado.

Mais adiante, ao longo da aula, vejo que as princesas olham muito para meus novos aliados e para mim, aos risos, porém não é possível saber o que elas falam. Em seguida, é possível notar que Guilherme e os amigos fazem o mesmo. Tudo me leva a crer que eles estão comemorando o fato de que Luna não voltou para a sala desde que o Professor Thadeu a levou para Dona Griselda, porém não tenho como ter certeza. Só me resta torcer para que nada de mais grave aconteça com a pobre coitada.

Quando finalmente chega o meio-dia e a sirene soa, a Professora não nos deixa sair antes de passar a lição de casa, que é pesquisar sobre todas as principais escolas e épocas literárias que influenciaram na cultura do Brasil ao longo dos séculos. Feito isso, finalmente podemos sair e, claro, a turma sai em debandada.

Enquanto todos vão embora, eu pego a minha mochila e aproveito para ir ao banheiro. Quando de lá saio, vejo Stella no corredor, voltando à sala. Poucos segundos depois, ela sai com um estojo na mão, o qual ela havia esquecido. Aparentemente, ela está com pressa, mas para de correr quando me vê.

– Ah não! Tu está me seguindo agora?! Não basta tu já ter induzido a Ávalon a entrar nessa confusão de criar Grupo... Agora tu quer me forçar a entrar também?! Humpf! Sinto muito, mas perdeu o teu tempo vindo até aqui. Eu já fiquei sabendo o quanto é importante, pra algumas pessoas, que os Grupos sejam do jeito que são. E que fazer alguma coisa pra mudar isso é provocar diretamente esse povo. Bom... Não que eu não goste de confusão, mas é que eu não quero me meter em problemas agora, já que eu recém entrei aqui. Por isso, me recuso. – diz Stella.

– Eu só estava no banheiro. E eu não estou te seguindo. Sobre a Ávalon ter se juntado a mim, ela se juntou porque ela mesma quis, assim como todos os outros. Eu não vou insistir pra que tu também se junte a nós, mas só peço pra que não nos atrapalhe. Pode ser?! – digo calmamente, respiro fundo e prossigo: – Bom... Tu deve ter esquecido o teu estojo e voltou pra pegar, não é?! Acho melhor tu ir indo. Tu estava com pressa, não?! Não quero que tu te atrase pra... Seja lá o que for. – então ela me olha, com aqueles olhos negros penetrantes, não gostando do jeito como respondo.

Então ela se afasta de mim e, logo que chega às escadas, volta a correr. Logo desço as escadas também, até o térreo. Quando estou quase chegando lá, para a minha surpresa, ouço a voz do Guilherme.

– Então tu é a guria nova, né! Eu vi que tu voltou pro prédio... E aí eu vim atrás... Pra te ver! – diz Guilherme.

– Me solta! – diz Stella.

– Tu tem sorte! Tu é uma das poucas plebeias que podem experimentar um Príncipe... como eu! O que tu acha da gente ir pro almoxarifado ali do lado e... se conhecer melhor?! Hein?! – convida Guilherme, cheio de más intenções.

– Foi mal, mas... não tô a fim! – responde Stella. Logo começo a espiar a cena.

– Ah, mas tu não tem o direito de recusar. – diz Guilherme, enquanto a agarra pelo braço e fala: – Sabe... As minhas amigas, quando botaram o olho em ti disseram que tu é estranha... Que tu parece uma Branca de Neve do Inferno. E se vem do inferno é porque é uma demônia, né! Aí eu fiquei todo, todo... a fim de provar uma diabinha.

– Eu já disse que NÃO, seu desgraçado! Me solta! SOCORRO! – grita Stella, até que o Guilherme a pressiona contra a parede e a contém totalmente.

– Não adianta gritar. Todo mundo já foi embora e quem ainda não foi, está na Cantina, almoçando. Ninguém pode te ajudar, nem as câmeras. Eu vou mandar apagar essa cena... E ninguém vai ficar sabendo de nada. – diz Guilherme, que dá uma risada sinistra e acrescenta: – Se eu fosse tu, eu cumpria com os meus deveres de plebeia, bem quietinha, pra que o Príncipe, aqui, possa se divertir. – e quando ele está quase beijando o pescoço dela, eu resolvo aparecer.

– Solta ela! – ordeno. Nessa hora, eu vejo que Guilherme está, com suas pernas gordas, pressionando as pernas magras de Stella contra a parede, impossibilitando até mesmo que ela possa se defender com chutes. Enquanto pressiona os pulsos dela contra a parede, com suas mãos imundas, ele me encara.

– Ah, não! Nem vem plebeu! Essa aqui eu vi primeiro. Procura outra safada pra ti! – diz Guilherme, como se fosse o dono da menina.

– Não está vendo que ela não quer nada contigo?! Solta ela! – digo, transparecendo calma, apesar de estar horrorizado por presenciar tal cena.

– Ah é?! E tu vai fazer o quê?! Essa eu já peguei e ninguém tasca! – diz Guilherme, que logo põe a língua para fora e se prepara para lamber o rosto da Stella. Vendo tudo isso, eu tento pensar no que fazer e, quando vejo que ao lado do balcão da Dona Griselda tem um banquinho de madeira, acabo tendo uma ideia. Eu aproveito que Guilherme está entretido com sua "presa" e então rapidamente pego o banquinho, me aproximo dele por trás e, por fim, lhe dou uma pancada forte na cabeça.

— EU DISSE PRA SOLTAR ELA, SEU PORCO NOJENTO! – grito enquanto dou a pancada no Guilherme, que grita feito uma gazela. Isso faz com que ele solte Stella, porém a pancada não é forte o bastante para fazê-lo perder a consciência. Enquanto ele coloca as mãos na cabeça, gritando de dor, eu aproveito para nocauteá-lo de vez, dando-lhe um chute nas partes baixas, fazendo com que ele caia no chão gritando. Stella apenas assiste a tudo, ainda em estado de choque. Nesse momento, eu aproveito que Guilherme está fora de combate para pegar a mão da Stella. Enquanto tento puxá-la, para que venha comigo, eu grito: – CORRE! VEM LOGO!

— TU ME PAGA POR ESSA, SEU PLEBEU NOJENTO! DESGRAÇADO! ISSO NÃO VAI FICAR ASSIM! – berra Guilherme, morrendo de dor, enquanto nos afastamos. E mesmo depois de tudo, Stella ainda fica olhando para o Guilherme enquanto eu a puxo pelo braço. Quando paramos de correr, já estamos longe do prédio e perto do estacionamento.

— Tudo bem contigo?! – pergunto à Stella.

— Acho que sim! Ainda bem que tu estava lá! Se não fosse tu... Aquele porco nojento ia... ia... Ele ia... Argh! – diz Stella, com expressão de nojo e de pavor.

— Calma! Calma! Não aconteceu nada! Não deu tempo! – digo, faço uma pausa, e prossigo – Essa não é a primeira vez que o Guilherme tenta fazer isso. Várias outras já estiveram no teu lugar. Só que essas outras não tiveram a mesma sorte que tu teve hoje. E ainda por cima, quando foram reclamar pra alguém sobre o ocorrido, levaram a pior. Elas foram acusadas de terem feito coisas horríveis e por isso foram expulsas e ameaçadas de que, se contassem a alguém de fora sobre o ocorrido, o falso crime delas pararia no Conselho Tutelar, ou no Juizado de Menores – e nessa hora Stella põe a mão na boca, pois finalmente entendeu como a Escola realmente funciona.

— Que horror! É por isso que vocês estão insistindo em criar esse novo Grupo, não é?! É pra tentar fazer com que essas coisas parem. – constata Stella, que ao perceber o quão injusta foi, suspira e prossegue: – E eu aqui, só detonando vocês! Como eu sou burra! – ela dá um tapa na testa.

— Tu não tinha como saber que a situação era tão grave assim. A coisa mais extrema que tu viu foi o Hugo e o Guilherme se pegando no pau e saírem ilesos da situação, como se nada tivesse acontecido. Agora... Sobre abusar das meninas... o Guilherme não é o único nobre a fazer isso. Iguais a ele existem em todos os Grupos! Por isso que o que queremos com esse novo Grupo é liberdade, segurança, dignidade, enfim... O mínimo a que temos direito. Um Grupo em que ações como essa de hoje não aconteçam, e... caso aconteçam, sejam devidamente punidas. E quem quiser ajudar, é sempre bem-vindo. – digo, com um sorriso no rosto, que desta vez não é forçado.

– Eu quero entrar! Eu quero ajudar vocês! Eu quero estar na manifestação de amanhã! Eu quero fazer parte desse novo Grupo! – diz Stella, sendo que sua expressão de desespero agora está mais para uma de determinação.

– Fico feliz em ouvir isso. Só preferia que tu não tivesse passado por aquela situação toda pra mudar de ideia. – respondo.

– Eu também! Pode crer! Bom, mas... Eu nem te agradeci direito pelo que tu fez por mim. – diz Stella, que suspira e prossegue: – Muito obrigada, por ter poupado a minha honra... A minha integridade e por... ter salvado a minha vida de certa forma. – eu apenas balanço a cabeça em resposta. Então ela acrescenta: – Eu acho que seria melhor a gente começar de novo, já que eu fui tão grossa contigo antes. Bom, muito prazer, eu sou Stella! Stella d'Ornelles Pellegrini! – e, por fim, ela estende a mão para mim.

– Muito prazer, Stella! Eu sou Leônidas! Leônidas von Weiss Lecchini, mas pode me chamar de Leo. – digo e aperto a mão dela de volta.

– Se bem que agora... O que eu acho é que vão me chamar mesmo é de Branca de Neve do Inferno. Segundo o que aquele pervertido nojento falou naquela hora. – diz Stella.

– Não! E mesmo que esse apelido pegue, quem mais vai usar ele vão ser os nobres! E mesmo que eles te chamem disso... eu acho que não vai ser isso que vai te abalar, né! – digo. Então Stella, com um simples sorriso, demonstra que eu estou certo.

– Então a gente se vê amanhã, Leo! Eu só queria te pedir uma coisa... – diz Stella, que para um pouco e continua. – Não conta pra ninguém o que aconteceu hoje, nem pra Ávalon. Por favor! – ela faz mais uma pausa: – Passar por uma coisa dessas é uma vergonha enorme e... Eu não quero que inventem histórias de que fui eu que me ofereci pro Príncipe, ou pior... que tenham pena de mim! Sei lá, se perguntarem por que que eu vou ajudar agora, eu digo que eu pensei melhor e mudei de ideia, ou qualquer outra coisa.

– Não te preocupa com isso! Pode contar comigo! Eu não falo pra ninguém! – respondo, e acrescento: – Nos vemos amanhã, então. Tchau! – ela faz que sim com a cabeça, e nos despedimos.

Em seguida, eu entro no carro do meu pai, que já está me esperando, e Stella entra no carro do pai dela. Depois de todo o ocorrido, percebo que gostei dela, mesmo que ela tenha sido muito rude no início e que tenha uma aparência de uma menina de filme de terror, com unhas pintadas de preto, anéis de caveira nos dedos, e ainda, em certos momentos, fazendo jus ao apelido de Branca de Neve do Inferno, dado pelas princesas, ela é uma boa pessoa.

CAPÍTULO VI
O Nascimento de um Grupo

Dia 7 de março, sexta-feira, dia do aniversário de 15 anos da Princesa Bella e, também, dia da nossa manifestação. Hoje está chovendo muito, o que já era previsto devido ao calor de 36°C que fez ontem à tarde, o que já é totalmente descomunal, tendo em vista que já estamos em março. A temperatura agora é de 19°C e, felizmente, a máxima de hoje não passará de 23°C.

Eu, como de costume, chego à Escola, me direciono ao prédio principal, subo até o quinto andar e vejo alguns nobres conversando. Dentre eles estão as princesas Bella da Moda, Juliana das Amazonas e Carol da Modernidade, os príncipes Guilherme e Leandro da Modernidade, e as rainhas Giovanna da Natureza, Wanda das Amazonas, e Anna Sophia da Modernidade. Todos estão falando sobre a festa de quinze anos da Bella, que será hoje à noite.

— Parabéns, querida! Tu merece tudo de bom. — diz a Princesa Carol, uma menina muito bonita, magra, com curvas, da mesma altura que Bella, com cabelos castanhos de médios a longos e lisos, com olhos também castanhos.

— Parabéns, Bella! — diz o Príncipe Leandro, um cara alto, atlético, com cabelos louros, curtos e espetados, com olhos verde-água.

— Parabéns, amiga! Tudo de bom! — diz Anna Sophia.

— Estou tão feliz por ti, amiga! Não vejo a hora de ir na festa hoje. — diz Wanda.

— Nem eu, adooooro festa! Com bastante refri, doces, salgadinhos... Muitos presentes, tipo, eu pelo menos amo ganhar muitos presentes. E por mim teria até fogos de artifício nos aniversários. E bom... refri... Ah! A quem eu quero enganar?! Eu vou é me embebedar nessa festa e ninguém me segura! — diz Giovanna, uma menina uma pouco mais alta que Bella e Carol, magra, com curvas, com cabelos castanho-escuros, ondulados e longos, e os olhos do mesmo tom.

— É! Que refri o quê! A gente tem que tomar é cerveja! E depois que eu estiver bebaço... Eu vou pegar todo mundo nesta festa. — diz Guilherme, enquanto dá uns tapas no ombro do Leandro e logo é correspondido da mesma forma.

— E ai de quem vier com aquele papinho de que somos menores de idade, ou... Que por sermos menores de idade, ain... "A bebida vai fazer mal à nossa saúde!" – diz Anna Sophia, e todos a apoiam.

— Ué, Gi! Mas não é incorreto da parte da Rainha da Natureza incentivar a ingerir refrigerantes, bebidas alcoólicas, doces, salgadinhos... Tipo, essas comidas não são naturebas e nem um pouco saudáveis. E ainda incentivar o consumismo com "muitos presentes" e estourar fogos de artifício... Não é mortal ao meio ambiente que o teu Grupo tanto defende, fofa?! – pergunta Wanda, debochando das causas do Grupo.

— Eu quero que os hábitos saudáveis e o meio ambiente se danem. Por favor, né! Já se foi o tempo em que a Rainha da Natureza dava bola pra essas coisas idiotas. – responde Giovanna, e todos riem. Eu apenas penso que não há nada mais normal na atual conjuntura da Escola, ou seja, uma Rainha da Natureza que não dá a mínima para a natureza de verdade.

— Ai, gente, muito obrigada, eu espero todos vocês na minha festa hoje e... – diz Bella, que logo é interrompida por Guilherme.

— Ah! Ah! Olha ali! Ele! Foi ele! Foi ele que me deu uma pancada na cabeça ontem! – grita Guilherme, que, logo que põe o olho em mim, arma um barraco.

— Tu é muito covarde mesmo! Foi atacar o cara logo por trás! – me diz Leandro.

— Não foi só por trás! Eu dei um chute nos países baixos dele também! E isso foi pela frente! – respondo, em tom de deboche.

— Ele fica bem valente quando tem uma estaca na mão! Humpf! Quero ver tu fazer isso com o Príncipe Guilherme de novo, assim, sem nenhuma arma. – diz a Princesa Juliana, tentando me intimidar.

— Não foi com uma estaca. Foi com o banquinho de madeira que está sempre do lado do balcão da Dona Griselda. Esse Príncipe pervertido disse que foi com uma estaca, é?! – digo, deixando a Princesa Juliana furiosa.

— CALA A BOCA, SEU VAGABUNDO! – berra Juliana, ainda tentando me coagir, mas como não demonstro um pingo de medo dela, ela prossegue: – Como ousa, seu plebeu imundo?! Tu tem noção da gravidade do que tu fez?! A gente podia te expulsar daqui, o que pode ser péssimo pra ti, mas... Como hoje tem festa e eu estou de MUITO bom humor, eu até posso relevar... Se tu pedir desculpas ao Príncipe Guilherme... DE JOELHOS. – quando ela diz isso, a minha vontade é de mandá-la "àquele lugar", mas me controlo e, mesmo sem precisar, resolvo fazer o que ela diz.

— É claro, Alteza! Agora mesmo! – digo, me ajoelho em frente ao Guilherme, de forma elegante, e começo com o teatro, dizendo: – Oh, Vossa Alteza! Perdoe-me por tê-lo agredido na data de ontem. Realmente, me descontrolei ao vê-lo tentar abusar de uma jovem e indefesa donzela, que nada lhe fez. Oh! Prometo não fazer mais. – falo em linguagem formal, mas em tom de puro deboche, o que deixa todos furiosos. Logo me levanto, e continuo com o *show* de cinismo ao me virar para Bella. Então forço um sorriso e falo: – Ah sim! Quase me esqueço de parabenizar Vossa Alteza, a Princesa Bella da Moda, por vosso aniversário. Quinze anos é uma idade importante. – quando termino de falar, Bella também força um sorriso de volta.

– Ai, muito obrigada, amor! Só não pensa que isso vai me fazer te convidar pra minha festa. Sinto muito, mas plebeus não vão! Claro, os nossos membros de confiança são uma singela exceção. Mas um lixo que nem tu... bom... – diz Bella, e todos riem, ao mesmo em que fazem expressões de desprezo. Então ela prossegue: – E se eu ficar sabendo que tu fez algo parecido com o Guilherme, ou com qualquer um de nós, de novo... Olha... Não vai ter perdão na próxima vez, hein!

– O quê?! Como assim na próxima vez?! Quer dizer então nada vai ser feito desta vez?! E que o que esse plebeu afrescalhado me fez ontem vai ficar por isso mesmo?! É isso?! – questiona Guilherme, indignado.

– É, Bella! Como assim, miga?! – indaga Wanda.

– Amiga, não precisa poupar ele. Ele não merece. E outra... O meu amor pode dar conta desse lixo, assim... – diz Carol, que estala os dedos, e completa: – Num piscar de olhos! – quando ela fala "o meu amor", refere-se ao seu namorado, o Príncipe Leandro.

– É! Eu e o Guilherme podemos dar uma surra nesse veadinho aí, Bella, se tu quiser. Pode ser eu sozinho também, sem problema. – diz Leandro.

– Eu sei que vocês podem, mas... Ai... É que eu não quero que vocês batam nele hoje. Vai que isso acabe virando a comemoração do dia! Humpf! As pessoas têm que comemorar o meu aniversário, e não a surra que esse nojento vai levar. – explica Bella.

– É verdade, gente! A Bella está certa! Se esse troço apanhar hoje, o pessoal vai ficar tão feliz, que vai até esquecer que uma Princesa está completando quinze anos. Ai... Será que vocês não entendem direito as coisas?! – acrescenta Anna Sophia.

– Vocês duas são muito molengas, mas... É! Até que isso faz sentido! Humpf! Que droga! – diz Juliana.

– Te livrou dessa, hein, covarde! Mas não vai ficando todo faceirinho assim, porque, bem como disse a Bella... Humpf! Da próxima, tu não escapa! – diz Leandro, me encarando e falando grosso, para tentar me impor medo.

– Aí, tu e o Guilherme vão me dar uma surra! Sei... Tu falou que eu fui covarde por ter atacado o Príncipe Guilherme por trás, mesmo que tenha sido pra salvar outra pessoa. E agora tu quer uma briga de dois contra um! Engraçado! Pra mim isso que é covardia. Mas... Quem sou eu pra contrariar a lógica distorcida, que foi criada por príncipes magníficos como Vossas Altezas, não é mesmo?! – digo, já cansado de ficar quieto. É claro que todos ficam furiosos com o meu sarcasmo.

– Ai, que audácia! Olha só! – diz Wanda, que, depois de respirar fundo, continua falando com o seu jeito insuportável: – Migos, olha... A presença dessa imundice está me fazendo muito mal, sério! Eu vou indo pra minha sala, enquanto vocês resolvem tudo. – então vira para Juliana: – Ju, te vejo no recreio, tá bom, querida! 'Briguiada! – por fim ela me olha com expressão de nojo, e caminha em direção à sua sala de aula.

– Isso ainda não acabou. Tu vai pagar muito caro por ter feito aquilo com o Guilherme ontem... E por ter falado isso pro Leandro agora! Humpf! Quem tu pensa que é pra achar que pode ter razão sobre nós?! Humpf! – diz Juliana com sangue nos olhos.

– Ah, ô Ju... Bella... Deixa eu dar uma surra nele?! Vai?! Ninguém vai ficar sabendo, eu juro! – pede Leandro.

– Não, Lê, deixa quieto! A bibinha aí não aguenta! – diz Juliana.

– E todo mundo sabe que tu não vai te segurar, pra contar um feito desses pros teus amigos depois! Então, né... Tu sabe! Hoje não! – diz Bella.

– É, amor! E outra... Não vale a pena sujar as tuas mãos com essa porcaria! Como que tu vai me acariciar depois?! – diz Carol, que logo se vira para Bella e diz: – Bella, amiga... A gente também vai indo pra nossa sala, tá! Beijos, até depois! – e assim que se dão tchau e vão para suas salas, Juliana, que ainda fica por aqui, se vira pra mim com expressão de fúria.

– Olha aqui... É o seguinte... A gente... nós... nobres... vamos entrar primeiro. Não te atreve a entrar ao mesmo tempo que nós. Tu só vai entrar depois que o professor chegar. – diz Juliana, apontando o dedo na minha cara. Enquanto Juliana despeja todo o seu ódio em mim, Mandy, Luna, Nina, Rebecca, Maria Judith, Daniel e Luigi vão chegando, e logo a Princesa aumenta o tom, ao virar-se para eles e berrar: – E VOCÊS TAMBÉM! EU NÃO QUERO VER NENHUM DE VOCÊS LÁ DENTRO ANTES DO PROFESSOR CHEGAR, SE NÃO... Bom, vocês sabem! URGH!

– Mas por que, Alteza?! Foi esse daí que te irritou?! Não, porque se foi ele, nós podemos... – diz Rebecca, referindo-se a mim, obviamente. Quando Juliana fixa o olhar nela e dá dois passos em sua direção, Rebecca para de falar, pois fica paralisada.

– O motivo não te interessa, queridinha! Porque vocês vão ficar aqui... DE PÉ... Esperando o professor... Porque EU estou mandando! Então fica quieta e obedece! PORQUE ISSO É O MELHOR QUE TU PODE FAZER AGORA! – ela dá uma olhada geral no pessoal e diz: – E O MESMO VALE PRA TODOS VOCÊS! Como ainda não entrou nenhum plebeu na sala, eu acho que nós temos todo o direito de termos a sala só pra nós, pelo menos por um tempinho, né! Ainda mais que hoje é o aniversário da Bella! E ela merece ter um presente desses! – em seguida Jonas aparece.

– Ué! Quanto plebeu reunido fora da sala! O que foi que houve?! – pergunta Jonas de forma debochada.

– Jonas, vem pra cá! A gente tem a sala só pra nós! Livre dessa gentalha aí. Tu acredita?! Vamos poder comemorar o aniversário da Bella em paz, mesmo que só por alguns minutos! – diz Juliana, e Jonas se aproxima dela fazendo uma expressão de deboche ao olhar para nós.

– Princesa Juliana! – diz Rebecca.

– O QUE QUE É?! – berra Juliana.

– Vossa Alteza poderia dizer pra Princesa Bella que eu mandei parabéns e tudo de melhor pra ela, por favor?! – pergunta Rebecca.

– ARGH! QUE INFERNO! VEM LOGO, JONAS! – reage Juliana. Então Jonas vai com ela, mas quando passa por mim, ele para por um segundo e faz uma careta com os olhos arregalados. Em seguida, os dois entram na sala. Segundos depois, Juliana põe a cabeça para fora da sala e, com sangue nos olhos, volta a berrar: – E É PRA VOCÊS FICAREM DE PÉ, ATÉ QUE O PROFESSOR CHEGUE! ENTENDERAM?! DE PÉ! AI DAQUELE QUE SE SENTAR E EU PEGAR SENTADO! VAI SER EXPULSO AINDA HOJE! Bom... Hoje não, porque hoje é aniversário da Bella, e ela não quer encrenca. MAS VAI SER EXPULSO NA SEGUNDA-FEIRA, SEM FALTA! SERÁ QUE EU FUI CLARA?!

– Sim, Vossa Alteza! – responde Rebecca, deixando Juliana ainda mais irritada.

– ARGH! – berra Juliana, que enfim entra na sala.

– O que foi que tu fez pra irritar tanto assim a Princesa?! Não sabe que tem que respeitar os nobres daqui?! Qual é o teu problema?! – me pergunta Rebecca, indignada.

– Ah, cala a boca! – respondo.

– Como se precisasse de muita coisa pra irritar essa daí! – diz Luigi.

– Pois é! Mas o que irrita mesmo são umas e outras que dão razão pra essas criaturas! – diz Daniel, referindo-se ao fato da Rebecca ficar do lado da Juliana. Logo Rebecca o encara e fica balançando a cabeça, por não ter gostado da observação.

– Como tu é ridícula! Tu não pode ficar a favor das injustiças dos nobres. Não é certo eles descontarem o mau humor deles na gente. E não interessa o que o Leo falou! Seja o que for, a tal Princesa mereceu ouvir. – diz Mandy, também me dando apoio.

– Pro teu bem, é bom que a Princesa não tenha te ouvido falando isso dela. – diz Maria Judith e, quando Mandy se prepara para responder, Ávalon chega, já fazendo barulho.

– E aê, gente! Ué?! O que foi que houve que está todo mundo aqui fora hoje?! – pergunta Ávalon, que chega acompanhada de Stella e Sid.

– É culpa do Leo, que irritou a Princesa Juliana! Agora todo mundo se ferra junto. Ele não pensa em ninguém. E por culpa dele, eu levei bronca da Princesa também e... – conta Rebecca, que logo é interrompida, mas dessa vez por um coro de pessoas, que falam "Cala a boca!" ao mesmo tempo. Como resposta, Rebecca balança a cabeça.

– Baaah! Eu queria ver tu irritando a Princesa do mal! Hahaha! – diz Ávalon.

– Vontade não falta de mandar aquela escrota bem à... – diz Sid, que, quando se prepara para falar um palavrão, é interrompido por Nina.

– Ô, Gente... Mudando de assunto... E a nossa manifestação?! Ainda vai ter?! Porque com essa chuva... – diz Nina.

– Alguém aqui é de açúcar, pra não poder se molhar?! Humpf! A chuva é o de menos! Vai ter manifestação, sim! – diz Stella, impressionando a todos.

– Ué, Stella! O que foi que te deu?! Não era tu que estava contra tudo isso?! – indaga Ávalon. Logo o pessoal também começa a falar: "É?!", "Como é que é isso?!", "Qual que é a tua?!"

– Digamos que... Ontem eu vi algo que não me agradou, e... Em casa, eu pensei melhor e mudei de ideia! – explica Stella, que logo que vê o pessoal a encarando, pergunta: – E essas caras por quê?! Tem algum problema a pessoa mudar de ideia e partir pro lado de cá da força?!

– Problema nenhum! – digo e completo. – Fico feliz que tu tenha entendido o que estamos fazendo aqui e que, agora, tu queira nos ajudar. Seja bem-vinda à nossa cruzada! – e nessa hora, Rebecca e Maria Judith fazem cara feia para mim. Ainda, Rebecca, não deixa de ficar balançando a cabeça, pois simplesmente não suporta me ver sendo apoiado.

Logo chega o Professor Samuel, de Filosofia, sendo ele um homem alto, magro, louro, de olhos azuis e com uma barba rala, que fica intrigado ao nos ver no corredor.

– Mas por que tem tanta gente aqui?! O que houve?! – questiona o Professor em um tom suave e simpático.

– Uma certa Princesa nos mandou ficar aqui, até que o nosso professor chegasse! – conta Ávalon, que logo pergunta: – Por acaso tu é o professor que vai dar aula agora, ali sala na 501?!

— Sou, sim! E vocês são os alunos da turma 101?! – pergunta o Professor.

— Somos! E que maravilha que o senhor chegou, psor! Bom... Eu sou a Ávalon, esses são os meus amigos, todos nós somos plebeus... E nós gostaríamos que o senhor entrasse logo na sala, para que nós também possamos entrar, sem que sejamos expulsos. – diz Ávalon, de forma meio debochada, mas mesmo assim o Professor não se incomoda, e logo faz o que ela pede. Em seguida, nós também entramos, fazendo com os nobres façam expressões de nojo ao nos verem.

Nessa hora, vemos que, além dos nobres que estavam conversando no corredor, estão na sala, também, a Princesa Alice e, ainda, plebeus como Thaís, Manoela, Bianca, Igor, Bruno e Caio. É engraçado ver que já havia plebeus na sala, ainda mais quando eu me lembro que Juliana disse que nenhum plebeu havia entrado na sala até então. O motivo para ter dito aquilo é porque ela, às vezes, se esquece que os membros de confiança também são plebeus, só por serem seus amigos.

— Aff, ninguém merece! Nem é hora da aula ainda... E a gente já tem que ficar junto dessa plebe toda. Argh! Alegria é algo que dura pouco mesmo! – reclama Bella.

— Calma, minha cara, não fica assim. Eu só fui entrando antes da hora pra já ir adiantando tudo. – diz o Professor, que, com o seu tom suave, prossegue: – Nós temos que saber conviver com as pessoas. Imagina como seria se vivêssemos sozinhos no mundo. Ainda mais que agir assim não combina contigo. Tu és muito bonita e não precisas tratar as pessoas assim. – enquanto ele fala, Bella e os outros nobres presentes na sala se controlam para não mandá-lo calar a boca.

Enquanto o Professor continua tentando "filosofar" com os nobres, Wagner entra na sala com um buquê de flores na mão e caminha diretamente até onde Bella está.

— Feliz aniversário, Princesa Bella. Peguei do jardim lá de casa, só pra ti. – diz Wagner, que entrega o ramalhete a Bella, que o pega com a ponta dos dedos, fazendo expressão de nojo, ao mesmo tempo em que tenta forçar um sorriso.

— Ehê-hê... Obrigada! – diz Bella, enquanto as amigas também forçam um sorriso.

— Ai, que lindo! Só não pensa que isso vai fazer a Bella te convidar pra ir na festa dela hoje, né! Sinto muito, mas é que a festa é só pra pessoas de verdade! – diz Alice, de forma debochada.

— O que obviamente não é o teu caso, né! Então... – diz Juliana, que dá de ombros e logo prossegue: – Bom... Enfim... Foi lindo isso que tu fez, mas agora que tu já deu o teu presentinho, tu já pode nos deixar em paz e ir pro teu chiqueirinho, ali... Ou o nome que tu preferir dar pro lugar onde tu senta! – e com isso, Wagner, achando que realmente agradou Bella e suas amigas, obedece a Juliana, todo bobo.

— E seria bom também se tu não ficasse soltando pum! – diz Jonas, levando todos os nobres e seus capachos às gargalhadas. Em seguida, Hugo e Walter entram na sala conversando e, logo que veem Bella segurando o ramalhete do Wagner com os dedos, eles arqueiam as sobrancelhas e fazem expressão de nojo.

— Ai, Bella, que nojo! Tu pegou essa treco na mão?! – diz Hugo, e quando Bella lhe dá atenção, ele continua: – Eu vi o Wagner tirando meleca do nariz... E limpando os dedos nesse papel aí, que ele usou pra enrolar as flores. – ao ouvir isso, Bella olha para o papel e, assim que vê que realmente há restos de meleca nele, faz expressão de nojo.

— Uuui, ECA! – exclama Bella, que joga o buquê pela janela e grita para Wagner: – QUE NOJO, WAGNER! SAI DAQUI! SAI! CAI FORA! NÃO CHEGA PERTO DE MIM! – Bella vira para as amigas e fala: – Ai, agora eu vou ter que passar desinfetante nas mãos. – ela se levanta e vai ao banheiro.

— É bem coisa de plebeu vagabundo mesmo! – diz Walter.

— É! E tinha que ser o mangolão, né! Pra variar! – diz Juliana.

— Por que que tu fez isso, ô seu desgraçado?! Eu estava me dando bem com a Bella... E aí... Tu veio só pra estragar toda a minha vida, né! – diz Wagner, que, muito irritado, repreende Hugo, sem se dar conta do tamanho da nojeira que fez e, ainda, achando que realmente teve alguma chance com a Bella.

— Como ousa falar assim comigo, seu jumento?! – diz Hugo, que logo acrescenta: – Eu faço o que eu quero, porque eu QUERO... E porque eu POSSÔÔÔÔÔ! Por acaso tu esqueceu que eu sou o Príncipe da Natureza e que logo vou ser o Rei?! Hein?! E sabe do que mais... Quando eu for Rei, tu vai continuar sendo esse lixão que tu sempre foi! E convenhamos, né! Não tem cabimento que um plebeu horroroso, porco e fedorento, que nem tu, possa ter alguma chance com uma gata como a Bella.

— Tu não tem o direito de falar assim comigo! – diz Wagner, com os olhos já cheios de lágrimas, enquanto aponta o dedo na cara do Hugo.

— O quê?! Como ousa questionar a fala de um Príncipe, hein?! Seu plebeu vagabundo! Sente-se e cale-se já! O Hugo pode falar como ele quiser, porque ele é um... – esbraveja Walter, que logo é interrompido por Hugo.

— Walter... EU NÃO PRECISO QUE FALEM POR MIM! Deixa que eu me entendo com o Zé-Porcão, aí! – diz Hugo, e Walter logo se cala.

— Se eu sou o Zé-Porcão, tu é o Zé-Veadão, que namora o Walter. – reponde Wagner, cansado de tantos insultos. Porém, ele acaba deixando Hugo mais furioso do que nunca.

— CALA ESSA BOCA, SEU FEDORENTÔÔÔÔÔÔÔ! — grita Hugo, que logo dá um tapa muito forte na cara do Wagner. Ao receber o tapa, Wagner parte pra cima do Hugo com socos e pontapés, até os dois começarem uma briga feroz.

O Professor não faz nada para separar. Apenas vai até a porta e pede por socorro. Daniel, que tinha ficado no corredor com Luigi e Osmar, corre para dentro da sala para ajudar. Também entra na sala o Príncipe Ulysses, dos Valentes, que estava no corredor conversando com a Rainha Aurora. Daniel segura Wagner e Ulysses segura Hugo. Enquanto tentam separar os dois, uma multidão fica perto da porta da nossa sala para dar uma espiada na "luta". Assim que Daniel e Ulysses têm êxito em apartar a briga, Dona Griselda chega à nossa sala. Nessa hora, ao ver que Wagner já se acalmou, Daniel o solta e vai ajudar Ulysses a segurar Hugo, pois ele está completamente descompensado e fora de si.

— Posso saber o que foi que aconteceu aqui?! — pergunta Dona Griselda.

— EU VOU MATAR ESSE FEDORENTÔÔÔÔÔÔ! — berra Hugo.

— Aaaah, eu digo o que aconteceu! — diz Juliana, que começa a contar a história, mas na sua versão: — Acontece que o Wagner fez um buquê de flores pra dar de presente de aniversário pra Bella! Só, pro azar dele, o Hugo viu que ele ficou tirando tatu do nariz e que passou o dedo sujo no buquê! Aí o Hugo veio contar tudo pra Bella! Só que o Wagner, não gostando de ser desmascarado, resolveu afrontar o Hugo, dizendo coisas horríveis pra ele! E quando o Hugo colocou o Wagner no lugar dele, lembrando da posição que cada um tem aqui... Bom... O Wagner começou a bater nele e o resto... bom... o resto vocês já sabem!

— É mentira! O Hugo que me chamou dum monte de coisas, que me deu o primeiro tapinha, e... — diz Wagner, tentando se defender, mas logo é interrompido pela Dona Griselda.

— CALA A BOCA! Cala essa boca, já! Tu pensa que é quem por aqui?! Ã?! Tu acha que pode fazer o que der na telha e ficar ileso?! Tu acha que pode contrariar o que uma Princesa fala, como se tu tivesse moral pra isso e... E ainda ficar ileso?! Bom... Pois é bom que tu fique sabendo que TU NÃO PODE! Humpf! Os teus pais vão ficar sabendo do que tu andou aprontando hoje! — grita Dona Griselda, sendo extremamente grosseira e injusta ao dar a bronca no Wagner. Porém, o tom muda completamente quando ela vira para Hugo; fala: — Querido, vem! A gente vai ver como resolve a situação com esse maluco, porco e mentiroso aí! Vamos!

— EU VOU RESOLVER ESSA DROGA, DANDO O FIM QUE ESSE FEDORENTO MERECE! E DEPOIS VAI SER A TUA VEZ, Ô SUA GOR-

DA VAGABUNDÁÁÁÁÁÁÁÁ! AAAAAAAAH! – berra Hugo, que começa a bufar, como se estivesse soluçando. Claro que, enquanto bufa, ele tenta se soltar, porém, sem sucesso. Neste momento, o rosto do Hugo já está vermelho como um pimentão.

– Está vendo?! Tu irritou o coitado! – grita Dona Griselda a Wagner, que fica embasbacado. Em seguida, a megera prossegue: – É! Tu vai ter que me acompanhar! Vocês dois vão ter que ter uma conversa com a Dona Jezebel.

– NÃO! ELA NÃO! AQUELA VACA ORDINÁRIA, NÃO! – berra Hugo.

– Humpf! O certo a fazer é expulsar esse asno hoje mesmo! – diz Juliana.

– Quem decide se ele vai ser expulso, ou não, é o Rei do Grupo dele. Não tu! – diz a Rainha Aurora, que também entrou na sala durante a briga.

– Ai, eu não acredito! Eis a defensora dos animais! Literalmente, dos animais! Tu não perde a chance de me desautorizar na frente dos plebeus, né, sua coisa! – grita Juliana, e Aurora não a responde; apenas vira de costas para ela, para agradecer ao Príncipe Ulysses e ao seu súdito, Daniel, por tudo o que fizeram, e logo sai da sala.

– Pior é que a Rainha Aurora tem razão, Alteza! O Rei do Grupo dele é quem decide se ele vai ser expulso, ou não. – diz Dona Griselda.

– Viu só, o que tu fez, seu plebeu imbecil?! Por culpa tua, o Hugo ficou desse jeito. – diz Walter, que aponta o dedo para a cara do Wagner e prossegue: – Tu vai pagar muito caro por isso! Pode apostar! Tu vai se f...

– CALA A BOCA, BOLOFÔÔÔÔÔÔÔ! – berra Hugo, interrompendo Walter, que apenas obedece e se cala. Em seguida, Dona Griselda faz sinal para que os dois que seguram Hugo, o levem para fora da sala e, também, para que Wagner a acompanhe. Enquanto é levado para fora, Hugo continua a berrar:

– SERÁ QUE VOCÊS SÃO SURDOS, SEUS DESGRAÇADOS?! EU ORDENEI QUE ME SOLTASSEM! ISSO NÃO VAI FICAR ASSIM! EU VOU VOLTAR! E VOU MATAR TODOS VOCÊS! EU VOU FAZER VOCÊS TOMAREM NO OLHO DO C... – e, por fim, Ulysses coloca a mão na boca do Hugo, cortando-o bem na hora em que ia falar um palavrão. E assim que eles saem, Juliana utiliza de seus métodos nada amigáveis para expulsar a todos os plebeus enxeridos que vieram à nossa sala para assistir à briga.

– Vão deixar esse doido voltar pra sala, mesmo depois de tudo isso?! – indaga Ávalon.

– Sim! É sempre assim. – responde Nina.

– Mas... Como assim?! Esse cara é totalmente maluco! Se deixarem ele voltar, vão colocar a nossa segurança em risco. Até mesmo porque hoje já é o segundo dia consecutivo que ele enlouquece. – diz Mandy.

— Não te preocupa! Ele só precisa se acalmar. Já, já, ele volta ao normal. E se não irritarem ele de novo... bom... estaremos seguros. – digo, contudo não consigo tranquilizar as meninas.

— Ei, vocês! Calem a boca, já! Não estão vendo que o Professor está querendo dar aula?! – grita Juliana para nós, como se realmente se importasse com o Professor. Em seguida, ela se senta.

— Erm... Obrigado, Alteza! – diz o Professor, em tom calmo, porém assustado.

Quando o alvoroço passa, a sirene soa, e o Professor tenta começar a aula da forma mais natural possível, apesar de todo o ocorrido. Ele se apresenta, dizendo o seu nome completo, Samuel Cesario Zambonatto, e a disciplina que ele vai ministrar, que é Filosofia. Ele também aproveita e já determina as datas das provas e dos trabalhos.

Por fim, o período segue bem, sem mais problemas, mas, como é apenas um único período, passa bem rápido. No período seguinte, a aula é de Ensino Religioso, com a Professora Vânia de Sá Franco, uma mulher baixinha, meio gordinha, com cabelos curtos e castanhos, e de óculos. Diferente do Professor Samuel, que demonstrou ser calmo e compreensivo, a Professora Vânia demonstra ser insuportável, configurando-se como o tipo de professora de Ensino Religioso que se acha no direito de querer impor a sua própria religião aos alunos. Neste segundo período, o Príncipe Hugo volta à sala, sozinho e, enfim, calmo, como se nada tivesse acontecido, o que torna provável que Wagner tenha sido suspenso. Tendo isso em mente, as meninas e eu apenas nos olhamos. E a aula segue, com a Professora Vânia falando muito, mas felizmente o período dela também é único e passa rápido.

No terceiro período do dia, quem entra na nossa sala é a Diretora Pedagógica, Dona Hortência, acompanhada da psicopedagoga, Walkiria, para nos entregar os livros didáticos que usaremos ao longo do trimestre. Elas trazem os livros num carrinho que Walkiria puxa, e vão chamando os alunos, pela ordem em que os recibos foram organizados e, como eu sou um dos primeiros a serem chamados, os nobres não gostam e ficam fazendo comentários abafados, como "O quê?! Como que aquele desgraçado vai receber os livros antes de mim?!" e uns tantos outros mais. Então opto por ignorar os comentários, vou até a mesa do professor, que é onde as apostilas estão sendo entregues, pego o que é meu, assino o recibo e retorno ao meu lugar. Já sentado, vejo que junto das apostilas há um papel com os horários que valerão a partir da próxima semana:

QUADRO DE HORÁRIOS – TURMA 101					
HORÁRIO	SEGUNDA	TERÇA	QUARTA	QUINTA	SEXTA
7:30	Inglês	História	Português	Física	Religião
8:20	Inglês	História	Português	Geografia	Filosofia
9:10	Matemática	Física	Química	Geografia	Química
10:00	*Recreio*	*Recreio*	*Recreio*	*Recreio*	*Recreio*
10:20	Sociologia	Biologia	Matemática	Literatura	Espanhol
11:10	Português	Biologia	Matemática	Literatura	Espanhol
12:00	*Almoço*		*Almoço*	*Almoço*	
13:00	Ed. Física		Artes	Redação	
13:50	Ed. Física		Artes	Ed. Física	

Ainda, no verso da folha dos horários há um cronograma que mostra todas as datas do ano letivo. São todas mesmo, e nos mínimos detalhes, o que nos proporciona uma boa noção de como o ano inteiro será. Quanto ao cronograma:

CRONOGRAMA DE ATIVIDADES DO ANO LETIVO DE 2008	
3 de março	Início do ano letivo e do 1.º trimestre
21 de março	Feriado – Sexta-Feira Santa
24 de março	1.ª reunião de pais e mestres
7 a 11 de abril	1.ª semana de provas do 1.º trimestre
21 de abril	Feriado – Tiradentes
1º e 2 de maio	Feriado – Dia do Trabalho
7 de maio	Festa de Dia das Mães
5 a 9 de maio	1.ª semana de entrega de trabalhos, valendo 100% da nota
12 a 16 de maio	2.ª semana de entrega de trabalhos, valendo 75% da nota
12 a 16 de maio	2.ª semana de provas do 1.º trimestre
21 de maio	Entrega das notas provisórias do 1.º trimestre
22 e 23 de maio	Feriado – Corpus Christi
26 a 30 de maio	Semana de provas de recuperação do 1.º trimestre
30 de maio	Fim do 1.º trimestre
2 de junho	Início do 2.º trimestre
4 de junho a 11 de julho	Período da Gincana para a Festa Julina
5 de junho	2.ª reunião de pais e mestres e entrega das notas finais do 1.º trimestre

CRONOGRAMA DE ATIVIDADES DO ANO LETIVO DE 2008	
30 de junho a 4 de julho	1.ª semana de provas do 2.º trimestre
13 de julho	Festa Julina
14 de julho	Não haverá aula – dia de limpeza da Escola, pós-Festa Julina
18 de julho	Fim do 1.º semestre
19 de julho a 3 de agosto	Recesso de inverno
21 a 25 de julho	Semana do recesso reservada a aulas de reforço para os alunos que necessitam
4 de agosto	Início do 2.º semestre
14 de agosto	Festa de Dia dos Pais
18 a 22 de agosto	1.ª semana de entrega dos trabalhos, valendo 100% da nota
25 a 29 de agosto	2.ª semana de entrega dos trabalhos, valendo 75% da nota
25 a 29 de agosto	2.ª semana de provas do 2.º trimestre
5 de setembro	Entrega das notas provisórias do 2.º trimestre
8 a 12 de setembro	Semana de provas de recuperação do 2.º trimestre
12 de setembro	Fim do 2.º trimestre
15 de setembro	Início do 3.º trimestre
18 de setembro	Sarau Farroupilha e entrega das notas finais do 2.º trimestre
9 de outubro	Baile à Fantasia
9 a 10 de outubro	Noite do Acantonamento, para os vencedores da Gincana
13 de outubro	Feriado antecipado – Dia dos Professores
20 a 24 de outubro	1.ª semana de provas do 3.º trimestre
12 de novembro	Mostra Cultural
17 a 21 de novembro	1.ª semana de entrega dos trabalhos, valendo 100% da nota
24 a 28 de novembro	2.ª semana de entrega dos trabalhos, valendo 75% da nota
1º a 5 de dezembro	2.ª semana de provas do 3.º semestre
9 de dezembro	Entrega das notas provisórias do 3.º trimestre
10 a 16 de dezembro	Semana de provas de recuperação do 3.º trimestre
17 de dezembro	Festa de Natal
19 de dezembro	Fim do 3.º trimestre
22, 23, 29 e 30 de dezembro	Exames finais, para os alunos que não foram aprovados por média
24, 25 e 26 de dezembro	Feriado – Natal
30 de dezembro	Fim do ano letivo, último dia para entrega das notas finais e encerramento de todas as atividades anuais da Escola
9 a 13 de fevereiro de 2009	Exames entre períodos – última chance para os alunos reprovados nos exames finais

Devido a essas entregas, podemos ficar mais à vontade para conversar durante o período. Quando Stella é chamada, ela pega o material reservado para ela, retorna ao seu lugar e, ao dar uma olhada no cronograma, faz um comentário.

— Festa Julina?! Não era pra ser "Junina"?! – questiona Stella.

— Não! É assim mesmo! Vê que a festa acontece em julho, e não em junho, como é o tradicional! Só por conta disso, o nome também precisa ser adaptado! E é por isso que a festa de São João passa a ser "Julina" e não "Junina"! – explico.

— Sempre foi assim. A Festa Julina é como uma festa de encerramento do primeiro semestre do ano, assim como a Festa de Natal encerra o segundo semestre... Ou o ano todo, né! – acrescenta Nina.

— Hummm, entendi! – diz Stella, balançando a cabeça. Ávalon faz o mesmo, demonstrando que entendeu também.

— Ih, gente... Mudando de assunto... Será que é uma boa ideia fazer a nossa manifestação hoje?! É que tipo... os nobres já se irritaram duas vezes hoje e... fora que está chovendo... Então? – pergunta Luna.

— Hoje é o dia perfeito. – digo, interrompendo Luna e, em seguida, prossigo: – No momento, está caindo só uma garoazinha e, como a gente já conversou lá fora, ninguém é de açúcar pra derreter com isso. Agora, quanto ao humor dos nobres, eu quero que dane, porque a aprovação deles é tudo o que a gente não precisa. – e ainda acrescento: – E fora que, como o Hugo voltou sozinho, nós só podemos concluir que o Wagner foi suspenso. Então se o que aconteceu hoje... com o Wagner tendo sido considerado um criminoso só por ter se defendido e o Hugo sendo tratado como uma vítima indefesa, mesmo depois de todo aquele espetáculo... bom... se não servir de motivação pra fazermos algo... eu não sei o que vai servir.

— Ahá! É agora ou nunca! Não dá pra se intimidar com esses palhaços! – diz Ávalon com determinação.

— Exatamente! – reforça Stella.

— Okay! Não está mais aqui quem falou! Vamos fazer isso hoje! – diz Luna.

— Ah... E a propósito, Luna... A gente não te viu mais ontem, depois daquela bronca patética que o Professor Thadeu te deu. – digo.

— O que foi que houve contigo?! – pergunta Stella.

— É que eu fui suspensa ontem, pelo resto da manhã, por assediar o Professor. Chamaram os meus pais e tudo. – conta Luna.

— Que horror! – exclama Ávalon.

— Eu sei que a pergunta parece meio besta, mas... Como tu está?! – pergunta Mandy.

— Bem! Já estou acostumada com esse tipo de coisa. Até os meus pais já se acostumaram tanto com isso que... Já estão me considerando um caso perdido, quando se trata de "ir atrás dos homens". Nem bronca eles me dão mais. Só vieram me buscar, assinaram o que tinha que assinar... E foi isso. O resto... Está tudo bem. – conta Luna.

– Teve um dia que não estava tudo tão bem assim. – digo.

– Ah... Tem dias que eu realmente estou mais frágil, mas... ontem não foi um dia desses. Então é sério... Está tudo bem mesmo, gente! Obrigada pela preocupação, mas é sério... Eu estou bem. – responde Luna.

– Bom... Se é o que tu diz... – diz Stella.

– Mas verdade seja dita... Se não fosse pelo desgraçado do Thadeu ter te levado pra Dona Griselda, ela teria ido atrás da gente, já que a Paskes falou demais ontem. E se ela tivesse ido atrás da gente, teria acabado com a nossa reunião! Sabe-se lá quanta gente teria sido expulsa ou suspensa. – diz Nina.

– Verdade! – diz Mandy.

– Que bom que isso pelo menos serviu pra uma coisa boa! – diz Luna.

– Pois é, Luna... Se não fosse por ti, a gente não teria conseguido reunir o pessoal. Por isso... Obrigado! – digo, deixando Luna meio sem jeito. Em seguida, eu acrescento: – Só é uma pena que, mesmo a Ávalon tendo citado o que aconteceu contigo ontem, não vai ser todo mundo que vai reconhecer o teu sacrifício.

– Não tem problema. Juro, olha... só por ter vocês, que acreditam em mim... já está ótimo. Vocês não sabem o quanto isso me põe pra cima, então... acho que sou eu que tenho mais ainda a agradecer. – diz Luna.

– Pode contar com a gente sempre, tá! – diz Ávalon, sorrindo. E depois que Luna sorri de volta, nós resolvemos sair um pouco desse clima, que já está começando a ficar meloso, e damos início a outro assunto.

Quando as entregas terminam, restam alguns minutos até o recreio começar e, durante esse tempo, todos os que concordaram em ir à manifestação aproveitam para preparar os cartazes que trouxeram, tirando-os das mochilas da forma mais discreta possível. Assim que a sirene soa, saímos da sala e, no corredor, vemos o pessoal das outras turmas, que também participará da manifestação conosco. Trocamos olhares, todos em concordância para descermos as escadas juntos. Enquanto descemos, até o pessoal do Fundamental II se junta a nós.

A Direção Pedagógica, para a qual nos direcionamos, trata de questões referentes ao convívio entres os alunos e, também, dos grupos. Esta é separada da Direção Administrativa, que trata de questões referentes às finanças e à administração da Escola, como uma empresa. O local onde funciona a Direção Pedagógica é uma casa lindíssima, com tijolos à vista, que fica a alguns metros do prédio principal. Quando chegamos lá, começamos a fazer barulho, com Ávalon tomando a frente.

– Nós viemos aqui hoje para não apenas pedir, mas para exigir, que a Direção da Escola nos permita criar um novo Grupo! Um Grupo nosso! Para que possamos ter mais liberdade, dignidade e justiça. Nós já somos este novo Grupo! E vamos lutar pelo devido reconhecimento, pelo tempo que for necessário! – grita Ávalon, sendo que as palavras que ela profere foram sugeridas por mim. Então, Ávalon prossegue perguntando a todos: – E quem nós somos?! Qual que é o nome do nosso Grupo?!

– INTELIGENTES! – grita a multidão, em resposta.

– Exato! Nós não vamos sair daqui sem termos uma resposta satisfatória. Queremos reconhecimento do nosso grupo... JÁ! – grita Ávalon.

– Reconhecimento já! Reconhecimento já! Reconhecimento já! Viva os Inteligentes! – grita a multidão, enquanto levanta os cartazes e utiliza de buzinas e apitos para fazer com que o barulho tenha mais efeito.

Ficamos alguns minutos fazendo isso, e, ao olhar para trás, vejo que vieram muito mais pessoas do que o esperado, todos dando apoio. Também aparece o pessoal do Jornal da Escola, para fotografar e cobrir todo o acontecimento. Obviamente, o barulho pode ser ouvido por toda a Escola e até mesmo alguns nobres aparecem para ver o que está acontecendo. É compreensível o espanto de alguns deles, pois coisa semelhante não costuma acontecer por aqui. O nosso barulho cessa quando alguém aparece na porta da Direção.

– Mas o que significa isso?! – questiona a Professora Luana, querendo nos fazer parar, quando prossegue: – Isso aqui é uma Escola de respeito... E não a Casa da Mãe Joana! Ficar fazendo barulho desse jeito e causando tumulto... Chegou! Parem já com isso! Se não... Vai ter expulsão por aqui hoje!

– Quero ver alguém me expulsar! – grita Ávalon.

– Se expulsar ela, vai ter que expulsar todo mundo! – grita Daniel, que logo é apoiado pela multidão.

Luana é uma mulher na faixa dos trinta anos, mas que aparenta ter mais de quarenta. Ela tem uma pele muito pálida, com muitas pintas, com um cabelo preto, alisado e preso num rabo de cavalo. Também, ela é baixa e, apesar não ser muito gorda, tem umas gordurinhas localizadas pelo corpo. Em outras palavras, é uma mulher feia. Ela tenta calar a multidão, que não aceita ouvir o "não" dela. O barulho continua, até que chega a Professora Bia.

Quando Bia aparece, me vem um sentimento de puro nojo, já que essa mulher só me fez mal no passado. Claro que eu não sou impulsivo a ponto de não conseguir conter a minha vontade de espancá-la, pois há tempos eu aprendi a controlar certos impulsos. O problema é que quando Bia está por perto, dá para contar que o que virá não será bom. Bia sussurra algo no ouvido da Luana, que faz uma expressão de quem "entendeu a mensagem". Então Bia fala algo que eu sou capaz de ouvir pela metade:

— ...aí a gente consegue cumprir com aquele combinado. Que tal?! — a Professora Bia termina de falar e as duas se olham com uma expressão de satisfação, que não me agrada nem um pouco. Então a Professora Luana se vira para a multidão e toma fôlego.

— Okay, pessoal, okay! Vamos ouvir o pedido de vocês! — grita a Professora Luana, então a multidão para por um momento para deixá-la falar, e ela prossegue: — É o seguinte, conversando com a minha colega aqui... eu cheguei à conclusão de que nós devemos atender ao pedido de vocês. — a multidão faz um grito de comemoração e, assim que a euforia diminui um pouco, ela continua: — Sim! É justo que vocês venham pedir por melhores condições. E é por isso que nós, da Direção Pedagógica da Escola Romanorum, vamos conversar sobre o assunto e sobre como vamos organizar esse novo Grupo de vocês aí, que é... É... Como é mesmo o nome?!

— INTELIGENTES! — grita Ávalon, em resposta, e a multidão grita em apoio.

— Inteligentes! Isso aí! Bom... Sim, enfim... Aí nós conversaremos sobre tudo isso e traremos uma resposta na segunda-feira pra vocês! — diz a Professora Luana.

— Sim gente, olha só... Nós vamos nos reunir e fazer de tudo pra decidir o que for melhor pra todo mundo, tá! Podem confiar. O que nós menos queremos é que vocês não se sintam mal aqui, então... Contem conosco. — completa a Professora Bia com um sorriso que não me engana.

— Wuuuhuuuul! — grita a multidão, crente de que tudo já começou dando certo, mas eu não consigo compartilhar da mesma alegria, pois estou certo de que muitos problemas virão; afinal, Bia e Luana são uma dupla e tanto.

O pessoal começa a festejar durante os últimos minutos que restam do recreio, enquanto os nobres que estão por perto ficam sem entender nada. Inclusive, é possível ver Bella questionando com as amigas, algo como "Como assim?!". E todos festejam, menos eu, pois fico tentando entender o que as professoras mau caráter planejam.

Quando a sirene soa, nos direcionamos de volta para as salas. Já na sala, há certo estranhamento dos nobres para conosco. Simplesmente, eles não param de nos encarar e cochichar. Pelas expressões que fazem, é possível notar o quanto eles acham um absurdo que plebeus estejam pedindo coisas e, mais absurdo ainda, que estes mesmos plebeus sejam atendidos. Eu continuo quieto, enquanto o pessoal fala sobre ter esperanças e sonhos. De repente, Stella, que ainda está de pé, põe a mão no meu ombro.

— Está tudo bem contigo?! Tem alguma coisa errada?! – me pergunta Stella.

– Tudo ótimo! – respondo, forçando um sorrisinho, porém não tenho muito sucesso em convencê-la.

– Então gente, pra comemorar a primeira conquista de muitas, eu quero convidar vocês... Stella, Lion, Mandy, Sid, Haroldo, Nina e Luna... pra irem dormir na minha casa de campo neste fim de semana. – diz Ávalon, que logo acrescenta: – Já vou até passar o endereço pra vocês!

– *Buenos días!* – Bom dia! diz o Professor que entra na sala.

– Hummmmm... Depois eu passo! – diz Ávalon.

O Professor começa a aula escrevendo no quadro "7 DE MARZO DE 2008; EDMUNDO ORPHEU KAJJALI; PROFESOR DE LENGUA ESPAÑOLA". Traduzindo: *7 de março de 2008; Edmundo Orpheu Kajjali; Professor de Língua Espanhola.* Logo ele começa a se apresentar.

– Meu nome é Edmundo Orpheu Kajjali, sou formado em Letras de Língua Espanhola, pela faculdade de Buenos Aires. Escolhi a língua espanhola porque eu realmente amo esse idioma, que é a minha grande paixão. E a minha missão aqui é fazer com que vocês terminem o Ensino Médio, não mais recorrendo àquele "portunhol" que muitos utilizam por achar que o espanhol é só uma versão mais atrapalhada do português, mas sim sabendo o espanhol de verdade. Eu quero que vocês saibam que cada língua tem suas peculiaridades. Bom, sem mais delongas, eu gostaria que vocês se apresentassem pra mim, mas em espanhol. Que eu quero ver como vocês pronunciam as palavras. – então ele escreve no quadro "MI NOMBRE ES..." e "YO SOY...". em seguida, volta a falar: – Essas frases significam, como vocês já devem saber, "meu nome é..." e "eu sou...". Então eu quero que vocês completem essas frases com o nome de vocês. Enfim, vamos começar por aqui. – ele aponta para o canto dos nobres, que se apresentam tentando falar as frases, mas nenhum deles pronuncia corretamente. O caso da Princesa Alice, é um pouco mais ridículo que o dos demais, pois ela fala "Mai nombri és Alice!", com os mesmos sons do inglês. O único nobre a pronunciar certo é o Príncipe Hugo, e quanto aos plebeus, os únicos a acertarem somos Mandy, Haroldo, Luigi e eu.

O Professor Edmundo é um homem de altura mediana e magro. O cabelo dele é preto e liso. Vendo pelo sobrenome e pela cor da pele dele, é possível deduzir que ele é descendente de indianos. Ele demonstra ser calmo e paciente, principalmente para com as pronúncias que escuta. Quando as apresentações acabam, ele começa a falar o que vamos estudar ao longo do trimestre. Enquanto ele fala, Ávalon nos distribui papeizinhos com o endereço da casa de campo e com o telefone dela. O Professor continua falando e logo marca as datas das provas e dos trabalhos.

– Já está definido que os nossos encontros vão ser sempre nos dois últimos períodos de sexta-feira. Então, como faltam só alguns minutos para a aula de hoje acabar, eu vou deixar vocês à vontade... – diz o Professor, que logo é interrompido.

– Ô, profe, eu tenho um recado pra dar pra turma. – diz Bella.

– Claro! – diz o Professor, que chama a atenção de todos: – Pessoal, ouçam a Princesa, por favor! Todos sabemos que se Vossa Alteza tem algo a dizer, é porque deve ser importantíssimo. – ele fala em tom de sarcasmo e, enfim, passa a palavra à Bella: – Por favor, Alteza! Podes vir aqui para falar.

– Obrigada! – diz Bella, que logo se levanta, vai para a frente do quadro e começa a discursar: – Bom, gente... Como toda a Escola já deve saber... Hoje é o meu aniversário, e né... Eu sinto dizer, mas não dá pra convidar todos os plebeus, porque, claro... seria muita gente. Os únicos plebeus que vão ir... são os nossos membros de confiança e o pessoal do Jornal da Escola, já que eles vão cobrir os principais acontecimentos e vão colocar tudo no jornal de segunda-feira. Aí, quem não for, vai ter um jeito de saber como que foi a festa. Basta ler o jornal. Então, não tem por que ficar triste, tá bom? – a sirene soa e ela encerra dizendo: – É isso, gente! – e com isso, enquanto a nobreza age com naturalidade, a plebe fica estática, apenas olhando para Bella, enquanto muitos se perguntam: "Que tipo de discurso foi esse?". Então, a fim de quebrar o gelo, Bella fala: – É isso, gente! Tchau! Acabou a aula! Hora de ir embora! – ela dá de ombros, retorna ao seu lugar, e a plebe, logo que se recompõe, também começa a se preparar para sair.

Enquanto o pessoal se levanta, o Professor se despede. Em seguida, nós todos saímos e, já no corredor do andar térreo, Stella me chama para falar comigo. Quando eu paro, ela se aproxima.

– Olha só, eu sei que tem algo errado. Eu vi que tu não ficou satisfeito com o que aconteceu hoje. Me fala o que houve. Acho que eu tenho o direito de saber, já que eu também faço parte disso. – diz Stella.

Quando estou me preparando para falar, ouço a Professora Bia chamando Hugo, o que não me agrada nem um pouco.

– Hugo, querido... Eu preciso que tu me acompanhe até a Direção. A gente tem algo importante pra falar contigo. Garanto que tu vai adorar. – diz a Professora Bia. Então Hugo sorri e começa a seguir a megera até a Direção. Quando Walter resolve seguir Hugo, a Professora Bia lhe fala: – Opa! Eu chamei o Hugo!

– Mas... – contesta Walter, mas logo é interrompido.

– Por acaso, tu te chama "Hugo", ô cabeça?! – pergunta a Professora Bia e, quando Walter balança a cabeça, querendo dizer "não", a megera diz. – Ah, tá! Foi o que eu pensei!

– Me espera no carro, Walter! Ah... Aproveita e já leva isso. – diz Hugo, que coloca sua mochila na mão do Walter. Por fim, enquanto Hugo segue a Professora Bia, Walter fica cabisbaixo e começa a caminhar em direção ao estacionamento.

– Viu só?! Aí tem! É por isso que eu não estou satisfeito! – digo, e Stella fica sem entender. Então a pergunto: – Tu vai na casa da Ávalon amanhã?! – ela faz que sim com a cabeça e eu lhe falo: – Ótimo! Eu explico melhor lá. – e forço um sorriso. Stella fica desconfortável, mas concorda em esperar, fazendo o mesmo gesto com a cabeça, e, em seguida, dá um breve sorriso. No momento em que ela sorri, percebo que ela é mais bonita do que eu havia notado até agora.

Depois disso, nós nos despedimos e vamos embora.

CAPÍTULO VII

Final de Semana na Casa de Campo

Na tarde de sábado, dia 8 de março, por volta das 16 horas, o tempo está agradável, com temperatura de 25°C, muitas nuvens no céu e o sol aparecendo sutilmente. Neste momento estou chegando à casa de campo dos pais da Ávalon, a qual se localiza no Lami, bairro do extremo sul de Porto Alegre, que mais parece uma cidade do interior do que um bairro da capital do Estado.

Ao entrar no terreno, meu pai para o carro e eu desço. Logo aparecem Ávalon, Stella e uma mulher muito bonita, loura e de olhos azuis. Essa mulher é quem começa a me dar as boas-vindas.

– Oi, tudo bom?! Eu sou a mãe da Ávalon. Meu nome é Eduarda. Prazer! – diz Dona Eduarda, que vem para me cumprimentar com um beijo e um abraço. Ela logo cumprimenta os meus pais também, Amália e Lorenzo, que ficam dentro do carro; ela os cumprimenta somente com palavras.

– Filho, liga quando quiser que venhamos te buscar. – diz minha mãe.

– Tá bom! Te amo! – respondo e em seguida dou um beijo de despedida nos meus pais. Quando eles vão embora, me viro para Ávalon e pergunto: – E aí, Ávalon, o resto do pessoal vem?

– Pois é, Lion... Além de ti e da Stella, vem mais a Mandy e o Sid! A Nina, a Luna e o Haroldo avisaram que não vêm. Sei lá... Eles devem ter achado muito longe. – diz Ávalon, que logo dá uma risadinha.

A casa de campo tem dois andares, é ampla e elegante, apesar do toque rústico. Na sala, há uma linda lareira, alguns móveis antigos e sofás com lã de ovelha. No segundo andar, há detalhes em madeira nas paredes do corredor. Simplesmente uma casa de campo deslumbrante, mas no quarto da Ávalon, um pentagrama esculpido no teto, ao redor da lâmpada e, ainda, uma Bíblia aberta sobre um bidê acabam me chamando a atenção, já que são duas coisas que não combinam. Eu apenas olho tudo, mas não comento nada.

Logo Stella vem me cobrar a explicação, que eu havia prometido, sobre o porquê da minha preocupação com a manifestação de ontem e, mais uma vez, eu lhe peço para esperar, pelo menos até que Mandy e Sid cheguem também. Então, durante esse meio tempo, Ávalon nos convida para ouvi-la tocando guitarra, e até nos deixa tocar um pouco também. Realmente, nós tocamos guitarra, mas tocamos a guitarra na parede, de tão mal que tocamos, mas acaba sendo divertido fingirmos que somos uma banda por alguns instantes. Só fico com pena da Dona Eduarda, que, apesar de não ter reclamado do nosso barulho, com certeza não ficou nada feliz com ele.

Meia hora mais tarde, Mandy, trazida de carro pelo pai, chega. E poucos minutos depois, Sid também dá as caras. Quem traz Sid também é o pai dele, mas ele o faz de caminhão, e Ávalon, quando vê que eu estranho um pouco, vem e me conta que o pai do Sid é caminhoneiro.

Agora que todos já estão aqui, Ávalon nos convida para um banho de piscina, e todos, menos Stella, aceitam o convite. O motivo de Stella não querer ir para a piscina agora é que ela gostaria que antes eu falasse sobre o que ela quer saber, inclusive fica me encarando, enquanto que eu apenas faço um gesto com a mão, algo como "depois". Ela não gosta, mas concorda e, mesmo sem querer muito ir para a água, ela também acaba indo. Assim que colocamos os trajes de banho, nos direcionamos à piscina. Sid e eu vestimos bermuda, Ávalon e Stella vestem biquíni, mas Mandy chama a atenção ao vestir uma bermuda e uma camiseta, ambas largas.

— Que porcaria de roupa é essa, Mandy? – questiona Sid.

— É o que eu uso quando vou pra piscina. Algum problema? – responde Mandy.

— A-ah... Problema nenhum, mas... – gagueja Sid.

— Não é que isso seja um problema, Mandy! É só que é meio estranho. Sei lá... Se tu quiser, não precisa ficar com vergonha de me pedir um biquíni emprestado... Erm... Caso tu tenha esquecido o teu. – diz Ávalon.

— Valeu, Ávalon, mas não precisa. É que eu não uso biquíni mesmo. Eu sempre me visto assim pra entrar na água. É isso! Mas obrigada! – responde Mandy.

— Então... tá! – diz Ávalon, meio sem jeito.

— É! Fazer o quê? Humpf! – diz Sid, que, de forma abafada, completa: – Pel'amor de Deus! É cada maluca esquisita que aparece.

— Ô, Sid... Por que TU não pede um biquíni emprestado pra Ávalon?! – pergunta Mandy, e como Sid fica sem entender, ela continua: – Sério! Como é que pode?! Tu tem mais peito do que eu! – e todos rimos.

— Te ferra, Mandy! – diz Sid, que fica incomodado com a brincadeira, principalmente por rirmos muito.

— É, Sid! E já que hoje é o Dia Internacional da Mulher, tu poderia aproveitar dos teus traços e fazer uma "homenagem". – digo, fazendo com que as meninas riam mais ainda e com que Sid fique ainda mais brabo.

— Aff! Tu também, mano?! — reclama Sid, me encarando, e todos seguimos rindo.

— Nem o diabo quer uma homenagem dessas! — debocha Stella, que, enquanto ri, se esquece completamente do outro assunto.

— É! E quando se trata de "diabo", tu fala com propriedade, né, ô, demônio! — responde Sid à Stella e, quando ela se prepara para responder, eu intervenho.

— Tá! Já deu, vocês dois! — digo, evitando que a discussão piore. Em seguida, olho para o Sid e falo: — E tu, Sid... Não precisa ficar tão brabo, né. Isso aqui tudo é só brincadeira. — e, por fim, depois que o efeito da piada passa, eu me viro para as meninas e as felicito pelo dia de hoje, dizendo: — Ah... E antes que eu me esqueça, feliz dia pra vocês, meninas!

— Obrigada! — dizem as três simultaneamente. Em seguida, Sid deixa a chateação de lado e faz o mesmo. Com isso, a discussão acaba e nós podemos curtir melhor a nossa tarde de sábado.

Realmente, apesar de esta não ser uma tarde muito quente, o banho de piscina é uma ótima pedida, até mesmo porque ver Ávalon e Stella em trajes de banho realmente não é uma oportunidade a ser desperdiçada. E a tarde segue agradável, enquanto a aproveitamos da melhor forma possível.

— Nada como uma tarde na piscina pra comemorar a nossa vitória de ontem, né? Sério, eu estou muito entusiasmada com o que está por vir. Porque se a manifestação de ontem foi um sucesso, imagina o que o futuro nos guarda! — diz Ávalon, que ainda não percebeu que há algo por de trás da boa vontade das duas megeras. Com isso Stella volta a me encarar, querendo que eu comece a falar sobre as minhas suspeitas, mas, por achar que o momento não é o melhor, resolvo desviar o assunto novamente.

— Ah, sim, com certeza! E com o ar puro do Lami, fica tudo melhor ainda. — digo, e Stella apenas suspira. Depois, nós seguimos falando sobre assuntos paralelos pelo resto da tarde.

Quando começa a anoitecer, saímos da água, tomamos um banho de chuveiro, para retirar o cloro do corpo, e nos vestimos. Ao descermos para o andar de baixo, Sid e Stella vão assistir à televisão, enquanto Mandy, Ávalon e eu, ao vermos a Eduarda já preparando as *pizzas* para o jantar, nos oferecemos para ajudá-la. Preparamos três *pizzas*, uma de mussarela, uma de calabresa e uma *margherita*. Cozinhamos tudo no forno à lenha que há na cozinha. Sou eu quem faz a *pizza* de mussarela, Ávalon faz a *margherita*, junto com a mãe, e Mandy é quem se responsabiliza pela de calabresa.

Quando já estamos colocando a mesa, o pai da Ávalon chega na casa de campo. O nome dele é Martinho, e Ávalon logo o apresenta para mim e para Mandy, apenas, pois Sid e Stella já o conhecem. Martinho é um homem de altura mediana, um pouco gordo, com cabelo preto e com os mesmos olhos cor de mel de Ávalon. Agora vejo a quem ela puxou.

Quando nos sentamos à mesa e começamos a nos servir, Sid vai direto na *pizza* de calabresa e, ao prová-la, tem uma surpresa.

— Nossa! Essa *pizza* está horrível! Quem foi que fez esse troço?! – pergunta Sid.

— Eu, por quê?! – responde Mandy.

— O que tu usou pra fazer essa coisa? – pergunta Sid, com expressão de nojo.

— Eu coloquei molho de tomate, queijo, rodelinhas de calabresa... E como tempero, eu coloquei orégano, alho, alecrim... E açúcar! – responde Mandy.

— QUÊ?! AÇÚCAR?! Como que tu coloca açúcar numa *pizza* que é pra ser salgada?! – indaga Sid.

— É só pra ficar mais douradinha! É bom! – responde Mandy.

— Não é bom, coisa nenhuma! Açúcar não combina com coisa salgada, sua louca! – grita Sid.

— Tem um monte de pratos que tem doce com salgado, principalmente na culinária alemã. E eles ficam muito bons. – argumenta Mandy.

— O que claramente não é o caso desta *pizza*, que o doce não combinou com o salgado, que não faz parte da culinária alemã... E que ficou HORRÍVEL! – retruca Sid.

— Tu respeita a minha comida, hein! Porque olha aqui... – responde Mandy, e segue uma verdadeira discussão com Sid. E enquanto os dois discutem, o resto de nós apenas segue com a refeição.

Felizmente, eu não gosto de *pizza* de calabresa, então nem chego a prová-la, mas todos que a experimentam a consideram horrível, assim como Sid. No final das contas, Mandy é a única a comer da própria *pizza*. Depois do jantar, temos sorvete de sobremesa. Após degustarmos a sobremesa, Mandy e eu nos oferecemos para ajudar Dona Eduarda a lavar a louça, e Ávalon, desta vez, não fica para ajudar. Assim que terminamos tudo, os pais da Ávalon vão para o quarto, deixando a sala, equipada com televisão de tela plana e com aparelho de DVD, só para nós. Então, no momento em que Ávalon começa a pegar os filmes de terror que ela havia separado para hoje, eu finalmente resolvo entrar no assunto que Stella tanto queria.

— Olha, Ávalon... A gente vai ter que deixar a maratona do terror pra depois. Temos muito o que conversar primeiro. E é sobre a manifestação de ontem e sobre o nosso grupo de "Inteligentes". – digo, e todos me olham. Assim que todos se acomodam nos sofás da sala, eu prossigo: — Eu tenho quase certeza de que nós não vamos ter o que pedimos. Ou pelo menos... não exatamente o que pedimos.

— Como assim, Lion?! – questiona Ávalon.

– Não acham estranho que tenham concordado em atender ao nosso pedido, um tanto... rápido demais? – pergunto, e todos se olham. Então eu continuo: – Vocês lembram? A Professora Luana estava nos ameaçando até mesmo de expulsão, e aí... de repente... chega a desgraçada da Professora Bia, fala alguma coisa no ouvido dela e, do nada, ela reconsidera a nossa reivindicação como válida e justa. O que vocês acham?!

– Ah, pensando assim... Não tem nem dúvida de que aí tem coisa. Aquelas dragoas não dão ponto sem nó. – diz Sid.

– O que tu acha que elas estão planejando? – pergunta Mandy.

– Bom... Quando a Stella e eu já estávamos indo embora ontem, eu vi a Professora Bia chamando Hugo... o Príncipe Hugo... pra ter uma conversa! Ela ainda disse pra ele que ele ia "adorar" a tal conversa. Então... eu temo que estejam pensando em colocar o Hugo no comando do nosso Grupo! – respondo.

– NÃO! ELE NÃO! Aquele desgraçado não! – grita Sid.

– O quê?! O Príncipe que perdeu a linha duas vezes só nesta semana?! Mas como assim?! Da onde?! Aquele cara é completamente descompensado. Não podem fazer isso! – exclama Mandy.

– Sim! Podem sim! – digo.

– Então tudo vai acabar sendo em vão?! É isso?! – pergunta Stella.

– O Hugo, descompensado, ou não... é o queridinho da Direção da Escola, o favorito. Como adoram ele, essa é a chance de fazer ele se tornar rei antes mesmo do esperado – digo, viro para Stella e continuo: – Não vai ser tudo em vão. Temos que esperar e ver o que acontece, por enquanto. O fato é que não dá pra continuar nos Grupos antigos, porque nesses Grupos, nós vamos ter que continuar fazendo tudo o que a maioria dos nobres quiser que façamos... Como, por exemplo, os temas e os trabalhos deles... Comprar lanches pra eles... E nos humilharmos pra eles. Vocês sabem bem do que eu estou falando. Agora... o Hugo pode não valer nada também, mas um ponto positivo... com certeza ele tem.

– E que ponto seria esse?! – pergunta Mandy.

– O Hugo também não gosta dos outros nobres. Pelo menos a maioria deles, ele simplesmente não suporta. – digo, fazendo todos se surpreenderem. Então, eu continuo: – Bom... É claro que ele gosta muito de ser nobre e se sente um ser superior por causa disso. Mas também é um fato que ele sente MUITA vergonha de estar no mesmo barco que pessoas como o tarado do Guilherme... O *playboy* metido do Jonas... A bobona da Bella... A anta quadrada da Alice... A vaca da Juliana... E por aí vai! E isso significa que ele vai fazer de tudo pra ser diferente dos outros. Só que nós não temos como saber se ele vai ser um diferente bom, ou ruim.

— Putz, Lion! E eu achando que a gente ia conseguir e que agora ia ser só alegria. Que idiota que eu fui! – diz Ávalon.

— Antes da manifestação, eu não tinha pensado nessa possibilidade, mas depois dessas evidências, bom... – digo.

— Então a ideia é ver o que acontece no "reinado" do Hugo, só por ele ser menos pior! É isso? – pergunta Mandy.

— Na atual situação... Se for um pouco menos pior já é alguma coisa. Melhor do que sofrer mais, e à toa, nas mãos dos outros. – digo.

— Dane-se que o Hugo não é tão ruim quanto os outros! Eu simplesmente odeio aquele cara! E se ele for o Rei desse Grupo, eu não entro. Continuo no meu Grupo de sempre, que lá, pelo menos... a minha Rainha é de boa. – diz Sid.

— É o que já foi dito, Sid. A Aurora não vai ficar no trono pra sempre e, pelo que eu vi... o sucessor dela... aquele Príncipe Ulysses... é mais um babaca metido, não muito diferente do Jonas. Fora que os nobres em geral e, até mesmo os nobres do teu Grupo, não gostam dela, né! Não me surpreenderia se a qualquer momento eles se juntassem pra destronar a Rainha Aurora. E aí tu fica como?! – pergunto a Sid, deixando-o pensativo. Por fim, concluo: – Pensa nisso!

— E se o Hugo acabar sendo pior?! – pergunta Stella.

— Bom... O Hugo não gosta do Guilherme por ele ser um pervertido louco, que já abusou de algumas meninas indefesas e sem voz na Escola. O que significa que ele não vai apoiar o Guilherme caso ele abuse de alguma de vocês. Muito pelo contrário, na primeira possibilidade que o Hugo tiver, ele vai detonar o Guilherme. Isso é bom pra vocês... Que são meninas... Já que vão poder contar com uma... "proteção a mais". – explico.

— Que horror o que aquele gordo nojento faz! – comenta Mandy, que, apesar de ter sido ela quem falou, é Stella quem demonstra ter realmente entendido o que eu quis dizer.

— Okay! Vamos deixar rolar e ver o que acontece. – diz Stella.

— Só espero que não seja tão ruim assim... Ficar com aquele cara como nosso Rei. – comenta Ávalon.

— Se as coisas ficarem ruins, vamos ter que nos organizar pra resolvermos os problemas que vierem no futuro. – digo, faço uma pausa, e prossigo: – Então, isso tudo que eu estou dizendo aqui não passa de uma possibilidade, muito provável de ser realizada, mas ainda assim... é só uma possibilidade. E é por isso que eu estou contando tudo pra vocês, pra que me ajudem a transmitir tudo o que eu disse caso essa possibilidade se confirme. Principalmente tu, Ávalon, que é carismática com todos os que foram à manifestação. – e com isso, Ávalon balança a cabeça, querendo dizer "Pode contar comigo".

Todos ficam pensativos após a conversa, e logo eu me viro para Stella.

— Viu o porquê de eu não ter falado isso antes, Stella? Era só pra não estragar o dia de todo mundo antes. – digo.

— Mas é bom a gente já saber do que pode acabar acontecendo. Assim a gente não tem surpresa na hora e não se frustra tanto. – diz Sid, com a concordância das meninas, que apenas balançam a cabeça.

— Mas ô Leo... Me diz uma coisa... Ontem, depois que a Bia não deixou o Walter ir junto pra conversar, o Hugo ordenou que ele fosse pro carro e já levasse as coisas dele também. Então... – diz Stella, e eu a interrompo.

— Sim, Stella! Eles vão e voltam da Escola juntos. Desde sempre, o pai do Hugo dá carona pro Walter. Era isso o que tu queria saber, né? – digo.

— Bom... Sim... Acho que sim. – responde Stella.

— E é com isso que o desgraçado compra o apoio do Walter. A Escola inteira meio que sabe disso, mas... ninguém ousa falar disso, né! Já que ninguém quer ser expulso por falar mal dos príncipes. Eu, por exemplo, acho muito estranha a relação daqueles dois. – diz Sid.

— É relação de submissão, né, Sid! – digo e logo acrescento: – Começou com o Walter e a família dele apenas aceitando o favor e sendo todos muito gratos por isso. Só que o negócio foi evoluindo... O Hugo e a família dele exigindo cada vez mais coisas do Walter, como agradecimento pelo favor... A família do Walter exigindo que o Walter se demonstrasse grato pelas caronas. E ai do Walter se desobedecesse ao filho dos benfeitores, né! Acabou que essa "gratidão" pelo Hugo virou uma adoração, pra não dizer uma doença. E é isso! Chegou ao ponto em que o Hugo humilha o Walter e... o Walter... simplesmente aceita.

— Então a própria família do Walter obrigou ele a vender a dignidade dele pro Hugo... Em troca de caronas pra Escola?! Cara... Que horror! – comenta Ávalon.

— Eu até ficaria com pena do Walter... Só que toda vez que o cara fica com pena dele e tenta dar um apoio... ele logo dá um motivo pra que a gente ache que merece estar nessa situação, entendem?! – diz Sid e nós demonstramos compreendê-lo.

— Meu Deus! Eu estive nesta Escola por só quatro dias... E já não suporto mais aquilo lá! Quanta coisa ruim eu já presenciei lá! – comenta Mandy.

— E eu que só tive dois dias, até agora! Já tenho o mais puro nojo daquilo tudo! E, pra piorar, nós estamos presas... acorrentadas... àquele lugar. Porque, mesmo que a gente queira sair de lá, não vão simplesmente nos deixar sair. – acrescenta Stella.

— É, gente, não vai ser fácil! A gente vai ter muito o que fazer na semana que vem... Eu já tenho uma mensagem ruim pra transmitir... Mas... chega de falar da Escola, por enquanto. Vamos ver os filmes?! – diz Ávalon, tentando elevar o astral de todos com o convite.

– Vamos! – respondo, em nome de todos, e num instante o astral se eleva.

Ficamos assistindo a filmes de terror, a noite toda. Fazemos intervalos entre um filme e outro, nos quais vamos até a cozinha para pegar mais pipoca e refrigerante. Ainda, aproveitamos os intervalos para discutir sobre o filme e, também, para conversarmos sobre outros assuntos que não têm muito a ver com a Escola, como, por exemplo, os estilos e músicas de que gostamos. Ficamos nisso até amanhecer e, por volta das 7 horas, quando já está claro, o pai do Sid vem buscá-lo. Depois que o Sid vai embora, nós resolvemos ir dormir, sendo que as meninas vão para o quarto da Ávalon, enquanto eu faço o sofá da sala de cama. Ao meio-dia, a Dona Eduarda nos acorda para almoçarmos. Por volta das 14 horas, meu pai vem me buscar.

Posso dizer que essa noite na casa da Ávalon foi bem divertida, mas, acima de tudo, foi útil, principalmente para me aproximar desse pessoal. Foi possível descobrir que as meninas têm gostos semelhantes aos meus, principalmente para filmes e músicas; afinal, não é à toa que todos fazemos parte do Reino do Rock. Sid é a única exceção, visto que ele prefere músicas como Sertanejo Universitário e Música Eletrônica. Agora, na questão de detestar *funk*, houve um consenso geral, fato esse que faz com que todos tenham motivos para detestar a Rainha do Rock, que está mais para Rainha do Funk.

A opinião que pude ter desse pessoal: todos doidos! Porém, eu prefiro estar no meio de doidos com bom caráter do que no meio de pessoas metidas e cheias de si.

CAPÍTULO VIII
O Favorito

Na segunda-feira, dia 10 de março, a manhã é ensolarada e com temperatura amena, de 18°C. Porém, o clima na Escola é que não está nada ameno, devido ao que saiu na primeira página do Jornal da Escola. Todos comentam sobre a confirmação da Direção em reconhecer o Grupo que criamos. Logo que chego à Escola, vejo que há uma multidão em frente ao cavalete onde fica exposta a edição do dia, e os comentários são de todos os tipos, pois há os que são a favor da criação do novo Grupo, assim como também há os que são contra.

Tento atravessar a multidão para poder ver melhor o que está escrito no jornal. Ao chegar mais perto, vejo uma foto da manifestação de sexta-feira, com o título "DIREÇÃO DA ESCOLA OUVE PEDIDO DE PLEBEUS E RECONHECE A EXISTÊNCIA DE UM NONO GRUPO" e o seguinte subtítulo: "Pela primeira vez, em vinte anos, haverá mudança no Sistema de Grupos da Escola. O nono grupo, que está por vir, pode pôr um fim no nome 'Os Oito Grupos da Escola Romanorum'.". Aproveito para dar uma espiada na segunda página, e o que vejo é exatamente o que eu já esperava: uma foto do Hugo e uma manchete com o título "PRÍNCIPE HUGO DA NATUREZA É CONVIDADO PARA SER O REI DO NONO GRUPO". Somente na terceira página é que falam do aniversário da Princesa Bella, o que eu apenas ignoro, pois isso é algo que simplesmente não me interessa.

Deixo o jornal como ele estava, dirijo-me para a minha sala e, ao chegar lá, vejo que Ávalon e Stella já chegaram e já estão em seus lugares. Começo a caminhar na direção delas e, nesse meio tempo, ouço Bella reclamando do jornal para com as amigas Juliana, Alice, Thaís, Manoela e Bianca, enquanto segura uma cópia nas mãos.

– Grrrrrh! O meu aniversário foi perfeito, entenderam?! PERFEITO! E isso de que adiantou?! Se esse pessoal do jornal, que eu já ajudei tantas vezes, me chuta pra terceira página! URRRRGH! Olha, se eu descobrir que o responsável por isso é alguém do meu Grupo, eu falo com a Rainha... E esse alguém está MORTÔÔÔ! – zurra Bella, tendo o apoio de todas as amigas, menos o de Bianca, que fica quieta.

– Como eu queria que isso fosse possível, Bella! Só que... bom... tu sabe! Infelizmente, não dá pra matar os plebeus! – diz Juliana.

– Eu quis dizer "expulso"! Aff! Tu entendeu! – responde Bella, furiosa.

– Matar... Expulsar... Quem liga! O que importa é que a desgraça está aí, né! O aniversário da Bella foi parar na terceira página! – diz Thaís.

– EXATAMENTE! TERCEIRA PÁGINA! TERCEIRA! URRRRGH! E tudo por culpa desses plebeus encrenqueiros, que foram pedir coisas. Urgh! Essa gentalha me paga! – grita Bella.

– Mas esses plebeus são muito burros mesmo! Foram protestar, pra que o grupinho que eles estão querendo fazer fosse reconhecido... E ainda acharam que o grupo ia ser deles. Haaah! Bem-feito! Deram com os burros n'água. – diz Juliana, fazendo as amigas rirem, sendo que a única que não acha graça é Bella, pois continua inconformada por estar na terceira página.

Realmente, não há como não adorar ver esses mimadinhos inconformados por as coisas não saírem como eles querem. Depois de me deliciar um pouco com a cena, vou para o meu lugar, onde comento o fato com as minhas aliadas.

– Parece que a Princesa não gostou muito da edição de hoje. – digo.

– Pois é! Mas se bem que nós também não temos muito o que comemorar, né! Tu viu a segunda página? – pergunta Stella.

– Vi! Mas isso já era previsto. – respondo.

– A tua previsão chega até a assustar. – diz Stella.

– Eu não previ nada! Só constatei o óbvio! – respondo.

– Pois é! Foi exatamente como tu disse, Lion! – diz Ávalon, que logo muda o assunto: – Ah... Saiu no jornal também que hoje mesmo já vai ter coleta de nomes pra formar o Grupo oficialmente... E isso vai durar a semana inteira. No recreio já dá pra gente ir na Direção pra assinar a lista.

– Essa parte eu não consegui ver. Mas, enfim, é agora que eu vou precisar da ajuda de vocês pra transmitir o que eu disse no sábado. – digo e as duas balançam a cabeça, demonstrando que assim o farão.

– Gente... Vocês viram o que o pessoal da Direção fez?! – pergunta Nina, que acaba de chegar. Fazemos que sim com a cabeça, em resposta à pergunta dela. E logo ela continua: – Que absurdo! Nós que nos organizamos e saímos pra pedir por um novo Grupo... E aí, o Hugo... que não fez nada... é quem vai ficar com toda a glória.

– Pois é! A gente falou sobre isso no sábado. Já era esperado. Mas mesmo assim, é importante entrar no novo Grupo... – diz Stella.

Quando a sirene soa, a Professora Bel chega e, antes que ela feche a porta, alguns retardatários chegam, sendo que quem não chegou até agora vai ter que esperar até o segundo período para poder entrar na sala. A Professora começa a aula corrigindo oralmente os exercícios da aula passada e, logo depois, nos dá mais atividades para fazermos na apostila. Durante esse tempo, alguns aliados, com a desculpa de quererem fazer os exercícios em grupo, se aproximam para falar sobre os últimos acontecimentos.

— Meu! Que piada isso! O Hugo vai ser o Rei! Não é justo! A gente... nós, que fizemos tudo! Nós nos reunimos, organizamos tudo, fomos protestar... E agora essa. – reclama Daniel.

— Esse colégio é muito bizarro! Mas sabe que depois de tudo o que eu já passei aqui, coisas assim nem me impressionam mais. – diz Luna.

— Sim! É o cúmulo do absurdo! Humpf! Acho que com isso todos concordamos, mas... E agora?! O que fazemos?! – questiona Luigi.

— Gente, olha só... No sábado, o pessoal foi lá em casa e o Lion disse que já esperava por essa, porque ele viu a Professora Bia chamando o Hugo na sexta. Então, eu vou repassar pra vocês o que nós combinamos no fim de semana. E eu espero que vocês possam repassar pra outras pessoas também! – diz Ávalon, que começa a explicar a mesma coisa que eu já havia explicado no sábado.

Enquanto conversamos, fazemos os exercícios, para que a Professora não reclame que estamos apenas conversando e acabe nos separando. Também deixamos Daniel e Osmar verem as nossas respostas, já que eles não têm nenhuma facilidade com o inglês e, também porque, nesse momento, a nossa conversa é mais urgente do que ajudá-los a fazer os exercícios por conta própria.

No segundo período, Sid chega e logo se junta a nós. Ele contribui em explicar o que combinamos no sábado e no convencimento dos colegas. Nessa hora, percebo que Sid resolveu ficar conosco no novo Grupo. A conversa segue até que em determinado momento Sid olha em volta e nota a falta de alguém.

— Ué! Cadê o Wagner?! – pergunta Sid.

— Oras! É noventa e nove, vírgula nove, por cento de certeza que ele foi suspenso. Ou alguém aqui duvida disso?! – falo e todos ficam quietos. E ainda acrescento: – Afinal... Ele machucou "o favorito"...

— Isso é que eu não entendo! Por que o Hugo?! O que ele tem de especial? Por que raios foram direto nele, escolher "ele" pra ser o Rei?! – questiona Daniel.

— Bom... Pelo que o Leo e a Ávalon me contaram... os nobres dos últimos tempos são escolhidos por serem "bonitinhos", ou por terem alguma afinidade com o pessoal da Direção! O problema é que o Hugo não é bonito e, na questão da afinidade... olha... pelo que eu vi, nas brigas em que ele esteve envolvido na semana passada, ele chama as criaturas de Direção de "vagabunda", de "baleia encalhada" e de "vaca odinária". E mesmo depois de tudo isso, aquelas coisas passam a mão na cabeça dele. – diz Stella, que logo acrescenta: – Eu não sei vocês, mas eu não daria privilégios ou *status* a quem me chamasse dessas coisas!

— É! Aí tem! – diz Osmar.

– Isso é óbvio, né, cara! – respondo ao Osmar, e logo falo para todos: – O Hugo fala barbaridades, na cara delas, desde que ele entrou na Escola, no final da segunda série, mas ele só passou a ter regalias um ano depois. Com certeza, isso se deve a um conluio entre a mamãe dele e o pessoal da Direção. É um trato que a Direção fez com a mãe dele, que eu infelizmente ainda não sei do que se trata... Mas... É o que mantém o Hugo na posição em que ele está. Agora... Querem os novatos saber da justificativa que as megeras daqui dão pra continuarem a passar a mão na cabeça dele, mesmo depois dos chiliques?! Bom... Simplesmente dizem que ele tem transtornos psicológicos e é hiperativo. E que por isso... ele merece mais tolerância.

– É! É bem isso mesmo. – diz Daniel.

– Mas ele realmente tem problemas. Pessoas como ele realmente não conseguem se controlar e... – diz Luna, que logo é interrompida por Sid.

– Nem vem, Luna! Nem vem! Isso não é justificativa, porque se a pessoa tem esses problemas, ela precisa se tratar e se medicar. Eu sei disso, porque eu também tenho esses mesmos problemas do Hugo. Só que eu me medico, né! O nosso amiguinho ali, não. Eu fiquei sabendo até que é a mãe dele que se recusa a tratar ele, por pura teimosia. Ela não quer dopar o guri. E a Escola?! Não faz nada! Simplesmente dizem: "Ai, não podemos interferir na decisão da família!" Agora imaginem se eu não me tratasse! – desabafa Sid.

– É! Também fiquei sabendo dessa história. – comenta Luigi.

– Não podem interferir na decisão da família, mas podem deixar um doido desses à solta, né! Ameaçando a nossa segurança aqui. – diz Stella.

– É só não irritar ele, né! Não foi mais ou menos isso que a Dona Griselda falou outro dia?! – diz Mandy.

– Não, gente! É só que elas não podem querer ditar regra nenhuma pra mamãe do Hugo. Isso deve ser parte do acordo que elas fizeram, ou... Sei lá! – digo.

– Estranho! A mãe do Hugo... a Tia Ivana... sempre foi tão legal com a gente, em todas as vezes que a gente foi lá... É difícil pensar que ela teria algo a ver com as desgraçadas daqui. – diz Nina, meio espantada.

– E quanto tempo faz desde a última vez que TU foi lá?! – pergunto, deixando Nina sem palavras. Então eu prossigo: – Pois é! Como tu é plebeia e não acrescenta mais nada pro filhinho dela, tu não serve mais praquele estrupício horroroso. E por isso ela não se dá mais ao trabalho de fazer teatrinho pra ti... E nunca mais te convidou pra ir lá. Não sei, mas... eu acho que isso é um bom exemplo pra te fazer ver quem... Ou melhor... "O que"... aquela coisa realmente é! – e com isso Nina fica quieta.

– A mãe do Hugo é feia?! – pergunta Osmar, fazendo Sid, que já conhece a Dona Ivana, rir muito alto. Todos fazem "shhhhh" para que Sid fique quieto e, quando ele se controla, Osmar continua: – É que sei lá... tu chamou ela de "aquela coisa"! Aí eu só queria saber mesmo... – e eu também tenho de segurar o riso, devido a tal pergunta.

– Bom... Imagina uma mulher alta... Muito magra... Sem busto... Com cabelo e voz de homem e, ainda por cima, com idade beirando os sessenta anos... – digo e faço uma pausa, enquanto Osmar tenta imaginar o "ser". Logo continuo: – E como se já não fosse o bastante... ela ainda calça quarenta e dois! – falo, e pessoal me olha.

– Olha... Que ela é um tribufu, já deu pra entender! Mas aí saber até quanto que ela calça... já é um pouco demais, né! – diz Luigi, que logo pergunta: – Como que tu descobriu isso?! Indo ver o número dos sapatos dela?!

– Claro que não! – respondo, e logo explico: – O que acontece é que, na quarta série, o Hugo adorava se exibir pra todo mundo, porque ele "já calçava quarenta e dois"... Isso com nove anos. Então, uma vez que eu fui na casa dele, num dia quente, e ele, sem querer, acabou calçando o chinelo da mãe dele, por engano, que serviu direitinho no pé dele... Só depois que ele se deu conta do engano – olho para o Luigi e concluo: – É por isso que eu sei o quanto que aquela velha dos infernos calça.

– Faz sentido! Se ele já calçava quarenta e dois e o chinelo da mãe dele serviu nele... bom... é mais do que lógico que ela só pode calçar quarenta e dois. – diz Mandy.

– Mas mesmo assim... Eu vou morrer achando que é muito estranho uma mulher ter um pé desse tamanho! Não estou nem aí! – diz Osmar, nos fazendo rir.

– Mas, mudando de assunto... Eu ainda não consigo acreditar no que fizeram com o coitado do Wagner. Tudo bem que o que ele fez no presente que ele mesmo ia dar pra Princesa Bella foi nojento, mas... pegaram pesado demais. E fora que depois ele só se defendeu. Não merecia ter sido suspenso só por causa disso! – diz Luna.

– Oin... Olha que bonitinho... Estão com peninha do porco que foi suspenso... Acham que ele tinha o direito de não aceitar as verdades que o Hugo falou pra ele?! Humpf! – diz Walter, que estava passando e acabou ouvindo Luna.

– Olha aqui... – diz Stella, e logo é interrompida.

– Cala essa boca, ô Branca de Neve do Inferno! Eu não te dei permissão pra falar! – grita Walter para Stella e, quando ela tenta responder, Ávalon a contém. Em seguida Walter fala para todos: – Se vocês estão mesmo com tanta peninha dele... podem avisar a ele que se ele continuar cruzando o caminho de pessoas de verdade, como nós, os nobres... e principalmente o do Hugo... ele não vai ser simplesmente suspenso, mas EXPULSO. Aí, sim, vai ser ZÉ-FINI pra ele! Humpf! Agora me deem licença, seus plebeus vagabundos... Que eu vou ao TO-A-LÉ-TÊ! – e com isso, ele finalmente se afasta de nós e sai da sala.

– To-a-lé-tê?! – repete Nina, com expressão de riso.

– Zé-fini?! – repete Ávalon, com expressão de nojo.

– Socorro! – exclama Mandy, com expressão de pavor.

– Afinal... o que foi que esse cara veio fazer aqui?! – pergunta Sid.

– Nada! Ele só queria mesmo mostrar que ele é superior a nós, pra tentar nos colocar pra baixo. – respondo.

– É só isso que ele sabe fazer! O Hugo trata ele do mesmo jeito, e aí ele vem descontar na gente. – completa Luna, e todos demonstram concordância.

– Por acaso, vocês já terminaram tudo?! – pergunta a Professora, que vem em nossa direção para verificar. Quando ela vê que está tudo feito corretamente, ela diz: – Hummm... *Very good*! É assim que eu gosto! Sendo que já é hora mesmo de todo mundo ter terminado tudo... – e ela vai até a frente do quadro.

– Ainda bem que vocês nos ajudaram. Valeu aí! – diz Daniel, grato.

– *Hey, guys*! *Pay attention, please*! – Ei, pessoal! Prestem atenção, por favor, diz a Professora, que espera a turma dar-lhe atenção e, em seguida volta a falar: – Já é hora de terem terminado tudo. Vamos começar a nossa correção oral. Pra isso eu preciso que todos vão para seus lugares! Vamos. *Let's go, guys*! – ela começa a corrigir os exercícios, chamando aleatoriamente as pessoas para responderem. Então a correção segue e, assim que a sirene soa, a Professora manda aqueles que não terminaram os exercícios em aula concluírem em casa.

No terceiro período, a aula é de Matemática. Nesse período não dá para conversar muito, pois a Professora Cláudia passa o tempo inteiro explicando a matéria. Já no recreio, Ávalon, Mandy, Stella, Nina, Luna, Sid, Haroldo, Luigi, Daniel, Osmar e eu vamos rumo à Direção para colocarmos os nossos nomes na lista de integrantes do novo Grupo. Rebecca e Maria Judith, que foram convencidas por Luna durante a troca de período, também vêm. Somos os primeiros a entrar na fila, na qual algumas pessoas de outras turmas também entram, incluindo Ophélia, a integrante do Reino do Rock que eu conheci semana passada e que também nos ajudou a chegarmos até aqui.

Na folha está escrito: Lista de Plebeus que desejam aderir ao Reino dos Inteligentes. Somos obrigados a preencher com o nome completo, assinatura e número de matrícula. Começa na seguinte ordem: 1 – Mandy; 2 – Stella; 3 – Ávalon; 4 – Nina; 5 – Luna; 6 – Rebecca; 7 – Maria Judith; 8 – Eu. Deixo as meninas irem primeiro e, depois do meu nome, eu paro de prestar atenção na ordem. Ficamos mais um tempo ali por perto, esperando a vez da Ophélia, que está mais atrás na fila, para podermos ir todos juntos à nossa atual área.

Quando Ophélia finalmente termina de assinar, ela vem à nossa direção. Já conosco, ela se espanta quando olha para a fila e vê que nela também estão Valéria Paskes e Vanette.

– Essas duas também vão fazer parte do Grupo que vai se chamar "Inteligentes"? – pergunta Ophélia, que, abismada, logo continua: – Cara! Eu já estou com vergonha de fazer parte disso.

– Tu sabe que há tempos, nem todos os membros fazem jus à identidade original dos Grupos e muito menos os nobres, né! – digo, fazendo Ophélia se conformar um pouco. Logo faço um convite – Vamos indo? A Stella ainda nem conheceu a área do Rock e... acho que ela gostaria de conhecer um pouco... enquanto ainda faz parte deste Grupo. – digo, fazendo Stella colocar um sorriso no rosto e Ophélia esquecer da cena que viu.

Seguimos para a área do Rock e, chegando lá, encontramos Roger, que aparentemente ainda não foi à Direção. Roger deixa os amigos com quem estava conversando para nos dar atenção.

– E aê, Roger! Não vai colocar o teu nome na lista pra entrar pro novo Grupo? – pergunta Ávalon.

– Não! – responde Roger.

– Mas por quê?! Tu sabe que este Grupo aqui não tem futuro. Principalmente se continuar nas mãos de pessoas como... A "Rainha do Funk". – questiona Mandy.

– Eu sei que a situação deste Grupo é vergonhosa, mas eu não posso simplesmente sair. Eu amo fazer parte deste Grupo e não me imagino em outro. – diz Roger, que faz uma pausa e continua: – Eu ainda sonho com o dia em que este Grupo vai voltar a ser como era antes e eu quero estar aqui pra ver e curtir isso.

– Faço ideia! – diz Stella, que logo prossegue: – Só de olhar pra esse pessoal, não dá vontade de sair de um Grupo desses. Passar o Ensino Médio fazendo parte de um Grupo só de roqueiros é o que eu mais queria. O problema é bem o que a Mandy falou: a Rainha daqui é um horror! Ela está aos poucos matando a principal cultura do Grupo e, covardemente, substituindo pela cultura dela. Mesmo que a maioria seja realmente roqueira, é possível ver alguns já seguindo outra onda. Isso não é Grupo pra qualquer estilo musical; este grupo é pra roqueiros. Por esse motivo e... por outros também... que eu acho que a melhor decisão que eu posso tomar é entrar no novo Grupo. – conclui Stella, enquanto me olha com um sorrisinho.

– Não te tiro a razão por não se encantar muito com o atual estado do Grupo. Essa "outra onda" é crescente! Mas, mesmo assim, eu vou continuar fiel ao meu Grupo, tentando fazer o possível este pra que ele não desapareça de vez. E, quem sabe, um dia... este Grupo se torna aliado do de vocês. – diz Roger.

— Por que não?! — digo, fazendo todos sonharem um pouco com a possibilidade.

Pouco depois, a sirene soa, anunciando o fim do recreio, então todos começamos a retornar às nossas salas. Nossa turma tem aula de Sociologia, com a Professora Victória, a qual não demora a dar início aos conteúdos.

— Hoje daremos início aos conteúdos de Sociologia! Àqueles que ainda não sabem, "sociologia" é uma palavra que vem do latim, sendo que "logus" significa "estudo", e "socius" é "comum". Ou seja, sociologia é o estudo do comportamento humano no meio comum... no meio social... na sociedade. Como esta é uma disciplina do Ensino Médio, eu sei que ela é nova para todos aqui. Então hoje nós vamos começar a falar de um dos principais teóricos. – diz a Professora, que começa a explicar um pouco sobre as ideias e os conceitos do sociólogo francês Émile Durkheim. A aula é realmente ótima, pois a Professora explica o conteúdo de forma a torná-lo interessante e até se utiliza de algumas piadas.

Ao final da aula, a Professora Victória deixa alguns exercícios da apostila como tema de casa. O último período da manhã é de Português, com o Professor Wenceslau, que passa alguns exercícios para fazermos em aula. E enquanto os fazemos, vamos conversando um pouco mais sobre o novo Grupo. Ninguém fala sobre nada de novo; o pessoal apenas continua reclamando do fato de que Hugo será o Rei. Quando a sirene soa, guardamos nosso material, e seguimos para a Cantina para almoçar, pois hoje é dia de termos aula de Educação Física no turno da tarde.

A Cantina tem um espaço amplo, onde as mesas são organizadas em oito fileiras, uma fileira para cada Grupo e, cada uma delas, com bandeirinhas de seu respectivo Grupo, colocadas em cada uma das mesas da fileira. Nas partes mais próximas das portas da Cantina, em mesas separadas das demais, é onde a nobreza de cada grupo fica e, por todos os nobres ficarem muito próximos uns dos outros, fica parecendo que eles são uma nobreza só, ou seja, a Nobreza da Escola. As fileiras correspondentes aos Grupos mais fortes ficam mais ao centro, mais perto do *buffet* e, quanto mais fraco for o Grupo, mais próximo das extremidades sua fileira fica. Os reinos da Modernidade e do Rock são os que ficam mais ao centro, enquanto que os Valentes e os Melhores ficam mais afastados. Há também uma ordem para se servir: primeiro se servem os nobres em geral; depois os membros de confiança e, por último, os plebeus comuns, começando pelos da Modernidade, seguidos por nós do Rock e, na ordem, até o Grupo mais fraco, no caso, os Melhores.

Os alunos que ficam na Escola no turno da tarde são apenas os do Ensino Fundamental II e os do Ensino Médio. Depois que os "alunos importantes" se servem, de uma comida especial, é a vez da ralé. Quando chega a nossa hora, vejo que a comida dos "alunos comuns" não é muito apetitosa e, por esse motivo, me sirvo apenas de saladas e arroz. As meninas, apesar de também não gostarem muito do aspecto da comida, ainda encaram a massa farelenta e a carne misteriosa. Quem eu vejo se esbaldando é Mandy, que enche o prato, pois aparenta ter gostado de tudo. Roger também não come com gosto, mas demonstra já estar acostumado.

Seguimos comendo sossegados, até que as megeras Bia, Griselda e Luana chegam à Cantina, acompanhando Hugo. Elas chamam a atenção de todos para fazer um comunicado.

– Gente, olha só! Um minuto da atenção de todos, por favor! – diz a Professora Bia, com sua voz esganiçada e irritante. Então todos param de comer e de conversar, para ouvir a megera, que logo prossegue: – Assim... Como todos devem saber, nós estamos organizando um novo Grupo, tá! É a primeira mudança que a ser realizada em vinte anos. E hoje mesmo, muitas pessoas já colocaram os nomes na lista de membros do novo Grupo. E como já tem uma quantidade bem satisfatória de pessoas, nós decidimos que já é a hora de fundar o Grupo oficialmente, e isso vai acontecer amanhã, tá... Bem cedo! – o pessoal estranha as coisas estarem acontecendo tão rápido e isso, obviamente, gera um alvoroço.

– Sim! Vai ser amanhã! E quem vai seguir com a cerimônia é Sua Alteza, o Príncipe Hugo da Natureza, que responde por esse título só até hoje. A partir de amanhã, ele será Majestade, o Rei Hugo dos Inteligentes, a quem vocês vão dever todo o respeito, assim como devem aos outros Oito Reis! Fui clara?! – declara Dona Griselda.

– Ué! Cadê os aplausos?! O colega de vocês está subindo ao Trono! Será que vocês são incapazes de ficar felizes pelo sucesso de alguém?! Vamos, aplaudam! – ordena a Professora Luana, deixando o pessoal incomodado, mas, mesmo assim, com muita má vontade, todos lhe obedecem, tanto os plebeus quanto os outros nobres, os quais estão extremamente insatisfeitos com a ideia de haver um novo Grupo.

– Obrigado, obrigado! Vejo todos vocês amanhã... Na minha posse! – diz Hugo, que, apesar de saber que os aplausos não são genuínos, não consegue conter sua arrogância e orgulho por ser o centro das atenções.

Depois dessa apresentação ridícula, as três dondocas vão embora e Hugo as acompanha. Assim que saem da Cantina, todos começam a comentar sobre o ocorrido, tanto os plebeus, quanto os nobres.

– "Cadê os aplausos?"! Será que fui só eu, ou todo mundo aqui sentiu vontade de dar um pau naquela mulher?! Porque nós é que fizemos essa ideia ir pra frente... E é aquele boçal que vai ganhar o Grupo praticamente só pra ele! E como se não bastasse tudo isso, agora nós somos obrigados a aplaudir! Como assim?! Da onde?! – comenta Mandy, muito indignada.

– Acho que a esta altura, já dá pra notar que aquelas desgraçadas não aceitaram reconhecer o nosso Grupo porque ouviram o nosso pedido. Elas só aceitaram fazer esse reconhecimento pra ter um trono pra dar pro Hugo, agora e não depois! Só por isso! – digo, e o pessoal me olha.

– Bem como tu disse, Lion! – diz Ávalon.

– Mas esse cara ia ser Rei de qualquer jeito se continuasse no Grupo dele. Não tem por que essas desgraçadas colocarem ele pra reinar no nosso grupo. – diz Ophélia.

– Sim, ele seria Rei de qualquer jeito. Só que se tivessem que esperar a atual Rainha da Natureza terminar o reinado dela, pra que o Hugo pudesse ascender, demoraria até o final do ano que vem. E até lá o Hugo já estaria no final do segundo ano, quase indo pro terceiro, e restaria só um ano pra ele poder reinar. O pessoal da Direção não queria que o Hugo tivesse um reinado tão curto. Tanto que até já estavam estudando um jeito de encerrar o reinado da Giovanna bem antes do previsto. Aí... Surgimos nós, com o nosso novo Grupo, que era exatamente do que precisavam! Agora tem o Trono e a vaga de Rei, que era tudo o que Hugo precisava. Até do título de Rei Fundador do Grupo ele vai poder desfrutar! Só por isso que reconheceram a nossa existência tão rápido. – termino de falar, fazendo o pessoal ficar calado e pensativo, já que todos veem sentido no que digo.

– E como tu te sente sabendo que tu está dando exatamente o que essa gentalha precisava?! – pergunta Stella.

– Péssimo! – respondo, e logo continuo: – Mas isso não é pra sempre. Eu não vou deixar esse palhaço fazer festa às nossas custas por muito tempo. Paciência é a chave! Nós só precisamos esperar até ele cometer erros e fazer com que esses erros sejam tratados como os crimes que com certeza serão. E todo mundo sabe que esses erros vão acontecer, porque a chance desse nojento abusar do poder é de quase cem por cento. – e o pessoal me olha, demonstrando um apoio silencioso.

– Só não se pode utilizar mentiras pra detonar alguém. Eu já vou avisando que se a ideia for essa... eu não vou ajudar! – diz Ophélia.

– Ninguém falou em utilizar mentiras. Não vamos precisar disso. Até mesmo porque o Hugo vai cometer erros por conta própria, propositalmente, e sem a ajuda de ninguém. A gente só precisa fazer com que esses erros apareçam, pra gente poder ir pra cima dele com tudo. – explico.

— Só precisamos tomar cuidado com exageros ou sensacionalismos, porque... eles não deixam de ser mentiras convenientes pra destruir a vida de alguém. E por pior que a pessoa seja... ninguém merece isso! – diz Ophélia.

— Olha, Ophélia... Eu entendo bem o teu lado, mas... Uma coisa eu te digo... mentiras e sensacionalismos foi o que usaram contra mim há quatro anos. Quando fizeram com que meros deslizes meus, que qualquer um pode cometer no dia a dia, parecessem verdadeiros crimes contra a humanidade. Acrescentaram também, é claro, a cereja do bolo... Com aquelas drogas na minha mochila. E o final da história, tu sabe qual foi, né! E quantas outras pessoas tiveram o mesmo fim que eu... ou pior! – digo.

— Pois é! – diz Ophélia, percebendo que sua ressalva, por mais bem intencionada que fosse, foi desnecessária.

— Por isso que ele falou que paciência é a chave. A gente tem que esperar os erros acontecerem, porque eles vão acontecer, com toda a certeza! E isso é pra não correr o risco de a gente acabar agindo como esses desgraçados. – explica Roger

— E pra não ficarmos iguais a eles. Eu entendi. – completa Ophélia.

— Por isso que a frase "paciência é a chave" é perfeita. Por hora, a gente precisa aceitar a situação, por mais patética que ela seja. E agir na hora certa. – diz Mandy.

— Podem contar comigo, como um... aliado extrainteligente. – diz Roger.

— Contem com a minha ajuda também! Eu também quero fazer parte de um Grupo de verdade. – diz Ophélia.

— É isso aí! A gente tem que ficar unido até que a hora certa chegue, pra que seja possível nós termos o nosso Grupo pra nós. – diz Ávalon.

— O problema é aguentar até lá! – diz Stella e, depois, o pessoal se aquieta.

Quando terminamos de almoçar, vamos para a nossa área, para descansar um pouco, durante os minutos que ainda temos até a aula de Educação Física começar. Às 13 horas, a sirene soa e nos dirigimos para o Ginásio, onde trocamos de roupa. O uniforme da educação física é todo branco, sendo que para os meninos é uma camiseta regata e uma bermuda. Já as meninas, ao invés de usarem bermuda, usam *short*, sendo a camiseta delas parecida com a dos meninos, porém um pouco mais apertada. As camisetas, as bermudas e os *shorts* todos têm o brasão da Escola em seu lado esquerdo.

O Professor Thadeu inicia a aula anunciando que o vôlei será o esporte que praticaremos no trimestre. Isso faz com que muitos meninos reclamem.

— Ah! Vôlei! Não podia ser futebol?! – reclama Guilherme, com o apoio de Jonas, Igor, Caio e até mesmo de Sid.

— Futebol vocês jogam nas saídas de vocês. Sabe... Às vezes é bom fazer algo diferente. – diz Bella, fazendo até mesmo eu concordar com ela, mesmo que silenciosamente. Já Guilherme e os amigos começam a discutir com ela, enquanto ela recebe o apoio das amigas.

— Deu! Chegou! – diz o Professor, em alto tom, fazendo a discussão cessar. Logo ele fala: – Gostem vocês, ou não, o esporte vai ser vôlei! E eu quero que vocês formem times de até sete integrantes. Okay, podem começar a se organizar. – assim que ele termina de falar, o pessoal começa a se agrupar.

— E então como vamos fazer aqui?! – Ávalon me pergunta.

— Bom, pode ser eu, tu, a Stella, a Mandy, a... – digo e, quando ia citar o nome da Nina, sou interrompido pelo Hugo, que aparece do nada.

— E os outros dois que faltam podem ser eu e o Walter, né?! – pergunta Hugo, tendo certeza de que não será negado. Como não digo nada, ele insiste: – Ah, Leo, faz tempo que a gente não se vê, né. Acho que seria bom se a gente voltasse a trabalhar junto, como nos velhos tempos. – ele diz, com um sorriso falso, enquanto que Walter, ao lado dele, não consegue ser tão cínico. Nessa hora, Nina, ao ver as criaturas que entraram para o nosso time, apenas se afasta e procura por outro.

— Claro, Alteza! Será um imenso prazer. Sejam bem-vindos ao nosso time de vôlei! – digo, forçando um sorriso. Logo me viro para as meninas e pergunto: – Não é, gente?! – faço essa pergunta como um sinal para que elas também entrem no teatro. Como eu não me esqueço do modo como Hugo me confrontou na semana passada, junto do Walter, Jonas e Juliana, eu apenas penso que, com certeza há algo por trás dessa "simpatia" de hoje.

— É! Sim! Humhum! – confirmam as três, ao mesmo tempo.

— É bom te ver também, Walter. Quanto tempo que não trabalhamos juntos, hein?! – digo a Walter, continuando com a encenação.

— Bah, bastante tempo mesmo! E por mim podia fazer mais tempo ainda. Eu só estou aqui porque o Hugo pediu! E outra... É bom que fique claro, pra ti e pras tuas amiguinhas, que vocês não podem me chamar pelo primeiro nome. Pra vocês é "Vossa Alteza, Príncipe Walter dos Inteligentes", que é o nome que eu vou adotar a partir de amanhã. É bom irem se acostumando. – diz Walter, com a mais pura arrogância, bem diferente de como ele era antigamente.

— Nhé! E só pra relembrar... Não é mais de Alteza que vocês vão me chamar. A partir de amanhã é "Vossa Majestade, Rei Hugo dos Inteligentes", mas pode ser só Majestade, tá! – diz Hugo, com o mesmo tom arrogante que sempre teve, porém ele, diferente do Walter, ainda força um sorrisinho.

— Maravilha! – digo, com o mesmo tom de cinismo que Hugo utiliza, enquanto que as meninas também forçam uma risadinha.

— Certo, certo! Já está tudo okay por aqui e o time vai ficar assim, né! – diz Hugo, que se vira para o Professor e grita: – Ô, Professor... A gente já tem um time formado aqui! – ele vai na direção do professor, enquanto que Walter vai atrás dele.

– Um babaca que acha que é o dono daqui... E um balofo arrogante, que se faz de ser superior... E depois se arrasta atrás do outro... Como um cachorrinho, que vai atrás do dono e abana o rabo. Argh! Eu não sei se eu vou conseguir aguentar isso por muito tempo! – comenta Mandy, em baixo tom.

– Idem! – diz Stella.

– Segura a onda! Isso é provisório. – digo, e retomo o que já havia dito: – Só vão reconhecer o nosso grupo se eles estiverem no comando. Então não adianta. Por hora, é isso, ou continuar à mercê daquela galera ali... – termino de falar, apontando para os outros nobres, como os meninos babacas agindo como se fossem fortes como deuses gregos, e as meninas fúteis, que se demonstram preocupadas com o estado que o cabelo delas estará após a aula de Educação Física. Ao ver isso, Mandy, Stella e Ávalon não dizem nada, apenas demonstram concordar comigo.

– Temos os times formados. Chega todo mundo aqui pro meio da quadra. – diz o Professor, chamando a todos. Quando o pessoal já está à sua volta, ele prossegue: – Vou anunciar os times. Começando pelo time um, que é composto por: Princesa Isabella, Princesa Juliana, Princesa Alice, Thaís, Manoela e Bianca; time dois: Príncipe Guilherme, Príncipe Jonas, Igor, Caio e Bruno; time três: Príncipe Hugo, Príncipe Walter, Leônidas, Ávalon, Stella e Amanda; time quatro: Princesa Karin, Princesa Janaína, Nina, Luna, Diana, Rebecca e Maria Judith; e time cinco: Daniel, Luigi, Osmar, Pâmela, Haroldo, Ismael e Sidney.

– Ô, Professor... Sobrou a gente, eu e a Paskes. Ninguém deixou a gente entrar em nenhum time. – diz Vanette.

– É! E não é chique ficar sobrando desse jeito! – diz Paskes, enquanto algumas pessoas, principalmente os nobres, a encaram, com expressão de desprezo e balançando a cabeça ao mesmo tempo.

– Bom, vejamos... Paskes, tu fica no time um. – diz o Professor.

– No time um?! Com as princesas?! Ai, que chique! – diz Paskes, batendo palminhas, enquanto as meninas do time ficam de queixo caído e com uma expressão de espanto. Até que Paskes se lembra de algo e pergunta: – Mas, pera aí! E a Vanette?! Ela não vai ficar no mesmo time que eu?!

– Não! Como o time dois ficou só com cinco pessoas, a Vanette e o Wagner, que está suspenso, vão pra esse time! – responde o Professor.

– Nãããããão! – gritam as duas, que logo se abraçam, pois descobrem que não ficarão juntas.

– Ah, eu não acredito! Por que é que nós temos que ficar com essa baranga e mais aquela besta quadrada do Wagner?! Hein?! Ah, ô Professor...

Tem só seis no time três, daria pra colocar um desses dois no time três, né?! – questiona Jonas.

– Não! Os times vão ficar assim! – responde o Professor, fazendo o pessoal dos times um e dois reclamar mais. Em seguida ele dá uma explicação: – É só pra ter onde deixar esses três, que ninguém quer. Vocês nem precisam deixar que eles joguem. Isso é só pra ter onde enfiar eles mesmo! – o Professor termina de falar, e o pessoal dos dois times continua insatisfeito, enquanto o resto de nós fica sem poder acreditar no que acaba de ouvir.

– Mesmo assim, Professor... Isso que tu está fazendo com a gente é muito cruel! Eu me sinto desrespeitada! – diz Bella.

– Desrespeitada é pouco! Eu sinto como se estivessem afrontando a minha dignidade! Onde já se viu! – resmunga Juliana.

– Meu Deus! Olha o que estão fazendo com essas pessoas... E depois elas acham que elas é que estão sendo desrespeitadas... Ou tendo a dignidade afrontada! – reclama Mandy, indignada. Em seguida ela começa a avançar na direção do Professor e fala: – Não! Isso não pode ficar assim! Eu vou dar um jeito nisso! Eu vou... – e nessa hora, eu a seguro pelo braço, interrompendo-a.

– Não! Tu não vai fazer nada! – digo, em voz baixa, porém firme, e continuo: – O que tu acha que pode fazer?! Ir lá e enfrentar o Professor?! Dar motivo pra essa gentalha te torturar, assim como já fazem com o Wagner?! Não! Tu não vai fazer isso! Tu não pode fazer nada pra ajudar esse pessoal, no momento! E se tu te queimar agora, tu não vai poder ajudar esse povo nunca!

– Ainda bem que essas pragas não vieram pros nossos times! – comenta Pâmela, para com Diana, enquanto as duas passam perto de nós. Pâmela é uma menina alta, magra, sem muitas curvas, com cabelos pretos amarrados num coque. Em outras palavras, ela é uma menina feia, sendo que suas feições lembram muito as da Rainha Carlota Joaquina, esposa do Rei Dom João VI.

– Pois é! E tu... Tem certeza que tu vai ficar bem sendo a única guria do teu time?! – pergunta Diana, sendo ela uma menina linda, de altura mediana, magra, com curvas, cabelos castanho-claros, lisos e longos, e os seus olhos são azuis.

– Tenho! Eu ficaria mal mesmo, se o jumento do Wagner tivesse sido colocado no meu time! Mas como não foi... Está tudo ótimo. Ai... Só fico com pena das princesas do time um e dos príncipes do time dois... Ah! Eles não merecem um castigo desses! – diz Pâmela, que, junto com Diana, dá uns risinhos.

– É dessas pessoas que eu falo. – digo, e Mandy apenas respira fundo, pois sabe que eu estou coberto de razão. Felizmente ela consegue se conter, mas os comentários maldosos, à nossa volta, seguem a mil.

— Hah! O Wagner já era! Vamos detonar com aquele lixão! — comemora Guilherme.

— Já era, já era! Não tem! Ele está ferrado com a gente! — diz Igor.

— Vamos fazer ele se arrepender de ter nascido! Porque se ele não tivesse nascido, ele não teria entrado na Escola, e a gente não teria que aguentar ele. Muito menos ter ele no nosso time. Humpf! Ele vai pagar por ter cometido um crime desses a pessoas como nós. — diz Jonas, enquanto que as meninas e eu apenas nos olhamos.

— É! Eu sei! Isso tem que acabar! Só que é como eu disse... A gente não pode se precipitar e acabar colocando tudo a perder! Eu sei que é difícil se conter, mas... — digo.

— Tranquilo, Lion! A gente sabe. — diz Ávalon.

— Coitado do Wagner! — comento, e logo o Professor se prepara para falar.

— Galera, olha só! Times de vôlei têm seis integrantes, mas eu tive que fazer times com até sete pessoas, porque iam ficar sobrando quatro pessoas, e não teria como ter um time de quatro. Então, como também não dá pra fazer um jogo de vôlei com sete pessoas num time, um vai ficar sobrando em alguma partida. Aí vocês vão ter que se revezar pra que todos possam jogar. — diz o Professor, o mesmo que antes falou que os três colegas excluídos poderiam ficar de fora. Logo que ele dá essa explicação controversa, o pessoal do time dois começa a se olhar e a esfregar as mãos, ansiosos para poder sacanear o Wagner, enquanto que Vanette apenas fica como uma criatura desnorteada, que foi colocada no meio de um monte de marmanjos. Segundos depois, o Professor continua: — Eu vou chamar a Princesa Bella pra me ajudar a demonstrar a forma correta de se jogar vôlei. E depois, ainda hoje, vocês já podem começar a fazer lances e saques junto com os colegas de time de vocês.

Dito isso, o Professor Thadeu começa a fazer a demonstração, com Bella auxiliando-o. Nessa demonstração, Bella mostra que é realmente uma ótima jogadora. Depois da demonstração, começamos o nosso treinamento, o qual segue bem, a não ser pela presença de dois príncipes no nosso time, que ficam a todo momento relembrando que amanhã é o grande dia para Hugo. Quanto aos outros times, também não há nenhuma confusão, mas ainda assim não posso deixar de perceber que Paskes e Vanette já estão sendo maltratadas e desprezadas em seus respectivos times.

Ficamos treinando até o fim da aula e, minutos antes de a sirene soar, o Professor manda todos pararmos com o que estamos fazendo para começar a guardar o material. Com o material guardado, estamos liberados para tomarmos um banho. Então, eu opto por aguardar os príncipes e seus capangas fazerem o que devem fazer no banheiro, já que não quero ter o desprazer de ter a companhia deles enquanto estou nu e debaixo do chuveiro. Simplesmente, é melhor esperar do lado de fora do que fazer fila lá dentro. Enquanto espero, vejo que outras pessoas também têm a mesma ideia, como Haroldo, Ismael e Sid. E dentre as meninas, Ávalon, Stella, Mandy, Nina e Luna também ficam esperando o banheiro esvaziar.

Conforme as patricinhas e os palhaços vão liberando o banheiro, nós vamos entrando e logo tomamos o nosso banho e nos vestimos, o mais rápido possível, para não nos atrasarmos muito. Depois disso Daniel e Luigi vêm comentar que é realmente um inferno ficar sem roupa no mesmo recinto que os príncipes e os seus membros de confiança, devido às várias brincadeiras de mau gosto. Eles ainda dizem que da próxima vez irão esperar do lado de fora também.

Quando a sirene soa, todos já estamos prontos para ir embora, e logo começamos a sair do Ginásio. No momento em que já estou quase no estacionamento, Stella me chama e vem em minha direção para me dizer algo.

– Leo! Leo! – diz Stella, que, quando se aproxima, fala: – Olha... Eu preciso te contar um negócio que eu ouvi. – ela faz uma pausa, para ver se ninguém está nos ouvindo, e continua: – Quando eu estava saindo do banheiro, eu ouvi o Hugo e o Walter conversando... O Hugo disse que vai te condecorar como membro de confiança dele, pra que tu volte a confiar nele e acabe abaixando a guarda. Ele acha que assim vai ficar mais fácil de dar um jeito de te mandar embora daqui de novo... Só que dessa vez pra sempre. Ele quer se aproximar de ti. E aquela história de "velhos tempos" foi só o começo do teatro. – e eu apenas olho para ela, nada surpreso. Então ela faz mais uma pausa e continua: – Ele vai te condecorar amanhã, na hora da fundação oficial do Grupo. Então... Não aceita esse cargo!

– Stella... Não adianta não aceitar! Se ele quiser que eu seja o membro de confiança dele, eu não tenho opção. Mas... Eu posso me aproveitar disso. Pensa bem. Ficar mais próximo da realeza e ter acesso a informações privilegiadas... muito antes do que eu esperava. Isso pode ser uma chance de ouro, se eu souber aproveitar. Eu só preciso tomar cuidado pra ele não desconfiar das minhas verdadeiras intenções... E assim poder acabar com ele... antes que ele acabe comigo. – digo.

– Bom... Melhor seria não aceitar, até mesmo porque iam pensar que tu está te juntando aos nobres. – diz Stella, que respira e continua: – Mas se não tem outro jeito...

– Não te preocupa com isso. No momento, a maioria das pessoas que estão entrando pro Grupo não vê o Hugo como um nobre comum. Pra essas pessoas o Hugo é como um herói que os está libertando das maldades dos outros nobres. O discurso que eu criei e que eu pedi pra que vocês transmitissem, pra convencer as pessoas a entrarem pra esse novo Grupo foi esse. Só que o tiro saiu pela culatra e acabou beneficiando o Hugo. É por isso que eu não vou ter problemas com o pessoal se eu "me juntar a ele". Porém... Se eu bem conheço o Hugo, ele não vai se manter como um Rei bonzinho por muito tempo. Logo, logo... ele coloca as garras de fora e o pessoal vai entender que ele não é herói... coisa nenhuma! – digo.

– Então, a ideia é esperar isso acontecer pra convencer a todos de que ele não merece ser o Rei... E fazer com que todos se revoltem contra ele. Certo?! – questiona Stella.

– Exato! Mas até lá eu espero já ter me libertado dessa função. – digo e, em seguida, para aliviar a tensão do momento, eu mudo o meu tom, quando começo a debochar do que Luana disse antes, dizendo: – E olha só... Chega cedo amanhã, porque nós temos que prestigiar o sucesso do colega que está subindo ao Trono! Não te esquece dos aplausos, hein!

– Ah sim! Se não, nós seremos pessoas más, que "são incapazes de ficar felizes com o sucesso dos colegas". – completa Stella, fazendo nós dois cairmos na gargalhada. Logo ela se recompõe, olha para os mastros à frente do Campão e comenta: – Falando nisso... Tu viu que já estão instalando mais um mastro ali?!

– Ah, sim! Parece que não querem que nada dê errado na cerimônia de amanhã, e já estão fazendo todos os preparativos! Bom... Vamos ver como essa baboseira vai ser. – digo e, assim que vejo que o meu pai já está me esperando, eu resolvo me despedir, dizendo: – Vou ter que ir. Até amanhã!

– Até! – responde Stella, que logo vai embora também.

CAPÍTULO IX

Reino dos Inteligentes

Terça-feira, dia 11 de março, uma manhã ensolarada, com temperatura agradável, em torno dos 17°C, e a previsão é de que a máxima não passe dos 26°C. Hoje é o dia da fundação do novo Grupo, e, por causa disso, todos se dirigem para o Ginásio, onde a cerimônia ocorrerá, como se este fosse o primeiro dia de aula. Como este é um fato que se tornará histórico na Escola, todos os alunos do Ensino Fundamental II e do Ensino Médio, plebeus e nobres, terão de assistir à cerimônia, o que inclui os que não entraram para o novo Grupo.

Dona Griselda está bloqueando a entrada do prédio principal, já que hoje é, para certas pessoas, o dia mais importante do século, ao qual ninguém está autorizado a faltar. Sabendo disso, eu opto por não ir enfrentar a megera e vou diretamente para o Ginásio, onde já há várias pessoas. Dentre meus aliados, estão lá Ávalon e Mandy e, assim que chego até elas, eu as cumprimento. Então ficamos conversando, e aos poucos vão chegando mais pessoas, como Nina, Luna, Haroldo, Daniel, Luigi, Osmar, Rebecca, Maria Judith, Paskes, Vanette e o resto da nossa turma, incluindo Wagner, que está voltando hoje da suspensão.

No primeiro dia de aula, todos nos sentamos nas arquibancadas do Ginásio, enquanto que funcionários e nobres ficam na quadra, fazendo as apresentações, tendo microfones e amplificadores para auxiliá-los. Porém, diferente daquele dia, hoje há várias fileiras de bancos na quadra e, em frente aos bancos, duas fileiras de cadeiras almofadadas, todos colocados em frente ao auditório, que fica ao lado da quadra. Faz-se deste modo em dias como hoje, pois a acústica do auditório é muito melhor e, como os alunos do Ensino Fundamental I e os nossos pais não estão aqui para assistir à cerimônia, a plateia não comportará tantas pessoas e, por esse motivo, será possível que tudo aconteça no auditório. Importante ressaltar também que, enquanto os plebeus ficam nos bancos, os nobres ficam nas cadeiras almofadadas, que são mais confortáveis.

Já está quase tudo pronto para a cerimônia ter início, professores e funcionários já estão posicionados em frente ao auditório, todos em pé e conversando entre si. Dona Hortência também já está no auditório, só esperando a sirene soar, para começar a falar. Em seguida, Hugo e Walter chegam e logo se direcionam para as cadeiras.

– Aí vêm as majestades! A girafa psicopata e a baleia fiel! – debocha Ávalon, fazendo todos nós rirmos.

– Ufa! Cheguei a tempo! Imagina se eu não chegasse... Iam me condenar por não prestigiar o colega subindo ao Trono! – diz Stella, que chega já zoando.

– Olha que é possível ser condenada mesmo, hein! – digo, também debochando.

– Ué! Não começou ainda?! E cadê o Hugo?! Aquele desgraçado! – pergunta Sid, que também acaba de chegar.

– Só começa depois que a sirene toca. E o Hugo já está lá na frente com o Walter e... – diz Nina, que é interrompida pelo soar da sirene. Em seguida ela completa: – Bom, agora sim! Vai começar!

– Vai começar o *show* de horrores, isso sim! – digo, e logo Rebecca, que está no banco da frente, vira para mim, colocando o dedo em frente à boca.

– Shhhhh! A Diretora vai começar a falar! Será que nem ela tu respeita?! Vê se fica quieto! – Rebecca me ordena, de forma áspera.

– Ohhh! Me desculpe! Eu não quis tirar a vossa concentração. – respondo a Rebecca, ridicularizando-a. Então ela apenas estreita os olhos, balança a cabeça e vira para a frente novamente. Stella, que está à minha direita, e Mandy, que está à minha esquerda, também balançam a cabeça, em desaprovação à atitude de Rebecca.

– Ridícula! – reage Mandy, referindo-se à Rebecca em baixíssimo tom.

– Bom dia a todos! – diz Dona Hortência, que finalmente dá início à cerimônia. E após uma curtíssima pausa, ela prossegue: – Este dia... 11 de março de 2008... é um dia muito especial, pois um novo Grupo está para ser fundado. A última vez que tivemos uma alteração no Sistema de Grupos da Escola foi em 7 de abril de 1988, ou seja, já faz vinte anos, quase exatos. E agora, várias pessoas já se uniram como membros de um novo Grupo e foram a nós para pedir reconhecimento. E como poderíamos não reconhecer uma manifestação tão bonita! Ainda mais sendo ela liderada pelo nosso ilustríssimo Príncipe Hugo, da Natureza! Um aluno que tanto orgulho já trouxe à nossa amada Escola! – quando ela fala essa parte, Ávalon, que está à direita de Stella, apenas vira para mim, com expressão de quem está achando um absurdo, sendo que a minha expressão não é diferente. Logo a Diretora continua: – Então, sem mais delongas, eu vou chamar aquele que deu início a tudo isso! Aquele que irá reinar e conduzir este novo Grupo ao sucesso. Quero chamar aqui o Rei do novo Grupo! Por favor, aplaudam Hugo Äkhard Lewzynski Göring!

Meus aliados e eu, assim como os nobres em geral, aplaudimos Hugo por obrigação. É claro que entre os nobres há exceções, como Walter, Karin, Janaína e a Rainha Keyty, que inclusive se levantam para aplaudi-lo. Quanto aos plebeus do nosso Grupo, a quantidade de pessoas que o aplaudem espontaneamente e com vontade já é bem maior, porque, para a minha infelicidade, a maioria se demonstra a favor do Hugo. Dentre os que prestigiam Hugo, Rebecca, Maria Judith, Ismael, Vanette e Valéria Paskes, realmente me chamam a atenção, pois estes, por terem participado de todos os atos que nos fizeram chegar até aqui, sabem que as palavras da Dona Hortência são pura mentira e, mesmo assim, não ficam nem um pouco incomodados com tamanho absurdo. Agora, quanto à Dona Hortência, é fato que ela mente, porém ela o faz sem saber, pois apenas está repetindo o que lhe foi contado pelas megeras que passam a mão na cabeça do Hugo, em quem ela confia plenamente.

– Eu que ouvi errado, ou o nome completo do Hugo é mais esquisito do que ele?! – ingada Stella.

– O nome dele é estranho mesmo. Mas quem dera se o problema fosse só esse... Porque é justamente pelo fato desse nome ser diferente e impronunciável pra maioria que ele se sente um ser superior. Alguém cujo nome... só ele mesmo é capaz de pronunciar. – respondo a Stella, e os veteranos fazem expressão de concordância.

– Patético! – comenta Stella.

– Se bem que... quem estraga a crença dele sou eu, porque eu não tenho problema em pronunciar aquele nome... Hugo Äkhard Lewzynski Göring... o Grande Príncipe Palhaço. – digo e, enquanto todos os meus aliados riem em baixo tom, Rebecca e Maria Judith me encaram.

– Meu Deus... O segundo nome dele... Äkhard... parece que a pessoa está dizendo "eca"! Hugo Eca! – debocha Mandy.

– E o último, então... Parece um escarro! Nem consigo falar igual! – diz Stella.

– Só não deduro vocês três agora, porque eu não quero estragar a cerimônia! Porque se não fosse assim, vocês iam ver só uma coisa! Ah... E detalhe... ele não é mais Príncipe, ele é Rei agora, tá! NOSSO REI! Não se esqueçam! – me diz Rebecca, com expressão de nojo.

– Tá bom... Desculpa! Rei Palhaço, então! Oh! – debocho e os meus aliados riem novamente. Quando Rebecca está se preparando para responder, Luna intervém.

– Ai, Rebecca... Por favor, para com isso! Tu só não dedura os três, porque tu sabe muito bem que se tu for encher a paciência do Hugo, num dia como hoje, tu vai acabar te dando mal também. Então sério... Fica quietinha! Por favor! – diz Luna, enquanto Rebecca, por não acreditar que levou sermão de uma amiga, apenas fica boquiaberta. Em seguida, Maria Judith faz sinal para que Rebecca vire para frente, e logo todos voltamos a prestar a atenção na cerimônia.

O auditório tem escadas em suas laterais, então Hugo sobe as escadas da lateral esquerda para ir ao encontro de Dona Hortência, que lhe passa o microfone.

– Bom dia, pessoal! É com muita felicidade e satisfação que eu aceito o chamado da Direção desta Escola maravilhosa para ser o Rei deste novo Grupo que está surgindo. – discursa Hugo, com orgulho. Depois que alguns aplausos o interrompem, ele prossegue: – Mas não sou eu, sozinho, que estou fundando este novo Reino, mas sim todos os que me ajudaram a chamar as pessoas interessadas em melhorar a vida neste lugar... Nesta Escola maravilhosa! Por isso, eu me sinto muito orgulhoso de ter sido o primeiro a ter tomado uma atitude e a ter conseguido trazer tantas pessoas incríveis para o meu lado. – ele é interrompido novamente pelos aplausos.

– Ele é demais, né?! – comenta Maria Judith com Rebecca, que orgulhosamente balança a cabeça em confirmação.

– Ai, Vanette! Ele está falando da gente! Que chique! – diz Paskes.

– Ele pensa no bem da gente, né! – diz Vanette, com certo ar de inocência.

– A cara de pau é tanta que, se ele não tomar cuidado... cria cupim! – comenta Daniel, fazendo-nos rir.

– Nunca vai criar cupim na cara do Rei! Porque se ele tem a cara de pau... a madeira deve ser da melhor qualidade. – diz Rebecca, tentando defender o Hugo.

– "Se ele tem a cara de pau, a madeira deve ser da melhor qualidade"?! Então tu também concorda que ele é cara de pau, é?! – diz Sid, e, quando se dá conta da besteira que falou, Rebecca fica apavorada.

– Ai, meu Deus! Não foi o que eu quis dizer. Ai... Se o Rei descobre, ele me expulsa por justa causa. – diz Rebecca, com medo.

– É por isso que te pedi pra ficar quieta, né! É porque tu te defende mais calada, Rebecca. – diz Luna.

– E o pior é que o povo daqui me odeia e, com certeza... vão me dedurar pro Rei! Ai, meu Deus! O que eu faço, o que eu faço?! – se pergunta Rebecca, ainda com expressão de pavor. De repente, uma ideia pinta na cabeça dela, e ela passa a nos encarar com ódio, até que fala: – Espera só um pouquinho... Vocês também falaram mal do Rei! É! Falaram sim! E se vocês me dedurarem, eu deduro vocês também... E aí... a gente vai, todo mundo junto pro fundo do poço! – e após fazer essa ameaça sem qualquer fundamento, ela se vira para frente.

– Ah, deixem essa anta pra lá! – diz Daniel, que volta a reclamar, quando fala: – É, mas não é justo, sério... A gente que fez tudo acontecer e o louco lá diz que foi ele! – reclama Daniel, que está no banco de trás, em tom de indignação.

— É! Agora ele está lá e a gente aqui... Sendo deixado de lado... E tendo que se sentar nesses bancos horríveis e desconfortáveis. – completa Mandy.

— Paciência! Isso não vai ficar assim! Eu garanto! – respondo.

— Sem essas pessoas, não teria sido possível realizar o sonho de termos um Grupo feito especialmente para nós, seres inteligentes, seres que fazem o cérebro funcionar. – diz Hugo, que respira fundo e logo continua: – Hoje é o dia da nossa glória! Por isso que eu, Hugo Äkhard Lewzynski Göring, estou fundando neste momento... às 7 horas e 45 minutos, ao décimo primeiro dia do mês de março do ano de 2008... o Reino dos Inteligentes! – e mais aplausos vêm, enquanto uma enorme bandeira, que está presa ao parapeito do andar acima do auditório, é desenrolada, para que todos a vejam. Então Hugo fala: – Por favor... Contemplem a Bandeira Oficial do Reino dos Inteligentes... na qual o Cérebro Supremo é coroado! – e novamente, os aplausos vêm.

Na bandeira oficial do Reino dos Inteligentes, o fundo é azul-celeste, com um grande cérebro, em cores reais no centro; e acima do cérebro, há uma coroa com forro azul-cobalto. Uma bandeira realmente muito bonita, que identifica totalmente o Grupo. Os Inteligentes que estão a favor do Rei o aplaudem freneticamente; até mesmo eu, que me sinto muito mal com toda essa situação, me sinto obrigado a aplaudir a bandeira, pois ela é a única coisa que eu realmente acabo gostando. É claro que o motivo que me faz gostar da bandeira é o fato de que eu tive uma ideia parecida no tempo em que pensei dar início a tudo isso.

— Agora que o Reino dos Inteligentes já está oficialmente fundado, eu anuncio que a Cerimônia de Coroação do Rei Hugo irá acontecer na semana que vem, pois tanto a coroa como os demais adornos ainda estão em fase de confecção. – diz Dona Hortência, que, depois de aplausos, prossegue: – Mesmo assim... Eu entrego este manto provisório ao nosso novo Rei! – ela coloca o manto no Hugo, que não consegue conter o sorriso, e continua: – Faço isso pois o nosso querido aluno... este colega tão especial que vocês têm... já está oficialmente empossado como Rei Hugo I dos Inteligentes. – ela termina de falar, com lágrimas nos olhos, e logo lhe dá um abraço, enquanto mais aplausos vêm. Então Dona Hortência se contém e volta a falar: – Sim, gente, o reinado dele já começou. E eu gostaria que o Rei chamasse agora os demais nobres do Reino e os membros de confiança, que formarão a sua Corte. – e ela passa a microfone a Hugo.

— Primeiramente, quero chamar aqui a pessoa que vai ser a primeira na linha de sucessão ao Trono Inteligente... o Trono do Cérebro Supremo! Uma pessoa com quem tenho uma amizade sincera para todas as horas... – diz Hugo, e nessa hora, todos esperamos que ele fosse chamar o Walter, que até se levanta para ser chamado. Contudo, Hugo surpreende a todos, ao falar: – Quero chamar aqui a Princesa Karin Yamanaka! – e todos, surpresos, a aplaudem. Então, ainda sob aplausos, ela sobe ao auditório, dá um abraço em Hugo e em Dona Hortência e acena para a plateia. Enquanto Walter permanece em pé e sem saber onde enfiar a cara, Hugo prossegue: – Quero chamar agora uma outra pessoa muito especial para mim. Com vocês... a Princesa Janaína Taffas Fagundes! – e mais uma vez, Walter achou que seria a vez dele e, feliz da vida, até começou a caminhar para o auditório, porém, quando a Princesa Janaína vai para o auditório e é aplaudida, Walter fica cabisbaixo e retorna ao seu lugar.

– Gente... Se o Walter não fosse uma pessoa horrível... eu ficaria com pena dele! – comenta Luna, enquanto os aplausos às princesas continuam.

– E por último... Ah... Eu vou ter que chamar o Príncipe Walter Octávio da Silva Nunes! – diz Hugo, sem nenhum entusiasmo, como se fosse obrigado a fazer isso. Logo que é chamado, Walter, que há pouco estava cabisbaixo, quase dá um pulo e, feliz da vida, coloca um sorriso na cara. Então, quando ele olha para a multidão, que o aplaude por obrigação, Hugo, de forma áspera, grita: – Vem logo, Walter! – e ele corre para o auditório. Nessa hora, enquanto Dona Hortência fica desconfortável ao ver tal cena, meus aliados e eu rimos para não chorar.

– Que amor! O Walter respeita e obedece tanto ao dono... E acaba sendo deixado por último! – diz Sid, adorando ver a cena.

– E mesmo assim, ele vai continuar obedecendo e sendo fiel ao Hugo. Com alegria! – acrescenta Luigi, fazendo-nos dar mais uns risos abafados.

– Ainda mais agora, que o filho da mãe é Rei! – comenta Osmar.

– Será que esse imbecil não tem amor próprio?! – indaga Stella.

– Quero também chamar aqui uma pessoa... Que ontem mesmo, numa conversa que tivemos, já declarou apoio aos Inteligentes. Com vocês, a nossa primeira aliada... A Rainha Keyty I do Rock! – diz Hugo, e, em seguida, Keyty se levanta e sobe ao auditório, fazendo gestos um tanto obscenos, enquanto tenta ser o mais sensual possível. Logo ela pega o microfone da mão do Hugo.

– E aí meu povo! Tudo beleza?! Olha só, o bagulho aqui é o seguinte... eu fiz questão de dar o meu apoio pro Hugo, porque ele sempre foi, dentre os nobres, o que mais me respeitou. E isso é o mínimo que eu podia fazer pra agradecer a alguém que foi tão bom pra mim. Então, é isso aí galera! É nóis! – e ela devolve o microfone ao Hugo. Percebo na hora o porquê de ela estar fazendo isso, pois há várias pessoas racistas dentro da nobreza, pessoas estas que a desprezam, e Hugo, apesar de todos os seus defeitos, é um dos únicos a respeitá-la.

– Obrigado, Keyty! – diz Hugo, retomando a fala. Logo ele muda o assunto ao falar: – Quanto aos membros de confiança, bom... Nós ainda não tivemos muito tempo de escolher um membro pra cada nobre, pois confiança é algo que leva tempo pra se adquirir, mas... Eu consegui pensar em alguém.

Esse alguém é uma pessoa muito querida por todos. – ele é sarcástico nessa parte e, assim que aponta para mim, ele finalmente fala: – Por favor... Recebam Leônidas von Weiss Lecchini!

– Ooooooh! – vibra a plateia, que quase surta, em pura desaprovação à escolha. Rebecca e Maria Judith, ao mesmo tempo, viram para trás para me encarar, ambas com o queixo caído.

– Gostaria que o nosso membro de confiança viesse até aqui! – diz Hugo, convocando-me com um sorriso macabro. Sem ter opções, apenas obedeço, mas antes de ir até o auditório, eu coloco a mão esquerda no ombro da Rebecca e a direita no ombro da Maria Judith.

– É que esse cara é demais, né! – digo nos ouvidos das duas, debochando da ironia da situação. Em seguida tiro as mãos dos ombros delas e, enquanto começo a caminhar até o auditório, as duas "limpam" seus ombros, como se eu as tivesse sujado. Então, eu vou indo para o auditório e, claro, já ouço reclamações e vaias.

– Ô, Vanette, esse cara aí... Ele é chique?! – ouço Paskes perguntando.

– Ai, claro que não, né! Esse daí não vale nada! – responde Vanette.

– Ah é?! Vai embora daqui, ô... Seu não chique! – grita Paskes.

Enquanto caminho, ouço todos os tipos de xingamentos, tais como: "Cai fora daqui, ô marginal!", "Seu lixo imundo!", "Essa Escola não é pra vagabundos!", "Ninguém te quer aqui!", "Lixo, imbecil, filho da mãe!", "Vai procurar tua turma, ô bandido, traficante!", e tantos outros. Realmente, não é nada agradável estar nessa situação, chega a bater até mesmo um mal-estar, uma tontura, mas eu faço de tudo para me manter firme. Quando subo ao auditório, Hugo e as duas princesas me recebem com sorrisos forçados, enquanto Walter faz expressão de nojo.

– Peço que aplaudam o nosso membro de confiança. – diz Hugo à plateia, que apenas segue com as vaias e xingamentos. É claro que Hugo e os outros nobres ficam satisfeitíssimos com o que veem, pois mal conseguem conter o riso. O esculacho total segue até que Ávalon, corajosamente, se levanta e começa a me aplaudir.

– Wuuuuul! É isso aí! Viva o novo membro de confiança! – grita Ávalon, e logo Stella e Mandy a acompanham, fazendo a mesma coisa. Depois Nina, Luna, Haroldo, Daniel, Luigi, Osmar, Sid, Ophélia, Roger e mais algumas poucas pessoas também a seguem. São poucas pessoas, mas o suficiente para fazer eu me sentir muito melhor, pois me fazem lembrar de que em pouquíssimo tempo eu já consegui fazer muito, mesmo que os resultados ainda não tenham sido os que eu gostaria.

Esses poucos aplausos chamam muito mais a atenção do que todas as vaias. Isso faz com que todos os que me vaiam parem com o que estão fazendo, pois, com toda a certeza, esse pessoal começa a se sentir mal. Porém, é claro que a multidão não se sente mal por pensar que poderia estar pegando pesado comigo, mas porque o Hugo, de fato, ordenou que me aplaudissem e, como havia pessoas que lhe estavam "obedecendo", a grande maioria não quis ir na contramão do que foi ordenado. Então, esse pessoal opta por parar com as vaias, mas ainda assim não consegue me aplaudir, pois, para todos os efeitos, eu ainda sou o malvado, pior do que os nobres, enquanto o Hugo é o nobre do bem, que salvará a todos da tirania dos outros oito monarcas.

Quando as vaias param, os poucos aplausos acabam ganhando muito mais espaço, e Hugo, assim como o resto da nobreza, não gosta de ver a cena, mas mesmo assim, continua forçando o sorriso. Em seguida, Hugo começa a respirar mais lentamente, tentando controlar a raiva por ver que as coisas não saíram perfeitamente como ele esperava. As princesas já não têm tanta dificuldade em ser falsas e Walter continua com sua expressão de nojo, sendo que ele, claramente, sente-se muito ofendido por estar no mesmo palco que eu. Dona Hortência se mantém séria o tempo todo, pois não consegue entender o porquê de Hugo estar fazendo tudo isso, seja me escolher, ou dizer que sou "uma pessoa querida por todos", já que ela sabe muito bem que ninguém me queria por aqui. Realmente, a Diretora Pedagógica só vê o melhor nas pessoas e não consegue enxergar a maldade escancarada que a cerca.

– Agora que todos já foram apresentados... – diz Hugo, que respira fundo e volta a falar: – Eu devo dizer que este Grupo... o Reino dos Inteligentes... é um Grupo que abriga a raça superior, não apenas da Escola, mas da Humanidade! Porque se não fosse por pessoas como nós, o mundo não teria progredido e todos ainda estaríamos na Idade da Pedra. Nós devemos tudo o que temos hoje àqueles que colocaram, e àqueles que colocam, o cérebro pra funcionar. E agora que a Escola está nos valorizando da forma devida, eu digo que os meus amados súditos não precisam mais fazer reverência aos nobres dos outros Grupos. Os únicos nobres que vocês precisarão respeitar serão os Nobres Inteligentes! – e mais aplausos vêm, sendo que dessa vez plebeus de outros grupos também o aplaudem. Desta vez, infelizmente, sou obrigado a aplaudi-lo também, já que estou na vista de todos.

É claro que os nobres dos outros Grupos não gostam de tal declaração e por esse motivo não aplaudem o Rei dos Inteligentes, sendo que os mesmos, inclusive, fazem caras feias. A única exceção é a Rainha Aurora, dos Valentes, já que até mesmo a Rainha Keyty demonstrou desgosto para com o discurso proferido pelo seu amigo. Logo Hugo volta a falar.

– Então, sem mais delongas, gostaria que todos nos acompanhassem até o lado de fora, para hastearmos a nossa bandeira no mais novo mastro instalado.

– diz Hugo e todos começam a se dirigir para o lado de fora do Ginásio, em direção ao local onde ficam os mastros.

Primeiro saem os plebeus, depois os nobres dos outros grupos e, por último, nós que estamos no auditório. Quando todos já estão em frente ao mastro, a Nobreza Inteligente e eu chegamos. Hugo pega uma bandeira um pouco menor do que a aquela apresentada antes e a amarra na corda do mastro.

– Gostaria de chamar a Princesa Karin para hastear a bandeira junto comigo. – diz Hugo, e Karin vai para perto dele. Em seguida, os dois puxam a corda, fazendo a bandeira subir. Quando a bandeira está no alto do mastro, os Inteligentes e a maioria dos plebeus de outros grupos aplaudem, mas os nobres, dessa vez, optam por não fazer nada.

– Quero agradecer a presença de todos nesta cerimônia. E agora que seguimos com todo o protocolo e o novo Grupo... o Reino dos Inteligentes... já está fundado... eu convido a todos para que sigam ordenadamente para suas salas. Quanto aos Inteligentes, informo que o Rei de vocês os guiará à sua nova área hoje mesmo, durante o recreio. Mais uma vez, muito obrigada a todos. – discursa a Dona Hortência, encerrando a cerimônia e recebendo mais alguns aplausos.

Assim, com a cerimônia dos horrores encerrada, finalmente vamos para a nossa sala, onde a Professora Victória dá início à sua aula de História.

– Bom dia a todos! Hoje nós perdemos quase todo o nosso primeiro período, mas não sem que possamos aproveitar os fatos que ocorreram agora há pouco para a nossa aula. – diz a Professora, que logo prossegue: – Enfim... Em primeiro lugar, quero parabenizar a todos os Inteligentes por terem se unido pra tornar tudo isso possível. Parabéns aos nobres por assumirem seus novos cargos. E parabéns também ao membro de confiança, por ter sido escolhido pelo Rei para uma função tão importante. – ela diz isso olhando para mim, fazendo com que muitos façam caras feias. E então prossegue: – Fico feliz em ver que há um Rei nesta turma e acho muito interessante que mais da metade dos alunos desta turma tenham optado por fazer parte desse novo Grupo. E agora vocês devem estar se perguntando: "Tá, mas... o que isso tem a ver com a nossa aula?!" E é aí que eu vos lanço a seguinte pergunta: "Quem faz a História?!" – ela pergunta, e todos ficam se olhando.

– Hum, não sei... O historiador?! – responde Wagner, praticamente fazendo uma outra pergunta, pois não faz ideia se está certo, ou não. Isso faz com que a turma o ridicularize por conta do que disse.

– Óooooooh! – uma enorme vaia vem, desmerecendo a iniciativa do Wagner de ter pelo menos tentado responder.

– Não, meu filho! – responde a Professora, com paciência. Logo que o breve alvoroço passa, ela prossegue: – O historiador apenas analisa e estuda fatos e eventos do passado. Mas não é só ele que faz a História, nem precisa ser formado em História para poder fazê-la, ou ser parte dela. E então, alguém mais arrisca uma resposta?!

— Todos nós fazemos a História. – respondo e, assim como aconteceu com o Wagner, eu também recebo uma enorme vaia da turma.

— Para um pouquinho... Por que "óooooooh", se ele respondeu corretamente?! É exatamente isso! – diz a Professora, que, após fazer a multidão quebrar a cara, prossegue: — Todas as nossas pequenas atitudes viram história depois que elas acontecem. E é aí que entra o tema que eu mandei vocês fazerem na semana passada. Porque percebam... Cada um de vocês tem a sua própria história e ninguém tira isso de vocês. Mesmo que vocês não estejam mais aqui, o passado de vocês nunca vai deixar de ter acontecido. Outra coisa: Temos aqui os Inteligentes, que hoje conseguiram se unir e fundar o seu Grupo. Sem dúvida, isso é um fato que já é histórico, pois é marcante, visto que a última mudança aconteceu há vinte anos. Quem sabe o que vão pensar os alunos, que vão estar no lugar de vocês daqui a dez ou vinte anos, quando alguém for analisar o passado da Escola e ficar sabendo do evento que acaba de acontecer hoje mesmo?! Sabe-se lá, quem vai estar governando os Grupos, o nosso país, as principais potências do planeta e, ainda, quais serão os problemas do futuro. Nós não temos como saber do futuro, mas podemos aprender sobre o passado, e, quiçá, aprender com os erros do passado, pra impedir que eles se repitam. Antes de seguir com a aula, eu vou passar de mesa em mesa pra conferir quem fez o tema. Quem não fez... Já prepara a agenda.

A Professora passa por todos os lugares para conferir, menos nas mesas dos nobres, já que mesmo que eles não tenham feito e não tenham mandado ninguém fazer por eles, eles jamais levam bilhetes na agenda ou são coagidos por professores e demais funcionários da Escola. É claro que essa vantagem não se estende aos membros de confiança, que não são oficialmente protegidos, como eu, mas como responsabilidade é um hábito meu; o fato de eu não ser beneficiado por tal absurdo é indiferente. Mesmo assim, não posso dizer que me sinto confortável diante disso, porque realmente não é justo que muitos façam por merecer, enquanto outros tenham esse tipo de privilégio.

Quando a Professora chega para verificar o meu tema, ela apenas dá uma olhada e coloca um carimbo no meu caderno, com uma forma de estrela, e a sua assinatura ao lado. Logo ela faz o mesmo no caderno da Nina, da Luna, do Haroldo e do Sid. Já Ávalon e Stella, que não fizeram, ganham um carimbo na agenda com a frase "NÃO FEZ O TEMA DE HISTÓRIA", o qual também é acompanhado da assinatura da Professora. Stella ainda tenta argumentar, dizendo que não fez a atividade porque ainda não era aluna da Escola no dia em que a atividade fora lançada, mas logo é cortada pela Professora, que a informa de que ela deveria ter pego a informação com algum outro colega que tenha estado na aula. Depois, vejo que outras pessoas como Wagner, Rebecca, Maria Judith, Vanette e Paskes também não fizeram o tema e, obviamente, acabam levando na agenda o mesmo carimbo que Ávalon e Stella levaram.

— Bom, agora que eu já tenho anotado quem fez e quem não fez o tema, nós podemos dar início à nossa matéria! A História da Humanidade se divide em períodos: primeiro vem a Pré-História; depois a Antiguidade; a Antiguidade Clássica dura até o ano 476 depois de Cristo; de 476 a 1453 temos a Idade Média; de 1453 a 1789 foi a Idade Moderna, e; de 1789 pra cá, nós vivemos na Idade Contemporânea. Enfim, vamos começar do começo, vamos tratar das origens do homem. Podem abrir a apostila de vocês na primeira página. — fala a Professora.

— Ih! É aquela aula que a gente se lembra, que o homem veio do macaco! — reclama Guilherme, fazendo os nobres e alguns plebeus rirem. Hugo é o único nobre da sala que não vê graça.

— Quem disse que eu ia "lembrar vocês" dessa mentira deslavada?! — indaga a Professora, que vai até Guilherme.

— Ah, é que sempre nos dizem isso. Aí eu pensei que ia ser o mesmo contigo. — responde Guilherme.

— É, mas comigo não vai ser assim, porque o homem não veio do macaco. O homem e o macaco apenas têm um ascendente comum, ou seja, houve uma outra espécie no passado, antes do homem e do macaco, que acabou por originar dois ramos diferentes. Um ramo evoluiu até chegar no macaco que conhecemos hoje, enquanto o outro ramo evoluiu até chegar no *Homo sapiens*, que somos nós. — explica a Professora.

— Ah é?! — pergunta Guilherme, em tom de deboche.

— É! — responde a Professora, também em tom de deboche, para não deixar o Príncipe babaca achar que pode tirar sarro da cara dela.

— E qual é esse ascendente comum, Professora?! — pergunta Luna, fazendo aliviar um pouco a tensão.

— Ninguém sabe. Até hoje nunca foi encontrado qualquer fóssil ou vestígio desse ancestral. Por esse motivo que ele é chamado de Elo Perdido. E eu posso te assegurar que o primeiro a encontrar alguma coisa do Elo Perdido fica rico da noite pro dia. — responde a Professora.

— Eu vou encontrar o Elo Perdido. — afirma Guilherme.

— Huuum, vejam só! Temos um futuro paleontólogo aqui. — diz a Professora.

— Eu?! Paleontólogo?! Argh! Mas nem pensar! Coisa de bicha! Eu sou homem. Eu vou trabalhar com carros. Eu vou ser dono de uma fábrica de carros. Mas se dá dinheiro esse Elo Perdido aí, eu tô nessa! — diz Guilherme

— Ah bom! – diz a Professora, já desistindo de tentar colocar algo de útil na cabeça do Guilherme. Então ela prossegue: – Enfim, será que alguém aqui sabe me dizer qual é o ancestral mais antigo de que temos conhecimento?! – então Wagner levanta a mão, e a Professora fala: – Já digo que a resposta não é "o macaco". – e nessa hora, Wagner abaixa a mão, pois provavelmente ia dizer que a resposta era "o macaco". Então a Professora pergunta de novo: – Mais alguém?! – e eu sou o primeiro a levantar a mão. Hugo levanta a mão depois, mas como eu o fiz primeiro, a Professora dá sinal para que eu responda.

— O mais antigo é o Australopitecos e o mais recente é o Neandertal. – digo, e vejo que a Professora gosta de ouvir alguém dando uma resposta correta. Hugo é quem não gosta de perder a chance de aparecer.

— Muito bom! Exatamente! O mais antigo de que temos conhecimento é o Australopitecos. Dele descende o *Homo habilis*, depois o *Homo erectus*, depois o Neandertal, até chegar ao *Homo sapiens*. Essa é a ordem de que temos conhecimento até agora. – diz a Professora, completando a minha resposta.

— Mas ô, Professora... Assim, tipo... Se não tem fóssil nem nada, como que sabem se esse Elo Perdido existe mesmo?! Isso não faz sentido! Quem veio com essa é muito burro. – afirma Alice.

— Por isso mesmo que se chama Elo Perdido. Sabe-se que ele, um dia, já existiu, devido a diversas análises e estudos feitos, não apenas na área da história, mas na da biologia também. A principal evidência disso é que, como hoje em dia, humanos e macacos têm características semelhantes, ao mesmo tempo que são diferentes, significa que são parentes distantes e que evoluíram de formas diferentes. É por isso que a hipótese de um ancestral comum é a mais aceita e a que mais faz sentido. E pra chegar a essa conclusão, foram necessários muitos e muitos estudos, por isso que "quem veio com essa" não tem nada de burro. – responde a Professora, dando a devida resposta a Alice e fazendo-a ficar calada.

A Professora Victória segue com a aula, falando em mais alguns detalhes sobre as capacidades de cada um dos ancestrais do *Homo sapiens*. Ao final, nos deixa como tema os exercícios do final do capítulo da apostila, e avisa que na próxima aula começaremos a estudar a Mesopotâmia. No terceiro período do dia, a aula é de Física, com o Professor Olavo, aula essa que passa bem devagar, já que Olavo, além de não ser muito higiênico, é muito vaidoso, do tipo que gosta de mostrar o conhecimento que tem, porém é incapaz de transmiti-lo aos alunos. Portanto, o que mais parece é que ele está dando aula para si próprio, e não para os alunos.

No recreio seguimos Hugo até a nossa nova área, que se localiza ao lado da praça infantil, no meio de muitas árvores. A sede fica numa sala conectada ao prédio da Escola Infantil, sala esta que até ontem estava desocupada. Diferente das sedes dos outros Grupos, a nossa só tem uma porta, que dá acesso para o lado de fora do prédio. Creio que o principal motivo de terem escolhido esta sala para ser a sede do Reino dos Inteligentes seja o fato de que este é o lugar disponível, que fica mais próximo da Direção Pedagógica, pois assim as megeras que enganam a Dona Hortência podem proteger o Hugo com mais facilidade.

Em frente à sede, há uma área coberta e bem ampla, que pode ser muito útil em dias chuvosos. A porta da frente, assim como as portas dos outros grupos, é dupla, de madeira, com vários detalhes esculpidos. Quando Hugo me manda entrar na sede, junto com os nobres, vejo que há duas peças, sendo que na primeira fica o trono provisório, que não passa de uma cadeira antiga e muito bem decorada. A segunda peça é um escritório, com uma mesa para o Rei, dois sofás e um armário. Como só há uma porta para sair da sede, a janela do escritório pode vir a servir como porta, já que ela é bem grande. A janela também chama a atenção por ter vitrais coloridos em formas triangulares. Abrindo a janela, dá para ver a Direção Pedagógica.

Todos parecem gostar do espaço, e eu, depois de dar uma olhada no lado de dentro da sede, junto com os nobres, resolvo sair e me juntar com meus aliados. Assim como eu não sou muito bem-vindo ao canto dos nobres, parece que não sou muito bem-vindo no canto dos plebeus também, mas com os meus aliados é diferente. Quanto aos demais, muitos apenas fazem cara feia enquanto passo, já outros, como Rebecca e Maria Judith, ficam me mandando voltar para o Grupo de onde vim. Enquanto essas pessoas falam mal de mim, sem que eu lhes dê muita atenção, Paskes e Vanette ficam totalmente fora da realidade, observando o lugar e dizendo o quanto acharam tudo "chique". O nosso território é realmente lindo, pois há vários plátanos e ciprestes por aqui e, assim como no território dos outros Grupos, o nosso também tem bancos e outros lugares para se sentar. Então, sem mais perda de tempo, vou para o banco onde estão os meus aliados, onde ficamos conversando até o recreio acabar.

Quando o recreio acaba, voltamos para nossa sala, onde a Professora Dilma começa com a aula de Biologia. A aula de hoje é uma continuação da aula da semana anterior e, assim como a aula de Física, esta também passa muito devagar, só que esta é um pouco pior, pelo motivo de serem dois períodos seguidos. Outro problema com essa Professora é o seu tom de voz, que é muito alto e irritante, o que não ajuda a fazer a aula parecer mais interessante. Quando parece que essa aula horrível nunca mais iria acabar, a sirene soa, anunciando que é meio-dia e, portanto, hora de ir para casa.

O pessoal começa a ir embora o mais rápido possível, enquanto eu espero a grande multidão sair antes, para poder descer as escadas mais tranquilamente.

Quando saio da sala, parece que o corredor já está vazio, mas quando vejo me deparo com Jonas mexendo no celular e Igor olhando atentamente para o que Jonas está fazendo. Um de cada vez, eles me olham, enquanto eu tento passar por eles, torcendo para que não venham me provocar, mas a expectativa é vã.

— Ora, ora... Se não é o novo membro de confiança do... Rei dos Inteligentes! — diz Jonas.

— É! O Leleo! O problema em pessoa, que quis voltar pra Escola. Vem cá! Vem conversar com a gente! — diz Igor, e eu apenas o encaro.

— Sabem... Eu não tô a fim! — respondo, e logo Jonas se coloca na minha frente.

— Opa, opa, opa! Como assim?! Como ousa responder desse jeito?! Tu está pensando que é quem?! Humpf! Tu não ouviu?! O Igor te chamou! E se ele te chamou, tu tem que obedecer. Ele é o membro de confiança do Príncipe Guilherme e tu deve respeito a ele. E deve mais respeito a mim, porque eu também sou um Príncipe. Anda, plebeu! Se ajoelha e pede desculpas! Agora! — ordena Jonas, e eu não obedeço, nem digo nada; apenas fico parado, o que faz com que os dois *playboys* se irritem. Então Jonas grita: — Não ouviu?! Está surdo?! Faz o que eu disse, de uma vez, ô seu lixo!

— Eu não sei se tu te lembra, mas agora eu sou o membro de confiança do Rei Hugo. Entendeu?! Do Rei, e não do Príncipe! E até onde eu saiba, na hierarquia, o Rei está acima do Príncipe. Então é como se eu fosse superior ao Igor também, e por isso eu não tenho que fazer o que ele diz. Nem a ti eu devo obedecer mais, já que o meu Rei disse que os súditos dele só devem reverência aos nobres Inteligentes, e não mais aos demais nobres. Então... Esquece! — respondo, fazendo os dois ficarem furiosos.

— Leo, eu não sabia que tu ainda estava por aqui! Algum problema?! — pergunta Stella, que acaba de sair do banheiro.

— Não! Está tudo na mais perfeita paz por aqui. Mais do que nunca, neste momento. — minto.

— Humpf! Eu me lembro quando esses olhinhos verdes eram cheios de lágrimas. Era tão divertido te ver chorando quase toda hora! O responsável era quase sempre eu e, mesmo assim, tu ainda achava que eu era teu amigo. — diz Jonas, tentando me provocar. E assim que dá uma risadinha, ele continua: — Tu vai te arrepender de ter voltado e de ter me respondido assim. E vou te ver de novo chorando por aí, feito uma mariquinha.

— Veremos... Quem que vai ter motivos pra chorar, muito em breve. — respondo.

— Eu até já sei a resposta disso e... — diz Jonas, que faz uma pausa ao encarar Stella, e logo muda de assunto, ao dizer: — Ah, pelo amor de Deus! Não me diz que essa coisa aí é tua namorada?! Putz! Se é pra arranjar uma porcaria, duma

Branca de Neve do Inferno dessas... Humpf! É melhor nem arranjar nada! – diz Jonas, ofendendo Stella.

– Porcaria é a tua mãe, aquela vadia que colocou um lixo do teu tipo no mundo, ô seu desgraçado! – retruca Stella.

– Como é que é?! – pergunta Jonas, já furioso.

– Tem que apelar pra mãe, né! – diz Igor, enquanto avança na nossa direção.

– Vou apelar pra tua daqui a pouco! – diz Stella.

– Chega! – digo a todos e, logo, me viro para Jonas, para falar: – Olha, Jonas... Aqueles tempos já se foram. Eu mudei e tu não vai ver aquela cena... nunca mais! Esquece! E esquece também a ideia de que tu vai poder mandar em mim! Certo?! – faço uma pausa, enquanto aqueles olhos verde-água se enchem de ódio. Logo eu resolvo acrescentar: – Ah! A Stella e eu somos só amigos. E é MUITO melhor conviver com a Branca de Neve do que com a Rainha Má. E olha que vocês convivem com várias, todo santo dia. Mas, né... Vocês todos se merecem. – e os dois ficam furiosos. Então coloco os meus óculos escuros e convido Stella para ir embora, dizendo: – Vamos embora, Stella! Não vale a pena perder tempo discutindo com... certa gentalha.

– É! Tem razão! – diz Stella. Logo nós dois começamos a nos afastar dos *playboys* e começamos a descer as escadas. Tudo o que podemos ouvir é o Jonas nos lançando praga.

– Isso não vai terminar assim, seus plebeus! Eu vou destruir todos vocês! Principalmente tu, Leo! Pode apostar! – grita Jonas, com raiva. Depois disso, não ouvimos mais nada.

CAPÍTULO X

A Inveja Toma Conta

A quarta-feira, dia 12 de março, é mais uma manhã ensolarada de temperatura amena, beirando os 18°C, e a previsão é que hoje a máxima chegue a 29°C. Logo que chego ao prédio, a primeira coisa que vejo é o jornal, cuja primeira página expõe uma foto do Hugo usando manto. O título da manchete é "REINO DOS INTELIGENTES É FUNDADO E GERA DESCONTENTAMENTO", e o subtítulo "Nobres dos Oito Grupos Tradicionais estão se sentindo ameaçados com as palavras do recém-empossado Rei dos Inteligentes e querem organizar conferência para resolver a crise".

— Oi, Leo! Tudo bom?! – me pergunta Luna, e eu, por estar tão concentrado com o jornal, nem a percebi chegando. Então deixo o jornal no cavalete e me viro.

— Oi, Luna! Tudo certo. E contigo?! – respondo.

— Tudo, também. E aí?! Viu algo interessante no jornal?! – pergunta Luna.

— Sim! Estava dando uma olhada na manchete de hoje. Parece que os nobres dos outros Grupos não estão gostando da proteção que o Hugo já nos garantiu. Aí querem organizar uma conferência com todos os monarcas pra convencê-lo a revogar tudo isso. Porque pra eles... nós... se somos plebeus, temos que nos curvar, e nos humilhar pra TODOS eles. – digo.

— E tu acha que eles vão conseguir fazer o Hugo voltar atrás?! Fiquei preocupada agora. – Luna me pergunta.

— Não! Muito improvável! Essa galera está começando a provar do próprio veneno. – respondo, e Luna me olha sem entender o que eu quis dizer. Então explico: – É que eles sempre contaram com o apoio da Direção pra tudo. Só que agora, entre o Hugo e todos os outros, a Direção prefere ficar do lado do Hugo. E o fato de a Direção permitir que o Hugo tome uma decisão dessas demonstra que ele está tendo mais relevância do que os outros. E é isso que está irritando esse pessoal.

— Tomara que não consigam mesmo. Credo! – diz Luna.

— Nós vamos conseguir, sim! – diz Jonas, que aparece do nada e logo se aproxima de nós. Em seguida, ele aponta o dedo para nós e continua: – Podem apostar! Isso não vai ficar assim.

— Ui, que medo! Se o Jonas está prometendo, é porque é verdade. – debocho.

— E tu, hein, ô, Leo! Ontem com a Branca de Neve do Inferno, hoje com... Essa galinha aí! Nossa, tu não consegue mesmo achar nenhuma mulher que preste, né! Só arranja porcaria. – diz Jonas, ofendendo Luna.

— Vê se me respeita, Jonas! – Luna fala de forma firme.

— Quem tem que me respeitar é tu. Humpf! Olha só... Ela está achando que é gente agora! – diz Jonas, continuando com o ataque.

— Eu sou muito mais gente do que tu, seu *playboy* desgraçado! E sou muito mais gente agora, que eu não devo mais reverência a um lixo que nem tu. – diz Luna, enfrentando Jonas.

— Mas isso é temporário, Luna. Não vai ser assim pra sempre. As coisas vão voltar a ser como eram. Já, já! – diz Jonas, que fala com Luna como se estivesse tratando com uma criança.

— Esquece, Jonas! Tu e toda a nobreza sabem que não vai ser tão fácil assim. Tu não vai poder nos humilhar de novo tão cedo. Se é que algum dia vai poder fazer isso de novo. – digo, e Jonas avança para perto de mim, encarando-me, como se estivesse pronto para uma luta, enquanto eu o encaro de volta. Quando a sirene soa, eu falo: – É hora da aula, Jonas. Resolvemos isso depois. – então pego a mão da Luna e a convido para irmos à sala, dizendo: – Vamos, Luna! – e ela vem comigo até Jonas dar continuidade ao ataque.

— Isso mesmo! Vai lá, covarde! Leva a piranha junto. – diz Jonas, fazendo-me parar de andar, enquanto as pessoas que estão por perto começam a dar uns risinhos.

— Jonas... – digo, respiro fundo e prossigo: – Tu adora chamar os teus amiguinhos marmanjos pra impor medo em quem não pode se defender, né! E como se isso fosse pouco... tu também adora iludir menininhas inocentes com a tua lábia! E aí, quando tu resolve partir pra outra, tu até bate em algumas delas. E depois o covarde sou eu?! Ah! Faça-me o favor! – e por ficar sem ter o que dizer, Jonas fica furioso.

Enquanto Luna e eu saímos dali, é possível ouvir diversos comentários, como: "Qual é o problema desse cara?", "Como que ele pôde falar assim com um Príncipe?", "Esse daí já era!", "Quero só ver o castigo que ele vai levar!" e "Daqui a pouco ele vai estar ajoelhado pedindo perdão pro Príncipe, pode apostar". Há comentários a meu favor também, como: "Vontade de fazer o mesmo, esse Príncipe nojento bem que mereceu ouvir tudo isso!", "Tudo bem que ele fez coisa errada no passado, mas... Gostei desse cara!" e "Disse tudo!". Quando olho para trás, na direção do Jonas, vejo alguns plebeus tentando consolá-lo; até colocam a mão no ombro dele, transmitindo a mensagem: "Estamos do teu lado". Porém, de forma extremamente grosseira, Jonas ordena que todos se afastem dele e declara que não precisa do apoio de plebeus.

Quando chegamos à nossa sala, cumprimentamos os nossos aliados que já chegaram e nos sentamos. Em seguida o Professor Wenceslau fecha a porta para começar a aula. De repente, com a aula já em curso, Jonas entra na sala e bate a porta ao fechá-la, pois, com certeza, ainda está querendo me matar por eu lhe ter respondido de forma que o fez parecer mais idiota do que ele já é. Agora, quanto à regra de que o aluno atrasado não pode entrar na sala de aula depois que o professor fecha a porta, obviamente, não se aplica a nobres como o Jonas, e é por isso que ele pôde demorar para entrar na sala, fazer um espetáculo e ainda ficar sem ouvir um sermão do Professor, pois este sabe que não se deve mexer com os nobres sem que seja realmente necessário. Já os plebeus que se atrasam precisam esperar até o segundo período para poder entrar na sala de aula, sendo este o caso de Sid, que só entra às 8h20.

Os dois períodos de Português passam rápido, já que pudemos ficar fazendo exercícios e conversando ao mesmo tempo. Porém, o período de Química, com a Professora Liana, passa muito devagar, pois ela fica o tempo todo explicando sobre as noções básicas da disciplina, ou seja, tenta aprofundar o que já havia começado a explicar na semana passada. O grande problema é que essa professora não fala de forma clara, parecendo até que nem mesmo ela sabe o que está fazendo numa sala de aula. Depois desse período longo e demorado, a sirene soa, anunciando o recreio, e todos vamos direto para as nossas respectivas áreas.

Ao chegarmos à nossa área, Stella, Ávalon, Mandy, Nina, Luna, Sid, Haroldo, Daniel, Luigi, Osmar e eu aproximamos três bancos e nos sentamos. Logo que continuamos a conversa que tivemos durante a aula de Português, sobre o ocorrido com Jonas hoje cedo. Daniel, Luigi e Osmar, que não estavam na nossa roda naquele momento, adoram ouvir a história com detalhes e dão até algumas gargalhadas.

– Eu só queria ver a cara daquele fresco insuportável ao ouvir isso! – diz Luigi.

– Tu fez muito bem, cara! E tu também, Luna! O Jonas não está acostumado a ser tratado do jeito que ele merece. Aí, depois, ele entra na sala, todo irritadinho, batendo a porta e tal. – diz Daniel e todos rimos. Enquanto isso, um menino magro, não muito mais alto do que eu, com o cabelo louro e cacheado, tal como o de um anjo barroco, e olhos azuis, se aproxima de nós para falar comigo.

– Eu vi o que tu fez hoje com o Príncipe Jonas. Aquilo deu o que falar, principalmente porque aquele idiota ficou furioso. – diz o rapaz, que continua se aproximando, e me pergunta: – Tu que é o Leônidas que todos falam, certo?! O membro de confiança do... "Nosso Rei"! – ele pergunta, mesmo já sabendo a resposta.

– Ãm, sim sou eu! E tu é o...? – questiono-o.

– Laerte! Laerte Fachin. Eu sou do primeiro ano também, mas da turma 102! Eu só queria te parabenizar, pessoalmente, por ter dito aquilo. Muitas foram as vezes que aquele Príncipe já me destratou e eu tive vontade de responder, mas nunca pude. E te ver falando com ele daquela maneira... fazendo ele ficar sem ter o que dizer... lavou a minha alma. Foi excelente! – diz Laerte.

– Ah! Obrigado! Mas eu só pude fazer isso porque agora nós temos Proteção Real. Não seria nada sensato fazer o que eu fiz... dois dias atrás. – digo.

– Agora eu entendo quando tu disse que por ora era bom aceitar as coisas desse jeito mesmo. Pelo menos a gente tem um alívio, já que o Hugo não é tão abusivo quanto os outros reis! – diz Mandy.

– Exato! Nós não apenas temos um alívio, mas também estamos dando uma chance pra que o pessoal aprenda a se valorizar e não aceite voltar à situação em que estávamos até anteontem. – digo. Em seguida, me viro para Laerte e falo: – Isso vale pra ti também. Agora, tu também pode falar assim com essa gentalha sempre que necessário. Tu também é um Inteligente, que tem a proteção do Rei Favorito.

– Eu sei! É que eu ainda não me acostumei com isso, nem eu, nem quase ninguém! Fora que o Jonas ainda não veio me importunar nesta semana. – diz Laerte.

– Só que não dá pra se acomodar demais. – lembra Mandy.

– Por que não?! – pergunta Osmar.

– Porque esse Hugo não é flor que se cheire. Só por isso! – responde Ávalon.

– É! Logo ele põe as garras de fora. – completa Stella.

– Fato! E vocês sabem, né... A ideia é que enquanto isso não aconteça, o pessoal se acostume a viver com dignidade e entenda que viver sem ser pisado pelos outros é muito melhor! E aí, quando o Hugo se acostumar a ser Rei e começar a mostrar quem ele realmente é... bom... é só dar um empurrãozinho pra que todos se revoltem contra ele! – digo e, nessa hora, percebo que alguém não deveria ter ouvido isso.

– Que bonito, hein, Leo! – diz Rebecca, que se aproxima e prossegue: – Tu não tem vergonha?! O Rei Hugo tem sido maravilhoso com a gente. Ele está enfrentando toda a nobreza e a Direção, pra que os outros nobres não nos destratem mais, e até de deu um cargo de confiança. E tu, ingrato... quer fazer o Grupo se revoltar contra ele?! – e ela vira para Luna, para falar: – Me impressiona tu ficar junto dessa gente, Luna. Sabe isso que ele está fazendo é abominável. É injusto! É patético! É a coisa...

– Aff, Rebecca! Pelo amor de Deus... Cala a boca! – grita Sid, interrompendo-a.

— Tu nem ouviu a conversa toda e quer dar palpite. – diz Daniel.

— Deixa, ela não tem noção de que está do lado errado. – diz Stella.

— Eu estou do lado do meu Rei. E vocês vão ver! Ele vai ficar sabendo disso. Hoje não tem problema eu ir dedurar vocês. Eu tenho muito mais coisas contra vocês do que vocês têm contra mim. – ameaça Rebecca, que, ao virar para o lado, vê Hugo e o resto da nobreza chegando e fala: – Ó, ele já está chegando! – então ela caminha e se coloca na frente do Hugo. Quando ele se aproxima dela, Rebecca diz: – Vossa Majestade... – então ela se curva e prossegue – peço permissão pra falar de um assunto de extremíssima importância.

— Nhé... Fazer o quê... – diz Hugo, que, como quem não está com paciência, respira fundo, dá de ombros e arqueia as sobrancelhas. O resto da nobreza também arqueia as sobrancelhas, Walter com expressão séria, já Karin e Janaína só se olham, enquanto fazem expressão de deboche. Então Hugo, de forma áspera, fala: – Fala logo!

— Majestade... Esse pessoal aí, comandado pelo Leo... está planejando algo terrível contra o Senhor. Esse traidor, pra quem tu deu um cargo de membro de confiança, planeja fazer o Grupo inteiro se voltar contra Vossa Majestade. É! Ele tem um plano diabólico e monstruoso. – diz Rebecca, de uma forma tão ridícula, que chega e ser teatral. Mesmo que ela esteja contando diretamente para o Hugo, o que não é nada bom, nós não conseguimos deixar de achar graça, e ficamos segurando o riso. Hugo também fica assim e, em seguida, olha para nós.

— Nada a ver, Majestade! – diz Daniel, defendendo-nos.

— Essa louca não sabe o que fala. – diz Ávalon.

— Ela tem problemas. – acrescenta Stella.

— O que acontece, Majestade... é que eu vou fazer um acampamento lá em casa neste próximo fim de semana, pra comemorarmos o sucesso que foi a fundação do Grupo. Aí eu chamei o pessoal, pra já ir convidando e... – falo, até ser interrompido.

— E a Rebecca ficou braba porque não foi chamada na conversa. E quando veio aqui pra saber o que era, ninguém quis convidá-la. Foi isso. – completa Mandy.

— E aí ela ficou toda irritadinha e nos ameaçou... dizendo que se a gente não a convidasse, ela ia inventar uma história absurda, pra que Vossa Majestade ficasse com raiva de todos nós. E não é que ela cumpriu mesmo com a ameaça! – diz Nina, fazendo Rebecca ficar boquiaberta.

— É! Essa Rebecca não tem noção! Ela achou mesmo que Vossa Majestade, o Rei Hugo... que é tão inteligente... poderia ser enganado tão facilmente. – diz Sid, enchendo a bola do ego gigante do Hugo, para agradá-lo.

— Majestade, não! Isso é mentira! — diz Rebecca, que continua com o teatro, quando fala: — Eles são cruéis! E eles estarem se unindo desse jeito é a prova. Eles estão mentindo, sim! Vindo com essa história mentirosa pra esconder a verdade. E eu sei da verdade! O que eles planejam é fazer algo horrível e diabólico contra o Senhor e... e...

— Ai, Rebecca... CHEGA! — grita Hugo, que logo acrescenta: — Eu tenho mais o que fazer do que assistir tu demonstrando o quão mal-amada tu é! E a propósito... Cadê o teu grude?! Aquela coisinha que anda sempre contigo?!

— A Judith não veio hoje, Majestade. — responde Rebecca.

— Ufa! Ainda bem! Um encosto a menos pra encher os meus ouvidos de asneiras! — diz Hugo, que se vira para os nobres e os convida para entrar na sede, ao dizer: — Vamos, gente! — então eles caminham para a sede e, antes de entrar, Hugo se vira para Rebecca e fala: — Ah! Ô, Rebecca... Se tu quiser ser útil em alguma coisa... Chama o Leo! Diz pra ele vir pra cá também.

— Leo, Sua Majestade, o Rei, mandou te chamar. — diz Rebecca, virando-se para mim, mas sem olhar nos meus olhos, pois não sabe onde enfiar a cara.

— Podes dizer a Sua Majestade que não demorarei em atendê-lo. — respondo, em tom formal, porém debochado.

— Majestade... Vosso membro de confiança disse que... — diz Rebecca, tentando transmitir a mensagem, porém é interrompida.

— Tá! Eu ouvi! — diz Hugo, que enfim entra na sede.

— Que papelão, hein, Rebecca! Levou bronca do teu amado Rei! E olha que não precisava. — diz Daniel, que logo ri.

— Ai, gente... Deixem ela! Ela está do lado do Rei dela. — debocha Mandy.

— Isso tudo é culpa de vocês. — diz Rebecca, apontando o dedo para nós.

Logo várias pessoas começam a mandar Rebecca ficar quieta, com frases como "Aaaaaaah, chega!", "Deu pra ti, né, Rebecca!", "Já chega, né!", "Olha como o Rei te trata! E tu ainda fica do lado dele!" e "É gostar de sofrer mesmo!". E enquanto Rebecca fica balançando a cabeça, achando que todos estamos errados, eu apenas fico quieto, tentando imaginar o que fizeram para que ela gostasse de ser tão submissa.

— Mudando de assunto... — diz Ávalon, que faz a chacota parar, quando me pergunta: — Ô, Lion... Essa história de acampamento na tua casa é verdade... ou tu inventou isso só pra enganar o Rei?!

— É verdade! Eu ia mesmo convidar vocês em outra hora, mas como essa tonta quase estragou tudo, eu tive que usar isso como um jeito de tentar enganar o Hugo. O problema é que agora que os nobres sabem... Graças à Rebecca... eu vou ter que convidar eles também, pra não parecer que eu estou deixando eles de fora. — respondo.

— Parabéns, Rebecca! Parabéns! Tu conseguiu! – grita Sid.

— E claro, não vou poder convidar a Rebecca, porque a Mandy já disse ao Rei que a Rebecca não seria convidada. – digo isso e me levanto, enquanto o pessoal ri mais um pouco da cara da Rebecca. Em seguida, olhando para ela, eu falo para que todos escutem: – Bom, gente, agora eu terei de ir falar com Sua Majestade... O maravilhoso Rei! – digo, e o pessoal ri mais ainda.

Quando entro na sede, vejo as princesas conversando sobre todo tipo de coisa fútil, coisas estas que nunca faltam numa conversa entre patricinhas. As duas me ignoram completamente, enquanto vou ao encontro de Hugo e Walter, que estão no gabinete, conversando sobre o *show* da Rebecca. Walter tenta convencer Hugo a levar a sério o que Rebecca disse, pois "pode ser verdade", enquanto Hugo, que não é nenhum idiota, concorda, ao dizer: "Nhé! Pior que pode ser mesmo". Eu apenas confirmo o que pensei na hora, de que a história do acampamento pode ajudar a disfarçar, mas não enganar completamente, já que o estrago feito por Rebecca foi grande. Depois de parar para pensar, antes de entrar na peça do escritório, bato na porta.

— Com sua licença, Majestade... – digo.

— Ah, oi, pode entrar. – diz Hugo e, logo que entro, ele me pergunta: – Ô, Leo, me diz uma coisa... Como que vai ser o acampamento na tua casa?! Qual dia, qual horário?! E por que tu convidou a plebe antes de convidar a nós?!

— Minhas sinceras desculpas por tal descuido. Prometo falar com Vossa Majestade antes, da próxima vez. – digo, debochando, mas parecendo ser respeitoso. Logo prossigo com o teatro, dizendo: – Bom, quanto ao dia e ao horário... será sexta-feira, a partir das dezessete horas. Cada um leva colchonete ou saco de dormir. Quero convidar Vossa Majestade e Vossas Altezas para ir ao acampamento em minha humilde casa, para comemorarmos a criação do Grupo e aproveitarmos, com estilo, o último final de semana do verão.

— Eu não vou! Tenho uma festa pra ir. – diz Karin, da outra sala, enquanto lixa as unhas.

— Eu também não! Eu vou... Vou... Ah! Eu vou arranjar o que fazer! – diz Janaína, enquanto passa um pó no rosto.

— Eu também não vou! – me diz Walter, com expressão de seriedade.

— Tu vai, sim! – diz Hugo, contrariando Walter.

— Por quê?! – pergunta Walter, surpreso.

— Ah Walter... Já que as duas ali não vão... Alguém da nobreza vai ter que me acompanhar, né! – explica Hugo. Walter apenas faz expressão de desgosto, mas não reluta, apenas aceita o que o "dono" dele determina. Logo Hugo olha para mim e, de forma não tão sutil, ordena. – Ô, Leo, eu tenho que conversar a sós com o Walter. Nos dá licença e sai daqui. – e eu, sem poder pestanejar, apenas obedeço.

— Estou me retirando, Majestade. – digo. Quando saio do gabinete do Rei, fecho a porta e paro, para ouvir o máximo possível da conversa deles.

— Walter, tu acha que eu quero ir nesse negócio que só vai ter plebeu?! Eu também não quero, mas a gente tem que ir, vai que a gente descobre algo sobre as reais intenções do Leo! – diz Hugo.

— O problema é ter que ir lá. Imagina se os nobres dos outros Grupos descobrirem que nós fomos passar a noite na casa dum plebeu! E não qualquer plebeu, mas o pior plebeu de todos. – diz Walter. Quando vou ouvir a fala seguinte do Hugo, minha audição é interrompida por Karin.

— Ô, plebeu! Tu está surdo, ou tu tem problemas mentais?! O Rei te mandou sair. Tipo... sair da sede. Não só do gabinete dele. Então vamos! Cai fora! Tchau! – diz Karin, expulsando-me.

— Perdoe-me, Alteza! Não tinha percebido que era isso que o Rei desejava. – digo, fazendo-me de besta.

— SAI! – grita Karin. Então eu faço de conta que o grito dela realmente me afeta, e começo a caminhar até a porta, mas não sem antes ouvir o que Janaína fala.

— Viu só o que dá... Ficar dando cargos pros piores entre os plebeus! Eles ficam achando que são gente como a gente. E ainda acham que nós temos que ir na casa deles. Humpf! – diz Janaína, com ar de superioridade. Depois disso apenas saio, já que a quota de desaforos que sou capaz de aguentar já está no limite.

Do lado de fora, me aproximo do pessoal e vejo que Ophélia também se juntou na conversa. Então chego para eles e repito o que disse a Hugo e, ainda, digo que todos estão convidados para o acampamento, o que inclui a Ophélia e o Laerte. Para que fique claro para todos, eu ressalto novamente o porquê de Rebecca não ser convidada, e ela fica me encarando e balançado a cabeça. Não muito depois, a sirene soa e, enquanto começamos a nos dirigir de volta para as salas, podemos ouvir as princesas do nosso Grupo reclamando que o recreio é curto demais e que desse jeito não podem pôr o papo em dia e, tampouco, curtir melhor a nova sede. É claro que muitos ficam incomodados com o que escutam, mas felizmente ninguém se manifesta.

Já na sala de aula, a Professora Cláudia começa sua aula de Matemática dando uma explicação sobre o conteúdo e, logo depois, nos dá exercícios para fazermos na apostila. A aula seria bem mais tranquila se não tivéssemos percebido que os nossos colegas nobres, dos outros Grupos, junto de seus membros de confiança, ficam nos observando o tempo todo. Isso, sem dúvida, nos causa enorme desconforto, mas, como não temos mais motivos para ter medo desse povo, tal como tínhamos antes, nós apenas os encaramos de volta, com o mesmo toque de superioridade deles, o que os deixa furiosos.

Aqueles dois períodos de Matemática passam rápido e, quando a sirene soa, indicando que é hora do almoço, todos descemos as escadas e saímos do prédio para irmos comer. Quando chegamos à Cantina, temos uma surpresa, pois há uma fileira de mesas a mais, montada para nós, Inteligentes, com várias bandeiras do nosso Grupo, sendo uma bandeira para cada mesa. O problema é que a nossa mesa está montada num sentido transversal ao das outras, ou seja, ela está separada, como se a própria Direção estivesse dizendo que o nosso Grupo é mais especial do que os outros. E fora que, como todos os Inteligentes vieram dos outros Grupos, a quantidade de pessoas destes diminuiu e, consequentemente, a quantidade de mesas agrupadas para eles também diminuiu, pois, obviamente, cada mesa subtraída dos outros Grupos ajudou a formar a fileira de mesas dos Inteligentes.

Tudo isso faz com que o pessoal do nosso Grupo fique maravilhado e eufórico, mas também faz com que as pessoas dos outros Grupos fiquem um tanto incomodadas. E quanto a isso, eu até gostaria de dizer que existe igualdade de tratamento entre Grupos, e que não há motivo para que as pessoas dos outros Grupos fiquem do jeito que estão, mas, infelizmente, não é bem assim. Isso porque, sempre, ou pelo menos até agora, o Reino da Modernidade sempre teve vantagens perante os outros e, agora que os Modernos estão perdendo o seu posto de destaque para nós, eles são os que mais estão indignados com a nossa existência.

Porém, tudo fica ainda pior quando a Dona Griselda, sem muitos rodeios, mas com seu jeito nada suave, anuncia que, a partir de agora, os plebeus Inteligentes serão os primeiros a se servirem, e não mais os Modernos. Tal fato faz com que seja muito difícil de acreditar que as relações entre os dois reinos serão boas.

Durante o almoço, temos um tempo de sossego, mesmo com as pessoas dos demais Grupos nos olhando como se quisessem nos matar. Ávalon puxa uma conversa sobre o acampamento, na qual discutimos certos detalhes, sobre quem leva o quê. Ávalon e eu nos propomos a garantir as barracas, enquanto o resto do pessoal se oferece para levar comes e bebes.

Depois de comermos, vamos para nossa área, e ficamos conversando mais um pouco, até a sirene soar. Hoje é o dia de termos aula de Artes no turno da tarde, e logo que entramos na sala de Artes, vemos a Professora Tânia, a postos para começar a aula. Inicialmente, ela nos manda escolhermos algum lugar, para que ela possa fazer a chamada. Cada uma das mesas redondas da sala de artes têm quatro lugares e, junto comigo, sentam-se Ávalon, Mandy e Stella. O grande problema desta sala é que não há lugar para todos, e quem tem de ficar no balcão ao lado da parede é o Wagner. Quando eu vejo isso, fico com pena dele e, para evitar que os nobres e seus membros de confiança comecem a se aproveitar da situação para fazer todo tipo de brincadeira de mau gosto com Wagner, eu o convido para se sentar comigo e com as meninas. Então Wagner, sem pensar duas vezes, pega a cadeira dele e vem.

A aula segue tranquila. Primeiro a Professora nos ensina a fazer uma margem de 2 cm na folha A4 e exige que todos façam. Depois, nos manda fazer um desenho qualquer, para que o cubramos com picotes de revista, fazendo com que ele vire um mosaico. Enquanto todos vão fazendo, observo o quão difícil é, para muitos, fazer a margem do jeito que a professora pediu, visto que Mandy e Stella também se impressionam ao notar isso.

Já na hora de fazer o recorte e a colagem, a sujeira é geral, pois muitos deixam cair picotes de papel no chão e, pra piorar, muita gente não sabe fazer bom uso da cola. Para mim já era certo de que Wagner não faria o trabalho mais higiênico do mundo e enquanto Mandy e eu, apesar de não gostarmos muito do que vemos, tentamos não dar bola, Ávalon e Stella acabam reclamando da lambança que ele faz. Elas o chamam de porco e de retardado, e ainda dizem que eu não deveria tê-lo chamado. Eu simplesmente fico calado, enquanto penso na situação em que não posso simplesmente contestar sobre o direito delas de se sentirem incomodadas, mas também não podia deixar que os covardes se aproveitassem de alguém indefeso.

Ao final da aula, entregamos os trabalhos e, antes de irmos embora, a Professora avisa que quem não fez a margem corretamente vai perder pontos. Os nobres saem da sala às gargalhadas, sabendo que o recado não é para eles. Depois que eles saem, nós saímos também e vamos embora.

Na manhã seguinte, quinta-feira, dia 13 de março, o dia começa ensolarado e com temperatura amena, de 18°C. Não há nada de extraordinário acontecendo hoje; apenas o de sempre, ou seja, nobres maltratando plebeus e os funcionários fazendo vista grossa. Para a minha turma, o dia começa com a aula de Física do Professor Olavo, que, mais uma vez, vem para dar uma aula para si próprio, falando muito rápido e numa linguagem que não nos deixa compreender quase nada. A coisa só melhora na aula de Geografia, com a Professora Victória, que consegue fazer sua disciplina parecer muito mais interessante.

– Onde estou?! Que dia é hoje?! Localização, tanto espacial, quanto temporal, é fundamental pra humanidade. E é sobre isso que a nossa disciplina trata. Geografia nada mais é do que o estudo do meio em que vivemos e, neste primeiro momento, nós vamos trabalhar com a geografia física. – diz a Professora, introduzindo a disciplina.

– Ah não! A gente já teve Física hoje! E eu odeio Física. – diz Guilherme.

– Oin, que pena! – diz a Professora, debochando.

— Ah, mas nisso eu até concordo com o Príncipe. De física a gente já está cheio hoje. – diz Sid, ganhando certo apoio da maioria da turma, inclusive dos nobres.

— Aff, seus idiotas! Geografia física é o estudo do meio físico e material, que engloba mapas, movimentos da Terra, climas, biomas e muito mais. – diz Hugo.

— Obrigada, Hugo... Ops... Erm... Majestade! Obrigada, Majestade! – diz a Professora, que logo prossegue: – Sim, exatamente o que Vossa Majestade, o Rei, falou. E pra dar início, nós vamos começar tratando dos movimentos da Terra. Bom... Eu acho que todos aqui devem saber que a Terra faz dois movimentos. O da rotação, que é o movimento que a Terra faz em torno de si mesma; e o da translação, que é o movimento que a Terra faz ao redor do Sol! Bom... Hoje a nossa aula vai ser sobre a translação, porque é graças a esse movimento que nós temos as estações do ano.

— Ah é; é?! – pergunta Guilherme, enquanto a Professora começa a fazer um desenho no quadro. Então, ela para de desenhar e olha para o Príncipe.

— É! – responde a Professora, que logo volta a fazer o seu desenho.

— Humpf! É que a gente vai usar muito dessa porcaria na nossa vida, né! – reclama Juliana, e a Professora, indignada, para o que está fazendo, novamente. Felizmente, ela sabe que, aconteça o que acontecer, nunca se deve comprar a provocação de pessoas como a Juliana. Então ela se recompõe e termina de fazer o desenho no quadro, que nada mais é do que a Terra sendo iluminada pelo Sol.

— Enfim... Retomando... O nosso planeta, diferente do que muitos pensam, não é uma esfera perfeita, já que ele é levemente achatado nos polos. O termo mais correto que podemos dar para o formato da Terra é elíptico. Isso porque uma esfera, ou é perfeita, ou não é esfera. E é isso o que se aplica à Terra, que é elíptica. Outra imperfeição é que os dois hemisférios quase nunca estão igualmente iluminados pelo Sol. – diz a Professora, que faz uma linha diagonal no desenho, dividindo a Terra em duas, depois faz um desenho igual no outro lado do Sol e prossegue: – Bom... Como vocês podem ver... no primeiro desenho, o nosso hemisfério está mais iluminado pelo Sol e, no outro, ele está inclinado para o lado contrário ao do Sol. Então... Quem sabe me dizer o que isso significa?!

— Significa que no primeiro desenho nós estamos entrando no verão e no segundo estamos entrando no inverno. São os dois solstícios do ano. – respondo.

— Exatamente! – diz a Professora, que logo completa: – Quando um hemisfério atinge a distância máxima, ou a proximidade máxima perante o Sol, nós chamamos de solstício. Existem dois solstícios no ano, o primeiro é em 20 ou 21 de junho, que é início do inverno pra nós e o início do verão no hemisfério norte. O segundo é em 21, ou 22, de dezembro, que é o início do verão pra nós e o início do inverno no norte. – logo ela faz mais dois desenhos, um acima, e outro abaixo do Sol, ambos com os dois hemisférios sendo igualmente atingidos pela radiação do Sol. E logo pergunta: – Alguém sabe me dizer o que representam esses dois outros desenhos?!

– Não são as meias estações?! Outono e primavera?! – diz Mandy.

– Parece que os Inteligentes fazem jus ao nome e se lembram bem do que aprenderam no Fundamental! – diz a Professora, que, empolgada, logo prossegue: – Sim, isso mesmo! Assim como existem os solstícios, que são os momentos de aproximação ou distanciamento máximos, existem também dois momentos no ano, em que os dois hemisférios estão igualmente expostos à radiação do Sol! Quem sabe o nome disso?!

– Equinócio! – respondo, deixando a Professora orgulhosa. Logo eu completo: – O primeiro acontece em 20 ou 21 de março e o outro, em 22 ou 23 de setembro.

– Perfeito! E diferente dos solstícios, nos quais a situação de um hemisfério é sempre oposta à do outro, nos equinócios os dois hemisférios estão em igualdade. Nós percebemos isso quando vemos que no solstício de inverno, nós temos a noite mais longa do ano e no solstício de verão, o dia mais longo. Já nos equinócios, tanto de primavera, quanto de outono, o dia e a noite têm igual duração. – explica a Professora.

– Não, Profe! O que muda a duração do dia é o horário de verão. – diz Alice.

– Não! O horário de verão não muda nada. Ele apenas cria uma ilusão de que os dias são mais longos, já que nós acordamos uma hora mais cedo. O que muda mesmo a duração do dia e da noite é o movimento de translação e a inclinação da Terra perante o Sol, sendo que, a linha do Equador é o único lugar onde não há mudanças, ou seja, todos os dias e noites do ano têm doze horas, porque esse lugar está sempre com a mesma inclinação perante o Sol. Agora, quanto mais longe da linha do Equador estivermos, e mais próximos dos polos, mais sentimos essa diferença. Nos polos, a diferença é tão grande que, na metade do ano, que é primavera e verão, é sempre dia e nunca anoitece, já na metade que é outono e inverno, é sempre noite e nunca amanhece. – explica a Professora, com paciência.

– Quer dizer que nos polos a diferença é tanta, que no inverno chega a nem ter dia, e no verão não tem noite?! – questiona Sid.

– Exato! É por isso que os povos que vivem no polo norte criaram a expressão "sol da meia-noite", já que lá, no verão e na primavera, o relógio marca meia-noite e o Sol continua aparecendo. – responde a Professora. Logo podemos ouvir as princesas Bella, Juliana e Alice cochichando.

— ...é, como se a gente não soubesse o que é uma estação do ano. Aff, que aula chata! — diz Alice, que para de falar quando percebe que a Professora a escuta.

— Ah! Que bom, Alteza! É bom saber que a senhorita sabe tudo sobre esse assunto. — diz a Professora, sendo sarcástica. Em seguida, ela dá sua cartada, ao perguntar: — Então tu não irias te importar de me responder... O que significam os termos "solstício" e "equinócio"?! Qual a origem dessas palavras?!

— É... Bom... Hum... Ámm... Origem... — enrola Alice, sem saber o que dizer.

— Professora... A minha amiga aqui não sabe! Ninguém desta sala sabe. Tu não deverias fazer perguntas que constrangem os alunos desse jeito. — diz Juliana, de forma firme e áspera, ganhando apoio dos nobres e de alguns plebeus. Logo, eu apenas levanto a mão, e a Professora me dá a palavra.

— Ambas as palavras se originam do latim! Sendo que em equinócio: "aequus" é igual, e "nox" é noite, ou seja, "equinócio" é "noites iguais"! Já em sols... — sou interrompido por Hugo, que completa minha resposta.

— E em solstício... "Sol" é sol, que é a nossa estrela, e "sistere" é aquilo não se move! Então é o Sol que não se move! — diz Hugo, ávido para se exibir.

— Obrigada, Leo e Rei Hugo! É muito bom ver que pelo menos duas pessoas sabem sobre esse assunto. — diz a Professora, o que deixa Juliana com expressão de fúria, pois ela não aguenta que a contrariem. Então a Professora, sem dar a mínima para a cara feia da Juliana, fala: — Vale lembrar também que daqui a uma semana, nós iremos passar, mais uma vez, por um desses fenômenos. Quinta-feira que vem é dia 20 de março, que, para nós que moramos no hemisfério sul, será o equinócio de outono.

— Ah, não! Eu odeio outono! Começa a ter aquele frio desgraçado. — reclama Guilherme, com a concordância dos amigos.

— Oin... Riquinho! Não te preocupes! Daqui a nove meses é verão de novo. — diz a Professora em tom de deboche.

— Ah é?! — pergunta Guilherme, surpreso.

— É! — responde a Professora, sem muita paciência para besteiras.

— Putz! É um parto até ser verão de novo! — diz Sid.

— Isso não é óbvio?! — indaga Luna para conosco, em baixíssimo tom.

— Shiu! Ignora! — respondo.

— Ai, sabe... Eu acho que a Professora foi irônica com o Gui agora! — diz Alice.

— Alice... Tu acha mesmo isso?! Nossa! Tu está esperta hoje, hein, guria! Meu Deus! — diz Juliana, também sendo sarcástica e debochada com a amiga.

— Obrigada! — responde Alice, que logo dá um risinho, se achando e sem perceber o deboche da amiga. Em seguida, ela se vira para meus aliados e eu, para falar: – Estão vendo só?! Eu não faço parte do grupinho nojento de vocês, mas eu também posso ser inteligente, tá! E eu sou inteligente com "H" maiúsculo, hein! Hah! Te mete comigo! – depois dessa, Juliana apenas põe a mão na testa e balança a cabeça, enquanto o resto da turma apenas fica se entreolhando e segurando o riso.

– Bom... Vamos prosseguir! – diz a Professora, tentando ignorar a burrice da Alice e do Guilherme. Logo ela continua com a aula, a qual segue sem maiores problemas. Pouco antes do recreio, ela passa os exercícios do final do capítulo como tema de casa.

Quando saímos para o recreio, eu fico pensando em como que uma aula dessas demonstra o nível de certos colegas e o quão cansativo é aguentar aquele monte de perguntas idiotas e constatações óbvias. Quanto ao recreio, pode-se dizer que ele seria tranquilo, porém o fato de que os outros nobres da nossa sala, acompanhados de seus membros de confiança, passam ao lado da nossa área, com expressões nada amigáveis, não é difícil notar o quanto detestam o nosso Grupo.

Quem mais está zangada, dentre esse pessoal, é a Princesa Juliana, que não gostou nem um pouco de ver a Professora Victória elogiando as pessoas daqui, pelas respostas corretas que foram dadas na aula de Geografia. Como Juliana está odiando este Grupo, para ela não faz diferença se quem respondeu certo foi um plebeu, ou o próprio Rei Hugo, pois para ela tudo e todos daqui são razões para se ter o mais puro e absoluto desprezo. Porém, o que mais a irritou foi ter sido contradita, pois no momento em que ela disse que ninguém sabia responder a pergunta da Professora, Hugo e eu apenas a ignoramos e respondemos corretamente.

Vendo eles nos olhando, com sangue nos olhos, já é possível notar que vem algo ruim. Ávalon também nota a presença deles e caminha em direção deles.

– Perderam alguma coisa?! Estão com algum problema?! O que foi?! – pergunta Ávalon.

– A gente não precisa ter problema pra ficar no lugar em que a gente quiser, ô sua retardada! – responde Juliana.

– Retardada é a tua mãe, ô sua escrota! – retruca Ávalon.

– Olha só... Respondendo assim a uma Princesa... – diz Manoela, incomodada.

– É nisso que dá... Ficar protegendo plebeus, do jeito que o Hugo está fazendo! – completa Bella.

– Humpf! Vocês estão se achando, né, ô seus plebeus nojentos! Humpf! Mas eu só aviso uma coisa... Vocês vão se arrepender de tudo isso que vocês estão fazendo. – ameaça Juliana. Em seguida, ela vira para os amigos e fala: –

Vamos, gente! O aviso já foi dado e a gente não precisa ficar o recreio inteiro... do lado desse CHIQUEIRO cheio de plebeus porcos e imundos. – ela começa a caminhar e os outros a seguem, mas não sem fazer uma expressão de nojo enquanto nos encaram.

Depois desse *show* deplorável, o pessoal fica comentando um pouco, mas não por muito tempo, já que todos, com toda a certeza, preferem passar o recreio fazendo algo agradável do que ficar lamentando tal fato. Quanto a mim, simplesmente não consigo parar de tentar imaginar o que Juliana quis dizer ao nos ameaçar, pois com certeza ela deve estar planejando algo.

Logo que a sirene soa novamente, retornamos à nossa sala, onde a Professora Lisandra já nos aguarda para começar a aula de Literatura. Ela passa quase todo o tempo falando sobre a literatura medieval portuguesa, sobre como era o estilo da época, quais eventos serviram de inspiração para a formação das obras daquele período e como tudo isso influencia na literatura brasileira. Ela ainda aproveita brechas para nos falar sobre coisas da vida pessoal dela. A Professora simplesmente não para de falar durante os dois períodos e, ao final da aula, ela anuncia as leituras obrigatórias do trimestre, sendo elas: *O Morro dos Ventos Uivantes*, da autora britânica Emily Brontë, para a primeira prova, e *O Tempo e o Vento*, do autor gaúcho Erico Verissimo, para a segunda prova. Em outras palavras, a Professora nos manda ler uma obra estrangeira e uma nacional, pois desse modo teremos contato com a nossa cultura e com outras.

Quando a sirene soa, anunciando a hora do almoço, dirigimo-nos à Cantina, onde as pessoas dos outros grupos continuam a nos encarar, mas principalmente os nobres, que não estão gostando nada do fato de que não podem mais nos oprimir do jeito que sempre fizeram. Fora essa tensão, conseguimos almoçar sossegados e, logo depois, seguimos mais uma vez à nossa área, onde conversamos mais um pouco. Quando a sirene soa novamente, voltamos à sala de aula, para mais um período com a Professora Lisandra, só que desta vez a aula é de redação. A Professora começa a explicar o método correto de se redigir uma boa redação e, tal como nos períodos anteriores, ela aproveita toda e qualquer brecha para contar sobre sua vida pessoal.

No período seguinte, a maioria da turma está com aquela boa expectativa de ter uma aula de Educação Física, mas quando o Professor Thadeu chega à nossa sala, frustra o pessoal ao dizer que a aula de hoje é teórica. Ouvindo muitas reclamações, principalmente de seus protegidos, o Professor ordena que todos se sentem, peguem seus cadernos e copiem o que ele irá escrever no quadro. Eu, particularmente, não tenho problema com aula teórica, mas o problema em copiar o que Thadeu escreve é que ele tem uma letra horrível e escreve muito rápido, o que torna muito difícil acompanhá-lo, já que, quando ele enche o quadro, ele já quer apagar tudo, para dar continuidade. Isso dá muita discussão nesse período, porque poucos conseguem copiar tudo, sendo que, claro, os nobres nem se esforçam.

Quando o período chega ao fim, todos começam a se organizar para ir embora. Wagner está com um pouco de pressa para ir pra casa e, quando já está com a mochila nas costas, ele rapidamente se dirige para a porta. Nessa hora, do nada, Juliana se levanta e se coloca na frente do Wagner, para fazê-lo esbarrar nela. Após Wagner esbarrar na Juliana, sem qualquer culpa, a Princesa cai no chão.

– Alteza... Desculpa... – diz Wagner, tentando ajudar Juliana a se levantar.
– Como que tu faz uma coisa dessas, seu idiota?! – diz Bella, colocando-se na frente do Wagner, para poder ajudar a amiga. Já de pé, Juliana encara Wagner com sangue nos olhos.

Juliana começa a caminhar na direção do Wagner e, conforme ela avança, ele vai dando passos para trás, até que colide com a parede. Quando Wagner para, Juliana também para e, nessa hora, vemos uma menina baixinha intimidando um grandalhão, por completo, ao lhe proferir uma série de ofensas.

– Seu jumento! Seu sujo! Olha só o que tu fez! Tu veio com tudo em cima de mim e, com esse teu corpo imundo... Tu encostou no MEU CORPO, QUE ESTAVA LIMPO... E AINDA ME DERRUBOU NO CHÃO! AGORA EU VOU TER QUE TOMAR UM BANHO DE DESINFETANTES, E AINDA POR CIMA VOU TER QUE JOGAR O MEU UNIFORME FORA... JÁ QUE TU CONTAMINOU TODO ELE! GRRRRRR! ISSO VAI TER VOLTA! E TU VAI TER QUE PAGAR POR UM UNIFORME NOVO, SABIA?! – berra Juliana. Nessa hora, enquanto a maioria está horrorizada com a cena, os amigos da Juliana se divertem.

– Me desculpa, Alteza! Por favor! Foi sem querer... Eu... Eu juro! – implora Wagner, apavorado.

– CALA ESSA BOCA, SEU PORCO IMUNDÔÔÔÔÔÔ! – berra Juliana, que aponta o dedo na cara do Wagner e, cheia de ódio, continua: – Cala essa boca! Porcos não falam! Ainda mais os porcos sujos... Imundos... Feios... HORROROSOS, IMBECIS, RETARDADOS, INSIGNIFICANTES E INÚTEIS QUE NEM TU! – então ela diminui o tom e começa a ameaçar: – Te prepara! Tu vai ser expulso amanhã mesmo! Eu vou falar pro teu Rei, que tu me jogou no chão... Tentou me estuprar... E ainda... Como eu não deixei que tu fizesse isso... Tu, por vingança.... Tentou me matar... NA FRENTE DE TODO MUNDÔÔÔÔÔÔ! Essa vai ser a acusação, pra justificar a tua expulsão! Quero ver alguma escola te aceitar depois disso. – ela termina de falar e dá uma gargalhada macabra.

— Alteza, por favor, não faz isso... — implora Wagner, que se ajoelha e tenta beijar o pé da Juliana, enquanto ela apenas dá um passo para trás.

— CALA A BOCA! E NÃO ENCOSTA MAIS EM MIM! TU JÁ ERA! VÊ SE ACEITA ISSO, SEU TROUXA! — berra Juliana, que logo se vira para as amigas, e fala: — Vamos, gente! Eu tenho que ter uma conversa com o Rei Fafá! Eu vou fazer aquela biba preparar a expulsão do Wagner pra ontem, já que ela me deve favores. — então ela começa a caminhar para a porta, com as amigas indo atrás. Quando está prestar a sair da sala, Juliana vê Manoela escorada ao lado da porta e logo grita: — SAI DA MINHA FRENTE, TU TAMBÉM!

— Desculpa... Alteza! — diz Manoela, que, apavorada, apenas obedece.

Depois que Juliana sai da sala, todos os seus amigos vão atrás, e Manoela vai por último. Nessa hora, dou uma olhada geral na sala e percebo que o Professor também já se mandou, tendo ele, com toda a certeza, saído de fininho, para evitar que algo venha estourar no seu colo. Em seguida, Wagner, em estado de pânico, vai atrás da Juliana para tentar se desculpar mais uma vez. Assim que ele sai, Mandy, horrorizada, vem falar comigo.

— Leo... O que o Wagner fez nem foi tão grave assim. A verdade é que foi a própria Princesa que se colocou na frente dele. E agora essa louca vai acabar com a vida dele, usando essas acusações falsas. Olha... É sério... A gente tem que fazer alguma coisa pra ajudar o pobre coitado. — diz Mandy, em baixo tom.

— Claro! Não dá pra deixar essa vaca fazer a festa. — respondo.

— Então?! O que a gente faz?! — pergunta Mandy. Então eu, já sabendo o que fazer, vou até Hugo.

— Majestade! O que o senhor acha de aceitar o Wagner no Grupo?! — pergunto.

— O quê?! O Wagner?! Num Grupo de Inteligentes?! Ai, acho que não, né! E por razões óbvias, até! Tu sabe! — responde Hugo.

— Sim, mas... Ah, pensa bem... Ter um burro de carga pode não ser uma má ideia. É melhor que ele fique na Escola, servindo a Vossa Majestade... do que ser expulso! Imagina só... Toda a força bruta que estaríamos desperdiçando se deixarmos a Juliana ir adiante com essa loucura! — digo este absurdo a Hugo para convencê-lo.

— Hum, nhé... Pode até ser... — diz Hugo, até que Alice volta para a sala.

— Ai, gente... — diz Alice, que dá uma risadinha e prossegue: — O Wagner é hilário! Tipo... Olha só... Ele foi atrás da Juliana, de novo, e pediu desculpas pra ela, né! Aí ela não aceitou, e o burrão insistiu! E quando ele botou a mão no ombro dela, ela deu um chute no saco dele, com toda a força. — ela dá mais uma gargalhada e continua: — Ai, ai... Aí a Ju falou que agora é o tênis dela que vai ter que ser jogado fora, já que, né... Encostou naquela parte do Wagner... — ela para, dá mais uma gargalhada e, quando se recompõe, prossegue novamente: – Sério, a cena foi demais! E vai ser mais engraçado ainda quando o Wagner for expulso amanhã. Não vejo a hora! – ela pega a mochila que havia deixado na sala, olha para nós e, como ninguém ri, ela pergunta: – Que foi?! Não se pode nem rir mais?! Ah, bom... Que se danem, vocês todos! Já fiz o que vim fazer. Já peguei a minha mochila e vou nessa. Tchauzinho! – e logo ela sai da sala.

– Tem certeza que o senhor vai deixar as coisas serem como elas querem, Majestade?! – pergunto a Hugo.

– Por mim, aquele lixão não vem pro nosso Grupo! – diz Walter.

– Tu não tem que querer nada! O Rei aqui sou eu! – diz Hugo a Walter, fazendo-o parecer um idiota na frente de todos. Com tal cena, todos temos de segurar o riso, enquanto Walter simplesmente engole o desaforo e nada faz. Logo Hugo vira para mim: – Tá bom! Fala com o Wagner e diz pra ele ir até a minha sala amanhã, bem cedo. E eu incluo ele na lista de súditos do meu Reino. – diz Hugo, e eu apenas faço que sim com a cabeça.

Depois de sair da sala, Stella, Ávalon, Mandy e eu procuramos Wagner e o encontramos sentado ao lado do balcão da Dona Griselda, com saco de gelo sobre as partes baixas. Para a nossa surpresa, quem o está acompanhando é a Rainha Aurora, dos Valentes.

– Rainha Aurora?! – digo, querendo saber o significado disso.

– Ah, oi! Eu só estou fazendo companhia pra ele... Caso ele precise de alguma coisa! – responde a Rainha, de forma simpática. Em seguida ela começa a contar o que aconteceu, dizendo: – Nossa! Vocês não fazem ideia! Quando eu estava passando pelo corredor, eu ouvi muitos risos e, quando fui ver, ele já estava deitado no chão gemendo de dor. – ela faz uma pausa, alcança um copo d'água a Wagner e continua: – Ele me contou que foi a Princesa Juliana e que ela vai mandar expulsarem ele amanhã, com um monte de acusações horríveis! – ela suspira e acrescenta: – Eu tenho que pensar num modo de evitar que isso aconteça.

– Não precisa te preocupar, eu já sei como ajudar! – digo, e a Rainha me olha. Então eu explico: – Eu falei com o Rei Hugo, que concordou em aceitar o Wagner no nosso Grupo. Se ele passar lá na sala do Rei amanhã, é possível evitar a expulsão.

– Eu não vou pro mesmo Grupo que o Hugo de jeito nenhum. Tu só falou pra ele me deixar entrar no Grupo pra que vocês possam me zoar, né! Tu sempre fez isso comigo; se a minha vida nessa Escola é uma droga, foi por culpa tua. Tu contou um monte de histórias minhas pra todo mundo e me deu um monte de nomes. Agora tu quer fazer isso tudo de novo e... – diz Wagner, que logo é interrompido.

— Chega! Será possível que tu ainda não entendeu que ele está querendo te ajudar, ô idiota! Até pedir pro Hugo te aceitar no nosso Grupo, ele pediu. – diz Mandy.

– É, cara! E se tu não aceitar essa ajuda, a Princesa do mal, lá... Vai conseguir te mandar embora! É isso o que tu quer?! – diz Ávalon.

– Wagner, olha... Eu sei que o Hugo não é a melhor pessoa do mundo, mas no momento, é só ele que pode te salvar da expulsão. – diz Aurora.

– E por que tu não me deixa ficar no teu Grupo, então?! – pergunta Wagner.

– Eu bem que gostaria, mas não dá. Não vão permitir que tu troque de Grupo, logo agora que tu está prestes a ser expulso. Pelo menos não se eu, a defensora dos animais, pedir... Agora se o Hugo pedir, com toda a influência que ele tem sobre as responsáveis pelos Grupos... bom... aí sim, vão acatar. – explica Aurora.

– Mas se for pra ir pro Grupo do Hugo... eu prefiro ser expulso mesmo! O Hugo vai querer me insultar o tempo todo. – diz Wagner.

– Insultado e humilhado tu já é! E está decidido... Tu vai vir pro nosso Grupo, sim! Amanhã, bem cedo, tu vai chegar na Escola e a primeira coisa que tu vai fazer é pedir... implorar, nem que seja... Pra que o Rei dos Inteligentes te aceite como súdito dele, pra que assim tu não seja expulso. Entendeu?! – digo, já sem paciência.

– Wagner... Faz o que o Leo está dizendo! Tu não pode deixar que as coisas sejam como a Juliana quer. Tu não pode deixar que ela faça isso contigo. – diz Mandy.

– Se essa louca conseguir te mandar embora, ela vai acabar com a tua vida. Olha as acusações que ela vai fazer... agressão... tentativa de estupro... e até tentativa de homicídio! Putz! Pelo amor de Deus, né! Usa essa cachola pra pensar em alguma coisa que não seja besteira. – diz Stella.

– Wagner... Tu tem que ir falar com o Rei Hugo amanhã. – diz Aurora, que faz uma pausa e logo prossegue: – Faz isso como uma forma de me agradecer pelo que eu fiz por ti hoje. É sério, Wagner... Engole o orgulho e vai falar com o Hugo. A Juliana não pode continuar se dando bem assim. E eu sei que tu vai tomar a decisão certa.

– É bom que ele faça mesmo. Bom, eu já vou indo. – digo à Aurora e, em seguida, me viro para Wagner e falo: – Mas antes, Wagner... Eu tenho três coisinhas pra te dizer... A primeira é que não fui eu quem criou as histórias e os apelidos. A segunda é que todo mundo ria de ti, não era só eu. E a terceira é que se tu acha que eu era o único a caçoar de ti, e é por isso que tu me odeia... olha... parabéns! A lavagem cerebral que fizeram em ti deu certo e tu está fazendo exatamente o que a turma da Juliana e do Jonas quer que tu faça. – dou uma pausa, respiro um pouco e, quando estou um pouco mais calmo, prossigo: – Olha, Wagner...

Eu me arrependo de um dia eu ter exagerado nas brincadeiras de mau gosto, mas não dá pra mudar o passado. E é por isso que eu estou tentando te ajudar agora, pra que o presente e o futuro sejam melhores. Tenta pelo menos dar valor. Pode ser?! – dou mais uma pausa, pego a minha mochila e, por fim, de forma curta e grossa, eu falo: – Bom, então... Tchau! Torçamos pra que tudo dê certo amanhã. – e então saio do prédio, com as meninas e a Rainha me acompanhando.

– O que será que deu na Juliana hoje?! Tudo bem que ela é sempre estressada, mas isso que ela fez hoje... – indaga Aurora.

– A única explicação pra isso é que ela está com inveja. Inveja do nosso Grupo. Ela não está aguentando nos ver bem, em um Grupo só nosso e, muito menos, saber que o Rei desse Grupo, que há poucos dias era igual a ela, agora tem mais poder do que a Rainha do Grupo dela, enquanto ela continua na mesma. Mas a coisa que mais está incomodando ela é que o Hugo nos libertou da obrigação de obedecer às pessoas da laia dela. Aí ela desconta toda a raiva dela em pessoas como o Wagner, que não têm proteção, já que não fazem parte do nosso Grupo. – explico.

– Aí ela aproveita pra humilhar o Wagner, enquanto ela ainda pode. – completa Mandy.

– Huuum, faz sentido! Deve ser por isso que está rolando um boato de que ela está formando um décimo Grupo. – diz Aurora.

– Opa, como é que é?! – questiona Stella.

– Eu não sei se é verdade, eu só ouvi boatos, mas... – diz Aurora.

– Então era isso que ela estava querendo dizer no recreio. – digo, me viro para as meninas e falo: – Ela nos ameaçou hoje, lembram?! Foi naquela hora que a Ávalon mandou ela chispar. Aí ela falou que nós iríamos nos arrepender por tudo aquilo. Só pode ser isso!

– Ela vai querer usar esse décimo Grupo pra nos intimidar, então! – diz Ávalon.

– Se for isso mesmo, vai ser um desastre. – diz Stella.

– É! E o pior é que, como a gente não sabe se isso é mesmo verdade... a gente, por hora, nem tem como evitar que isso siga adiante. Nós só podemos esperar pra ver no que vai dar. – digo e, em seguida me despeço, ao falar: – Vou ter que ir. Até amanhã. – e as meninas também se despedem. Depois de se despedir de nós, a Rainha retorna para dentro do prédio para fazer um pouco mais de companhia ao Wagner.

Já na sexta-feira, dia 14 de março, temos mais uma manhã ensolarada, com temperatura de 17°C, na qual eu chego à Escola para mais um dia de bizarrices.

Passei a quinta-feira inteira pensando na possibilidade de Juliana estar formando um décimo Grupo, mas quando entro no prédio e dou uma olhada no jornal, simplesmente não há nada a respeito. Outra preocupação que tenho é com Wagner, pois fico pensando se ele cumprirá com o combinado. E pensando na situação dele, eu, logo que retorno para a primeira página, percebo que há uma foto dele numa manchete com o título "PRIMEIRA EXECUÇÃO DO ANO ACONTECERÁ NESTA SEXTA-FEIRA". Já o subtítulo é "Plebeu, após tentativas de estupro e de assassinato contra a Princesa Juliana das Amazonas, terá sua expulsão decretada nesta sexta-feira, sendo esta a primeira execução do ano". Vale ainda mencionar que na foto, acima e abaixo do rosto do Wagner, há escrituras que, respectivamente, dizem: "EXECUÇÃO HOJE" e "NÃO PERCAM!". Como falta pouco tempo para a sirene soar, eu, indignado com o que vejo, subo as escadas, até a minha sala, onde encontro com alguns dos meus aliados.

Pouco depois que a sirene soa, a Professora Vânia chega e logo fecha a porta. Minutos depois, Hugo e Wagner entram na sala juntos, o que torna possível concluir que deu tudo certo, já que o clima entre eles não está ruim. Com isso fico um pouco mais tranquilo para continuar prestando atenção na aula. Tudo segue normal nos três primeiros períodos do dia. Primeiro a Professora Vânia conta as histórias da Bíblia como se fossem uma verdade irrefutável, depois o Professor Samuel vem filosofar conosco, com seu jeito calmo, parecendo um padre. Já a aula de Química da Professora Liana é, como sempre, uma aula em que parece que a Professora está mais perdida do que os alunos.

Durante os três períodos, os nobres não param de olhar para Wagner, enquanto dão risinhos abafados, pois com toda a certeza eles estão loucos para que chegue logo o recreio, para que possam vê-lo sendo expulso e humilhado. Quando a sirene soa, saímos da sala, descemos as escadas e nos dirigimos à nossa área, com Wagner vindo conosco. Vamos caminhando na mais absoluta paz, até que o Rei Fafá aparece.

– Ai, então é aí que tu está, né, ô bicho feio! Urgh! A gente já está te esperando na Praça Central, tu já deve saber o porquê. É melhor tu ir, tá! – diz o Rei Fafá, com seu jeitinho. Depois de falar isso, ele apenas ajeita o lencinho no pescoço e vira de costas para nós.

– Eu odeio esse veado. – comenta Wagner, que fala com sangue nos olhos.

– Eu entendo. E eu só espero que tu também entenda que o motivo pelo qual tu deve ter raiva dele não é o fato de ele ser *gay*, mas sim por ele te tratar mal. – digo, e as meninas concordam; já Sid, que também está perto, demonstra não concordar muito, mas não fala nada. Logo continuo: – Enfim... Querendo, ou não, tu tem que ir lá. Vai lá, e desautoriza a Princesa Juliana. – viro para o pessoal e falo: – Imaginem a cara dela quando descobrir que não pode fazer mais nada contra o Wagner também! – e todos fazem expressão de riso.

— Ah, não! Eu não vou me meter com a Princesa Juliana. – diz Wagner.

— Tu já está metido, meu caro. – diz Luigi.

— É! Só que dessa vez tu vai ter que ir lá... Só que pra dar a volta por cima naquela vaca. – diz Mandy.

— Ai, Mandy... Não precisa ofender as vacas, né! – reclama Stella, e todos riem.

Em seguida, todos nos dirigimos à Praça Central, onde estão os nobres dos outros Grupos e, em evidência, estão os nobres da nossa sala e o Rei Fafá. Então Wagner, com relutância, vai até eles, e Juliana chama a atenção de todos.

— Bom dia a todos! Bom... Eu quero que todos escutem e fiquem sabendo que ontem... aconteceu algo horrível, pra não dizer nojento. – diz Juliana, que logo prossegue: – Ontem, antes de ir embora, eu estava bem, cuidando da minha vida, arrumando as minhas coisas pra ir embora, até que, de repente... esse tarado louco veio e me derrubou no chão, querendo abusar de mim. – ela aponta para Wagner e impressiona a multidão com o seu sensacionalismo. Então ela continua: – Como eu sou uma moça digna e de família, eu não deixei esse jumento doido acabar com a minha pureza. Só que quando eu disse "Não!", ele saiu de si e tentou me matar, com uma cadeira. – a multidão começa a vaiar Wagner, chamando-o de muitas coisas e, novamente, ela continua com as mentiras: – Felizmente, eu tinha por perto os meus amigos... Os príncipes Guilherme e Jonas, que me salvaram. Pude contar também com a ajuda do Igor e do Caio. – ela heroifica os amigos e, enquanto a vaia continua, ela segue: – Depois de tudo isso... depois do choque que eu passei... eu fui conversar com o Rei Fafá e, juntos, nós concluímos que o melhor a fazer é expulsar esse desgraçado... HOJE MESMÔÔÔÔÔ! – e a multidão a aplaude.

— Sim, gente, é verdade! Eu já assinei todos os documentos pra mandar esse jegue embora. Ele já está oficialmente expulso. Agora é só a gente jogar ele pra fora daqui. Tipo... Literalmente! – diz o Rei Fafá, com apoio da multidão alienada. Logo Hugo vai até eles e corta a animação.

— Alto lá! Ninguém vai mandar o jegue embora, porque essa história que a Princesa Juliana contou... é mentira. – diz Hugo, que vai até Juliana, fazendo a multidão se impressionar quando fala: – Eu vi tudo! O Wagner só esbarrou nela, sem querer. Aí ela não gostou e veio com essa história ridícula. A verdade é que ela está com raiva de ver que a criação do meu Reino deu certo... E está descontando tudo no Wagner. – depois de Hugo dizer isso, escuta-se um "Óoooooooh!" vindo da multidão.

— Sinto muito, Hugo. Tu não pode mais salvar o Wagner. Ele já está expulso. Tem documento e tudo. – diz Juliana, que, mesmo já estando furiosa, ainda sorri. Depois que ela fala, o Rei Fafá mostra o papel.

— Esse negócio não vale mais. – diz Hugo e, como Juliana e Fafá não acreditam, ele explica: – Hoje o Wagner foi me pedir ajuda. Ele, com as palavras de jumento dele, me disse que tu não quis reconsiderar, Juliana. Aí... ele me pediu pra entrar no meu Grupo... E eu deixei. – aos poucos, o sorriso da Juliana vai sumindo. Então Hugo continua: – Inclusive, eu aproveitei e já fui falar com a Dona Hortência, que foi ver no sistema da Escola e descobriu que o Wagner já tinha sido expulso. Então, a meu pedido, ela anulou o ato e, graças a isso... o Wagner não está mais expulso. Ah, ele também não faz mais parte do Reino dos Melhores. Agora, com muitos poréns... e bota poréns nisso... ele é um Inteligente. – e Juliana começa a exteriorizar a raiva, serrando os dentes. Então Hugo acrescenta: – Ah! Tem documento e tudo, olha! – Hugo mostra o papel, e Juliana arranca da mão dele para lê-lo: – Isso é o que vale agora. E tu pode fazer o que tu quiser com essa folha, porque essa é só uma cópia. – depois que lê, Juliana bufa. Logo Aurora também se aproxima.

— Eu ajudei! – diz Aurora, que só piora o estado de fúria de Juliana, que a encara. Logo Aurora prossegue: – Eu cheguei mais cedo e fiquei esperando o Wagner chegar. Quando ele chegou, eu vi que ele não ia falar com Hugo... E ia acabar deixando que coisas acontecessem do jeito que tu queria, Juliana. Então, eu tive que convencer ele. E deu tudo certo, eu fui com ele até a sala do Hugo, pra que ele fizesse o pedido e, de lá, nós fomos pra sala da Dona Hortência. Digamos que o meu testemunho foi de grande ajuda pra que ela concordasse em desfazer a maldade que vocês fizeram ontem, com a ajuda da Bia, da Luana, da Griselda e da Jezebel. – quando Aurora termina de falar, enquanto Juliana rasga a folha ao meio, o Rei Fafá fica de queixo caído. Quanto a mim, apenas sou obrigado a admitir que fiquei impressionado, de forma positiva, com a atitude da Rainha dos Valentes. E logo Aurora finaliza: – Bom, gente... Como vocês podem ver, não tem mais nenhuma execução hoje. E é bom que saibam: se vocês continuarem dando apoio pra esse tipo de coisa, mais dia, menos dia, vai ser um de vocês que vai estar na situação em que o Wagner estava hoje. E é isso! Aproveitem o resto do recreio de vocês.

Depois de dizer isso, Aurora começa a caminhar em direção à sede de seu Grupo. Hugo e Wagner também saem dali e, logo, a multidão também começa a se dispersar. O Rei Fafá, frustrado, também vai embora. Já Juliana, furiosa, começa a praguejar.

— TU ME PAGA POR ISSO, AURORA! E TU TAMBÉM, HUGO! TU E ESSES TEUS SÚDITOS... ESSE BANDO DE *NERDS*! EU ACABO COM VOCÊS, NEM QUE SEJA A ÚLTIMA COISA QUE EU FAÇÁÁÁÁÁÁÁÁÁ! AAAAAAAAH! – berra Juliana, que logo pega a folha que havia rasgado e termina de transformá-la em confete. Ainda bufando, ela joga os pedacinhos para o alto e, olhando para a sujeira que fez no chão, ela vira para um plebeu qualquer, que ainda está ali perto, e lhe ordena: – O QUE TU TÁ ESPERANDO, Ô SEU IDIOTA?! HEIN?! TU TÁ ESPERANDO QUE OS PEDACINHOS CRIEM ASAS E VOEM ATÉ A LATA DE LIXO... OU QUE EU, UMA PRINCESA, FAÇA ESSE TIPO DE SERVIÇO?! BOM... PRO TEU AZAR, ESSAS COISAS NÃO VÃO ACONTECER, ENTÃO... ANDA LOGO E LIMPA! AGORAAAAAAAAAA! – então o plebeu, apavorado, corre até onde está o papel picado e se agacha para juntar tudo. Mesmo assim, Juliana o derruba no chão, com um chute no seu traseiro, e volta a berrar: – ANDA! É PRA HOJE! E É PRA LIMPAR, NÃO PRA PERDER TEMPO, Ô SUA LESMA! – vendo Juliana descontando sua raiva em alguém que não tem nada a ver com a situação, eu opto por me retirar, pois sei que não posso fazer nada pra ajudar o pobre coitado sem que eu ponha tudo a perder.

Depois de tudo aquilo e já na nossa área, nós damos boas-vindas ao Wagner. Infelizmente, nem todos gostam do fato de que ele tenha ingressado ao nosso Grupo. Rebecca, Maria Judith e Haroldo não gostam que um colega com fama de burro tenha entrado para um Grupo com o nome de "Inteligentes", mesmo que Rebecca e Maria Judith não sejam as pessoas mais adequadas para julgar alguém. Já o Luigi, mesmo que ele tenha apertado a mão do Wagner e sorrido muito, também não o quer aqui; percebo isso ao ver que, quando ele vira a cara, o sorriso desaparece.

Quando a sirene soa, nos dirigimos para a sala de aula, onde o Professor Edmundo já está a postos para iniciar sua aula de Espanhol. Nessa aula ele segue nos fazendo ter uma melhor noção da fonética espanhola.

– Então, pra que vocês tenham uma melhor pronúncia das palavras espanholas, vocês têm que tomar cuidado com estas letras! – diz o Professor, que escreve as seguintes letras no quadro: CH, G, J, LL, Ñ, S, V, X, Y, Z. Em seguida ele fala: – Percebam que o que está sublinhado não são dígrafos, e sim letras. Letras que, oficialmente, pertencem ao alfabeto espanhol. A primeira, o "CH", se chama "tchê". Como eu presumo que todos nesta sala sejam gaúchos, nascidos e criados neste Estado, não terão problemas pra lembrar desse nome. Essa letra tem som de "TCH". – segue para as outras, e prossegue: – O "N" com til se chama "ênhe" e tem o som do "NH" do português. – e quando aponta para a letra LL, ele diz: – Esta letra é um pouco complicada, porque ela tem um som diferente em cada região em que se fala espanhol, ou seja... cada sotaque tem um som diferente. Essa letra tem o mesmo som que o "Y", que em espanhol nós chamamos de "i grega"! Mas cuidado, o "i grega" só fica com o mesmo som de "LL", quando ele antecede uma vogal. Quando ele aparece no final da palavra, ele fica com som de "I"! Quanto às outras, não tem muito mistério...

"S" e "Z" têm sempre o mesmo som... Som de "S", no caso. "V" tem um som mais puxado pro "B". O "J" tem sempre o som do RR do português e o "G", quando sucedido por "E" e "I", fica com esse mesmo som. E o "X", assim como no português, tem vários sons, mas nem todos são iguais aos nossos.

Depois dessa explicação, o Professor coloca alguns exemplos no quadro, dentre eles: Mu*ch*o, *G*igante, *J*uego, *Ll*uvia, Ni*ñ*o, Profe*s*or, *X*ilófono, E*x*celente, *Y*anta, Esto*y* e *Z*apato. Ele também nos manda ter cuidado com o som das vogais: A, E e O, sendo que "A" é sempre aberto, "Á", enquanto as outras são sempre fechadas, "Ê" e "Ô". Jamais serão o som oposto, "Â", "É" e "Ó". Porém, os acentos serão sempre agudos, jamais poderemos usar acento grave ou circunflexo. Til só será usado no "Ñ" e trema para fazer do som de GU. E o Professor segue falando, até que a aula chega ao fim.

– O nosso tempo já está chegando ao fim. Então eu acho que nos vemos daqui a quinze dias, já que na semana que vem é Sexta-Feira Santa. Então até mais e... bom feriado! – diz o Professor, sendo que quando ele diz a última frase, todos comemoram.

Quando a sirene soa, todos saímos da sala, para irmos embora. Despeço-me do pessoal e, quando já estou me direcionando para o estacionamento, tenho de mudar o rumo ao ver que Juliana, ainda braba, está indo na direção da área dos Inteligentes; então eu vou atrás dela, sem que ela note. Quando ela entra na área, vou por trás e coloco a mão no ombro dela, fazendo-a se assustar e dar um grito.

– AH! TU QUER ME MATAR DE SUSTO, É ISSO?! O QUE É QUE TU TÁ FAZENDO AQUI?! – berra Juliana, questionando-me.

– Eu é que te pergunto... O que TU está fazendo aqui?! Até onde eu saiba, o Rei não deu passe livre pra pessoas de outros Grupos entrarem aqui. – digo, e Juliana, sabendo que está errada, simplesmente fica quieta. Logo começo uma conversa, ao perguntar: – Ouvi boatos de que tu está tentando criar um décimo Grupo. É verdade?!

– Quem te contou isso?! – ela me questiona, um tanto assustada.

– Pela tua reação, eu estou vendo que é verdade. – digo, e logo acrescento: – Tu morre de inveja deste Grupo, né?! E tem mais inveja ainda do fato de que o Hugo tem mais autoridade do que tu e todos os outros nobres juntos. Deu pra notar isso, devido a todos os chiliques que tu deu... descontando a tua raiva em quem não pode se defender. Sério... Isso é muito baixo! – ela só me olha, com ódio, e eu volto a falar: – Mas se tu pensa que com o teu décimo Grupo tu vai ter tanto poder quanto o Hugo... esquece! O Hugo só é poderoso desse jeito porque a Direção tem muito mais interesse em defender ele do que em defender vocês. O porquê disso... eu não sei! Eu só sei que, entre ele e vocês, a preferência vai ser sempre dele. – ela começa a bufar, e eu a provoco: – E outra... Vocês não vão encontrar um lugar tão bonito quanto este pra que seja a área desse décimo Grupo. Sabe... essas árvores grandes se chamam plátanos, aquelas são ciprestes e... ah, aquelas menores são caqueiros, que ainda têm frutinhas nos galhos. As folhas da maioria das árvores daqui já estão mudando do verde pro amarelo, isso porque, em menos de uma semana, o outono entra e... ah, esqueci: Tu não sabe o que é equinócio, né?! – faço referência à aula de ontem.

– Eu sei muito bem o que são as estações do ano e quando que elas começam. E eu odeio o outono. Eu ODEIO quando o verão acaba. – diz Juliana, tentando não demonstrar o quanto que a minha colocação a afetou.

– Hum! Que pena! Outono é uma estação tão bonita! – digo, faço uma pausa e continuo: – É uma pena também... que tu tenha te tornado uma pessoa assim. Bom... Eu vou indo nessa. Pode te servir dos caquis, se tu quiser. O Rei não vai notar. Tchau! – pego minha mochila e vou embora, deixando-a sozinha e furiosa.

CAPÍTULO XI

O Acampamento

À tarde, estou em casa, preparando tudo para o acampamento. Faz calor agora; vejo que o termômetro de parede marca 28°C. Há poucos minutos Stella me ligou avisando que chegaria mais cedo, pois o pai dela não poderá trazê-la no horário combinado, ou mais tarde. Às 15 horas e 30 minutos, ouço a campainha soando, olho pela janela e vejo que é Stella, que acaba de chegar. Logo saio de casa e começo a descer a estrada de pedra que leva até o portão.

— E aê! – diz Stella quando me vê, enquanto eu apenas aceno com a mão.

— Vê se te comporta! – diz o pai dela, enquanto eu abro o portão. Logo ele também me acena, e eu faço o mesmo para ele.

— Tá, pai! Tchau! – responde Stella. Em seguida, o pai dela apenas dá uma risada, arranca com o carro e vai embora.

— Desculpa vir mais cedo, mas é que o meu pai tem compromisso de trabalho hoje. – diz Stella.

— Não... Sem problema! – respondo, e logo a convido para entrar, dizendo: – Vem! Vou te mostrar a casa. – e começamos a caminhar.

— Isso é que é casa, hein! – diz Stella.

— Ah... Obrigado! – respondo.

— E essa árvore... É igual àquelas que têm lá na área do nosso Grupo, só que essa é bem maior. – comenta Stella sobre a árvore enorme que há na frente da minha casa.

— Sim, é um plátano. – respondo, e logo acrescento: – Essa árvore fica linda no outono, ela fica toda dourada. Olha, algumas folhas até já estão mudando de cor.

— Sim! – diz Stella, que, quando repara em outra coisa, fala: – E aquelas rosas, ali... No quesito beleza, elas não ficam pra trás. Tem vermelha, branca e amarela.

— São da minha mãe. Ela adora essas rosas, principalmente as brancas, por serem as mais perfumadas. – digo, e logo vou até a rosa para cheirá-la. Em seguida convido Stella a fazer o mesmo, dizendo: – Sente o cheiro, tu também. – e assim Stella o faz.

— Nossa! É cheirosa mesmo! – comenta Stella, que cheira novamente.

— E pensar que tem gente que prefere cheirar cocaína. – digo.

— Sim... Pois é! – diz Stella, enquanto ri.

— Bom saber que tu também gosta de plantas. – digo.

— Por que eu não gostaria?! Só porque eu curto *heavy metal*?! – pergunta Stella.

— Não! – respondo, e logo explico: – Eu também curto *heavy metal* e não tenho nada contra adorar a natureza. Só digo isso porque eu gosto quando as pessoas têm gostos e estilos parecidos com os meus. – e nessa hora nós dois reparamos que estamos combinando nas roupas, com camiseta e tênis pretos e, ainda, o *short* dela é de *jeans* azul-marinho, assim como a minha bermuda.

— Ah... Nem tinha reparado que a gente está combinando. Mas enfim... – diz Stella, que logo retorna ao outro assunto: – Pois é, mas entre as plantas e os animais, eu sou mais dos animais. Mas uma coisa é certa: a gente, que não tem nada a ver com o Reino da Natureza, se preocupa mais com a natureza do que a Rainha daquele Grupo... A tal da Giovanna. Porque, pelo que me contaram, aquela desgraçada é um desastre. Tipo... ela faz festas na casa dela, com fogos de artifício, que maltratam os ouvidos de vários animais... Ela já falou que a Amazônia só serve pra ocupar espaço e que por isso deveria ser totalmente extinta... E fora as atitudes do dia a dia, como jogar lixo na rua, jogar comida fora, gastar luz e água à toa, comprar coisas que ela nunca vai usar... Só pra comprar! E até fumar, ela fuma! E bom... não preciso nem explicar o porquê de tudo isso ser um assassinato pro meio ambiente.

— Sim, e ela não fuma só cigarro normal, né. Ela fuma maconha, também. Humpf! É, mas fazer o quê... Vindo daqueles nobres, nada me impressiona. E falando neles... é bom a gente aproveitar pra falar o que a gente quer agora, enquanto a dupla dinâmica, Hugo e Walter Otário, não aparece. – digo.

— Walter Otário?! – indaga Stella, achando graça.

— Sim! O nome dele, na verdade, é Walter Octávio, mas pra mim... ele sempre vai ser o Walter Otário mesmo. O otário que cheira o peido do Hugo! – explico.

— Tá certo! – diz Stella, que logo ri novamente.

— Enfim... Vamos entrar, que essa mochila deve estar pesada. – digo, enquanto Stella me acompanha pela estrada de pedras até a varanda, onde os meus pais estão conversando e tomando chimarrão. Logo começo com as apresentações: – Mãe, pai, essa é a minha colega Stella. Ela estava na casa da Ávalon, na semana passada, e ela está me ajudando a acabar com Hugo e com as protetoras dele. – digo isso e Stella ri de nervosa. Logo me viro para Stella e falo: – Stella, esses são os meus pais, Amália e Lorenzo.

— Oi... – diz Stella, meio sem jeito, devido à forma como eu a apresentei.

— Prazer, Stella! Fico feliz de saber que o meu filho tem com quem contar. — diz a minha mãe, sendo ela, de minha altura, magra, com o cabelo médio, repartido ao meio, liso e castanho-escuro, e com olhos que também são castanho-escuros.

— E se é guria bonita assim, melhor ainda. — diz o meu pai, tentando ser engraçado e sendo bem-sucedido em fazer Stella rir de tão sem jeito que fica, enquanto eu fico sem ter onde enfiar a cara. O meu pai é alguns centímetros mais alto que eu, barrigudo, cabelo grisalho e curto, e com os olhos verde-água.

— Para com isso! Está deixando a menina sem graça! — diz minha mãe.

— Ah, só estou aproveitando pra brincar agora, enquanto as majestades não chegam. — diz meu pai, debochando da dupla dinâmica, Hugo e Walter.

— Sim... Temos que nos comportar na presença deles. — digo, e me viro para Stella, para dizer: — Enfim... Vamos entrar, Stella?!

— Filho, pergunta se ela não quer um chimarrão, ou tomar alguma coisa... — diz minha mãe, enquanto eu me viro para Stella.

— Talvez depois! Obrigada! — responde Stella, e logo que eu entro, eu a convido para vir junto, e ela vem. Depois de passarmos pelo corredor, chegamos à sala de estar, onde Thor, meu cachorro, está descansando em seu lugar favorito, ao lado da lareira, com a língua de fora e abanando o rabo, feliz em me ver.

— Pode deixar a tua mochila naquele outro sofá ali. — digo à Stella, que faz o que eu falo. Logo faço mais uma apresentação: — Ah... Stella, esse é o Thor.

— Que lindo! Ele deixa fazer carinho?! — pergunta Stella.

— Sim! Ele sabe que quem entra aqui comigo é amigo. E se é meu amigo, é amigo dele também. — respondo, e logo Stella avança para acariciar o Thor, simplesmente encantada com ele.

Ficamos na sala de estar com Thor e ouvindo músicas, até o resto do pessoal chegar. Por volta das 17 horas, quem chega é Mandy, depois Nina, Sid, Luna, Laerte, Ophélia, Wagner, Daniel, Luigi, Osmar, Haroldo, e às 17 horas e 15 minutos, a última integrante da plebe a chegar é Ávalon. A partir de então, nós começamos a organizar todas as barracas, a lenha para a fogueira e os comes e bebes. Ávalon, inclusive, não perdeu a chance de trazer um violão, para poder cantar, à sua maneira, algumas de suas canções favoritas para todos nós. Tudo vai muito bem até agora, mas o clima muda quando a minha mãe grita, dizendo que Hugo e Walter chegaram.

Ao ouvir isso, todos, incluindo os meus pais, vão até o portão para receber a dupla dinâmica. A única que não desce é Ávalon, que vai ao banheiro. Quando chegamos, vemos Hugo e Walter de pé, apenas esperando que alguém abra o portão para eles. Percebo também que o porta-malas do carro do Seu Heinz, pai do Hugo, já está aberto, o que significa que, provavelmente, eles irão ordenar que alguém carregue as coisas deles.

— Como é que é?! Vão nos deixar esperando por muito tempo?! — reclama Walter assim que nos vê.

— Nhé! Tem bastante coisa nossa pra carregar... Quem se oferece?! — pergunta Hugo. Nesse momento Seu Heinz sai do carro.

— Deixa que eu levo... — diz o Seu Heinz, oferecendo-se. Heinz é um alemão de quase oitenta anos, que veio para o Brasil no tempo em que as Forças Aliadas estavam ocupando a Alemanha. Ele é alto, magro, calvo e fala português sem apresentar qualquer tipo de erro, apesar de ainda ter um sotaque carregado. E mesmo que esteja beirando os oitenta anos, ele ainda tem pique para fazer muita coisa.

— Não, pai! Não faz nada! O Walter e eu temos súditos que existem, única e exclusivamente, pra nos servir. Então é bastante justo que alguém aqui faça esse serviço. E bom... se ninguém se oferece, eu vou ter que escolher... Daniel, Wagner, Osmar... Parabéns! Vocês foram os escolhidos. — diz Hugo, sendo que, quando ordena que os três façam o trabalho, eles apenas me olham.

— Por favor... Ouviram o que Sua Majestade disse! — digo, e dou um suspiro, de modo que eles entendam que, apesar de ser muito absurdo e humilhante ter de fazer o que Hugo manda e mesmo que estejamos fora da Escola, é melhor obedecer, por enquanto. Enquanto os três vão pegar as malas, que, por sinal, são enormes, Hugo e Walter vão entrando na propriedade.

— Quanto tempo! É bom ter vocês de novo aqui em casa. — diz minha mãe, querendo ser gentil, mas sendo falsa, pois sabe o que esses dois representam.

— Nhé! Faz um tempinho mesmo. — diz Hugo, enquanto Walter apenas empina o nariz e vira a cara. Seu Heinz não fala nada para ninguém, porque depois que as coisas são retiradas do porta-malas, ele apenas o fecha, entra no carro e vai embora.

Passando tudo isso, todos voltam para o lado de dentro do portão, vamos para a casa, pegamos tudo o que vamos utilizar durante a noite e, em seguida, levamos tudo para o gramado que fica no centro do terreno e cercado por muitas árvores. Tudo segue bem, enquanto montamos as barracas, exceto pelo fato de Hugo e Walter ficarem sem fazer nada e passarem o tempo todo dando ordens em todos, inclusive em mim, que moro aqui. Quem monta a barraca em que os dois vão dormir são os mesmos que carregaram as coisas deles. Depois que tudo já está montado, eu percebo que Walter está indo para a casa e, sem pensar duas vezes, eu o sigo, sem que ele perceba.

Walter está usando chinelo, bermuda e camiseta regata. Não há como não notar isso, pois é mais do que certo que chinelo é o pior tipo de calçado para se usar num acampamento. Contudo, até aí nada me surpreende, pois Walter é o rei das más escolhas, vide o fato de ele se manter fiel ao Hugo, enquanto só recebe coices como recompensa. É fato que ele é simplesmente patético por natureza, mas esse não é o maior defeito dele, já que ele se tornou extremamente arrogante e mal-educado desde que foi condecorado como Príncipe. E mesmo agora, ele, novamente, volta a ignorar as regras da boa educação e vai entrando na minha casa sem pedir licença e sem se preocupar se o chinelo dele está sujo ou limpo.

– O-oi, Walter... Tu quer alguma coisa, querido?! – diz minha mãe, que está distraída na cozinha e leva um susto ao ver o Príncipe. Eu apenas me posiciono ao lado da janela da cozinha, do lado de fora da casa, para poder ouvir o que irá ocorrer.

– Ah, quero sim. Eu quero um refri. – diz Walter, em tom de pura arrogância.

– Só um minutinho, que eu já sirvo pra ti. Eu só vou... – diz minha mãe, até ser interrompida pelo Príncipe.

– EU QUERO AGORA! – grita Walter. Obviamente, minha mãe fica pasma ao receber tal "ordem" em sua própria casa. Walter não gosta de ver que minha mãe está parada e continua: – Vamos! É pra hoje! Eu quero um refri! Será que até as mães dos plebeus são vagabundas e inúteis?! – depois de ele dizer isso, minha mãe faz o que ele diz, não por temê-lo, mas por saber que esse Príncipe pode acabar complicando a minha vida na Escola. Então ela pega um copo, vai até a geladeira, pega a garrafa de refrigerante e serve para o palhaço, que apenas olha para o copo. Já eu, que fico apenas ouvindo tudo, não consigo deixar de ficar furioso com tudo isso, mas me contenho.

– O que foi agora?! Eu te servi do jeito errado, Vossa Alteza? – pergunta minha mãe, em tom de deboche e já irritada com a petulância do Walter.

– É que não é esse o refri que eu queria. – responde Walter.

– Ah... Me desculpe, Alteza! Quer que eu te sirva outro?! – pergunta minha mãe, ainda debochando, para não ter de mandá-lo àquele lugar.

– Não! – diz Walter, que pega o copo na mão e o atira no chão, fazendo o copo quebrar-se e com que o refrigerante fique todo esparramado pelo chão. Em seguida, ele simplesmente fala: – Não quero mais nada! Eu já devia esperar por isso... Na casa de plebeus, a gente nunca é tratado como a gente merece. Humpf! Como se ADIVINHAR o que a gente quer não fosse obrigação de quem nos serve. Humpf! Que NOJO disso aqui! Argh! – logo ele caminha para fora de casa.

— Eu é que devia esperar isso de um verme que nem tu! Urrrgh! O que é teu está guardado! – murmura minha mãe sem que Walter escute. Logo ela começa a catar os cacos de vidro, enquanto eu só penso que vou ter de me desculpar muito, por ter sido o responsável pela vinda da imundície em pessoa.

Depois do ocorrido, eu vou para o lado de dentro, para ajudar a minha mãe a limpar a sujeira. Rapidamente terminamos e, depois que eu me desculpo com ela em nome do palhaço, eu vou caminhando lentamente até o gramado, onde todos estão, mas de repente alguém cutuca o meu ombro. Sinto um frio na espinha nesse momento, devido ao susto que levo.

— AH! – grito e, quando viro para trás, é apenas Mandy, para o meu alívio. Então eu falo: – Mandy... não me assusta desse jeito! Eu jurava que fosse o Hugo.

— O que houve?! – pergunta Mandy.

— É que eu vim espionar o Walter, pra ver o que ele ia fazer aqui em casa, sabe... E por um instante eu pensei que o Hugo tivesse vindo atrás de mim e que ia querer saber o porquê de eu estar atrás do cachorrinho fiel dele. – explico, em baixo tom, e ela faz expressão de que compreende a situação. Então eu completo: – E tu não faz ideia da cena que acabou de acontecer.

— Eu sei que não deve ter sido nada bom, mas olha... a gente está indo lá embaixo, naquele outro gramado menor, do lado dos pinheiros, pra conversar um pouco e... bom... a gente vai lá pra reclamar na verdade. Acho que dá pra gente ficar mais à vontade lá. Longe dos dois. – sugere Mandy, e eu faço que sim com a cabeça.

Vamos caminhando em direção ao outro gramado, onde estão Ávalon, Stella, Laerte e Ophélia, todos sentindo-se claramente incomodados com a presença da dupla dinâmica. Quando chegamos até eles, Mandy introduz, já dizendo que eu tenho algo para contar sobre o Walter. Quando conto o ocorrido, todos ficam chocados.

— Que absurdo! A tua mãe, na casa dela, sendo obrigada a ouvir esse monte de desaforos! – comenta Ophélia.

— Tem que dar um pau nesse gordo. Ou quem sabe jogar aquela mala pesada, que ele trouxe, na cabeça dele. Isso também serve. – diz Ávalon, que muda de assunto ao perguntar: – E a propósito... por que diabos aqueles dois trouxeram malas tão cheias de coisas pra uma só noite?! Ainda se a gente fosse passar dias acampando, mas não...

— Eles fizeram isso pra que algum de nós tivesse que sofrer carregando. Porque na cabeça doentia deles, nós plebeus temos que nos ferrar. E eles sempre dão um jeitinho de garantir que isso aconteça. – explica Laerte.

— Exatamente, e... – diz Stella, até que eu a interrompo.

— Shhhhh! – faço, com o dedo indicador em frente à boca, pois vejo que a dupla dinâmica se aproxima. Em seguida, entro num assunto completamente desconexo, ao falar: – Exatamente, nós aqui em casa não damos conta de comer tantas frutas, e sempre sobra... Olha em volta daquele caqueiro e daquela goiabeira... Quantas frutas que acabam virando adubo!

— Pois é, né... – diz Ávalon, entrando na minha jogada. Logo ela pega na mão um caqui que estava no chão, e fala: – Que mole que é essa parada, né!

— Ah, sim... Isso é uma variedade de caqui que é mole. Tem também o caqui chocolate, que é mais duro. – digo, continuando com a farsa, enquanto Ávalon e o resto do pessoal fazem de conta que estão realmente interessados nesse assunto.

— É! É bem mole mesmo! Pena que esse estava no chão... Não dá mais pra comer... É... Tem que jogar fora, né... Que pena! – diz Ávalon, que de repente lança o caqui na direção do Walter e acaba acertando bem no nariz dele. Isso faz com que todos fiquem assustados, inclusive eu. O único que não fica preocupado é Hugo, que logo após ver a fruta explodindo no rosto do amigo e caindo no chão logo em seguida, apenas dá gargalhadas. Logo Ávalon, em tom de deboche, fala: – Ai, Alteza! Me perdoe! Sério mesmo! Eu não vi que o senhor estava aí...

— É?! – diz Walter, enquanto tenta limpar o rosto com a mão. Em seguida, ele começa a caminhar e fala: – Tu não me viu, né... Mas agora... sou eu que não vou te ver, sua plebeia desgraçada! – então ele pega dois caquis da árvore e tenta lançar na direção de Ávalon, mas como ela fica se esquivando, ele acaba acertando o ombro esquerdo da Ophélia e fala: – Putz! Eu queria acertar a piranha, mas acertei a orca-assassina! Droga!

— Orca-assassina?! Orca-assassina?! – indaga Ophélia, que claramente fica ofendida. Em seguida, ela responde. – E Vossa Alteza deve ser o cara mais magro do mundo pra me chamar de orca-assassina, né, ô rolha de poço!

— Como é que é?! Tu sabe com quem tu está falando?! Eu sou um Príncipe! Tu não pode me chamar disso, sua vagabunda imprestável! – diz Walter, já furioso.

— É verdade! Não devo te chamar de rolha de poço! Porque que nem em poço o senhor deve caber... Alteza! – retruca Ophélia, fazendo todos rirem, incluindo Hugo.

— Nhé... Isso é verdade! Se tu tentar entrar num poço, tu arrebenta ele! – diz Hugo, que ainda aproveita para recriminar Walter, ao dizer: – Ah! E outra... Eu não gostei que, pra jogar na gordinha ali, tu usou um caqui que ainda estava na árvore. Tu podia muito bem ter usado um dos vários que estão no chão, né! Que tu sabe... Enquanto tu está obeso e redondo desse jeito... e jogando comida fora... tem um monte de gente passando fome no mundo. – ele humilha Walter, falando sobre a fome no mundo como se realmente se importasse com isso.

Todos riem com a bronca que o Príncipe leva, enquanto ele, ao ser ridicularizado por Hugo, simplesmente nada faz, como sempre. Ele apenas escuta tudo, olha para o chão e engole os desaforos. Segundos depois, ele toma fôlego e se prepara para falar.

– Tudo bem! Se eu não posso pegar o que está na árvore, eu vou pegar as frutas que estão no chão mesmo... – diz Walter, que se abaixa para pegar os caquis e continua: – Principalmente as frutas mais podres e fedorentas, e... – logo ele eleva o tom, quando, completamente descontrolado, começa a lançar um monte de caquis em todos nós, enquanto grita: – E JOGAR EM TODOS OS PLEBEUS! WÁÁÁÁÁ!

– Desgraçado! VAMOS METER CHUMBO NO ESCROTÔÔÔÔ! – grita Ávalon, que começa a pegar caquis para jogar em Walter, enquanto todos a acompanhamos.

– Tu vai pagar caro por isso, ô destruidor de poço! – grita Laerte.

– Tu vai te arrepender, ô filhote de baleia-azul! – grita Ophélia.

– Acaba com ele! – grita Stella.

– Calem a boca já, seus plebeus vagabundos! – grita Walter em resposta. Enquanto trocam tais ofensas, todos jogam caquis, inclusive eu.

– Guerra de caqui! O alvo é o Walter! – grita Hugo, achando a situação divertida, até o momento em que ele também é atingido por Mandy. Logo ele muda o discurso: – Todos contra todos! – só que, para minha surpresa, ele fala isso em bom tom.

Nossa guerra de caquis causa grande algazarra, e logo todos os outros vêm para ver o que está havendo. Achando ser uma brincadeira, todos, incluindo Thor, entram na briga e, por incrível que pareça, a situação acaba virando mesmo uma brincadeira, muito divertida, por sinal. É como se isso fizesse desaparecer qualquer rixa entre plebeus e nobres, pois neste momento simplesmente não há diferenças entre ninguém, já que todos estão numa boa. Até mesmo Walter, que momentos antes parecia estar possuído, agora está sorrindo e, por um segundo, é possível ouvir um riso vindo dele, riso este que parece o latido de uma hiena, mas que ainda assim, é bem melhor do que o ódio de sempre. Infelizmente, todos nós sabemos que momentos como esse muito dificilmente ocorrerão novamente.

Ficamos nessa brincadeira até esgotarmos todos os caquis que estavam no chão e fazermos com que eles já não possam mais ser reutilizados como munição. Então, estando todos sujos e melecados, nós vamos tomar um banho de mangueira e eu até aproveito a nossa situação para dar um banho decente no Thor, principalmente para não deixar o pelo dele todo melecado. Felizmente, acabo podendo contar com a ajuda das meninas para isso. Em seguida, ficamos nos secando ao ar livre, até que possamos entrar em casa, tomar um banho de chuveiro e colocar roupas limpas. Depois disso, saímos novamente e, no meio das quatro barracas armadas, nós começamos a montar a fogueira, atividade essa em que até mesmo o Rei Hugo resolve participar, já que ele adora acampamentos e agora está de bom humor. O único que fica sem fazer nada é Walter, mas pelo menos ele já não está mais tão arrogante, pois que a brincadeira de antes só lhe fez bem.

Esperamos mais um tempo para acender a fogueira, pois ainda não é noite e, enquanto a paisagem está laranja, devido ao magnífico pôr do sol de Porto Alegre, todos aproveitamos para apreciar a magnífica visão. A visão daqui é privilegiada, pois grande parte do terreno fica num local elevado, incluindo o gramado e a casa; já as árvores que ficam na parte oeste, estão numa parte bem mais rebaixada. Então, ao olharmos para o lado onde o pôr do sol ocorre, a visão que temos é a do sol escondendo-se dentre as árvores. Tudo ficaria ainda melhor se aqui fosse alto o bastante para podermos ver o Lago Guaíba, mas, mesmo não sendo, todos comentam sobre o quão maravilhosa a vista daqui é. Até mesmo eu, que moro aqui e presencio isso em todos os dias ensolarados, não consigo deixar de me maravilhar com tudo e de me sentir grato por morar num lugar como este.

Quando finalmente anoitece, meus pais se recolhem para dentro de casa e nos deixam à vontade. Somos Daniel, Hugo e eu, que acendemos a fogueira e, fazendo isso, nós somos capazes de espantar todos os tipos de insetos que poderiam nos atormentar, principalmente os mosquitos, até que o Thor é o único animal não humano que fica por perto. Logo começamos a colocar para assar as comidas que trouxemos e, graças ao fato de Luna e Nina terem catado alguns gravetos enquanto estava claro, nós temos com o que assar as nossas coisas.

– Gente... O Sid só trouxe salsichas. – comenta Mandy.

– Sim, né! O combinado era eu trazer isso. – responde Sid.

– Pois é... É que tu trouxe muita salsicha. Aí eu só fico imaginando o que tu faz com isso nas horas vagas. – diz Mandy, fazendo todos rirem com essa piada maliciosa.

– Te ferra, Mandy! – diz Sid, constrangido e sem saber como retrucar.

Brincadeiras como essa seguem, até que Sid comenta que Hugo e eu somos os únicos que sequer tocamos na comida trazida por ele e, quando nós dois respondemos que somos vegetarianos, o espanto é geral. Os comentários são variados; Luna, Nina, Mandy, Stella, Laerte e Ophélia se demonstram compreensivos; Sid, Wagner, Daniel, Osmar e Luigi criticam. E enquanto Hugo manda os críticos àquele lugar, eu, que não estou em posição de poder ser grosseiro com ninguém, me vejo obrigado a ser educado e a explicar que eu não como carne, simplesmente porque não gosto, e não por seguir certos tipos de filosofias. É claro que isso não adianta muito, pois para esse pessoal, é impossível "não gostar de carne". Felizmente, Daniel, apesar de não compreender, ainda é capaz de respeitar.

— Ué! Se os caras não gostam de carne, eu vou fazer o quê?! Deixa eles! Pra mim, isso mais parece frescura, mas tudo bem. Acaba sobrando mais. – diz Daniel.

— Ah! É só botar uma picanha BEM PASSADA na frente deles... que a frescuragem acaba. – diz Sid, tendo o apoio de Luigi e Wagner.

— Acho que isso não vai funcionar... – digo, até ser interrompido por Hugo.

— NÃO VAI MESMO! – grita Hugo, que logo ameaça: – E SE TU TENTAR FAZER ISSO... EU TE VIRO DO AVESSO! Ah, e é bom dar sorte por eu não te obrigar a usar um sutiã como castigo, já que tu fica com essas tetas balançando. Coisa nojenta isso!

— Tu não pode fazer isso! – responde Sid.

— POSSO! Posso sim! Eu sou o Rei desse Grupo! E o que eu decidir, está decidido! Mas fica tranquilo, que eu não vou fazer isso... SE... APENAS SE... Tu ficar bem quietinho hoje, a noite toda. E agora, é bom que todo mundo entenda que eu não quero mais ouvir falar desse assunto. Okay?! Entendido?! – determina Hugo.

— Entendido! Mais do que entendido! Vossa Majestade tem toda a razão em mudar de assunto. – digo com o intuito de bajular o Hugo, que apenas faz cara feia e não diz mais nada. Em seguida, eu viro para o pessoal e comento: – Se bem que... Esse pão de alho deve estar muito mais gostoso do que essas salsichas.

— E está mais gostoso mesmo! – diz Luna, que é apoiada por Nina, Stella, Laerte e Ophélia. Isso, por fim, acaba calando a boca de todos os críticos.

— Pois é! E a melhor parte está por vir, porque a Nina trouxe *marshmallows* pra nós assarmos também. – digo, me viro para Nina e lhe peço: – Pega pra nós?!

— Claro! Eu trouxe bastante. – diz Nina que se levanta, vai até a barraca onde deixou sua mochila, pega os quatro sacos, tamanho família, de *marshmallows*, e os traz.

Todos espetam os *marshmallows* nas mesmas varetas e os colocam ao fogo, para que possam ser tostados. Quando o *marshmallow* de Luna pega fogo, ela se assusta, dá um grito e deixa a vareta dela cair no fogo.

— Tudo bem, Luna! É normal que pegue fogo mesmo. – digo.

— É! Ele fica queimado por fora e derretido por dentro. – diz Daniel, que faz uma demonstração. Quando o *marshmallow* dele pega fogo, ele simplesmente o assopra e o come. Assim que o engole, ele fala: – Viu?!

— Não basta ser plebeia, tem que ser a anta do acampamento, que não sabe nada! Urgh! — diz Walter, retornando ao temperamento normal dele.

— Ai, Walter... Ela não tem culpa de ter problemas mentais, sabia?! — diz Hugo.

— Eu não tenho problemas mentais. — diz Luna, ofendida.

— Tem sim! Se eu estou dizendo que tu tem, é porque tu tem. Por acaso tu te sente no direito de contrariar o teu Rei?! — diz Hugo, deixando Luna sem ter o que dizer e fazendo com que todos fiquem irritados. Em seguida ele acrescenta: — Acho que eu vou até fazer um decreto, pra tornar oficial a demência da Luna. Imagina só, não saber nem tostar *marshmallow*! Aff! — e com isso, muitos têm de fazer um enorme esforço para não partir para cima dele. Para tentar esfriar a cabeça, todos apenas seguem tostando os *marshmallows* e, alguns minutos depois, Ávalon resolve quebrar o gelo, entrando num assunto totalmente desconexo.

— Mas e então, gente! Por que não tiramos umas fotos, pra lembrarmos desse acampamento na posterioridade?! Eu posso cantar umas músicas também. — sugere Ávalon e, quando todos demonstram gostar da ideia, ela fala: — Eu vou pegar a minha câmera e o meu violão. — e então tiramos fotos, enquanto seguimos comendo os *marshmallows* e ouvindo as músicas da Ávalon. Infelizmente, Ávalon não canta tão bem assim e, não muito depois, Hugo lhe ordena que pare.

Ainda resta um saco de *marshmallows*, mas todos já enjoaram e, agora, a brincadeira é contar histórias de terror. Daniel, Luigi, Sid, Hugo e Ávalon contam histórias muito fracas, as quais não passam de adaptações de filmes de terror que eles já tenham assistido, mas Stella começa a inventar um conto sobre uma "Bruxa do Acampamento".

— Há muito tempo, uma Bruxa viveu por estas redondezas, fazendo os seus rituais, seus preparados de ervas... e vivendo a vida, normalmente. — diz Stella, e nessa hora, Ophélia ri brevemente. Em seguida, Stella continua: — De repente, certo dia, uma expedição de colonizadores portugueses veio fazer um acampamento por aqui... E foi nesse momento que eles avistaram a casa da Bruxa. Então, por se sentirem ameaçados, eles tiveram a ideia de atear fogo na casa, mas felizmente a Bruxa não estava lá dentro. Mesmo assim, ela não pôde evitar um fim trágico, já que não demorou muito até que ela fosse encontrada, e queimada... numa enorme fogueira. — enquanto ela conta a história, alguns já começam a ficar tensos. Então, ela prossegue: — Sete dias depois, os exploradores, que já haviam montado o acampamento deles, foram surpreendidos pelo espírito dessa Bruxa e, depois... eles desapareceram. Teve só um que escapou da ira dela. Foi ele que contou todos os fatos, quando retornou pra Portugal. Ele disse que estava longe, que tinha ouvido gritos e, quando voltou pro acampamento, ele viu roupas rasgadas e muito sangue... Mas nenhum resquício dos corpos dos companheiros e, ainda... Ele ouviu a voz da Bruxa dizendo: "FOOORA DAQUIIIIIII! NÃO QUERO MAIS SABER DE NENHUM ACAMPAMENTO POR AQUIIIIIII!" E o pior é que esse sobrevivente, exatamente sete anos após o ocorrido, também desapareceu misteriosamente... E nunca mais foi visto. Outras pessoas que acamparam por aqui também tiveram o mesmo destino. Parece que a Bruxa não tolera mais acampamentos na área dela. E nós aqui, fazendo um. Onde tudo aconteceu. – o pessoal fica ainda mais tenso, principalmente Luna, Nina, Sid, Daniel, Osmar e Walter. Logo Stella finaliza: – Vamos ver se a gente sobrevive, né! Bom... Estou com sono! Vou dormir! Boa noite!

Depois que Stella entra na barraca, o pessoal continua tenso, com um pouco de medo, na verdade, de ser surpreendido pela Bruxa, enquanto eu apenas fico olhando a cara dos que mais se assustaram. Ophélia também acha graça em ver expressão de medo no rosto do pessoal. De repente, pego um balde d'água e apago o fogo, o que acaba dando mais um susto nos que já estão assustados, que dão um grito e logo correm para dentro das barracas.

São quatro barracas, a primeira é só para os nobres, Hugo e Walter. Na segunda, ficam Haroldo, Wagner, Daniel, Luigi e Osmar. Na terceira, ficam Nina, Luna, Stella e Ávalon. E na quarta, ficamos Sid, Laerte, Mandy, Ophélia e eu.

Eu vejo no meu relógio de pulso que já são 2 horas e 25 minutos. Todos já entraram nas barracas, menos eu. Sem ter muito o que fazer, resolvo entrar também e tentar dormir, tarefa esta que será quase impossível, já que Hugo e Walter estão aqui e, ainda, a minha confiança no resto do pessoal ainda é extremamente frágil.

CAPÍTULO XII

Noite Estrelada

Meia hora depois de entrar na barraca, e eu ainda não consegui dormir; por isso resolvo sair de onde todos respiram o mesmo ar para aproveitar melhor o frescor da noite. São quase 3 horas da madrugada, já do dia 15 de março, e a temperatura deve estar beirando os 16°C, tal como os meteorologistas haviam previsto pra esta noite. Sento-me na descida da colina, onde há algumas goiabeiras e cerejeiras, e aproveito para admirar o céu estrelado. Olho em direção ao sul, onde é possível ver mais estrelas, incluindo o belíssimo Cruzeiro do Sul. De repente ouço passos de alguém vindo em minha direção e, quando me viro para ver quem é, eu fico aliviado por ser a Ávalon.

— E aê, Lion! Não conseguiu dormir?! Ficou com medo da Bruxa da Stella? — pergunta Ávalon, em tom de brincadeira.

— Nah! Eu estou com medo sim, mas não da Bruxa! A Bruxa da história chega a ser ridícula perto das duas pragas vivas que estão entre nós. - digo, e Ávalon demonstra compreender muito bem o que eu quis dizer. Em seguida, eu acrescento: — Imagina se os nobres que estão entre nós resolvem fazer algo! Isso é bem pior do que essa falsa assombração, não acha?! — e quando ela faz que sim com a cabeça, eu completo: — Por isso não é bom baixar a guarda!

— Então tu só está esperando a noite passar pra poder se livrar deles?! — questiona Ávalon.

— Isso! É que, enquanto eles estiverem aqui, eu não vou conseguir dormir em paz mesmo, então... E também estou aproveitando a oportunidade de passar a noite acordado, pra olhar as estrelas. Isso ajuda a colocar as ideias no lugar, sabe?! — digo.

— Então eu acho que eu vou te fazer companhia! Só que antes eu vou pegar um cobertor, porque está meio friozinho agora. — diz Ávalon, que vai até a barraca. Logo ela retorna com dois cobertores e o saco de *marshmallows* que havia restado. Então ela fala: — Ó! Trouxe um cobertor pra ti também. A minha mãe sempre diz que não é bom ficar no sereno, e uma vez eu resolvi ficar. Aí eu peguei uma gripe forte e né... Agora eu meio que dou ouvidos a ela. — e ela dá uma risadinha.

— Ah, valeu! — respondo, pego o cobertor e o coloco sobre mim, de forma que cubra as minhas costas e os meus ombros, enquanto Ávalon faz o mesmo.

— Tu sempre faz isso?! Tipo... olhar pras estrelas? – pergunta Ávalon.

— De vez em quando. Eu acho isso interessante. Claro que seria bem melhor fazer isso numa noite de lua nova, quando o céu está mais escuro e as estrelas estão em evidência. E hoje... bom... é lua crescente. Mas, mesmo em noites mais escuras, o lado em que mais podemos ver estrelas é o que estamos olhando agora, no caso, o sul. – digo.

— Tu está com uma bússola?! Pra saber onde é o norte e onde é o sul?! – pergunta Ávalon, e eu, em resposta, faço que não com a cabeça. Logo ela faz outra pergunta: – Então como que tu sabe que a gente está olhando pro sul?

— Ah... Tem várias formas de saber sobre os pontos cardeais sem precisar usar bússolas. Por exemplo... Se tu sabe onde que o Sol nasce e onde ele se põe, tu consegue identificar onde é leste e onde é oeste. Aí, consequentemente, tu já tem como ter uma noção do norte e do sul. Outra forma de saber é olhando pras estrelas, tal como estamos fazendo agora. Está vendo aquela constelação, em forma de cruz?! – pergunto, enquanto aponto para o Cruzeiro do Sul.

— Peraí, deixa eu ver... Ah! Está ali! Achei! Tem quatro estrelas, e mais uma pequeninha ali do lado... – diz Ávalon.

— Sim, são cinco estrelas ao todo. Aquela que não faz parte da cruz e que fica do lado é chamada de "intrometida". E mesmo que ela não pertença à cruz, eu acho que é ela que mais torna o Cruzeiro do Sul característico, porque se ela não existisse, seria só uma cruz normal, com os quatro pontos e tal. – digo, enquanto Ávalon faz que sim com a cabeça, aparentando estar gostando de ouvir sobre as estrelas. Então retorno ao assunto dos pontos cardeais, dizendo: – Bom... Voltando ao nosso outro assunto... Pra nós, que moramos no Hemisfério Sul, o Cruzeiro do Sul serve como referência, já que é ele que nos indica qual lado é o sul.

— Huuumm! Que legal! – diz Ávalon, que faz uma pausa e logo volta a falar: – Sabe que eu nunca tinha feito isso antes... Sabe... Parar pra olhar as estrelas! Tu vai me odiar pelo que eu vou dizer agora, mas... eu achava que isso era coisa de retardado.

— Então os caras que foram capazes de descobrir a América, por exemplo, eram retardados?! – questiono em tom de brincadeira.

— Erm... Não, mas... o que isso tem a ver? – pergunta Ávalon.

— Tem a ver que os navegadores usavam as estrelas como guias, pra que não se perdessem em alto-mar. – respondo, e Ávalon arregala os olhos, pois obviamente não sabia disso. Depois mostro outras constelações para ela, tais como o Cinturão de Órion, que no Brasil é mais conhecido como as Três Marias. Mostro também o Triângulo Austral e o planeta Vênus, que, depois da Lua, é o astro mais brilhante do céu.

– Aquela estrela é o planeta Vênus?! – indaga Ávalon, surpresa.

– Sim! Só toma cuidado, porque se estamos falando de Vênus, trata-se de um planeta, não de uma estrela! – explico.

– Hum-hum... Outro que eu nunca tinha ouvido falar é sobre esse... Triângulo Austral. – diz Ávalon.

– Mas ele está lá! E é tão importante, que faz parte da nossa bandeira. E a estrela mais brilhante do Triângulo Austral é a que representa o Rio Grande do Sul na bandeira do Brasil. – digo e, mais uma vez, Ávalon arregala os olhos, mas não diz nada. Logo completo: – O nome dessa estrela é Atria, ou como ela é cientificamente chamada, em latim... Alpha Trianguli Australis.

– É bom poder olhar as estrelas com quem entende do assunto. Nunca mais eu digo que isso é coisa de retardado. – diz Ávalon, fazendo-me dar uma risada breve.

– Okay, mas a verdade é que eu não sei de nada. O universo é tão vasto, que o que é possível saber sobre ele... não é nada. O mais distante que já foi possível observar está a quarenta bilhões de anos-luz daqui. Sabe o que é isso?! Nós precisaríamos viajar por quarenta bilhões de anos, na velocidade da luz, pra podermos chegar lá! Imagina! E isso ainda não é tudo! – digo.

– Isso é impossível, né. Se são poucas as pessoas que vivem cem anos, que dirá viver quarenta bilhões, só pra chegar nesse lugar aí! Não tem como. – conclui Ávalon.

– Exatamente! É biologicamente impossível. Esses quarenta bilhões de anos-luz são uma pequena, minúscula, fração do universo. Ou seja, nós não somos quase nada. E tem gente que se acha o centro do universo. Gente essa que está dormindo naquela barraca ali. – digo e aponto para a barraca de Hugo e Walter. Nesta hora, Ávalon balança a cabeça, demonstrando entender muito bem o que quero dizer. Depois disso, voltamos a conversar sobre as estrelas, enquanto comemos *marshmallows*.

Não demora muito até esvaziarmos o saco de *marshmallows* e, mesmo assim, seguimos com a nossa conversa. Ficamos nessa conversa por quase uma hora, até que de repente Stella se junta a nós.

– Ué! Levantou?! – diz Ávalon.

– Ah! Eu acordei, não consegui pegar no sono de novo e ouvi vocês conversando... Aí eu pensei... Bom, já que eu não consigo dormir, vou lá ver o que eles estão fazendo. E aí?! Qual que é a boa?! – pergunta Stella, que se senta à minha direita, fazendo com que eu fique no meio das duas.

– O Lion está me mostrando as estrelas. Sabe que tem coisa que eu nunca tinha imaginado?! – diz Ávalon, fazendo Stella arquear as sobrancelhas. Logo ela aponta para o Cruzeiro do Sul e fala: – Está vendo aquelas quatro estrelas ali, formando uma cruz e mais uma quinta estrela... intrometida... bem do ladinho?! É o Cruzeiro do Sul. Ao olhar pra ele, a gente sabe pra que lado é o sul. E tem até o Triângulo Austral, que representa o Rio Grande do Sul na bandeira do Brasil e... e...

— Não! O que representa o Rio Grande do Sul é só uma estrela desse triângulo, e não o triângulo inteiro. A nossa estrela se chama Atria, ou Alpha Triangulis Australis. – explico.

— Hum... Legal! Australis lembra muito da Austrália! – comenta Stella.

— Sim! Austrália vem de "Australis", que em latim significa "do sul". – digo, e as duas balançam a cabeça, talvez por nunca terem imaginado isso.

— Tem um país chamado Áustria também, né! – menciona Ávalon.

— É, mas... Os dois países, em si, não têm nada a ver. – respondo.

— Interessante! – diz Stella, que resolve mudar de assunto, ao falar: – Pena que hoje não é noite de lua cheia! Ia dar pra uma incrementada a mais na minha história... sobre o fato de hoje ser lua cheia e a Bruxa gostar de noites assim... Ou algo do tipo.

— Se hoje fosse lua cheia, a Páscoa, ao invés de ser no próximo fim de semana, seria só daqui a um mês. – digo.

— O que a Lua tem a ver com a Páscoa?! – questiona Stella, enquanto Ávalon também arqueia as sobrancelhas.

— Tudo! Porque a Páscoa sempre cai no primeiro domingo de lua cheia, depois do equinócio de março. E se hoje fosse lua cheia, acabaria sendo antes do dia do equinócio e aí só teríamos lua cheia daqui a um mês. Mas como neste ano o primeiro domingo de lua cheia do outono vai ser logo no primeiro domingo após o equinócio, a Páscoa vai acontecer mais cedo, ainda em março. – explico.

— Ninguém nunca me contou que era assim que se decidia a data da Páscoa. – comenta Ávalon.

— Talvez seja porque quase ninguém sabe disso. – digo.

— Pois é! E a Lua tem alguma coisa a ver com a mudança no teu penteado? – pergunta Stella, referindo-se ao fato de que, depois da guerra de frutas, eu deixei o meu cabelo repartido, em maior parte para o lado esquerdo, ao invés de deixar uma franja cobrindo a testa, como deixava antes.

— Não! Não tem nada a ver! – digo, meio sem jeito.

— Pois é, mas sabe... Deixa assim. Ficou muito melhor. – comenta Ávalon.

— Ah... Valeu! – digo. Depois que eu falo isso, eu, louco para mudar de assunto, retorno à história da Bruxa, quando pergunto: – Mas e então, sobre a história da Bruxa... as gurias não ficaram com muito medo, Stella?!

— Ah... – diz Stella, fazendo uma pausa para dar uma risadinha junto com Ávalon, e logo prossegue: – Ficaram sim! A Luna até pediu pra que a Nina aproximasse o colchonete do dela, por achar que, se elas dormissem juntas, iam ficar mais seguras. Já a Nina, até tentou parecer mais forte e tal, mas... em alguns momentos ela também aparentou ter ficado assustada.

— Chegou a dar pena delas. — diz Ávalon, enquanto dá mais uma risada.

— O que vocês acham de a gente dar um susto no pessoal?! — sugiro, fazendo com que os olhos das duas brilhem.

— Ótima ideia! Tu tem algum plano?! — pergunta Stella.

— Eu sempre tenho um plano. E nós só vamos precisar de uma lanterna. — digo.

— Então o que estamos esperando?! Não deve ser nada difícil assustar quem já está assustado. — diz Ávalon.

— Nem um pouco difícil e nem um pouco ético também, mas hoje... quem se importa com ética?! — digo, nós três rimos e logo nos levantamos para pegar as lanternas. Eu pego a minha e Stella pega a que Ávalon trouxe.

Então decidimos que Ávalon será a Bruxa da brincadeira. A ideia é que Stella e eu apontássemos a luz das lanternas na direção de Ávalon, que estaria alinhada à barraca das meninas. Com a sombra de Ávalon, fazendo gestos macabros, projetada sobre a barraca, eu fazendo a voz assustadora da Bruxa e Stella dando gargalhadas sinistras, o efeito de cinema seria bárbaro e o susto garantido. Então, sem mais delongas, damos início à travessura.

— U-uuuh! Vocês estão acampando no meu espaço. — digo, em alto tom, e logo Stella faz a gargalhada da Bruxa. O barulho acorda tanto Nina e Luna, quanto o resto.

— A-ai! O que foi isso?! — pergunta Nina.

— Que que foi?! — indaga Osmar, na outra barraca.

— Ué! Cadê o Leo?! — questiona Sid.

— Eu vim levar todos vocês comigo... Para o infe-é-é-é-érno! Bwuhahahaha! — digo, e Stella dá mais uma gargalhada. De repente ouvimos os gritos de Nina e Luna.

— Ai, socorro! A Bruxa... A Bruxa... — grita Luna.

— É a Bruxa! Aaaaaaah! — gritam Osmar e Wagner.

— Por favor, Dona Bruxa... Me leva pro inferno, me tortura, me mata... Faz o que a senhora quiser comigo! Mas não machuca o Hugo! O Rei é a nossa vida! — grita Walter, completamente apavorado.

— É, Bruxa! Leva esse traste pro inferno duma vez, pra ver se assim eu tenho paz. Vai, bruxinha, vai! Me faz esse favor! — diz Hugo.

— Será que é a Bruxa mesmo?! — indaga Sid.

— Aff! Por favor, né, cara! — responde Ophélia.

— Eu vou lá fora! Vamos ver o que essa "Bruxa" está querendo. — diz Luigi.

— Não! Não vai lá, meu! Não vai lá! — diz Daniel, assustado.

— Cadê a Ávalon e a Stella?! – questiona Nina.

— Eu já levei elas comi-i-i-i-igo... Aquela que me acusou! Aquela contou sobre mi-i-i-i-im... para todos! Ela já está lá no andar de ba-a-a-a-aixo! – interpreto.

— Me solta, sua desgraçada! Eu acabo com a tua raça! Nem que seja no inferno! – encena Stella, com a voz normal dela. Isso faz o pessoal ficar ainda mais apavorado.

— Eu levei também... aqueles outros dois... Que foram burros o bastante para me enfrentar! – digo, ainda interpretando.

— Essa Bruxa desgraçada me pegou! Socorro! A minha vida já era! – encena Ávalon, com sua voz normal, enquanto faz os gestos.

— Solta a gente, sua louca! A gente não tem nada a ver com os campistas de quatrocentos anos atrás! – enceno, mas dessa vez com a minha voz normal, deixando todos ainda mais desesperados.

De repente, Ophélia e Laerte saem da barraca e veem toda a nossa encenação acontecendo. Stella e eu fazemos sinal para que eles não nos entreguem. Após terem entendido o recado, eles resolvem entrar na brincadeira. Então eles se ajoelham e vão na direção de Ávalon, sendo que, dessa forma, os dois parecem ser bem menores do que a Bruxa, o que dá um efeito a mais na produção.

— Ah! É a Bruxa mesmo! Socorro! – diz Ophélia, já encenando.

— Corre! Ela vai nos pegar também! Ai, não! – encena Laerte, já se abaixando, fazendo parecer que realmente foi capturado. Logo Ophélia faz o mesmo.

— Ago-o-o-o-o-ra... Eu vou pegar o resto! Vou pegar os que ainda faltam! Vou começar por aquela barraca ali! – falo e Ávalon aponta para a barraca onde estão Nina e Luna. Então eu continuo: – Aqueles que eu já peguei... agora são meus escraa-a-avos... E eles vão me ajudar a pegar o resto dos campi-i-i-i-istas! – depois que falo isso, Stella e eu deixamos as lanternas numa posição que possam continuar mantendo o efeito e, então, nós cinco, que estamos fora da barraca, ficamos em pé. Ficamos lado a lado, com Ávalon no meio. Então começamos a caminhar na direção da barraca.

— Ai, a Bruxa e os fantasmas estão vindo pra cá! Ai, ai, ai! – diz Luna.

— Sai daqui assombração! SOCORRO! – grita Nina. Logo Ávalon começa a abrir o zíper da barraca, e Nina continua apavorada, e diz: – AI! Estão entrando! AAAH!

Ávalon abre o zíper, e todos param de se mover. Quando as duas pensavam que poderiam respirar, nós cinco entramos, um de cada vez, mas de forma brusca e muito rápida, fazendo barulhos assustadores com a boca. Vamos para cima delas, e elas berram por conta do susto. Elas berram até se darem conta de que nós não estamos possuídos e que não há bruxa alguma.

— Ai... Vocês quase nos mataram de susto, sabiam?! – diz Nina, que já está até rindo, apesar de continuar tensa.

— Sim! E aí nós é que íamos vir assombrar vocês depois, tá! Só que de verdade! – diz Luna, ainda assustada, enquanto todos riem.

— O que houve aqui?! – pergunta Daniel, que vem para a barraca das meninas. O resto de pessoal também vem ver o que está havendo, todos ficando atrás do Daniel.

— Ai, esses malucos aí, que fizeram essa bruxa de mentira, pra nos assustar! E o pior é que conseguiram, né! – explica Nina, que logo dá mais uma risadinha.

— Hahahahaha! Essa foi boa! – diz Hugo.

— Vocês estão expulsos da Escola! Os cinco! – diz Walter, com ferocidade.

— Por quê?! – indaga Hugo.

— Bom... Eles nos assustaram. Merecem ser rigorosamente punidos por isso! – responde Walter.

— Eu não fiquei assustado. Até gostei da brincadeira. – diz Hugo, que logo vira para nós e fala: – Eu deveria expulsar vocês, sim... Mas por não terem me chamado pra ajudar a assustar esses medrosos.

— Não quisemos atrapalhar vosso sono real, Majestade. – debocho.

— Tá! Tudo bem, dessa vez passa. – diz Hugo, que não consegue esconder o quanto adorou a minha bajulação.

— São tudo medroso mesmo! Eu não fiquei assustado. – diz Daniel, querendo parecer valente.

— Não ficou pouco assustado! Tu nem deixou o Luigi sair da barraca pra ver o que era! – diz Haroldo.

— Ah... É que... que... que eu não queria que Luigi se assustasse com a brincadeira deles. É só isso. Mas eu sabia que não tinha bruxa nenhuma. – diz Daniel, fazendo Luigi rir, enquanto todos fazemos de conta que realmente acreditamos.

— Eu também não me assustei. – diz Sid.

— Imagina se tu te assustasse, né! – diz Ophélia, que estava com Sid na barraca.

— É, Sid! O corajoso aqui sou eu! – diz Wagner, fazendo todos caírem em uma incontrolável gargalhada.

— Todo mundo te ouviu berrando, seu animal! – diz Sid.

— Pelo amor de Deus, né, Wagner! – diz Ávalon.

— Não basta ser plebeu! Tem que ser medroso e mentiroso! Humpf! A pior raça que existe. – diz Walter, balançando a cabeça. Logo ele se vira para Hugo e fala: – O lado bom de ser nobre é que nós sabemos quando se trata de armação, e por isso a gente não se assusta. Né, Hugo?! – ele termina de falar, e Hugo apenas o encara.

— Walter... TU FICOU GELADO DE TANTO MEDO! TU GEMEU! TU FICOU COM AQUELE PAPO DE... "AI DONA BRUXA, ME LEVA, MAS NÃO MACHUCA O HUGO! O REI É A NOSSA VIDA!" – berra Hugo, furioso, que ao repetir a frase de Walter, o faz em tom afeminado. Logo ele continua com a bronca, ao berrar: – DE TODOS OS QUE FICARAM COM MEDO AQUI, TU FOI O QUE AGIU DA FORMA MAIS DEPLORÁVEL DE TODAS. TU PASSOU MUITO MAIS VERGONHA DO QUE OS PLEBEUS. ENTÃO, É MAIS DO QUE ÓBVIO QUE TU FICOU APAVORADO E, PRA PIORAR, TU ESTÁ FAZENDO A MESMA CRIANCISSE DESSES IDIOTAS AÍ, QUE SE ASSUSTARAM E NÃO QUEREM ADMITIR. ENTÃO SE TU NÃO TEM NADA DE ÚTIL PRA DIZER... CALA ESSA BOCA, Ô SEU GORDO ESCROTO! E VÊ SE NÃO ME ENVERGONHA MAIS! – e com isso, Walter apenas olha para o chão e fica quieto. Realmente, a colocação do Walter, por algum motivo, irritou o Hugo de uma forma absurda. Logo Hugo vira para os outros três medrosos e volta a berrar: – E QUANTO A VOCÊS TRÊS... WAGNER, DAVA PRA OUVIR OS TEUS BERROS DE LONGE. SID E DANIEL... É ÓBVIO QUE VOCÊS SE ASSUSTARAM, SIM! VOCÊS AINDA ESTÃO TREMENDO. AS PERNAS DE VOCÊS CHEGAM A ESTAR BAMBAS. AFF! FAÇAM-ME O FAVOR, VOCÊS NÃO ENGANAM NINGUÉM! VOCÊS SÃO TÃO MEDROSOS E RETARDADOS QUANTO O OSMAR, A NINA E A LUNA, PORQUE PRA SE ASSUSTAR COM UMA COISA DESSAS... HUMPF! CONVENHAMOS, NÉ!

— Desculpa, se nós nos assustamos, Majestade! – diz Luna, em baixo tom.

— NÃO É POR ISSO QUE VOCÊS TÊM QUE SE DESCULPAR. E SIM POR ESSES TRÊS RETARDADOS AÍ... JUNTO COM O WALTER... NÃO TEREM ADMITIDO QUE SE ASSUSTARAM! – berra Hugo.

— Desculpe! Não queríamos irritar Vossa Majestade. – diz Daniel.

— POIS SAIBAM QUE ME IRRITARAM! – berra Hugo.

— M-me... me perdoa, Hugo! – implora Walter.

— AH! CALA A BOCA, TU TAMBÉM! – berra Hugo, que logo se dirige a todos, quando volta a berrar: – EU SÓ QUERO QUE, A PARTIR DE AGORA... TODOS FIQUEM EM SILÊNCIO... E QUE, SE FOR PRA FALAR ALGO, QUE SEJA ALGO ÚTIL! E NÃO A PALHAÇADA DE AGORA HÁ POUCO! SERÁ QUE EU FUI CLARO?! – e todos balançam suas cabeças, demonstrando entendimento.

Hugo termina de dar a bronca, e todos ficam quietos, sem ter o que falar, já que todo o clima de brincadeira que havia no ar foi disperso, devido à falta de paciência dele. Depois, o pessoal, já sem sono, apenas espera a noite passar; alguns se sentam para conversar, enquanto outros preferem ficar andando pelo gramado. O Rei realmente se irritou com o ocorrido e, enquanto está sentado e com os dois braços apoiando a cabeça, ele fica bufando, e Walter fica do lado dele, esperando ele se acalmar, sendo essa uma cena realmente patética de se ver. À minha volta ficam Mandy, Nina, Stella, Luna, Ophélia e Laerte, e nós, sem termos qualquer assunto ou coragem para falar algo que possa vir a irritar mais ainda o Hugo, apenas ficamos olhando, um para a cara do outro. Nós ficamos assim por um tempo, até que eu me canso disso e resolvo fazer uma sugestão.

– Já passa das cinco horas e daqui a pouco começa a amanhecer. O que vocês acham de nos sentarmos ali, pra ver o Sol nascer?! – proponho, e todos demonstram gostar da ideia, até mesmo Hugo.

– Mas olha só... Um plebeu dando ideias! Humpf! Ele está achando que é alguém por aqui pra ficar propondo coisas. – diz Walter.

– Na verdade ele é alguém, sim! Tipo... o dono daqui! – diz Ávalon.

– Não! Nada disso! Esse daí não é dono, nem daqui nem de lugar nenhum. O dono desse terreno, na verdade, é o pai dele! Ele só vai ser dono disso aqui depois que o pai dele morrer. E isso se... SE... o pai dele deixar o terreno pra ele. O que eu acho bem difícil, porque com um filho desses... Humpf! Até eu deixaria à míngua. – diz Hugo, que fala como se eu não estivesse aqui e como se ele fosse especialista em direito de sucessões, apesar de ter uma noção completamente errada do assunto.

– E Vossa Majestade pensa que o pai do Leo ia gostar de ver o Walter tratando o filho dele assim?! E ainda por cima na casa dele?! – questiona Mandy.

– Mandy... – diz Hugo, que respira fundo e prossegue: – Aquele senhor sabe muito bem sobre o tipo de pessoa que o filhinho dele é. Então... Gostar, eu acho que ele não iria, mas iria, com toda a certeza, compreender que é assim que tem que ser. Se eu tivesse um filho assim, eu iria preferir que colocassem ele no lugar dele. E outra... Ainda que isto aqui fosse mesmo do Leo, como a Ávalon falou lá no início... que diferença faria?! Porque sabe... neste momento, este lugar está servindo como sede. Sede deste acampamento, que é um evento oficial do Reino dos Inteligentes, no qual EU SOU O REI. Então... Quem manda aqui sou EU! E se isso fosse na tua casa, também seria EU quem estaria no comando, e TU teria que me obedecer. Porque a tua casa, no momento, não seria mais a tua casa, e sim um local cedido a um evento do MEU Reino. Entendeu?! – e todos ficam sem ação, devido à extensão do absurdo.

– É exatamente isso, sua plebeia, vagabunda, desgraçada! Está vendo como tu não sabe de nada?! Aí tem que o quê?! Tem que vir o Rei pra te explicar as coisas. Isso porque tu é burra. Humpf! Tu podia ter evitado essa humilhação, sabia?! Tu podia... – diz Walter, que segue falando abobrinhas, até Hugo interrompê-lo.

– AI, CHEGA, WALTER! CHEGA! SE EU JÁ FALEI ISSO PRA ELA, TU NÃO PRECISA FICAR DIZENDO QUE EU ESTOU CERTO. PORQUE TODOS JÁ SABEM QUE EU ESTOU SEMPRE CERTO. EU SOU O REI! – berra Hugo.

– Me perdoa, Hugo! – implora Walter, novamente.

– AI, CHEGA DE PEDIR PERDÃO! QUE SACO! – berra Hugo, que logo modera um pouco o tom quando se dirige a mim para dizer: – Nhé, Leo... Eu até que gostei da tua ideia! E já que não tem nada melhor pra fazer mesmo, né... Humpf! Pelo menos pra alguma coisa tu serve, né! – ele fala, ainda irritado e sem nem olhar na minha cara. Logo ele se levanta e se dirige para o pessoal e fala: – Ô bando de imbecis! Quero que todo mundo se sente ali. É hora de ver o Sol nascer. Andem! Vamos! – ele ordena e, depois de se entreolharem, todos lhe obedecem.

– É! É isso mesmo! Todo mundo! Por ordem do Rei! – diz Walter, em tom arrogante e insuportável.

– E TU NÃO PRECISA REPETIR TUDO O QUE FALO, Ô BALEIA-AZUL! – berra Hugo. Logo ele vira para Luna, respira fundo, se acalma e ordena: – Luna... Pega aquele refri que sobrou pra gente ir tomando. – e sem ter opções, Luna obedece. Por fim, em um tom muito mais calmo, Hugo fala: – Argh! Vamos tentar ficar de boa até o Sol nascer. Pelo menos esse sossego eu mereço.

Em seguida, todos se sentam na beira da colina e olham para o leste, onde o Sol nascerá. Enquanto Hugo e Walter ficam um pouco afastados, o resto de nós pode conversar mais à vontade, enquanto aquela bela noite estrelada se transforma numa manhã ensolarada. Os assuntos são diversos; falamos sobre viagens ao espaço e ainda ouvimos Ávalon repetir tudo o que eu havia dito antes sobre as estrelas. Quando os primeiros raios de sol surgem no horizonte, Ávalon levanta o copo.

– Ao novo dia! – diz Ávalon.

– Ao novo dia! – dizemos nós todos, que também levantamos os copos, para apoiar a Ávalon.

– Nhé! Ao novo dia! – diz Hugo, que, incrivelmente, também entra na onda de levantar o copo, mesmo que falando em tom desanimado e arrogante. Walter também levanta o seu copo para apoiar o Hugo, mas não diz nada.

Depois que o Sol começa a subir, todos se levantam e começam a desmontar as barracas. Por mais um tempo, o pessoal aproveita para conversar um pouco mais e a partir das 10 horas as despedidas começam. Primeiro vão Luigi, Daniel e Osmar, os três vão juntos no carro da mãe do Luigi. Depois vão Laerte, Sid, Haroldo, Nina, Wagner, Luna, Mandy e Ophélia. Não muito depois, quem chega é o Seu Heinz, para buscar o Hugo e o Walter.

– Nossa! Graças a Deus que o Seu Heinz chegou! Finalmente... É Zé-Fini pra esse acampamento horroroso... Nessa casa nojenta... De plebeu! Humpf! – diz Walter, que logo cospe no chão. E depois de tamanho papelão, enquanto Hugo dá um tapa na testa e fica sem saber onde enfiar a cara, as meninas e eu nos entreolhamos com expressões de nojo.

– Aff, Walter... Como se a tua casa fosse muito melhor, né! E vir aqui nem foi tão ruim assim. – diz Hugo, que, como sempre, desautoriza Walter por puro prazer.

– Bom... E quem vai carregar as nossas malas até o carro?! – pergunta Walter.

– Tu mesmo, ora! – responde Hugo.

– Mas... Mas... Hugo... Pra que servem os plebeus?! – contesta Walter.

– Os meus súditos servem pra obedecer às minhas ordens. E não te esquece que tu, antes de ser Príncipe, é meu súdito também. Tu também tem que obedecer às minhas ordens. E como eu ordenei que TU carregue as malas, está decidido. Tu mesmo carregarás as nossas malas, e as colocarás no porta-malas do carro. É isso e está acabado! ENTENDESTE?! – diz Hugo, de forma firme e arrogante; então Walter, com relutância, lhe obedece. Nesta hora, o Seu Heinz abre o porta-malas para o Walter, que, com dificuldade, carrega aquelas malas enormes até o carro e, quando ele lá chega, o Seu Heinz fica com pena, e lhe dá uma mão ao colocar as malas dentro do porta-malas.

– Obrigado, Seu Heinz! – diz Walter, que logo vira para nós e resmunga: – Nunca mais eu volto pra esta espelunca! Humpf! – e ele logo entra no carro. O mais interessante é que ele fala como se a culpa da vergonha que ele acaba de passar fosse de todos, menos do Hugo.

– Tchau pra vocês! – diz Hugo de forma áspera. Em seguida, ele também entra no carro. Quanto ao Seu Heinz, apenas acena para nós, enquanto nós acenamos de volta. Logo que o sobrevivente da Segunda Guerra entra no carro, eles finalmente vão embora, proporcionando-nos uma sensação de alívio e de paz.

– Meu Deus! O avô do Hugo parece bem gagá, assim, sabe... Mas até que o vovô ainda tem pique. – comenta Ávalon, enquanto Stella e eu apenas a olhamos.

– Tu tinha ido ao banheiro ontem, então não é a toa que tu não sabe, mas... aquele era o pai do Hugo. – digo, e Ávalon arregala os olhos.

– O quê?! – indaga Ávalon, sem acreditar no que escuta, enquanto Stella e eu fazemos que sim com a cabeça. Então ela acrescenta: – Credo! Então quer dizer que catorze anos atrás... esse dinossauro ainda levantava. Wow! Esse veio é dos bão, hein! Como é que pode isso?! – e nós caímos na gargalhada.

– Ah... – digo e, assim que contenho os risos, continuo: – É que o Hugo é o filho do terceiro casamento do Seu Heinz e... bom... não é bem um casamento... É mais uma união estável não oficializada... Mas, enfim, tu entendeu, né! O velho juntou as escovas com uma mulher que é dois anos mais jovem do que a filha mais velha dele. E olha que nessa época elas já estavam beirando os cinquenta! – e com isso as duas se assustam um pouco. De repente, o pai da Ávalon chega de carro para levar as duas embora, o que faz com que deixemos o nosso assunto de lado.

– Teu pai chegou, Ávalon! – diz Stella, que logo se vira para mim, vem me dar um abraço e fala: – Obrigada, Leo! Temos que fazer isso mais vezes, só que sem os nobres.

– Tchau! Obrigada! Até segunda! – diz Ávalon, que também me abraça e logo pergunta: – E quais os teus planos pra hoje, agora que todo mundo foi embora?!

– Dormir! – respondo, e as duas riem.

– Boa ideia! Essa louca já estava querendo fazer alguma coisa na casa dela hoje, mas... não tem condições. – diz Stella.

– Fato! – digo e, depois, logo que termino de me despedir das duas, vou cumprimentar o Seu Martinho com um aperto de mão. Logo que elas entram no carro, o pai da Ávalon arranca e vai embora, enquanto eu volto para dentro, só pensando em dormir e, também, tendo em mente que quando eu acordar, vou ter de começar a estudar para as provas, que estão logo aí.

CAPÍTULO XIII

Um Inimigo é Coroado e Outro é Expulso

Manhã de segunda-feira, dia 17 de março, o tempo está nublado e a temperatura está em torno dos 19°C. É uma manhã aparentemente normal, na qual eu chego à Escola e me dirijo para o prédio. Porém, eu logo percebo que não há nada de normal por aqui, pois há um cão de guarda, chamado Griselda, que está bloqueando a porta do prédio.

— Como todos devem, ou deveriam saber... hoje é o dia da Coroação do Rei Hugo I, dos Inteligentes. Todos devem ir para o Ginásio. Somente os nobres e os seus membros de confiança têm autorização pra entrar e deixar as mochilas. O resto de vocês vai ter de levar a mochila junto, para o Ginásio. – diz Dona Griselda, em alto tom.

— Mas isso é um absurdo! Os nobres podem entrar e deixar as mochilas na sala e a gente tem que carregar peso. É isso mesmo?! – questiona Mandy.

— Tu disse alguma coisa?! Tá achando que assim está ruim?! Eu posso fazer a tua vida piorar um pouquinho mais, com uma boa expulsão. Que tal?! – diz Dona Griselda, enquanto olha fixamente para Mandy. E quando Mandy está prestes a dizer mais alguma coisa, eu intervenho.

— Ela não disse nada, Dona Griselda. – digo à megera. Logo me viro pra Mandy, a puxo para mais longe e, em tom mais baixo, falo: – O que foi que eu te disse, Mandy?! Não tenta enfrentar essa gente! Tu só tem a te dar mal!

— Eu sei, mas é que... – diz Mandy, até eu interrompê-la.

— É que nada! Eu sei que é tudo muito injusto, mas não é hora de se rebelar ainda. A gente tem que esperar essa hora chegar. E se tu não quer carregar a mochila, pra depois ter que trazer de novo, me dá ela, que eu levo lá pra cima. Como eu sou membro de confiança, eu tenho autorização pra entrar. – digo, e logo acrescento: – Aposto que essa desgraçada nem se lembra que eu sou membro de confiança. Aposta quanto que ela vai tentar me barrar?!

— Ah, com certeza ela vai tentar te barrar! Mas isso não é justo, Leo! Por minha causa, tu vai ter que carregar um peso a mais. – diz Mandy.

— Se eu estou me oferecendo pra levar a tua mochila, é porque não tem problema. Me dá ela! – digo, e Mandy me entrega a mochila. Quando estou subindo as escadas em frente à porta principal, Dona Griselda se coloca na minha frente.

— Opa, opa, opa! Quem disse que tu pode entrar?! — me pergunta Dona Griselda, e eu, antes de qualquer coisa, me viro para trás, olho para Mandy, enquanto ela me olha de volta, pois, exatamente como previmos, a megera está me barrando.

— Bom... Até onde eu saiba, eu ainda sou um membro de confiança. E eu sou membro de confiança do próprio Rei que está pra ser coroado daqui a alguns minutos. E como a senhora mesma falou... "Somente os nobres e os membros de confiança têm autorização para entrar!" Então... Eu acho que posso me aproveitar desse privilégio! — digo em tom de deboche, deixando Dona Griselda furiosa.

— Tá, okay... — diz Dona Griselda, que respira fundo, e fala: — Tu pode entrar pra deixar tua mochila lá dentro, mas quem disse que tu poderia levar a mochila de outra plebeia junto?! Até onde eu saiba, eu não dei tal autorização.

— Verdade! Mas a senhora também não disse que não podia! Então... Como eu já estou com essa mochila em mãos... eu vou deixar ela lá na nossa sala também. — respondo, e as minhas palavras só agravam o estado de fúria da Dona Griselda, que começa a bufar. Logo continuo. — Bom... Eu vou indo. Tenho que estar lá durante a Coroação. Porque, né... Vai que o Rei solicite a minha presença junto dele e da nobreza... — depois de dizer isso, eu entro no prédio, mas não sem ouvir alguns risos abafados de pessoas que adoram ver as palavras de megera sendo usadas contra ela mesma.

— Estão rindo do quê?! Acho que eu vou solicitar algumas expulsões hoje, pra ver se alguém vai continuar se sentindo cheio de motivos pra ficar dando risadinhas. E outra: O que vocês ainda estão fazendo aqui?! Não ouviram o que eu disse?! Vão todos pro Ginásio, agora! Vocês têm uma Coroação pra assistir! Andem logo! — grita Dona Griselda, fazendo toda a multidão se calar e se dirigir para o Ginásio.

Já dentro do prédio, eu aproveito para conferir o que consta na edição de hoje do Jornal da Escola. Na primeira página, há uma foto de todos os nobres da minha turma que não entraram para o Reino dos Inteligentes, com o título "CONFIRMADA A CRIAÇÃO DO DÉCIMO GRUPO". E o subtítulo é "Tendo sido confirmada a criação do décimo Grupo, os alunos interessados em fazer parte dele, já poderão colocar os seus nomes na lista de componentes a partir desta segunda-feira (17).". Na segunda página, uma foto da Bella me chama a atenção, mas o que mais me surpreende é o título, que é "PRINCESA BELLA DA MODA SERÁ A RAINHA DO DÉCIMO GRUPO", com o subtítulo "Direção decide, com apoio de nobres de diversos Grupos, que

Isabella Marques de Oliveira, Princesa da Moda, será a Rainha do décimo grupo.". Tal notícia me faz pensar "O quê?! Vão dar a Coroa do novo Grupo pra Bella, e não pra Juliana?!" Apenas fico tentando entender o motivo pelo qual Juliana, a pessoa que teve a ideia de criar o décimo Grupo, não será a pessoa que irá governá-lo. Por incrível que pareça, eu acabo sentindo um pouco de empatia por ela, pois assim como eu não pude assumir o Grupo ao qual eu dei início, ela também não o fará. De formas diferentes, nós dois fomos injustiçados. Por fim, eu deixo o jornal de lado e começo a caminhar em direção às escadas, quando de repente as portas do elevador se abrem. Lá de dentro saem Jonas e Caio.

— Ora, ora, ora! Olha só quem está aqui! — diz Jonas, logo que me vê.

— Pois é! Eis um plebeu! — diz Caio, como se nobre fosse.

— Sim! Eu sou plebeu mesmo. E até onde eu saiba, Caio... tu também é um! — respondo e acabo deixando Caio zangado.

— Ô, Leo, não fala o que tu não sabe. O Caio é parceria! Ele é como se fosse nobre. Por ele ser amigo meu e do Guilherme, a gente considera ele um nobre. Diferente de ti. — diz Jonas.

— É! Eu também me considero um nobre. — acrescenta Caio.

— Caio, tu pode te considerar uma fada, se tu quiser, mas só porque tu te considera, não significa que de fato tu seja realmente uma fada. O mesmo vale pra questão da nobreza. Tu pode te considerar um nobre, mas, enquanto tu não tiver um título, tu não passa de um plebeu. Um plebeu privilegiado, mas ainda assim um plebeu. Assim como eu. Ah, e outra: Quando esses teus "amigos" não te quiserem mais... eles, não só podem, como vão te tirar desse cargo que tu tanto te orgulha. E aí... Tu já era! — digo, deixando Caio incomodado.

— Nada a ver! — diz Caio, não querendo admitir a realidade.

— Nada a ver mesmo! — diz a Princesa Alice, que sai do outro elevador com as amigas.

— Exatamente! Aqui o negócio é amizade e confiança verdadeiras. Coisas que um lixo do teu tipo não deve conhecer muito bem, né! — diz a Princesa Bella.

— Tu falou esse monte de asneira pro Caio, né! Mas sabe... a gente... aqui... tem muito mais segurança nos nossos cargos do que tu tem com o teu. Porque Sua Majestade, o Rei Hugo, não te suporta. Se ele te colocou nesse cargo, é porque ele tem algum plano. E tu pode ir te preparando, porque quando o Rei conseguir o que ele quer contigo, ele vai te colocar de volta no teu lugar... Que é no lixo. E tu deve saber, né... Lixo se coloca no lixo. Porque é assim que todo mundo te vê por aqui, como um amontoado de lixo tóxico. Ninguém gosta de ti e ninguém te quer aqui. — diz Thaís, com sua insuportável voz de taquara rachada.

— Isso é que nós veremos... Thaís! – respondo.

— Isso que ela falou é verdade. Se eu fosse tu, eu não teria voltado pra cá. Porque deve ser horrível estar num lugar onde todos te odeiam. E é sério... Todos aqui te odeiam mesmo, de verdade! Eu te odeio! Eu nunca vou te perdoar pelo que tu me fez. Então... – diz Manoela, até que eu a interrompo.

— Manu... Por que tu não refresca a minha memória e me lembra do que foi que eu te fiz pra que tu me odeie tanto?! Seria bom eu saber, exatamente, do que eu estou sendo acusado. Que tal?! – digo.

— Cala essa boca! Eu não vou refrescar a tua memória, coisa nenhuma, porque tu sabe muito bem o que tu me fez! Aliás... TUDO o que tu me fez! E não me chama de "Manu", porque eu não dou esse tipo de intimidade pra criminosos! E olha... Não que tu mereça, mas... aqui vai um conselho... Assim... Aproveita que tu é um dos poucos plebeus que podem sair daqui a qualquer hora... E te manda! Faz esse favor pra todos nós. E se tu não te importa com todos nós... faz esse favor pra ti mesmo! – diz Manoela, com uma voz suave, porém cheia de veneno.

— Acho que eu não vou fazer isso, mas... valeu pelo conselho. – respondo e deixo Manoela braba. Logo percebo que Juliana está calada hoje, o que provavelmente deve ser pelo motivo que eu já imagino. Então, para ver no que vai dar, eu me viro para Bella e falo. – Ah, e a propósito... Princesa Bella... meus parabéns! Logo deixarás de ser Alteza e te tornarás Majestade.

— Pois é, né, amor! Ai... A fundação do meu Reino vai ser depois de amanhã. Tu não imagina o quanto eu estou tão empolgada! – diz Bella, com uma falsa simpatia.

— Acho que eu imagino, sim. – digo. Então me viro para Juliana, mas continuo dirigindo a palavra à Bella, quando falo: – Mas olha que interessante... A fundação de vosso Reino ocorrerá quarta-feira, dia 19, que vai ser bem no último dia do verão. Um dos dias do ano em que a pessoa que começou com a ideia desse novo Grupo mais lamenta... Agora a Princesa Juliana Matilde vai ter um motivo a mais pra odiar esse dia, não é?! Já que teve que entregar o trono, que era pra ser dela, de bandeja para Vossa Alteza. – e nessa hora, Juliana percebe que estou me referindo à última coisa que ela me disse na sexta-feira sobre odiar o fim do verão.

— Cala essa boca, seu plebeu nojento! – responde Juliana, que logo começa a mentir, quando fala: – Eu não estou lamentando. Muito pelo contrário! Eu estou MUITO feliz pela minha amiga! MUITO! Inclusive, eu fui uma das pessoas que mais apoiaram a ideia de a Bella ser a Rainha. Porque eu sei que ela vai ser uma excelente Rainha. E eu estou feliz por ela. Humpf! Aposto que ficar feliz pelos outros é um sentimento que um desgraçado, que nem tu, é incapaz de ter. Afinal... tu só te importa contigo mesmo. E é por isso que tu nem tem amigos. – e nessa hora, eu tenho que me segurar para não mencionar que ela mesma faz parte dos principais culpados pelo fim de quase todas as minhas amizades.

– É! Dá pra ver que tu está MUITO feliz mesmo. Nossa! A felicidade chega a ser tanta... que tu nem consegue conter, não é verdade?! – digo, sendo que eu já nem consigo mais ser cínico direito, já que a fundadora não reconhecida do décimo Grupo realmente conseguiu me tirar do sério. Então mudo de assunto, ao falar: – Enfim... Vocês já tomaram muito de meu tempo. Eu vou até a sala, deixar a minha mochila. – digo.

– A tua e a do teu Rei, né! – diz Jonas, que logo se vira para os amigos e debocha: – Viram só?! Já está até trabalhando como escravo do Hugo.

– Ah... Não! Essa mochila é da Mandy. Eu vi ela meio chateada por ter que ficar carregando peso... E me ofereci para ajudá-la. E é claro que isso não é da conta de vocês, né! – digo. Logo viro de costas para eles e começo a subir as escadas.

– Mas olha só! O cara não é ninguém e já está se achando! Humpf! Quando eu der uma surra nele, eu quero ver se ele continua assim. – diz Caio, enquanto eu apenas paro de andar, olho para trás e apenas vejo um rapaz mais baixinho do que eu.

– O Caio vai me dar uma surra?! O Caio?! – digo, e começo a dar uma longa gargalhada. Quando me recomponho, continuo: – Ah é, eu tenho que ficar assustado, né! Tá bom! Hum hum, vamos lá... – e começo o teatro, ao falar: – Ai, minha nossa! O Caio vai me bater... Ele deve ser bom em artes marciais, como judô, muai-thai, kung-fu, karatê, jiu-jitsu... Ai... Eu estou treme-e-e-endo de medo! Socorro! – digo isso forçando uma tremedeira e logo volto a rir muito. Quando todos já estão furiosos, eu me contenho e completo: – Ai, vocês não valem nada, mas até que sabem ser divertidos, às vezes...

– Nossa... Esse guri é tão escroto, que me dá até crise... Argh! – diz Manoela, que logo pega sua bombinha para asma.

– Vamos embora daqui! Deixa esse lixo imundo sendo o palhaço que ele é! – grita Juliana, que vai embora, enquanto todos a seguem.

– Até que enfim! – digo, logo que percebo que todos finalmente saíram do prédio. Em seguida eu desço as escadas, olho em volta e, quando vejo que a barra está limpa, eu aproveito para poder utilizar o elevador. Então, quando chego ao quinto andar, apenas deixo as mochilas na sala e, para descer, também faço uso do elevador. Ao chegar ao térreo, o espaço está vazio e, felizmente, eu não tenho nenhuma surpresa desagradável.

A sirene soa no momento em que estou indo para o Ginásio e, quando eu chego lá, vejo que todos já estão sentados nos bancos organizados em frente ao auditório. Mandy acena para mim, demonstrando que guardou um lugar, e eu vou em direção a ela, sem conseguir conter o sorriso, porque depois da discussão de antes, eu estou realmente aliviado por estar junto de pessoas que me tratam com gentileza e que aparentam me quererem por perto, de forma a contrariar tudo o que a Thaís me disse. Então eu vou e me sento entre Mandy e Stella.

Depois que todos já estão acomodados, Dona Hortência dá início à cerimônia e começa a discursar, falando daquilo que ela considera como "boas características" daquele que virá a ser coroado. A única diferença do discurso de hoje para com o da semana passada, de quando o Grupo foi fundado, é que agora a Diretora pode mencionar os "magníficos feitos" do Rei, que as megeras contaram pra ela, mesmo que eles sequer tenham acontecido.

Assim que termina de falar, a Diretora chama Hugo, pelo seu nome completo, e solicita que ele vá até o auditório. Quando ele chega lá, ela começa a entregar-lhe os adornos.

— Ao Rei dos Inteligentes, eu lhe entrego o manto, para que tenhas a proteção de Deus. — diz Dona Hortência, que coloca um manto azul-escuro em Hugo. Logo ela prossegue: — Este broche, colocado no lado esquerdo do peito, garantirá que o teu coração sempre te guie no caminho correto. — ela tira o broche de Príncipe da Natureza, que ele ainda estava usando, para colocar o de Rei dos Inteligentes. O manto foi colocado, propositalmente, de forma torta, para que assim sua abertura pudesse deixar o broche à vista e, só por isso, Dona Hortência pôde fazer a troca de broche com facilidade. O próximo a ser entregue é o cedro; então ela fala: — Te entrego o Cedro Real, que representa a Justiça. A Justiça do Rei! — acho interessante o que ela diz, pois nunca se tratou da justiça verdadeira, e sim daquilo que o Rei considera como justo. Logo ela continua: — Agora eu vou pedir para que Vossa Majestade se ajoelhe... — ela para de falar e vira para a psicopedagoga, Walkiria, que está trazendo consigo uma caixa numa bandeja. Quando Hugo se ajoelha, Dona Hortência retira uma coroa de dentro da caixa, vai na direção dele para colocá-la sobre sua cabeça. Feito isso, ela fala: — E, por fim, o símbolo máximo da realeza... a Coroa da Glória! — depois, Hugo se levanta, e ela termina com o discurso, falando em alto tom: — Rei Hugo I dos Inteligentes!

Logo todos começam a aplaudir o novo monarca coroado, a maioria dos Inteligentes, inclusive, levanta bandeirinhas do Grupo, para demonstrar o seu respeito para com o soberano. Todos fazem isso, menos eu e meus aliados, que sabemos quem o Rei é de verdade. Certas pessoas aproveitam para debochar da situação.

— Parabéns, Majestade! Uhuuuul! Aproveita e faz esse cedro de supositório... Que eu sei que tu gosta! — fala Ávalon, tendo a voz abafada pela multidão.

— Usa esse troço pra te fazer sentir prazer e não contra nós, ô babaca! — acrescenta Stella, enquanto Mandy e eu apenas rimos. Nós rimos até que Rebecca se vira para nós.

— Pelo amor de Deus! Vocês não têm o menor respeito pelo Rei! Que horror, isso o que vocês estão fazendo! — diz Rebecca, balançando a cabeça.

— Vocês são marginais, isso sim! — diz Maria Judith.

— Essas duas de novo?! Aff! — reclama Sid.

— Calem a boca, vocês duas! Esse nojento não está nem aí pra vocês! — responde Mandy. Quando Rebecca está prestes a dizer mais uma asneira, Hugo manda todos se aquietarem, para que ele possa começar a discursar.

Primeiramente ele fala algumas palavras vazias, sobre como estar ali é uma honra para ele e o quanto ele adora cada um de seus súditos, ou seja, ele fala uma mentira atrás da outra. Quando termina com a enrolação, ele chama os nobres para serem oficialmente condecorados.

— Então, sem mais delongas, eu quero chamar aqui a pessoa que irá me suceder, no caso de alguma coisa acontecer comigo. Coisa essa que eu espero que nunca aconteça. Eu chamo aqui a pessoa que sempre esteve ao meu lado, a Princesa Karin Yamanaka! — Hugo fala e a multidão começa a aplaudir, enquanto Karin se levanta e vai até o Rei. Logo Hugo começa a entregar os adornos à Princesa, mas só entrega, sem dizer nada. Os adornos são o broche e o manto, ambos bem menores que os do Rei, ou seja, enquanto o manto do Rei arrasta no chão, o da Princesa mal passa da cintura, e o broche também é menor. Ele também lhe entrega uma tiara, igual às que as outras princesas usam, sendo que nesta tem o brasão dos Inteligentes. Então ele resolve finalizar, ao dizer: — Com o poder investido a mim, eu te declaro como Vossa Alteza Real, a Princesa Karin dos Inteligentes, Princesa Real e Sucessora do Trono do Cérebro Supremo! — quando ele fala isso, a multidão aplaude. Depois, ele chama a Princesa Janaína e faz a mesma cerimônia para ela, mencionando no final que ela é a segunda na linha de sucessão ao Trono. Por fim, ele resolve chamar Walter, sendo que, sem nenhum entusiasmo, fala: — Agora pode vir o Príncipe Walter! — sendo que ele só o chama por ser obrigado. Então Walter vai até os outros, sorridente, e Hugo coloca os adornos nele de qualquer jeito, tentando fazer o mais rápido possível. Logo ele fala: — Te declaro Príncipe Walter dos Inteligentes. Pronto, acabou! — e menos da metade da multidão aplaude, sendo possível notar o quão "querido por todos" Walter é. O sorriso ávido do Walter murcha um pouco quando ele se dá conta disso.

— Para darmos o devido desfecho à cerimônia, quero convidar a todos a irem para o lado de fora, em frente ao mastro com a bandeira do Reino dos Inteligentes, para que possamos ouvir o Juramento do Rei. — diz Dona Hortência.

— Ai, que saco! Tem mais isso! — reclama Mandy.

— Pois é! De novo a gente tem que ir ver esse palhaço falar na frente duma bandeira. — diz Stella.

— A única diferença é que agora ele tem uma coroa na cabeça. — menciona Laerte.

— Então, podem todos levantar... — diz Dona Hortência, até ser interrompida por Hugo.

— Não, espera! Eu ainda não chamei o meu membro de confiança. — diz Hugo, fazendo com que todos reclamem muito. Dentre as coisas que escuto, estão frases como: "Ah não! Esse desgraçado não!", "Ô, Majestade, se tu te importa tanto assim com a gente, mata esse vagabundo agora mesmo, a gente vai gostar!", "Faz ele voltar pro reformatório!", "Chuta ele daqui!", "Pode deixar que eu ajudo a mandar esse treco pro inferno!". No meio de tantas frases "maravilhosas", o Rei solicita que eu vá até ele, dizendo: — Quero que venha até mim o meu membro de confiança... Leônidas von Weiss Lecchini! — e mais uma vez, sou obrigado a obedecer, para que ele e os outros nobres possam me ver sendo vaiado pela grande maioria dos plebeus.

Mesmo que a maioria ainda me odeie, algumas pessoas, além dos meus aliados, já são capazes de me ver com outros olhos e, enquanto estou caminhado até o auditório, acabo ouvindo também: "Ai, coitado!", "Prefiro esse cara aí do que os nobres!", "Tudo mentira o que falam dele. Também, né, vem tudo dos nobres". Enquanto ouço tudo isso, eu apenas caminho, sem olhar para os lados. Quando chego até o Rei, me presto a fazer uma reverência, enquanto ele e os outros nobres não conseguem evitar a expressão de nojo. Então Hugo respira fundo e volta a falar.

— Bom... Eis o meu membro de confiança! Assim que possível, as princesas e... Á... O Walter... também decidirão os seus membros de confiança. — diz Hugo, sendo que me chama a atenção o fato de ele não ter mencionado Walter como "Príncipe". Segundos depois, ele volta a falar: — Mas, enfim... Eu chamei o meu membro de confiança aqui, só porque é de praxe. Porque membro de confiança continua sendo plebeu e... Não ganha manto, nem broche... — então ele me olha, com cara de deboche e, em tom infantilizado, ele fala: — Shinto muito Leleo, mas pá ti num tem pejenti! — e com isso, claro, a multidão cai na gargalhada, enquanto a mim resta apenas ficar estático, para que ninguém note a raiva que estou sentindo. Quando a multidão se acalma um pouco, Hugo volta a falar: — Enfim! Agora que eu já mostrei pra vocês o meu membro de confiança, vocês podem se dirigir pro mastro, onde eu farei o meu juramento. — e todos lhe obedecem.

Do lado de fora, a multidão já está aglomerada em volta do mastro dos Inteligentes. Os nobres e seus membros de confiança, claro, estão em lugares privilegiados, ou seja, estão na frente de todos os plebeus. Quanto a mim, além de ter sido obrigado a segurar o manto real, para que não arrastasse no chão enquanto o Hugo caminha, ainda sou obrigado a segurar o cedro real no momento em que o Rei coloca a mão direita no coração e a esquerda sobre os documentos que oficializam a sua coroação. Então, com uma das mãos eu seguro o cedro e com a outra continuo a segurar o manto. Quando Hugo pensa que já estou sendo suficientemente humilhado, ele finalmente começa a fazer o seu juramento.

– Ao ter esta Coroa posta sobre a minha cabeça, eu prometo sempre zelar pela harmonia, pela segurança, pela justiça e pelo bem-estar dos meus súditos e de toda a Escola Romanorum. Assim eu prometo. – jura Hugo, que, quando termina de falar, logo se vira para mim, arranca o cedro da minha mão e diz: – E vê se não deixa o meu manto arrastar no chão! – então volto a segurar somente o manto com as duas mãos.

– Quero agradecer pela vinda de todos. Agora, podem retornar às suas salas. Muito obrigada! – diz Dona Hortência, e todos começam a ir para o prédio.

Enquanto fico segurando o manto, Hugo vai passando na frente de todos, enquanto abana para as pessoas por que passa. Ele faz isso para que seja possível que todos me vejam na situação humilhante em que me encontro. Ao passar por todas aquelas pessoas, é possível ouvir coisas como: "Olha ali, bem-feito!", "Se deu mal, desgraçado!", e "Pelo menos pra alguma coisa serviu essa palhaçada toda, porque ver esse mala servindo de escravo do Rei... não tem preço!". Sou obrigado a segurar o manto do Hugo, como se fosse um véu de noiva, até a nossa sede, onde ele deixa os seus adornos, com exceção do broche, porque este é o único adorno que todos os nobres usam em tempo integral, para diferenciá-los dos plebeus. Quando Hugo e eu já estamos saindo, Walter chega para deixar o seu manto e, as princesas, para deixar os seus mantos e suas tiaras também.

Vendo de perto, agora que todos estão aqui, é possível reparar nos detalhes dos broches. O do Rei é um escudo inglês, azul, com um cérebro em cores reais, igual ao da bandeira, estando colocado no centro do escudo. Sobre o escudo, uma representação quase perfeita da Coroa Real dos Inteligentes. O broche das princesas tem um escudo menor e sobre ele há uma coroa diferente, pontiaguda, representando que são da realeza e da linha sucessória. Somente o broche do Walter não tem nenhuma coroa, o que significa que ele não faz parte da linha sucessória. Quanto à Coroa Real, esta é inspirada na Coroa da antiga

Prússia, apesar de ser totalmente adaptada. Dentre as principais adaptações, temos o forro da Coroa que, diferente da prussiana, a qual tinha forro vermelho, enquanto a nossa tem forro azul, que é a cor principal do nosso Grupo. Sobre a armação da Coroa, há uma esfera dourada encaixada, com o brasão da Escola gravado nela e, acima da esfera, há uma cruz representando a proteção de Deus.

 Depois de deixar tudo na sede, nos dirigimos à nossa sala, onde a Professora Bel já está dando aula. Sento-me junto dos meus aliados, mas infelizmente não podemos conversar muito, já que a aula de hoje é com a Professora explicando a matéria. É claro que, durante a explicação, somos só nós, os plebeus e o Hugo, que ficamos prestando a atenção, porque a maioria dos nobres e seus membros de confiança ficam conversando. Eles conversam em baixo tom, mas ainda assim atrapalham a aula, sendo que hoje eu acabo flagrando as meninas comendo seus leguminhos mais uma vez, enquanto que os meninos, apesar de não portarem nenhuma revistinha proibida, só falam sobre mulher pelada. No período seguinte, também não temos oportunidade da conversar sobre os acontecimentos, mas, felizmente, a Professora Cláudia nos libera mais cedo para o recreio, devido ao bom comportamento da turma durante a aula. Quando saímos da sala, nós, Inteligentes, nos dirigimos à nossa área, enquanto os nossos outros colegas vão para suas respectivas áreas.

 Já em nossa área, conversamos sobre várias coisas, tanto sobre o acampamento, quanto sobre a coroação de hoje e, também, sobre o quanto Walter foi humilhado pela pessoa que ele mais admira no mundo, que, no caso, é o Hugo. Os meus aliados também me dão apoio moral, devido à vergonha que fui obrigado a suportar hoje. Basicamente, eles tentam me transmitir a mensagem de que "eu não estou sozinho". Porém, enquanto há pessoas me apoiando, há também aquelas que estão querendo acabar comigo, tais como Rebecca e Maria Judith, que se aproximam de nós com o intuito de me ridicularizar.

 – Olha só, o membro de confiança, que está mais pra escravo! – diz Maria Judith.

 – É! Teve que segurar o manto do Rei. Foi tão ridículo... – diz Rebecca, que faz uma pausa para rir e logo acrescenta: – Mas foi tão engraço também!

 – E foi tão engraçado quando o Rei te humilhou na semana passada. Chamou tu e a tua amiguinha aí de pragas. E mesmo assim... Tu ainda paga pau pra ele, Rebecca. – respondo, fazendo Maria Judith ficar boquiaberta, enquanto Rebecca fica balançando a cabeça. Fica sem ter o que dizer.

 – Ele disse mesmo isso, Rebecca?! Por que tu não me contou?! – questiona Maria Judith, indignada.

 – Ai, Judith, é que... isso não é importante. Se o Rei falou isso da gente, é porque ele devia estar passando por um momento difícil naquele dia. A gente tem que compreender ele. – responde Rebecca, enquanto Maria Judith apenas a encara.

– Vocês são muito idiotas! – diz Mandy.

– É verdade! – diz Paskes, que vem acompanhada de sua amiga Vanette. Logo que todos lhe dão atenção, ela fala: – Sabem... Vocês são muito idiotas mesmo, porque eu não acho ridículo o que o Leo fez. Na verdade... foi super chique. Tanto que eu estou até pensando em chamar ele pra segurar o meu vestido de noiva quando eu for me casar com um pediatra famoso de Nova York. Ai! Vai ser um arraso!

– Aaaaai, eu também vou! Vai ser chiquérrimôôôôôôôôôôô! – diz Vanette e, em seguida, ela e Paskes dão gritinhos e pulinhos.

– Eu não faço isso... Nem que cada uma de vocês me pague um milhão de dólares! – respondo.

– E se a gente te pagasse um milhão de reais?! – pergunta Paskes.

– Até onde eu saiba... O real está valendo menos que o dólar. E em Nova York só se paga em dólar. – diz Sid.

– Não... E outra... Por acaso vocês têm esse dinheiro todo?! – pergunta Stella.

– Agora, agora... não. Mas eu vou ter bilhões quando eu for pediatra em Nova York. – responde Paskes.

– Vocês não perdem por esperar. Porque a gente é chique. Tá! – diz Vanette.

– Vamos, Vanette! A gente não tem muito tempo pra perder com esses não chiques! Porque as princesas, que não vieram pra este Grupo estão começando a montar hoje o décimo Grupo. E sabe... o novo Grupo tem tudo pra ser MÓINTO mais chique do que esse em que a gente está agora. E se a gente for pra lá... a gente vai ter muito mais chance de ser pediatra em Nova York. – diz Paskes à amiga.

– Ai, é verdade, né! – concorda Vanette.

– Mas ó... A gente tem que ir lá pra colocar os nossos nomes na lista de componentes do novo Grupo ainda hoje, hein! – diz Paskes.

– É! Não é chique deixar coisas importantes pra última hora. – diz Vanette.

– Então vamos indo! Nova York, aqui vamos nós! – diz Paskes, que começa a se afastar daqui, enquanto marcha de uma forma ridícula, com Vanette imitando-a.

– Quero ver aquelas patricinhas fúteis aceitarem essas duas. – comento.

– Nem dá muita atenção pra essas retardadas! Elas nunca falaram coisa com coisa. – me diz Haroldo.

– É... Isso deu pra notar. – respondo.

– Tá, mas tipo... Não é só colocar o nome na lista, que a pessoa já está automaticamente fazendo parte do novo Grupo, assim como foi quando a gente estava formando o nosso Grupo?! – indaga Luna.

— Na verdade... não. – responde Ophélia.
— E como que tu sabe disso? – pergunta Sid.
— Bom... Antes de vir pra cá, eu fui ali dar uma fuçada... só de curiosa... E eu vi que a fila de pessoas interessadas no décimo Grupo já era enorme. O que acontece é que não basta apenas colocar o nome na lista. A pessoa tem que ser aquilo que as patricinhas querem pro Grupo delas. E pra piorar... são elas mesmas que estão lá, de plantão, pra garantir que não entrem pessoas inadequadas, ou... defeituosas... Pro Grupo perfeito delas. Entenderam?! – explica Ophélia.
— E como a gente sabe que aquelas duas nunca vão ser boas o bastante praquelas escrotas, né... – acrescenta Laerte, que dá de ombros.
— Exato! E pra piorar a situação das duas... é bem possível que o Rei daqui... Se descobrir que duas das súditas dele foram tentar entrar pro Grupo das patricinhas que ele não suporta... Erm... Vai dar ruim pra elas! – completa Ophélia.
— Então é bom que o Hugo não fique sabendo. – diz Stella.
— Eu é que não contaria pra ele. – diz Nina.
— Mas vai que alguém conte! As duas iam se ferrar de graça! – diz Osmar.
— Também, né! São burras feito uma porta! – diz Sid.
— Viram só! Tem gente que consegue ser mais burra do que vocês, por aqui! – diz Mandy, enquanto olha para Rebecca e Maria Judith.
— Pelo menos... não foi a gente que subornou o Rei pra conseguir certos cargos de confiança... E acabou pagando o maior mico na frente de todo mundo! – responde Rebecca, olhando para Mandy, mas apontando o dado para mim.
— É! Bem-feito, Leo! Agora tu é o escravo. O escravo de confiança do Hugo. – diz Wagner, enquanto somente ele ri da própria piada.
— Escravo de confiança, que, pelo jeito, não é tão de confiança assim. – diz Maria Judith, enquanto Wagner continua rindo sozinho.
— Já terminou, Wagner?! – pergunto.
— Cale-se, ô escravo de confiança! – me responde Wagner, que ri de novo, querendo que os amigos Daniel, Luigi, Osmar e Sid o apoiem, mas todos ficam quietos.
— Ninguém está achando graça, ô idiota! – diz Ávalon, fazendo Wagner calar-se.
— Pois é! – digo, em concordância com Ávalon. Em seguida, eu me viro para as duas recalcadas e falo: – E só pro governo de vocês duas... Eu não subornei ninguém. O Rei me deu esse cargo porque ele quis. E aquilo que aconteceu hoje no Ginásio não fui eu pagando mico por conta própria, mas sim o Hugo me obrigando a passar por aquela humilhação toda. São coisas realmente muito

diferentes. Agora... querer que duas invejosas e recalcadas, como vocês, entendam isso... seria pedir demais, né! Vocês só veem aquilo que vocês querem ver e do jeito que vocês querem ver. Por isso que ninguém suporta vocês.

– Tu ouviu isso, Judith?! Esse lixo escroto nos chamou de "invejosas"?! Por acaso alguém, em sã consciência, teria inveja de um nojento desses? Ainda mais depois do que ele passou hoje?! Humpf! Nem a gente seria tão burra assim. – diz Rebecca.

– Como assim "nem a gente seria tão burra assim"?! – indaga Maria Judith, que, logo de cara, percebe a besteira que Rebecca falou. Com isso, todos riem.

– É! Com certeza não é pelo ocorrido de hoje que vocês têm motivo pra ter inveja de mim. – digo e, quando os risos cessam um pouco, eu prossigo: – O que faz com que vocês se roam de inveja de mim, de verdade... É o fato de que o Hugo deu o cargo de membro de confiança pra mim e não pra vocês. E se vocês já não gostavam de mim antes, agora piorou tudo, não foi?! Isso é tão verdade, que vocês procuram os mínimos detalhes pra colocar defeitos em mim e falar um monte de absurdos por aí. Sorte minha que as histórias de vocês são tão ridículas e tão mal contadas, que nem mesmo os meus maiores inimigos acreditam em vocês! E olha que o Rei, que vocês tanto veneram, faz parte dessa lista, hein! Vide o que ele falou pra Rebecca na semana passada. – e com isso, Rebecca começa a balançar a cabeça, gesto típico de quando ela fica sem ter o que dizer.

– Apostam quanto que se o Rei tivesse dado o cargo do Leo pra elas, e tivesse humilhado elas, do mesmo jeito que fez com o Leo... elas nunca admitiriam que aquilo foi um mico ou uma humilhação, mas sim... uma grande honra... Poder servir ao reizinho delas! – diz Haroldo, e todos demonstram concordância, com alguns risos.

– Não duvido! – grita Sid, que logo volta a dar gargalhadas.

– Sim, né... Submissas do jeito que são! – completa Mandy.

– Ai, Rebecca, vamos embora daqui! Essa gentalha é muito alienada mesmo pra apoiar esse desgraçado que não tem o menor respeito e que... Argh! Chama o Rei pelo nome. – diz Maria Judith, o que acaba cortando um pouco as risadas.

– Tu mereceu o que fizeram contigo hoje. Tomara que te humilhem mais e mais... todo santo dia! Porque isso é o que tu merece, seu babaca. – me diz Rebecca e, como todos já não aguentam mais ouvi-la, começam a reclamar.

– Aff, vão embora duma vez, ô dupla de recalcadas! Vão, vão! Ninguém aguenta vocês! Nem o Rei aguenta! – diz Daniel, e elas nos encaram mais um pouco. Felizmente, elas não dizem mais nada e, em seguida, se afastam de nós.

Depois que as duas se vão, podemos voltar a conversar normalmente e em paz, pelo menos até a sirene soar, e os nobres saírem de dentro da sede falando uma série de coisas ásperas e fúteis, sobre como é ruim passar pelo meio dos plebeus, etc. Já dentro da sala de aula, a vida segue normalmente, com a Professora Victória fiscalizando quem fez, ou não, o tema de casa, para que depois dê início à aula de Sociologia. No último período da manhã, a aula de Português do Professor Wenceslau também segue sem maiores tumultos. Quando a sirene anuncia que é meio-dia, podemos sair da sala e nos dirigir para a Cantina, onde Sid e Luigi começam a comentar sobre a existência de "pessoas não inteligentes" dentro do Reino dos Inteligentes.

— Eu, particularmente, sou contra a permanência dessas pessoas no nosso Grupo, porque... bom... simplesmente não combina, né! Mas parece que o Rei não se importa muito com isso. – diz Luigi.

— Ah... Tem que dar um pé na bunda desse bando de burro, e pronto! A gente tem que convencer o Rei disso. Essa gente só nos faz passar vergonha. – diz Sid.

— Que bom que vocês acham isso, hein! Tipo assim: eu não sou a pessoa mais inteligente do mundo e aí... por isso... vocês vão dar um pé na minha bunda... É isso mesmo?! – questiona Ávalon.

— Não precisa ser a pessoa mais inteligente do mundo pra estar aqui, Ávalon. Só que também não dá pra se aceitar pessoas retardadas por aqui. Que não só vão arruinar a nossa essência e a nossa reputação... Como vão nos fazer passar vergonha e nos encher o saco. E em nenhum momento eu falei de ti. Eu falo mesmo é daquelas retardadas ali, ó! Que só nos incomodaram no recreio. – argumenta Luigi, apontando para Rebecca, Maria Judith, Paskes e Vanette.

— Pois é, elas são um atraso pra nós. Tem que mandar embora e pronto! – diz Sid.

— O Rei não faria isso com a gente. – diz Rebecca em sua defesa.

— Não é chique mandar a gente embora. – acrescenta Paskes.

— Eu vou te mostrar o que é chique, sua anta! – grita Sid. De repente a conversa se torna uma discussão e, em seguida, uma briga. Enquanto os nossos brigam, os membros dos outros Grupos assistem à cena e tanto plebeus quanto nobres se divertem com a situação. Não gostando do que vê, Ophélia resolve intervir.

— Chega! – grita Ophélia e, quando o pessoal fica quieto, ela continua: – Será possível! Será que vocês dois ainda não entenderam que o objetivo deste Grupo é a inclusão?! Quem decidiu isso fomos nós. E depois o Rei só fez um discurso, no dia da fundação do Grupo, pra oficializar tudo. Mas fomos nós que decidimos que todos aqui são inteligentes, do seu próprio modo. E é por isso que não tem essa de mandar ninguém embora! – ela termina de falar e, quando parece que tudo vai se acalmar, Sid resolve colocar mais lenha na fogueira.

– Aff! Sempre tem que ter uma defensora. – diz Sid e, para completar, ele ofende Ophélia, ao falar: – Vai rodar a bolsinha na esquina, que tu ganha mais!

– Cara... – diz Ophélia, que respira fundo e continua: – Quem domina esse ramo é tu e a senhora tua mãe. Eu não tenho como competir com vocês. – quando ela termina de falar, a multidão solta um "Baaaaaaaaaaah!". Então Sid, constrangido e sem ter o que responder, joga o garfo no prato, quando resolve enfrentar Ophélia.

– Ah é?! – grita Sid, que, com sangue nos olhos, contorna a mesa dos Inteligentes, para ir até Ophélia, que está do outro lado. Quando ele chega nela, fica atrás dela e fala. – Eu quero ver tu repetir isso na minha cara! – então Ophélia se levanta e encara Sid.

– Quem roda a bolsinha são tu e a senhora tua mãe! E eu não tenho como competir com vocês! – repete Ophélia, de forma lenta e olhando para cima, já que Sid é bem mais alto do que ela.

– Tu acha que só porque tu é mulher eu não posso te dar uma surra, né! – ameaça Sid.

– Ué! Pode vir! Eu não tenho medo de uma galinha molenga que nem tu! – responde Ophélia, deixando Sid ainda mais irritado e já com o punho levantado.

– Foi que pediu, sua... – diz Sid, enquanto se prepara para dar o primeiro soco. Porém, ele é interrompido, pois Ophélia, sem muita dificuldade, segura o punho dele e, indo por trás, faz com que o braço de Sid fique em volta do pescoço dele. Ela, rapidamente, também segura o outro braço dele, para imobilizá-lo. Então, já tendo deixado Sid imobilizado e já estando atrás dele, ela, com uma de suas pernas, simplesmente aplica uma rasteira, derrubando Sid no chão e surpreendendo a todos.

– Ophélia...! – digo, sem conseguir segurar o sorriso no rosto, por admirar a ação dela e por pensar no quão bom é tê-la ao meu lado.

– Que foi?! Eu sei lutar, gatinho! – diz Ophélia.

Sid é simplesmente humilhado, e a cena de sua derrota causa um espetáculo para ninguém pôr defeito. As reações são várias, sendo que algumas pessoas apenas se impressionaram, outras riram, houve também quem tirou foto e, ainda, o pessoal do Jornal da Escola filmou a cena toda. Já Hugo e sua corte que, sem serem notados, também assistiram ao *show*. Quando o Rei e os outros nobres se aproximam de Ophélia e de Sid, que ainda está no chão, eles apenas olham para Ophélia, deixando-a tensa.

– Majestade... Eu apenas me defendi desse covarde, que veio me enfrentar e... – explica Ophélia, que para de falar, quando Hugo levanta a mão, como um sinal claro de que ele quer que ela fique quieta.

— Não te preocupa, Ophélia! Eu gostei de ver a cena. Só por isso eu te perdoo. – diz Hugo, que logo olha para Sid, ainda no chão, e fala: – Que vergonha, Sid! Que vergonha! Tu apanhou da Ophélia! Humpf! Nossa... Tu é patético! E agora tu está esperando o quê?! Um guindaste?! Te levanta duma vez, ô da teta saliente! – ele ordena, e Sid obedece. Logo Hugo olha para Sid e volta a falar: – Onde já se viu?! Um marmanjo desses apanhando de uma menina! E o pior é que não foi nem por ter pegado leve com ela, por ela ser menina... Tu apanhou dela, porque tu não teve a menor chance mesmo! Humpf! Bem que eu podia te expulsar por ter feito o nosso Grupo inteiro passar essa vergonha.

— E olha que ele é a favor de mandar embora as pessoas que envergonham o Grupo! Mas... Como eu sou contra fazer uma coisa dessas... Eu te peço, Majestade... Não expulsa ele. Isso não é razão pra se expulsar alguém e... – diz Ophélia, que logo é interrompida pelo Hugo.

— Quieta! Tu não me diz o que fazer! – diz Hugo, enquanto Ophélia relutantemente se cala. Então Hugo se vira para Sid e fala: – Pois é, né, Sid... Poder te expulsar agora, eu posso. Isso porque agora... a doce Rainha Aurora não pode mais te defender, né! Porque tu foi burro o bastante pra sair do Reino dela, pra vir pro meu. Hah! É bom que tu não pense que eu vou te deixar voltar pros braços dela... Ainda mais agora! – então ele dá uma risadinha e, à distância, encara Aurora, que se mantém séria. Em seguida ele se vira para Sid e volta a falar: – Mas, enfim... hoje eu não vou te expulsar! Então vê se não abusa da sorte... E volta já pro teu lugar, Sid!

Sid demora alguns segundos, mas obedece ao Rei. Enquanto ele está indo se sentar, o pessoal, por toda a Cantina, debocha ao falar "Covardão!", "Vem lutar comigo se tu for homem, ô covarde!" e "Vai enfrentar mulheres no ponto onde a tua mamãezinha faz programa, ô babaca!". Quando Sid se senta, o Rei olha para mim

— Ah... Ô, Leo... Vai ali no balcão e nos alcança a nossa comida. – diz Hugo, e, quando eu me levanto, mesmo que relutantemente, para ir ao balcão pegar a comidinha especial dos nobres, eu ouço Wagner falando mais besteiras.

— Viu só! Por isso que eu disse que ele é o escravo de confiança! – diz Wagner.

— Leo... Te senta! – ordena Hugo, e eu lhe obedeço. Logo ele se vira para Wagner e fala: – Parabéns, Wagner! Tu adora rir dos outros, não é?! Pois então... – ele levanta e começa a falar em alto tom: – Agora, diante de todos aqui presentes... Eu declaro que o súdito Wagner Pereira dos Passos é o meu escravo de confiança. – a multidão começa a aplaudir Wagner, com o intuito de debochar e de ridicularizá-lo, sendo possível até ouvir "Parabéns, mangolão!". Logo Hugo volta a falar: – Valeu por ter me dado a ideia, Wagner! Agora anda! Vai até o balcão, pega a nossa comida e nos serve! E tem que ser na ordem certa...

Primeiro eu, que sou o Rei! Depois a Princesa Karin, que é a primeira na linha sucessória. Depois a Princesa Janaína. E por último... o Walter! E se não me obedecer... eu te expulso! – Hugo ordena, e Wagner apenas fica boquiaberto.

— Não ouviu?! O Rei te deu uma ordem! Vai logo, plebeu! Obedece! – diz Karin.

— É! Vai logo! Será possível! Não basta ser um plebeu vagabundo, tem que ter demência também, pra não entender uma ordem simples dessas?! – diz Walter.

— Cala a boca, Walter! Mais um pio... e eu passo essa ordem pra ti! É isso que tu quer?! – diz Hugo, e Walter se cala. Em seguida, ele se vira para Wagner e fala: – E tu, Wagner... Faz logo o que o eu mandei, porque a gente está com fome! Ou será que eu vou ter que te expulsar hoje, ã?! – e sem ter opções, Wagner obedece.

Mesmo fazendo exatamente o que o Rei mandou, Wagner ainda é duramente criticado e ridicularizado pela multidão que o assiste. Quando ele se senta, todos apenas olham para os nobres, que já estão comendo, em seus lugares reservados.

— Que foi?! A gente tem a opção de comer uma comida melhor que a de vocês porque a gente é melhor do que vocês. A gente é nobre, meus amores! Vocês já deveriam saber disso, então... Dá licença! – diz a Princesa Janaína, com expressão de puro desprezo. Porém, mesmo que seja um absurdo eles terem acesso a uma comida melhor, isso não é o que mais está incomodando o pessoal, mas, sim, a maldade do Hugo, que deu ao Wagner o cargo de "escravo de confiança", o que com certeza é inédito e sem qualquer precedente.

Depois do almoço, todos retornam às suas respectivas áreas e tudo segue calmo, sem mais nenhum acontecimento extraordinário. Quando a sirene soa e todos nos dirigimos para o Ginásio, nós vamos nos trocar para a nossa aula de Educação Física. Na hora em que fico pronto para a aula, eu acabo ficando sozinho no vestiário por um momento, e é quando Jonas, Igor, Guilherme, Caio e Bruno vêm me provocar.

— E aê, Leo! – diz Jonas, que se aproxima, junto de sua trupe, para me falar: – Sabe... Eu achei superlegal a cerimônia de hoje cedo. Acho que o Rei Hugo é teu amigo mesmo... Também, ele te tratou melhor do que tu merecia.

— É verdade! Porque mesmo que tu merecesse humilhação pior, ele só te deixou sem presente. Olha como ele foi bom pra ti! – debocha Igor.

— É! Não precisa ficar tristinho, tá! – debocha Guilherme, enquanto eu apenas me escoro na parede, cruzo os braços e apoio um dos pés na parede.

— Que tal chegar logo no ponto! Vocês querem é me bater, certo?! – pergunto.

— Olha só que adivinhão! É! É isso aí mesmo! A gente vai te dar uma surra, sim! Por tu ficar envergonhando a classe dos membros de confiança. – diz Caio, enquanto eu balanço a cabeça de forma debochada, demonstrando que entendi.

— Ué, Caio! Não consegue me dar essa surra sozinho, e teve que chamar os amigos pra dar uma força?! Porque... Deixa eu ver... Um, dois, três, quatro, cinco... Wow! Cinco contra um?! Nossa! Se eu não conhecesse a trupe, eu diria que isso é covardia! – digo, em tom de deboche, para esconder o nervosismo e ganhar tempo.

— O quê?! Trupe?! Tipo... Trupe de circo?! Tu está dizendo que nós... logo nós... somos um bando de palhaços?! – indaga Jonas, com seu cinismo dramático.

— Bom... Se a carapuça serve! – respondo e, por ter deixado Jonas sem ter o que dizer, ele começa a fazer de conta que perdeu o fôlego. Em seguida eu acrescento: – E eu digo que vocês todos são um bando de palhaços, porque não tem nem como contestar que cinco contra um é a mais patética forma de covardia da parte de vocês.

— Pois é! Eu também acho. – diz Daniel, que aparece do nada, junto de Luigi, Osmar e Sid. Enquanto eu os vejo como a salvação que caiu do céu, Daniel acrescenta: – Por que a gente não resolve isso justamente?! Cinco contra cinco?! Á?! Que tal?!

— Ah, meu... Deixa pra lá! Não dá pra resolver nada com gente apelona. – diz Jonas, novamente falando de forma dramática.

— Ah, sim! Equilibrar os pratos da balança é ser apelão, agora! – diz Luigi.

— É, olha aí! Se acovardaram na hora! – diz Osmar, enquanto Sid ri.

— Não é isso, cara! É que se a gente entrar numa briga, pra ter que bater no Sid também... Hah! Vão rir da nossa cara, já que esse frangote apanha até pra Ophélia! – diz Bruno, fazendo todos os seus amigos rirem da cara do Sid.

— Como é que é?! – grita Sid, que resolve encarar Bruno. E quando parece que haverá uma luta, o Professor Thadeu chega.

— Tá, já deu de palhaçada! Isso aqui é uma Escola, e não uma casa de plebeu, pra ter essas coisas. Por isso, parou! Chega! – diz o Professor, que, apesar do absurdo que fala, é bem-sucedido em evitar a briga, pois Sid e Bruno vão para fora do vestiário e seguem lados opostos. Depois disso nós vamos para a quadra e o Professor chama a todos, para poder dar início à aula.

— Só tenta não chorar muito hoje, quando te acertarem, tá! – diz Jonas, no meu ouvido.

— Não te preocupa! – respondo, em tom de deboche. Quando Jonas se afasta, é o Daniel que se aproxima de mim.

— Tu viu só aquele Professor?! "Isso aqui é uma Escola, e não uma casa de plebeu, pra ter essas coisas!" Meu, sério... Que vontade de socar a cara dele! Mesmo que seja nosso Professor e tal... Putz... Isso não é algo que se diga. – comenta Daniel.

— É, eu sei! Não é de hoje que o desgraçado escolheu o lado dele. Só segura a onda, tá! Se tu perder a cabeça agora, tu só tem a se dar mal! – digo, e Daniel demonstra ter entendido o recado. Em seguida, eu mudo de assunto, quando falo: – Ah, e por vocês terem aparecido lá... Obrigado! De verdade!

— Ah, não foi nada! O Osmar que viu os cinco entrando lá, quando tu estava sozinho, e veio nos avisar. Aí, a gente pensou: "eles só podem estar querendo uma coisa com o Leo". E sabe como é... Cinco contra um não dá, né! – diz Daniel.

— É claro! E foi só vocês chegarem lá, que eles demonstraram do que eles são realmente feitos. – digo, e nós dois rimos. Em seguida, vamos para o centro da quadra, onde o Professor já está explicando o que faremos na aula de hoje.

Quando a aula começa, nós ficamos fazendo partidas de vôlei entre os times predeterminados. Primeiro jogam as meninas do time 1, da Princesa Bella, contra o time 4, da Princesa Karin. Na primeira partida, quem ficou de fora de cada time, respectivamente, foram Paskes e Diana, e o vencedor da partida foi o time 1. Em seguida, os times a se enfrentarem são o time 2, do Príncipe Guilherme, contra o meu, que é o time 3. Como o meu time tem seis pessoas, ninguém fica de fora, mas o time 2 precisa retirar alguém e, como já era esperado, o azarado a ficar no banco de reserva é o Wagner. Não preciso nem mencionar que isso foi decidido na mais pura maldade.

Então a nossa partida começa e, inicialmente, o jogo ocorre sem maiores problemas, até que Jonas fica na posição de saída de rede e eu fico na posição levantador. Em outras palavras, como ambos ficamos em posições de ataque, nós ficamos praticamente um de frente para o outro. Não haveria problema algum com isso, não fosse o fato de que Jonas fica me provocando, pois, ao fazer caretas, ele fica querendo dizer que eu sou chorão, por conta de situação de agora há pouco. Então, antes que o Professor nos mande fazer uma nova rotação, eu resolvo me aproveitar das posições em que nos encontramos e, quando a bola chega para mim, eu dou um jeito de dar uma cortada, para que a bola vá, com toda a força, diretamente na cara do Jonas, para dar a ele um motivo para chorar. Felizmente, a minha ideia se concretiza com o mais absoluto sucesso e, assim que Jonas leva a bolada, ele cai no chão e, enquanto grita muito alto, cobre o rosto com as mãos. Quando isso ocorre, o Professor apita, para fazer com que o jogo pare e, quando olho em volta, as reações são diversas, pois uns acham engraçado, uns ficam espantados e os amiguinhos de Jonas ficam furiosos.

— Ai, Jonas... Me desculpe! — debocho. E para me vingar do que ele me falou antes, eu acrescento: — Mas não te preocupa, que antes de casar sara! Só... Tenta não chorar, tá! — e nessa hora é possível ver uma lágrima escorrendo do olho dele.

— TU VAI ME PAGAR CARO POR ISSO! — grita Jonas, furioso. Ainda no chão, ele continua a esbravejar: — Pode esperar! Eu vou fazer de tudo pra que tu seja expulso... E por isso... tu nem precisa vir amanhã e... — e Hugo o interrompe.

— Quem diz se os meus súditos vão, ou não, ser expulsos, sou EU. E se EU não quiser expulsar ninguém, então ninguém vai ser expulso. Porque TU não opina em nada no meu Grupo. Entendeu?! — diz Hugo, como se realmente pudesse me expulsar. Mesmo assim, acaba deixando Jonas ainda mais furioso.

— Tá! Chegou! — diz o Professor, que logo se abaixa para falar com Jonas. Ele fala em baixo tom, mas ainda assim é possível ouvi-lo dizer: — Meu, vai lá falar com a Dona Griselda e pede pra ela alguma coisa pra passar... Ááá... no teu nariz e... no resto da tua cara. — e enquanto Jonas continua fazendo de conta que está morrendo, o Professor se levanta e fala para todos: — Enquanto o Jonas estiver fora, o Wagner fica no lugar dele.

— O quê?! — grita Jonas, que rapidamente se levanta e, já sem estar sofrendo tanto assim pela dor, ele questiona: — Essa mula quadrada vai ficar no meu lugar?!

— Vai, sim! O jogo tem que continuar, né! — responde o Professor.

— E tudo isso por culpa tua! — diz Jonas, que vem em minha direção, aponta o dedo na minha cara e, de forma dramática, resmunga: — Agora, todo mundo vai rir da minha cara quando ficarem sabendo que eu fui trocado por um mangolão... Um jumento... Um retardado! Humpf! Tu deve estar feliz agora, né! Porque por culpa TUA... a minha reputação vai ir pro buraco.

— Ai, nossa, Jonas! Que horror! Tu dizendo que a tua reputação já era, só porque o Wagner vai te substituir no jogo de vôlei! Eu acho que a bolada que eu te dei, afetou o teu cérebro e tu perdeu o senso de realidade. Quem sabe se eu te der outra bolada, as coisas não voltam ao normal! Que tal?! Ã?! Vamos tentar?! — digo, ainda em tom de deboche. E enquanto eu pego a bola na mão, os meus aliados riem do que falo e Jonas põe a mão no peito, pois mais uma vez ele finge que ficou sem ar.

— Chega! — diz o Professor, que toma a bola da minha mão, vira para o Jonas e fala: — Jonas... Olha... Eu sei que não é legal ser substituído pelo Wagner, mas... É que só tem ele de reserva no teu time. E tu precisa ver com a Dona Griselda se não te aconteceu nada de grave por conta dessa agressão. E aproveita... E já conta pra ela sobre o que aconteceu aqui e sobre a ameaça que esse plebeu te fez. – sim, ele fala com Jonas como se fosse um filho, enquanto se refere a mim como se eu fosse um amontoado de esterco. Esse Professor, na hora de se referir aos nobres, os chama pelo nome, devido ao alto grau de intimidade que tem para com eles.

– Tá! Eu vou! – responde Jonas, que logo se vira para mim e me ameaça: – Pode ir te preparando! Porque depois dessa... Tu já era!

– Ai, tá, Jonas! Tá! Se tu conseguir expulsar um súdito meu, sem passar por mim primeiro... me avisa, tá! – diz Hugo, que, apesar de parecer estar me defendendo, na verdade, está apenas exibindo o seu poder real para todos.

Com isso, Jonas, muito furioso e envergonhado, apenas sai do Ginásio, mas não sem ficar ainda mais irritado quando as meninas do meu time e eu ficamos abanando para ele, deixando muito claro que estamos adorando vê-lo derrotado e contrariado. Depois que Jonas sai, a nossa partida continua. E quando a partida acaba, sendo o meu time o vitorioso, Nina e as meninas do seu time, que adoraram o que eu fiz, vêm me felicitar sobre o feito. Luna também gostou e, apesar de ter ficado um tanto assustada com a situação, não pôde deixar de se deliciar com a cena, já que Jonas tanto mal lhe fez. Outra pessoa, que também vem me felicitar é Diana, que, até hoje, nunca tinha me dirigido uma única palavra. Ela vem, discretamente, só para me dizer o quanto que Jonas merecia a bolada que levou.

Até o fim da aula, outras partidas também ocorrem e, no placar final, por incrível que pareça, é o meu time o que obteve o maior número de vitórias, já que não perdemos uma partida sequer. Por último ficou o time do Jonas, já que eles não ganharam nenhuma, pois ficaram o tempo todo impedindo que o Wagner pudesse pegar a bola e, quando ele pegava, só o atrapalharam. Como também já era previsto, Vanette só fugiu da bola e Paskes foi outra pessoa a ser deixada de fora, pois as princesas do time 1 não permitiram que ela jogasse, e o Professor também nada fez. Isso também torna o óbvio ainda mais claro, pois as princesas, com toda a certeza, não permitiram a entrada da Paskes no décimo grupo. Mesmo assim, o time 1 ficou em segundo lugar.

Jonas não voltou mais para o Ginásio e nenhum outro evento fora do normal ocorreu depois que ele saiu, o que possibilitou que a aula seguisse tranquila até o fim. Quando a aula acaba e nós saímos do Ginásio, para ir embora, percebemos que a manhã amena se transformou numa tarde quente, com temperatura em torno dos 28°C e, felizmente, ninguém tem o desprazer de ver Jonas na saída.

Já no dia 18 de março, terça-feira, é mais uma manhã nublada e abafada, com temperatura em torno dos 20°C. Felizmente hoje dá para entrar normalmente no prédio, pois não há nenhum evento chato envolvendo os nobres. Desta vez, quem está na primeira página do Jornal da Escola são Sid e Ophélia. A foto é do momento em que Ophélia estava derrubando Sid no chão, e o título é "PLEBEUS INTELIGENTES ARMAM BARRACO NA CANTINA". E o subtítulo é "Ophélia e Sidney, ambos plebeus Inteligentes, se desentenderam e aconteceu um caso de uma menina agredir fisicamente um menino". Ao ler tal coisa, começo a rir e, quando vejo que somente na segunda página tem algo falando sobre a fundação do décimo grupo amanhã, tenho de segurar a gargalhada quando penso em Bella ficando furiosa por perder a primeira página para plebeus mais uma vez.

Paro de rir quando vejo o conteúdo da terceira página, onde há uma foto minha segurando o manto do Hugo, com o título "UMA VERGONHA PARA OS MEMBROS DE CONFIANÇA". E o subtítulo "Rei dos Inteligentes ridiculariza o cargo de membro de confiança e, por isso, os nobres e os membros de confiança dos outros Grupos pedem para que ele expulse Leônidas da Escola o quanto antes". A quarta página fala sobre a Coroação do Hugo e a quinta é a que me deixa mais irritado, pois há uma foto do Rei Hugo e, ao lado dele, uma montagem com uma foto do Wagner, com orelhas de burro, com o seguinte título: "REI DOS INTELIGENTES CRIA O CARGO PERFEITO PARA O ALUNO MAIS BURRO DA ESCOLA". Já com o subtítulo é "Graças a uma ideia do próprio Wagner (considerado agora como o aluno mais burro da Escola), o Rei dos Inteligentes cria o cargo de escravo de confiança, o qual se demonstra perfeito para ele". Isso realmente me deixa mal, porque mesmo que Wagner tenha criado tal termo para afetar a mim, eu penso que nada justifica a maldade praticada pelo jornal em inventar que ele já está sendo considerado "o aluno mais burro da Escola", como se noticiar o que Hugo fez já não fosse constrangimento suficiente para ele.

Quando fecho o jornal, eu o deixo no lugar e me dirijo para a sala de aula. Ao chegar lá, os meus aliados, que já chegaram, fazem sinal para que eu me sente junto deles. Enquanto eu vou na direção deles, percebo que Wagner está me olhando com sangue nos olhos, com certeza por achar que eu sou o culpado pelo cargo que ele recebeu e, talvez, por ter esquecido que foi ele mesmo quem o inventou. Jonas, ao chegar, também me encara, pois ainda está irritado pelo ocorrido de ontem, e o mais interessante de tudo é que o jornal não o ridicularizou pela bolada que eu dei nele, mas até aí nada me surpreende. Quanto às princesas, que estão com uma cópia do jornal em mãos, felizmente, nem dão muita atenção ao que aconteceu com o Wagner, visto que, tal como eu havia previsto, elas estão muito irritadas por não estarem na primeira página e a raiva delas não as deixa pensar em mais nada.

Tirando esses fatos, a primeira metade da manhã é tranquila, sendo que na aula de História, da Professora Victória, ela fala muito sobre os povos que viveram entre os rios Tigre e Eufrates, região esta que é mais conhecida como Mesopotâmia, que, do grego, significa "terra entre rios". Os povos dos quais ela mais fala são os sumérios e os babilônios e, ainda, ela também ressalta que aquele foi o primeiro local no mundo, pelo que se tem registro, de que a humanidade se tornou sedentária e não mais nômade. Ao final da aula, ela passa para ver quem fez o tema de casa, ou não, e para finalizar tudo, passa outra atividade para fazermos em casa. No terceiro período, temos de aguentar o Professor Olavo, com sua insuportável aula de Física, a qual sempre passa bem devagar.

No recreio, as coisas não correm tão tranquilamente, pois Wagner continua me encarando e, para piorar tudo, Rebecca e Maria Judith, quando vêm cumprir a rotina de me importunar, aproveitam para tirar sarro do Wagner também.

– Olha ali, Judith! Temos aqui o membro de confiança, que está mais para empregado e, ainda... temos o escravo de confiança. – diz Rebecca, apontando para mim e para o Wagner, respectivamente.

– É o lixo e o jumento sendo colocados em seus devidos lugares, né! Fazer o quê! Eis a dupla! – diz Maria Judith, e as duas riem.

– Eu é que não formo dupla com esse desgraçado! – diz Wagner, referindo-se a mim.

– Ah, eu acredito que não forma dupla nenhuma mesmo. Vocês dois são bem diferentes. Porque também, né... Tu sendo mangolão desse jeito... Só me impressiona que tenham demorado tanto tempo pra te escolher como o cara mais burro da Escola. – diz Sid, que provoca somente o Wagner.

– Pelo menos não fui eu que apanhei de uma guria ontem. – retruca Wagner.

– Ah... A-a-aquilo... E-e-eu deixei a Ophélia me derrubar porque eu não bato em mulher. F-f-foi por isso! E fora que aquilo nem doeu. – gagueja Sid, enquanto Ophélia, junto com o resto do pessoal, apenas ri. Em seguida, Sid desvia o assunto, dizendo: – Ah, mas sobre eu ter deixado a Ophélia levar vantagem, que se dane! Isso não muda o fato de que agora tu é, oficialmente, o cara mais burro da Escola.

– Isso tudo é culpa dele! – responde Wagner, que, muito chateado, aponta o dedo para mim e acrescenta: – Ele que não quis fazer o que o Rei mandou... E depois mandou o Rei fazer isso comigo.

– Desde quando que esse verme MANDA no Rei?! – indaga Rebecca, que aponta para mim, enquanto encara o Wagner.

– Não é à toa que ele é o aluno mais burro da Escola! – acrescenta Maria Judith.

– Ah, nisso eu tenho que concordar com essas duas. Porque é sério, né... Tu só pode ter fumado uma boa, pra não se lembrar que o Leo não mandou ninguém fazer nada. Foi tu mesmo que perdeu uma boa oportunidade de ficar calado, quando TU chamou o Leo de escravo de confiança. Então, vê se não viaja! Porque a culpa disso é tua, ô idiota! – diz Stella de forma firme.

– Olha, na verdade, a culpa é do Rei! Do Rei e de todos os que fazem ele perecer um santo, quando, na verdade, ele é uma praga. – digo de forma ainda mais firme.

– Olha lá como tu fala do nosso Rei! – diz Rebecca, irritada.

– Quando aquele palhaço não estiver presente, eu chamo ele do que eu quiser. E mesmo que tu e a tua amiguinha tentem me dedurar, ele não vai acreditar em nada do que vocês disserem. – respondo e, enquanto Maria Judith fica quieta, Rebecca me encara e balança a cabeça. Em seguida, falo: – O Rei quis fazer isso, só pra humilhar o Wagner. O fato é que não tem qualquer necessidade de o Rei fazer o que ele fez. – falo, olho para Wagner e prossigo: – E não fica inventando besteira. Porque não fui eu que ficou falando idiotices na hora, muito menos inventei esse cargo que tu tem agora.

– Ah não, é?! Então o que tu me diz do que o Rei me contou hoje cedo?! – pergunta Wagner.

– E o que diabos o Rei te contou?! – pergunto de volta.

– Tu sabe! – responde Wagner, e eu dou de ombros, sem entender nada.

– Como é que ele vai saber se tu não quer contar?! – indaga Luigi.

– O Rei me contou que foi esse daí que disse que era bom me ter no Grupo, porque um burro de carga é bom pra se fazer os trabalhos pesados. Aí o Rei me deu esse cargo, por causa dessa ideia que o Leo deu pra ele. – responde Wagner, enquanto aponta o dedo para mim.

– Ah, então é isso! – penso em voz alta.

– Depois tu não quer que te chamem de burro, né, mano. – diz Sid.

– Sim! Tu vai acreditar logo no que o Rei Hugo falou. – acrescenta Mandy.

– E por que não acreditaria?! – indaga Maria Judith, como se o Hugo fosse incapaz de mentir. Quando Mandy está prestes a dar a resposta que ela merece, eu respondo primeiro.

– O que o Hugo falou pro Wagner é verdade. – digo.

– Estão vendo?! Ele ainda confessa. – diz Wagner, enquanto me aponta o dedo.

– É verdade, sim, mas não foi do jeito que o Hugo falou. – digo, e logo explico: – O que aconteceu foi que eu disse pro Rei que seria útil ter o Wagner pra fazer certos serviços, porque essa era ÚNICA forma de convencer o Rei aceitar o Wagner no Grupo. Que se não fosse assim, o desgraçado do Rei Fafá ia mandar o Wagner embora, com um monte de acusações falsas no currículo. – então eu me viro para o Wagner e pergunto: – Ou será que tu te esqueceu disso?! Se não fosse por mim, tu teria sido expulso nessa última sexta-feira e a tua situação estaria muito pior. Então... Tenta ser mais grato e para de falar idiotices por aí. Agora... Quem deu a ideia do "escravo de confiança" pro Hugo... bom... esse alguém foi tu mesmo. – termino de falar, e Wagner fica quieto.

– Tu não vale nada mesmo! Outra vez chamando o Rei pelo nome! – diz Maria Judith.

– Ai, vamos embora daqui, Judith! Tem gente que não vale o nosso tempo. – diz Rebecca, que fica balançando a cabeça, como sempre faz.

– Que dificuldade vocês têm em ver o quão canalhas os nobres são?! Vocês são desprezadas por eles e ainda ficam defendendo eles, assim, como se eles fossem deuses. Até que ponto chega a demência de vocês?! – indaga Mandy, mas acaba apenas fazendo com que Rebecca balance a cabeça de novo.

– Só sei de uma coisa... Quando eu for pediatra em Nova York... eu também vou ter o meu escravo de confiança. – diz Paskes.

– Ai! É tããããão chique isso! – diz Vanette.

– Como vocês são imbecis! – diz Luna.

– Mas, a propósito, Paskes... vocês não iam tentar entrar pro décimo Grupo?! – pergunta Nina.

– É! Vocês não iam se mandar daqui?! Então... o que foi que houve que fez vocês continuarem por aqui?! – pergunta Osmar.

– É que elas não foram aceitas, né! Quem sabe... – comenta Daniel, em baixo e discreto tom, mas, mesmo assim, é ouvido por Paskes e Vanette.

– Meu filhô... É óbvell... que nós fomos aceitas pra entrar pro décimo Grupo. – responde Paskes.

– É! As princesas até imploraram pra gente fazer parte do grupo delas, como as mais novas damas de confiança. – acrescenta Vanette, já exagerando na mentira.

– Isso porque a gente é muito chique, meu amor! Vocês não estão sabendo. – completa Paskes.

– Então, por que vocês estão aqui, ao invés de estarem ajudando as princesas com os preparativos do grupo que vai ser fundado amanhã?! – questiona Haroldo.

– Bom... É que assim... a gente foi aceita... as princesas pediram MUITO que a gente ficasse com elas... Que sabe como é, né! Ser chique hoje em dia é raridade e... as princesas tinham total noção dessa nossa qualidade e não queriam nos deixar ir, e tal... Mas no final... a gente recusou as propostas delas. – mente Paskes.

– Ah, sei! Vocês recusaram! Queriam tanto entrar naquele Grupo, foram até chamadas pra serem damas de confiança... E depois... recusaram. Tá! Contando eu acredito. Pode crer! – ironiza Sid.

— É verdade! A gente recusou todas as propostas das princesas, pensando em vocês. Porque a gente sabia que, sem a gente, esse Grupo aqui jamais poderia ser considerado um Grupo chique. E um Grupo que não é chique... Não é um Grupo de verdade. – explica Vanette, com mais mentiras.

— Exato! A gente é muito mais chique do que vocês imaginam, porque mesmo que vocês não deem o valor que a gente merece, a gente se preocupa com a imagem de vocês, então... de nada! – completa Paskes. E com isso, todos riem para não chorar.

— Vocês duas não iam embora daqui?! – pergunto a Rebecca e Maria Judith e, quando as duas balançam a cabeça, querendo dizer sim, eu acrescento: – Pois então! Se mandem! E levem a Paskes e a Vanette junto, por favor! – então as duas fazem expressões de nojo, e logo saem. Em seguida, Paskes e Vanette também se vão, mas não sem fazer poses de grã-finas de araque.

— Seria tão bom se o Grupo não contasse com tanta gente burra, mas... Né... Há quem defenda a permanência dessas pessoas aqui! – diz Luigi, ressuscitando um assunto que já deveria estar resolvido.

— Pois é, eu também acho isso! – concorda Sid.

— Eu ouvi vocês falarem muito, em mandar os "não tão inteligentes" embora, mas... e o Wagner?! – questiona Ophélia, que, após uma breve pausa, continua: – O Wagner também está muito longe de ser inteligente do jeito que vocês querem. E aí?! Vocês vão querer mandar ele embora também?! Mesmo ele sendo um amigo de vocês?! Vocês vão querer ver ele sendo humilhado desse jeito?! Expliquem pra mim!

— Se fosse só Wagner de burro, não seria problema, porque ia ser só uma exceção! O problema mesmo... é que são várias exceções que a gente tem aqui, manchando a nossa imagem e o nosso nome! – responde Sid.

— É! E, basicamente, é porque o Wagner não enche tanto o saco quanto aquelas quatro ali. – acrescenta Luigi.

— Nossa! Os argumentos de vocês são patéticos. Olha... A minha vontade é de... – responde Ophélia, que logo é interrompida por mim.

— Será possível que vocês vão começar com esse assunto de novo?! Por acaso a surra que o Sid levou da Ophélia e toda a confusão que aconteceu ontem, por causa disso, já não foram suficientes?! Ninguém vai ser colocado pra fora, muito menos por só falar basteiras. Ora essa... Deixem que as palhaças falem o que elas quiserem à vontade, porque não faz diferença, já que nem o Rei dá bola pra elas. E sério... Parem com essa picuinha que não vai levar a lugar nenhum. Entendam que se todos querem que as coisas melhorem, todos devem ficar unidos contra aquela gentalha que está dentro da sede. Mas... é claro que todo mundo aqui sabe disso... Eu presumo. Não é?! – digo, deixando todos quietos.

A agitação diminui depois que eu falo, pelo menos até o final do recreio. Quando a sirene soa, os nobres, como de costume, passam no meio de nós, reclamando por terem de aturar a "cara feia dos plebeus" todos os dias. Sem dar muita importância a eles, nós nos dirigimos para a sala de aula. Então, logo que chegamos à nossa sala e a Professora Dilma já está a postos para dar início à sua aula de Biologia, o Príncipe Walter tropeça no cesto de lixo, fazendo com que tudo fique espalhado pelo chão.

— Aaaah, Walter! Tinha que ser tu, né, ô baleia-azul! — reclama Hugo e, enquanto Walter se levanta, constrangido, se vira para Wagner e lhe ordena: — Ô, escravo de confiança... Está esperando o quê?! Pode ir pegar uma vassoura pra limpar tudo.

— Não, Hugo! O plebeu que vai adorar fazer isso é o Sid! Ele precisa de um castigo por ter apanhado da Ophélia e por ter feito o nosso Grupo passar a maior vergonha. — diz a Princesa Karin.

— Nhé... O Sid merece mesmo um castigo, mas... E o Wagner, que é o mais novo escravo de confiança?! Tu quer que eu deixe ele sem trabalho?! — questiona Hugo.

— Claro que não! O que o Wagner vai adorar fazer é ir até a Cantina e comprar, com o dinheiro dele, um refri pra mim e pra Janaína! — responde Karin.

— Eu não vou adorar coisa nenhuma! — relincha Wagner.

— Nem eu! — completa Sid.

— Sid... Ou tu faz, ou vou até a outra sala chamar a Ophélia pra vir aqui e te dar um pau. — diz Karin, deixando Sid constrangido, enquanto muitos riem. Ela também começa a rir quando percebe que foi mais engraçada do que esperava e, quando se contém, fala: — Ai, Sid, foi mal! Nem eu pensei que essa piada pudesse ser tão boa! Ai, ai! Mas é sério! Se tu não fizer o que eu mandei... eu chamo a Ophélia mesmo!

— Nhé, e tu também, Wagner! E se tu não for lá trazer refris pras princesas... e pra mim, também... eu te expulso hoje mesmo. — diz Hugo.

— Tem que trazer um pra mim também! — exclama Walter.

— Não! Pro Walter não precisa trazer. Pro Walter tu pode trazer água, sem gás, porque ele precisa é perder peso. — diz Hugo, que vira para Walter e pergunta: — Né, Walter?! — e Walter apenas balança a cabeça em concordância, enquanto olha para o chão. Logo Hugo vira para Sid e ordena: — E tu... trata de pegar uma vassoura, agora! — ele começa a bater palmas, para reforçar a ordem, e fala: — Andem, os dois! Vamos logo com isso! — e os dois, sem terem outra opção, saem da sala.

— E o resto de vocês pode ir se sentar! — grita a Professora Dilma.

Minutos depois, todos já estão sentados enquanto a Professora explica os conteúdos. De repente, Sid entra na sala com uma vassoura e a Professora para de falar enquanto ele limpa, o que só piora a situação dele, porque assim ele fica em evidência. Tudo piora quando Jonas joga mais um papelzinho para Sid juntar.

— Pode juntar mais esse, ô... Segundo escravo de confiança! – ordena Jonas e, enquanto muitos riem e batem palminhas, Sid deixa o orgulho de lado e obedece.

— É isso aí! Recolhe tudinho! Se bem que... Tu já deve estar acostumado com a sujeira, porque onde tu e a tua mãe rodam a bolsinha costuma ser muito mais sujo e imundo do que isso, né! – provoca Guilherme e a paciência do Sid fica por um fio.

— Agora resta saber quem é que paga os serviços de vocês, né! Porque sério... – diz Igor, que se levanta, se aproxima do Sid e continua: – Tem prostitutas muito mais gostosas por aí! Então... Humpf! Bem que eu queria saber como que vocês fazem, porque sabe... O que eu acho é que feitiços de magia negra são o único jeito pra que tu e a bruxa velha da tua mãe ganhem clientes. E olha só... Tu já tem até a tua vassoura pra poder voar! Só falta dar uma pra tua mamãezinha também. – e a maioria cai na gargalhada. Meus aliados e eu não rimos, pois começamos a ficar profundamente irritados com a situação.

— É...! – diz Sid, que, após colocar tudo de volta na lata de lixo, se levanta, respira fundo, olha para o Igor e fala: – Pois é... Isso aqui realmente serve pra fazer as pessoas voarem. E agora... – ele faz uma pausa, olha para o Igor e berra: – EU VOU TE MOSTRAR QUEM É QUE VAI VOAR COM ESSA VASSOURA! – e de repente começa a dar vassouradas no Igor.

— AAAAAAAI! PARA! – grita Igor, enquanto apanha e, após mais umas vassouradas, ele foge para fora da sala, enquanto Sid corre atrás. Nessa hora, o jogo se inverte, porque, desta vez, enquanto os amigos do Igor ficam sérios, quem começa a rir de montão são os meus aliados e eu. Até mesmo os nobres Inteligentes riem. Por fim, quando Daniel e Osmar se levantam para apartar a briga, Hugo se levanta.

— Ninguém faz nada! Deixem que eles se entendam. – diz Hugo.

— Concordo! O Igor é que precisa revidar e mostrar que esse frangote não é páreo pra ele! Aposto que foi por isso que ele saiu da sala. Ele vai bater no Sid... Lá fora, pra não ter testemunhas. TEM QUE SER ISSO. Porque se ele não for... – diz Juliana, que cerra o punho por já estar braba. Em seguida, ela se vira para Daniel e Osmar, para lhes ordenar: – E quanto aos dois aí... VOLTEM JÁ PRO LUGAR DE VOCÊS!

– Juliana... Quem manda nos MEUS súditos sou EU. Lembra?! – diz Hugo, que, em seguida, se vira para eles e ordena: – Vocês dois aí... Quiseram se levantar?! Pois então... que fiquem de pé agora! – e enquanto Juliana, contrariada e desautorizada, fica encarando Hugo com expressão de fúria, Daniel e Osmar apenas ficam em pé.

– ESTÁ RECLAMANDO DO QUÊ?! PENSEI QUE TU QUISESSE SABER COMO QUE ERA A VERDADEIRA MAGIA NEGRA! – berra Sid do lado de fora.

– PAAAAARAAAAA! – grita Igor, que retorna à sala, com Sid correndo atrás dele. Tal cena frustra as expectativas da Juliana, o que a deixa ainda mais irritada.

– PAREM JÁ COM ISSO, QUE EU QUERO DAR AULA! SE VOCÊS NÃO ME DEIXAREM DAR AULA E NÃO PARAREM JÁ COM ISSO, NÓS VAMOS TER PROBLEMAS POR AQUI. EU ESTOU AVISANDO! PAREM JÁ COM ISSO! – berra a Professora Dilma, sendo completamente relapsa com todo o caos ao seu redor, como se o fato de não conseguir explicar os conteúdos fosse o único problema do universo.

Em seguida, Wagner entra trazendo três copos de refrigerantes e uma garrafinha d'água em uma bandeja, tal como lhe foi ordenado. Quanto ao Igor, enquanto foge do Sid, acaba dando uma volta inteira na sala e, quando eles se aproximam da porta novamente, Igor esbarra no Wagner e Sid acaba dando uma vassourada nos dois. Isso, claro, faz com que Wagner derrube tudo, de modo que ele e Igor acabem completamente melecados. Com isso, Hugo vai até eles.

– Wagner... Joga tudo isso no lixo, incluindo a bandeja! Depois, tu limpa tudo, volta pra Cantina... E compra tudo de novo! – ordena Hugo.

– Mas eu nem tenho mais dinheiro! – diz Wagner, apavorado.

– Problema é teu! Dá um jeito! Bota na conta, faz pacto com o Demônio, em troca das nossas bebidas... Sei lá! Seja criativo! Ah, e claro... Tu vai ter que pagar por essa bandeja que está indo pro lixo, né! – diz Hugo, que logo vira para Sid e fala: – Sid, eu só não te expulso porque eu gostei da cena. Então... Aproveita que tu já fez o que tu tinha pra fazer, devolve a vassoura mágica pra Dona Eva e... pode voltar pro teu lugar! – e Sid obedece. Em seguida, Hugo vira de novo para Wagner e ordena: – Anda, Wagner! Faz o que eu disse! Ou será que eu vou ter que te expulsar?! – e com isso Wagner reluta um pouco, mas acaba fazendo tudo o que Hugo mandou. E após jogar no lixo uma bandeja de alumínio que estava em ótimas condições de uso, ele sai da sala.

– ESTÃO VENDO?! É POR ISSO QUE EU MANDEI VOCÊS PARAREM! MAS VOCÊS NÃO ME OBEDECERAM E AGORA DEU NIS-

SO! MAS EU AVISEI! SE NÓS TIVÉSSEMOS SEGUIDO COM A AULA NORMALMENTE, ISSO NÃO TERIA... – berra a Professora, que logo é interrompida.

– AI, CALA A BOCA, TU TAMBÉM, SUA LOUCA! – ordena Hugo.

– Não percebeu ainda que tem coisa mais importante acontecendo?! – diz Bella.

– É! Ninguém quer saber dessa tua aula chata! – acrescenta Guilherme.

– Se não for pra ajudar a acalmar os ânimos... é melhor mesmo que tu fique quieta, que é o melhor que tu pode fazer! – completa Juliana. E com isso a Professora apenas se mantém calada, vai para sua mesa, se senta, cruza os braços e olha para o teto.

– Meu Deus! Que coisa patética! Todos eles! – comenta Mandy, em baixo tom.

– É! E não dá nem pra saber o que é pior... Se são os nobres humilhando a Professora... ou se é a Professora, dando-se por vencida, desse jeito! Se bem que... se ela tentasse fazer algo ia ser pior pra ela, então... Sei lá! – digo.

– Pois é! Dá vontade de dizer tanta coisa... – diz Mandy.

– Eu sei! Mas o melhor que tu faz é não te meter. Porque vai sobrar pra ti. – respondo e, em seguida, começo a reparar no Igor, que, após se recompor e se secar um pouco, se direciona para o seu lugar. Porém, quando ele se aproxima de sua mesa, acaba tendo uma grande surpresa.

– Opa, quem disse que tu pode se sentar aqui?! – questiona Jonas, que coloca o pé sobre a cadeira do Igor.

– Ué... Esse é o meu lugar! – responde Igor, confuso.

– Era! Porque a gente não quer saber de ter um fracote que apanha pro Sid. O mesmo frangote que apanhou pra Ophélia. E nem eu te quero mais como meu membro de confiança! – diz Guilherme.

– Humpf! Nem eu te quero mais como súdito no meu novo Grupo! Humpf! Te ter na cerimônia de fundação, amanhã, vai fazer com que o nosso Grupo já comece com a imagem manchada. – diz Bella.

– Exatamente! Ninguém quer saber de um cara que é mariquinha e fracote por aqui! Então... Cai fora, SEU LIXO! – diz Juliana.

– Mas... Mas... Eu não fiz nada de errado. O Sid que veio e... e... eu... eu... eu não consegui revidar e... e... – diz Igor, já apavorado.

– Pois é isso mesmo! Tu não fez nada. – diz Manoela.

– Tu deixou que o Sid corresse atrás de ti, como se tu estivesse morrendo de medinho da vassourinha mágica dele. – diz Thaís.

– Pois é! Tu não só fugiu. Tu realmente apanhou do Sid. – diz Jonas.

– Se tu não consegue dar conta do Sid, é porque tu só pode ser um veadinho mariquinha. Coisa que não pode ter no nosso Grupo. – completa Guilherme.

– É! A Escola vai rir de nós se descobrirem o que aconteceu e tu ainda estiver andando com a gente. – diz Caio.

– Exatamente! E é por isso que agora tu só representa vergonha pra nós, entendeu?! Se tu continuar com a gente... nossa! Deu pro nosso novo Grupo! Antes mesmo de ele começar! – diz Bella.

– Não... Vocês não podem fazer isso comigo! – grita Igor.

– Podemos, sim! Ô se podemos! Não duvide que podemos! – diz Juliana.

– É! E eu não só posso te deixar de fora do Grupo, como posso contar toda a situação pra Rainha Anna e pedir pra ela te expulsar da Escola. Sabia?! Porque, oficialmente, tu ainda não faz parte do décimo Grupo, já que ele ainda nem foi fundado. – diz Guilherme.

– Exatamente! Tu ainda faz parte de Grupo da Anna, então... É ela quem decide o que vai acontecer contigo, sabe... Porque eu, com certeza, não vou te querer no meu novo Reino, quando ele for fundado amanhã. – diz Bella.

– Não! O Guilherme não vai se desfazer de mim! Ele vai precisar de um membro de confiança. E o membro de confiança dele SOU EU. – insiste Igor.

– Ah, mas... Eu posso arranjar outro. Posso arranjar... Erm... O Bruno! – diz Guilherme, que se vira para Bruno e pergunta: – Né, Brunão?!

– Opa... Sério?! Bah... Já é! – responde Bruno.

– Não! O Bruno não pode. Ele já é membro de confiança do Príncipe Ulysses! – diz Igor.

– Ah... O Ulysses encontra outro membro de confiança fácil! Assim como eu estou arranjando um novo membro de confiança agora. E fora que aquele Grupo dos Valentes está bem caído, né! O Bruno não vai querer continuar lá. – diz Guilherme.

– Aquilo lá sempre foi caído, né! – diz Alice.

– E eu vou me dar muito melhor nesse novo Grupo, sendo membro de confiança do Guilherme. – diz Bruno.

– Então é isso! Fechou! – diz Guilherme. Em seguida, ele e Bruno dão um aperto de mão barulhento.

– Tu não vale nada, Guilherme! Tu é um velhaco, sujo, imundo... Pior do que os plebeus! Tu e essas vagabundas aí! Nenhum de vocês presta. – diz Igor, sentindo-se traído e desolado.

– Como é que é?! Repete se tu for homem, ô, mariquinha! – diz Bella. E toda a trupe, ofendida, começa uma discussão com Igor.

– Nossa! Precisou disso tudo pra ele descobrir que fazia parte de um ninho de cobras. – comenta Nina.

– Pois é... Agora que ele está por baixo, quem sabe ele comece a entender como é estar neste lugar. – diz Luna.

— Isso se não colocarem ele pra fora antes, né! – relembra Haroldo, e todos rimos. Felizmente, o barulho da discussão dos outros abafa o som dos nossos risos.

— ARGH, CHEGA! CHEGA! UMA BICHINHA QUE NEM TU NÃO VALE O NOSSO TEMPO! ENTÃO... SAI DAQUI! CAI FORA! E VÊ SE FICA BEM LONGE DE NÓS! – berra Juliana.

— Tá! Tudo bem! Eu é que não quero mais ficar perto de vocês. Eu fico longe, não se preocupem! Só que antes... vocês vão devolver a minha mochila. – diz Igor.

— Ah, isso?! Toma! – diz Jonas, que pega a mochila e a arremessa em Igor, que quase não consegue pegá-la. Em seguida, as meninas terminam de arremessar nele o resto de suas coisas, as quais vão parar no chão. Em seguida, enquanto Igor junta tudo, Guilherme e Juliana se levantam e vão na direção dele.

— Sabe, Igor... Eu até não ia mandar te expulsar. Não de verdade! Mas depois de tudo o que tu disse... expulsão é pouco pra ti! – diz Guilherme.

— Pois é! Enquanto o Guilherme faz o último ato dele como Príncipe da Modernidade, de ir comunicar a Rainha Anna sobre quem tu realmente é... eu vou comunicar a Direção de que... que... Sei lá! De que tu me desacatou e que tentou me agredir fisicamente! – diz Juliana, que logo vira para Guilherme e fala: – Vamos logo! Antes que a gente se arrependa e mude de ideia. – então os dois saem da sala. Segundos depois, parece que a ficha finalmente caiu para Igor, pois só agora ele demonstra ter percebido a dimensão da enrascada em que se meteu.

— Esperem... Vamos conversar! – grita Igor, que, desesperado, se levanta, deixa sua mochila na sala e sai correndo atrás de seus mais novos ex-amigos.

— Nhé... Parece que deu pro Igor! – comenta Hugo.

— É! É zé-fini pra ele! Também, né... Plebeeeeeeu! Ele pode ser membro de confiança o quanto ele quiser, mas as raízes condenam ele. Porque ele vai ser sempre um plebeu vagabundo, igual aos outros. – responde Walter, com o seu jeito asqueroso.

— Nhé... Sabe que dessa vez eu vou ter que concordar contigo! – diz Hugo.

— Sério?! – pergunta Walter, feliz da vida por Hugo lhe dar razão.

— Argh! Não é que eu já estou arrependido de concordar contigo! – diz Hugo, cortando totalmente a alegria do Walter, que logo se cala.

— Professora, eu acho que agora sim, a senhora pode dar aula! – diz Bella, como se nada tivesse acontecido.

— Não! – responde a Professora, que ainda está de braços cruzados e olhando para o nada. Em seguida, com expressão apática, ela fala: – Não quero mais dar aula. Vocês podem... sei lá... ler os textos da apostila de vocês... Podem não estudar nada e continuar ignorantes desse jeito... Enfim! Façam o que quiserem.

Obviamente, ninguém lê texto algum e os dois últimos períodos acabam sendo livres. Minutos depois, Sid retorna à sala e todos os Inteligentes o felicitam por ter dado ao Igor o castigo que ele merecia. Em outras palavras, é como se, de repente, ele tivesse recuperado todo o respeito que havia perdido ontem, quando apanhou da Ophélia.

Pouco depois, é Wagner quem retorna à sala de aula, com os refrigerantes e a garrafa d'água que lhe foram solicitados. Logo que ele serve aos nobres, eles, além de não agradecerem, tratam Wagner com desdém, sendo que Hugo, inclusive, lhe ordena retornar à Cantina para devolver a segunda bandeja. Então, Wagner apenas obedece, sem pestanejar, e só retorna depois de mais alguns minutos.

Logo depois do Wagner, quem retorna são Juliana e Guilherme, sem Igor, o que faz com que todos pensem que realmente não há mais volta para ele. Os períodos de Biologia passam com o pessoal comentando apenas sobre esse assunto e, durante todo esse tempo, a Professora fica sentada, na mesma posição, sem fazer nada, até o fim da aula. Como todos ficam livres, os dois períodos passam muito rápido e, quando a sirene soa ao meio-dia, a turma sai em debandada.

Enquanto a grande maioria sai, eu apenas fico observando os ex-amigos do Igor pisoteando a mochila dele, que ficou jogada no chão. Então, quando ficamos apenas a Professora e eu na sala, eu vou até a lata de lixo para recuperar a bandeja que o Wagner foi forçado a jogar fora, antes que ela acabe mesmo se perdendo. É claro que muitos, ao encontrar uma bandeja tão bonita quanto esta, a pegariam para si, já que "achado não é roubado", porém eu, que sei muito bem quem é o dono, vou até a Cantina para devolvê-la e poupar o Wagner de ser obrigado a pagar por ela.

Por fim, quando finalmente estou indo embora, eu sigo para o estacionamento e enquanto procuro o carro do meu pai, ouço a Rainha Anna Sophia comentando com a Princesa Carol, sua futura sucessora, e com o Príncipe Leandro, o futuro consorte do Reino, sobre o ocorrido com Igor.

— Óbvio que eu vou expulsar aquele vagabundo! Pelo amor de Deus, ele apanhou do Sid, o mesmo imbecil que apanhou da Ophélia ontem. Humpf! Ele não é mais digno de ser do meu Reino e nem da minha Escola. – diz a Rainha.

— Ai, que alívio ouvir isso! Imagina aquele lixo ainda perambulando por aí! – diz Carol.

— É! E pensar que eu considerava ele meu amigo... Aquele covarde, veado, mariquinha! Imagina se começam a pensar que, porque eu andava com ele, eu também sou desse time aí! – diz Leandro.

– Sim! Se pensarem que tu é veado ia ser um horror pra mim também. A minha imagem ia ficar toda emporcalhada se as minhas amigas começassem a pensar que eu namoro um veadão enrustido, com jeito de machão. Socorro! – diz Carol.

– Ainda bem que ele vai ser expulso! – diz Leandro, que claramente não gostou do que sua namorada insinuou.

– E ele ainda tem que ficar grato, porque eu vou expulsar ele, sem fazer uma cerimônia de expulsão. Afinal... Isso seria uma humilhação até pra nós. – diz a Rainha.

Depois disso eu paro de prestar a atenção, pois como já tenho a confirmação de que o Igor não vai mais me incomodar, o resto dos absurdos é irrelevante para mim. Então eu entro no carro do meu pai e apenas fico pensando no quão irônica a situação é, pois eu não precisei mover um dedo para me livrar do Igor, porque quem acabou com ele foram os próprios amigos dele. Talvez esta seja uma prova de que, às vezes, a justiça tarda, mas não falha. É uma pena que não terei a mesma sorte para me livrar do resto do pessoal e que, por isso, eu ainda tenho um longo caminho a seguir. Pois é, mas por ora eu apenas quero ir para casa e comemorar a vitória de hoje.

CAPÍTULO XIV

Reino dos Populares

É uma manhã ensolarada, na qual chego à Escola, como em qualquer outro dia, mas algo está diferente, pois eu não encontro ninguém por aqui. Entro no prédio e subo até a minha sala de aula, onde também não há ninguém. Nesta hora, eu me lembro de que hoje é o dia da fundação do décimo Grupo e, em seguida, me dirijo para o Ginásio. Mesmo assim, algo ainda me incomoda, pois eu não encontro uma única alma viva e, muito menos, a Dona Griselda na porta do prédio, barrando a entrada dos plebeus. Mesmo assim, resolvo ir até lá, pois talvez ela já tenha se cansado de tanto esperar os alunos chegarem e também quer ver o novo Grupo sendo oficialmente fundado. Ao seguir o caminho até o Ginásio, não ouço qualquer barulho ou ruído e, quando enfim chego ao Ginásio, eu abro a porta. Ao fazer isso, para o meu espanto, vejo que a Escola inteira estava me esperando lá dentro.

– Que bom que tu chegou, Leo! Pensei que tu não vinha mais. – diz Hugo.

– Todo mundo queria que tu chegasse logo. Assim... nós podemos te matar. – diz Juliana, com um sorriso macabro.

– Tu já era! – diz Jonas, enquanto todos vêm na minha direção.

Todos estão muito mais estranhos do que de costume e, por isso, eu, que já estou morrendo de medo, tento fugir. Porém, quando dou meia volta, percebo que uma multidão apareceu do nada e está pronta para me agarrar. Sem ter para onde correr, acabo sendo capturado e levado para dentro do Ginásio. Neste momento, as coisas deixam de fazer sentido, porque o Ginásio, que há segundos estava normal, agora está com uma decoração diferente, de uma seita satânica e, ao que parece, eu sou o sacrifício. Para piorar, quando sou colocado numa espécie de mesa, onde sou imobilizado, eu percebo que os meus aliados também fazem parte disso.

– Bom te ver aqui, ô trouxa! – diz Ávalon.

– Tu queria usar a gente, né! Agora é a gente que vai te usar! – diz Daniel.

– O teu fim está próximo! – diz Laerte.

– Eu sempre soube de tudo. Agora tu vai pagar! – diz Stella.

– E pensar que tu achou realmente que eu queria voltar a ser tua amiga! Hah! É cada uma! – diz Nina.

– Coitado! É de dar pena! – diz Luna.

Quando eu penso que nada pode ser pior, eu vejo Igor.

– E aí, Leo! Do jeito que tu está impressionado, significa que a nossa encenação de ontem deu certo. Tu achou mesmo que eu ia ser expulso. – diz Igor.

– Até eu participei do plano! – diz a Rainha Anna Sophia, que está ao lado da Princesa Carol e do Príncipe Leandro, o casal perfeito.

– Só é uma pena que ele também não levou fé na minha encenação, como a Rainha Boazinha. Mas também, né... Ninguém seria tão burro! – diz a Rainha Aurora.

– Esse é o fim que um plebeu merece. – diz Walter, que chega com um machado para me matar. Enquanto a multidão ri freneticamente, Walter se aproxima, aponta o machado para mim e fala: – Agora morre, seu plebeu vagabundo! WÁÁÁÁÁÁÁÁ!

Quando Walter executa a ação, eu dou um grito e, quando vejo, não há ninguém me imobilizando, não há multidão, nem Walter, nem machado nem nada. Estou no meu quarto e a única companhia que tenho é a de Thor, meu amado cachorro, que está com a patinha sobreposta à minha perna, pois ele, com certeza, ficou preocupado comigo. Então eu faço um carinho na cabeça dele e, quando vejo que está tudo bem, resolvo me deitar de novo, mas Thor já não quer mais ficar deitado e, por isso, vem me dar lambidas no rosto.

– Thor, seu sem-vergonha! – digo e acaricio a cabeça dele novamente. Segundos depois, o despertador toca e, sem ter escolha, eu me levanto também. Fico um pouco sentado na cama e Thor, vendo que ainda estou um pouco assustado com o pesadelo que tive, coloca a cabeça no meu colo. Novamente acaricio Thor e falo: – Não te preocupa, está tudo bem. – falo, mas não adianta, pois os cachorros sabem quando há algo nos afligindo.

Hoje é quarta-feira, dia 19 de março, último dia do verão. Ao olhar para a janela, posso deduzir que o dia será ensolarado, devido à luz do Sol que entra pelos buracos da veneziana. Depois que me levanto, vou tomar banho, coloco o uniforme da Escola e vou tomar café da manhã com os meus pais. Quando fico pronto para sair, acaricio Thor mais uma vez, checo o termômetro de parede, que marca 18°C, e entro no carro junto com o meu pai, para ir à Escola.

Já no território escolar, o cenário é bem diferente daquele que vi no meu pesadelo, pois há várias pessoas e a Dona Griselda também não poderia deixar de ficar em frente à porta do prédio, para barrar a entrada dos "alunos comuns" no dia da fundação do décimo Grupo. Obviamente, eu não perco a chance de fazer uso do privilégio do meu cargo e aproveito para entrar no prédio, só para poder ver a expressão de zangada da protetora dos nobres. Dentro do prédio, vejo a manchete da primeira página do jornal, a qual mostra uma foto do Igor, com o título "MEMBRO DE CONFIANÇA É EXPULSO POR TER

APANHADO DE PLEBEU QUE APANHOU DE UMA MENINA". Já o subtítulo é "Rainha Anna Sophia expulsa o membro de confiança do Príncipe Guilherme, por considerá-lo como uma vergonha para o Reino da Modernidade, pelo fato de ele ter apanhado muito do plebeu Inteligente, Sidney, que antes apanhara de uma menina, Ophélia". Ao ler o título e o subtítulo, começo a rir, tanto por achar muita graça, como por estar aliviado, pois é mais uma coisa do meu sonho que não se realizou.

Quando contenho o riso, vejo que não há ninguém por perto, então eu aproveito para usar o elevador novamente. Logo que chego ao quinto andar, eu deixo a minha mochila na sala e, para descer, volto a utilizar o elevador. E assim que chego no térreo, e as portas se abrem, eu me deparo com a encantadora Rainha Aurora e seu futuro sucessor, o Príncipe Ulysses. Ao me ver, ela sorri.

– Bom dia! – diz Aurora, cumprimentando-me e agindo bem diferente do modo como a Aurora do meu sonho agiu. Já Ulysses, que aparentemente está irritado, não me olha nem me diz nada, até que Aurora lhe dá uma cotovelada na barriga.

– Erm... Bom dia! – diz Ulysses, relutantemente. O Príncipe Ulysses é um cara alto, atlético, com o cabelo preto e cacheado, e com os olhos azuis, quase que do mesmo tom dos da Aurora. Com certeza, Ulysses não é do tipo que gosta muito de se bronzear.

– Perdoa a falta de educação do Ulysses. É que ele está chateado porque ontem acabou perdendo o membro de confiança dele. – diz Aurora.

– Ah... Sem problemas! E... É claro... Bom dia, Majestade... Alteza! – respondo educadamente, já que eles também foram educados comigo.

– Não precisava contar isso pra ele, né! – diz Ulysses à Aurora, reclamando.

– E tu não precisa ficar assim! Porque, convenhamos... tu pode encontrar coisa muito melhor. Se formos parar pra pensar, o Bruno te fez um favor em te trocar pelo Guilherme. Porque aqueles dois idiotas se merecem. – responde Aurora.

– Mesmo assim... – diz Ulysses, ainda chateado.

– Sabe, Alteza... Se me permite dizer... Eu concordo plenamente com a Rainha. Há um ditado que diz: "Diga-me com quem tu andas, que te direi quem tu és" e que combina perfeitamente com o Bruno, porque eu sei o quão desprezíveis são as pessoas com quem ele anda... E ele não só anda com aquelas pessoas, como também gosta de participar de todas as maldades delas. Então eu penso que... boa coisa é que ele não é. E Vossa Alteza se livrou de um problemão. – digo, em tom formal, e Ulysses acaba se irritando ainda mais.

– Tu deve ser o cara com a maior moral do mundo pra vir com essa filosofia barata, né! Até usar o elevador, sem permissão, tu usa. – diz Ulysses, já me atacando.

– Vossa Alteza tem toda a razão. Eu, que uso o elevador sem permissão não tenho moral pra nada. Vossa Alteza, que compactua com traíras ainda piores do que o Bruno... oh, sim! Vossa Alteza é que tem toda a moral do mundo. – digo e, enquanto Aurora segura o riso, Ulysses serra os dentes. Então eu acrescento: – É possível que eu esteja errado, mas pra eu ter certeza... caberá a Vossa Alteza... provar que eu estou mesmo errado. Bom... eu tenho que ir, Majestade, Alteza! – faço uma reverência, só para não perder a compostura, e logo me afasto dos dois. Quando eu chego a um lugar em que eles já não podem mais me ver, eu fico quieto, para tentar ouvir a conversa deles.

– Tu adora esses plebeus, né! Tu trata eles bem e é nisso que dá. Olha só alguns deles como nos tratam de volta! – resmunga Ulysses.

– "Nos tratam" não! Tu quis dizer como TE tratam! E, falando sério... tu bem que mereceu! – responde Aurora, com um risinho.

– Tu ri, né! Tu acha que vai ganhar muito dando trela pros plebeus. Ainda mais pra esse marginal vagab... – diz Ulysses, até ser interrompido pela Rainha.

– Shiu! Eu já disse que eu não gosto que tu fale assim dele. Tu sabe que eu não acredito nas histórias horríveis que contam dele. Afinal, a fonte de tudo isso... Humpf! É o Jonas! Ah, e outra, não dá para culpar ele por não confiar na gente, já que os nossos colegas nobres não nos ajudam a ter uma boa fama. – diz Aurora.

– Talvez o Jonas tenha razão... No caso desse Leônidas. – diz Ulysses.

– Nossa, Ulysses... É incrível! Tu sabe muito bem o tipo de pessoa que o Jonas é, e mesmo assim tu prefere ficar do lado dele. Tu mesmo ouviu ele confessando as coisas que ele fez, e ainda assim... – diz Aurora e, nessa hora, eu já não consigo mais ouvi-los, pois eles entram no elevador e as portas se fecham. Mesmo assim, o que pude escutar foi interessante e, ao mesmo tempo, intrigante, pois mesmo que eu ainda não confie totalmente na Aurora, eu realmente gostaria de saber o que ela ainda estava para falar.

Como, infelizmente, não há mais nada que eu possa fazer agora, decido que tentarei descobrir tal informação em outra oportunidade. E, enfim, me dirijo para o Ginásio, pois é chegado o momento de ver uma trupe imitar a minha ideia e fundar o seu próprio Grupo, já que ela não aguentou ver a nós, os "*nerds* da Escola", fundando um Grupo. Logo que chego ao Ginásio, vejo que, diferente do que vi no meu sonho, a decoração é para o novo Grupo e não para uma seita satânica. O que também é bem diferente do meu sonho é a forma como os meus aliados me recepcionam, que é amigável, tal como foi até agora. Ávalon e as outras meninas fazem sinal para que eu vá até elas; até mesmo Laerte vem e me dá uma cutucada no ombro; quando me viro para ele, apertamos as mãos, como forma de cumprimento, e vamos até as meninas, que já estão sentadas nos bancos.

Apesar de já ter uma boa relação com esse pessoal, eu ainda não os considero como amigos, pois eu realmente não confio inteiramente em ninguém daqui. Talvez tenha sido este o motivo de eu ter tido tal pesadelo, pois os nossos sonhos são mero reflexo do que passamos no dia a dia. Em outras palavras, é uma maneira que o nosso subconsciente tem de organizar todas as nossas ideias e sentimentos, sejam eles bons ou ruins. Como eu tenho um pé atrás para com todas as pessoas daqui, eu acabo ficando com receio de que, mais dia menos dia, alguma dessas pessoas pode acabar me traindo. Então, o jeito é nunca baixar a guarda e ficar sempre atento a todo e qualquer detalhe sobre esse povo.

Poucos segundos depois que Laerte e eu nos sentamos, a sirene soa e a Dona Hortência já começa a se posicionar no auditório para dar início à cerimônia de fundação do décimo Grupo da Escola. O discurso dela não é muito diferente daquele adotado na cerimônia do nosso Grupo, ou seja, ela basicamente fala sobre como é uma honra para ela estar participando da fundação de mais um Grupo, etc. Quando termina com o blá-blá, ela chama a Princesa Bella para subir até o auditório.

– Então, eu gostaria de chamar aqui aquela que até ontem respondia por Princesa da Moda, e que a partir de hoje será a mais nova Rainha da Escola. Quero que aplaudam... a Princesa Bella. – diz Dona Hortência, enquanto Bella se levanta, e a maior parte da multidão a aplaude.

– Oi, gente! É tão bom estar aqui! Por essa conquista, eu quero agradecer à Direção da Escola por ter me escolhido para ser a Rainha deste novo Grupo, tão especial, que estamos fundando hoje. Quero agradecer, também, aos meus amigos que tanto apoio me deram, para que eu decidisse aceitar esta grande responsabilidade. – discursa Bella, já sendo aplaudida pelos bajuladores.

– Como se essa patricinha tivesse, realmente, feito muito esforço pra aceitar ser Rainha! – comenta Stella, que logo é apoiada por nós, mas não por Rebecca e Maria Judith, que a encaram. Então Stella as encara de volta e fala:
– Estão olhando o quê?! Querem defender aquela desgraçada também?! Pois então vão lá! Me dedurem pra ela! Vamos, ô, suas imbecis! Não tenham medo de serem escorraçadas daquele palco. Vamos! É pelo bem de quem não dá a mínima pra vocês! – e com isso, após Rebecca balançar a cabeça, as duas ficam quietas e voltam a se virar para a frente.

– Eu também gostaria de agradecer a todos os plebeus... Liiiiiiindôôôôôôôs... que optaram por fazer parte do meu Reino. Mas, enfim... dando prosseguimento... principalmente, eu gostaria que vocês aplaudissem a pessoa... que apesar de não ter qualquer título... sempre foi uma grande amiga, na qual eu sempre pude depositar toda a minha confiança e que, por isso, ela sempre foi e continuará sendo a minha dama de confiança no Grupo... Por favor, aplaudam a Manoela Monteiro Braga! – a multidão começa a aplaudir, e Manoela se levanta, até ser impedida por Bella, que lhe fala: – Não! Ainda não, querida! Por enquanto, tu pode ficar sentadinha aí, tá! – e Manoela se senta muito constrangida, enquanto algumas pessoas, incluindo alguns dos meus aliados, fazem piada com a situação.

— Pra que fazer isso com a própria amiga?! – comenta Mandy.

— Bem-feito! – acrescenta Laerte, e muitos o apoiam.

— Então, todas essas pessoas, que, a partir de hoje, farão parte do meu Reino... além de mim, é claro... foram os responsáveis pela criação deste novo Grupo! Um Grupo especial, feito só de pessoas bonitas, de bem com a vida e com muito alto astral. Um Grupo pra quem é como eu... tipo... perfeita. – discursa Bella, que, com uma risada patética, escancara toda a sua futilidade. Essa última observação causa um enorme desconforto àqueles que não foram aceitos para aderir ao Grupo dela e, mesmo assim, como se nada tivesse acontecido, ela prossegue: — Então... Feita essa apresentação, eu, Isabella Marques de Oliveira, com os poderes que me foram investidos, estou agora, neste dia 19 de março de 2008, às 7 horas e... E... – ela para de falar para olhar no relógio, e continua: — Às 7 horas e 50 minutos, eu declaro oficialmente fundado... o Reino dos Populares. – ela termina de falar, e a multidão a aplaude, enquanto a bandeira do Grupo, que está no parapeito do segundo andar, é desenrolada.

A bandeira do Reino dos Populares é amarela, com a silhueta de uma líder de torcida segurando dois pompons em azul. Em azul também está representada a Coroa dos Populares, que está colocada de forma repetitiva nos quatro cantos da bandeira.

— Então, gente... Assim como ocorreu com os Inteligentes na semana passada, os adornos dos Populares ainda não estão prontos hoje e, por isso, a Coroação só será feita na semana que vem. Mesmo assim, o Reino dos Populares já está oficialmente fundado, e esta linda senhorita já está oficialmente empossada como Rainha. – diz Dona Hortência, que pega o mesmo manto provisório vermelho que havia colocado no Hugo. Enquanto coloca o manto na Bella, diz: — Assim sendo, eu te declaro Rainha Isabella I dos Populares. Ou só Rainha Bella, já que esse é o apelido que todo mundo te dá! – então as duas viram para a multidão, que as aplaude. Os súditos de Bella, ao mesmo tempo em que a aplaudem, levantam bandeiras em miniatura, as quais estavam sendo distribuídas na entrada, somente aos, agora, Populares. Quando o barulho diminui, Bella começa a chamar os nobres do seu Grupo.

— Então, agora eu quero chamar aqui a pessoa que irá me substituir nas ocasiões em que eu não estiver presente. Chamo a Princesa Juliana Matilde dos

Santos Rossi, que agora será a Princesa Real e Sucessora do Trono dos Populares. – diz a Rainha Bella, e mais aplausos vêm, enquanto Juliana se levanta. Logo Bella chama os outros nobres, sendo na ordem: o Príncipe Guilherme, segundo na linha de sucessão ao Trono, depois a Princesa Alice e, por último, o Príncipe Jonas. Depois, ela chama Manoela, sua dama de confiança, que, dessa vez, pode subir sem problemas. Na sequência, Bella permite que cada nobre chame o seu próprio membro de confiança, sendo que Juliana chama Thaís, Guilherme chama Bruno, Alice chama Bianca e Jonas chama Caio. Quando já estão todos ao seu lado, no auditório, ela volta a falar com a multidão: – Gostaria de convidar a todos agora para ir lá fora, para verem a nossa bandeira sendo hasteada... no mastro mais novo instalado. Mastro esse que... é bem mais bonito que o dos Inteligentes. – e isso acaba fazendo com vários dos Inteligentes, tanto nobres quanto plebeus, a encarem.

Então saímos do Ginásio e vamos para a esplanada de mastros. O mastro destinado à bandeira dos Populares é o que está mais longe do mastro dos Inteligentes, ou seja, do outro lado da esplanada. Diferentemente do que Bella falou, o novo mastro é exatamente igual a todos os demais, o que apenas deixa evidente o patético exibicionismo dela. Quem mais observa esse fato somos Mandy, Daniel, Stella, Ávalon, Ophélia, Laerte e eu, e, apesar de termos vontade de dizer muitas coisas, ficamos quietos, e a cerimônia segue, com Juliana ajudando Bella a hastear a bandeira. Quando ela já está no alto, Dona Hortência encerra a cerimônia, assim como ocorreu na semana passada. Depois, todos seguem para suas salas.

Não há que se dizer que a maioria dos alunos não achou a cerimônia de fundação do Reino dos Populares tão interessante quanto acharam as duas cerimônias do nosso Grupo, isso porque as coisas já deixaram de ser novidade e sem falar que o pessoal já está ficando um pouco enjoado de tantas cerimônias assim. Não há que se duvidar de que, num futuro muito próximo, acontecerão problemas gigantescos entre os dois reinos, devido à provocação que Bella fez hoje, mas, pensando bem, a existência de um Grupo rival pode acabar não sendo tão ruim assim para mim e para os meus planos.

Já na sala de aula, percebe-se que agora a turma está dividida entre Inteligentes e Populares, pois todos os alunos da nossa turma estão em um dos dois Grupos. Sendo assim, olhares provocativos não faltam durante as aulas de Português do Professor Wenceslau, e de Química da Professora Liana. No recreio, quando nós, Inteligentes, vamos para a nossa área, acabamos tendo uma enorme surpresa, pois a sede dos Populares está instalada numa sala que até então estava desocupada, entre o Laboratório de Ciências e a Biblioteca, cuja porta dos fundos fica bem em frente à nossa área, tendo somente uma estrada nos separando.

Durante o recreio, como não podia ser diferente, os Populares nobres, acompanhados de seus membros de confiança, não perdem a chance de dar algumas indiretas sobre o quão melhores do que nós eles pensam que são. E por incrível que pareça, os plebeus Inteligentes, incluindo os mais explosivos, optam por ignorar as provocações dos Populares, com a justificativa de que não vale a pena discutir com pessoas como aquelas. Porém, infelizmente, está mais do que claro que atitudes como esta, advinda dos plebeus do meu Grupo, não vão se repetir sempre, pois é certo que a relação entre os dois reinos só tenderá a piorar.

Após o recreio, durante a aula de Matemática da Professora Cláudia, a tensão já está pior do que antes. Agora a divisão não é mais somente por *status*, entre nobres e plebeus, mas também entre dois Grupos completamente opostos e que não se suportam. E a aula segue com os integrantes dos dois Grupos ainda se encarando e fazendo comentários nada amigáveis. As coisas só melhoram um pouco quando a Dona Griselda entra na sala e pede a atenção de todos.

— Um minuto da atenção de todos, por favor! Eu tenho um comunicado importante a fazer. – diz Dona Griselda. Quando todos se viram para a megera, ela prossegue: — Bom... como essa é a Semana Santa, amanhã haverá brincadeiras com os alunos do Ensino Fundamental I... Os pequenos, como são apelidados. E como vocês bem devem saber... Quem prepara as brincadeiras são vocês, os grandes. Como de costume, os plebeus se juntam em minigrupos de, no máximo, cinco pessoas... e fazem a brincadeira com as crianças, enquanto os nobres apenas patrulham tudo, pra garantir se está tudo okay. – esta última frase deixa algumas pessoas incomodadas.

— Então quer dizer que nós temos que ficar de babás daquele monte de pirralhos, enquanto os bonitos ficam só de boa, nos olhando?! – reclama Stella, em baixo tom, mas mesmo assim acaba sendo ouvida pela megera e pelos nobres.

— Mas olha só... A Branca de Neve do Inferno acha que a gente fica só de boa... Humpf! Parece que a falta de sol está afetando a capacidade dela de raciocinar. Pel'amor! – diz Juliana.

— Só pro teu governo... O nosso trabalho é muito mais difícil do que tu pode imaginar, tá! – diz Guilherme.

— É, mas... Numa coisa a Branca de Neve tem razão... A gente é bonito mesmo! E ela morre de inveja! – diz Alice, se achando, enquanto todos se impressionam por ela não ter percebido o sarcasmo por parte da Stella.

— Enfim... – diz Dona Griselda, que suspira e logo se vira para Stella, para falar: — Olha aqui, ô, guria... As coisas funcionam desse jeito porque os nobres são muito mais responsáveis e confiáveis que os plebeus. E basicamente... é por isso que eles são nobres. Como tu não tem essas qualidades, tu não é e nunca vai ter um título. Até mesmo porque nem pra dama de confiança tu serve, porque de dama... tu não tem nada. E outra... é assim que as coisas funcionam por aqui. – e, de forma asquerosa, ela acrescenta: – Aceita, que dói menos!

– Viu, ô Branca de Neve do Inferno! – diz Rebecca, que aponta o dedo para Stella e prossegue: – Ouve a voz da razão! Aceita, que dói menos! É isso o que tu tem que fazer, porque senão... daqui a pouco... tu vai ser expulsa por justa causa e...

– CALA A BOCA, REBECCA! QUE INFERNO! – grita Hugo, que, já irritado, interrompe Rebecca, fazendo um grande favor a todos nós.

– Olha aí... A guria Maria-Ninguém se achando! – comenta Caio.

– Plebeia vagabunda! Humpf! Tinha que ser! – comenta Walter.

– Fica quieto, tu também, Walter! – diz Hugo, sem paciência.

– Deixa de ser ridícula, Rebecca! Para de ficar do lado dessa gente suja, que tu não ganha nada com isso! – diz Mandy.

– O quê?! Ela disse que nós somos sujos?! – indaga Bella.

– AH, MAS ISSO NÃO VAI FICAR ASSIIIIMMMM! – grita Juliana, que, furiosa, começa a caminhar na direção da Mandy.

– Calma, Alteza! Deixa que eu resolvo isso! – diz Dona Griselda.

– ENTÃO... RESOLVE! – grita Juliana, que logo retorna ao seu lugar.

– É o seguinte... – diz Dona Griselda, que vira para Rebecca, e fala: – Da próxima vez que uma coisinha insignificante que nem tu vir pessoas que são realmente importantes discutindo... tenha o bom senso... E NÃO TE METE ONDE TU NÃO FOI CHAMADA! – e ela se vira pra Mandy, para lhe dar bronca também, quando fala: – E tu, ô sua coisa feia... eu vou te dar um desconto desta vez, mas só porque tu é aluna nova e porque... talvez... é bem possível que essa tua feiura mórbida afete a tua capacidade de raciocinar e que, talvez, seja por isso que tu ainda não conseguiu assimilar a realidade em que tu está inserida. Então, dessa vez passa! Mas se eu te pego falando mal de qualquer pessoa que tenha um título de nobreza, ou de algum membro de confiança... eu mesma me encarrego de convencer o Rei Hugo a te expulsar daqui e a fazer com que tu te arrependa de ter nascido! ENTENDEU?!

– Eu não admito que tu fale assim comigo! – diz Mandy, e todos os nobres riem da cara dela, enquanto Dona Griselda volta a encará-la.

– Tu não admite que eu fale assim contigo?! Tu não admite que eu fale assim contigo?! E quem tu pensa que tu é, na fila do pão... PRA ACHAR QUE TU TEM O DIREITO DE LEVANTAR A VOZ PRA MIM?! E AINDA MAIS PRA ME CHAMAR DE "TU"?! QUANDO FOI QUE EU TE DEI ESSA INTIMIDADE?! HEIN?! – pergunta Dona Griselda.

– Olha... – diz Mandy, constrangida, que logo é interrompida pela megera.

– QUEM TE DEU AUTORIZAÇÃO DE ME RESPONDER?! E SE FOR PRA ME RESPONDER, TU NÃO VAI DIZER "OLHA", E MUITO MENOS, ME CHAMAR DE "TU"! TU VAI ME CHAMAR DE "A SENHORA"! – berra Dona Griselda, que logo se vira pra a multidão e grita: – QUE ISSO SIRVA DE LIÇÃO PRA TODOS VOCÊS, PLEBEUS! – então ela volta a encarar Mandy e berra: – TU, Ô SUA FEIOSA... TU NÃO ADMITE QUE EU FALE CONTIGO DAQUELA FORMA?! ENTÃO TU PREFERE QUE EU BERRE DESSE JEITO?! POIS ENTÃO, UMA COISA EU TE DIGO... A PRÓXIMA VEZ QUE EU TIVER QUE FAZER ISSO... TU NÃO VAI TER UMA OUTRA CHANCE, PORQUE POR MAIS QUE O REI HUGO NÃO PERMITA QUE OUTRAS PESSOAS, ALÉM DELE, EXPULSEM OS INTELIGENTES... OLHA QUE EU TE GARANTO QUE EU DOU O MEU JEITO! SERÁ QUE EU FUI SUFICIENTEMENTE CLARA?!

– Como TU mesma falou... É o Rei Hugo que tem que tomar a iniciativa pra aplicar qualquer punição nos súditos Inteligentes! O que significa... que TU... não tem o direito de falar assim comigo! – diz Mandy, deixando a megera ainda mais furiosa.

– Nhé, Mandy... Nisso tu tem razão! Mas mesmo que eu tenha decretado que só eu poderia punir vocês... tem vezes que vocês pedem por um puxão de orelhas, né! Tipo agora! E se eu fosse tu... eu pediria desculpas pra Dona Griselda. – intervém Hugo, totalmente indiferente com a humilhação pela qual Mandy passou.

– ANDA, Ô, CRIATURA, ME PEDE DESCULPA JÁ! – grita Dona Griselda. Então Mandy se prepara para responder e, quando vê o jeito como eu a encaro, ela logo recua. E a megera volta a berrar: – FOI O TEU REI QUE MANDOU, SUA HORROROSA! ENTÃO... ME PEDE DESCULPAS... JÁÁÁÁÁÁÁ!

– Me desculpe... Senhora! – responde Mandy, com muita relutância.

– ÓTIMO! ISSO É O MÍNIMO DEPOIS DO DEBOCHE QUE TU ME FEZ! – grita Dona Griselda, como se vítima fosse. Em seguida, ela se vira para a multidão e, ainda aos berros, explica: – E AGORA... SOBRE AS ATIVIDADES DE AMANHÃ... CADA MINIGRUPO PRECISA TRAZER PELO MENOS UM SACO DE DOCES, PRA DAR UM DOCINHO PRA CADA PIRRALH... HÁMM... PRA CADA CRIANÇA! É! É ISSO! ENTÃO, VOCÊS SE ORGANIZEM E DECIDAM COMO VÃO FAZER! QUEM NÃO CONTRIBUIR COM OS DOCES PODE SER SUSPENSO, OU... DEPENDENDO DO MEU HUMOR... PODE ACABAR SENDO ATÉ

EXPULSO! E PROS INTELIGENTES QUE ACHAM QUE ESTÃO SEGUROS POR CONTA DA BENEVOLÊNCIA DO REI HUGO... EU JÁ VOU AVISANDO QUE ELE JÁ DECLAROU ESTAR A FAVOR DE EXPULSAR OS DESOBEDIENTES! E ENTÃO... ESTÁ TUDO CERTO?! DÚVIDAS?! – e como ninguém responde, a megera, antes de sair da sala, vira para a Professora e, em tom mais civilizado, fala: – Obrigada pelo tempo, Profe!

Então, depois que a Dona Griselda sai, a parte plebeia da sala começa a se organizar, e, claro, há pessoas que não perdem a chance de zoar Rebecca e Mandy pela bronca que levaram. Quanto a mim, simplesmente opto por não perder o meu tempo com esse tipo de gozação, para poder organizar o meu minigrupo, que fica com Ávalon, Stella, Mandy, Sid e eu. Sid é quem se compromete a comprar os doces e nós apenas o ressarciremos com a nossa parte, para que todos contribuam com valor igual. Quando a sirene soa, todos se dirigem para a Cantina, mas enquanto o pessoal sai, Mandy fica na sala, tão séria quanto ficou durante todo o tempo desde que a Dona Griselda saiu.

– Tudo bem contigo, Mandy?! – pergunto no momento em que ficamos a sós.

– Depois de tudo o que eu ouvi... Ah! Estou ótima! – responde Mandy, sem sequer olhar na minha cara, enquanto guarda suas coisas na mochila.

– É! Estou vendo! Bom... Eu sei que isso é a última coisa que tu gostaria de ouvir agora, mas... é exatamente pra evitar esse tipo de situação, que eu peço pra vocês não fazerem nada. Eu sei que, às vezes, não fazer nada é a coisa mais difícil a se fazer, mas é o melhor. Tu poderia ter evitado toda essa situação se tu tivesse se controlado. – digo.

– Leo... Tu acha que a Dona Griselda tem razão?! – pergunta Mandy.

– Sobre o quê?! – pergunto de volta.

– Sobre eu ser feia, horrorosa... sobre a minha feiura afetar a minha capacidade de raciocinar e... – diz Mandy, e eu a interrompo.

– Claro que não! Tu não é feia. E muito menos burra. – respondo.

– É que ninguém me acha bonita aqui... Deu pra ouvir o burburinho das princesas e dos amiguinhos delas. – diz Mandy.

– E tu vai dar bola praquela gentalha?! – pergunto.

– Ah, sei lá... Talvez seja porque elas são lindas, radiantes... Todo mundo morre de inveja delas e... pra mim não sobra nada. Nada de bom, pelo menos, né! – responde Mandy.

– Bom... Então se a minha opinião vale alguma coisa pra ti... eu te digo que, potencial pra colocar aquelas patricinhas fúteis no chinelo, tu tem. Tu só precisa te cuidar um pouco mais. Só isso! – digo.

– Tu acha mesmo?! – pergunta Mandy, já demonstrando sentir-se melhor.

— Claro! Agora vamos... É hora do almoço. Mesmo que a comida da Cantina seja uma droga... é melhor que a gente almoce, porque saco vazio não para em pé. – digo.

— Verdade! – diz Mandy, que, já com um sorriso no rosto, me acompanha.

Quando chegamos à Cantina, vemos que mais uma surpresa nos aguardava. Como agora há um décimo Grupo, também deveria haver uma décima fileira de mesas, com bandeirinhas do Reino dos Populares em cada mesa. A fileira dos Populares, assim como a nossa, também fica num sentido transversal ao das fileiras dos oito Grupos mais antigos, só que a deles acabou ficando do outro lado da Cantina. Em outras palavras, as oito fileiras antigas estão no meio das duas novas e, obviamente, a quantidade de mesas que formava as antigas fileiras diminuiu mais um pouco, mas não tanto quanto da última vez, pois em número de membros o Reino dos Populares, por ser mais seleto, é bem menor do que o dos Inteligentes.

Porém, mesmo que desta vez a redução dos oito Grupos tenha sido menor, a irritação dos nobres desses reinos não foi, pois, mais uma vez, eles perderam súditos ao invés de ganhar. Sete dos oito monarcas reclamam, sendo Aurora a única exceção e, claro, Hugo não podia deixar de se queixar do fato de que a ponta em que os nobres se sentam, em todas as oito fileiras antigas fica do lado dos Populares.

Depois de um almoço tenso, com inúmeras pessoas de Grupos diferentes se encarando, meus aliados e eu seguimos para a nossa área, que, infelizmente, agora pode ser constantemente vigiada pelos Populares. Mesmo assim, na medida do possível, tentamos levar a vida normalmente, enquanto contamos à Ophélia e ao Laerte sobre o ocorrido com a Rebecca e com a Mandy na aula de Matemática.

— Então é por isso que a Dona Griselda estava daquele jeito. – deduz Laerte.

— Cara... Que horror! Tudo bem que a Rebecca é um saco, mas isso já é demais! Sério! Humilhar a pessoa assim! E isso sem falar do que aquela megera fez com a Mandy. – diz Ophélia.

— Está tudo bem contigo, Mandy?! – pergunta Luna.

— Ah... Aquela balofa não foi a primeira a me chamar de feia. Eu vou viver, não te preocupa! É preciso mais do que isso pra me derrubar. – responde Mandy.

— Se bem que pra uma coisa boa serviu essa loucura toda... A gente já pôde ver que o Hugo não está tão a favor dos súditos como ele falou que ficaria... Lá no início. Porque, convenhamos... ele poderia ter defendido a Mandy. – diz Ophélia, e todos concordam.

— E olha que essa é recém a segunda semana de reinado dele. Imagina quando der um mês! – diz Laerte.

— Isso se chegarmos a um mês! Porque depois do que fizeram com a Mandy e com a Rebecca... é bem possível que podem fazer pior com o resto. – diz Stella.

— E se o resto não for tão forte como a Mandy... sabe-se lá o que pode acontecer! E sim! É de indução ao suicídio que eu falo. Porque não é qualquer um que aguenta todos aqueles insultos. – digo, e todos se assustam.

— Olha, sei lá... Só sei que a Rebecca bem que mereceu levar um choque. Não precisava ser aquilo tudo, mas... – diz Luigi, que dá de ombros.

— É! Ela merecia! É isso aí! E a Mandy também. Quem mandou ela falar mal da Princesa Bella e das amigas dela?! Humpf! – diz Wagner, sentindo-se com a razão.

— Eu não estava falando mal da Princesa Bella e das amigas dela. Eu só estava tentando colocar um pouco de juízo na cabeça da Rebecca. – diz Mandy.

— E precisava chamar a Princesa Bella de suja?! – pergunta Wagner.

— E tu acha que eu estava errada?! Até onde eu vi, a tal Princesa Bella... que agora é Rainha... só te despreza. E tu ainda toma as dores dela, né! – diz Mandy.

— Se ela me despreza... é por culpa dele. – responde Wagner, enquanto aponta o dedo para mim.

— Patético! – digo, quase que de forma automática, e logo cruzo os braços.

— Ai, tu vai começar com essa ladainha de novo, Wagner?! – indaga Nina.

— Não é ladainha. É a verdade. E qualquer um que fale mal da Prince... Erm... da Rainha Bella... merece ouvir umas verdades! – responde Wagner.

— Mano... Na real... Ninguém merece ouvir o que a Mandy ouviu hoje. Nem a Rebecca. – diz Sid.

— Pela primeira vez eu concordo com o Sid. – diz Ophélia, que logo vira para Wagner e lhe fala: – E Wagner... Sério... Na boa... Cala a tua boca! Porque quando falam certas verdades na tua cara, tu também não gosta. E depois tu ainda bota a culpa em quem não tem nada a ver. – quando ela termina de falar, Wagner apenas coça a nuca, vendo que mais uma vez não deram moral para ele. Enquanto isso, Haroldo e Nina apenas suspiram e balançam a cabeça.

— Mas uma coisa que todo mundo tem que concordar é que é um absurdo a gente ter que servir de babás dos pirralhos da quarta série pra baixo. Humpf! E ainda a gente tem que comprar doces pra eles enquanto somos supervisionados pelos nobres. E fazer de conta que adoramos tudo isso. Porque, segundo a vaca da Griselda... os nobres... pelo simples fato de serem nobres... são mais responsáveis e confiáveis do que nós. – diz Stella, ainda indignada.

– Sério que ela falou isso também?! – questiona Ophélia.

– Sim! Dá até vontade de amarrar aquela coisa num míssil e mandar ela de volta pro bordel de onde ela foi expulsa. – diz Stella, fazendo todos rirem.

– Ai, meu Deus! Deve ser por isso que ela fala tanto em expulsar as pessoas... É trauma! Coitada! – diz Luna, enquanto quase se mija de rir.

– Coitada nada! Aquela vaca... Se ela é escrota assim com a gente... imagina o que ela não fez com as companheiras de guerra dela! – diz Ávalon e, enquanto todos riem ainda mais, a sirene soa. Então ela reclama: – Putz! Agora que o papo estava bom! Mas fazer o quê! Temos que ir para a sala de artes agora. Vamos lá! *Let's go*!

Todos seguem Ávalon, menos eu, que fico dando mais uma olhada na bela paisagem da nossa área e nas árvores, que já estão ficando douradas. Quem percebe que não estou junto do pessoal é Stella, que logo vem até mim.

– Que foi?! Falei alguma coisa errada?! – pergunta Stella.

– Nah! Pelo contrário! O que tu disse faz sentido... Além de ter sido engraçado. Eu só parei um pouco porque eu gosto de admirar as árvores daqui, que já estão mudando de cor. – digo, e Stella também começa a olhar para cima, onde o vento faz com que as folhas de plátano dancem.

– Pois é! As cores do outono são lindas. Imagina isso daqui a um mês! Hoje é o último dia do verão, né! – comenta Stella.

– Sim! Isso tudo é um espetáculo da natureza. – digo, e ficamos admirando até ouvirmos os nobres saindo da sede. Em seguida eu falo: – Já aquilo ali... são aberrações da natureza. Vamos embora antes que eles estraguem o nosso bom humor. – e com isso, nós caminhamos em direção ao prédio.

E a aula de Artes segue sem a ocorrência de qualquer conflito, mas, mesmo assim, a tensão entre os integrantes dos dois grupos continua. Felizmente aqueles dois últimos períodos passam rápido. Quando a sirene soa, todos vamos embora, certos de que ainda podemos curtir uma tarde ensolarada e agradável, com temperatura em torno dos 26°C.

Já na quinta-feira, dia 20 de março, a manhã é ensolarada e um pouco mais fria do que as últimas, com temperatura de 16°C. Hoje é o primeiro dia do outono, e eu, como de costume, chego à Escola, vou direto para a entrada principal do prédio e, na entrada, paro para dar uma olhada no jornal. Infelizmente, não há nada de engraçado, somente uma foto da cerimônia de fundação do Reino dos Populares, com o título "FUNDAÇÃO DO REINO DOS POPULARES AUMENTA O DESCONTENTAMENTO DOS OUTROS MONARCAS". E o subtítulo é "Devido à criação dos novos Grupos, os oito Monarcas estão muito desconfortáveis e, por isso, convocaram uma conferência". Quero ler mais, mas de repente ouço Hugo me chamar.

— Ô, Leo! Vem com a gente. Eu quero te mostrar um negócio. – diz Hugo, que está acompanhado de Walter.

— Bom dia pro senhor também, Majestade! – digo e me aproximo deles. Porém, uma coisa que me incomoda é a expressão do Walter, que está boa demais para o meu gosto. Ele simplesmente está sorrindo à toa, sem que Hugo lhe dê algum agrado, o que eu ainda não vi acontecer neste ano. Então eu o encaro e digo: – Bom dia, Alteza!

— Humpf! – faz Walter, que vira a cara, mas continua com o mesmo sorriso.

— Então... Vamos lá! – diz Hugo, animado. Então eu os acompanho.

Quando chegamos à sede do nosso Grupo, vejo que finalmente estamos seguindo o padrão dos grupos mais antigos, pois há um mastro com uma bandeira oficial dos Inteligentes ao lado da porta e, acima dela, há um letreiro de madeira, no qual está escrito:

2008
REINO DOS INTELIGENTES

— E aí! Gostou?! – me pergunta Hugo. Então eu, indignado por ele ter me chamado só para isso, apenas forço um sorrisinho.

— Eu gostei! Ficou supimpa! – diz Walter, felicíssimo.

— Supimpa?! – questiono, em baixo tom, já que a expressão é antiga.

— Ah, que bom, Walter! Que bom que tu achou isso "supimpa"! Só que não foi pra ti que eu perguntei! Eu perguntei pro Leo! E NINGUÉM MAIS FALA "SUPIMPA"! ARGH! – diz Hugo, fazendo Walter apenas olhar para o chão. Em seguida, ele se vira para mim e pergunta: – E então, Leo, o que tu achou?! – ele me pergunta e, quando estou prestes a responder, ele diz: – Não! Nem diz nada agora. Que eu tenho mais duas coisinhas pra te mostrar.

Então entramos na sede, onde o Trono está muito mais decorado que da última vez que eu o vi, pois atrás daquela cadeira de madeira almofadada, antiga e muito bem esculpida, há vários tecidos com as cores do Grupo, armados de forma elegante e condizente a um Trono Real. Ainda, posicionado de forma que fique bem acima do Trono, há um brasão do Grupo bordado no tecido. Há também, na parede, um quadro com uma foto ridícula do Hugo, na qual ele está com todos os adornos, segurando o cedro na mão direita e com um sorriso no rosto. É fato que ele se esforçou para ficar bonito na foto, mas, no caso dele, nem todo o esforço do mundo ajuda. Abaixo do quadro, há uma placa dourada, na qual está escrito "HUGO I" e, na linha de baixo: "11.03.2008 – *presente*".

— Ficou tudo perfeito! Digno de um Rei! — diz Walter, que, claramente, está muito feliz pelo Hugo, mesmo já tendo levado coice dele hoje.

— E aí, Leo?! Quero saber o que tu achou disso tudo que fizeram ontem de tarde. — me questiona Hugo.

— Eu acho que ficou bom! — respondo, e Walter fica me olhando.

— "Bom"?! "BOM"?! Como assim "bom"?! Só "bom"?! Ficou perfeito! É isso o que tu deveria dizer! É isso que... — me diz Walter, até ser interrompido.

— Cala a boca, Walter! O que ele falou já serve. — diz Hugo a Walter. Em seguida, ele vira para mim e fala: — E é bom mesmo que tu tenha achado isso, Leo. Só por causa disso, eu quero te convidar pra vir comigo na Conferência dos Monarcas, que vai acontecer hoje, às cinco da tarde. Não permito que tu recuse o convite!

— Tá, mas... E eu?! Eu fico como?! — pergunta Walter, apavorado.

— Tu pode ir pra casa. — responde Hugo.

— Mas eu não tenho como ir pra casa sem a carona do teu pai, Hugo! — argumenta Walter, quase tendo um troço.

— Ah, sei lá, Walter! Tu pode ficar sentado do lado de fora, esperando. Ou tu fica aqui na sede... ou, quem sabe... Tu te joga no meio da avenida, na hora do pico, e te mata duma vez. Sei lá! Faz qualquer coisa, usa a criatividade. Mas quem vai comigo na Conferência é o Leo. Porque eu quero fazer com que os meus colegas respeitem o meu escolhido para o cargo de membro de confiança. E outra... Tu nem tem por que ficar todo tristinho, porque eu nunca te disse que eu ia te levar lá. Então... Faça-me o favor, né, Walter! — responde Hugo, que vira para mim e pergunta: — Tu vai adorar ir, né, Leo?!

— Vossa Majestade não faz ideia do quanto! — minto, enquanto forço um sorriso. Em seguida, olho para Walter, que agora está me encarando com ódio. É quando resolvo perguntar: — Era só isso, Majestade?! Posso me retirar agora?! — pergunto, e ele faz que sim com a cabeça. Então eu respondo: — Obrigado, oh, Vossa Majestade! — e saio dali o mais rápido possível, antes que venha alguma outra ordem.

Saio da nossa área, mas, ao invés de sair em direção ao prédio, eu vou em direção à porta dos fundos da sede dos Populares, pois percebo que lá também já foi feita a ornamentação das fachadas. Aproximando-me, eu vejo um mastro com a bandeira oficial dos Populares ao lado da porta e, acima dela, um letreiro de madeira, com a escritura:

2008
Reino dos Populares

Vendo isso, eu me afasto o mais rápido possível, a fim de evitar ser notado e ter de aturar mais alguns nobres cheios de ego, que também me odeiam. Então sigo para o prédio e logo a sirene soa. Quando chego à nossa sala, o pessoal já está lá e, para evitar problemas, prefiro não falar a ninguém sobre a minha ida à conferência de hoje.

Logo a aula começa e, infelizmente, a primeira aula do dia é de Física, com o Professor Olavo, e, como sempre, a aula demora uma eternidade para passar. Depois, a Professora Victória vem e dá início à aula de hoje, falando sobre a nova estação.

– Bom dia a todos, nesta linda primeira manhã de outono! Lembram que eu falei, na semana passada, que hoje iria se iniciar a nova estação?! Pois é, o equinócio de outono ocorreu hoje, exatamente, às 2 horas e 48 minutos da madrugada. A partir de agora, as noites começam a ficar mais longas do que os dias, muitas árvores começam a perder suas folhas e vai ficando cada vez mais frio. Sim, pessoal, o verão acabou! E já é tempo de a cabeça de vocês estar mais aqui, na Escola, do que nas férias. Então comecem a se puxar, porque as primeiras provas estão logo aí. Vamos aproveitar esse fenômeno astronômico que ocorreu hoje para a nossa aula de Geografia. O outono é uma estação marcada por ser um período de transição entre o verão e o inverno. Como nós falamos na aula passada, o outono começa no momento em que a Terra tem os seus dois hemisférios recebendo radiação igualitária do Sol e termina quando o nosso hemisfério atinge o ponto de maior distanciamento do Sol – então ela termina de falar e dá um aviso: – Quem não entender algo, pergunte. Porque eu vou cobrar isso em prova.

– Ah, sei lá! Só sei que eu odeio o outono! Odeio frio! – diz Guilherme.

– Ah, que pena! Se tu não gostas de frio, tenta mudar de estado quando tu tiveres a tua profissão. Porque zonas tropicais, onde faz calor o ano inteiro, é o que não falta no Brasil! – diz a Professora.

– Ah, é?! – pergunta Guilherme.

– É! Zonas temperadas, no Brasil, além do nosso estado, são só o Estado de Santa Catarina, grande parte do Estado do Paraná e um pedaço dos Estados de São Paulo e de Mato Grosso do Sul. O resto é tudo zona tropical e tende a ser quente o ano inteiro. – explica a Professora.

– Então quer dizer que onde faz calor o ano inteiro não tem estações do ano, né?! – pergunta a Rainha Bella.

– Não! Não é bem assim... – diz a Professora, que logo é interrompida.

– É verdade, né! E eu também não acredito que uma noite é maior que a outra. Essa diferença só acontece quando tem o horário de verão. – diz a Princesa Alice.

— É por isso que eu sempre digo: isso tudo é uma artimanha dos metidos a estudiosos, pra nos enganar e fazer a gente ter que estudar as coisas que eles inventam. Aí eles ganham dinheiro com a venda de livros. Argh! Isso tudo é uma indústria do... In-te-lec-tual. – diz a Princesa Juliana, que faz uma voz esganiçada ao falar a palavra "intelectual", como se ela significasse algo negativo.

— Pior... Eu não tinha pensado nisso. Faz sentido. – diz o Príncipe Jonas, enquanto a Professora Victória faz uma expressão de horror, devido a tamanha burrice.

— Ai, suas antas quadradas! Tem mudança na duração das noites e dos dias, sim. Pelo amor de Deus! A gente só não nota essa diferença, de um dia pro outro, porque a mudança é pequena e gradual. – explode Mandy, já cansada de ouvir tantas idiotices.

— Mandy! Tu não pode falar assim com os nobres! Se eles estão dizendo é porque é! Tu tem que ter mais respeito... – diz Rebecca, até ser interrompida.

— ARGH! CALA A BOCA, REBECCA! – berra a Princesa Juliana, que, mais uma vez, deixa Rebecca humilhada e com cara de tacho. Depois ela vira para Mandy e volta a berrar: – E TU NÃO TE METE, SUA HORROROSA! SERÁ QUE A BRONCA QUE TU LEVOU ONTEM NÃO FOI O BASTANTE?!

— Olha aqui... – responde Mandy, até ser interrompida pela Professora.

— Obrigada pela participação, Mandy. Sim, é isso mesmo! A mudança de um dia para o outro é de pouco mais de um minuto e, por isso, nós não notamos muito. Só que cumulando tudo isso, a diferença do dia mais longo, pro dia mais curto, é de mais ou menos três horas e, quanto mais perto dos polos nós estivermos, maior é essa diferença. E o outono é assim: ele começa com o dia e a noite tendo a mesma duração e termina no ponto em que ocorre a noite mais longa do ano, dando lugar pro inverno. Então, no outono as noites são mais longas e ficam cada vez mais longas; já no inverno, as noites são mais longas, porém ficam cada vez mais curtas, até que, novamente, chega o momento em que a noite e o dia têm igual duração, que é quando entra a primavera.

— Ah, é?! – pergunta Guilherme, de forma debochada.

— É! – responde a Professora, de forma ainda mais debochada. E em seguida prossegue: – Aí, durante a primavera e o verão, os dias são os mais longos, e acontece a mesma parábola que no outono e no inverno, para com a duração dos dias e das noites. – então ela faz uma pausa e continua: – Bom, acho que com isso nós encerramos a conversa sobre a translação e podemos entrar no assunto da rotação. Mas, antes disso, eu gostaria de agradecer à Mandy por ter trazido um pouco mais de luz para esta aula. Muito bem, Mandy! – e enquanto Mandy sorri, ela se vira para Rebecca e fala: – Ah, ô Rebecquinha... Tem certas vezes na vida em que nós devemos aproveitar a oportunidade de ficarmos calados, porque assim a gente ganha muito mais e evita constrangimentos. Eu espero que algum dia tu possas compreender essa mensagem. – dito isso, a Professora volta a falar sobre o conteúdo: – Então, pessoal, vamos começar a falar mais sobre rotação. O movimento que a Terra faz em torno do próprio eixo. Vocês sabiam que todos os planetas do nosso Sistema Solar fazem esse movimento?! E que a Lua, o nosso único satélite natural, não o faz?!

– A Lua não gira em torno dela mesma?! – questiona Sid.

– Não! A Lua tem sempre o mesmo lado virado para o Sol, enquanto ela faz sua translação em torno da Terra. – explica a Professora.

– Ah, então é por isso que tem o lado escuro da Lua, que eles tanto falam. – conclui Ávalon.

– Exatamente! – diz a Professora, entusiasmada em ver que há pessoas fazendo bom uso do cérebro aqui na turma. Então ela segue com a aula, sendo que esta, por ser muito boa, infelizmente passa rápido e, pouco antes de a sirene soar, a Professora faz o seu ritual de passar de mesa em mesa para ver se os temas foram feitos e, em seguida, passa outro tema para a semana que vem. Quando a sirene soa, ela encerra a aula dizendo: – Pessoal, desejo a todos uma feliz Páscoa... E um bom outono. Que esta nova estação seja muito produtiva por aqui. Mas por hora... aproveitem o recreio.

Então saímos para o recreio, que é quando meu minigrupo e eu aproveitamos para pagar a nossa parte ao Sid sobre o saco de pirulitos que ele comprou. Sid faz questão de trazer o saco de pirulitos com ele, para mostrar que realmente o comprou. E durante o resto do tempo, nós aproveitamos para rir um pouco da burrice exacerbada dos nossos colegas, que agora se chamam Populares. Quando a sirene soa novamente, anunciando o fim do recreio, nós nos dirigimos para o prédio, mas, como a Dona Griselda já está, aos berros, ordenando que todos fossem para o Ginásio, nós somos obrigados a mudar o nosso rumo.

Já no Ginásio, os nobres e as megeras começam a designar a brincadeira pela qual cada minigrupo ficará responsável. A brincadeira designada para o meu minigrupo é "coelho sai da toca", no qual, os coelhos são as crianças e as tocas são os bambolês colocados no chão. A brincadeira funciona da seguinte forma: em todas as rodadas, haverá um bambolê a menos do que o número de crianças, e a criança que ficar "sem toca" está fora. Em cada rodada, as crianças precisam trocar de toca e, enquanto isso, nós retiramos um bambolê. Segue assim até sobrar só um e, aquele que sobrar é o vencedor da partida e ganha um docinho. Quando o apito soa, indicando que é hora de as crianças migrarem para outro minigrupo, nós devemos dar um doce para cada uma delas, até mesmo para as que já venceram alguma das partidas.

Felizmente, o Sid trouxe o saco de pirulitos com ele, porque, caso contrário, ele teria que ir até a sala para buscá-lo, como acaba acontecendo com muitos outros. Os outros sequer tiveram a chance de se precaver, porque quando o recreio acabou, a Dona Griselda bloqueou a entrada do prédio. E o motivo para ela não ter deixado ninguém entrar? Nenhum. A não ser pelo prazer de tornar mais difícil a vida dos plebeus. Então, enquanto os outros vão e voltam, nós ficamos esperando, até que todos estejam prontos para poder receber as crianças.

Quando as crianças chegam, as brincadeiras começam e tudo segue normalmente, exceto por motivos que até então já eram esperados, como o fato de umas crianças serem mais chatas do que outras e de umas fazerem mais birras do que outras. Para evitar problemas, Sid, que é quem menos tem paciência com crianças, fica com a função de dar os doces para as crianças, quando elas estiverem indo embora, enquanto que as meninas e eu nos revezamos, de modo que cada um cuide de uma leva diferente de crianças, que também estão em minigrupos de cinco. Ao final de cada rodada, quando algumas das crianças reclamam por receberem somente um docinho, as meninas e eu temos de intervir, para evitar que Sid seja grosseiro, mas mesmo assim, ainda há vezes que ele fala frases como "É o que tem pra hoje, ô pirralho!".

Então, tudo segue muito bem até que é minha vez de fazer a brincadeira. O grupo pelo qual eu serei responsável é formado por cinco crianças da segunda série, sendo três meninas, uma loura, uma morena e uma negra, e quanto aos dois meninos, um é oriental e outro é branco e gordinho. Para a minha sorte, essas crianças não são chatas e, quando estou indo para a última partida, na qual sobram apenas o menino gordo e a menina negra, o Príncipe Jonas aparece.

— Mas olha só! Quantas babás dedicadas nós temos aqui! — diz Jonas, que se aproxima mais um pouco, olha para mim e debocha: — É isso aí, Leo! Tem que ser uma boa babá pra pirralhada! Muito bem, Leo! Muito bem!

— Olha! É o Príncipe! — dizem as crianças, quase que ao mesmo tempo. As meninas ainda falam coisas como "Como ele é lindo!", "Quando eu crescer, eu quero casar com ele!". É claro que a inocência das crianças faz com que elas não deem importância ao fato de que Jonas as encara com expressão de nojo.

— É, crianças! Esse é o Príncipe Jonas do Grupo que foi fundado ontem... O Reino dos Populares! Por que vocês não vão dar um abraço nele?! — diz Stella, já sacando que Jonas detesta crianças. Logo as crianças vão até Jonas e o abraçam.

— Argh! Me soltem seus pentelhos! Me larguem! Não podem fazer isso! — ordena Jonas, que, ao não ser atendido, se irrita e grita: — EU MANDEI VOCÊS ME LARGAREM! — e então as crianças ficam assustadas e o soltam. Então ele dá uma bronca, ao gritar: — QUE SACO! VOCÊS SÃO SURDOS?! EU

ODEIO CRIANÇAS! ODEIO PRINCIPALMENTE OS GORDINHOS RANHENTOS, OS JAPINHAS ARIGATOU-SAYONARA E, AINDA... AS PRETINHAS FEIAS, QUE NEM ESSA DAÍ! – ele aponta para a menina negra e ainda completa: – HUMPF! FAÇAM-ME O FAVOR! IMAGINEM SÓ... EU, UM PRÍNCIPE... DANDO TRELA PRA ESSA GENTALHA! HUMPF! – e por fim, ele começa a bater na própria roupa, a fim de "tirar a sujeira", e logo vai embora.

 Ele vai embora, mas não sem ter ferido os corações das crianças, que ficaram arrasadas com tudo o que ouviram. Os meus colegas ficam sem ação e, até mesmo, as duas meninas que não se enquadram nas ofensas do Jonas, também se demonstram abatidas. Já a menina negra, que foi a mais ofendida, começa a chorar. Nessa hora, eu me ajoelho na frente dela para tentar confortá-la.

 – Não fica assim! Não dá ouvidos praquele Príncipe; ele é o pior tipo de pessoa que existe. – digo, mas, mesmo assim, a menina continua a chorar.

 – É que ele disse que eu sou feia! – me responde a menina.

 – Quem disse que ele está certo?! Eu te acho linda! E os meus amigos aqui também, não é, pessoal?! – digo, me virando para eles, enquanto eles falam coisas que ajudam a confortar a criança. Então continuo falando: – Qual é o teu nome?!

 – Rafaela! – ela me responde.

 – Viu só! Até o teu nome é lindo! – digo e, quando vejo que consigo arrancar um sorrisinho dela, eu falo: – Não liga pras coisas que esse tipinho de gente fala. Eles não merecem nem as tuas lágrimas. – termino de falar, e Rafaela vem me abraçar. Eu a abraço de volta e, em seguida, eu me levanto e me viro para o gordinho e digo: – Não deixa ninguém te menosprezar por causa do teu peso. Porque o que realmente importa é que tu é muito legal. Quem dera se todo mundo fosse tão simpático que nem tu! – e assim consigo melhorar um pouco a expressão dele. Então me viro para o menino oriental e falo: – E tu... Não deixa ninguém caçoar das tuas origens. Origens essas que, se eu não me engano, são do Japão, né! Pois é! Aquele tipo de "Príncipe" é incapaz de entender o quão incrível é o país de onde os teus ancestrais vieram.

 – Obrigado! Arigatou! – diz o menino oriental, que também vem me abraçar. Depois que ele me solta, fala: – Eu sou o Takashi Wasabi, e sabe... Tu é muito mais legal que o Príncipe.

 – Eu também acho! Ah, eu sou o Kevin, e as duas ali são a Larissa e a Emília. – diz o menina gordinho, que apresenta a loura e a morena, respectivamente.

 – É! E a gente te acha muito mais bonito do que ele também! – diz Larissa, que logo recebe o apoio das amigas.

— Ah, muito obrigado! – digo, meio sem jeito. E em seguida falo: – E como só tem gente bonita e legal aqui, todo mundo vai ganhar dois pirulitos. – e a resposta que recebo é um "Obaaaaa!". Nessa hora Sid reluta um pouco, mas me alcança os pirulitos para dar às crianças. De repente, o apito soa e eu me despeço das crianças, ao dizer. – Ah, que pena! No fim não deu pra fazermos a nossa brincadeira.

— Não tem importância! A gente ganhou doces! – diz Kevin.

— É! E eu descobri que alguns príncipes são bonitos por fora, mas por dentro são sapos feios e verruguentos. – diz Rafaela, fazendo todos nós rirmos.

Enquanto eles estão indo embora, apenas nos dizem "Tchau!". Então Stella se aproxima de mim, já se preparando para a vez dela de cuidar da brincadeira.

— Tu leva jeito com crianças, hein! – diz Stella.

— Ah, só fiz o que eu achei que era certo. – respondo.

— E o pior é que isso tudo foi culpa minha. Eu sabia que o Jonas não devia gostar de crianças e mesmo assim... mandei elas irem abraçar o desgraçado. Eu queria ver a cara de tacho que ele ia fazer... E deu nisso! – diz Stella.

— Não foi culpa tua. Tu não tinha como saber que a reação do Jonas ia ser tão deplorável. Mas o que importa mesmo é que as crianças ficaram felizes no final. Provavelmente, nem vão mais dar importância aos absurdos que o Jonas falou. – digo.

— É! Elas ficaram felizes, sim... Mas às custas dos meus pirulitos, né! – reclama Sid.

— Teus pirulitos, uma vírgula! Nossos pirulitos! Porque todos nós pagamos a nossa parte. – diz Mandy.

— Mas fui eu que fui no mercado comprar. – responde Sid.

— Porque foi tu mesmo quem se ofereceu. – diz Ávalon.

— Quero ver se agora sobra pirulito pro resto! Já que o Leo deu dois pirulitos pra cada. Dois! A ideia era dar só um. – argumenta Sid.

— Não sei se tu percebeu, Sid, mas... a gente dá um pirulito pro vencedor de cada rodada. Só que dessa vez, por causa do fiasco do Jonas... a gente não conseguiu terminar nenhuma rodada. Então, se eu dei dois pirulitos pra cada um, foi pra compensar. E, principalmente, pra fazer com que elas esquecessem um pouco do que o Jonas fez. E bom... eu acho que fui bem-sucedido nisso. – digo, e Sid fica sem jeito.

— Ah, mas... Mas... – diz Sid.

— MAS... A questão aqui é outra, né! Tu quer que sobrem pirulitos... Não pra que tenha o suficiente pra todos. Tu quer que sobre, pra tu poder comer sozinho depois, em casa, né! – digo e, com isso, Sid fica com cara de tacho e vira para os lados.

– Bah, Sid... Quando tu quer, tu sabe ser tão legal, mas quando tu quer ser babaca... – diz Ávalon e, quando Sid se vê sem argumentos, apenas se cala.

– Independente disso... – digo, me viro para Stella e falo: – Pode se sentar de novo, Stella! Deixa que eu cuido da próxima leva. Já que não deu pra brincar direito com essa, é justo que eu cuide da próxima.

– Se tu quer... Eu é que não vou contrariar. – diz Stella, que, sem fazer maiores cerimônias, se senta.

Então mais crianças vêm, e eu começo a brincadeira com elas. Depois ficamos nos revezando até o meio-dia, que é a hora de as crianças irem embora. Na hora do almoço, contamos para o resto dos aliados sobre o que o Jonas fez e todos, obviamente, ficam perplexos com tamanha maldade. Depois disso, o resto do dia felizmente segue sem maiores percalços, tanto na hora do almoço, quanto nas aulas de Redação, com a Professora Lisandra, e de Educação Física, com o Professor Thadeu. Quando a sirene soa, às 14 horas e 40 minutos, todos vão embora, menos eu, que devido à ordem que recebi do Hugo, sou obrigado a ficar aqui para a Conferência dos Monarcas, que ocorrerá mais tarde.

CAPÍTULO XV

A Conferência dos Monarcas

Depois que todos vão embora, a Escola fica quase que deserta, sobrando apenas alguns funcionários e alguns alunos que gostam de ficar para estudar na Biblioteca. Todos os monarcas estão em suas salas, preparando-se para a conferência que ocorrerá logo mais, enquanto eu, sem ter o que fazer, fico vagando pela Escola. Felizmente, a tarde de hoje está agradável, ensolarada e com temperatura em torno dos 25°C.

Fico caminhando pelo território da Escola, dou uma volta pelo estacionamento, passo pela esplanada dos mastros, até chegar na rampa por onde os carros passam para entrar e sair do estacionamento. Começo a descer a rampa, mas só até o portão, porque, por mais que queira muito, eu não posso sair agora. Olho para a avenida, que está começando a ficar mais movimentada e que, logo, ficará perfeita para que o Walter possa fazer o que Hugo lhe sugeriu hoje cedo. Claro que eu não quero que ele realmente se mate, mas não nego que já cheguei a pensar que isso seria uma bênção, pois teria um a menos para me incomodar.

Fico olhando para a avenida por alguns segundos e logo percebo que estou sendo observado pelo Seu Joaquim, o porteiro. Eu já o conheço há um bom tempo, pois ele está nessa função muito antes de eu começar a estudar aqui, em março de 2000. Nessa época eu estava começando a 1.ª série do Fundamental e, apesar de muitas coisas terem mudado de lá pra cá, o Seu Joaquim continua igual, sendo o mesmo velho gordo e antipático, que fica sempre sentado dentro da portaria, que nada mais é do que uma casinha de pedra. Lá dentro, ele nada mais faz do que ficar assistindo a uma minitelevisão de tubo com uma imagem minúscula, enquanto come batatinhas fritas e faz uso da própria barriga, como se fosse um suporte, onde ele apoia o saco de batatinhas. Sem falar que sempre que ele vê alguém passando, ele olha fixamente para a pessoa, abaixa um pouco os óculos e continua comendo as batatinhas. Ele faz isso sempre, incluindo agora; então, eu, sentindo-me um pouco incomodado, saio dali, mas não sem ser cuidado pelo velho.

Então eu me afasto da portaria, atravesso o estacionamento e chego perto da Biblioteca, onde as duas tias da limpeza, Dona Eva e Dona Lourdes, estão conversando. Quando me veem, me chamam.

— Mas olha só quem voltou! Quanto tempo! – diz Dona Eva, uma senhora baixinha e meio gordinha, com cabelo curto, grisalho, liso e tingido de castanho-claro. Pelo sotaque dela, nota-se que ela é do interior do estado.

— É verdade! Já tinha visto! Pensei até que fosse só alguém parecido, mas é ele mesmo. Vem cá, querido! Há quanto tempo! – diz Dona Lourdes, enquanto me aproximo delas. Dona Lourdes também é baixinha, é mais gordinha do que a Dona Eva e tem cabelo crespo, grisalho e armado num coque.

— Tudo bem com vocês?! Faz um tempão mesmo! Até peço desculpas por não ter vindo cumprimentar vocês antes, mas é que, desde que eu voltei, tive tantos pepinos pra resolver que... Eu acabei ficando meio ocupado. – digo.

— Ah, nem te esquenta! – diz Dona Eva.

— É! Não deve ser fácil mesmo, ter toda essa gente inventando boato teu, pra ainda ter quem acredite. – diz Dona Lourdes.

— E vocês não acreditam?! – questiono, e elas se olham rapidamente.

— A gente?! Nós?! Acreditar nessa gente ruim?! – indaga Dona Lourdes.

— Magina! Eu não acredito nessa gente de nariz empinado aí! Essas princesas, tudo aí, se acham lindas demais, mas espera só até elas ficarem tudo veia, que nem a gente aqui! Vão ficar tudo feia! Por dentro e por fora! – diz Dona Eva, fazendo-me rir.

— Era tão bom antes! Os nobres de outros anos eram queridos, tratavam todo mundo bem... Até que vieram esses aí! É tanta coisa ruim que eu escuto eles falando todos os dias, que se eu fosse contar pra alguém... nossa! Deus me livre! Eu sou mandada embora com uma mão na frente e outra atrás. – diz Dona Lourdes.

— Seria uma injustiça, assim como foi comigo. – digo.

— É! Mas a gente sabe que aquilo tudo era mentira! – diz Dona Eva.

— Bom... Fico feliz em ouvir isso. Mas acho que eu vou indo. Talvez não seja bom que vocês sejam vistas... comigo por perto. – digo.

— Ah, isso não é problema. A bruxa da Griselda já se foi. Pediu pra sair mais cedo hoje, pra curtir o feriado. E a gente está só esperando passar o tempo, pra bater o ponto e ir embora, já que está tudo feito por hoje. – diz Dona Eva.

— Ah, ela foi, hein! Mas os monarcas ainda estão aqui, os dez. E eu também tenho que ficar, já que o Hugo quer me ridicularizar na conferência que vai ter hoje às cinco horas. – digo, e elas demonstram que não sabiam de nada. Então começo a me despedir delas, ao falar: — Eu vou passar o tempo na Biblioteca.

Foi muito bom rever vocês. – então dou um abraço em cada uma delas. Elas apenas me dão "tchau" e, em seguida, vou para a Biblioteca.

A Biblioteca da Escola Romanorum é linda, contendo inúmeras estantes recheadas de livros, paredes forradas com madeira muito bem esculpida e todas as mesas e cadeiras também são de madeira, antigas e com muitos detalhes esculpidos. Um ambiente simplesmente maravilhoso, elegante e calmo, que seria perfeito não fosse a cara que nojo que a bibliotecária, Dona Zélia, faz ao me ver. Quem também está aqui, aos cochichos, são a Rainha Aurora e o Príncipe Ulysses, e eu realmente não sei se a presença deles é algo bom ou ruim. Até que, de repente, a Rainha me vê e acena para mim, com um sorriso no rosto; então eu forço um sorriso e aceno de volta. O Príncipe percebe que o meu sorriso é falso e demonstra não gostar disso.

Logo me afasto deles e procuro um dos sofás da Biblioteca para me sentar e dar continuidade à leitura obrigatória da primeira parte do semestre, *O Morro dos Ventos Uivantes*. Normalmente, eu prefiro ler em casa, mas hoje, como eu trouxe o meu livro comigo, eu opto por aproveitar a atmosfera agradável da Biblioteca para ler. Sou bem-sucedido em matar o tempo, pois, de repente, eu vejo no relógio que faltam apenas quinze minutos para o começo da conferência, então guardo o livro na minha mochila e, quando estou saindo da Biblioteca, sou abordado.

– Opa, opa! Onde tu pensa que vai com um livro da Biblioteca?! Quem quer levar livros tem que registrar comigo. Mas isso vale só pros alunos que não são problemáticos que nem tu. Tu não tem o direito de retirar livros daqui. Então pode ir devolvendo isso, ô ladrãozinho! – diz Dona Zélia, que vem vindo na minha direção, sendo ela uma mulher de altura mediana, magra, com os cabelos médios, alisados, oxigenados e muito ressecados. Ela é uma mulher feia, com pele muito pálida e, apesar de não ser tão velha, já tem o rosto cheio de rugas.

– Este livro não é da Biblioteca, senhora. – respondo.

– Como não?! – questiona Dona Zélia, colocando as mãos na cintura.

– Os livros da Biblioteca têm uma identificação, não?! Algo como um carimbo... – digo, tiro o livro da mochila, mostro à Dona Zélia e falo: – E vê... Este livro não tem.

– E como eu vou saber que tu não roubou este livro de algum aluno honesto?! – questiona novamente Dona Zélia. Então, quando eu respiro fundo, já me preparando para responder de um jeito que ela com certeza não vai gostar, Aurora se levanta, vem em nossa direção e intervém.

– Dona Zélia, a senhora não tem vergonha de fazer isso que a senhora está fazendo?! Todo mundo aqui tem o direito de retirar livros da Biblioteca, sim!

Seja o aluno um nobre, um plebeu, um pagante ou um bolsista. E fora que... essa tua acusação, além de ser ridícula, é infundada. E mesmo que ele tivesse feito uma coisa dessas, não caberia à senhora a função de averiguar essa situação. Então... Por favor... volta a fazer o teu trabalho... que é cuidar da Biblioteca... E registrar as retiradas de livros de TODOS os alunos. – diz a Rainha, deixando a bibliotecária zangada.

– Não é à toa que te chamam de defensora dos animais. Só podia ser uma molengona que nem tu pra defender esse lixo aí. Esse projeto de marginal que não vale o chão que pisa... e que ainda me responde! – diz Dona Zélia.

– É claro que ele te respondeu! Tu vem do nada, acusa ele de ser um ladrão de livros... e ainda quer que ele fique quieto?! Ora, faça-me o favor! – diz Aurora.

– Humpf! Por isso que a Escola vai de mal a pior. A tua antecessora ficaria decepcionada em te ver defendendo isso daí. – diz Dona Zélia.

– Eu é que me envergonho da antecessora que eu tive. E respeita ele, porque é o dinheiro dos pais "disso daí" e de todos os outros alunos que paga o teu salário. Sabia?! – responde Aurora, e Dona Zélia apenas se vira para o Ulysses, que ainda está sentado.

– Olha aqui, rapaz! Quando tu assumir o Trono desse Grupo de vocês, aí... é bom que tu seja um Rei de pulso firme. Que coloque essa plebe mal-educada no lugar dela. Porque de defensora de vagabundo... já basta essa palhaça aí! – diz Dona Zélia, fazendo com que o Príncipe fique sem saber onde enfiar a cara, pois ele se sente ainda mais constrangido com a benevolência da Rainha.

– A palhaça poderia muito bem ir te acusar de todas as coisas mais horríveis possíveis por conta dessa afronta. Porque caso Vossa Bizarrice tenha esquecido... a palhaça, antes de ser "defensora dos animais", é uma Rainha. Mas é claro que a palhaça não vai fazer isso. Porque creio eu, isso não é do feitio dela, e porque a senhora, Dona Zélia... sendo alienada e manipulada desse jeito... é digna de dó... e de nada mais. – digo, em defesa de quem me defendeu.

– E se a senhora for reclamar dele na Direção com mentiras... eu faço questão de testemunhar a favor dele. Não tenha dúvida! – diz Aurora, intimidando a bibliotecária.

– Vagabundo ordinário! O que é teu ainda está guardado! Está pensando o quê?! – resmunga Dona Zélia, completamente sem ação. Em seguida, ela começa a falar para que todos os alunos presentes escutem: – É bom todos vocês irem guardando tudo, porque em cinco minutos eu vou fechar a Biblioteca! – e, enfim, ela vai para a sua mesa.

Ulysses apenas fecha o livro que ele estava lendo, estando envergonhado com a situação. Porém, o que mais está fazendo com que ele fique perplexo são os comentários que vêm dos demais alunos aqui presentes. Comentários como "Que Rainha ridícula!", "Defender esse vagabundo aí é demais, né!", "Eu é que gostaria de testemunhar a favor da Dona Zélia!" e "Coitado desse Príncipe! Só passa vergonha quando está com ela!". Há também quem compreenda o meu lado, que fala "Bem que a Dona Zélia mereceu o que ouviu! Olha como ela tratou o cara!" e que é respondido com "Shiu! Fica quieto! Não é bom que te escutem defendendo esse cara aí!". Então, após ouvir o suficiente, eu respiro fundo e me viro para a Rainha.

— Majestade, não é que eu não esteja grato pela ajuda, mas eu sei me defender sozinho dessa gente. — digo.

— Eu sei! É que quando eu vejo algum absurdo desses acontecendo, eu não consigo só ficar sentada e assistindo. Entende?! — responde Aurora, que em seguida se vira para Ulysses e prossegue: — Mas enfim... Vamos indo, Ulysses?! Já está na hora. Ou será que, além de passar vergonha por estar comigo, tu ainda quer passar vergonha por se atrasar?! — ela fala isso, e ele se levanta. Logo ele deixa o livro que estava lendo em cima da mesa e vem em nossa direção. Em seguida Aurora se vira para mim novamente e me faz um convite: — Vem conosco, Leo?! Fiquei sabendo que tu também vai participar da Conferência.

— Se Vossa Majestade está me convidando... eu vou! — respondo, com um tom de deboche, pois ainda não sei qual é a dela. Como não consigo evitar, eu me viro para o Príncipe e lhe pergunto: — Mas, e Vossa Alteza, vais deixar o livro que leste em cima da mesa, assim?! Porque até onde eu saiba, há um lugar certo para colocarmos os livros depois que os lemos, certo?! Nem mesmo um marginal, como eu, tem tamanho desleixo! — e enquanto Aurora ri, todos os outros presentes ficam embasbacados.

— Cala a boca! — responde Ulysses, já irritado.

— Bom... Fazer o quê! — digo, e vou até a mesa em que ele estava, pego o livro e o coloco no lugar correto, que é uma outra mesa. Em seguida, eu, ainda em tom de deboche, pergunto à bibliotecária: — Continua sendo aqui o lugar, não é, Dona Zélia?! — e ao invés de me responder, ela apenas me olha como se eu fosse um criminoso. Então, eu apenas debocho mais um pouco, quando falo: — Acho que isso é um "sim"! Tenha um bom feriado, Dona Zélia. — e acabo deixando-a ainda mais furiosa. Então, eu volto para perto da Rainha e do Príncipe e falo: — Espero que isso não faça com que nos atrasemos, já que agora falta só um minuto. — e quando Ulysses está prestes a responder, Aurora o corta.

— Imagina! A Conferência vai ser aqui do lado, na sede do Reino da Modernidade! Não tem problema nós nos atrasarmos um ou dois minutos, até mesmo porque aquelas peruas vão se atrasar bem mais do que isso. — diz Aurora.

— Aaaaaah bom! Então tudo bem! – digo, ainda debochando. Em seguida, me viro para Ulysses e com o mesmo tom lhe pergunto: — E Vossa Alteza... não vens?! – e ele, relutantemente, se junta a nós.

A sede do Reino da Modernidade fica ao lado da Biblioteca, sendo que a entrada que fica ao lado da porta da Biblioteca é a porta dos fundos, mas, mesmo assim, é por ela que nós entramos. Quando se entra, é possível ver o Trono, que fica bem à direita de quem entra pelos fundos. Aqueles que entram pela porta da frente dão da cara com o Trono, fato este que é estratégico, pois quando os plebeus entram aqui, espera-se que a Rainha esteja no Trono, porque a ideia é que os súditos, logo no primeiro momento, sintam-se intimidados com sua presença. Porém, mesmo que a sala tenha uma função como esta, eu não posso deixar de perceber a sua beleza, pois as paredes são bem decoradas, as cortinas têm as cores do Grupo, os móveis aparentam ser antigos e o Trono, que não se distancia muito do Trono do meu Grupo, também é muito bonito. Olhando a parede à esquerda, é possível ver os retratos de todos os monarcas que este Reino já teve, desde sua gênese. Abaixo do retrato constam o nome dos soberanos e o período em que eles reinaram. Ainda me lembro de alguns dos reis que reinavam na época em que eu havia estudado aqui, há mais de quatro anos.

Entrando na Sala do Trono, nós vamos indo pela direita, passamos pela frente do Trono e seguimos até uma porta, que leva à Sala de Reuniões, onde alguns monarcas já aguardam o início da conferência. Os que já estão aqui são: o Rei Matheus, da Fênix, acompanhado da namorada, Vanessa, que é a Rainha-consorte; a Rainha Giovanna, da Natureza, acompanhada do namorado, Kleber, o Príncipe-consorte; e também a Rainha Keyty, do Rock, acompanhada de seu futuro sucessor, o Príncipe Astolfo. Quanto aos outros monarcas, estes já estão atrasados.

É evidente que todos iriam me receber com olhares de desprezo. E é por isso que eu faço questão de entrar com a cara mais lavada possível, para que eles não percebam o quão desconfortável eu estou. Logo que me sento, começo a me dar conta da atmosfera pesada deste lugar e de como ela tem me afetado desde que entrei aqui. É como se um sentimento ruim, de frustração, viesse à tona. Eu só não sei explicar o porquê.

Como os lugares reservados ao Reino dos Valentes ficam distantes dos do Reino dos Inteligentes, eu tenho de ficar longe da Aurora e do Ulysses, o que só piora a minha angústia. E enquanto ficamos sentados para esperar a chegada do resto do pessoal, temos de fazer um esforço para aturar a pegação dos dois casais aqui presentes. Ainda, o que realmente impressiona é o atraso da Anna Sophia, a anfitriã do encontro, cujo gabinete fica na sala ao lado.

Depois de alguns minutos, a Rainha Anna Sophia finalmente abre a porta do gabinete e se junta a nós, estando na companhia da Princesa Carol, sua futura sucessora. E logo começam a chegar os outros monarcas e acompanhantes, sendo na ordem: Rainha Carlota, acompanhada de sua futura sucessora, a Princesa Gabriela; Rei Fafá, acompanhado de sua futura sucessora, a Princesa Xing; Rainha Wanda, acompanhada de sua futura sucessora, a Princesa Fionna; e a penúltima a chegar é Bella, na companhia da Princesa Juliana, sua possível sucessora. Alguns minutos depois, Hugo finalmente aparece, acompanhado de Walter.

— Ah, que saco, não achei o Leo! Ele vai se ver comigo! Agora, vai ter que ser o Walter mesmo, pra ocupar mais espaço, e... — diz Hugo, que, quando nota a minha presença, faz expressão de zangado, quando começa a me interrogar: — Como que tu te atreve a entrar aqui antes de mim?! Posso saber quem te deixou entrar aqui, sem estar acompanhado de um nobre?! — quando já estou me preparando para responder, Aurora intervém mais uma vez.

— Eu mandei ele entrar comigo. — diz Aurora e, quando Hugo a encara, ela completa: — Eu mandei e ele me obedeceu! Tem algum problema nisso, Rei Hugo?!

— Humm... Nhé... Se foi tu que mandou, não tem problema. — responde Hugo, que olha para o chão por não ter mais o que dizer. Logo ele vira para Walter e fala: — Bom, Walter... Como eu achei o Leo... tu não tem mais nada pra fazer aqui. Pode ficar aí fora, esperando até o fim da reunião... Ou usa a imaginação pra fazer algo útil! Vai!

— Mas, Hugo, eu sou nobre e ele não é. Por favor, deixa eu ficar! Por favor! — implora Walter, até que Hugo, literalmente, o empurra para fora e, quando ele tenta entrar novamente, o Rei fecha a porta rapidamente. Nessa hora, tudo o que ouvimos é Walter dando de cara na porta. Em seguida, começa a choramingar no lado de fora, enquanto grita: — Ai! Ai! Aaaaai! Meu nariz! Ai, ai, ai!

— Aff! Que gordo chato! Só me faz passar vergonha! — diz Hugo, enquanto se senta ao meu lado. E eu, por mais que não goste do Walter, acabo ficando com pena dele. A Rainha Aurora também aparenta não ter gostado. Então, Hugo apenas olha para todos, como se nada tivesse acontecido, e diz: — E então, vamos começar a reunião?!

— Sim, né! Já estava na hora! Credo! É só contratempo aqui! Primeiro foi perda de tempo pra achar esse plebeu, que veio sem nem te avisar. Agora foi que tu teve que colocar o saco de banha pra fora. E como se isso fosse pouco... Agora a gente tem que ficar ouvindo essa baleia-azul choramingando ali fora! Ai que saco! — diz Wanda, fazendo todos rirem, exceto Aurora e eu.

— É verdade, Hugo! Tu tem que colocar mais disciplina nos teus súditos, principalmente nos mais problemáticos, como... Essa coisa aí, que tu trouxe pra nossa nobre Conferência! – diz a Rainha Anna Sophia, e logo todos olham para mim, com os mesmos olhares de desprezo de sempre. Então a Rainha volta a falar: – Enfim! O Rei Matheus e eu convocamos esta Conferência, às pressas, para discutirmos como a Escola vai ser daqui pra frente, já que agora a nossa realidade mudou um pouco, pois, como todos aqui sabem... agora os grupos somam-se em dez, e não mais em oito. Por isso, nós precisamos decidir qual será o lugar desses dois novos Grupos, como serão as relações com esses Grupos e... Claro... o fato de que a formação dos dois novos grupos fez a população dos nossos oito Grupos tradicionais diminuir drasticamente. Essa perda de súditos não está agradando ninguém, nem mesmo a mim.

– É! E temos que conversar também sobre a ideia do Rei dos Inteligentes ficar protegendo os plebeus dele da nossa autoridade. – diz Matheus.

– Ora! Pra surgir dois Grupos novos, é natural que a população dos Grupos antigos diminua um pouco. E sobre eu proteger os meus súditos, bom... o Rei dos Inteligentes sou eu e, por isso, eu decido como os Inteligentes vão viver nesta Escola! E se eu quero que seja assim... assim será! – diz Hugo.

– O problema, Hugo... é que o teu Grupo tem gente demais. Até mesmo pessoas que não têm nem dois neurônios estão no teu Grupo, que tem o nome de "Inteligentes". Isso é um absurdo! Seria a mesma coisa que eu chamar pessoas cafonas pra entrarem no MEU Reino da Moda. Isso não faz sentido, *mon cher*! – diz Carlota.

– É! Nem os Populares têm tanta gente assim! Tu não podia ter aceitado qualquer um. Isso é trapaça! – diz Wanda.

– Trapaça, é?! Eu não sabia que isso era uma competição pra alguém poder trapacear, sendo que eu não tenho culpa se esses plebeus preferiram entrar no meu Reino, ao invés de continuar nos reinos de vocês! – retruca Hugo.

– Mas ela tem razão, Hugo! No meu Reino só entrou gente bonita, já que esse é o padrão do Reino dos Populares. E até se a pessoa não era tão bonita assim, eu ainda dava um desconto, caso ela fosse estilosa. Cada grupo tem que ter padrões e regras. Não dá pra deixar qualquer um entrar. Mas parece que tu não está nem aí pras regras, né! Porque, mesmo sendo uma regra absoluta que somente nobres possam participar das conferências... tu vem e traz um plebeu. – argumenta Bella.

– E não é qualquer plebeu! É o pior de todos os plebeus! – acrescenta Juliana.

– Ah... É que ele é o meu membro de confiança. Aí eu pensei que... se eu trouxesse ele pra essa conferência, né... vocês aprenderiam a respeitá-lo. – diz Hugo, fazendo-se de bobo, e com isso todos riem. Até a Aurora ri e, neste momento, eu realmente fico sem entender se ela riu da mentira do Hugo, ou se riu da minha cara. E enquanto os risos seguem, eu apenas tento segurar a onda.

— Eu?! Respeitar esse verme?! Nem morta! – diz Wanda, logo que se contém.

— Ah, tá, né, Hugo! – diz Keyty, ainda dando uns risinhos.

— Ai, Hugo! Assim eu chego a ficar envergonhada de te ver falando uma asneira dessas. Afinal... Tu já foi meu pretendente a sucessor, né! – diz Giovanna.

— Ai, gente... Socorro! Respeitar esse traste é a mesma coisa que dizer "por favor" e "obrigado" pra uma barata, né! Ai, Hugo... Me poupe! – diz Fafá.

— Convenhamos, né, Hugo! Isso é uma conferência de monarcas. É um ambiente sério. E aqui somos todos adolescentes maduros, que já têm capacidade pra assimilar o lugar certo das coisas. – diz a Princesa Fionna, sendo ela uma menina magra, mas meio cheinha em alguns lugares, como, por exemplo, nas bochechas. Ela tem os olhos castanhos-claros e o cabelo com o mesmo tom, sendo este liso e comprido. A Princesa Fionna é quem ficou no lugar da Princesa Juliana na função de futura sucessora da Rainha Wanda.

— É! Parece que a segunda na linha de sucessão ao Trono das Amazonas... o magnífico Trono de Afrodite... está sendo bem preparada pra ficar no meu lugar e pra depois assumir o teu, hein, Wanda! – diz Juliana.

— Correção... Tu quis dizer a primeira na linha de sucessão, não é mesmo?! Porque desde que tu abandonou o nosso Reino... o teu antigo posto passou automaticamente pra mim. E, sim... desde que eu me tornei Princesa... eu tenho aprendido muito, não só contigo, mas principalmente com a Wanda... Porque ela é a melhor. – diz Fionna, bajulando Wanda e provocando Juliana.

— Ai, 'briguiada... Queridaaaaaa. – responde Wanda, feliz da vida.

— Pode até ser que tu está aprendendo, mas pra dar conta da plebe... tu vai precisar de muito mais pulso do que isso, ô, franguinha! – diz Juliana, e Fionna a encara.

— Deu, Ju! Tu deixou este Grupo pra trás, lembra? Deixa que a Wanda e a Fionna cuidem da plebe delas. E nós cuidamos da nossa. – diz Bella.

— Isso, Ju! Escuta a Bella, que ela sabe das coisas. – provoca Fionna e, quando Juliana está prestes a lhe responder, Ulysses intervém.

— Chega! A gente estava tratando sobre outro assunto, lembram?! – diz Ulysses.

— É verdade, gato! Disse tudo! Estávamos mesmo falando sobre o Hugo ter trazido pra cá... um rato de esgoto. – diz Anna Sophia.

— Ai, gente... Vocês notaram?! Ela falou em gato e rato... E a gente sabe, né... um come o outro. Ai! Jesus! – diz Fafá e, enquanto Ulysses demonstra ficar zangado, Aurora e eu o encaramos, por não termos gostado da piada, os outros riem.

— Cala a boca, Fafá! – grita Ulysses.

— Ui! Que foi?! A masculinidade é frágil, bofe?! — provoca Fafá e, quando Ulysses se prepara para retrucar, Aurora balança a cabeça, como um sinal para que ele não diga mais nada.

— *Très bien*, pessoal! Brincadeiras à parte! — diz Carlota, que logo vira para Hugo, e fala: — E tu, hein, Hugo... *Mon Dieu*... tu viajou, né! — e Hugo a encara. Quanto às expressões em francês *très bien* e *mon Dieu* significam "muito bem" e "meu Deus", respectivamente.

— Ô, Hugo... Mas vai te catar, se tu quer que eu me rebaixe ao nível de ter que respeitar esse rato de esgoto! — diz Matheus.

— Ai, xuxu! Tu fala tão bonito quando tu coloca o lixo no lixo! Por isso que eu te amo tanto! — diz Vanessa, namorada do Matheus e Rainha Consorte da Fênix, com uma voz dengosa. Vanessa é uma menina magra, com curvas, com os cabelos escuros e armados num coque.

— Ah, e eu te amo porque tu é gostosa desse jeito. — responde Matheus, que dá um beijo na boca da Vanessa e logo começa com a mesma pegação de antes, só que dessa vez bem no meio da reunião. Então, quando todos começam a reclamar, eles se largam um pouco.

— Eca! — cochicha Hugo no meu ouvido.

— De acordo, Majestade! Fazer essas vozes dengosas chega a ser ridículo. — digo, no tom formal e debochado de sempre, que o Matheus acaba ouvindo.

— Tu acha ridículo, é?! Humpf! Tu só está é com inveja, porque eu sou um garanhão que consegue pegar uma gata gostosa dessas... E tu é só um verme, que, se pegar um resfriado, já vai ser muito. Admite, tu queria ter esse troféu pra ti! Não queria?! — Matheus me questiona, sendo que o "troféu" em questão é a Vanessa.

— Essa retardada aí?! Ah, não, muito obrigado. Dispenso! — respondo, já cansado de ouvir tantos desaforos.

— Como é que é?! Tu quer apanhar?! — indaga Matheus, furioso.

— É isso mesmo! Porque se for pra arranjar namorada... que seja uma que tenha mais do que dois neurônios. — completo e, quando Matheus está prestes a abaixar mais o nível, Vanessa o cutuca.

— Xuxu... Ai... O que é isso... Erm... Esses neu... Neura... Neurotômicos... Erm... Ai... Essa palavra aí que ele falou?! — pergunta Vanessa ao namorado.

— Ele disse "neurônios", gostosa! E... Como isso é algo que te falta... e muito... nem vai adiantar eu te explicar. Então só fica quietinha, tá! — responde Matheus, que a essa altura parece já estar até concordando comigo.

— Tá! Tá bom! — responde Vanessa, enquanto todos na sala demonstram sentir vergonha alheia pela burrice dela.

— Podemos seguir com a reunião?! Por favor! — intervém Anna Sophia.

— Claro que podemos, é só tirar esse plebeu horroroso daqui, e pronto! A reunião vai poder seguir perfeitamente. — diz Juliana.

— Nisso eu concordo com a Ju! — diz Fionna, em tom de seriedade.

— Bom... Sobre ele ser horroroso... aí eu já discordo! Ele até que é bonitinho e jeitosinho... É só dar uma ajustada aqui e ali... E pronto! Fica quase um príncipe! Quase! — diz Carlota, fazendo com que todos fiquem sem ação, sendo que até mesmo Aurora fica impressionada com o elogio que ela me faz. Então Carlota volta a falar: — Que foi, gente?! Só estou fazendo uso dos meus conhecimentos sobre beleza humana. E bonito ele até é. O que não ajuda é o fato de ele ser plebeu e marginal, mas é só isso.

— Ai, sabe que agora, vendo melhor, eu até concordo contigo, miga! E sendo um marginal... ele até que ganha um charme a mais! — diz Fafá, praticamente dando em cima de mim.

— Âmmm... Obrigado, majestades! — digo, meio sem jeito. Então respiro fundo, olho para o Fafá e falo: — Agora, erm... Rei Fafá... Eu acho que seria melhor o senhor arranjar alguém que jogue no mesmo time que o de Vossa Majestade, sabe! O senhor seria melhor correspondido.

— Putz! Não basta ser plebeu e marginal... Agora o Fafá quer transformar ele em veado também. Aí, sim, vai ser um desastre total! — diz Matheus.

— Olha aqui, ô, seu babaca preconceituoso... Eu não vou tolerar que tu fale comigo desse jeito, tá! — diz Fafá, que, muito irritado com Matheus, ainda o questiona: — Tu me despreza só porque eu sou *gay*, né?! Qual que é o teu problema?! O que foi que os *gays* te fizeram pra que tu nos odeie tanto?!

— Talvez o senhor mesmo possa responder isso, Majestade. Porque o senhor odeia a mim e aos outros plebeus só por nós sermos plebeus. Talvez, o motivo pelo qual o Rei Matheus te odeia tanto, só por tu ser *gay*... Seja o mesmo! — digo.

— Vocês ouviram isso?! Ele está dizendo que porque eu sou *gay*, eu estou no mesmo patamar dos plebeus. — diz Fafá, distorcendo tudo o que eu falei. E em seguida, ele ainda acrescenta: — Olha... Eu retiro tudo o que eu disse sobre ele ser bonito, tá!

— Ô, Fafá, segura a franga aí! Porque não é pra tanto! — diz Hugo, também debochando da homossexualidade do Fafá.

— CHEGA! Ai... Nunca fui tão humilhado na minha vida. Eu vou embora daqui! Não tem acordo! Ai... Se o Hugo quiser o meu apoio pra qualquer coisa, ele vai ter que mandar esse plebeu ridículo aí embora. Se não, eu não vou apoiar nada que venha do Hugo. Tá! Pronto, falei! — diz Fafá, que, já se levantando para ir embora, fala à sua acompanhante: — Vamos embora, Xing! Vamos aproveitar o nosso feriado, que a gente ganha mais.

— Ai, finalmente! — diz a Princesa Xing, sendo ela uma menina bonita, magra, com curvas e de estatura baixa. Não só pelo nome dela, mas principalmente por causa de seus olhos puxados, percebe-se que Xing é descendente de chineses. Então a Princesa Xing acompanha Fafá em direção à saída, e quando ouvimos a porta abrindo, Xing fala: — Nossa, Walter... Tu ainda está aqui?!

— Tô! E daí?! Algum problema?! — responde Walter, com a mais pura grosseria.

— Credo! — exclama Fafá, que não perde a chance de provocar Walter, quando fala: — Ai, amore... Tu ainda está esperando pelo Hugo na porta... feito um cachorrinho abandonado?! E só pra esperar a carona do papi dele?! Por que tu não dá um outro jeito de ir pra casa?! Pega um ônibus, um táxi... Sei lá! Ou aproveita que tu já é redondo e vai pra casa rolando. Eu hein! Haja sangue de barata pra ter tão pouco amor próprio assim.

— SAI DAQUI, Ô, BICHA LOUCA! ME DEIXA EM PAZ! — berra Walter.

— Ai! Não precisa jogar pedra! Ui! Fui! — grita Fafá, enquanto corre.

— Que gordo maluco! — grita Xing, também fugindo da ira do Walter.

— Ai, gente! Vocês deveriam tratar melhor o Fafá! Porque, sabe, ter um amigo *gay* é tão legal! Os dois, metidos a machões aí deveriam experimentar. — diz Carlota.

— De jeito nenhum! — diz Matheus.

— Ela falou isso pra mim também?! Ué! Eu não falei nada pra bicha. — diz Kleber, namorado da Giovanna, e Príncipe Consorte da Natureza. Kleber é um rapaz de porte atlético, alto, louro, e os olhos com tom castanho-claro.

— Não falou nada hoje, né, *mon cher*! Mas nas outras vezes... — diz Carlota.

— Ah, eu falo o que eu quiser. Até mesmo porque sem o veado aqui, o ambiente da sala até já melhorou. Agora só falta mandar o plebeu embora e... aquela neguinha ali! Aí sim! — diz Kleber, referindo-se a mim e à Keyty.

— Ah é?! Pois então a neguinha aqui vai apoiar a iniciativa do Hugo de proteger os plebeus dele. Não vou fazer igual, mas vou apoiar. Engole essa, ô, seu racista! Porque a neguinha aqui tem muito orgulho de ser neguinha. E não vai sair daqui só porque tu quer! — diz Keyty.

— Eu também apoio a iniciativa do Hugo. — diz Aurora.

— Ah, não tinha como ser de outro jeito! Vindo da defensora dos animais. — provoca Matheus.

— E tem mais. Eu estou até pensando em fazer igual! — acrescenta Aurora.

— Ah, mas nem pensar, que tu também vai proteger aqueles teus súditos, que estão mais pra um bando de zé-roela! — diz Keyty.

— Dobra a língua antes de falar dos meus súditos! E outra... Tu mesma já declarou apoio à decisão do Hugo, então... Porque seria diferente comigo?! — indaga Aurora.

— Tenho os meus motivos! – responde Keyty.

— Eu não apoio! Porque se mesmo os meus súditos, que são os mais perfeitos da Escola, não têm proteção... os Inteligentes também não podem ter. – diz Bella.

— Desculpa, Hugo, mas eu também não apoio. – diz Carlota.

— Eu também não apoio. – declara Anna Sophia, que logo pergunta: – E então, mais alguém já se decidiu?!

— Em respeito aos velhos tempos e ao fato de o Hugo ter sido parte da minha corte, eu vou apoiá-lo. Mas só por isso mesmo. – diz Giovanna.

— Ai, eu ainda estou pensando. – diz Wanda, que fica enrolando uma mecha de cabelo e, quando percebe que a sua garrafinha está vazia, fala: – Humm, não consigo pensar direito quando a minha boquinha fica sequinha. Preciso de alguém pra encher a minha garrafinha. – ela faz beicinho, olha para mim e, de um jeitinho dengoso, me pede: – Sorte a minha que tem um plebeu aqui na sala! Enche pra mim, Leo?!

— Que encher garrafinha o quê, Wanda! Imagina se ele abre a porta, e o Walter aproveita pra entrar! Quero ver tu tirar aquele entulho daqui depois! – diz Juliana.

— É, Wanda! Espera até o final. Já não basta o plebeu... E tu quer que a gente tenha que aturar o balofo também?! Tudo bem que o Walter é nobre e tal... Mas é que ele é um saco também! – diz Anna Sophia.

— É que eu quero tomar a minha aguinha agora. – diz Wanda, que logo vira para mim e, já em tom mais arrogante, ordena: – Vai pegar água pra mim, vai!

— Pega tu! – respondo e, claro, acabo irritando a maioria dos nobres.

— Como é que é?! Se tu não me obedecer, eu juro que eu faço com que tu perca a tua bolsa. Aí eu quero ver! – me ameaça Wanda, achando que eu sou bolsista.

— Que bolsa o quê! Os pais dele pagam as mensalidades escolares com o dinheiro do tráfico. – diz Matheus, que vira para mim e me pergunta: – É só por isso que tu está aqui, né, ô, desgraçado?! – então, já ofendido, eu apoio a minha cabeça no meu braço direito e encaro o Rei da Fênix.

— Talvez seja isso mesmo! E se os meus pais pagam as minhas mensalidades com dinheiro do tráfico, a tua mãe paga as tuas mensalidades com o dinheiro que ela ganha... rodando a bolsinha. – respondo, deixando todos estáticos, pois ninguém acredita que eu realmente cheguei a esse ponto. A única que gosta da minha resposta é Aurora, que coloca a mão na boca para segurar o riso.

— Ai, xuxu! Então é verdade mesmo?! – questiona Vanessa, que, por não ter entendido que estamos apenas trocando provocações, acaba colocando Matheus numa situação complicada, pois todos na sala fazem expressão de espanto e de deboche.

— CALA A BOCA, VANESSA! — grita Matheus, furioso.

— Parece que eu plantei verde... E colhi maduro. Quem diria! — digo.

— Agora sim! — bufa Matheus, que se levanta e começa a vir na minha direção, enquanto berra: — É AGORA QUE EU MATO ESSE DESGRAÇADO! — ele vem, querendo me espancar, mas é seguro pelos Príncipes Ulysses e Kleber.

— Que que é isso, meu?! Tu vai te rebaixar ao nível dum lixo desses! Te controla! — diz Kleber.

— É! Tu não vê que ele está rindo da tua cara?! — diz Ulysses, que descreve a intenção do sorriso que faço, enquanto encaro os três marmanjos.

— Tá! — diz Matheus, fazendo os amigos o soltarem. Em seguida, ele encara Hugo e, de forma firme, fala: — Eu não toco nele então! Mas esquece o meu apoio, Hugo! Porque eu só vou respeitar o teu grupinho quando tu parar de proteger esses plebeus desgraçados e colocar esse lixo naquele novo cargo que tu mesmo criou... O cargo de escravo de confiança. — logo ele vira para Vanessa e lhe ordena: — Vambora, amor! A gente não tem mais o que fazer aqui! — ele vai indo embora e Vanessa o segue, mas não sem me encarar com expressão de nojo.

— A gente também vai indo. Porque não dá mais pra aguentar ter que respirar o mesmo ar sujo que esse plebeu aí! — diz Wanda, que se levanta junto com Fionna.

— Tchau, gente! Até segunda! Feliz Páscoa! — diz Fionna.

— Ai, siiiiiim... Feliz Páscoa, bom feriado! E que o coelhinho seja bem generoso com todos. Menos com o plebeu, é claro! Então... 'Té mais, gente! — diz Wanda, que logo é correspondida com vários "igualmente". E por fim, antes de sair da sede com Fionna, diz uma última palavra, que é — 'Briguiada!

— Então, Hugo... A maioria dos monarcas não te apoia! Eu acho que, pra evitar problemas, tu vai ter que cumprir os nossos termos. Tu vai ter que retirar a proteção a favor dos plebeus Inteligentes e destituir o teu... Á... Membro de confiança. — diz Anna Sophia.

— Essa reunião foi só pra isso, né?! Vocês querem me obrigar a fazer o que eu não quero. Pois então, eis a minha resposta: NÃO! Eu não vou fazer o que a maioria quer. Até mesmo porque eu tenho o apoio de três monarcas, bem mais do que eu esperava. — diz Hugo, de forma firme, o que acaba deixando Anna Sophia irritada. Em seguida, começa a encerrar a reunião, ao falar: — Então é isso! Acabou a Conferência. E tudo continua exatamente como estava antes dela. Hah! — então Hugo fala comigo: — Viu só, como eu sou bondoso?! Enfrentei todos eles pra poder te manter no teu cargo e pra continuar protegendo o resto de vocês. Não precisa me agradecer. Mas nós também não temos mais o que fazer aqui. Vamos indo!

– É, vão! Vão mesmo! – grita Juliana, muito zangada, enquanto saímos da Sala de Reuniões, passamos pela Sala do Trono e saímos da sede. Assim que saio daquele lugar, aquele sentimento ruim que tive, logo que entrei, misteriosamente desaparece, e eu finalmente consigo respirar aliviado.

No lado de fora, vemos Walter, que, por causa da pancada que levou e por ter chorado muito, ficou com o nariz e os olhos vermelhos. Dessa vez não fico prestando atenção no coice que Hugo dá em Walter, pois, sem querer perder mais tempo, vou telefonar para o meu pai vir me buscar. Depois, enquanto espero a minha carona, eu acabo ficando na companhia da dupla dinâmica. Walter fica me encarando com expressão de nojo e Hugo não consegue tirar o sorriso de satisfação do rosto, pois hoje ele não apenas conseguiu um apoio maior do que esperava, como também se divertiu, vendo os outros nobres me desprezando de todas as formas. Então, eu apenas fico sério, fazendo de conta que nada me afeta, pois não quero dar mais um prazer a eles.

Minutos de depois, o resto do pessoal que ficou na sala vai embora, e ficamos apenas Hugo, Walter e eu. Nessa hora, me dou conta de que estamos nós três juntos, como nos velhos tempos, e que, se os nossos caminhos não tivessem se divergido tanto, talvez tudo ainda poderia ser como antes e nós poderíamos estar conversando numa boa, como os bons amigos que já fomos um dia. Porém, devido à triste e atual realidade, eu sequer consigo olhar nos olhos dos dois por muito tempo e é por isso que, no momento em que vejo o carro do meu pai adentrando o estacionamento da Escola, eu me levanto rapidamente e vou até ele, dizendo apenas "Tchau!" para os dois. Quando entro no carro, tudo o que eu tenho em mente é que sobrevivi àquela conferência infernal e que finalmente estou indo embora. Estou indo para casa.

CAPÍTULO XVI

Diplomacia Fracassada

Passei o feriado de Páscoa inteiro sem me comunicar com ninguém da Escola; foi muito bom, pois pude passar três dias inteiros completamente longe dos problemas e de tudo o que diz respeito a esse lugar. Porém, agora que a folga acabou, é hora de voltar a encarar a realidade.

Hoje é segunda-feira, 24 de março, uma manhã ensolarada, com temperatura amena, em torno dos 18°C. Ao chegar à Escola, vejo novamente a Dona Griselda guardando a porta de entrada do prédio, pois hoje haverá mais uma cerimônia, coisa essa que já está se tornando repetitiva e chata. Então, mais uma vez, eu resolvo fazer uso do meu cargo de membro de confiança para poder passar pela Dona Griselda. Dentro do prédio, eu dou uma parada para ler o jornal e acabo tendo um espanto ao ver a minha cara na primeira página.

O título da manchete é "PLEBEU TRANSFORMA CONFERÊNCIA DOS MONARCAS NUM DESASTRE" e o subtítulo é "Indevidamente, o Rei dos Inteligentes chamou o seu membro de confiança, plebeu, para participar da Conferência, na qual somente nobres poderiam participar. Como já era de se esperar, o resultado disso foi um grande estardalhaço." No texto da manchete, o pessoal do jornal faz parecer que o fato de Hugo ter mantido a proteção sobre os próprios súditos foi uma derrota imensurável para a Escola e para todos os alunos. E a única coisa boa disso tudo é que a foto minha que escolheram, pelo menos, é decente.

Termino de ler, sigo em direção à minha sala de aula, deixo a mochila e sigo para o Ginásio. Quando já estou a caminho, não demora muito até que eu perceba olhares tortos sobre mim e, ainda, comentários como "Ih! É ele!", "Esse cara só vai nos causar problemas!", "Desgraçado! Ainda se atreve a dar as caras por aqui!" e "Cai fora daqui!". Fico sem entender o porquê de ouvir tantos comentários, logo hoje, que a maioria dos alunos nem teve acesso às manchetes mentirosas e exageradas do jornal. Mesmo assim, eu finjo não ouvir nada, apenas ajeito os meus óculos escuros e sigo caminhando. Dentro do Ginásio, quem eu vejo, logo de cara, são as meninas Ávalon, Stella e Mandy, que, logo depois dos cumprimentos, já começam a me encher de perguntas referentes à Conferência.

— E aí, Lion, como é que foi a Conferência?! Eu fiquei sabendo que tu fez aquele negócio virar do avesso. – me pergunta Ávalon.

— É mesmo verdade tudo aquilo?! – pergunta Mandy.

— Bom... Antes de qualquer coisa... Como que vocês, e um monte de gente, sabem disso... Sem nem terem entrado no prédio pra ler o jornal?! – questiono.

— Ah, é que não se fala de outra coisa. A Ávalon e eu ouvimos um pessoal falando sobre isso e, ainda... Que tinha uma cópia na Secretaria também. Aí a gente foi lá ver. E... Bom, nem preciso dizer que a história já se espalhou, né! – conta Stella.

— É verdade! Tem cópia do jornal na secretaria também. – digo.

— Mas fala aí. O que foi que rolou lá?! – pegunta Ávalon, curiosa.

— Fora que tu nem nos contou nada, sobre tu ter sido convidado pra Conferência! Humpf! Fiquei magoada. – diz Mandy.

— Olha, o negócio não foi beeeem do jeito que está no jornal. E... Eu só não contei nada porque não tinha necessidade de envolver vocês nisso e, também... pra não ficar pensando naquilo o dia todo, porque o que eu recebi não foi um convite, foi mais uma intimação vinda do... do... – digo, olho em volta e, quando me certifico de que Hugo não está por perto, prossigo: – Do Hugo! Nosso "amado" Rei! Argh! Não pensa que foi fácil engolir aquele monte de desaforo!

— Eu sei! Eu só estava brincando, Leo. Não deve ter sido nada fácil mesmo, porque, sem sombra de dúvida, aqueles reis metidos devem ter te esculachado. E tu teve que fazer o possível pra segurar a onda, pra não dizer pra eles tudo o que eles mereciam! – diz Mandy, compreensiva.

— Pois é! E mesmo assim, ele ainda é pintado como um demônio. E os nobres, como sempre... são pintados como os justos injustiçados, que foram impiedosamente ofendidos. – diz Stella, que vira para mim e fala: – Eu até sei o porquê de tu ainda aguentar isso, mas se eu estivesse no teu lugar, eu já teria mandado essa gente... àquele lugar... Há muito tempo! Mas...

— Mas olha só, se não é o nosso aniversariante. – diz Ávalon, que, assim que vê o Sid, corta completamente a Stella.

— Ah, é verdade! Parabéns, ô, coisa gorda! – diz Stella, de forma carinhosamente debochada, e logo Sid dá um abraço nas duas.

— Valeu! – diz Sid, muito feliz.

— Hoje que é o teu aniversário, Sid?! – pergunta Mandy.

— Ahã! Ele está fazendo quinze aninhos! – responde Ávalon.

— É! E a gente vai querer festa de quinze anos, hein! Com vestidos, valsa e tudo mais! – brinca Stella.

— Ah, pode esperar sentada! – responde Sid, também entrando na brincadeira.

— Droga! Eu não sabia! Porque, se eu soubesse, eu teria comprado um sutiã pra te dar de presente. Ainda mais que é quinze anos, né! — diz Mandy, fazendo todos rirmos.

— Valeu, Mandy! E quando que vai ser o teu?! — pergunta Sid.

— Fevereiro! Já foi! — responde Mandy.

— Então vou deixar pra te dar no ano que vem... Porque no meu quarto tem um espelho todo quebrado, que eu estou querendo me desfazer, mas que ainda pode ser útil pra ti. Que como o espelho já está quebrado e calejado... não vai ter risco dele se estourar todo quando refletir essa tua cara feia! — diz Sid, achando ter respondido à altura.

— Tá, mas... Se o espelho já está todo quebrado, é porque ele já refletiu a cara feia de alguém, né! E como o espelho está no teu quarto... ele só pode ter refletido a cara de certa pessoa... Hummmmm! — diz Mandy, enquanto olha fixamente para o Sid.

— Te ferra, Mandy! — diz Sid, dando-se por vencido, enquanto todos rimos.

— Mas, enfim, brincadeiras à parte... — diz Mandy, que vai até Sid, o abraça e lhe diz: — Mesmo sem esses presentes, eu te desejo tudo de bom, muita saúde e muitos anos de vida! — e em seguida, Ávalon e Stella fazem o mesmo.

— Parabéns, Sid! — digo, dando-lhe um aperto de mão. Enquanto eu faço a minha congratulação, Walter se aproxima de nós e corta completamente o clima agradável.

— Como vão, plebeus?! Vocês sabiam que o meu aniversário cai nessa semana também?! — indaga Walter, com sua típica expressão de nojo. Com isso, nós ficamos nos entreolhando, sem dizer nada. Em seguida, ele prossegue: — Vocês deveriam estar dando os parabéns pra mim, e não pra esse plebeu cheio de teta aí! — ele fala e todos voltamos a nos entreolhar, até que Mandy resolve dizer o que Walter merece ouvir.

— Cheio de teta?! Olha quem fala! — diz Mandy e, quando Walter está prestes a confrontá-la, Stella intervém.

— E por acaso seria na data de hoje o aniversário de Vossa Alteza? — pergunta Stella, de forma formal e debochada, tal como eu normalmente faço.

— Não! Vai ser no sábado, dia 29! Mas mesmo assim, vocês deveriam já estar comem... — fala Walter, até ser interrompido por Stella.

— Ah, bom! Então se o vosso aniversário é no sábado, Vossa Alteza que nos convide para vossa festa, para que nós o felicitemos lá. Pode ser assim?! Porque hoje não vai ter. Já que hoje... é o aniversário do Sid, e não o teu! — diz Stella.

— Eu jamais convidaria plebeus pra ir no meu aniversário! — responde Walter.

— Então vais ficar sem ter as nossas felicitações, Alteza. — finaliza Stella.

— Me contaaaaram... que o teu apelido é Branca de Neve do Inferno! Só uma criatura do inferno mesmo pra ter a audácia de responder a um Príncipe desse jeito! Humpf! Cruz credo! – diz Walter, que faz o sinal da cruz e, em seguida, faz uma ameaça, dizendo: – O Rei vai ficar sabendo disso! E vai ser zé-fini pra vocês! ZÉ-FINI! – e, enfim, ele se afasta de nós e se dirige às cadeiras reservadas para os nobres.

— Ué... Ele vem reclamar que não é ele que está recebendo as felicitações e aí, quando a pessoa se oferece pra dar as felicitações pra ele, ele não quer receber nada que venha de plebeus. Não entendi essa! – comenta Ávalon.

— Nem era pra entender mesmo, Ávalon. Esse cara é louco e não perde a chance de se exibir por ser um Príncipe. Bom, também né... É só isso o que ele tem na vida. Já que ele vendeu a alma em troca das caronas que o pai do Hugo dá pra ele. – diz Sid.

— É! Ele deve ter vendido a sanidade mental, também, no pacote. – completa Stella, fazendo-nos rir. Logo a sirene soa e a Dona Hortência já começa a dar início à cerimônia. Então Stella fala: – A Dona Hortência chegou. A gente continua depois. – e todos nos acomodamos para ouvirmos a Diretora.

Realmente, a Coroação da Rainha dos Populares não tem nada de especial, ou seja, não há nada de muito diferente da Coroação do Hugo. Tudo o que acontece são vários discursos, a Rainha recebe seus adornos, incluindo a Coroa, depois os outros nobres são chamados e também recebem os seus adornos oficiais. E após mais alguns discursos, todos vão para a esplanada de mastros, para ouvirmos o Juramento da Rainha perante a Bandeira do Reino dos Populares, sendo que o juramento é quase igual ao do Hugo, com algumas poucas palavras alteradas.

Depois disso, finalmente seguimos para as salas de aula, sendo que a minha turma, como manda o cronograma, tem aula de Inglês, com a Professora Bel. Quando chegamos à nossa sala, a Professora já começa a passar matéria.

— *Good morning, guys! Did you have a nice holiday*?! – Bom dia, pessoal! Tiveram um bom feriado?! é o que diz a Professora Bel, que já começa a apresentar uma nova matéria, ao falar: – Espero que o feriado tenha sido muito bom e relaxante pra todos vocês, porque hoje mesmo nós vamos entrar mais a fundo no *Past Tense*! Então, eu quero que vocês prestem muita atenção, porque essa matéria cai na prova. E a prova vai ser daqui a duas semanas, ou seja, nós só temos hoje e mais a aula da semana que vem para analisarmos esse conteúdo juntos. E olha que hoje nós já tivemos um belo de um atraso. Portanto, prestem a atenção e estudem, porque depois eu não quero ver choradeira de quem foi mal na prova. *Okay! Well, let's go*! – ela termina de falar, sendo que a última frase significa: Bem, vamos lá!.

A aula de inglês segue muito bem, com a Professora Bel explicando e dando vários exercícios. E a aula segue, sem que possamos notar o tempo passando, e, quando vemos, a sirene soa, anunciando o fim desta aula. Quando a Professora Bel se despede e dá lugar à Professora Cláudia, nós temos uma surpresa durante a troca de períodos, porque a Dona Griselda e a Dona Walkiria entram na nossa sala.

– Bom dia a todos. Eu tenho um comunicado muito importante para fazer. Prestem a atenção. – diz Dona Griselda, que logo volta a falar: – Como todos sabem, nesta quarta-feira, dia 26 de março, é o aniversário de 236 anos de Porto Alegre. E em homenagem a esta data, nós realizaremos uma excursão por alguns pontos históricos da cidade. Iremos com vocês, a Professoras Victória, a Professora Lisandra e eu. Portanto, a Dona Walkiria vai passar e vai entregar pra vocês um documento de autorização, que os pais ou os responsáveis de vocês deverão assinar. Nesse documento consta o valor que cada um precisa trazer e, quem não trouxer o dinheiro com o documento assinado até amanhã, não vai ter outra chance de ir ao passeio.

Enquanto a Dona Walkiria entrega os papéis, a Professora Cláudia fica apenas esperando, em pé, para poder fazer o seu trabalho. Como não podia ser diferente, Dona Griselda, após falar, também fica em pé, estacionada em frente ao quadro, e nada mais faz. Quando a Dona Walkiria entrega os documentos para mim e para os meus aliados, eu percebo, no momento em que ela olha para mim, uma expressão terna, o que torna claro o fato de que essa mulher não me odeia. Isso coloca uma pulga atrás da minha orelha, pois fico querendo saber o que ela pode saber. Depois de afastar-se de nós, a auxiliar administrativa vai fazer a entrega à dupla Paskes e Vanette, o que deixa as duas um tanto eufóricas. Neste mesmo momento, Nina me explica, aos sussurros, que as duas bobonas adoram a Dona Walkiria, por ter ela uma paciência quase que infinita para ouvir todas as besteiras delas.

Quando a entrega termina, a Dona Griselda nos relembra da reunião de pais e mestres que será hoje à noite e, após algumas reclamações dos nobres, ela vira para a Professora Cláudia e agradece, de forma áspera, por ela ter cedido o tempo de sua aula. Depois disso, as duas funcionárias saem e, finalmente, a aula de Matemática começa e segue até o fim, sem qualquer outro tipo de problema ou interrupção. Quando a sirene soa, todos saem para o recreio e se dirigem às suas áreas. Meus aliados e eu fazemos uma pequena comemoração para o Sid, apenas com felicitações e com a tradicional música de "parabéns". A comemoração é sem comes e bebes, pois ninguém veio preparado. E tudo segue muito bem, até que a chegada de uma multidão furiosa põe fim à nossa alegria.

Os manifestantes são pessoas de todos os outros nove Grupos, que, impulsionados pelos absurdos expressos no jornal, vêm exigir que o Rei dos Inteligentes me expulse da Escola e que retire a proteção dada aos plebeus Inteligentes. Muitos deles estão com sangue nos olhos, furiosos por saberem que neste Grupo há uma coisa que não existe em seus Grupos. Dentre as frases que vêm da multidão, é possível ouvir "Se a gente não tem proteção, os Inteligentes também não vão ter!", "A Conferência foi um desastre por culpa daquele filho da mãe, que voltou pra Escola!", "O Rei dos Inteligentes tem que expulsar esse vagabundo o quanto antes!", "Expulsa ele logo! A gente não merece conviver com esse verme!" e "Esse lixo só vai causar problemas; seria bom se alguém matasse ele duma vez!".

É claro que muitos se assustam em ver tanta gente raivosa ao mesmo tempo. Quanto aos plebeus Inteligentes aqui presentes, é possível perceber as mais variadas reações, pois há quem me defenda, há quem queira me jogar aos leões e há quem apenas quer que o Hugo se livre de mim o quanto antes, para que assim, talvez, os outros nobres parem de exigir que ele retire a proteção aos plebeus.

– Viu só! Por culpa tua a Escola inteira nos odeia! – me diz Rebecca.

– Te entrega pra eles duma vez, pra que eles não venham pegar a gente. Tenta pensar no bem dos outros, só uma vez na vida. – completa Maria Judith.

– É! Vai lá, vai! Se te matarem, tu não vai fazer falta. – me diz uma plebeia.

– Se tu não for, eu mesmo te mato e te dou pra eles. – diz outro plebeu.

– Se vocês quiserem fazer qualquer coisa com ele, vão ter que passar por mim, ô bando de imbecis! Quero ver vocês irem se entregar pra essa multidão de malucos alienados. Vamos ver se vocês gostam! – diz Daniel.

– Vão ter que passar por mim também! – diz Ophélia.

– E por mim! – diz Mandy. E nessa hora, uma enorme discussão começa a acontecer dentro da nossa área. Tanto tumulto faz com que Hugo saia da sede.

– Chega! Cala a boca todo mundo! – grita Hugo, sendo bem-sucedido em silenciar a todos. Segundos depois de ver que os ânimos se acalmaram um pouco, ele, já irritado, começa a andar pela área comum, entre os plebeus.

– Majestade, por favor, retira essa proteção que tu deu pra nós. A gente não precisa disso! Não é justo com essas pessoas todas. E manda esse estrupício embora! Por favor! – implora Rebecca, ganhando o apoio de algumas pessoas.

– Não tira a proteção, nada! Só se livra do marginal, aí, e já era! – diz outro plebeu, iniciando mais uma discussão.

– Será que ninguém entende o significado de "CHEGA", "BASTA", e de "CALEM A BOCA"?! – grita Hugo novamente, aproximando-se mais dos manifestantes. Em seguida, em alto tom, ele fala: – O Rei dos Inteligente sou eu! E, portanto, quem decide manter, ou deixar de manter proteção sobre os

MEUS súditos, sou EU, e não os reis de vocês. Quem decide quem é o meu membro de confiança, e quem deve, ou não, ser expulso... Sou EU! Então, ou vocês param com essa baderna, agora, ou eu falo com a Direção pra mandar TODOS vocês embora. Porque, diferente dos meus súditos, vocês não têm proteção alguma e, por isso... EU POSSO FAZER UMA SOLICITAÇÃO DESSAS! NÃO TENHAM DÚVIDAS! E então?! Alguém ainda quer pagar pra ver?! – ele termina de falar, e logo a multidão começa a se dispersar, ficando muito clara a expressão de medo no rosto da maioria das pessoas. Assim que o tumulto passa, Hugo volta para dentro da sede.

– Não sei o que tu respondeu pros nobres, mas por culpa tua, a Conferência não deu certo. A Conferência foi um desastre completo. E a prova disso é o que acabou de acontecer hoje. E agora?! O que tu vai fazer pra consertar o que tu fez?! – me questiona Maria Judith, tendo o apoio da Rebecca e de algumas outras pessoas.

– Vocês acham mesmo que a Conferência foi ruim pra nós?! – pergunto.

– É óbvio que foi! Olha o que acabou de acontecer! – diz Rebecca.

– Pois é! – digo, faço uma pausa e começo a me defender: – Vocês só não perceberam que enquanto o Rei mantiver a nossa proteção, vai ser uma coisa muito boa pra todos nós. E que esse pessoal tão indignado e cheio de inveja... pra não dizer que é um pessoal alienado pelo Jornal da Escola... ao invés de irem lutar por mais direitos pra eles... dentro do grupo deles... Bom... Eles simplesmente preferem vir aqui pra tentar se meter na nossa vida e fazer a gente perder o que a gente já tem.

– Mesmo assim... Eles estão no direito deles de reclamar. Porque, realmente, não é justo que só a gente tenha uma proteção que os outros não têm. – argumenta Rebecca.

– O que não é justo mesmo... É que os nobres nos maltratem e a gente não possa fazer nada. Isso sim é algo que eles deveriam estar reclamando... Mas com a Direção e com os nobres deles. Não com a gente. – diz Ophélia, já calando a boca de muitos.

– Entendam uma coisa... a ideia de manter a nossa proteção só é ruim pros nobres dos outros Grupos, que não vão mais poder ter o prazer de nos humilhar! Só que como o Jornal da Escola está do lado deles, eles dizem que a Conferência foi um fracasso total. Mas a verdade é que o fracasso foi só deles, dos nobres, que não conseguiram o que queriam. Nós saímos vitoriosos nessa. Agora... se vocês estão achando que as coisas que eu respondi praquela gentalha foram o fim do mundo... bom... eu só gostaria que vocês se colocassem no meu lugar... por um instante... e tentassem aguentar tudo o que eu aguentei naquela reunião. Queria ver quantos sairiam de lá com a cabeça erguida. – digo, e, por fim, a multidão se cala, porque, por mais que a maioria me odeie, não são tão burros a ponto de não ver sentido nas minha palavras.

— Vocês confiam demais no Jornal da Escola e não entendem que estão sendo vítimas de uma grande lavagem cerebral. Humpf! Acordem! – acrescenta Laerte.

O que dizemos faz com que o pessoal mais neutro fique pensativo e com que os meus inimigos apenas se aquietem, pois todos ficam sem palavras. A área fica mais silenciosa até o fim do recreio. Quando a sirene soa, todos voltamos para as salas de aula e, já em horário de aula, a Professora Victória reserva um tempo da aula dela para falar um pouco sobre o passeio que faremos na quarta-feira, no qual ela também estará. No último período da manhã, o Professor Wenceslau dá sua aula de Português, sem qualquer tipo de tumulto e, quando chega a hora do almoço, todos nós seguimos para a Cantina. Durante o almoço, enquanto os nobres do nosso Grupo não chegam, eu enfim resolvo contar sobre os detalhes da Conferência aos meus aliados.

— Mas tu fez muito bem em ter dito aquilo pro Rei Matheus. Pena que eu perdi essa. – diz Daniel.

— Ahã! E deveria ter dito mais! – acrescenta Stella.

— Como eu queria ter visto isso! – diz Mandy.

— Eu queria ter estado lá só pra poder dizer umas verdades a mais pra eles. – diz Ávalon.

— Mas e o Walter, hein! Ele ficou mesmo do lado de fora, esperando pelo Hugo, igual a um cachorrinho que fica esperando o dono?! – pergunta Nina, e eu faço que sim.

— Eu não sei se eu acho graça, ou se eu sinto pena do Walter. Sério! Porque se eu levo um só xingamento de alguém e esse alguém não vem se desculpar comigo... eu nunca mais olho na cara da pessoa. E o Walter, não só é humilhado a todo o momento pelo Rei Hugo, como tem uma enorme adoração por ele. – comenta Ophélia.

— Ou esse cara é doente, ou está perdidamente apaixonado pelo Hugo! – diz Luigi.

— Acho que é a segunda opção, hein! – diz Sid, achando graça.

— Cala a boca, Sid! Tu sabe muito bem que não é isso! O que foi feito nesse cara... foi uma lavagem cerebral violenta, que não vem de hoje ou de ontem, mas de anos. – digo, fazendo a gozação cessar. Não muito depois, Hugo chega à Cantina, discutindo com as rainhas Bella e Anna Sophia, enquanto Walter vem vindo atrás dele.

— Eu sei muito bem que tem dedo de vocês naquele protesto ridículo que aconteceu hoje na frente da minha área. – grita Hugo.

— Ué, Hugo! A gente não tem culpa se todo mundo é contra a tua ideia! Ideia essa que, convenhamos... é ridícula! – responde Bella.

— Sim, imaginem só... Plebeus podendo responder o que bem entenderem a nós. Tu quer mesmo é nos provocar, né?! – argumenta Anna Sophia.

— Que provocação o quê! Eu é que não tenho culpa se os meus súditos são superiores a todos os vermes inúteis de vocês. E é por isso que vocês não podem tratar eles de qualquer jeito! Só eu posso! – responde Hugo, em alto tom.

— Como assim superiores?! Esse monte de *nerd*?! Aff, me poupe! Os meus súditos é que são perfeitos, já que eles são os mais bonitos da Escola! – diz Bella.

— Em todos os anos que eu estive na realeza, eu nunca vi algo parecido. Tu não vai conseguir nada de bom com essa investida, Hugo. Tenta encarar isso como um aviso, porque tu ainda vai te dar muito mal... Tanto por proteger plebeu, quanto por... – diz Anna Sophia, que vira para mim e finaliza: – Por dar cargos a certas pessoas. – e com isso, muitas pessoas olham para mim, a maioria com desprezo.

— É! Tu vai te ferrar, meu amor! E depois não vai mais ter volta! Beijos! – diz Bella. Logo ela e Anna Sophia se afastam do Hugo e seguem para o balcão da Cantina, para pegar suas refeições especiais. Depois delas, Hugo e os nobres Inteligentes fazem o mesmo e se sentam em seus lugares. Com a presença da nobreza, o almoço fica muito mais silencioso e muito menos divertido, pois ninguém mais pode falar mal deles.

Depois do almoço, aproveitamos o resto da hora de descanso na nossa área, onde podemos ficar mais à vontade e, dessa vez, felizmente, não temos nenhuma surpresa desagradável. Assim, podemos discutir um pouco sobre o ocorrido na hora do almoço e sobre a possibilidade de os outros monarcas serem os responsáveis pelos protestos que aconteceram no recreio de hoje. É claro que quase todos concordam que, se a pressão sobre o Hugo continuar, uma enorme confusão pode ter início. Já eu não posso negar que, quanto mais as relações entre os nobres piorarem, melhor será para mim, pois, se eles estiverem desunidos, mais fracos eles estarão e mais fácil será para derrubá-los.

Depois que a sirene soa de novo, nós seguimos para o Ginásio, onde trocamos de roupa e nos preparamos para mais uma aula de Educação Física. A aula de hoje é mais um treino de vôlei, com os mesmos times de sempre, já pré-definidos. Seria bom dizer que a aula segue bem, mas as provocações e as indiretas feitas entre as pessoas dos dois Grupos, que, por sinal, são os que menos se entendem na Escola, acabam fazendo o clima pesar consideravelmente.

— Mas olha só... De novo somos nós jogando contra o time do Rei dos Inteligentes! O cara inovador, que deu direitos aos seus súditos! Quem diria! – provoca Bella, quando o meu time tem de jogar contra o dela.

— O Hugo é que é o Rei do nosso Grupo. É ele quem tem que tomar as decisões, e não tu, sua coisa! – responde Walter.

— Cala a boca tu, ô, seu balofo! Ninguém chamou o torresmo pra conversa. – diz Juliana.

— Eu entro na conversa que eu quiser. E só pro teu governo, ô, sua vaca... eu não sou torresmo. – retruca Walter.

— É verdade, Ju. Ele não é um torresmo. – diz Alice.

— Exatamente! – concorda Walter.

— Ele é um torresmão. Se a gente assasse, e servisse ele pros pobres... não ia mais ter fome no mundo. – completa Alice, e todos riem.

— É isso mesm... O QUÊ?! Como ousa?! – diz Walter, que, no início ia concordar com a Alice, mas logo percebe a besteira que estava fazendo.

— Que nojo, Alice! Se tu servir essa coisa pros pobres, tu vai intoxicar eles! Por acaso, tu ia gostar que te servissem lombo de Walter no almoço?! – debocha Juliana, fazendo com que Alice demonstre sentir nojinho.

— É, Alice! Quanta maldade com os pobres! – acrescenta Thaís.

— Os pobres não merecem. – completa Manoela.

— Ô, Hugo... Olha o que elas estão falando de mim! Tu não pode deixar assim! Eu sou um Príncipe! E um Príncipe dos Inteligentes! – reclama Walter.

— Ah, e eu que tenho que te defender?! Faça-me o favor! Tu já é bem grandinho pra saber o que falar, sabia?! – responde Hugo, sendo esta uma das coisas mais decentes que ele já falou ao Walter desde o início das aulas.

— Majestade, por favor... O senhor não deve gastar o vosso latim numa conversa tão besta e inútil. Vossa Majestade é superior a isso. Vossa Majestade é o Rei dos Inteligentes. – bajula Hugo, simplesmente para tentar ganhar alguns pontos com ele.

— Nhé! Nisso tu tem razão. Eu não preciso perder o meu tempo com essas criaturas. – diz Hugo, deixando Walter e as meninas Populares irritados. Em seguida ele fala: – Vamos prosseguir com o jogo.

E depois de uma discussão fútil e inútil, finalmente damos início à nossa partida, e quem vence é o meu time, pois as meninas Populares, por ficarem tão irritadas, nem se concentraram direito. Após a nossa partida, a aula segue na mesma, ou seja, tensa. Contudo, nenhuma outra discussão ocorre. Quando a sirene finalmente soa, nós podemos ir embora, para aproveitarmos uma linda tarde ensolarada, com temperatura de aproximadamente 26°C. Felizmente, eu só precisarei retornar amanhã, mas como hoje à noite haverá a reunião de pais e mestres, os meus pais não terão a mesma sorte.

Já no dia seguinte, terça-feira, 25 de março, temos mais uma manhã ensolarada, com 19°C de temperatura, na qual eu, ao chegar à Escola, sigo o meu ritual matutino e vou ver o que está exposto no jornal. A matéria não é nenhuma surpresa, pois há uma foto do protesto de ontem e fotos individuais de Hugo, Bella e Anna Sophia, com o título "REI DOS INTELIGENTES ACUSA DUAS RAINHAS DE SABOTAGEM". Já o subtítulo é "Após protesto contra suas ações, o Rei dos Inteligentes acusa as rainhas dos Populares e da Modernidade, de serem as mandantes de tal ato".

Ao ler isso, eu apenas penso que os nobres estão cada vez mais desunidos e que é provável ser este um caminho sem volta. Em seguida, dou uma olhada no resto e vejo que a cobertura sobre a Coroação da Bella está só na terceira página, o que, com certeza, não vai ser bem recepcionado por ela. Depois disso, sigo para a minha sala e, enquanto caminho, percebo os vários olhares tortos que me fitam, os quais eu apenas tento ignorar. Quando, enfim, chego à sala, Mandy, que também acabou de chegar, vem falar comigo.

– Oi, Leo! Tudo bem?! Olha só, ontem teve a reunião de pais e mestres, né... Aí eu queria saber se... por acaso, os teus pais comentaram contigo sobre algo que tenha sido tratado sobre os Grupos. Porque a minha mãe não me disse nada. E sei lá... Eu fico preocupada com isso... Porque vai que tenham falado mal de mim, por eu ter respondido pra Dona Griselda naquele dia... e aí... a minha mãe esteja esperando a hora certa pra me dar o castigo. Tu pode até achar que isso seja exagero meu, mas... é que às vezes... a minha mãe faz isso. – questiona Mandy.

– Fica calma, Mandy! Os meus pais não comentaram nada comigo também e nem vão. Porque na reunião eles só tratam de questões institucionais, sobre a metodologia que a Escola vai utilizar ao longo do ano e tal. Enfim, as reuniões de pais e mestres daqui são absolutamente iguais às das outras escolas. Com os nossos pais, eles não tratam absolutamente nada sobre questões referentes aos Grupos. Porque se falassem, só um pouquinho do que realmente acontece nos Grupos... a Escola estaria perdida. Então, nem te estressa com isso! – digo, e logo entramos na sala. Como Mandy continua afobada, acaba fazendo a mesma pergunta a Stella, Ávalon, Luna e Nina, e todas, além de dizerem que não sabem de nada, demonstram que sequer estão preocupadas com isso. Quanto a mim, apenas reforço o que já havia dito.

Logo a sirene soa e a Professora Victória entra, já dando início à sua aula de História, na qual ela fala sobre a magnífica civilização egípcia. Ela também aproveita para citar algumas figuras memoráveis, como o Faraó Tutancâmon, e não deixa de citar uma figura feminina, como a Faraó Nefertiti. É nessa hora que uma pessoa, que ganharia muito mais ficando calada, resolve se manifestar.

– Professora... Eu não sabia que existia faraá! Do Egito, eu só conhecia a Cleópatra, que era famosa por ser gostosa, como eu! – diz a Princesa Alice, que, mais uma vez, impressiona a todos com sua burrice extravagante.

— Ai, Vanette... Imagina eu sendo faraá, depois que eu virar pediatra em Nova York! Imagina que chique! – diz Paskes, pegando carona na estupidez da Alice.

— Aaaaai! Que chique, Paskes! Eu também quero ser faraá, em Nova York. – diz Vanette e, logo que termina, ela e Paskes dão um gritinho juntas. Já a Professora apenas olha para elas, com expressão de quem as considera um caso perdido. Então, quando se recompõe, a Professora encara a Princesa Alice.

— Minha filha... – diz a Professora, que respira fundo e continua: – Pra início de conversa, não existe "faraá". Só existe faraó, que é uma palavra sem gênero. E se tu já ouviste falar sobre a Cleópatra, tu, mesmo que sem querer, já sabias da existência de uma mulher-faraó.

— É que eu conhecia a Cleópatra como Rainha do Egito, e não como faraó. – explica a Princesa Alice.

— Faraó é o nome dado aos monarcas, aos soberanos, aos imperadores do Egito. Assim como o Tzar era o imperador da Rússia, o Kaiser era o imperador de países de língua alemã, como a Alemanha e a Áustria. E o outro exemplo é o Califa, que é um tipo de imperador do mundo árabe, etc. São muitos os nomes que as mais distintas civilizações dão aos seus soberanos. Agora, quanto ao fato de eu ter mencionado a Nefertiti, ao invés da Cleópatra, é porque eu estou falando da Era de Ouro do Egito Antigo. A Nefertiti foi, sem sombra de dúvidas, uma mulher-faraó que contribuiu, e muito, para fazer o Egito prosperar ainda mais. Já a Cleópatra foi a responsável pelo completo declínio do todo o Egito Antigo. Em outras palavras, as ações da Cleópatra acabaram fazendo com que os romanos tomassem o Egito e pusessem um ponto-final em milênios de História. – explica a Professora.

— Professora, nem perde o teu tempo tentando colocar algo de útil na cabeça das amigas da Bella. Todas elas... Aliás, o Reino inteiro da Bella... são tudo um caso perdido. – diz Hugo, dando início a uma baderna.

— Como é que é?! – grita Bella, enquanto Alice fica de queixo caído.

— Olha aqui, ô, seu idiota... Tu fala mal da gente, mas tu também não escolheu as pessoas mais inteligentes da Escola pra colocar na tua Corte. Eu digo isso porque conheço muito bem a Karin e Janaína. E, bom... nem precisa conhecer muito aquelas duas ali, a... Vanette e a Paskes... pra saber que elas são umas antas quadradas. – retruca Juliana, deixando todas as meninas que citou ofendidas com o queixo caído.

— Opa! Espera aí! Eu estou quieta aqui. – grita Karin.

— Não muda o fato de que tu é mais burra do que os plebeus. – diz Guilherme.

— Ah, olha quem fala! – diz Janaína.

— Mas, ainda assim, é melhor ter uma burra como a Alice do que ter o Walter na nobreza. – diz Jonas.

— O QUÊ?! – questionam Walter e Alice, ambos se sentindo ofendidos.

— Pelo menos o Walter estuda! – responde Hugo, deixando Walter muito feliz, enquanto os Populares ficam balançando a cabeça com expressões de nojo.

— Tu acha que a gente não estuda?! – indaga Alice.

— Tu quer mesmo que eu responda, ou a pergunta foi retórica?! – responde Hugo.

— Pergunta "retô" o quê?! O que é isso?! – pergunta Alice, enquanto Hugo, com expressão de deboche, apenas faz gestos com as mãos, demonstrando que não precisa dizer mais nada.

— Olha... Deu de palhaçada! Querem criar baderna entre os Grupos de vocês?! Então que o façam em outra hora, não na minha aula! – grita a Professora, apaziguando a sala. Em seguida, por fim, ela consegue seguir com a aula normalmente.

— Parece que os nobres dos dois novos Grupos não se entendem em nada, hein! – comenta Ávalon.

— É! E quanto mais esses metidos se desentenderem, melhor pra nós. – digo.

E a aula da História segue sem mais problemas, até que a sirene soa e vem o Professor Olavo, para dar a sua aula de Física. Infelizmente, depois das maravilhosas aulas de História da Professora Victória, ainda mais sobre o Egito Antigo, as aulas chatas do Professor Olavo parecem ser ainda mais insuportáveis. E o problema não é a matéria, mas sim o Professor, porque a matéria até é interessante, mas se torna chata quando explicada por um Professor metido.

O que nos dá um alívio, por incrível que pareça, é quando a Dona Griselda entra na sala para recolher as autorizações assinadas e o dinheiro para o passeio de amanhã. Enquanto a megera faz a coleta, eu percebo que todos os nobres da sala e os membros de confiança, exceto eu, entregam apenas o documento, sem o dinheiro, o que torna claro que eles irão ao passeio de graça, enquanto o resto de nós deve pagar por nós e por eles também. Para mim e para as meninas que estão do meu lado, que também percebem o disparate, a situação não pode ser descrita de outra forma, senão como mais um dos inúmeros absurdos deste lugar. Como sabemos que não estamos em posição de fazer nada, optamos por ficarmos quietos. E, por fim, depois que Dona Griselda sai da sala, a aula chata continua.

É claro que privilégios como o de passear de graça e o de poder comer uma comida melhor na hora do almoço não se aplicam a mim, porque o Hugo simplesmente não quer me incluir na lista dos privilegiados, já que, mesmo sendo eu um membro de confiança, eu continuo sendo plebeu. E se eu sou plebeu, eu devo viver como tal.

Ao soar da sirene, nós saímos para o recreio e nos dirigimos à nossa área, onde nos encontramos com Ophélia e Laerte. Quando contamos a eles sobre as idiotices da Alice e dos Populares, nós conseguimos dar umas risadas e fazer com que o clima melhore. Porém, tudo muda quando Ávalon resolve mencionar sobre os nobres não precisarem pagar para ir à excursão de amanhã.

— Como assim?! Os nobres não trouxeram o dinheiro do passeio?! — indaga Sid.

— Ah, eles devem pagar em outra hora, ou... — diz Osmar, sendo otimista.

— Ou eles nunca pagaram pra ir nos passeios da Escola. Que é o mais provável. — completa Ophélia, sendo mais realista.

— Meu Deus! Eu nunca tinha percebido isso. — diz Luna.

— Ninguém tinha. Que sacanagem! — diz Daniel.

— Sacanagem nada! Isso é crime! Estão nos cobrando mais caro pra deixar os nobres isentos... Sem precisar pagar nada. E tudo por debaixo dos panos. Humpf! Isso é corrupção pura e simples. Porque a verdade é que a gente está pagando pros nobres irem. Se não fosse assim, com certeza, seria mais barato pra nós. — diz Laerte.

— É tipo o que os políticos de Brasília fazem com o dinheiro dos nossos impostos. — diz Stella.

— É igual! Igual! — completa Sid.

— O que é que a gente está esperando pra dar um fim nesses nobres e nesse sistema duma vez?! Fazer a revolução, sair por aí quebrando tudo e só parar quando eles concordarem em dar um fim definitivo nessa palhaçada. Hein?! O que estamos esperando?! — questiona Ophélia.

— A hora certa. Coisa que não vai demorar pra acontecer, agora que os nobres estão se voltando uns contra os outros. E... Que história é essa de sair por aí quebrando tudo?! A ideia não é essa. Se isso precisar acontecer, vai ser só em último caso! — digo.

— Ah, é que no final do ano retrasado, teve um movimento renovadorista na Escola. Eles queriam fazer exatamente isso que a Ophélia disse, tipo... Quebrar tudo e extinguir completamente todos os Grupos. Até o uniforme eles queriam "renovar". Então eles criaram um enorme tumulto na Escola, até que muitos dos próprios defensores não quiseram mais seguir com aquela loucura, porque eles mesmos já estavam achando que o negócio estava indo longe demais. Aí o movimento enfraqueceu, até que acabou de vez. Todos os líderes e os que mais incomodaram acabaram sendo expulsos. E ainda bem, né! Porque imagina se esse monte de absurdo tivesse dado certo. As coisas iam ficar piores do que já são. — diz Luigi, que, ao contar a história, aproveita para dar a sua opinião.

— Ah, então tu prefere que a Escola continue do jeito que está hoje?! Sendo comandada por essa corja de desgraçados?! — questiona Ophélia.

— Não, mas esse negócio de querer quebrar e renovar TUDO... até mesmo o que não precisa... também não é muito lógico, né! – responde Luigi.

— É! Tá louco! Eles estavam até preocupados em mudar o uniforme! Que coisa inútil! – acrescenta Sid.

— Como que vocês acham que é possível resolver os problemas da Escola se a gente não mudar a Escola toda?! A gente tem que fazer a revolução. A gente tem que mudar tudo o que foi construído nessa época de trevas... E tudo que possa nos fazer lembrar desse inferno. – argumenta Ophélia.

— Sim, eu também concordo que é necessário dar um fim ao sistema. E se for preciso quebrar tudo, pra que isso seja possível, então... Que seja! Quebrar tudo é parte da diversão. – diz Stella, concordando com Ophélia e ganhando o apoio da Ávalon e do Laerte.

— Sim! Tem que dar uma ruptura no sistema, mas existe o jeito certo e o jeito errado. E o jeito de vocês é errado. – diz Luigi, que ganha o apoio do Sid, do Daniel, do Osmar, do Haroldo, da Mandy, da Luna e da Nina.

— Ui, é o dono da verdade! – debocha Stella.

— Gente, vamos manter a calma! – diz Nina.

— Que calma, o quê! – responde Stella, de forma grosseira.

— É! Eles estão ficando do lado dos nobres... E tu quer que a gente tenha calma?! – indaga Ophélia.

— Que ficando do lado dos nobres, o quê?! – questiona Daniel.

— Ninguém está ficando do lado dos nobres! – diz Mandy, esclarecendo o óbvio.

— Então do que tu chama isso que eles estão fazendo?! – pergunta Laerte.

— Ah, é?! Quer saber?! Eu concordo com o Luigi! – declara Daniel.

— Eu também! E daí?! – diz Sid.

— Concordam porque são amigos dele. – afirma Ophélia.

— Ah, olha aqui... – grita Ávalon, fazendo um enorme alvoroço começar. Quando percebo que as coisas podem chegar a um caminho sem volta, eu intervenho.

— CHEGA! – grito, interrompendo a briga. Quando o pessoal se aquieta, eu falo: – Quebrar ou não quebrar tudo... isso não interessa agora. É sério! Logo agora que, vocês sabem quem, estão começando a se desentender, vocês vêm e resolvem fazer o mesmo?! É isso?! Uma briguinha besta e inútil não vai nos levar a lugar nenhum, a não ser à desunião. – faço uma pausa, e prossigo: – É sério, pessoal! Vamos mesmo correr o risco de acabarmos nos dividindo?! Porque se for pra acabarmos desse jeito, nós não merecemos ser chamados de Inteligentes, não é mesmo?! – termino de falar, e todos ficam pensativos. De repente, algumas outras pessoas do Grupo se aproximam de nós.

— Ham... Com licença, a gente poderia falar com o senhor... Erm... Senhor membro de confiança do Rei?! – me pergunta um plebeu.

— Hum... – digo, respiro fundo, e prossigo: – Pode sim, por favor! Só vamos parar com esse "senhor" aí. Me chamem só de Leo e... bom... o que querem tratar comigo?!

— Bom, é que nós ouvimos a bronca que tu deu ontem naquele pessoal que queria que o Rei te entregasse pros protestantes... e... – diz o plebeu.

— E a gente pensou bastante, sobre as verdades que tu deve ter dito na Conferência pra irritar tanto aqueles reis todos. E olha que pro Jornal da Escola ter dado tanta atenção pra isso, é porque tu realmente cutucou a jugular deles. – diz uma plebeia ruiva.

— E aí a gente pensou que se tu teve coragem pra dizer tudo isso na cara daqueles nojentos, é porque tu não deve ser esse demônio que eles falam tanto. Se tu irritou tanto aqueles desgraçados, é porque tu deve valer a pena. – diz um segundo plebeu.

— Pois é! Qualquer informação que venha desse pessoal do jornal, da nobreza e até da Direção não é confiável. – diz um terceiro plebeu.

— Ah, interessante! Fico muito feliz em ouvir isso, de verdade, mas... onde vocês querem chegar com essa conversa?! – pergunto.

— Bom... Como nós também não aguentamos mais viver sob o comando dessa gente... e acabamos ouvindo vocês falarem sobre dar um fim nesse povo... bom... a gente só quer dizer que, se vocês precisarem, vocês podem contar com a gente. Sério mesmo! – diz a plebeia ruiva

— Maravilha! Quanto mais gente, melhor, não é pessoal?! – pergunto aos meus aliados, e eles fazem que sim com a cabeça, apesar de estarem desconfiados.

— É! Realmente, o jeito como tu foi ousado, bom... mereceu o nosso respeito. – diz o segundo plebeu.

— É! É isso! Ah, e a propósito, eu sou a Fernanda, e esses são o Antônio, o Gustavo e o Diogo. – diz Fernanda, uma menina bonita, magra, com curvas, ruiva e com olhos azuis. O primeiro plebeu a vir falar comigo, Antônio, é magro, de altura mediana, negro e com cabelo quase raspado. O segundo, Gustavo, é magro, mais ou menos da minha altura, com o cabelo castanho, arrumado num topete e os olhos verde-água. Quanto ao terceiro, Diogo, é gordinho, de altura mediana, com os cabelos escuros, curtos e lambidos para trás.

— Muito prazer! – digo, aperto a mão de cada um deles e acrescento: – Seria bom se vocês espalhassem esse bom pensamento a meu respeito que vocês têm. Vai que convença mais gente! Só que, claro... os nobres não podem ficar sabendo.

– Pode deixar! Nós até já estamos fazendo isso. – diz Antônio e, quando estou começando a pensar que esse quarteto pode realmente ser confiável, o meu pensamento é interrompido pelo Rei Matheus, que, de maneira nada amistosa, me chama.

– Ô membro de confiança vagabundo e arranjador de problemas. Vai lá chamar o teu Rei, que a gente tem que acertar um negócio com ele. – grita Matheus, que está acompanhado dos outros monarcas, que não apoiaram o Hugo.

– É! E vai já! Que a gente não tem todo o tempo do mundo. – diz Fafá.

– É, vai logo! *Mon Dieu*... A minha pele é sensível e eu não posso pegar muito sol. – diz Carlota, recebendo o apoio das outras rainhas. Logo eu me aproximo deles.

– Hum... Se não é a Rainha que me acha bonito, o Rei, que, por ser *gay*, é menosprezado como se plebeu fosse e... Ah, o filho de uma mulher da vida. – digo, provocando os três.

– Como é que é?! – indaga Matheus com sangue nos olhos.

– E as outras rainhas cheias de si, que querem voltar a nos humilhar, mas não conseguem. Vocês querem falar com Sua Majestade, o Rei Hugo I, dos Inteligentes?! Ora, como não?! Vou chamá-lo agora mesmo. – falo em tom formal e provocativo, só para irritá-los ainda mais. Em seguida, enquanto caminho em direção à sede, vejo as reações dos outros Inteligentes, sendo que tanto os meus aliados, quanto a grande maioria dos meus críticos, acabam tendo de segurar o riso, pois, com certeza, se divertiram ao me ver falando tudo aquilo. Já as pessoas que me odeiam e que ainda têm total adoração pelos nobres, como Rebecca e Maria Judith, me encaram com pavor, como se eu tivesse cometido um crime.

Quando entro na sede, as princesas ficam enlouquecidas em me ver entrando sem ser chamado.

– Opa, quem disse que tu podia entrar?! – me questiona Karin.

– É! Isso aqui não é a casa da Mãe Joana, sabia?! – diz Janaína, enquanto eu apenas a ignoro e entro no gabinete do Rei.

– Como ousa ir entrando assim, sem ser convidado?! – indaga Hugo, ao me ver.

– É! Exigimos respostas, agora! – diz Walter.

– Cala a boca, Walter! – grita Hugo, e Walter lhe obedece.

– Perdoe-me, Majestade! Mas os vossos amigos... Erm... Os monarcas que não concordaram com vossas iniciativas... estão ali na entrada da nossa área e querem "acertar um negócio" com o senhor. – explico, deixando Hugo furioso.

– AAAAAAAAH! QUE GENTE MAIS CHATA! – grita Hugo, que, enquanto bufa e sai da sala a passos longos, é seguido por Walter, que corre atrás dele. As princesas simplesmente sentam-se novamente e voltam a falar sobre fofocas e celebridades, como se o problema que está ocorrendo não fosse delas também. Quanto a mim, também vou atrás do Hugo e, quando chegamos à entrada da área, Hugo começa a gritar com os monarcas: – O QUE É QUE VOCÊS QUEREM?!

– Ué! A gente veio exigir que tu faça o correto. – responde Wanda.

– É, cara! Atende o que a gente pediu, sério, numa boa. – diz Matheus.

– É, bofe! Isso está pegando muito mal pra ti, sabia?! – diz Fafá.

– E vamos resolver isso rápido né, *mon cher*! *S'il vous plaît*! Eu estou queimando neste sol! – diz Carlota, sendo que "s'il vous plaît" significa "por favor" em francês.

– Por favor, né, Hugo! É o que eu disse antes, amor... Se os meus súditos perfeitos não podem ter proteção, os teus súditos... que são bem feinhos... também não podem, né! É lógica simples! – diz Bella.

– Sim, Hugo! É o melhor pra todos nós. – diz Anna Sophia.

– Huuuuum! Mais alguém tem algo a dizer?! – questiona Hugo, fazendo de conta que está mais calmo e, como todos apenas ficam se olhando, ele resolve continuar: – Aaaah! Que bom! Pois então, vendo este apelo de vocês, que realmente me tocou, a minha resposta é... é... é... – ele brinca, faz um suspense e, com um grito, finalmente responde: – É NÃO! NÃO! MIL VEZES NÃO!

– Ah, pelo amor de Deus, Hugo! Seja racional, cara! – grita Matheus.

– *Oui*! A imagem do teu Grupo vale mais do que os plebeus! – diz Carlota.

– Exatamente! E tu não vai conseguir nada sem o apoio da maioria, amor. – diz Bella.

– Isso é uma questão diplomática entre os Grupos, Hugo! Tu não pode ser insensato assim. – diz Anna Sophia.

– AH, É?! POIS ENTÃO EU QUERO QUE A DIPLOMACIA SE DANE! EU NÃO PRECISO DO APOIO DE VOCÊS SEIS, PORQUE EU JÁ TENHO O APOIO DE TRÊS RAINHAS E, AINDA, EU TENHO O APOIO DA DIREÇÃO, QUE VALE MUITO MAIS QUE O DE VOCÊS! ENTÃO, QUE FIQUE BEM CLARO, DE UMA VEZ POR TODAS... QUE EU NÃO VOU FAZER O QUE VOCÊS QUEREM, PORQUE QUEM MANDA NO MEU GRUPO SOU EU. E SE ERA SÓ ISSO QUE VOCÊS QUERIAM ACERTAR COMIGO, BOM... SINTO EM INFORMAR QUE, MAIS UMA VEZ, VOCÊS PERDERAM TEMPO. – grita Hugo, que dá meia volta e começa a caminhar de volta para a sede. Em seguida, grita: – VAMBORA, WALTER! – e Walter vai correndo atrás dele.

– Tu vai te arrepender disso, ô, filho da mãe! – grita Matheus.

— Ai, gente! Não adianta! Ele acha que os plebeus do grupinho dele são realmente Inteligentes e que, por isso, merecem privilégios. Argh! Vamos embora daqui! Porque ele vai ter que aprender que o negócio não é bem assim, nem que seja à força. – diz Anna Sophia, e todos começam a segui-la.

— Hugo, por não ter sido razoável... 'Briguiada! – grita Wanda, sendo sádica.

— *Je ne crois pas*! Argh! Me queimei à toa, neste sol! – diz Carlota, sendo que "je ne crois pas" significa "não acredito" em francês.

— Ai, que nojôôôôôôôô! – diz Fafá.

— Deixem de ser frescas, as duas! Nem está fazendo tanto sol assim! – diz Matheus, referindo-se à Carlota e também ao Fafá, como se ele fosse mulher. E, depois disso, mais uma discussão fútil e inútil começa entre os monarcas e, quando eles se afastam daqui, nós felizmente não precisamos ter o desprazer de ouvi-los.

— Aguentar um só desses aí já é dose... Agora imagina seis! – comenta Ophélia.

— Sete com o Hugo! Não te esquece! – acrescenta Stella.

— Ou dez! Que foi o que o Lion teve que enfrentar na conferência. – diz Ávalon.

— Mas uma coisa tu tem razão, Leo! A gente não pode correr o risco de se desunir por conta de qualquer bobagem! Logo agora que os nobres estão se desentendendo, a gente não pode perder a oportunidade. – diz Mandy, e todos demonstram concordar com ela.

Depois que ela fala, a sirene soa, e todos se dirigem de volta ao prédio. Quando chegamos à nossa sala, a Professora Dilma está a postos para dar início à sua longa e chata aula de Biologia. E enquanto a Professora explica os conteúdos, gritando muito, Stella me cutuca para me fazer uma pergunta.

— Olha... Sobre aqueles quatro, que vieram hoje, te oferecer apoio... tu confia mesmo neles?! – pergunta Stella.

— Tu quer saber se eu confio inteiramente neles?! Claro que não. Só que nós precisamos aumentar o nosso número de aliados. E é por isso que eu estou dando um voto de confiança pra eles. Vai que eles ajudam mesmo a me promover! – respondo, e Stella, que demonstra entender o meu ponto de vista, nada mais fala.

Depois a aula segue e, quando parecia que não teria mais fim, a sirene finalmente soa e todos saem, ávidos para ir embora. Para evitar a loucura nas escadas, eu sou um dos últimos a sair. Já do lado de fora e a caminho do estacionamento, eu olho para o chão e algo me chama a atenção: uma folha de plátano avermelhada, em pleno março, sendo que essa coloração é mais comum em meados de maio. A última vez que eu me deparei com tal beldade da natureza, em circunstâncias semelhantes, significou mau presságio, mas, mesmo assim, eu recolho a folha e a levo comigo, pois sinto que algo grande está para acontecer.

CAPÍTULO XVII

Declaração de Guerra

A folha que encontrei ontem é realmente linda e até mesmo os meus pais adoraram vê-la. O estranho é que, normalmente, o que torna a coloração de folhas, como a do plátano, em tons avermelhados, é o frio. Porém, mesmo que já estejamos no outono, o tempo ainda está quente. Então, o que há com aquela cor? Por que está daquele jeito logo agora? Simplesmente, não consigo parar de pensar nisso, porque da última vez que encontrei uma folha igual, assim, antes do tempo, foi logo antes de a minha vida começar a virar de cabeça para baixo. E agora, novamente, estou com um forte sentimento de que alguma coisa também está para ser virada de ponta-cabeça, mas não por influência minha.

Ao chegar à Escola, nesta quarta-feira, dia 26 de março, eu continuo encucado com isso, mas tento relaxar um pouco. Hoje é mais uma manhã agradável, com temperatura próxima dos 18°C, com previsão de que à tarde, quando ainda estaremos no passeio, chegue a 30°C. No estacionamento há vários ônibus de viagem, de modo que seja possível acomodar a Escola inteira e, mesmo que hoje seja dia de passeio, todos devem dirigir-se às salas de aula, para que seja feita a chamada e as devidas orientações, as quais deverão ser seguidas por todos. Então me dirijo ao prédio.

A primeira coisa que vejo é a manchete diária do Jornal da Escola. Na primeira página está a foto oficial do Hugo, como Rei dos Inteligentes, com o título "CRISE DIPLOMÁTICA SE AGRAVA". Já o subtítulo é "O Rei dos Inteligentes, ao negar-se, mais uma vez, a atender à solicitação dos outros monarcas, é extremamente grosseiro e destrata seis soberanos, o que agrava ainda mais a crise diplomática entre os Grupos". Depois de ler, sigo para a sala, mas não sem ouvir comentários maldosos a meu respeito, sendo que um que me chama a atenção é "A situação só piora. Eu acho que é esse daí que está colocando minhoca na cabeça do Rei", enquanto outra pessoa responde, dizendo: "Tu acha?! Eu tenho certeza!". Ouço tudo e me finjo de surdo, porque mesmo que eu dissesse a essas pessoas que eu mal chego perto do Rei, elas não acreditariam. Então, sem mais delongas, eu apenas sigo para a minha sala de aula.

Na sala estão Ávalon, Stella, Mandy, Nina, Luna, Daniel, Luigi e Osmar, todos animados com o passeio. Até mesmo os nobres, que, por estarem empolgados em não ter aula hoje, acabam deixando de lado o forte ímpeto de humilhar os plebeus. Tudo parece estar muito calmo hoje, talvez até calmo demais. Quando a sirene soa, ficamos esperando um pouco, até que a Dona Griselda entra na sala para fazer a chamada. Em seguida, ela aproveita para dar algumas orientações, como a de que todos devemos nos comportar e que, em hipótese alguma, devemos nos afastar do grupo escolar. Assim que termina de falar, a megera diz para nos dirigirmos ao Ginásio, onde a Professora Victória conduzirá a hora cívica.

Então nós descemos as escadas e vamos para o Ginásio. Como de costume, meus aliados e eu nos sentamos juntos, sendo que Ophélia e Laerte optam por sentarem-se conosco, ao invés ficarem perto da turma deles. Quando todos estamos acomodados, a Professora Victória começa a falar.

— Bom dia a todos. Neste dia 26 de março de 2008, nós comemoramos o 236º aniversário da nossa amada Cidade de Porto Alegre. Como todos sabem... ou deveriam saber... a nossa História começa em 1752, quando os cinquenta casais de açorianos aqui chegaram. Logo que chegaram, eles começaram a construir um vilarejo, chamado na época de Porto Alegre dos Casais e que, vinte anos depois, no dia 26 de março de 1772, seria elevado à categoria de freguesia... ou cidade... se formos levar em conta os termos da época. Apenas um ano depois, em 1773, a nossa jovem cidade foi elevada à categoria de capital da então Capitania de São Pedro do Rio Grande do Sul. E até hoje, Porto Alegre continua sendo a Capital dos Gaúchos. A única exceção, neste tempo todo, foi no período de 1835 a 1845, durante a Revolução Farroupilha. Isso porque, enquanto os farrapos, separatistas, queriam se emancipar do resto do Brasil, Porto Alegre sempre se manteve leal ao Império. E é por isso que a nossa cidade recebeu do Imperador Dom Pedro II o título de "Leal e Valorosa Cidade de Porto Alegre". — discursa a Professora Victória. E depois de contar mais um pouco da História da cidade, ela começa a bancar a poetisa, fazendo poesia sobre as coisas que ela considera mais belas na cidade.

Quando a Professora termina de falar, Dona Hortência convida a todos para cantarem os hinos nacional e rio-grandense. Ao concluirmos a hora cívica, finalmente começamos a ser chamados para nos dirigirmos aos ônibus. A funcionária que fica encarregada de orientar a minha turma é a Dona Walkiria, e eu nem preciso dizer que a Paskes e a Vanette não perderam a chance dar uns pulinhos ao vê-la.

— Ai, Walki... Tu ficou encarregada de nos dizer qual é o nosso ônibus! Ai, que chique! – diz Paskes.

— Ai, será que a Walki vai nos orientar quando a gente virar pediatras em Nova York?! – pergunta Vanette.

— Será?! – indaga Paskes, e as duas voltam a gritar e a dar pulinhos.

– Tá! Tá! Por hora estou orientando vocês a entrar no ônibus. Vão logo, gurias! – diz Dona Walkiria, com paciência, e as duas tontas lhe obedecem.

Quando estou prestes a entrar no ônibus também, Hugo me chama de repente.

– Ô, Leo! Não entra agora! Espera o pessoal todo entrar, que depois é mais tranquilo. Não te preocupa que a gente já tem os nossos lugares reservados. – diz Hugo. Então eu paro na porta e o encaro, até que ele conclui: – Isso é uma ordem! – e por isso, eu sou obrigado a retornar, enquanto todo o resto entra.

Então esperamos o resto do pessoal entrar. Ficamos do lado de fora, a nobreza Popular e seus membros de confiança, a nobreza Inteligente e eu. Quando o ônibus lota, finalmente chega a hora de entrarmos. Dentro do ônibus, eu vejo que os lugares VIPs reservados são os da frente e, para evitar brigas, ficou organizado que de um lado do ônibus ficaria a nobreza de um Grupo e do outro lado, ficaria a nobreza de outro. Nos bancos da frente, bem atrás do motorista, é onde sentam Bella e Manoela, indo para trás, Juliana e Thaís, Alice e Bianca, Guilherme e Bruno, e Jonas e Caio. No outro lado do ônibus, na frente ficam Hugo e Walter e, no segundo banco, Karin e Janaína. O terceiro banco não era reservado, pois estão sentadas nele Rebecca e Maria Judith.

– Majestade, qual é o meu assento?! – pergunto, já tendo percebido a sacanagem.

– Hummmm... Opsssss! Acho que eu me esqueci de reservar um lugar pra ti! Desculpa! – diz Hugo, em tom de deboche, enquanto eu apenas fico parado, feito um dois de pau, tendo que me controlar para não dizer as coisas que não posso dizer agora. O pior de tudo é ter que ouvir os outros nobres, tanto Populares quanto Inteligentes, rindo da minha cara e dizendo coisas como: "Te deu Mal!", "Bem-feito, ô trouxa!", "Vai ter que ficar de pé!" e outras coisas mais. Só que o que mais me irrita é quando Jonas traz de volta uma fala dos velhos tempos, que é "Oin, não vai chorar, hein!". E para piorar tudo, Rebecca e Maria Judith também entram na gozação.

Quando penso que vou ter mesmo que ficar de pé, Mandy abana e me chama.

– Leo, aqui! Guardei lugar pra ti. – diz Mandy, com um sorriso no rosto, enquanto continua abanando. Então eu, sem querer, também acabo sorrindo, só não sei se é pelo alívio que sinto, se é por me sentir querido ou ainda, talvez, pelas duas coisas. Nessa hora, eu começo a olhar na cara de todos os que acabaram de me zombar, caras essas que agora estão no chão, seja pela raiva, quanto pela frustração de terem perdido a chance de me humilhar.

– Tudo bem, Majestade. No final das contas... Foi melhor assim. – digo, e, em seguida, vou na direção do lugar que a Mandy reservou para mim. Quando me sento, apenas me viro para ela e lhe digo: – Obrigado!

Quando estamos quase partindo, a porta do ônibus se abre novamente para que Wagner possa entrar.

– Onde tu estava?! – pergunta Hugo ao Wagner.

– Ah, é que eu fui no banheiro e... e... – responde Wagner, até Hugo interrompê-lo.

– E... e... e...! Não tem "e"! Por acaso tu me pediu permissão para ir ao banheiro?! – questiona Hugo e, quando Wagner vai responder, Hugo já o impede de falar, quando diz: – Não, né! Não pediu! Então, como punição, tu vai ficar de pé no ônibus durante toda a ida. E eu vou pensar se eu vou te deixar ir sentado na volta. Ah, e é bom tu não dar um pio, porque se der, eu te expulso da Escola... HOJE MESMO.

– Hê-hê-hê-hê-hê! Vai ter que ficar de pé-é-é-é! E sabe, ô, mangolão... O Hugo não está te obrigando a ficar de pé por tu ter ido ao banheiro sem a permissão dele. A verdade é que ele só quer fazer com que alguém tenha de ir de pé, pra ele se divertir com a cena. E a vítima era pra ser o Leo... – diz Juliana, e, nessa hora, Wagner já começa a me encarar. Em seguida, a desgraçada continua: – Mas como ele foi se sentar lá com a Mandy... contra a vontade do Hugo... ele acabou deixando o Hugo muito zangado. E como ele sabia que o Hugo ficaria zangado se ele fizesse isso, ele também sabia que o castigo ia cair em cima de outro. E como ele viu que tu foi ao banheiro sem permissão... ele já sabia que ia sobrar pra ti! Hah! O Leo planejou tudo, Wagner. E tu te ferrou. Por causa dele, como sempre. – e nessa hora Wagner já me encara com sangue nos olhos.

– Parabéns, mangolão! – diz Bruno, e todos os Populares batem palmas para o Wagner, com o puro intuito de humilhá-lo ainda mais.

– Tudo de novo, hein, Wagner! É só o Leo estar presente, que tu te dá mal. É impressionante! – diz Jonas, ajudando a fazer com que Wagner volte a pensar que sou o culpado por todo o mal que acontece na vida dele.

– Cadê a proteção do teu Rei agora?! – indaga Juliana e, enquanto Wagner continua a me encarar, eu percebo como a Juliana quer aproveitar a situação para, também, atacar a decisão do Hugo. E como se tudo isso fosse pouco, a desgraçada continua a falar: – Pois é, né! Essa proteção não existe de verdade. E pra piorar a situação, que o Leo planejou pra ti...

– CHEGA, JULIANA! CHEGA! Tu sabe muito bem que eu não planejei nada! Para de ficar inventando coisa! E para de ficar distorcendo as coisas pra confundir a cabeça do Wagner. – digo, já sem paciência.

– Ninguém está confundindo a minha cabeça, coisa nenhuma! Eu sei muito bem que é tudo culpa tua. Que tu vive só pra destruir a minha vida. Que tu não presta. Que tu... – diz Wagner, até que Stella o interrompe.

— Ai, Wagner! Cala essa boca! Volta pro teu beco pra ser burro assim. Que inferno! – grita Stella, fazendo o ônibus inteiro rir.

— Ficam distorcendo as coisas pra te fazer ficar contra o Leo... E tu ainda cai, né! Será possível que tu não vê que é exatamente isso que a vaca da Juliana quer?! – diz Mandy, deixando Wagner envergonhado, enquanto Juliana fica furiosa.

— Quem tu pensa que é pra me chamar disso, ô sua... sua... sua feia... HORROROSA! TU NÃO PASSA DE UMA... – grita Juliana, até que eu a interrompo.

— CHEGA, JULIANA! CALA A BOCA, TU TAMBÉM! – grito.

— Uuuuuui! O plebeu marginal ficou brabo! – debocha Guilherme.

— Estou até com medo dele! – completa Caio.

— Está vendo, Hugo?! Tu está vendo no que essa "proteção" está nos levando?! Humpf! Tem plebeu me chamando pelo nome... E até de vaca. Tu acha que isso... – reclama Juliana, até que Hugo a interrompe.

— Eu não estou nem aí, se ele te chamar pelo nome, ou de vaca, bezerra, potranca, égua... Enfim! O fato é que eu nunca cheguei a mandar o Leo ficar de pé. Eu só aconselhei que ele fizesse isso porque não tinha lugar reservado pra ele. Mas como ele achou onde pôr a bunda, né... – diz Hugo, que dá de ombros e logo continua: – Agora... O Wagner, sim, eu ordenei que ficasse de pé, por ter ido ao banheiro sem a minha permissão. E se foi o Leo que deu essa ideia, ou não... isso não te interessa, porque só diz respeito ao MEU Grupo! No qual sou EU que mando. Então, Juliana... NÃO TE METE!

— Tu ainda vai pagar muito caro por isso, Hugo! Escuta o que eu estou te dizendo... ISSO NÃO VAI FICAR ASSIM! NÃO VAI! AAAAAAAARGH! – grita Juliana, que logo se senta e cruza os braços.

— Tu também vai me pagar caro, Leo! Por essa e por todas as outras desgraças que tu já me causou. Pode apostar! – me ameaça Wagner, que está quase chorando, enquanto me aponta o dedo e me encara.

— Que tal se agora, tu apostasse em ficar de bico fechado, hein?! Isso é bom, porque dizem que evita expulsões, sabia?! Então... Fica aí, de pé... E DE BICO FECHADO! – grita Hugo, o que faz com que muitos riam. Em seguida Hugo se levanta, e em alto tom, ameaça: – E ai de quem tentar ajudar o Wagner, arranjando um lugar pra ele! Porque esse alguém vai ser expulso junto com ele.

— É! E isso vale pros Populares também. – completa Bella, ficando de comum acordo com o Hugo, pela primeira vez desde que os nossos Grupos foram criados. E findada a discussão, a Dona Walkiria finalmente dá ao motorista do ônibus a autorização para dar a partida.

— Se contar ninguém acredita, né. – diz Stella, que está no banco de trás, junto com a Ávalon. Logo ela se vira para mim e fala: – E tu, hein, Leo! O Wagner te ameaça daquele jeito... E tu nem te defendeu. Nem pra dizer o óbvio pra ele. Putz... Tu pode não ser punido se tu só contradizer a Juliana... Ainda mais a gente tendo a proteção e tu sendo um membro de confiança.

— E eu ia me defender pra que, Stella?! O Wagner não vai ouvir nada do que eu disser. Pra ele é muito mais cômodo acreditar nas mentiras da Juliana, de que eu sou o culpado por tudo, do que aceitar que é ele quem não se ajuda e que não se dá o devido valor. Ah, e isso pra não dizer que, enquanto ele continuar apaixonado pela Bella e querendo que ela seja mãe dos filhos dele... bom... ele nunca vai admitir que ela não presta. Ou será que eu estou errado?! – digo e, em seguida, nos viramos para o Wagner, que a essa altura nem sequer nos encara mais, de tão envergonhado e triste que ele está.

— O idiota caiu mesmo nessa! – comenta Mandy, horrorizada.

— Caiu, sim! Caiu feito pato! – diz Stella.

— E como sempre, ele está colocando a culpa de tudo em mim! Que é exatamente o que aquela corja quer! Argh! – digo.

— É que é bem como tu disse, né, Leo! Ele não se ajuda! Se ele ao menos pensasse, um pouquinho que fosse... ele não ficaria aí sofrendo por amor, por causa de uma vadia como a Bella... E talvez daria mais valor a quem está tentando ficar do lado dele. – diz Nina, que está no banco da frente, junto com a Luna.

— É, mas como tu mesma acabou de relembrar... o fato é que o bobão não se ajuda. E aí, os nojentos conseguem colocar ele contra o Lion... Enquanto o Rei... só se diverte vendo ele assim, de pé, enquanto todo mundo está sentado. Mas o problema mesmo é que não é só o Wagner que não entende que, na verdade, isso tudo que está acontecendo hoje é por culpa dele mesmo e do Rei. Não do Lion. – diz Ávalon, que em baixíssimo tom completa: – Urgh! É por isso que a minha vontade era de acabar com o Reinado dele ainda hoje.

— Olha... Eu sei que eu já estou sendo repetitivo quanto a isso... E que hoje eu nem tenho toda a moral do mundo pra pedir isso, mas... tenham paciência! Ainda não é a hora de dar o castigo que esses palhaços merecem. – digo.

— A gente sabe, Leo, mas... está ficando difícil! – diz Mandy.

— Se pra vocês está difícil, então imagina pra mim! E se eu consigo manter o sangue frio... vocês também conseguem. – digo. Então, as meninas, por terem entendido a mensagem, se aquietam.

Durante todo o trajeto, as meninas e eu ficamos nos sentindo mal pelo Wagner, pois, por mais que ele tenha dado ouvidos à mentira contada pela Juliana e tenha sido extremamente injusto comigo, nós concordamos que nada justifica o que o Hugo fez com ele. Felizmente, ele não fica de pé sozinho, pois Dona Walkiria, que está cuidando da turma, também fica, e ainda, aproveita para conversar um pouco com o pobre coitado. Como não podemos fazer nada para ajudar, visto que a ameaça do Rei foi clara, as meninas e eu decidimos conversar sobre alguma coisa animada, para esquecermos um pouco a situação do Wagner, e os assuntos que escolhemos são os gostos que temos em comum, tais como músicas de bandas *heavy metal* e, também, filmes e séries de terror. Seguimos conversando até chegarmos ao centro da cidade, onde fica a nossa primeira parada, a Casa de Cultura Mario Quintana. Nós, do Ensino Médio, somos os primeiros a vir aqui, enquanto o resto da Escola vai para lugares diferentes, para que assim a caravana não fique tão grande. Logo que descemos, a Professora Victória já começa a contar a história do local.

– A Casa de Cultura Mario Quintana era originalmente conhecida como Hotel Majestic. Este prédio começou a ser construído em 1916 e teve o seu auge nas décadas de 1930, 1940 e 1950. Depois disso, a estrutura começou a ruir e, nos anos 80, quase tombou de vez. Felizmente, houve uma iniciativa, com o intuito de preservar o patrimônio histórico da cidade, fez-se um esforço para restaurar o prédio, durante os anos 90, e hoje é um patrimônio tombado pelo IPHAE. – conta a Professora Victória. Depois de olharmos um pouco da fachada, nós entramos, e fazemos um rápido *tour* pela parte geral do museu.

– Como vocês bem devem saber, o poeta Mario Quintana viveu no Hotel Majestic quando a casa já não estava mais nos seus melhores dias. Por causa disso que o hotel, ao ser adaptado para museu, recebeu o nome do poeta, como homenagem. Maria Quintana, apesar de ter nascido em Alegrete, considerava Porto Alegre como a cidade do coração e, por isso, não tinha como nós fazermos um passeio pela cidade sem darmos uma passada pelo museu que homenageia, não apenas um dos maiores poetas gaúchos, mas sim um dos maiores poetas brasileiros. – diz a Professora Lisandra, ressaltando a importância de Mario Quintana para a literatura brasileira.

Obviamente não temos tempo para olhar cada canto do museu, pois temos outros lugares para ir, então logo partimos para a Usina do Gasômetro, um dos maiores cartões postais da cidade. Ao chegarmos, vamos diretamente para dentro da Usina, que atualmente também está tombada como patrimônio cultural. Logo a Professora Victória começa a contar um pouco da história daqui, como a inauguração da Usina, que ocorreu em 1928, enquanto a icônica chaminé, de 117 metros, só veio a ser construída em 1937, para amenizar os problemas causados pela fuligem. A Usina foi desativada em 1974, devido a vários fatores, principalmente a substituição da produção de energia termoelétrica para a energia hidrelétrica e, ainda, a crise do petróleo. Depois que a parte da apresentação termina, ficamos livres e aproveitamos para tirarmos algumas fotos por aqui. Hoje, a Usina desativada é um dos maiores cartões postais de Porto Alegre e é claro que, antes de irmos embora, as professoras não perdem a chance de tirar fotos com todas as turmas em frente à Usina, num ângulo em que a chaminé também aparece.

Meia hora depois, voltamos para o ônibus e seguimos para a Câmara dos Vereadores, local ao qual a Professora Victória faz questão de ir, pois é onde o Poder Legislativo da cidade atua. Como o tempo é curto, a Professora apenas nos mostra onde ficam os gabinetes dos vereadores e onde fica a tribuna, que é o local em que as votações acontecem. Feita a visita à Câmara Municipal, nos dirigimos ao Mercado Público, que é o ponto de encontro para o almoço.

O espaço do Mercado Público é amplo e cheio de variedades, mas todos se servem no mesmo restaurante, pois assim é possível evitar maior dispersão. Cada um se serve com o que mais gosta e a hora do almoço é descontraída, talvez um pouco pacífica de mais, porque mesmo que os nobres continuem fazendo suas sandices, como furar a fila e fazer provocações baratas, eles ainda estão "menos piores" do que nos dias normais. Depois que todos terminam de comer, a Professora Victória aproveita a nossa estada no Mercado, para contar um pouco sobre a história dele também, desde sua fundação, em 1844, a construção do segundo andar, no início do século XX, os danos que a estrutura sofreu com a grande enchente de 1941, até com os incêndios da década de 1970. Ela termina falando sobre o tombamento do edifício como Patrimônio Histórico e Cultural de Porto Alegre, que ocorreu em 1979.

Antes de partirmos, somos conduzidos para darmos uma olhada na fachada da Prefeitura, que fica ao lado do Mercado Público, a qual é a sede do Poder Executivo da cidade e é onde fica o Gabinete do Prefeito José Fogaça. O prédio foi finalizado em 1901 e, até hoje, mantém suas cores originais, sendo elas laranja e branco, com as janelas verdes. Ainda, a Professora nos faz ter uma atenção especial, para com as estátuas greco-romanas, as quais, por não estarem vendadas, são muito raras. Ao virarmos para trás, vemos a bela Fonte Talavera de la Reina, um presente dado por espanhóis, como uma homenagem pelo centenário da Revolução Farroupilha, em 1935.

Então, após vermos tudo o que tínhamos para ver, embarcamos novamente nos ônibus, rumo à Praça da Matriz, ou Praça Marechal Deodoro, que é um lugar repleto de atrações perfeitas para uma excursão escolar. Uma dessas atrações é a Assembleia Legislativa, onde fica o Plenário Farroupilha, que é a tribuna onde os deputados estaduais fazem suas votações. A segunda atração é o Palácio Piratini, construído em 1923, que é a sede do governo estadual, onde fica o gabinete da Governadora Yeda Crusius. É claro que, ao visitar este lugar, não podemos deixar passar a oportunidade de tirarmos uma foto nas escadas com tapete vermelho do *hall* do Palácio. Cada turma, separadamente, tira pelo menos uma foto na escadaria. E é claro que a minha turma fica bem dividida, entre Inteligentes e Populares.

Em seguida, nós fazemos uma rápida visita à Catedral Metropolitana, que fica bem ao lado do Palácio. É claro que é difícil não se maravilhar com tamanha beleza; até mesmo os menos interessados arregalam os olhos. Enquanto os alunos mais religiosos aproveitam que estamos numa igreja para fazer uma oração ou uma prece, a Professora Lisandra nos faz atentar para a cúpula, que fica bem ao centro, a qual é capaz de vislumbrar qualquer um que a vir, tanto por dentro quanto por fora. A Professora também nos mostra um antigo órgão, um tipo de piano que já está em extinção. Do lado de fora da Catedral, tiramos uma foto com todos juntos e, como de costume, os nobres ficam em evidência e na frente de todos.

Na Praça, ainda podemos avistar o Palácio da Justiça e o Theatro São Pedro, mas não podemos adentrar em nenhum dos dois, pois já estamos sem tempo. O mesmo vale para a Bibliotheca Publica, que fica na rua de baixo. Provavelmente, os visitaremos numa próxima excursão. Nota-se que o teatro e a biblioteca, por serem construções muito antigas, ainda têm em suas fachadas inscrições que estão de acordo com a ortografia da época.

Por ora, nós seguimos em direção ao Lago dos Açorianos, sendo que no caminho, pouco antes de chegarmos ao destino, acabamos passando por baixo do Viaduto Otávio Rocha, enquanto atravessamos a Avenida Borges de Medeiros. Logo, dobrando à Rua Washington Luiz, chegamos ao lago, onde ouvimos mais uma aula de história, a qual já nem mais prestamos a atenção, devido ao fato de já estarmos cansados do passeio. Nesse momento, o foco de todos é tirar algumas fotos em frente à ponte de pedras que corta o lago, e também em frente ao icônico edifício da Administração Pública do Estado, que mais parece uma rampa de *skate* gigante. Este edifício fica ao longe, o que torna o cenário perfeito para que, nas fotos, seja possível fazer todo tipo de pose e de efeito, com ele ao fundo.

Ávalon chama Stella, Mandy e eu, para tirar uma foto conosco, em frente ao edifício, e Luna é quem se oferece para bater a foto. Em seguida, a ideia é tirar uma foto com todos os aliados, porém Hugo se intromete e resolve que ele e as princesas também precisam aparecer. Como não podemos simplesmente dizer "não", acabamos acatando e, por conta disso, ele coloca Walter na função de fotógrafo, impedindo assim que o Príncipe-capacho apareça. Depois, tiramos várias outras fotos e, quando finalmente chega a hora de irmos embora, todos nós entramos nos ônibus. Lá dentro, para a nossa infeliz surpresa, vemos que quem vai estar tomando conta do nosso ônibus, dessa vez, será a Dona Griselda. Pelo menos, a boa notícia é que agora o Hugo não ordena que eu entre por último, ou que o Wagner fique em pé novamente.

Ao sairmos das redondezas do Lago dos Açorianos, pegamos novamente a Avenida Borges de Medeiros e logo passamos pelo Tribunal de Justiça, que, a pedido da Professora Victória, nos é apresentado pela Dona Griselda, como uma das várias sedes do Poder Judiciário Estadual, assim com o Palácio da Justiça. Depois, seguimos da volta para a Escola e no caminho, para passar o tempo e em homenagem ao aniversário da cidade, Ávalon e Stella resolvem cantar. Elas cantam várias músicas tradicionalistas gaudérias, que ajudam a animar o ambiente, já que grande parte da plebe, incluindo eu, as acompanha. Porém, a animação acaba quando os nobres e a Dona Griselda começam a ficar irritados com a cantoria.

– Ávalon, já chega, né! Tu já conseguiu aparecer, agora fecha a matraca. – ordena Dona Griselda, porém, ela é ignorada por Ávalon, que continua cantando alto e, desta vez, batendo palmas, com o puro intuito de desafiar a coordenadora, que logo perde a paciência e começa a gritar: – Ô, Ávalon, ou tu cala essa boca, AGORA... Ou tu vai ganhar uma semana de suspensão! Tu escolhe! Porque eu não quero ouvir mais nenhuma música gaudéria, vinda da tua boca!

– Ah, então o que não pode mais é música gaudéria?! – pergunta Ávalon.

– Exatamente! Chega de palhaçada! – responde Dona Griselda.

– Pois é, pessoal! Fui proibida de valorizar a nossa cultura gaudéria. Por isso, está na hora de mudar um pouco o estilo... Vamos lá, todo mundo! – diz Ávalon, que, em seguida, começa a bater palmas e a cantar: – A canoa afundou! Por deixar ela afundar, foi por culpa da Griselda, que pesava de mais! – ela simplesmente adapta uma cantiga infantil para provocar a megera, diretamente.

– Baleia! – acrescenta Stella, que logo pede desculpas, ao dizer: – Ah, desculpem! Eu não deveria ter feito essa comparação. As baleias não merecem tamanha ofensa. – e é claro que eu nem preciso dizer que a expressão que a Dona Griselda e os nobres fazem, ao ouvir isso, é épica. Todos ficam estáticos por alguns segundos, pois não acreditam que as duas realmente falaram aquilo. Então, a coordenadora tenta recuperar o fôlego para poder responder à altura.

– Olha aqui, suas... – diz Dona Griselda, já apontando o dedo na cara das duas, porém ela logo é interrompida pela Rainha dos Populares.

– Ô, Hugo, dá um jeito nessas tuas plebeias boca-suja! Demonstra atitude! Demonstra quem é que manda! Seja um Rei de verdade! – grita Bella.

– Tu quer que eu mostre quem é que manda?! Pois então eu mostro quem é que manda. E por seu EU... Só EU... o Rei dos Inteligentes... quem manda nos Inteligentes... EU, só pra te contrariar, não vou punir ninguém... E vou permitir que elas continuem fazendo o que estão fazendo, à vontade. – diz Hugo e, nessa hora, Dona Griselda faz uma expressão de espanto, pois não acredita que Hugo, logo ele, o seu protegido, está ignorando completamente o fato de ela ter sido esculachada por Ávalon e Stella, só para contrariar Bella. E tudo piora quando Hugo acrescenta: – Olha só... A Dona Griselda nem ficou tão chateada assim! – e ele se vira para a megera, para lhe perguntar: – Né, Dona Griselda?!

— É-é-é... É! Se o Rei dos Inteligentes acha que eu não estou ofendida... então é claro que eu não estou. – gagueja Dona Griselda, sem nem saber onde enfiar a cara, de tanta vergonha que passa.

— Viu quem que manda?! – diz Hugo, provocando Bella.

— Qual que é o teu problema?! Tu não deveria ficar do lado de plebeus! Porque sabe... Tu é um Rei agora! Tu precisa agir como tal! E pra fazer isso, tu precisa ficar do lado de pessoas de verdade! – grita Bella, já ficando irritada.

— Por isso mesmo que eu não vou ficar do lado de pessoas como tu e as tuas amiguinhas. Porque, diferente de vocês, eu não sou um imbecil. – responde Hugo.

— Quem tu pensa que é pra me chamar de imbecil?! – grita Bella.

— Eu não penso, eu sou. Eu sou esperto, inteligente, estudo pra ir bem nas provas e eu sou capaz de fazer as coisas por conta própria. Já tu e essas outras porcarias aí não passam de patricinhas fúteis, idiotas, imbecis, escrotas, vadias... E BURRAS DE DAR DÓ! E COMO EU ODEIO GENTE BURRA, EU DOU UMA PROTEÇÃO A MAIS PROS MEUS PLEBEUS. PORQUE NÃO TEM CABIMENTO QUE VAGABUNDAS, COMO VOCÊS, TENHAM PODER PRA HUMILHAR PESSOAS QUE TÊM MUITOS NEURÔNIOS A MAIS DO QUE VOCÊS! – berra Hugo, em resposta.

— Falando assim, tu faz parecer que a gente é burra igual ao Wagner... Igual à Paskes... Igual à Rebecca – diz Bella, que, ofendida, faz uma pausa e encara as pessoas que ela citou, que, com certeza, não gostaram de ter seus nomes citados, mas mesmo assim nada falam. Em seguida, Bella se acalma e volta a falar: – Pois é, Hugo. O teu grupinho de "inteligentes" está cheio de gente burra, sabia?! Isso é só mais uma das evidências de que as coisas que tu acabou de falar não são bem do jeito que tu falou. Então, Hugo... Ou tu retira o que tu disse, ou....

— OU O QUÊ?! – questiona Hugo, que logo faz uma ameaça: – VAI PARTIR PRA CIMA?! PODE VIR! O meu Grupo dá de dez a zero no teu.

— Agora tu está nos ameaçando, é?! É guerra que tu quer?! – questiona Bella.

— Guerra?! Não era no que eu estava pensando, mas... Que seja! Até mesmo porque... vai ser bem divertido ensinar boas maneiras pras vocês! – responde Hugo.

— Gente! Por favor, vamos nos entender! Qualquer coisa a Ávalon pede desculpas pra vocês. Ela pode até se humilhar, nem que seja. Mas vamos evitar... – diz Dona Griselda, tentando remediar a situação, até ser interrompida por Ávalon.

— Fala por ti, ô, fofa! Eu não me humilho pra ninguém. E se alguém tentar me humilhar, esse alguém vai ouvir. Se humilha tu, pra eles, vamos ver se tu gosta! Ah, é... Tu já te humilhou quando teve que aceitar que o Rei Hugo, só pra contrariar a Rainha Bella... Acabou que nem te defendeu das minhas brincadeiras. E olha que tu já fez muito por ele, hein! Que coisa! – diz Ávalon, deixando a Dona Griselda sem graça na frente de todos, pois várias pessoas começam a rir de forma abafada.

— Mesmo que essa ridícula viesse se humilhar pra mim. Não tem mais volta! O reizinho dela me ofendeu e me ameaçou. E isso... eu não vou perdoar. – diz Bella.

— Também... VOCÊS NÃO LARGAVAM DO MEU PÉ! – berra Hugo e, de repente, duas pessoas vão até ele e Bella.

— Com licença... Com licença... Nós somos do Jornal da Escola... E gostaríamos de saber se é mesmo séria essa história de guerra. – diz um menino, que faz uso do gravador do celular para registrar o momento.

— É! Contem-nos mais a esse respeito, majestades. – diz uma menina, que também usa um gravador.

— Sim! É seríssimo! Estamos entrando em guerra contra os Inteligentes. – responde Bella, que é gravada pelo menino do jornal.

— É! E O MEU GRUPO VAI DAR O PAU QUE ESSES POPULARES VAGABUNDOS MERECEM! E É ISSO! NÃO TENHO MAIS NADA A DECLARAR! – berra Hugo, em resposta, sendo ele gravado pela menina do jornal.

— E nem eu! – diz Bella, de forma grosseira.

— Muito obrigada por terem respondido às nossas perguntas, majestades. – agradece a menina. Em seguida, ela e o colega caminham até os seus lugares, satisfeitíssimos, já que serão os primeiros a noticiar o fato que acaba de ocorrer.

— Ow, ow... Opa! Por acaso vocês têm ideia de que fazendo isso que vocês estão fazendo... só estão piorando a situação?! – diz Dona Griselda aos jornalistas mirins, questionando a atitude deles.

— Ah, Dona Griselda! Isso é uma declaração de guerra! Imagina... Isso é matéria pra primeira página! – diz o menino, totalmente indiferente com a gravidade da situação.

— É! Essa é a primeira vez que a gente tem a chance de cobrir um assunto desses, e de ter os nossos nomes na primeira página! Eu é que não vou perder esta oportunidade. Ah, e fora que vai ter guerra de qualquer jeito, então... – diz a menina, que também só está pensando em si.

— Eles têm toda a razão. Vai ter guerra de qualquer jeito agora. – diz Bella.

— Podem apostar. – completa Hugo.

Depois que os jornalistas se sentam, o clima dentro do ônibus começa a ficar tenso; até mesmo a Dona Griselda fica mais séria. Toda aquela animação se transforma em preocupação, pois ninguém sabe como as coisas ficarão nos próximos dias. O silêncio é o que toma conta do ônibus, e raras são as pessoas que cochicham algo. Quando estamos quase chegando à Escola, Mandy quebra um pouco esse silêncio.

— Tu viu?! Naquela hora... aqueles jornalistas idiotas não estavam nem aí, se uma guerra entre grupos pode acabar acontecendo. Eles só estavam preocupados em ter os nomes deles na primeira página. — cochicha Mandy para comigo e, em seguida, acrescenta: — Ai, Leo, sabe... às vezes... o egoísmo de algumas pessoas me enoja.

— Só às vezes, Mandy?! — pergunto e, quanto ela só me olha, eu falo: — Pois é! E o motivo de eles não estarem nem aí, é porque eles sabem que vão ficar dentro da sede do jornal e só vão sair pra fazer a cobertura sobre alguma coisa pra colocar nas colunas diárias deles. Humpf! Uma guerra é um prato cheio pra esses sanguessugas. — e nessa hora, Dona Griselda escuta a nossa conversa e se aproxima de nós. Quando eu penso que a megera vai repreender Mandy e eu, ela acaba indo falar com a Ávalon. Ela chega, olha para Ávalon, com sangue nos olhos, e começa a sussurrar.

— Isso tudo é culpa tua! Tu ficou fazendo todo aquele barulho e aquela gozação... E deu no que deu! Então, eu só vou te dar um aviso... Na próxima gracinha que tu fizer comigo, eu mesma vou te dar a surra que tu merece e que os teus pais não te deram. Então... Não me provoca! Tu não me conhece! — sussurra Dona Griselda no ouvido da Ávalon, ameaçando-a. Em seguida, ela volta a caminhar pelo ônibus.

Depois que a Dona Griselda se afasta, Ávalon não diz nada. Quando eu viro para trás, eu vejo que ela e Stella apenas se olham, com expressões de deboche e ignorando completamente a ameaça. Realmente, elas não sabem com quem, ou o que, estão lidando, e é minha função fazer com que elas tenham mais cuidado. Então, o ônibus volta a ficar calmo e, após mais alguns minutos, nós enfim chegamos à Escola.

Ao chegarmos, eu vejo que vários carros já estão no estacionamento, incluindo o do meu pai; então eu me despeço das meninas e de alguns outros aliados, que continuam sérios e preocupados com o jeito como o passeio terminou. Nessa hora eu penso no quanto havia reparado que o dia estava bom de mais e que uma calmaria anormal é um sinal de que uma tempestade está por vir. Coincidentemente, quando olho para o céu, vejo que nuvens de tempestade estão a caminho, ou seja, o tempo está se armando junto com os ânimos na Escola.

Quando entro no carro e conto ao meu pai sobre os acontecimentos, ele apenas ri, pois acha que tudo não passa de uma birra do Hugo e da Bella e que não vai dar em nada. Gostaria muito que ele estivesse certo, pois uma guerra na Escola não apenas vai atrapalhar os meus planos, como também vai fazer com pessoas inocentes e que não têm nada a ver com a briga dos monarcas acabem se machucando, assim como acontecia nos anos 80. Ao chegar em casa, já é possível sentir um vendaval.

— Oi, filho! Já chegaram?! Me ajuda a fechar as janelas, porque parece que está vindo um temporal. — diz a minha mãe quando me vê chegar.

— É! Vem sim! E dos grandes! — respondo.

— E como foi o passeio?! — pergunta a minha mãe.

— Ah, foi bom! Fomos na Casa de Cultura Mario Quintana, no Gasômetro, na Câmara dos Vereadores, na Prefeitura, no Lago dos Açorianos, no Palácio Piratini, na Catedral, no Mercado Público... Que foi onde a gente almoçou... E na volta... Teve até declaração de guerra. — conto.

— Declaração de guerra?! — indaga minha mãe, surpresa.

— É! O Hugo e a Bella se ofenderam... E agora é possível que a Escola toda pague por isso. Bom... vou pro meu quarto trocar de roupa e já te ajudo a fechar as janelas. — digo e, quando vou para o meu quarto, Thor me acompanha.

Quando entro no quarto, me sento na cama e fico digerindo o que aconteceu hoje. De repente olho para o meu bidê e me deparo com a folha vermelha de plátano, o primeiro aviso que tive sobre as coisas que estavam para acontecer. Então pego a folha na mão, a admiro e penso que finalmente estou compreendendo o porquê de tê-la encontrado. Em seguida, eu a guardo no meio de um livro qualquer, para conservá-la. Depois troco de roupa e vou ajudar a fechar as janelas da casa, como a minha mãe havia pedido. Não demora muito até que a chuva chegue, acompanhada de raios e trovões.

CAPÍTULO XVIII

Formação de Alianças

Depois de uma noite tempestuosa, a manhã desta quinta-feira, 27 de março, com temperatura de 15°C, segue nublada e encharcada. Talvez seja este um dia perfeito para haver pânico e preocupação com a guerra que foi declarada ontem. Ao chegar à Escola, eu vejo que algumas pessoas ainda estão tranquilas, provavelmente por ainda não saberem de nada, enquanto várias outras já demonstram apreensão. De certo modo, é esperado que nem todos saibam, porque a maioria dos alunos, diferente de mim, não tem o hábito de ler o Jornal da Escola todos os dias.

Hoje é o primeiro dia em que vejo vários alunos que, assim como eu, estão usando o *blazer* do uniforme ou estão usando a camisa de mangas longas, sendo poucos os que ainda estão no padrão verão, com mangas curtas. Isso se deve, claramente, à sensação térmica, que está muito mais baixa do que nos dias anteriores. E se a guerra for mesmo para frente, serão as pessoas que se tornarão cada vez mais frias e hostis e farão com que o fato de estarmos numa estação como o outono torne-se mero detalhe.

Quando entro no prédio, já há várias pessoas em volta do cavalete em que o jornal fica exposto. Todos querem se inteirar da situação, e eu fico sem ter como chegar perto do jornal. A única solução que encontro é ir me enfiando dentro do mar de pessoas para atravessá-lo e chegar perto do plebeu que está com o jornal nas mãos. Sou bem-sucedido nessa ação e consigo ler um pouco do conteúdo da primeira página. O título da manchete é "REI DOS INTELIGENTES DECLARA GUERRA AOS POPULARES". Já o subtítulo é "Com ofensas baratas e desnecessárias à Rainha Bella, o Rei dos Inteligentes declara guerra aos Populares". Basicamente, quem escreveu a matéria quis colocar a culpa de todo o ocorrido em cima do Hugo e fazer com que Bella seja vista como uma pobre vítima. Quem escreveu essa matéria, com toda a certeza, foram os jornalistas de ontem, já que a foto que aparece é do Hugo e da Bella brigando no ônibus. Depois que consigo ler o que eu queria, eu saio do meio da multidão, do mesmo jeito como entrei, e vou seguindo até a minha sala de aula.

No caminho, eu ouço os comentários dos alienados pelo jornal, como "Meu Deus! No que é que esse Rei está pensando?!", "Esse Rei não queria que o décimo Reino fosse fundado e agora vem com essa!", "Tinha que ser o Rei favorito da Direção! Ninguém se opõe ao que ele faz!" e "Coitada da Bella! Deve ter ouvido absurdos vindos daquele metido!". Realmente, apesar de eu ter motivos reais para odiar o Hugo, eu fico muito enojado em ver a enorme distorção dos fatos feita pelos editores do jornal. O fato é que os editores trabalham para os outros monarcas, os quais têm muita inveja do Hugo, por ele ser o favorito da Direção e, desde que o Hugo ganhou um Grupo pra ele, para que pudesse reinar e tomar suas próprias decisões, ele vem sendo constantemente atacado. Outro motivo que leva o jornal a odiar o Hugo é o fato de o considerarem feio, sendo que a beleza é o requisito primordial para ser um nobre na atual realidade desta Escola. Porém, mesmo que nem todas as coisas ruins ditas sobre o Hugo no jornal sejam verdade, não quer dizer, também, que seja tudo mentira.

Quando estou nas escadas, quase chegando ao quinto andar, eu paro, pois ouço as vozes dos monarcas Anna Sophia, Matheus, Carlota, Giovanna, Wanda, Fafá e Bella. Enquanto eles conversam sobre a guerra, eu apenas fico parado, tentando ouvir o que dizem e, para que não pareça que estou bisbilhotando, eu fico fingindo que estou mexendo no celular.

— Eu já falei pra vocês, que eu concordei em apoiar o Hugo. Que tipo de pessoa eu seria se eu voltasse atrás com a minha palavra, assim, sem mais nem menos?! – questiona Giovanna.

— Olha só... A Rainha da Natureza, a pessoa que diz "dane-se a natureza"... e que é desonesta pra caramba... quer cumprir com a palavra dela! – provoca Matheus.

— Ai... É mesmo, linda! Isso não combina contigo. – diz Wanda.

— E tu sabe que, se tu apoiar esse metido e ficar contra nós, tu vai te arrepender, né?! – diz Anna Sophia, tentando demonstrar sensatez.

— É verdade, Gi! Eu não esperava que tu fosse nos trair desse jeito. Apoiar um Rei que defende o plebeu mais lixo da Escola! Ai, eu tenho horror àquele louro falso! Urgh! Ele deve colorir aquele cabelo dele, todo santo dia, antes de vir pra Escola. – diz Fafá, já falando sobre algo que não tem nada a ver com o assunto.

— Ah, olha quem fala! A calopsita, que acha que, porque ela gosta de fazer luzes, todo mundo tem que fazer o mesmo. Aff! – diz Matheus, ridicularizando o Fafá.

— Ai, me deixa em paz, seu ridículo! – responde Fafá.

— Ui! Ai meu Deus! Ela conseguiu me ofender, a bicha louca! Ai, ela me chamou de "ridículo"! – debocha Matheus, e quando Fafá está prestes a retrucar, Bella intervém.

— Chega, vocês dois! Isso não é uma situação pra gente se desunir. Lembrem-se, o Hugo me ofendeu ontem e, não estando satisfeito, ainda quis declarar guerra. E agora que a guerra já está declarada... eu não posso ficar sem o apoio de vocês. – diz Bella.

– Bella... Todo mundo aqui te conhece muito bem. E todo mundo sabe que não foi bem assim. O Hugo não compra briga com as pessoas, a não ser que respondam a ele de um jeito que ele não gosta. Fora que vocês todos ficaram enchendo o saco dele por causa da proteção que ele deu pros plebeus dele e, se ele se irritou contigo ontem, Bella... é porque alguma coisa tu deve ter feito. – conclui Giovanna.

– Urgh... Eu só mandei ele fazer as plebeias dele calarem a boca. Já que ele não deixa a gente dar ordens pros plebeus dele... Aí ele veio e disse que eu e as minhas amigas somos mais burras do que o Wagner, a Paskes e a Rebecca. – responde Bella.

– Viu?! Tu MANDOU ele fazer algo. Ele não suporta ser mandado. EU nunca pude mandar nele enquanto ele estava no meu Reino. – diz Giovanna, deixando Bella embasbacada e sem ter o que responder.

– Ah! Mas não interessa! Eu vou apoiar a Bella de qualquer jeito. Eu não suporto essa ideia de dar proteção aos plebeus. Vamos dar um fim a esse grupinho lixo do Hugo... De uma vez por todas! – diz Matheus.

– *Oui*! Eu também penso assim. E vou ficar do lado da Bella. – diz Carlota.

– É, eu também. Defensores de plebeus não passarão. – diz Fafá.

– Ai, queridas, queridos, assim... eu ainda tenho que ver o que eu faço, sabe... Porque eu não sei se eu quero colocar o meu amado Grupo numa guerra. – diz Wanda com o seu jeito dengoso e falso.

– Tu está pensando em dar pra trás comigo?! – questiona Bella e, quando Wanda responde, eu acabo ficando sem conseguir ouvi-la, porque Hugo e Keyty, acompanhados de Walter e Karin, ao saírem do elevador, me veem e vêm na minha direção, enquanto Hugo fala comigo.

– Bom dia, Leo! Já chegou?! O que tu está fazendo aqui?! – me questiona Hugo.

– Estou apenas verificando algumas mensagens no celular, Majestade. – respondo.

– Hmmmmm, sei! Bom, enfim, eu estava resolvendo algumas questões com a Keyty e... nós já temos a nossa primeira aliada pra guerra. – diz Hugo.

– Maravilha! Então a guerra vai mesmo pra frente?! – indago.

– Óbvio que vai, ô, lourinho! Óbvio que vai! A gente vai dar um pau nesses racistas aí! – diz Keyty, falando num tom alto o bastante para ser ouvida pelos outros.

– Está falando comigo, ô, escrota?! – pergunta Matheus e, quando Keyty está prestes a responder, Bella intervém.

— Tá! Parem vocês dois! A gente vai ter bastante tempo pra brigar na guerra, sabiam?! – diz Bella, enquanto Hugo, Keyty, Walter, Karin e eu nos aproximamos deles.

— É verdade, Bella! Só é uma pena que nós duas estaremos em lados opostos. – diz Giovanna, enquanto Bella e seus aliados a encaram. Então ela diz: – Ué?! Que foi?! O Hugo já foi do meu Grupo e ia até me suceder se tivesse continuado. Então é natural que eu fique do lado dele, até mesmo porque eu sei que vocês infernizaram a vida dele por essa questão da proteção aos plebeus. Então...

— Que ótimo! Antes, de monarca porcaria, a gente só tinha a neguinha espalhafatosa, a bicha louca e a defensora dos animais, que gosta de plebeu. Agora nós temos o Hugo, que protege os plebeus dele, temos a Giovanna, que fica do lado do Hugo e, como se não bastasse... temos também o projeto de perua da Wanda, que não sabe o que faz da vida. – diz Matheus, de forma asquerosa e preconceituosa que acaba irritando o pessoal.

— Opa, opa! A neguinha espalhafatosa tem nome, ô, babaca! – grita Keyty.

— A bicha louca também, tá! – acrescenta Fafá.

— Projeto de perua?! – indaga Wanda, que fica com a boca aberta e de queixo caído. Então ela faz um ultimato: – Olha aqui, ô, projeto malfeito de machão... Ou tu me pede desculpas agora, ou... eu não apoio mesmo vocês nesta guerra ridícula.

— Até parece que EU vou pedir desculpas! Ainda mais pra mulher! Aff, faça-me o favor, ô, piranha! A gente é que não precisa da tua ajuda. – responde Matheus.

— Muito bem! – diz Wanda, que, furiosa, respira fundo e volta a falar: – Pois então, eu não vou ajudar ninguém. Vou ficar na neutralidade... E a minha decisão é pra valer. Não volto atrás. Tá bom?! 'Briguiada! Urgh! – e ela vira de costas e começa a caminhar em direção à sala dela.

— Valeu, Matheus! Acabo de perder uma aliada. – diz Bella.

— Que tal fechar a matraca, hein?! Só um pouquinho! – diz Anna Sophia, enquanto Matheus apenas as encara com expressão deboche.

— Ainda bem que eu não estou na mesma aliança desse racista, machista e homofóbico! – comenta Keyty.

— Ai! Bem que eu devia sair também! Só vou continuar pela Bella e pela Carlota. Porque se não fosse por elas... – diz Fafá, que é interrompido.

— Tu não tem é força de vontade, ô, veado! – diz Matheus, interrompendo o Fafá e, quando o Fafá está prestes a responder, Hugo fala.

— Aff! As duas querem parar! – intervém Hugo, feminizando tanto o Rei *gay*, quanto o Rei metido a machão. Logo ele volta a falar: – É sério! Se vocês querem declarar uma guerra contra mim e as minhas aliadas... vocês poderiam, pelo menos, se unir, né?! Quem sabe vocês têm alguma chance!

— Tu vai ver "as duas", ô, desgraçado! Eu mesmo vou acabar com a tua raça nesta guerra! — diz Matheus, encarando Hugo. Quando para de encarar, ele fala para todos ouvirem, incluindo os plebeus que passam ao lado e escutam parte da conversa: — Hoje é dia, né! Tiraram o dia pra me encher o saco! Eu fico ouvindo baboseira das rainhas peruas, do Hugo, da negona e até do veadinho! Só falta o plebeu querer vir me dar sermão também! — ele termina de falar e todos me olham.

— Hámmmm... — expresso, devido ao nervosismo que a situação me trouxe, até que crio coragem e falo o que o Rei da Fênix merece ouvir: — Bom... eu até entendo que Vossa Majestade me despreze por eu ser plebeu, mas o que o senhor faz com suas próprias aliadas... Com a Rainha Keyty também. Vossa Majestade sabia que racismo é crime no Brasil?! Agora... o que o senhor faz com o Rei Fafá... Sério... Desprezaar o cara o tempo todo só porque ele é *gay*... Vossa Majestade não para. Isso só me leva a pensar que, às vezes, quem desdenha quer comprar. — e nessa hora todos riem, menos o Matheus, que fica em estado de fúria.

— Agora tu me paga! Eu vou te... — diz Matheus, já querendo partir para cima.

— Calma, Matheus! *Mon Dieu*... A gente vai ter uma guerra inteira pra acabar com ele. Então... Respira, *mon ami*! — diz Carlota, tentando acalmar a fera. Então Matheus a olha, respira fundo e me encara.

— Eu não sei quem é esse "Monami" aí... Só sei que esse plebeu vai pro espaço! — grita Matheus.

— Ai, não basta ele ser um falso machão... Tem que ser ignorante também! Gente... — diz Fafá, fazendo com que Matheus se esqueça de mim.

— CALA A BOCA, VEADO! — grita Matheus.

— Ui! Feri a masculinidade dele! Socorro! — provoca Fafá, mas dessa vez Matheus não compra a provocação.

— É um pior que outro! Meu Deus do céu! — diz Matheus, que respira fundo, olha para mim e fala: — E tu, ô, seu plebeu lixo... Não te preocupa, tá! Eu não vou te bater... Não vou sujar as minhas mãos contigo, porque, afinal, eu tenho quem suje. — enquanto eu apenas o encaro de volta, fazendo uma expressão de pena. Logo Matheus vê a Aurora chegando e não perde a oportunidade de provocá-la, dizendo: — E olha só, a festa não para de melhorar! Parece que a defensora dos animais chegou. Vai, meu amor, me fala... Tu, com certeza, vai ficar do lado do Hugo, né! Pode falar, eu sei que tu é bem previsível. — quando Matheus termina a provocação, Aurora para e o encara.

— Hummmm, na verdade... Eu vou ficar na neutralidade. Não tem sentido eu evolver a mim, a minha corte e os meus súditos numa guerra sem sentido e... que não tem nada a ver com a gente. E sabe... Em retribuição ao "meu amor", que tu disse, eu até poderia responder, te chamando de "lindo". Mas não dá, né! Porque eu, graças a Deus, não sou o teu amor... E tu não é lindo. – responde Aurora, fazendo o pessoal rir e deixando Matheus sem graça, mais uma vez, porque até mesmo plebeus que assistem à cena, também não conseguem segurar o riso. Então, depois de dizer suas palavras, a Rainha dos Valentes, suavemente, entra em sua sala de aula.

– Eu vou fazer essa desgraçada pagar muito caro por isso! – resmunga Matheus e, em seguida, a sirene soa. Então, Matheus começa a falar de modo que todos o escutem: – É isso aí, galera! Essa espelunca vai entrar em guerra. Podem ir se preparando, porque quem vai se dar mal vão ser os plebeus. E os nobres do lado derrotado, é claro! É isso aí! A guerra começa na segunda, dia 31.

– É isso aê, povo! E quem vai se dar mal vai ser esse lixão ali! Porque a gente vai dar o pau que ele merece levar! Wuuuuuuul! – diz Keyty, apontando para o Matheus enquanto faz uma comemoração. Porém, ela é deixada no vácuo, pois todos sabem que com uma guerra iminente, não há o que ser comemorado. Então, enquanto todos vão indo para suas salas, a Rainha comenta: – Meu Deus! Que povo desanimado! Esses plebeus nem estão felizes que eu vou me dar bem, e eles não! Que coisa! – logo ela vira para mim e fala: – Olha só, ô, lourinho... Tu pode até ser um plebeu lixo, mas hoje... tu ganhou um pouco do meu respeito, por ter dito aquilo pro Matheus. Se continuar assim, quem sabe um dia... eu pare de te tratar como o plebeu lixo que tu é.

– Nossa... Fico tão agradecido com vosso elogio, Majestade! – respondo, em tom de deboche, enquanto Keyty apenas se afasta.

Depois disso, todos seguimos para as salas e, durante a aula de Física do Professor Olavo, Ávalon, Stella, Nina e Luna comentam comigo sobre a guerra.

– Qual que foi a conversa que estava tendo entre os nobres lá fora?! Eu vi que tu estava junto com eles. – pergunta Stella.

– Ah... Estavam acertando os detalhes da guerra. Parece que vai começar segunda, dia 31. – respondo.

– Já?! – indaga Nina.

– Meu Deus! – exclama Luna.

– O que os nobres têm de filhos da mãe, eles têm de retardados também. Pra quererem começar uma guerra... e só por causa daquilo de ontem! – acrescenta Ávalon.

– Ah, não foi só por causa do que aconteceu ontem. Aquela discussão de ontem foi só um estopim! Agora, sobre hoje... vocês tinham que ver os montes de coices que o Rei Matheus levou agora há pouco! – digo, e elas demonstram interesse pela história. Porém, quando estou prestes a começar a contar, o Professor Olavo olha para nós.

– Não sei se vocês notaram, mas eu estou dando aula! Poderiam largar a conversinha idiota de vocês e prestar atenção?! Com certeza, o que eu estou falando é mais interessante do que as asneiras que vocês estão tratando, então... – diz o Professor, com ar de deboche e de pura arrogância.

– Humpf! Tinha que ser a escória da humanidade, os plebeus! Depois, quando eu digo que tem que acabar com essa imundície... dizem que eu sou má! – comenta Juliana.

– No recreio eu conto tudo. – sussurro, e as meninas concordam. Enquanto eu sussurro, o Professor dá seguimento à aula.

A aula de Física segue chata, como sempre, e, quando a sirene soa, o Professor Olavo sai e é a Professora Victória quem entra. O problema é que, desta vez, a Professora Victória aparenta estar muito chateada, o que provavelmente se deve aos últimos acontecimentos.

– Bom dia a todos! – diz a Professora Victória, que faz uma pausa e logo continua: – Creio que todos aqui devem saber o que está acontecendo na Escola. E sobre isso eu apenas gostaria de dizer que... eu me lembro muito bem do inferno que isso aqui era nos anos 80, quando os Grupos da Escola viviam em guerra. Agora, em pleno 2008, por razões fúteis, vindas de meia dúzia de pessoas cheias de poder nas mãos, mas desprovidas de bom senso e de empatia... a Escola inteira vai pagar o pato e retroceder vinte anos. Sabem... Há exatamente uma semana, eu disse que era pra vocês aproveitarem bem o ano, estudar bastante, fazer valer a pena vir aqui todos os dias... Pois é, eu disse! Mas acho que as prioridades são outras. Então, parabéns a todos os envolvidos... Rainha Bella, Rei Hugo... e Ávalon, por ter servido de estopim. E agora... Às pessoas que apenas vão levar a pior... não permitam ser feitos de fantoches e não deixem isso ir longe demais. É o conselho que eu dou. – ela para mais uma vez, respira e continua: – Bom, enfim... Vamos começar a nossa matéria de hoje. Vamos falar sobre a importância da Lua pra vida na Terra.

Depois de demonstrar o quão indignada está com a situação, a Professora Victória segue com a aula normalmente e, felizmente, nenhum problema ocorre até o recreio. Quando a sirene soa, todos seguem para as áreas de seus respectivos Grupos e, quando os meus aliados já estão quase todos à minha volta, eu conto sobre o que houve hoje cedo no corredor e sobre os cortes que o Rei Matheus levou. Obviamente, todos acharam a história muito engraçada e, se já não nutriam qualquer respeito pelo Rei da Fênix, agora o desprezam completamente.

– Eu sempre achei aquele idiota um metido mesmo. Bem-feito! A Rainha Aurora tem a minha admiração, e... claro, tu também, né, Leo! – diz Nina.

– Hah! Eu vi a cena! Todo mundo que respondeu àquele desgraçado está de parabéns hoje. – diz Laerte.

– Aquele cara acha que é machão. Acha que é forte... Mas se ele não tivesse o poder que tem... Hah! Ia ser bem diferente. – diz Daniel.

– Aquilo lá é um falso machão. Faz favor! O meu namorado parte aquele miserável no meio. – diz Ophélia.

– Humm... Olha só... A coisa tem namorado... Quem diria! Deve ser outro ogro pra ficar com isso aí! – diz Sid, provocando Ophélia.

– Que tal tu dizer isso que tu acabou de dizer na frente dele?! – indaga Ophélia e, como Sid não lhe responde, ela continua: – Pois é! Tu não te atreveria, né! Porque se ele é capaz de partir o Matheus ao meio, imagina o que ele não faria contigo!

– Olha, gente... Eu odeio atrapalhar a discussão do Sid e da Ophélia, mas... é que mesmo que aquele palhaço continue sendo um palhaço... nós ainda temos uma guerra pela frente. Vocês não estão preocupados?! Ou será que sou só eu?! – indaga Luna, demonstrando estar nervosa.

– Nervosos todos estão um pouco. Mas ficar sofrendo à toa, enquanto a guerra ainda nem começou, também não ajuda em nada. – diz Luigi, que logo recebe o apoio do Sid, do Osmar, do Daniel e do Wagner.

– Éeeeeh! E vai que lá no final a guerra acabe sendo uma coisa boa! – diz Wagner, e todos arqueiam as sobrancelhas enquanto o olham. Logo ele continua: – Porque saca só... Pode acabar sendo igual àqueles filmes de guerra, que têm as bombas, têm o drama, o cara salva a mocinha e aí os dois se dão um monte de beijos na boca no final. Vão dizer que vocês nunca quiseram viver uma história dessas e ainda serem chamados de heróis no final?! Ã?! Ã?! Ã?! Hein, hein, hein?! Imagina só! – ele para de falar, e fica um silêncio, pois ninguém sabe como responder à altura. O silêncio dura uns segundos, até Stella rompê-lo.

– Tu é retardado, né?! – pergunta Stella a Wagner.

– Ele é! – responde Sid.

– É a única explicação! – diz Stella, e Wagner olha na cara dela, crendo que ela está brincando. Logo Stella fala em tom mais sério: – Qual é o teu problema?! Vê se acorda, ô, idiota! Esta Escola está entrando em guerra! E quem vai apanhar vamos ser nós e... bom, principalmente tu, né! Já que tu é o escravo de confiança!

– Aaaah... Não sabe nem brincar, essa Branca de Neve do Inferno! – diz Wagner.

– Ô, Wagner... Tenho uma missão pro escravo de confiança... No caso tu. Então... Vem já aqui pegar a lista de lanches que tu deve comprar pra mim, pras princesas, e... pro trouxa do Walter! – grita Hugo, enquanto Wagner apenas encara Stella.

– Era mais ou menos desse tipo de "brincadeira" que eu estava falando. Agora vai lá, ô... Escravo de confiança! Obedece ao Rei, pra não precisar ser expulso. – diz Stella e, como Wagner não obedece, ela grita: – VAI! – então Wagner, como um cachorro adestrado e sem ter opções, enfim obedece.

– É! Quem diria que a minha brincadeira ia terminar numa guerra! – diz Ávalon.

– Não, Ávalon! Não foi por causa das tuas brincadeiras. E muito menos por causa da musiquinha que tu cantou pra Dona Griselda. Lembra do que a Professora Victória disse?! Que tu serviu de estopim?! – pergunto à Ávalon, que, sem entender muita coisa, faz que sim com a cabeça. Então eu continuo: – Pois é! A verdade é que eles já estavam loucos pra declarar guerra um pro outro, há muito tempo, já que eles não se suportam. Porém, eles não tinham motivo. Então, eles se apegaram na primeira coisinha que apareceu, como, por exemplo, uma plebeia fazendo graça. Aí, como a Bella dizia que tu tinha que ser punida, o Hugo tinha que ser contra. Aí a Bella aproveitou pra questionar a autoridade do Hugo, e ele... por fim... usou a situação para declarar guerra. Desse modo, parece até que a responsabilidade não é deles, mas sim tua, Ávalon. E agora eles vão fazer todos acreditarem que tu é a grande culpada por tudo. E se tu deixar, vão fazer com que tu também acredite nisso. – digo, e todos demonstram entender. Então eu pergunto: – Entenderam o porquê do Hugo ficar nos protegendo e ainda deixar a Ávalon impune, mesmo depois de ela ter ofendido a Dona Griselda?!

– O pior de tudo é que está dando certo. Tem um monte de gente que já está culpando a Ávalon. Até ela mesma já está se mutilando psicologicamente. – diz Mandy.

– Pois é, Ávalon! Não deixa esse pessoal te persuadir desse jeito. Não cai na deles! O que eles querem mesmo é fazer alguém de saco de pancada. – diz Laerte.

Enquanto o pessoal fica tentando dar um apoio para a Ávalon, Hugo, depois de mandar Wagner à Cantina, sai de dentro da sede e começa a fazer um pronunciamento.

– Um minuto da atenção de todos os súditos! – diz Hugo em alto tom.

– O Rei quer falar! Calem a boca, já, seus plebeus de uma figa! – grita Walter, como se a vida dele dependesse disso.

– Cala a boca tu, ô, gordo imbecil! – grita Hugo, e Walter apenas se cala e baixa a cabeça. Logo Hugo volta a olhar para nós e fala: – Enfim... como todos bem devem saber, nós estamos entrando em guerra contra os Populares! O problema é que o inimigo não se resume apenas ao Reino dos Populares, mas também ao Reino da Modernidade, da Fênix, da Moda e dos Melhores. Felizmente, nós teremos do nosso lado o Reino do Rock e o Reino da Natureza, mas infelizmente, não teremos o apoio da Rainha Aurora, porque a traidora desgraçada quis declarar neutralidade. Então, justamente por estarmos em desvantagem numérica, nós vamos precisar nos organizar muito mais. E é por isso que eu quero que vocês comecem a trazer as munições amanhã mesmo. As munições são: farinha, ovo podre, balões d'água e... quem quiser trazer bombinhas, pra causar uns estouros... ou quiser trazer também gelo seco, pra dar efeitos de fumaça... Também vai me deixar bem feliz. E quanto aos brutamontes daqui... é bom que já comecem a se exercitar, porque vai ter pancadaria também, e eu não quero que a gente fique no prejuízo nessa parte. É isso! Se preparem, que quanto mais cedo a gente acabar com essa guerra, mais cedo vocês param de sofrer.

A maioria dos plebeus aplaude o discurso do Rei, mas os meus aliados e eu apenas fingimos, pois consideramos as palavras dele absurdas. Em seguida, Hugo volta para dentro da sede.

— "Quanto mais cedo a gente acabar com essa guerra, mais cedo vocês param de sofrer!"! O cara disse isso... E esse bando de imbecis, intitulados "Inteligentes", acha bonito e aplaude?! É piada, isso, né?! — indaga Stella.

— Ah, vocês sabem como que as coisas funcionam... É que o Rei é um cara muito direto, que ainda está se envolvendo numa guerra por nós pra poder continuar nos protegendo. Afinal, ele se preocupa com a gente. — digo, em tom de sarcasmo, para debochar dos apoiadores do Hugo.

— Ai, o Rei é tão direto! Ele está até se envolvendo numa guerra por nós, pra poder continuar nos protegendo. Isso é porque ele se preocupa com a gente! — diz Rebecca e, quando Stella e eu a ouvimos, nós apenas nos olhamos, pois não podemos acreditar que, sem querer, eu adivinhei o que ela iria dizer.

— Humpf! Esses imbecis vão se ferrar, e ainda estão felizes só porque é o Rei quem está mandando eles irem se ferrar. Aí, são pessoas como eu que têm que ir dar e levar socos, tudo em nome do Rei. Meu... Isso não pode estar acontecendo. — diz Daniel, que logo é interrompido por um "Shiiiu!", vindo do Luigi. O motivo da interrupção é que o Príncipe Walter se aproxima.

— Ô, seu plebeu imundo! — diz Walter, que, olhando para mim, logo continua: — O Rei quer te ver! Acho bom tu ir pro gabinete dele agora, pra não deixar ele esperando. E se tu não for agora... neste instante... EU te levo à força! — ele fala com seu tom extremamente arrogante, o que deixa muita gente irritada.

— Certamente, Alteza! Eu vou! Não será necessário o uso da força. — digo, tentando evitar problemas desnecessários, mas, mesmo assim, todos continuam olhando para Walter com sangue nos olhos. Quando entro na sede, as princesas já me olham com expressão de nojo, enquanto o Hugo, que está sentado no Trono, me encara com apatia. Como ainda estou fazendo o meu teatro, eu faço uma reverência e, ainda, falo de forma respeitosa: – O Senhor queria me ver! No que posso ser útil a Vossa Majestade?!

– Vamos ali pro meu gabinete. Que ali eu explico melhor e... sem certos olhares! – diz Hugo, referindo-se aos olhares das princesas. Quando já estamos no gabinete, ele ordena: – Senta! – eu obedeço e ele começa a falar do que interessa: – Bom, que nós estamos em guerra, tu já sabe, né! E é por isso que eu vou precisar de alguém que cuide do controle de tudo. Eu quero que tu verifique se nós temos munição o bastante e fiscalize quem está trazendo munição, ou não. Vai ser necessário que as altas e as baixas sejam registradas, e... enfim, tudo vai passar por ti. Aí tu faz um relatório e entrega pra mim no final do dia. Que tal?!

– Vossa Majestade quer eu seja comissário... tesoureiro de guerra?! Muito bem! Aceito. – digo.

– Ah, é bom que aceite mesmo, porque isso não era um convite. – diz Hugo, querendo me humilhar. Em seguida ele pega algumas folhas grampeadas na gaveta dele, as coloca à minha frente e, então, começa a explicar: – Essa é a tabela que eu preparei pra ti. Aqui tem os nomes de todos os plebeus, incluindo o teu. Tu vai anotar aqui, na lacuna de cada dia, se o plebeu contribuiu com a vitória do nosso Reino, ou não. Se o plebeu trouxer munição, tu coloca um "OK", mas se não trouxer... tu coloca um "X". Com o teu nome, tu não precisa te preocupar, porque quem vai te fiscalizar vou ser eu mesmo. E é isso! Então?! Alguma pergunta?!

– Não, Majestade! Nenhuma! Acho que não tinha como ser de outro jeito mesmo. – digo ao Hugo, que, com uma expressão presunçosa, demonstra orgulhar-se muito de si mesmo, enquanto olha para a tabela que fez. Logo eu vejo um catálogo na mesa dele, no qual constam os modelos de todos os adornos que os nobres usam, principalmente as coroas. Então resolvo comentar: – Esse é o novo catálogo, Majestade?! No qual o nosso Grupo finalmente foi inserido?!

– Nhé! É sim! O nosso Grupo foi incluído e... Argh! O grupinho da Bella também foi. Humpf! Tu não tem noção do nojo e da vergonha que eu sinto do MEU Reino ser inserido junto com o dela nesse catálogo. Isso só aumenta a minha vontade de seguir em frente com a guerra. E, aliás... tu não quer esse pra ti?! Pra guardar de recordação?! – pergunta Hugo, que ainda acrescenta: – Logo vão ter que atualizar tudo de novo mesmo, porque depois que a gente ganhar essa guerra, eu não vou permitir que o Reino dos Populares continue existindo.

– Naturalmente, Majestade! E muito obrigado pelo cargo e... Pelo catálogo. – digo e, então, pego as folhas e o catálogo. Em seguida, a sirene soa.

— Enfim! É melhor eu já ir te anunciar a todos como comissário antes que todo mundo vá pra sala. Se bem que, do jeito que todo mundo é vagabundo e preguiçoso... Humpf! Eles demooooooram pra voltar pra sala. Mas quando é pra ir pro recreio, ou pra ir embora, eles vão rapidinho. – diz Hugo.

— É! Pior que nisso... eu sou obrigado a concordar! – digo, sem fazer qualquer fingimento, pois estou sendo sincero.

— Ainda bem que tu concorda comigo! Ainda bem! – diz Hugo, de forma arrogante. Em seguida, quando saímos da sede, acompanhados pelas princesas, o pessoal já está começando a voltar para as salas e, por isso, Hugo começa a gritar: – Eu tenho mais um comunicado a fazer. Ninguém pode sair daqui ainda! – ele espera todos olharem para ele e continua: – É o seguinte... eu acabo de dar, ao meu membro de confiança, a função de comissário de guerra. Isso significa que é ele quem vai controlar todo o fluxo de munição que entra e que sai. Vocês têm que entregar tudo pra ele. Quem não trouxer nada, na primeira vez vai ter que se apresentar pra mim. Na segunda, está suspenso. E na terceira... ESTÁ EXPULSO! Amanhã já está contando. Agora que foi feito o comunicado, vocês podem ir pras salas. JÁ! – e todos o obedecem. Porém, meus aliados e eu paramos quando vemos Wagner chegando.

— Olha... O Wagner só chegou agora com os nossos lanches. – diz Karin, quando vê Wagner trazendo, de bandeja, tudo o que lhe foi solicitado.

— Era óbvio que ele ia fazer tudo errado! Olha a hora! – reclama Janaína.

— Tinha que ser! Plebeu vagabundo! – diz Walter.

— Mas... Mas eu... – diz Wagner, que logo é interrompido.

— Agora a gente vai ter que voltar pra sala e não vai poder lanchar. – diz Karin.

— O que tu pretende fazer sobre isso, ô, idiota?! – indaga Janaína.

— Eu digo o que vai ser feito agora. O escravo de confiança vai ficar plantado na porta da sede, enquanto a gente come. Sossegadamente! – diz Hugo.

— É! Acho uma boa, mas... tipo... pra gente, que tem cérebro, uma aula perdida não vai fazer falta, mas pro Wagner... – diz Karin, fazendo de conta que se importa com a situação do pobre Wagner.

— É! E fora que a gente é nobre, né! Se a gente se atrasa, a gente pode entrar no meio do período, ou quando a gente quiser. Mas o Wagner, que é plebeu... ai, coitado! Bom... A gente até poderia deixar ele entrar junto com a gente, mas... Como ele precisa ser punido... Então, né... Ele vai ter que esperar o próximo período. – diz Janaína, também fazendo o seu teatro.

— E quem é que se importa com esse plebeu vagabundo?! Humpf... Porque depois que ele cometeu essa falta gravíssima, de atrasar com a entrega dos nossos lanches... ele tem é que dar sorte por não ser expulso pelo Rei! – diz Walter.

– Nhé... E o pior é que dessa vez eu tenho que concordar com o Walter! – diz Hugo, enquanto Walter demonstra enorme satisfação pelo que escuta. Em seguida, Hugo se vira para o Wagner para lhe falar: – E ai de ti, se tu, por um instante que seja, acabar saindo do teu posto! Tu vai ser expulso na hora! – e quando se vira para a multidão, ele grita: – E quanto ao resto de vocês... Vão pras salas, já! Que não tem mais nada pra ver aqui! – e por fim, todos os nobres, com suas expressões de nojo, pegam os lanches da bandeja e se trancam dentro da sede, enquanto Wagner apenas tem de ficar ali, parado, de guarda, sem poder reclamar e, muito menos, ouvir um mísero "obrigado".

– Como é que queriam que o Wagner fizesse tudo a tempo, se mandaram ele ir pegar as coisas quando o recreio já estava no fim?! – questiona Luna, enquanto finalmente começamos a caminhar para o prédio.

– Tu não entendeu?! Isso era planejado. Eles queriam que o Wagner não fizesse tudo a tempo, pra poder humilhar ele, como sempre. – responde Stella.

– É! E aí, eles fazem essa sacanagem toda, pra depois poderem se fazer de bonzinhos, dizendo que por causa da "falta gravíssima" do Wagner, eles poderiam expulsá-lo, mas optaram por não fazer. Argh! – completa Mandy.

– Que raiva que isso me dá! Que vontade de pôr a sede do Grupo abaixo, com esses nobres todos dentro! – diz Ophélia.

– Eu sei que eu já disse isso, mas eu vou dizer de novo: Segura a onda! – digo.

– Seguramos tanto a onda, que até uma guerra já acabou sendo declarada, né! – diz Ophélia, tentando me provocar.

– É, mas sabe que... agora que tu falou... me ocorreu que... talvez... esta guerra acabe sendo útil no fim das contas. Quem sabe a guerra aperte e o Hugo acabe mostrando quem ele realmente é. E se isso acontecer... quem sabe o pessoal se liga e, finalmente, se levanta contra ele. Com uma ajudinha, tudo é possível. – digo, e Ophélia demonstra gostar da ideia.

– Mas até lá o Wagner vai ficar pensando que tudo é culpa tua. Incluindo isso que aconteceu agora. – diz Nina.

– Não duvido! – respondo e, logo que adentramos o prédio, ficamos quietos.

Já na sala, a Professora Lisandra também expressa a sua frustração para com a guerra e acaba nem havendo aula de Literatura, porque tudo o que ela faz é falar, falar e falar. Sim, ela passa os dois períodos, exatos 100 minutos, falando sobre o passeio que terminou com uma declaração de guerra. Os nobres Inteligentes, que ficaram lanchando, entram com meia hora de atraso, enquanto Wagner só entra no último período da manhã. Como só tem blá-blá-blá da Professora, Wagner, para sua sorte e para a infelicidade dos nobres, acaba não perdendo conteúdo algum.

A única coisa que faz a Professora fechar a matraca é o barulho da sirene, o qual anuncia a hora do almoço. Então ela nos libera, mas promete continuar com o discurso no período de Redação. Na Cantina, o clima é tenso como sempre, mas desta vez os olhares tortos não são mais somente para o nosso Grupo; afinal, há uma guerra declarada e as pessoas estão olhando torto para todos os plebeus dos Grupos que são rivais aos seus. Esse fato torna claro que as fofocas já se espalharam e todos já sabem quem está contra quem, e quem está fora.

— Mas olha só! O Grupo mais imundo dessa Escola! Ainda bem que eu me sento bem longe dessa podridão e dessa ralé toda. — diz Jonas logo que entra na Cantina.

— Mas olha só! O maior almofadinha da nossa sala! É o *playboy* mais patético que eu já vi. O que tem de metido, tem de fresco. — retruca Ávalon.

— Como ousa falar assim comigo, ô, sua plebeia imunda?! Caso tu não saiba, eu sou um Príncipe! E fora que o almofadinha fresco aqui... se dá superbem com as gurias. A maioria chega a brigar pela minha atenção. Tu é que é uma vagabunda, que não sabe me respeitar do jeito que eu mereço. — responde Jonas.

— Vagabunda a minha amiga seria se fizesse parte desse povo que briga por um pedaço de cocô, que nem tu. E ainda bem que ela não te tratou do jeito que tu realmente merece, porque aí, sim, tu ia ver o que é bom pra tosse! — diz Stella.

— Ah! Então as meninas, que se atraem por mim, são vagabundas, hein?! Olha só o que pensam de ti, Luna! Até os teus amiguinhos... — diz Jonas que, já jogando sujo, acaba atacando quem não tinha nada a ver com a conversa. Por não gostar da distorção que Jonas faz, Stella se irrita e começa a se preparar para responder. Então, para evitar que tudo piore, eu intervenho.

— Jonas... Por que tu não te manda daqui, ã?! Será possível que tu não percebeu que ninguém te quer por aqui?! — falo, e Jonas me encara.

— Jonas... Mas o que é que tu está fazendo no meio desse chiqueiro aí?! Vem pra nossa mesa e deixa esse povinho pra lá... Deixa que sejam todos destruídos na guerra! — grita Juliana, exigindo que Jonas saia de perto de nós. Felizmente, ele lhe obedece, porém o estrago que ele causou por aqui ficou, pois Luna acaba ficando sentida.

— Luna... Tu sabe que não foi aquilo o que eu quis dizer, né?! Eu só falei aquilo, pra ver se o filho da mãe nos deixava em paz. Eu sei que tu não faz parte do exército de retardadas que vão atrás desse nojento. — diz Stella, tentando justificar-se.

— Só que eu já fui, né! Mas deixa pra lá! Eu sei que não foi essa a tua intenção. — responde Luna, não conseguindo esconder o quão chateada e ofendida está.

Depois disso, Stella prefere não falar mais nada, pois sabe que só pioraria a situação. Em seguida, o assunto passa a ser sobre a guerra, o qual continua, mesmo quando os nossos nobres chegam. No momento em que nos dirigimos à nossa área, o mesmo assunto segue e, quando a sirene soa, anunciando o fim da hora do almoço, todos seguimos para as nossas salas.

Ao chegar à sala, Ávalon, Stella, Mandy e eu nos sentamos juntos, como sempre. Por estarmos em silêncio, somos capazes de ouvir o que o Hugo e o Walter estão conversando, porém fingimos não estarmos prestando atenção.

— Eu não vou convidar esses plebeus pro meu aniversário! — diz Walter.

— Só que eu estou te mandando convidar. Vai ser bom que eles estejam lá, entendeu?! — diz Hugo.

— É que eu não quero eles lá! O aniversário é meu! — insiste Walter.

— Mas quem decide sou eu! Anda, convida! — ordena Hugo, enquanto Walter, muito relutante, lhe obedece. Então o Príncipe se levanta e vem em nossa direção.

— Ô, seus plebeus... Vocês querem ir no meu aniversário no sábado?! — pergunta Walter, que nos convida com a maior má-vontade do mundo.

— Pois é, Alteza... Querer, querer... A gente não quer... — diz Ávalon.

— Ótimo! Graças a Deus! — exclama Walter, aliviado.

— Mesmo assim, nós iremos com toda a certeza... à vossa festa de aniversário. — digo, no mesmo tom de deboche de sempre, e acabo estragando a alegria do Walter.

— Maravilha! — diz Hugo, fazendo Walter gemer de tanta indignação. Logo o Príncipe volta para o seu lugar, ao lado do Rei, e as meninas ficam me encarando.

— A gente tem que ir mesmo nessa porcaria?! — questiona Stella, sussurrando.

— Sim! Se o Hugo quer que a gente vá, é melhor nós irmos. Fora que vai ser bem mais interessante do que vocês imaginam. Isso eu garanto. — respondo.

— Se quiserem mesmo ir, é melhor que estejam em minha casa às quatorze horas em ponto! Não se atrasem! Bando de vagabundo! — nos grita Walter, de seu lugar.

— Ah! E vocês não querem ir na minha casa amanhã, depois da Escola?! Vocês podem ir pra almoçar. Dá até pra levar roupa de banho, pra gente tomar banho de piscina. Ã?! Que tal?! — pergunta Hugo, que nos convida com segundas, terceiras e quartas intenções.

— É... É claro, Majestade! Não é, gurias?! — respondo, e logo Ávalon e Stella forçam sorrisos e fazem que sim com a cabeça, enquanto Walter fica ainda mais frustrado.

— Eu não posso! Nem ir em vossa casa, nem ir no aniversário de Vossa Alteza, o Príncipe Walter! Eu já tenho compromisso de ir viajar com o meu pai no fim de semana! — diz Mandy.

– Tá! Tudo bem! Fazer o quê?! A Mandy não vai fazer falta! Mas o resto de vocês vai, né?! – pergunta Hugo, fazendo com que Ávalon, Stella e eu, novamente, forcemos sorrisos, enquanto fazemos que sim com a cabeça.

Felizmente, quando a Professora Lisandra entra na sala, nós podemos tirar os sorrisos falsos do rosto e paramos de correr o risco de receber mais convites do Rei. E claro, como prometido, o período da aula de Redação acaba sendo utilizado para mais um longo e inútil pronunciamento da Professora. Quanto ao último período do dia, de Educação Física, com o Professor Thadeu, é mais um treinamento de vôlei, só que bem mais violento do que de costume, pois acaba sendo um Grupo contra o outro.

Depois desse período marcado por inúmeras boladas e ofensas, finalmente chega a hora tão esperada de ir embora. Após tomar um banho e me despedir das meninas, eu vou para o estacionamento, onde o meu pai já está me esperando, e me vou.

No carro, a caminho de casa, eu aproveito para dar uma olhada no catálogo que o Hugo me deu, no qual eu foco principalmente nas coroas, visto que os cetros e os outros ornamentos variam muito pouco de um Grupo para o outro. As coroas, além de belas, são bem diferentes umas das outras, e o que eu considero ainda mais interessante é que elas imitam o *design* das coroas europeias.

A primeira coroa a aparecer é a do Reino da Modernidade, que imita o desenho da Coroa de Portugal, só que esta tem o forro em tecido camurça, cor bordô. A segunda é a do Reino do Rock, que imita a Coroa da Holanda, só que com o forro preto. A terceira é a do Reino da Fênix, que imita a Coroa da Rússia, só que com o forro cor laranja. A quarta é a do Reino da Moda, que imita a Coroa da França de Luís XIV, só que com o forro lilás. A quinta é a do Reino da Natureza, que imita a Coroa da Itália, com o forro verde. A sexta é a do Reino das Amazonas, que imita a Coroa da Noruega, com o forro cor-de-rosa. A sétima é a do Reino dos Valentes, que imita a Coroa da Inglaterra, com o forro cor carmim. A oitava é a do Reino dos Melhores, que imita a Coroa da Hungria, a qual não tem forro. A nona é do meu Grupo, que imita a Coroa da antiga Prússia, com o forro azul. A décima e última é a do Reino dos Populares, que imita a Coroa da Espanha, com o forro amarelo.

Fico vendo o catálogo durante todo o caminho e nem percebo quando chegamos. Ao sair do carro, percebo o quão agradável a tarde está sendo, que ainda há algumas nuvens no céu, enquanto o termômetro de parede está marcando a temperatura de 24ºC. A tarde é perfeita para descansar e relaxar um pouco, porque como terei de ir à casa do Hugo amanhã, eu precisarei estar bem disposto.

CAPÍTULO XIX

O Manicômio

Manhã de sexta-feira, dia 28 de março, há poucas nuvens no céu e a temperatura está em torno dos 17°C. Hoje é o dia em que, depois de anos, eu irei à casa do Hugo. Não estou nem um pouco feliz com isso, mas não nego que estou bastante ansioso. Felizmente, Ávalon e Stella estarão comigo. Antes de ir àquele lugar, tenho mais um dia na Escola, o qual será o meu primeiro como comissário de guerra. Então, antes de ir para a sede, eu, como de costume, vou ler a manchete do dia.

Entro no prédio e vou até o cavalete do jornal, sendo que na primeira página há um quadro com todas as bandeiras, que estão colocadas em duas colunas. No lado A, há a Bandeira do Reino dos Populares no topo e, abaixo desta, constam as bandeiras dos Grupos aliados, sendo na seguinte ordem, de cima para baixo: Modernidade, Fênix, Moda e Melhores. No lado B, a Bandeira do Reino dos Inteligentes está no topo, e abaixo desta está a Bandeira do Reino do Rock e, bem embaixo, a do Reino da Natureza. Num quadro separado e menor, aparecem as bandeiras dos Grupos neutros: Amazonas e Valentes. O título da manchete é "FORMADAS AS ALIANÇAS", enquanto o subtítulo apenas explica o que a imagem já demonstra.

Depois de ver isso, eu sigo até a área do meu Grupo, onde já há algumas pessoas me esperando para me entregar o que trouxeram. Na fila estão também Ávalon, Stella, Paskes, Vanette, Rebecca e Maria Judith. Destas citadas, as primeiras a me entregarem são Ávalon e Stella e, assim que eu dou o "OK" nas lacunas delas, elas decidem ficar comigo até eu terminar de verificar todas as entregas, para me dar uma mão. Elas vão me ajudando até que chega a vez da Rebecca fazer a entrega dela, porém tudo o que a ruiva chata traz é um saquinho, bem pequeno, de farinha.

– Foi só isso que eu consegui trazer pra hoje. – diz Rebecca, preocupada.
– Tranquilo! – respondo, enquanto anoto "OK" na lacuna dela.
– Eu sei o que tu vai fazer! Tu vai aproveitar que eu trouxe pouca coisa e vai anotar que eu não trouxe nada, né?! Eu te conheço! Tu quer se vingar de mim, só porque eu não vou com a tua cara. Tu quer acabar comigo, só pra... – diz Rebecca, até ser interrompida por Stella.
– Cala essa maldita boca, sua imbecil! – grita Stella.

— Olha, Rebecca... Me vingar de ti, gratuitamente, só porque tu não gosta de mim... seria algo bastante tentador, já que tu é insuportável. Mas, pra tua sorte, isso não é do meu feitio. – digo e mostro a tabela para ela. Logo que ela vê, eu volto a falar: – Viu?! Tu pode ficar tranquila. O Rei disse que era pra anotar quem trouxe e quem não trouxe, mas não falou nada sobre a quantidade que cada um deveria trazer. Agora, seria muito bom, de tua parte, se tu trouxesse mais coisas e em maior quantidade nos próximos dias. – então olho para a Maria Judith e falo: – Ô, Judith, tu também trouxe, né?! Deixa ali, no local apropriado, que eu já te registrei aqui. E aí tu me faz o favor de vazar daqui, junto com a tua amiguinha, antes que eu mude de ideia e acabe mesmo colocando caraminholas na cabeça do Rei que vocês tanto amam. – digo, já sem paciência, enquanto as duas, como era de se esperar, me olham com cara feia e se vão.

— Como essas duas são imbecis! Se eu fosse tu, Lion, eu colocava uma observação aí, dizendo que a Rebecca não trouxe quase nada. – diz Ávalon.

— Vontade não me falta. Mas fazer o quê! Essas duas são dignas de pena. – digo.

— Mudando um pouco de assunto... A guerra vai ser isso então?! A gente vai tacar ovo podre, farinha e outras coisinhas nos outros?! Porque... tirando o ovo podre... Isso é um desperdício absurdo de comida. – diz Stella, indignada.

— E eu não sei?! Diz isso pros responsáveis pela guerra. – respondo, e Stella se cala, porque realmente não há o que dizer.

Então seguimos recebendo as entregas dos outros e, claro, há várias pessoas que olham torto para mim e para a Ávalon, pois nos consideram a escória da Escola, eu por ser quem sou e Ávalon por ser a "grande culpada pela guerra", tal como os nobres, alguns membros da Direção e o jornal inventaram. Conforme vamos recebendo as coisas, a fila vai andando, até que chegamos na dupla dinâmica, Paskes e Vanette.

— Certo! OK pras duas! – digo, enquanto anoto.

— Ai, ô, Paskes... Vamos trazer gelo seco da próxima vez?! – pergunta Vanette.

— Óbvell que vamos! Gelo seco faz fumaça, né?! Vai ser superchique isso! Eu vou me sentir no cinema. O que será que eles usam pra fazer efeito de fumaça no cinema, hein?! – questiona Paskes.

— É... Gelo seco... Que se usa no cinema... Também. – respondo, pausadamente, pois não acredito que estou tendo que dar tal explicação.

— Então quer dizer que a guerra vai ser como num filme?! – conclui Paskes. Então ela e Vanette se olham e começam a gritar e a dar pulinhos. E assim que elas se contêm, Paskes acrescenta: – Ai, eu estou achando superchique esta história de guerra. Imagina eu fazendo um filme de guerra quando eu for pediatra em Nova York! – ela fala enquanto já começa a caminhar em direção ao prédio, acompanhada da Vanette.

– Ai, Paskes, que tudôôôôô! Também quero! – responde Vanette, enquanto todos ficam apenas observando-as, até que sumam de vista.

A sirene soa e eu sou obrigado a ficar recebendo as munições, até que o último da fila faça a sua entrega. Depois me dirijo para a sala, onde a Professora Vânia já está fazendo orações com a turma e dizendo que todos devem pedir perdão a Deus por estar entrando em guerra na Escola. Contudo, o que mais me impressiona é o fato de ela dizer que, quando as guerras são tramadas em nome de Deus, ou em nome da fé, elas acabam tornando-se "guerras santas" e que, por isso, são guerras do bem. A louca chega até a aconselhar os nobres a dizerem que a nossa guerra seja travada em nome de Deus, mas felizmente ela é ignorada. No período seguinte, o Professor Samuel resolve passar o período inteiro filosofando com a turma, sobre como as guerras são uma coisa errada, etc. Quanto à aula de Química, esta acaba sendo o mesmo desastre de sempre, mas pelo menos a Professora Liana não fala sobre a guerra.

No recreio, eu recebo as entregas daqueles que não me procuraram no primeiro horário. Recebendo tudo, eu vejo que o único a trazer o gelo seco, que o Hugo pediu, é o Luigi. Realmente, parece que ele está fazendo o possível para se dar bem com o Rei, só que é uma pena para ele que eu não vou colocar nenhuma observação especial a seu favor. Depois que todos fazem as entregas, Hugo se pronuncia mais uma vez, determinando que, a partir da próxima segunda-feira, todos devem fazer suas entregas logo que chegarem à Escola, para que nos recreios só haja retiradas para as batalhas. O Rei ainda ameaça, dizendo que quem descumprir essa nova regra será suspenso ou expulso, dependendo do humor dele.

Depois do recreio, a aula é de Espanhol e, sem dúvida, é a melhor aula do dia, isso para não dizer que é a única que presta. O Professor Edmundo até demonstra não gostar do rumo que a Escola está tomando, mas não fala nada, pois prefere apenas compartilhar com os alunos o seu conhecimento e a sua paixão pela língua espanhola. No tempo em que o Professor nos passa alguns exercícios para fazermos, Wagner vai até a mesa do Hugo.

– Ô, Hugo, eu vi que ontem tu convidou o Leo, a Stella e a Ávalon pra irem na tua casa. Posso ir também?! – pergunta Wagner, de forma bem informal.

– Mas olha só! O escravo de confiança chama o Rei pelo nome! Onde é que já se viu?! – comenta Walter.

– Nhé, né! Tu perdeu a noção do perigo, ô retardado?! – questiona Hugo.

– Ah, desculpa, Hugo... Erm... Quer dizer... Majestade! Foi mal aí, mas... Tá! Eu posso ir na tua casa hoje?! – pergunta Wagner, insistindo, enquanto Hugo e Walter apenas se olham.

– Olha... Não tem espaço no carro, pra que tu possa ir também. Se tu quiser mesmo ir, tu teria que pedir pra alguém te levar e... – diz Hugo, querendo dizer "não", mas tentando fazer parecer que a situação não depende dele.

– Tá! Eu falo com o meu pai, daí! – diz Wagner, que logo volta ao seu lugar.

– Tu só pode estar louco, né! – reclama Walter para Hugo.

– Tu acha que o pai dele vai querer levar ele lá?! O veio tem mais o que fazer! – diz Hugo.

– Meu Deus! O Hugo maltrata o Wagner... Chama ele de escravo de confiança... E o Wagner ainda quer ir na casa do Hugo. Qual é o problema desse idiota?! – questiona Mandy, sussurrando para mim.

– Pois é... É difícil dizer. Mas eu vou dar um palpite e dizer que o Wagner acredita, do fundo do coração, que se ele for até lá, vai conseguir ter um contato mais próximo e informal com o Hugo. E se ele conseguir isso, talvez o Hugo veja como ele é um cara legal e, talvez, pare de maltratá-lo. Bom... Eu acreditei nisso várias vezes, quando a gente estava na quarta série. – respondo.

– É! Pode ser! – diz Mandy.

– Ou talvez ele ache que a gente vai lá pra se divertir e que, por isso, ele não pode ficar de fora da boca. – diz Stella.

– Pode ser também, Stella. Ou ainda poder ser essas duas coisas ao mesmo tempo... Uma complementando a outra. Quem sabe o que deve estar se passando na cabeça desse bobalhão. – digo, e as meninas demonstram concordar comigo.

Depois que eu falo, nós voltamos a fazer os exercícios e, ao término dessa aula, é chegada a hora de ir embora, porém, dessa vez, não é o carro do meu pai que eu procuro no estacionamento, mas, sim, o carro do Seu Heinz, o pai do Hugo. Agora, quanto à atividade de encontrar o carro dele, não é nada difícil, pois o sobrevivente da Segunda Guerra está do lado de fora, escorado no capô, com os braços cruzados, usando óculos escuros do tempo da onça e com expressão de mal-humorado.

– Hugo... Não tem problema tu trazer as meninas junto, mas... Esse daí vai também?! – pergunta o Seu Heinz, enquanto aponta para mim.

– Nhé, eu convidei ele também. Algum problema, pai?! – diz Hugo.

– Ah, é que... Não vai ter espaço pra todo mundo no carro. Acho melhor a gente deixar esse vagabundo aqui mesmo. – diz o Seu Heinz, deixando Walter com esperança.

– A mãe deixou ele ir lá em casa hoje. E a gente combinou que a Stella vai no colo da Ávalon; como as duas são magras não tem problema. Talvez ajudem até a equilibrar o carro, já que elas vão estar de um lado e o Walter do outro.

Ah, e com o Leo no meio, é claro! – responde Hugo, debochando do peso do Walter mais uma vez.

– Mas essas duas *schlanges* não têm nem como compensar o peso do Walter. Precisaria de muitas mais pra equilibrar o carro. – diz o Seu Heinz, sendo que "schlanges" significa "pessoas falsas" em alemão.

– Nhé, né... Fazer o quê! – diz Hugo, enquanto o Seu Heinz, apesar de ainda não gostar da ideia de eu ir junto, acaba por acatar.

Já no carro, indo para o sítio onde Hugo mora, todos apenas ficam se olhando durante todo o trajeto. Hugo fica no banco do carona, Walter no lado esquerdo do banco de trás, Ávalon e Stella no lado direito e eu fico no meio. O caminho é um tanto longo, já que a localização da propriedade é no Lami, bem perto de onde fica a casa de campo dos pais da Ávalon. Quando chegamos lá, Hugo ordena que Walter abra o portão, para que o carro passe e, sem dúvidas, o Príncipe lhe obedece. Depois que o carro passa, Walter fecha o portão e volta para dentro. Do portão até a casa, há uma estrada de terra um tanto longa, sendo que parte desse caminho é uma subida pelo morro. Quando chegamos à gararagem, saímos do carro com as mochilas e percorremos mais um caminho até chegarmos à casa, onde quatro buldogues e um rosto conhecido vêm nos recepcionar.

– Oi, filho! Como foi a Escola hoje?! – pergunta Dona Ivana, mãe do Hugo.

– Ah... O de sempre. Muitos nobres que acham que podem competir comigo... Muitos plebeus imbecis pra controlar... O Walter pra eu ter que aturar... Nhé... E por aí vai! – responde Hugo, como se as meninas, Walter e eu nem estivéssemos aqui.

– Hummm! Então essas são as novas colegas... Cadê aquela que tu me falou?! – pergunta Dona Ivana, um tanto quanto frustrada.

– Ah! A Mandy! Ela não pôde vir! Disse que ia viajar com o pai dela e tal... – diz Hugo.

– Hummm! Que pena! – diz Dona Ivana, que, em seguida, me encara. Quando para de olhar para mim, ela se vira novamente para o filho e fala: – O almoço está quase pronto. O que tu acha de mostrar o teu quarto pras meninas?! Hein, filho?! O Walter e o... Coiso... Já conhecem tudo por aqui, mas elas ainda não.

– Nhé! Pode ser! – diz Hugo, e logo que a Dona Ivana entra, ele olha para nós e fala: – Vêm! Vamos lá pra dentro. – ele nos chama, e nós o seguimos até o quarto dele. Quando lá chegamos, ele ascende a luz e começa a apresentar o lugar, dizendo: – Esses são os meus aposentos reais. Atrás daquela porta ali, é o meu banheiro. Mesmo que vocês sejam plebeus, vocês... podem usar à vontade.

— Mas usem com todo o respeito do mundo. Esse é o banheiro do Rei! Jamais podem usar pra fazer cocô. Nem eu tenho permissão pra sujar o banheiro real! E se eu não tenho, vocês também não... – fala Walter, até ser interrompido pelo Hugo.

— Cala essa boca, Walter! Que saco! Não fala besteira! Eu só não te deixo usar o meu banheiro porque da última vez que tu usou tu entupiu tudo e, depois... foi a gente, aqui, que teve um trabalhão pra desentupir. – diz Hugo, interrompendo Walter e nos fazendo rir de forma abafada. Depois que respira um pouco, ele acrescenta: – Agora, porque tu não pode usar não significa que eles também não possam.

— Muito obrigada por vossa hospitalidade, Majestade! – diz Ávalon, de maneira formal e debochada.

— Nhé, de nada! – responde Hugo, que logo põe a mão na testa e reclama: – Ai, o Walter só me faz passar vergonha na frente das pessoas. Aaaah! Que saco! Eu vou ter até que dar uma volta lá fora pra respirar um pouco. – e antes de sair, ele olha para nós e fala: – Vocês podem ficar à vontade aqui; só não mexam em nada, porque se mexerem, eu vou saber que foram vocês! – e enfim, ele sai do quarto.

— Hugo, espera! Me perdoa! Por favor, eu imploro... – diz Walter, desesperado, enquanto corre atrás do Hugo. Em seguida, as meninas e eu apenas nos olhamos.

— Quando construíram este lugar, era mesmo pra essa peça ser um quarto?! Meu... Não tem nem janela nessa imundície! – comenta Stella.

— Não! Não tem janela. Por isso que o cheiro de mofo é tão forte. – respondo, enquanto Stella se levanta e vai até a porta do banheiro. Ao abrir a porta e olhar para dentro do banheiro, ela se espanta.

— MEU DEUS! – diz Stella, impressionada.

— Que foi?! – pergunta Ávalon, que vai até Stella e, em seguida, eu também vou.

— Quem é que coloca uma estante de livros... no banheiro?! – indaga Stella.

— Da última vez que eu vim aqui, há mais de quatro anos atrás, os livros ficavam jogados pelo banheiro. E agora tem até estante. Olha que progresso! – digo e as meninas me olham sem acreditar no que escutam. Então, eu logo acrescento: – Talvez algum dia... esse povo progrida de verdade... e perceba que banheiro não é lugar pra isso! – então elas me olham, com expressão de concordância, e eu continuo: – Não, porque é sério... Eles poderiam aproveitar que o quarto é um lugar sem janelas e sem luminosidade do sol, pra arranjar um lugar no quarto mesmo, já que quanto mais escuro for, melhor é pros livros.

– Exatamente! Faria mais sentido. – diz Stella, que volta para o quarto e deixa sua mochila na cama do Hugo; logo Ávalon e eu fazemos o mesmo.

– É! Mas não, eles preferem colocar tudo no banheiro. – digo.

– Isso aqui parece aquelas casas malucas, em que eles colocam as coisas em lugares nada a ver. Credo! – diz Ávalon.

– Eu não sei quanto a vocês, mas eu acho isso muito sinistro. E olha que eu curto uma pegada meio macabra nas coisas! – diz Stella.

– Pois é, gurias... – digo, olho em volta e, quando vejo que não vem ninguém, eu continuo: – Bem-vindas ao manicômio! Porque por essas e muitas coisas... é isso o que esse lugar é!

Então as meninas dão uma olhada geral no resto do ambiente. Realmente, o quarto do Rei não tem nada demais, é apenas um lugar fechado e mofado, com uma cama de solteiro, um guarda-roupa, uma escrivaninha, um computador e, no chão, um tapete comum e sem graça. Este lugar é onde ficamos por alguns minutos, sem podermos falar mais nada, pois tememos que as paredes tenham ouvidos. O silêncio cessa somente quando ouvimos a voz grossa da Dona Ivana, informando que o almoço está pronto. Então, com tal pronunciamento, nós nos dirigimos para o lado de fora da casa, onde há uma área coberta, com a mesa servida e os nossos lugares marcados. Sim, a velha louca deixou os lugares de todos marcados, de forma que o filhinho dela fique no meio das duas fêmeas e que eu fique do lado do Walter.

Na mesa, há diversos petiscos para beliscarmos, várias opções de bebidas, e o prato principal é *spaghetti*, com molho de tomate, queijo ralado e tempero-verde. Um prato que é muito difícil de alguém não gostar e, com certeza, a Dona Ivana sabe disso, por isso prepara refeições desse tipo, pois, para ela, pratos gostosos e hospitalidade são capazes de comprar as pessoas, a ponto de fazer com que elas a considerem uma santa. As artimanhas dessa senhora me lembram muito as da bruxa do conto infantil *João e Maria*, no qual a bruxa constrói uma casa de doces, a fim de atrair as crianças e já deixá-las alimentadas para poder devorá-las em seguida. Felizmente, eu já estou vacinado, mas isso ainda funciona com Walter e, para piorar, eu não sei como as meninas reagirão ao final disso, porque a velha ainda tem muitas cartas na manga. Então, começamos a nos servir e não demora até que a bruxa puxe assunto.

– Quanto tempo faz que eu não te vejo, Leo! É bom te ter aqui em casa de novo! Nem acreditei quando o Hugo disse que tu tinha concordado em vir. – diz Dona Ivana, dirigindo-me a palavra pela primeira vez, enquanto que o Seu Heinz e o Walter mantêm as caras fechadas, não conseguindo entrar no teatro da velha.

– Faz muito tempo mesmo, não é, Dona Ivana?! Estou feliz por estar de volta. – digo, também fazendo o meu número.

— Eu também estou muito feliz. E estou feliz também por receber essas duas moças tão bonitas. Adoro quando o meu filho traz gente pra cá. – diz Dona Ivana, enquanto as duas forçam um sorriso.

— Eu também venho pra cá. E eu venho sempre. Eu também sou motivo de alegria pra todo mundo aqui, né?! – pergunta Walter, sentindo-se excluído.

— Na verdade... Não, Walter. Como tu vem sempre aqui, tu já não é novidade, há muito tempo. Tu já é velho na casa! – responde Dona Ivana, de forma áspera.

— É velho... E chato! Argh! – acrescenta Hugo, humilhando novamente o Walter, que apenas engole o desaforo.

— E o que as duas acharam da casa da tia?! – pergunta Dona Ivana às meninas.

— Bonito este lugar! Bem amplo, verde... – diz Stella, sendo simpática.

— Isso que é bom, né! Ar puro! Muito ar puro! E esse almoço então... – diz Ávalon, também forçando simpatia.

— São doze hectares. E somos só a minha neta e eu que conhecemos todo o terreno. O Hugo ainda não conheceu tudo. – diz o Seu Heinz, exibindo-se pela propriedade.

— Aqui já foi uma fazenda de escravos, né, Seu Heinz?! Bem aqui, onde está a casa era onde ficava a senzala. – diz Walter, querendo ter algo para falar também, porém tudo o que ele consegue é irritar o Hugo e os pais dele.

— Cala essa boca, seu gordo idiota! Ninguém precisava saber disso. – diz Hugo.

— É, Walter! Tu fica dizendo que aqui já teve escravos, como se a gente fizesse algum tipo de uso das coisas que foram achadas aqui. – diz Dona Ivana, entregando-se.

— *Was ist das, Walter?! Was ist das*?! Daqui a pouco, todo mundo vai começar a associar coisas que não têm nada a ver. Como, por exemplo, o fato de que, se nós moramos numa antiga fazenda de escravos, nós somos favoráveis à escravidão. E que se nós somos favoráveis à escravidão, nós somos pessoas ruins. E se nós somos pessoas ruins, eu, por ser um alemão que fez parte da Juventude Hitlerista, obrigatoriamente, dei uma educação nazista pro Hugo e pros meus outros filhos. O que claramente não é verdade. Argh! – diz Seu Heinz, também entregando-se completamente. Quando ele faz uso da expressão "Was ist das?", ele quer dizer "O que é isso?" em alemão.

— Isso aqui é uma casa de família cristã e digna. Aqui não tem espaço pra essas coisas... – diz Dona Ivana, até ser interrompida por um barulho de buzina. Então ela pergunta: – Ué?! Quem chegou?! Que estranho! A tua filha não pode ser, Heinz, já que ela nunca chega neste horário.

— Se eu não estou enganado, essa é a buzina da caminhonete do pai do Wagner! – digo, deixando Dona Ivana, Seu Heinz, Hugo e Walter em polvorosa.

— Tu não fechou aquele portão direito, né, Walter?! Agora o Wagner entrou! – diz Hugo, deixando Walter totalmente na defensiva.

— Argh! Eu é que não acredito que tu convidou aquele retardado pra vir aqui também, Hugo! – reclama Dona Ivana, inconformada.

— Eu não convidei! Eu disse pra ele, indiretamente, que ninguém queria ele aqui, só pra não ser tão grosseiro. Mas parece que o mangolão não entendeu o recado. – responde Hugo.

— Claro que não, né! Aquilo lá só entende as coisas ao pé da letra. Humpf! Fazer o quê! Agora vamos ter que receber aquele animal! – diz Seu Heinz, e logo, todos vamos para a frente da casa, onde Wagner desce da caminhonete com um enorme sorriso no rosto.

— Que bom te ver, Wagner! Seja bem-vindo! – diz Dona Ivana, enquanto as meninas e eu apenas nos olhamos, pois ouvimos o que falaram do Wagner segundos atrás e, por isso, sabemos que essa simpatia não passa de mais um teatro.

— Filho, me liga quando quiser que eu venha te buscar. – diz o Seu Alberto, pai do Wagner. O Seu Alberto é um senhor de mais ou menos sessenta anos, calvo, magro, porém com uma barriguinha saliente, e é um pouco mais baixo do que o Wagner.

— Tá! – responde Wagner, de forma um tanto quanto grosseira. Em seguida, seu pai arranca com a caminhonete e vai embora.

— A gente ainda está almoçando. Tu não quer se juntar a nós, Wagner?! – pergunta Dona Ivana.

— Não, valeu! Eu já vim comido. – responde Wagner, e todos se olham, pois não há como não levar uma resposta dessas para o lado obsceno. Porém, como todos sabem que Wagner tem o hábito de não pensar antes de falar, acabam relevando.

— Aaaaah... Então tá! Mesmo assim, vamos ali pra área. Senta na mesa com a gente. – insiste Dona Ivana.

— Tá, mas... A gente senta na cadeira, né?! Porque sentar na mesa é falta de educação e... – diz Wagner, tentando ser engraçado e, enquanto nós apenas suspiramos e ignoramos completamente o que ele fala, Hugo dá um tapa na testa. Quando todos já estamos entrando e Wagner nota que não agradou, ele vem atrás de nós, dizendo: – Eu tava brincando.

— Pega uma cadeira, Wagner, e pode se sentar... Erm... Do lado do Leo! – diz Dona Ivana, quando já estamos na área.

— Ah não! Do lado do Leo, não. Ele vai ficar falando mal de mim. – diz Wagner.

— Wagner... Pro Leo poder falar mal de ti, que diferença faz, se tu te sentar perto ou longe dele?! Hein?! – indaga Hugo e, quando Wagner está prestes a responder, Hugo volta a falar: – É, pois é! Não muda em nada. Porque se ele quiser falar mal de ti, ele vai falar de qualquer jeito. Então, deixa de ser fresco, porque tu vai te sentar onde a minha mãe mandou tu te sentar. E ponto-final!

Então, para evitar passar ainda mais vergonha, Wagner obedece ao Hugo, e tudo se acalma. Depois que os ânimos já estão mais controlados, é o Seu Heinz quem resolve contar um pouco de suas proezas durante a infância na Alemanha Nazista e, o que mais choca, é que ele conta tudo como se aquela tivesse realmente sido uma era de ouro. Ficamos ouvindo, enquanto terminamos de almoçar e comemos a sobremesa, e as reações são diversas, porque de um lado tem Hugo, Walter e Dona Ivana que se divertem ao ouvir as histórias e, do outro, tem Ávalon, Stella e eu, que ficamos calados, achando tudo um absurdo. Agora, quanto ao Wagner, ele simplesmente não entende bulhufas, mas tenta fazer de conta que está por dentro de tudo.

Depois que terminamos de comer, Hugo nos leva para o quarto dele mais uma vez, onde pergunta quais músicas são as favoritas da maioria e, quase que ao mesmo tempo, as meninas e eu respondemos "Rock!". Então, a fim de agradar as meninas, ele pesquisa na internet algumas das músicas mais conhecidas das bandas mais renomadas internacionalmente. Walter e Wagner se opõem, mas Hugo simplesmente os ignora, enquanto eu fico apreensivo, pois é bem possível que o Rei consiga comprar a confiança das meninas com uma coisa de que elas tanto gostam.

Uma hora depois, quando já deu tempo, mais do que suficiente, para o almoço ter sido digerido, todos já estão cansados de ficar no quarto, só falando sobre músicas, enquanto a dupla de rejeitados só faz reclamações. Então Hugo convida a todos para uma trilha, para apresentar uma parte do terreno às meninas, e todos concordam com a ideia. Não há como negar que andar no meio da natureza na companhia dos quatro dóceis cães do Hugo é uma ótima forma de esquecer os problemas, e nós realmente esquecemos. Enquanto Hugo nos guia por alguns caminhos da enorme propriedade, nós vemos incontáveis árvores nativas e exóticas, açudes, locais mais planos, locais mais elevados, até que chegamos ao potreiro, onde Ávalon espera Hugo ficar distraído para começar a fazer alguns comentários.

– O negócio, por aqui, é tudo na paz, né! Tipo... A veia chama todo mundo de retardado pelas costas... O veio é nazista! E o Hugo... bom... esse teve uma educação nazista, vinda do veio! É só alegria por aqui, hein! – diz Ávalon, sendo sarcástica.

– E o pior de tudo é que isso já foi uma fazenda de escravos! Vocês viram as caras que eles fizeram quando o Walter contou isso?! – diz Stella.

— Sim! Meu... Que horror! Como que esse povo dorme em paz aqui?! – indaga Ávalon.

— E o pior é que nem eu sabia dessa! E tu percebeu que eles nem se entregaram, né! Porque a veia não gosta de brincar com instrumentos de tortura de escravos, que ela encontrou por aqui... E o veio nem educou os filhos aos moldes nazistas, né! – digo, em tom de sarcasmo.

— Aham! E fora, que a... Dona Ivana... nem tentou comprar a gente hoje com aquela falsa simpatia e com aquele almoço maravilhoso. – diz Stella, também sendo sarcástica.

— Pois é! E eu fico muito feliz que ela não tenha conseguido comprar vocês com tão pouco. – digo.

— Mas tu está louco em pensar que eu me venderia assim! E outra... Nem dá pra chamar aquela coisa de "Dona Ivana", ou de "Tia Ivana". Aquilo lá está mais pra Ivanão! – debocha Ávalon, masculinizando a velha e nos fazendo ter de conter a gargalhada. E como se isso fosse pouco, ela ainda acrescenta: – Pois é, porque ela... ele... sei lá... tem cabelo de homem, voz de homem, pé de homem... Bem como tu disse naquele dia, Lion. Credo, aquilo lá é o cão chupando manga!

— Ivanão! Hah! Muito boa, Ávalon! – digo, enquanto rio de forma abafada.

— E pensar que tu não estava brincando quando tu disse que isso aqui era um manicômio! Porque... É veio nazista nato... É veia que curte instrumentos de tortura... É quarto sem janela... É biblioteca no banheiro e... Putz! Será que eu continuo?! – comenta Stella e, quando eu estou prestes a responder, Wagner me chama.

— Ô, Leo! – grita Wagner e, quando nós lhe damos atenção, ele fala: – Tá vendo aquele cavalo pangaré ali?! É teu parente! – e ele começa a rir, crente de que está sendo muito engraçado.

— É?! Então se o pangaré é meu parente, aquele burrico, amarrado ali naquele toco... é teu irmão gêmeo. – respondo calmamente e, sem querer, arranco risadas de todo mundo, até mesmo do Walter.

— Ai, Leo... Não ofende ele! Coitado! Já não basta a situação em que ele está. – diz Hugo, ainda rindo.

— Tu não tem vergonha de ofender o coitadinho?! – pergunta Stella, também entrando na brincadeira.

— É! Tu não tem vergonha de me ofender?! – pergunta Wagner, sem se dar conta de que ele é quem está sendo o alvo da piada.

— Ô, Wagner... Caso tu não tenha entendido... eles estão falando do outro burro, o que está amarrado no toco. O coitado que foi ofendido é ele, não tu! Queridinho! – explica Ávalon, com paciência, deixando Wagner calado e chateado.

— Qualquer burro de carga chega a parecer um gênio da ciência se comparado com esse lixão aí! — diz Walter, fazendo expressão de nojo ao olhar para Wagner.

— Nhé! Dessa vez, eu tenho que concordar com o Walter! — diz Hugo, fazendo com que o Wagner se sinta ainda pior. Logo ele muda completamente de assunto, ao falar: — Nossa, esquentou, né! Que tal um banho de piscina?!

— De fato, Majestade! Esquentou mesmo! Creio que um banho de piscina seria ótimo. — digo, forçando um tom formal, mais uma vez. Logo viro para as meninas e pergunto: — Não é, gurias?! — então as duas se olham e, em seguida, se posicionam em frente ao Rei.

— Sim, Majestade! — dizem as duas, simultaneamente, enquanto fazem reverência com intenção de deboche, mas com elegância.

— Mas eu não trouxe calção de banho. — diz Wagner.

— Oin, que pena! Estou de coração partido por causa do escravo de confiança, que não vai poder entrar na piscina. — diz Hugo, humilhando Wagner novamente. Em seguida, ele vira para as meninas e faz pose de garanhão, ao falar: — Vamos!

Quando o Rei nos chama, Walter, imediatamente vai atrás dele, enquanto as meninas e eu nos olhamos e, em seguida, vamos também. O último a nos acompanhar é Wagner. Quando regressamos ao quarto do Hugo, as meninas se trocam dentro do banheiro, enquanto Hugo, Walter e eu nos trocamos no quarto. É claro que não dá para deixar de mencionar o Wagner, que fica apenas olhando e implorando para que o Rei lhe empreste uma roupa para ele poder entrar na água também.

— Ô, Majestade! Só me empresta uma bermuda, vai! Eu quero entrar na piscina também. Se eu não entrar, eu vou ficar feito um idiota do lado de fora. — implora Wagner.

— Tu vai continuar idiota de qualquer jeito. Será que tu não percebeu isso ainda?! E por que eu te emprestaria alguma roupa minha?! Depois que tu usar, eu vou ter que jogar tudo fora, porque vai ficar sujo e fedido. Ah, e eu também não quero ser contaminado com o vírus da burrice-suprema-aguda que tu transmite, né! — responde Hugo, e logo sua mãe, que está passando pela porta do quarto, intervém.

— Ô, filho! Por que tu não empresta aquela sunga azul pro Wagner?! Aquela sunga velha e furada, que tu até já estava pensando em jogar fora?! Pensa bem, o Wagner vai poder entrar n'água, vai parar de te encher o saco... E tu ainda ganha mais um motivo pra jogar aquela coisa fora de uma vez por todas! — sugere Dona Ivana.

— Nhé! Pode ser! – diz Hugo, que olha para o Wagner e fala: – Tá! Eu te empresto uma sunga. – ele vai até a gaveta, procura a sunga velha e, quando a encontra, ele a lança em direção ao Wagner, quando lhe fala: – Toma! E vê se para de me encher!

— E aê! Estão prontos?! – pergunta Ávalon ao sair do banheiro, junto com Stella. Quando elas saem do banheiro, é praticamente impossível não notar que as duas estão lindíssimas e atraentes de biquíni.

— Já! E já estamos indo pra piscina! Só o Wagner que vai ficar pra trás. – responde Hugo, enquanto todos pegam suas toalhas e vão saindo da casa.

— Não se esqueçam de passar protetor solar. – diz Dona Ivana e, quando nota que Wagner está começando a tirar a roupa, ela lhe dá uma bronca, ao gritar: – Opa! Espera pelo menos eu sair daqui. Quer ficar pelado na minha frente, ô, tarado?!

Enquanto saímos, eu não consigo deixar de ficar com muita pena do Wagner, por toda a vergonha que ele está passando, pois mesmo que eu saiba que ele vai me culpar por tudo, eu não consigo achar nada disso justo. Logo vamos indo na direção do local onde fica a piscina, que é por um caminho entre muitos ciprestes. Dentro daquele emaranhado de ciprestes, há uma casa, muito bonita, com dois andares e em estilo nórdico. À frente da casa há um lindo jardim, com estátuas de anões e, ao lado deste, é onde está instalada a piscina. Logo que entramos na água, não demora até que um carro chegue e entre na garagem da casa. Minutos depois, aparece uma mulher feia, alta, magra, com os seios caídos, cabelo castanho, médio, alisado e ressecado. Essa mulher é Gertruida Sophie Weber Göring, filha mais velha do Seu Heinz, meia-irmã do Hugo e enteada da Dona Ivana. Por incrível que pareça, Gertruida é dois anos mais velha do que a madrasta.

— Oi, Hugo! Vem cá dar um beijo na mana. – diz Gertruida. Logo Hugo sai da água e vai na direção dela para fazer o que ela lhe pede, só para que ela não nos expulse da piscina. Assim que me vê, a irmã feia já faz expressão de nojo, ao falar: – Tu não me disse, Hugo, que certas pessoas iam entrar na minha piscina. Bom, mas... pelo menos... tu trouxe umas gurias pra cá. Só por isso... eu deixo essa passar! Mas só dessa vez!

— Nhé! Eu sei que passa! Bom, vamos às apresentações: Ávalon e Stella, essa é a Gertruida, minha irmã mais velha. E mana, essas duas... a que tem cara de encrenqueira e que está sentada na borda é a Ávalon. E a que tem cara de demônio e está no colchão inflável, é a Stella. Bom, e... o problemático ali, tu já conhece. – diz Hugo, apresentando as meninas e a mim, de maneira nem um pouco gentil.

— É! Conheço, sim! – diz Gertruida, que ainda me encara com expressão de nojo. Depois, ela se vira para as meninas e fala: – E vocês duas, sejam bem-

-vindas. Se precisarem de alguma coisa, falem com o Hugo, que ele... – ela fala até ser interrompida pelo Wagner, que chega chegando.

– E aê, gurias! – diz Wagner, fazendo posições um tanto quanto obscenas, enquanto veste somente aquela sunga azul, furada e apertada. Logo ele começa a caminhar em direção à piscina, enquanto todos o encaramos, por estarmos apavorados com a cena. Antes de pular na piscina, ele resolve dar uma rebolada em frente à Gertruida e lhe fala: – Foi mal aê, coroa... Mas é que eu prefiro as novinhas. – ele olha para Ávalon e Stella, como um verdadeiro tarado.

Ao ouvir tal coisa, Gertruida faz uma expressão de nojo, pior do que a de antes, e as meninas também, enquanto se olham. Em seguida, Wagner caminha até a borda da piscina e se prepara para dar um salto. Quando ele faz o salto, eu até poderia dizer que foi perfeito não fosse o fato de que no momento em que ele chega ao outro lado, a sunga aparece boiando no mesmo lugar em que ele entrou. Somos apenas Hugo, Gertruida e eu que notamos isso, e eu realmente não sei se o que é mais engraçado é a situação em si, ou a expressão de puro horror que a Gertruida faz.

– Parabéns, Wagner! – diz Hugo, em tom de sarcasmo.

– Muito obrigado! Eu sei que eu sou demais. – diz Wagner, se achando.

– E seria mais ainda se não tivesse perdido a sunga no meio de caminho. – digo, fazendo Wagner perceber que está nu. Quando ele se dá conta da situação embaraçosa em que está, subitamente começa a cobrir as partes íntimas.

– Ai, eu não acredito nisso! – exclama Stella, que acaba de notar.

– Vai cobrir direito essas coisas, ô, seu porco... Tarado! – diz Ávalon.

– Seu plebeu imundo! – diz Walter, enquanto Wagner, com o rosto vermelho de vergonha, caminha pela piscina, vai até a sunga e a coloca de volta.

– Hugo... Eu vou me retirar por um tempo. Só me avisem quando esse animal for mandado de volta pro zoológico, por favor! – diz Gertruida, que logo entra na casa.

Depois que Gertruida entra, as coisas se acalmam e o Wagner também se acalma, principalmente depois da vergonha que passa. A calmaria dura aproximadamente uma hora, até Wagner cansar de ficar quieto e começar a fazer besteiras de novo. Então, ele resolve sair da água para dar mais um salto, porém, desta vez, quando ele sai, nós ouvimos apenas um barulho de *ploft*, pois a sunga cai no chão.

– Olha o cofrinho! – debocha Ávalon.

– Ah não! De novo não! – diz Hugo, enquanto Wagner coloca a sunga de novo, o mais rápido possível.

– Não basta a bunda dele ser bem mais branca do que o resto do corpo, tem que ser cheia de espinhas, também. Que nojo! – comenta Stella.

– Olha quem fala! A Branca de Neve do Inferno! – responde Wagner.

– Pelo menos eu sou branca no corpo todo, não só na bunda. E eu também não tenho essas espinhas nojentas. – retruca Stella e, quando Wagner está prestes a dizer mais alguma coisa, Walter sai da água, pela escadinha, e intervém.

– Eu vou mostrar pra esse plebeu como que se faz um salto de verdade! – diz Walter, que, quando se posiciona ao lado do Wagner, lhe dá um empurrão, fazendo-o voltar à força para a água. Em seguida, Walter toma distância e começa a se preparar para saltar.

– Peraí! Esse maluco vai pular mesmo?! – indaga Ávalon, preocupada.

– Não! Ele não faria isso! – responde Hugo.

– Faria sim! – digo.

– Isso não é bom! – acrescenta Stella.

– Bola de canhããããão! – grita Walter, enquanto corre e se joga na piscina. Como ele é um peso pesado, o salto dele faz com que espirre água por tudo quanto é canto e, também, forma muitas ondas dentro da piscina, fazendo com que o colchão inflável, em que Stella está, acabe virando totalmente, com ela em cima, fazendo-a submergir. Hugo, Wagner, Ávalon e eu também somos afetados pelo salto, pois enquanto as ondas fazem Ávalon vir para dentro da piscina, o resto de nós acaba tomando muita água e quase se afoga.

– Desgraçado! – bufa Stella, assim que retorna à superfície.

– Eu já te disse que não é pra fazer isso, Walter! Vai tirar toda a água da piscina! E isso se não matar todo mundo afogado da próxima vez! – grita Hugo, enquanto tosse, devido à água que engoliu.

– Não foi a minha intenção, Hugo! Eu juro! Eu só quis mostrar pro plebeu como que se faz, e... – lamenta Walter, até que Hugo o interrompe.

– Ah, cala a boca! – grita Hugo, enquanto todos ainda tentamos nos recompor.

– É! Não sei como que tu não afogou todo mundo, seu louco! – reclama Ávalon.

– Pra nos matar afogados faltou pouco! – digo, também tossindo.

– Calem a boca, já, seus plebeus vagabundos! – grita Walter.

– Tem que tirar esse gordo-obeso da piscina, isso sim! – diz Wagner.

– A começar por ti, né, ô, animal! – grita Hugo, cortando Wagner.

– É! – acrescenta Walter.

– Nisso eu tenho que concordar com ele, porque... – me diz Ávalon, que em seguida olha fixamente para Wagner e começa a gritar: – Que que é isso?! Ah não! NÃO! O Wagner acabou de fazer xixi na piscina! – e todos olham para Wagner.

– Que foi?! Eu precisava me aliviar! – diz Wagner.

— Não! Chega! Eu vou sair daqui. – digo e, ao invés de sair da piscina pela escadinha, eu saio pela borda mesmo. Sem demora, as meninas me acompanham.

— Que nojo mesmo! – diz Ávalon, já fora da água.

— Parabéns, ô, idiota! Conseguiu estragar a tarde de todo mundo! – diz Stella, também fora d'água e já se secando.

— Tu é o que há de pior entre os plebeus! Humpf! – diz Walter, enquanto sai pela escadinha, atrás do Hugo.

— O que está acontecendo aqui?! – pergunta Gertruida, que volta para fora.

— Mana... O Wagner acabou de mijar na tua piscina. – diz Hugo, fazendo com que Gertruida, com razão, já comece a fazer expressão de zangada.

— Ah, que maravilha! Agora eu vou ficar com a piscina só pra mim! – diz Wagner, que começa a nadar e, enquanto ele vai indo para frente, a sunga vai ficando para trás. E mais uma vez, sem querer, ele exibe o seu traseiro para todos.

— Ah não! Tô fora! – diz Stella, correndo para longe, na companhia da Ávalon.

— Ficar com a piscina toda só pra ti?! Hah! Mas só porque tu quer! Porque depois do que tu fez hoje, tu não entra na minha piscina... NUNCA MAIS! – grita Gertruida, com sangue nos olhos, enquanto pega o cabo com a rede de limpar a piscina, para dar uma surra no Wagner, caso ele se recuse a sair. Logo ela grita de novo: – Sai já daí, sua coisa imunda!

— Ah, que violência! – diz Wagner, enquanto sai da água. Logo que ele sai, Gertruida coloca as mãos na cabeça, inconformada por terem urinado na piscina dela.

Depois que Wagner sai da água, eu também saio da área privativa da Gertruida, e volto à casa do Hugo, onde estão Ávalon e Stella. Quando lá chego, vejo que Dona Ivana está bloqueando a porta da frente e, logo que Hugo, Walter e eu chegamos, a velha olha para o filho.

— Vem, Hugo! Vem tomar banho! – diz Dona Ivana, que em seguida olha para as meninas: – Assim que o Hugo entrar no banho, vocês podem ficar ali dentro esperando também. – ela diz, e Hugo entra. Com isso ela também entra e para de bloquear a porta. Walter entra logo depois dela, deixando-nos a sós.

— O que aconteceu aqui?! – pergunto às meninas.

— Ah, é que o Ivanão não deixou a gente entrar pra tomar banho. Ela disse que o primeiro é sempre o filhinho dela! – responde Stella, em baixo tom.

— Pois é! É assim que se trata as visitas! – ironiza Ávalon.

— Ah, isso é normal por aqui. Não adianta esperar muita civilidade desse povo, quando eles não têm algum interesse! Esqueceram que isso é um manicômio disfarçado?! – digo. Em seguida, noto que as meninas riem. Segundos depois, elas começam a fazer expressão de nojo, pois o Wagner aparece e começa a se aproximar de nós, enrolado numa toalha e com a sunga velha na mão.

— Que foi?! Eu estou de toalha agora! – diz Wagner.

— É o mínimo, né! Ninguém é obrigado a ver essa tua bunda nojenta e cheia de espinhas. – diz Ávalon, que logo olha para Stella e eu, para falar: – Vamos, pessoal, vamos entrar duma vez!

Logo que entramos, eu guio as meninas até o banheiro dos pais do Hugo, que é o local onde se toma banho de chuveiro nesta casa. Logo que Hugo sai do banheiro, Walter é quem entra em seguida.

— Só tem esse banheiro pra se tomar banho?! – indaga Ávalon.

— Tu esqueceu que no outro tem uma biblioteca bem no boxe?! – responde Stella, fazendo outra pergunta.

— É! É mais ou menos por aí! Só tentem não pensar muito nisso, porque, se a gente for tentar entender a loucura de cada maluco que existe no mundo, a gente fica maluco também. – digo, e as meninas balançam a cabeça, em corcordância.

A fila segue: depois de Walter, é a vez da Stella, depois Ávalon, depois eu e, por último, o Wagner. Quando todos já estão de banho tomado, nós ficamos mais um tempo no quarto do Hugo, até que a Dona Ivana nos chama para que façamos um lanche. O lanche da tarde, preparado pela bruxa de João e Maria, é impecável, sendo que na mesa há suco de laranja recém-preparado, bolo de cenoura com cobertura de chocolate quente, sanduichinhos de queijo quente e, ainda, vários tipos de biscoitinhos. Então, assim que nos sentamos, começamos a nos servir, enquanto a velha fica parada, de pé, nos observando.

— Está gostoso, o lanche da tia?! – pergunta Dona Ivana, num tom que realmente me incomoda. Em resposta, as meninas e eu fazemos que sim com a cabeça.

— Está delicioso, Tia Ivana! Como sempre, o lanche que tu faz é, oh... Supimpa! – diz Walter, querendo agradar a velha, mas sem muito sucesso, pois ela apenas vira a cara no momento em que ele fala.

— Hum-hum! Da próxima vez, insistam pra que a outra amiga de vocês... a Mandy... também venha. Eu gosto muito da Mandy. – diz Dona Ivana, ainda inconformada pelo fato de a Mandy não ter vindo.

— Vocês se conhecem?! A senhora e a Mandy?! – questiona Ávalon, achando estranho que a velha requisite tanto a presença da Mandy.

— Ah... não pessoalmente, mas... eu já... eu já simpatizei bastante com ela por causa das coisas maravilhosas que o Hugo e o Walter me contaram a respeito dela. – responde Dona Ivana, numa tentativa fracassada de nos enrolar.

— Com certeza! Nós sabemos o quão bem, Sua Alteza, o Príncipe Walter, deve ter falado de uma plebeia. – digo, utilizando de puro sarcasmo, mas de modo que ninguém possa me repreender, e, mesmo assim, Walter me encara. Com isso, por um momento, o silêncio toma conta, até que um barulho de buzina acaba por interrompê-lo.

— Ué! Essa buzina é da caminhonete do meu pai! O que é que ele veio fazer aqui?! Eu nem liguei pra ele! – indaga Wagner, sem entender nada.

— Eu que liguei! – diz Dona Ivana, que logo começa com o seu teatro, ao dizer: – Sabe, Wagner... Eu gosto muito de ti. Muito mesmo! Mas depois de tudo o que tu aprontou na piscina da mana do Hugo hoje... bom... eu não posso mais te deixar ficar por aqui, porque eu ia acabar comprando uma briga com ela. Tu entende, né, querido?! – ela fala e Wagner faz uma expressão de decepção, enquanto o pai dele continua buzinando. Então a velha fala: – Bom, não podemos deixar o teu pai esperando, Wagner. Vamos logo! – e, por fim, todos saímos para recepcionar o Seu Alberto, que já está fora da caminhonete e furioso.

— Será que é pedir muito pra que tu te comporte nos lugares, ô, seu bocó?! Onde já se viu?! Mijar na piscina dos outros! Parece até que eu e a tua mãe não te ensinamos a usar o banheiro! – grita Seu Alberto, que logo começa a referir-se a mim, ao falar: – E tem mais... Quantas vezes eu vou ter que te dizer pra ficar longe daquele criminoso ali?! Hein?! Tu foi mijar na piscina a mando dele, né?! Só pode! Agora ele está rindo da tua cara... E tu está sendo expulso da casa do Rei do teu Grupo! Humpf! Também, né... Tu vai atrás do marginal, ao invés de ir atrás do Rei, que é alguém que pode te colocar num bom caminho. – e como Wagner nada fala, ele segue com a bronca: – E então, tu está esperando o quê?! Entra já neste carro, que nós vamos embora daqui! – então o filho, envergonhado, lhe obedece. Em seguida, o Seu Alberto olha para Dona Ivana, para dizer: – E olha aqui, Dona Ivana... Com todo o respeito... Da próxima vez que vocês convidarem o meu filho pra vir pra cá... é bom que esse vagabundo não esteja aqui! – ele fala apontando para mim.

— É bom rever o senhor também, Seu Alberto. – digo, em tom de sarcasmo e com um sorriso forçado no rosto, o que deixa o Seu Alberto ainda mais zangado.

— Não te preocupa, Seu Alberto! Eu também acho um absurdo ficar incentivando os outros a fazer coisa errada. Tanto que eu até já chamei o pai do Leôn... – diz Dona Ivana, até ser interrompida pelo Seu Alberto.

— Não ouse chamar esse traste pelo nome na minha frente. Porque esse lixo aí, nem nome merece. Passar bem! – diz Seu Alberto, que entra na caminhonete e vai embora. Por fim, Dona Ivana abana para a caminhonete que se distancia, satisfeita por ter se livrado do Wagner.

— Mãe, tu chamou mesmo o pai do Leo?! – pergunta Hugo.

— Claro que chamei! Daqui a pouco ele está aqui! – responde Dona Ivana.
— E por que a... senhora... fez isso?! – questiona Stella.
— Ué! Porque eu sei que foi o Leo que mandou o idiota fazer aquilo. E não adianta me dizer que não foi ele... Que tu não viu ele fazendo isso e tal... Porque eu sei que ele fez isso quando estava sozinho com o Wagner. – diz Dona Ivana, que logo olha para mim, com uma expressão macabra, de quem está conseguindo o que quer.
— Opa, peraí... O Lion e o Wagner não chagaram a ficar sozinhos em momento algum. Eu sei disso, porque o Lion ficou com a gente o tempo todo, e... – diz Ávalon, tentando me defender. Porém, a velha não lhe dá chances de continuar, quando a interrompe.
— Ah, eles devem ter ficado sozinhos em algum momento, sim! Vocês é que não perceberam. Não perceberam a maldade que está bem de baixo do nariz de vocês. – diz Dona Ivana. E nessa hora, a mim nada resta se não forçar um sorriso.
— Creio que não poderei convencê-la do contrário, Dona Ivana. Então eu já vou preparando as minhas coisas, para aguardar a minha carona. Com licença! – digo, e vou para dentro. Quando já estou arrumando a minha mochila, Ávalon e Stella entram no quarto para fazer o mesmo. Então eu me viro para elas e falo: – Acho que o Ivanão não chamou os pais de vocês... Então... vocês não precisam ir embora agora.
— Se tu não pode ficar, a gente também não fica, Lion. – diz Ávalon.
— Até parece que nós vamos ficar aqui, sozinhas, neste hospício, com esse monte de louco! Nem pensar! Até fazenda de escravos isso já foi! Não, olha... O teu pai vai ter que dar carona pra gente também! – diz Stella.
— Bom... Valeu pelo apoio! – digo, já me sentindo um pouco melhor e, quando terminamos de arrumar tudo, não demora até que escutamos a buzina do carro do meu pai. Então eu falo: – Acho que o meu pai chegou. Vamos?! – pergunto e elas fazem que sim com a cabeça. Não posso deixar de notar que elas estão aliviadas por chegar a hora de ir embora. Quando já estamos saindo da casa, nós passamos pela área, onde a mesa está servida, e a expressão da Dona Ivana é de espanto.
— Onde vocês vão?! Eu chamei só o pai do Leo. Vocês podem ficar! – diz Dona Ivana às meninas.
— Pois é! É que sabe o que é... É que a gente combinou com o pai do Lion que a gente ia de carona junto, sabe?! Porque os nossos pais não vão poder vir nos buscar. – diz Ávalon, inventando uma desculpa.
— Mas não seja por isso! Eu posso levar vocês até em casa depois. Sem problemas! – diz Dona Ivana, insistindo de um jeito que assusta as meninas.

— NÃO DÁ! – diz Stella, em alto tom e, logo, já em tom mais suave, ela começa a se explicar: – Hum, não dá porque... porque os nossos pais são superprotetores, sabe como é... e eles ainda não conhecem a senhora, Dona Ivana. Aí eles confiam mais nos pais do Leo, que eles já puderam conhecer e tal. A... A... A senhora entende?! – explica Stella, e Dona Ivana faz de conta que acredita. Logo saímos, vamos até o carro do meu pai e, sem qualquer surpresa, a velha também vem atrás.

— Tudo bem com o senhor?! Há quanto tempo! – diz Dona Ivana ao meu pai, sendo falsamente simpática.

— Tudo! Tudo bem! E com vocês aqui?! – responde o meu pai, com outra pergunta, enquanto eu já vou entrando no carro.

— Tudo! Ah, olha só... Me diz uma coisa... As meninas já tinham combinado de ir junto mesmo?! Porque me pareceu que elas iam ficar mais tempo por aqui. – diz Dona Ivana, querendo tirar a história da Stella a limpo.

— Diz que sim! – digo ao meu pai, em baixíssimo tom.

— Ah... Já, já! Já tinham, sim! – responde o meu pai, que saca tudo na hora. E para ajudar a enganar a velha louca, ele logo se vira para as meninas, e fala: – E por que as duas ainda não entraram no carro?! Vamos logo!

— Pois é! Nós só queríamos nos despedir da Dona Ivana! – responde Ávalon, que logo vira para a velha e, felicíssima por estar indo embora, fala: – Tchau, Dona Ivana! Até a próxima!

— Tchau, tchau! Até! – diz Stella, que também não consegue conter a felicidade.

— Tchau, Dona Ivana! Foi um prazer poder te ver de novo! – digo, sendo cínico. Logo que o meu pai abana para ela, ele arranca com o carro. A velha fica apenas abanando e fazendo um esforço para esconder o quão furiosa ficou por ver que as fêmeas foram embora e que tudo o que restou foi o cão fiel.

— Então tu mandou o Wagner mijar na piscina da Gertruida! – me pergunta o meu pai.

— Tu não acreditou nisso, né?! – questiono.

— Mas então tu não mandou?! Ah, por que não?! – indaga meu pai, em tom de brincadeira, enquanto as duas, que estão no banco de trás, apenas riem.

— Pois é, Lion! Podia ter mandado mesmo. – diz Ávalon, que logo deixa o deboche pra lá e resolve agradecer ao meu pai, dizendo: – Ah, e ô, tio... Valeu aí por ter colaborado! Eu já não aguentava mais ficar nessa casa de louco. Tu acredita que aquela veia ficou tentando nos empurrar pro filhinho dela?!

— Não apenas isso! Ela marcou os lugares da mesa de modo que o filho dela ficasse no meio da gente. Assim ele poderia parecer um garanhão. Pode isso?! – acrescenta Stella.

— Ah, vocês duas não têm com o que se preocupar. Aquela veia quer guria alta pro filho dela. E vocês não são altas o bastante. Se pareceu que ela estava querendo jogar o bocó pra cima de vocês, foi só pra ver ele no meio das gurias. – diz o meu pai.

— O Ivanão quer arranjar guria... alta... pro filho?! – indaga Stella, não acreditando no que escuta.

— Mas como ela sabe que a Mandy é alta?! – pergunta Ávalon.

— Porque o Ivanão deve ter perguntado como eram as gurias novas da sala, e o Hugo ou o Walter devem ter feito as descrições! Bom... Eu acho, né! – respondo.

— É! Pode ser! – diz Ávalon.

— Mas, independente de como ela descobriu... o fato é que esse é o motivo que fez ela ficar tão interessada na Mandy! Lembram o que ela disse: "Eu gosto muito da Mandy!", sem sequer conhecer a Mandy?! E ainda veio com uma explicação de que ouviu as coisas boas que o Hugo e o Walter falaram a respeito dela. E agora eu que pergunto: o Hugo falaria bem de alguém?! E o Walter... Falaria bem de uma plebeia?! – indago.

— Não! É! Isso faz sentido. O que não faz sentido foi ele ter nos convidado pra vir aqui. Até tu ele convidou! Se o interesse era só pela Mandy... não tem por que quererem a gente aqui também. – diz Stella.

— O que faz menos sentido ainda era o Ivanão, agora no final, insistindo pra que a gente ficasse. – diz Ávalon.

— É como o pai disse: vocês serviram de enfeite. Pra que ela pudesse ver o filhinho dela no meio das fêmeas... É claro que, se a Mandy estivesse aqui, o foco seria nela e vocês duas desempenhariam o mesmo papel, só que ficariam de escanteio. Mas como a Mandy não estava, vocês serviram de prêmio de consolação e, por isso, ela queria que vocês ficassem mais. Agora, se pro Ivanão vocês eram mero enfeite, pro Hugo talvez não fossem. Talvez ele tenha algum interesse em vocês, e não na Mandy. Tanto que, quando a Mandy falou que não viria, ele nem insistiu. Lembram?! – explico.

— É, pode ser isso mesmo. Ele conversou direitinho com a gente quando a gente estava ouvindo música no quarto dele. Duvido que ele fale sobre assuntos do interesse dele com a Karin e a Janaína. – diz Ávalon.

— Impossível que aquelas duas falem algo que preste. As princesas Inteligentes são farinha do mesmo saco que as vagabundas das Populares. Humpf! Se é que dá pra dizer que elas são mesmo "Inteligentes", né... – diz Stella.

— Sim! Aí teve o Wagner, que veio sem ser convidado... E tu, Lion, que... sabe... eu ainda não entendi o que diabos o Hugo queria com a tua presença aqui, pra ter te convidado junto com a gente. Ele podia ter dito que queria a gente aqui... mas que a gente deveria vir sem que tu estivesse junto! Delicado do jeito que ele é, seria bem capaz de dizer algo assim. – diz Ávalon.

– O que acontece... é que ele está me mantendo perto pra poder ficar de olho em mim e tentar me passar a perna de novo. Por isso que ele me nomeou como membro de confiança e comissário de guerra. Ele acha que me compra com tudo isso. Não... pior... ele acha que eu vou acreditar que ele está querendo ser meu amigo de novo. Por isso que ele veio com esse convite. Ele sabe o quanto eu adorava vir aqui nos velhos tempos. Então ele está tentando me agradar... tentando me fazer baixar a guarda pra seja lá o que for que eu esteja planejando... pra que, quando eu menos esperar... ele possa me dar uma rasteira e me despachar de novo. Talvez pra sempre. – digo.

– Ele e a mãe dele que estão querendo fazer isso juntos. – diz meu pai.

– Eu também acho. – completa Stella.

– Sem dúvida! Mas isso não vai acontecer! Porque sou eu que vou atacar primeiro. Eles que me aguardem! – digo. Nessa mesma hora, nós passamos pelo portão do *manicômio*, e sou eu quem desce do carro para abri-lo e fechá-lo. Depois eu volto para o carro e falo: – Cuidem, que é por essa mesma rua que fica a casa do Walter. – o carro vai andando e eu aviso: – É ali! – o meu pai até vai mais devagar, para que as meninas vejam.

– Hummm! Então essa é a casa da Sua Alteza, o Príncipe dos Inteligentes! Bom, já sabemos onde vir, né, Stella?! – diz Ávalon.

– Sim! Já sabemos! Argh! Não acredito que amanhã tem mais! – reclama Stella.

– Pois é! – diz Ávalon, que logo se vira para o meu pai e pede: – Ô, tio, pode deixar a gente lá na minha casa de campo?! É bem pertinho daqui. Fica no caminho. O senhor até já foi lá, pra deixar o Lion naquele dia. – então o meu pai faz que sim com a cabeça e segue até a casa de campo da Ávalon. Quando lá chegamos, Ávalon desce do carro, toca a campainha e, quando o portão se abre, faz sinal para o meu pai entrar com o carro.

– Obrigada por tudo, Seu Lorenzo. – diz Stella.

– De nada! Qualquer hora, passa lá em casa de novo. – diz meu pai.

– Pode deixar. Até! – responde Stella, que logo sai do carro.

– Pai, eu só vou me despedir. Já volto, tá! – digo, e ele apenas faz que sim com a cabeça. Em seguida, eu saio do carro e vou em direção de Ávalon e Stella.

– Que dia foi esse, hein! Teve coleta de munições pra guerra... Conhecemos o manicômio particular do nosso digníssimo Rei... Vimos o lindo traseiro do Wagner... e... nossa... não conseguiria imaginar um dia melhor! – diz Stella, em tom de sarcasmo.

— Pois é! Mas uma coisa temos que admitir... Essa tarde maluca que a gente passou cumpriu bem o papel de fazer com que vocês vissem de onde vem toda a arrogância do Hugo e, ainda, nos fazer esquecer que o mundo está prestes a desabar... Porque nós ainda vamos sentir falta disso. Porque quando a guerra começar de verdade, na segunda... vocês vão ver que coletar munições não foi nada. – digo.

— É! Nisso tu tem razão, Lion. E... putz... o pior é que mesmo que eu saiba que já tinha todo um barril de pólvora armado... eu ainda me sinto mal por ter sido a responsável por tudo. – diz Ávalon.

— Não. Não deveria. – diz Stella.

— Exatamente, Ávalon. Tu não foi responsável por nada. Não foi culpa tua. Se tem alguém que foi culpado por tudo isso, foram o Hugo e a Bella, que são hipersensíveis e foram se ofender por algo tão besta. Humpf! – digo.

— Eu sei! É só que... é mais forte do que eu, entende?! – diz Ávalon.

— Entendo, sim! É claro! Mas agora não adianta chorar sobre o leite derramado. Porque vai ter guerra de qualquer jeito. E nada vai fazer com que aqueles ordinários orgulhosos e cheios de poder nas mãos mudem de ideia. O ego deles é grande demais pra que eles possam pensar em reconsiderar. – digo.

— Isso é verdade. – diz Stella.

— E agora... – digo, respiro fundo e completo: – Eu vou ter que pensar em como vou fazer com que essa desgraça toda sirva a meu favor. Porque eu não me esqueci do meu objetivo, de descobrir toda a verdade por trás do que fizeram comigo, porque as megeras têm o rabo preso com a mamãe do Hugo e, claro, fazer com que todos aqueles abusos tenham fim. Mesmo que eu tenha que virar a escola de cabeça pra baixo... eu não vou sossegar até conseguir.

— Tu acha que essa guerra vai atrasar muito os teus planos, Lion? – pergunta Ávalon.

— Talvez sim, talvez não. A guerra pode me atrasar, como também pode fazer com que os nobres se destruam mais rápido entre si. Lembram a história da Primeira Guerra Mundial? As potências europeias, que dominavam o mundo, se destruíram ao ponto de fazer com que quatro impérios caíssem. E os que se mantiveram de pé perderam a hegemonia pros Estados Unidos. – respondo.

— Ou seja, todo mundo perdeu alguma coisa. – completa Stella.

— Exatamente. E pode ser que o mesmo aconteça com os nossos inimigos. Lembram que a megera da Griselda tentou fazer com que o Hugo e a Bella se reconciliassem, mas acabou sendo totalmente ignorada? – digo, e as duas demonstram ter entendido a mensagem. E logo eu prossigo: – É por isso que tudo me leva a crer que os acontecimentos desse mês foram só o começo do fim. O começo do fim deles, né! Então... como vai ter guerra de qualquer jeito... eu preciso descobrir um modo de fazer com que ela seja útil pro meu objetivo.

— E como se não bastasse a guerra... a gente ainda tem que ir na festinha do Walter Otário amanhã! Argh! — diz Stella, mudando de assunto.

— Pra que foi mesmo que o Hugo obrigou o trouxa dele a nos convidar praquele troço? — pergunta Ávalon.

— Pra ficar de olho em mim... E pra se aproximar de vocês! Do jeito dele, é claro. — respondo, e as duas fazem expressão de nojo.

— Bom... Então é melhor a gente descansar bem, porque... é bem certo que coisas não muito agradáveis nos esperam! — diz Ávalon, e Stella e eu apenas demonstramos concordância.

— Oi, já chegaram?! Como que foi lá na casa do... do Rei? — pergunta Dona Eduarda, que vem nos recepcionar.

— Tu quer dizer no manicômio, né, mãe! — responde Ávalon.

— Manicômio? Como assim? — pergunta Dona Eduarda, achando graça.

— Por causa das loucuras que têm naquele lugar, tu nem sabe! Dá até pra fazer uma lista. — responde Stella, e todos rimos.

— Ah, vão ter que me contar tudo! Me deixaram curiosa agora. — diz Dona Eduarda, que se vira para Stella e para mim, e pergunta: — Vocês dois vão ficar pra dormir?

— Eu vou. — responde Stella.

— Pois é... Não cheguei a te convidar, Lion... Tu não quer ficar também? — me pergunta Ávalon.

— Não dá. — respondo.

— Tem certeza? Olha que eu estava pensando em fazer uma noite do *fondue* aqui hoje! Não te preocupa que não vai ter *pizza* de calabresa com açúcar, como da outra vez. — diz Dona Eduarda, fazendo-nos rir.

— Não, nem é por isso. Eu nem comi daquela... especiaria... que a Mandy fez. — digo, dou uma risada e prossigo: — A verdade é que amanhã a gente tem que ir no aniversário do Walter Otário. E eu deixei o presente do paspalho em casa. Aí eu teria que ir até em casa só pra buscar o troço... porque sabe como é, né... não podemos chegar de mãos abanando. Ainda mais no aniversário de Sua Alteza Real. Então... a noite do *fondue* vai ter que ficar pra uma próxima.

— Tudo bem, eu entendo. — diz Dona Eduarda, que logo acrescenta: — Ah, e eu só queria te agradecer por ter cuidado da Ávalon até agora. Ela me contou um pouco das coisas que acontecem naquela escola maluca, e... acho que se ela não se meteu em mais confusões do que ela já se meteu, foi graças à tua influência. Então... obrigada!

— Ela é que me ajudou em tudo até agora. Ela, a Stella e todo o pessoal. Se não fosse pela ajuda de cada um... eu não teria conseguido fazer nada. Então... Eu é que tenho muito a agradecer. – digo. E antes que a conserva se prolongue, começo a me despedir delas, dizendo: – Bom... acho melhor eu ir indo.

— Tchau, Lion! Valeu por ter feito o teu pai entrar na nossa e por ter nos trazido aqui. – diz Ávalon.

— Não foi nada. Bom... até amanhã. – digo.

— Até! – dizem Stella e Ávalon ao mesmo tempo. Então eu me despeço das três e, finalmente, entro no carro do meu pai, que é quando ele e Dona Eduarda se cumprimentam à distância.

Neste momento, meu pai sai do terreno da casa de campo e nos leva para casa. No caminho, eu apenas fico pensando até onde cheguei desde que voltei para a Escola Romanorum, e onde ainda pretendo chegar. Sei exatamente quais os fantasmas do passado que me aguardam na festinha do Walter, e tenho plena ideia do que ainda me aguarda na guerra que virá. Sei que nada será fácil, mas desistir dos meus objetivos é algo que está fora de questão. Porque, apesar de haver inúmeros percalços no caminho, como guerra, convites inusitados, aniversários assombrosos, inimigos por todos os lados e outros, a minha jornada...

... CONTINUA!

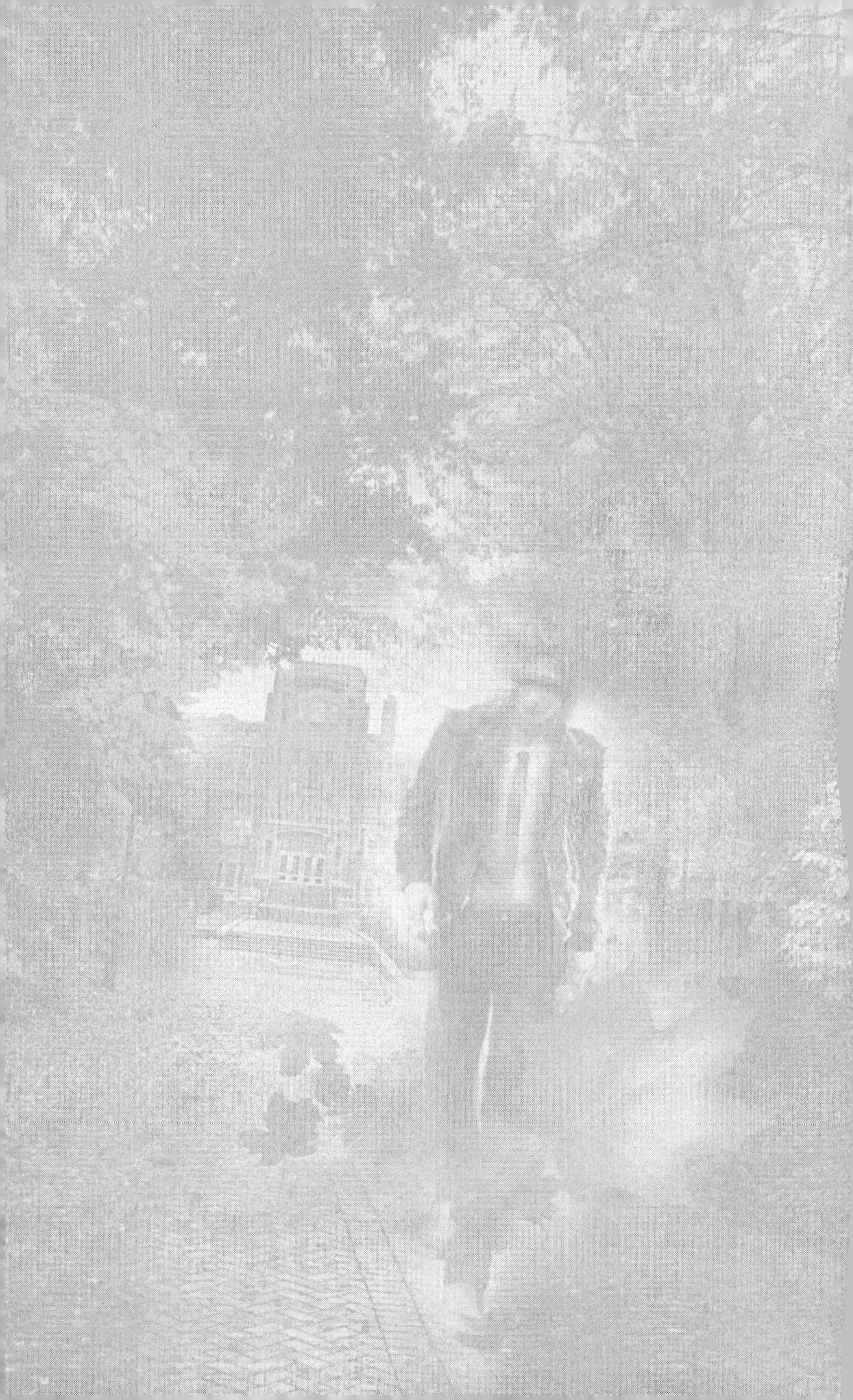

A Jornada de Leônidas: A GUERRA DOS GRUPOS
LIVRO 2

Prólogo

Após uma discussão entre Hugo e Bella ter terminado com uma declaração de guerra, a qual não envolveria apenas Inteligentes e Populares, mas quase toda a Escola Romanorum, Leo precisará descobrir um meio de fazer com que o caos sirva a seu favor, enquanto cumpre com suas funções de comissário de guerra, sem levantar qualquer suspeita quanto ao seu real objetivo. Porém, prosseguir com sua jornada pela justiça e pela verdade não será fácil, principalmente quando ele se der conta de que sua função privilegiada nunca passou de uma artimanha do Rei para mantê-lo ocupado e isolado de seus aliados. Porque enquanto todos os outros passam todo o tempo dos recreios e dos almoços em batalhas e mais batalhas, ele fica de longe, apenas fazendo registros de tudo e, consequentemente, mantendo contato reduzidíssimo com o pessoal. Até mesmo os outros horários ficam mais tensos, em função das provas. Contudo, apesar de tantas adversidades, Hugo, no auge de sua arrogância, acabará proporcionando a tão esperada oportunidade de ouro, a qual Leo precisará saber como usufruir da forma correta, ou poderá pôr tudo a perder.